插图本

名著名译
丛 书

插图本名著名译丛书

# 罪与罚

# Преступление и наказание

Фёдор Достоевский

〔俄〕陀思妥耶夫斯基——著

朱海观　王　汶——译

人民文学出版社

PEOPLE'S LITERATURE PUBLISHING HOUSE

Ф. М. ДОСТОЕВСКИЙ
ПРЕСТУПЛЕНИЕ И НАКАЗАНИЕ

据苏联国家文学出版社 1970 年出版的“世界文学丛书”版本译出

**图书在版编目(CIP)数据**

罪与罚/(俄罗斯)陀思妥耶夫斯基著;朱海观,王汶译. —北京:人民文学出版社,2017
(插图本名著名译丛书)
ISBN 978-7-02-013056-6

Ⅰ.①罪… Ⅱ.①陀…②朱…③王… Ⅲ.①长篇小说—俄罗斯—近代 Ⅳ.①I512.44

中国版本图书馆 CIP 数据核字(2017)第 171021 号

责任编辑 欧阳韬 李丹丹
装帧设计 刘 静
责任印制 王重艺

出版发行 人民文学出版社
社 址 北京市朝内大街 166 号
邮政编码 100705
网 址 http://www.rw-cn.com

印 刷 三河市博文印刷有限公司
经 销 全国新华书店等

字 数 503 千字
开 本 880 毫米×1230 毫米 1/32
印 张 17.875 插页 3
印 数 10001—13000
版 次 1982 年 10 月北京第 1 版
印 次 2019 年 7 月第 2 次印刷

书 号 978-7-02-013056-6
定 价 40.00 元

# 出版说明

人民文学出版社自上世纪五十年代建社之初即致力于外国文学名著出版，延请国内一流学者论证选题，优选专长译者担纲翻译，先后出版了“外国文学名著丛书”“世界文学名著文库”“二十世纪外国文学丛书”“名著名译插图本”等大型丛书和外国著名作家的文集、选集等，这些作品得到了几代读者的认可。丰子恺、朱生豪、傅雷、杨绛、汝龙、梅益、叶君健等翻译家，以优美传神的译文，再现了原著风格，为这些不朽之作增添了色彩。

2015 年，精装本“名著名译丛书”出版，继续得到读者肯定。为了惠及更多读者，我们推出平装版“插图本名著名译丛书”，配以古斯塔夫·多雷、约翰·吉尔伯特、乔治·克鲁克香克、托尼·若阿诺、弗朗茨·施塔森等各国插画家的精彩插图，同时录制了有声书。衷心希望新一代读者朋友能喜爱这套书。

人民文学出版社

2018 年 1 月

# 前　言

摆在我们面前的，是一部浸透着血和泪的社会悲剧，一部酣畅淋漓地剖析一个罪犯内心世界的心理小说，一部举世公认的、震撼灵魂的世界文学名著。

如书名所示，小说是以刑事犯罪为题材的，写的是罪与罚。主人公——大学生拉斯柯尼科夫为贫困所迫，不得不中途辍学。他住在一间租来的、像个衣柜似的陋室里，整日像只猫似的躲着催租的女房东，靠母亲省下来的一点抚恤金和借债过日子。在走投无路的困境中，经过苦思冥想，他头脑中产生了一种“理论”。根据这一理论，世界上的人分为两类：一类是平凡的人，低等人，他们只是繁衍同类的材料，必须俯首帖耳地做奴隶；另一类是“非凡的人”，他们是统治者，不受法律和道德的约束，可以为所欲为，甚至可以随意杀人。为了从困厄中挣扎出来，为了不再连累母亲和妹妹，同时也是为了实践一下自己的“理论”，来检验自己到底是个和大家一样的“虱子”，还是一个“非凡的人”，他铤而走险，举起发抖的双手，用斧子砍死一个放高利贷的老太婆，抢走她的钱和首饰，继而为灭口又狠心杀死了她的妹妹。事情虽然干得不那么顺利，但由于种种巧合，他竟安全地逃离了现场。警方也始终没能找到确凿的证据，而且后来还出现了一个“替身”：嫌疑犯米柯尔卡向警方自首，“供认”是他杀死了老太婆。此时真正的凶手拉斯柯尼科夫几乎可以完全逃脱法律的惩罚了；然而，他却没能摆脱掉另一种更可怕的惩罚——道德与良心的惩罚，而且，这惩罚先于犯罪：自他萌生杀人念头的时刻起，他的内心便成了一个永不安宁的战场。人性与反人性、良知与他的“理论”几乎每时每刻都在进行着激烈的斗争。他为那“荒唐的”念头感到厌恶，不相信自己真会去做“那件事情”，直到行凶前的最后一刻他还在犹豫：“不如回去吧？”杀人后，他便陷入了痛苦的精神折磨之中。他得了热病，昏迷三天三夜，发高烧，做噩梦，动辄歇斯底里大发作；他开始厌烦世上的一切，甚至对自己的母亲和妹妹也产生一种生理上的憎恶；他对什么都怀疑，却又神经质地一次次暴露自己，甚至下意识地再次去凶杀现场拉门铃，重温“当时那种又痛苦又可怕的丑恶感觉”。他的精神防线彻底崩溃了，他痛心地说：“难道我杀死了老太婆吗？我杀死了我自己，而不是老太婆！我一下子把自己毁了，永远地毁了！”在妓女索尼娅“爱”的感召下，他终于去自首了。

《罪与罚》写于一八六六年，那是俄国农奴制改革后社会急剧动荡的年代。广大劳动人民在崩溃的农奴制和急遽发展的资本主义双重压迫下，缺衣少食，饥寒交迫；而各种资产阶级个人主义思潮、无政府主义思潮则应运而生。在《罪与罚》发表前后，已有不少资产阶级哲学家、政治家提出并宣扬“强者的权利”和“超人哲学”，这理所当然地引起许多正直人士的谴责和批判。但是，谁也没有像陀思妥耶夫斯基那样以巨大的艺术力量暴露出这一憎恨人类的“理论”的野蛮本质及其产生的社会根源。

陀思妥耶夫斯基(1821—1881)出身于一个医生家庭。四十年代他曾与俄国伟大的革命民主主义者别林斯基接近，并参加过彼特拉舍夫斯基小组——俄国最早的进步知识分子革命组织，因而于一八四九年被捕，被判处死刑，只是在临刑前几分钟被沙皇赦免。刑场上的经历，十年监狱、苦役以及流放生活，对于他的身心产生了可悲的影响。四十年代末他入狱时是一个具有革命民主主义思想的无神论者；十年后，当他从流放地回到彼得堡时，成了一个虔诚的基督教徒和君主主义者。《罪与罚》便是陀思妥耶夫斯基六十年代重返文坛后的代表作。这部作品体现了作家创作成熟时期的思想——基督教人道主义思想。他怀着巨大的同情描绘了拉斯柯尼科夫一家和马美拉多夫一家所处的上天无路、入地无门的绝望处境。小官吏马美拉多夫因酗酒而被解雇，一家大小六口无以为生，大女儿索尼娅不得不彳亍街头，出卖肉体。后来马美拉多夫被车轧死，他的老婆发了疯，带着三个幼小的孩子沿街卖唱乞讨，最后吐血而死。马美拉多夫曾对拉斯柯尼科夫说:“您明白不明白,一个人到了走投无路的时候是什么滋味?”“总得让每个人都有条路可走啊!”这是一种多么绝望的呼喊,一幅多么凄惨的图画!

然而,在清醒地提出一系列尖锐的社会矛盾之后,作家却诉诸人的天性和宗教,企图用宗教和伦理的方式去消灭恶,去解决社会问题。在《罪与罚》中,主人公拉斯柯尼科夫在经历了种种精神上的痛苦折磨之后,终被索尼娅“为全人类自觉地受苦受难”的基督教思想所感动,他决心把她的信仰当做自己的信仰,决心“等待和忍耐,他们还得等待七年;在这之前,将要受到多少难以忍受的苦难,享受多少无限的幸福啊!但是,他已经复活了”。这就是作家心目中人的“复归”,就是作家宣扬的通向“黄金时代”的必由之路。而这正是作家资产阶级人道主义思想在文学创作中的反映。

《罪与罚》充分显示了陀思妥耶夫斯基创作中的主要艺术特色:广阔的社会生活画面,复调结构,悲剧体裁,巧妙的布局,紧张的情节……特别是深刻的心理分析。一八六五年,作家在写给杂志主编卡特科夫的信中,介绍自己这部未来的作品是“一起犯罪行为的心理分析报道”。小说一开始就描写主人公杀人前一天所作的准备及其复杂矛盾的心理,随后即是血淋淋的杀人场面。第二部至第六部则是凶手那宛如地狱般的内心世界的刻画。当然,书中还有许多其他人物和线索,如马美拉多夫一家的命运、自觉地受苦受难以洗刷灵魂的索尼娅、“一切为了个人”的“聪明人”卢仁、卑劣的酒色之徒斯维里加洛夫、负责侦讯工作的预审官波尔费利等等,但这些人物和线索都是为这条主线服务的。在小说中,作家运用连续的内心独白、对话、争论以及梦幻等形式,描写了主人公行凶前后的心理变态、怀疑症、热病、与亲人的疏远、下意识的行动、精神分裂式的压抑、苦闷、发狂……把一颗在苦难中绝望挣扎的灵魂剖析得淋漓尽致。那昏暗的烛光下杀人犯与卖淫妇抱头痛哭的图景,拉斯柯尼科夫自首前与母亲生离死别的场面,深深地印在读者心中。

长期以来,陀思妥耶夫斯基一直是个有争议的人物。对他的评价褒贬俱存,毁誉不一。但不论赞颂的,还是谴责的,却又都一致承认他是个天才，不过在“天才”二字前面冠以不同的修饰语：或“人道的天才”，或“残酷的天才”，“病态的天才”……而高尔基则称他为“恶毒的天才”，高度地评价了其艺术才能，又尖锐地批判了其有害的思想。今天，陀思妥耶夫斯基在其祖国被公认为堪与托尔斯泰并驾齐驱的文学巨人。在欧洲，一百多年来，他的声誉越来越高，他的创作思想和独特的创作方法对许多欧美作家都产生了重大的影响，不少现代主义流派都尊奉他为自己的先驱。陀思妥耶夫斯基是最早被介绍到中国的俄国作家之一，在我国也有广泛的影响。陀思妥耶夫斯基给世界留下了宝贵的文学遗产。他的代表作《罪与罚》这部催人泪下的社会悲剧，卓越的社会心理小说，无可争辩地在浩繁的世界文库中占有一个显要的位置。

刘开华

# 目　次

# 第　一　部

# 1

七月初，时当酷暑，傍晚，有个年轻人从他向C巷二房东租来的一间小屋里走出来，慢慢地、犹豫不决似的朝K桥方向走去。

他平安无事地避免了在楼梯上碰见他的女房东。他那间小屋，在一座五层高楼的屋顶下面，与其说像个住人的屋子，倒不如说像个衣柜。他向女房东租用这间小屋是兼包饭和包括女仆照料的。女房东住在楼下的单人房里，每次他出去，都得打她的厨房门口经过，厨房的门朝着楼梯，几乎总是大敞着的。每当那个年轻人路过，他就会产生一种痛苦而又胆怯的感觉，使他羞愧得皱起眉头。他欠了女房东一身的债，所以生怕遇见她。

这倒不是因为他胆小和逆来顺受惯了，甚至完全相反；但是，从某一个时期起，他就处在烦躁不安的紧张状态，像是犯了疑心病。他一直在苦思冥想，过着与世隔绝的生活，不仅怕见女房东，甚至怕见任何人。他被穷困压得透不过气来，可是最近，就连窘迫的境遇也不再成为他的负担了。他已不再去做他日常需要做的事情，也不愿去做那些事情了。实际上他一点也不怕女房东，不管她怎样蓄意跟他作对。但是，与其被拦在楼梯上听那些与他毫不相干的婆婆妈妈的废话，被她纠缠着逼债，恫吓，埋怨，自己又不得不想方设法来支吾搪塞，道歉，说谎，那么，倒不如像一只猫似的悄悄溜下楼去，不让任何人看见的好。

然而，这一次出来的时候，他那种害怕碰见女债主的心情，使他自己都感到吃惊。

"我想去干那样一件事，却又害怕这些无聊小事！"他想，脸上露出一副奇怪的笑容。"哼……对啦……人可以主宰一切，可是一胆小，就什么事都做不成……这是显而易见的道理……我真想知道，人最害怕的是什么？他们最害怕的是迈出新的一步，讲出自己的新见解……可是我空话说得太多了。正因为我尽说空话，所以我才什么事也不做。然而，也许，正因为我什么事也不做，所以我才尽说空话。最近这一个月来，我养成了说废话的习惯，一连好多天躺在墙角里，想着一些……荒诞不经的事情。我现在为什么要去那儿呢？我真的能够做那件事情吗？那件事很严肃吗？才不呢！这不过是异想天开，自己给自己寻开心罢了；儿戏。对，也许只是个儿戏！”

街上热得可怕：加上闷人的空气，杂沓的人群，到处是石灰，脚手架，砖瓦，灰尘，以及每一个不能在乡间租别墅住的彼得堡人都十分熟悉的、夏天特有的臭味——所有这一切一齐向这个年轻人袭来，对他本来已经不正常的神经产生了极为不良的影响。从城里这一带特别多的小酒馆里飘出的使人难受的臭气，以及虽然在工作日也会不断遇到的那些醉汉，给这幅画面又平添了一层令人作呕的阴郁色彩。霎时间，在这年轻人清癯的脸上流露出一种极其厌恶的神情。顺便说一句，他长得非常俊美，有一双美丽乌黑的眼睛和一头深褐色头发，身材在中等以上，细瘦而匀称。但是很快他就仿佛陷入沉思，说得更正确些，仿佛陷入一种出神状态。他信步走去，对于身边的一切不但视而不见，甚至不愿去理会它们。由于他自己刚刚才承认的那种独白的习惯，他嘴里不时地在咕哝着什么。这会儿他自己也意识到他的思想有时候是混乱的，他的身体很弱，两天来，他几乎没有吃任何东西。

他穿得很破，甚至穿惯了破烂衣衫的人也羞于穿他这样一身衣服在大白天上街。然而在城市的这一带，穿什么衣服是不会引起人们惊讶的。因为这是在干草市场附近，有许多人所共知的茶坊酒肆，同时聚居在彼得堡邻近中心区这些大街小巷里的，多半是些小贩和工人，所以人群杂沓，可以看到各式各样的人，即使是很怪异的人，在这儿也不足为奇。可是因为这个年轻人的心里郁积了那么多的怨恨与轻蔑，所以尽管他有时也像年轻人一样最怕人家议论，但他在大街上却丝毫不在乎自己的衣衫褴褛。当然，当他遇到有些熟人或老同学的时候，那又是另一回事了，他一向不乐意见到他们……然而在这当儿，一个醉汉不知道什么缘故，坐在一辆由一匹高头大马拉着的大车上被拖到什么地方去，在他走过时，突然向他大喝一声："喂，你这个戴德国帽的！"他用手指着他，大声吼道。这时，年轻人突然停下脚步，慌忙抓住自己的帽子。这是从齐默曼帽店①买来的一顶圆形高筒帽，已经破旧不堪，因为年久而变色，上面尽是破洞和污迹，连帽边也没有，七扭八歪地弯向一边，难看极了。不过他感到的不是羞愧，完全是另外一种感情，甚至很像恐惧。

"我早就料到了！"他惶惑不安地咕哝说，"我早就这样想过！再糟糕不过了！像这样一桩蠢事，这样一桩微不足道的小事，会把全部计划都给破坏掉的！是的，帽子太显眼了……因为可笑，所以才显眼，穿了这身破衣服，一定得戴一顶便帽，随便哪一种旧的扁平帽子，而不是戴这种不像样的东西。没有人戴这种帽子的，这顶帽子，在一俄里以外就会被人看见，会被人记住的。麻烦就在这儿。问题就出在人们会记住它，这可是一件罪证。干这种勾当，一个人越不叫人注意就越好。小事，小事最要紧！整个事情常常是被这些小事毁掉的……"

他不需要走很远；他甚至知道离他公寓的大门有多少步：正好七百三十步。有一次他想得出神的时候曾经数过。当时他并不相信这些幻想，只不过用那种荒唐而又诱人的鲁莽行为来刺激一下自己罢了。而现在，一个月以后，他已经开始以另一种眼光来看待这些幻想了，尽管他在独白的时候嘲笑自己的软弱无能和优柔寡断，可是他已经不由自主地习惯把这种"荒唐的"幻想当做一件正在付诸实施的事情了，虽然他还不相信自己能够办得到。他现在甚至要去对自己所从事的事业作一番试探，因此他越往前走，心里也就越忐忑不安起来。

他带着一颗似乎停止跳动的心和一种神经质的战栗走到一座大房子前，房子的一面临河，另一面临街。房子里有许多小房间，里面住满了各式各样的工人——裁缝、铜匠、厨娘，形形色色的德国人②，出卖肉体的姑

---

① 齐默曼是当时开设在彼得堡涅瓦大街上的一家时新帽子店的老板。

② 当时在彼得堡有很多德国人。住在干草市场附近的多半为工人和工匠。

娘以及小官吏等。人们川流不息地在这座房子的两个院子里和两扇大门里进进出出。这座房子里雇用了三四个管院子的。那个年轻人很高兴，他谁也没碰到，就神不知鬼不觉地溜进了大门，从右边的一座楼梯上去了。这是一条又暗又窄的“后”楼梯，但是这一切他事前早已了解过，察看过了，他很喜欢这儿的整个环境：这里是这么幽暗，即使遇到一双好奇的眼睛，也没什么危险。“如果我现在就这么害怕，那么等到我真的去干**那件事**的时候，又该怎办呢？”当他走上四楼的时候，他不由自主地想着。在这里，他的去路给几个改做搬运夫的退役兵士挡住了，他们正从屋里把家具抬出来。他以前就知道，一个有家眷的德国人住在那层屋子里，是个官吏。“这个德国人大概要搬走，那就是说，在四楼，在由这条楼梯上来的这个楼梯口上，今后有一个时期，只有老太婆的房间里是住人的。这很好……万一……”他又想道，一面去拉那个老太婆的住宅的门铃。门铃发出一阵微弱的丁零声，好像这铃是白铁做的，而不是铜做的。在这种房子的这类小住宅里，门铃差不多都这样。他已经忘记了这个门铃的声音是什么样子了，现在这种特别的丁零声似乎使他又想起了什么事情，把这件事清清楚楚地呈现在他眼前……他不禁哆嗦了一下，这回他的神经简直脆弱到了极点。过了不一会儿，门开了一条小缝：女主人带着明显的疑虑从门缝里打量着来客，只能看见她那双在黑暗中闪闪发光的小眼睛。可是，当她看见楼梯口有很多人的时候，就放大了胆，把门全打开了。于是年轻人迈过门坎，走进黑洞洞的过道，那个过道是和后面的一间小厨房隔开的。老太婆默默地站在他面前，疑惑地打量着他。这是个身材矮小的干瘪老太婆，六十来岁，有一双又精明又恶毒的眼睛和一个小小的尖鼻子，头上没有包头巾。她那两鬓微斑的淡黄色头发涂了一层厚厚的发油。像只鸡腿的细长脖子上缠了一条破旧的法兰绒围巾，虽然天热，肩膀上还披了一件皮上衣，那件上衣已经破旧不堪，因为年久而变黄了。老太婆不断地咳嗽和哼哼。年轻人准是用一种异样的目光望了她一眼，因为她眼睛里又骤然闪出了刚才那种不信任。

“拉斯柯尼科夫，大学生，一个月前到您这儿来过。”年轻人急忙嘟哝道，把腰微微弯了弯，因为他想起了，应该客气一些。

“我记得,先生,我记得很清楚,您以前来过。”老太婆说,她把每个字咬得很清楚,不过依旧用一双疑问的眼睛盯着他的脸。

“是这么回事……又为了同样的事……”拉斯柯尼科夫接着说,老太婆的不信任使他有点不安,并且感到奇怪。

“也许她总是这样的,上次没有注意罢了!”他怀着不愉快的心情想着。

老太婆沉默了一会儿,好像在沉思,然后退到一边,指着通房间的门,让客人走在前面,说道:

“请进,先生。”

年轻人走进一间不大的屋子,屋里糊了黄色的壁纸,窗口摆着天竺葵,挂着薄纱窗帘。在这时候,屋子正给夕阳照得通明。“那时候,太阳可能也这么亮吧!……”拉斯柯尼科夫不经意地这么想着。他向屋子里的一切迅速瞥了一眼,想尽可能察看一下屋子里的摆设,并且把它们记住。可是屋子里并没有什么特别的东西。家具都很陈旧,是黄木做的,只有一张带有庞大的木头拱背的长沙发,沙发前面有一张椭圆形的桌子,两个窗户之间放了一张带镜子的梳妆台,靠墙摆着几把椅子,还有两三幅镶在黄色镜框里的不值钱的画,画的是几个手里拿着鸟的德国小姐,——这就是全部的家具了。墙角里,在一幅不大的神像前燃着一盏神灯。一切都很清洁;家具和地板都擦得锃亮。一切东西都是亮晶晶的。“这是丽莎维塔干的活儿。”年轻人想。屋子里找不出一点灰尘。“凶恶的老寡妇的屋子里常常是这么干净。”拉斯柯尼科夫心里继续想着,他好奇地向通往另一间小屋的门上的印花布门帘瞟了一眼,那间小屋里放着老太婆的床和一只五屉柜,他还从来没有往这间小屋里看过呢。整个屋子就是这两间房间。

“您有何贵干?”老太婆走进屋里板着脸问道,她跟先前一样站在他面前,正对着他的脸望着。

“我带来了一件抵押品!”他从衣袋里掏出一只旧式的扁平银表。表的背面刻了一个地球。表链是钢的。

“您上次的抵押品已经到期啦。一个月的期限前天就满了。”

"我再给您一个月的利息,请您宽限几天。"

"要宽限,还是马上把您的东西卖掉,是我来决定的,先生。"

"这表能押很多钱吧,阿廖娜·伊凡诺夫娜?"

"你老是把一些不值钱的东西拿来,先生,这几乎一文不值啊。上一次您拿来一只戒指,我给了您两张钞票①,可是用一个半卢布就可以在首饰店里买一只新的了。"

"给我四个卢布吧,这是我父亲的表,我要赎回的。不久我就能收到一笔钱。"

"要是您愿意,一个半卢布,先扣利息。"

"一个半卢布!"年轻人嚷了起来。

"随您的便。"老太婆把表还给了他。年轻人把表接过去,气得刚要走开,但马上又改变了主意。他想起,没有别处可去,而且他到这儿来还另有目的。

"给我钱吧。"他粗声粗气地说。

老太婆把手伸进衣袋里去摸钥匙,然后走到门帘后面的另一间屋里去。年轻人独自留在屋子中间,一面好奇地听着,一面想着。他听出她打开五屉柜的声音。"准是上面的一个抽屉,"他想,"那么,钥匙是放在她右边衣袋里的……都串在一起,串在一个钢圈上……其中有一把最大的,有别的钥匙的三倍大,有很多锯齿。这当然不是开五屉柜的钥匙,可能还有别的什么首饰盒或是小箱子吧……这应当弄清楚。小箱子的钥匙都是那样的……可是,这实在太卑鄙了……"

老太婆回来了。

"给您钱,先生:一个卢布,每月应付十戈比利息,一个半卢布,我得预先扣下十五戈比利息。但是您先前借过两个卢布,按同样的利息计算,您应当预付二十戈比。合起来一共三十五戈比。所以您现在用表作为抵押还可以得到一卢布十五戈比。喏,请收下。"

"怎么!现在只有一卢布十五戈比了吗?"

---

① 指两个卢布。

“一点不错。”

年轻人没有争论,把钱收下了。他朝老太婆望着,却不忙着走出去,仿佛还有什么话要说,或者还有什么事要做似的,但又好像他自己都不知道他究竟想干什么……

“阿廖娜·伊凡诺夫娜,过一两天,也许我还要拿一件东西来……一只银的……很好的……烟盒,等我从朋友那儿取回来以后……”他心乱得说不下去了。

“那时候再谈吧,先生。”

“再见……您总是一个人在家吗?您妹妹不在家?”他走到过道的时候,竭力装出很随便的样子问道。

“先生,您找她有什么事吗?”

“没什么特别的事。我不过问问罢了。您马上就……再见,阿廖娜·伊凡诺夫娜!”

拉斯柯尼科夫在极端纷乱的心情中走了出去。这种纷乱的心情越来越厉害。走下楼梯时,他甚至停了两三次,仿佛有什么事突然使他吃惊似的。他走到大街上,终于喊叫了起来:

“啊,上帝!这一切是多么丑恶啊!难道,难道我……不,这是胡说!这太荒唐了!”他斩钉截铁地加上了几句。“难道这种可怕的念头能钻进我的脑子里来吗?可是我的心居然会想到这么肮脏的事!主要是:肮脏、卑劣、可恶、可恶!……而我整整一个月都在……”

可是,他既不能用言语,也不能用感叹来表达出自己的激动。在往老太婆家里去的路上就开始压迫和扰乱他的心灵的那种无限憎恶的情绪,这时已经发展到这样的高度,表现得这样明显,以至他简直不知道怎样摆脱自己的苦恼才好。他像个醉汉似的顺着人行道走去,连撞到行人身上,他也没有察觉,直到走上下一条大街的时候,他才清醒过来。他朝四下望了望,才发现自己正站在一家小酒馆旁边,进酒馆必须从人行道沿着阶梯下去,走进地下室去。正在这当口,有两个醉汉走出门来,他俩互相搀扶着,对骂着,走上了大街。拉斯柯尼科夫没有多考虑,就立刻向下走去。他从来没有进过酒店,可是现在他觉得头昏眼花,而且渴得火烧火燎的难受。他想喝点冷啤酒，因为他认为他突然感到身体衰弱是由于饥饿的缘故。他走到一个又黑又脏的角落里，在一张发黏的小桌子前坐了下来，要了一瓶啤酒，贪馋地喝完了第一杯。立刻觉得全身松快了些，思路也清晰了。“这全是胡扯，”他满怀希望地说，“根本就没什么可惊慌的！这不过是身体失调罢了！只消喝一杯啤酒，吃一块干面包，马上脑子就会正常，思想就会清醒，意志就会坚强起来的！呸！这一切是多么微不足道啊……”但是，尽管抱着这样鄙夷的蔑视态度，他现在显得很高兴，好像突然卸下了一副可怕的重担。他友好地向屋子里的人扫了一眼。但即使在这一刻，他也朦胧地预感到，他这种好转起来的心境也是病态的。

这时，小酒馆里的人已经寥寥无几。除了他在阶梯上遇到的那两个醉汉以外，随后又有一大帮人——五个男人带着一个姑娘，拿着手风琴一窝蜂地出去了。他们出去以后，屋里就显得静悄悄、空荡荡的了。剩下一个外表像是小市民的人，正坐在那儿喝啤酒，脸上带有几分醉意；还有一个是他的同伴，又胖又大，长了一脸灰白胡子，身穿腰间打褶的短外套，已经喝得烂醉如泥，正躺在长凳上打盹，有时他忽然迷迷糊糊地伸开两臂，把手指头弹得嘎巴嘎巴直响，将上半身上下起落着，但又不从长凳上坐起来，并且哼着一支胡说八道的小调，竭力追想着诸如此类的唱词：

> 把老婆爱抚了一整年，
> 把老婆爱—抚了一整—年……

或者突然醒过来，又唱道：

> 我走在波德雅切大街上，
> 找到了我从前的女人……

但是没有人分享他的幸福。他那位沉默寡言的朋友对他这一切发作甚至抱着敌视和怀疑的态度。屋子里还有一个人，表面看去，像个退职的官吏。他单独坐着，面前有一个小酒壶，他不时喝一口，向四下望望。他看起来也是心神不安的样子。

## 2

拉斯柯尼科夫不习惯生活在人群之中，上面已经说过，他避免跟任何人来往，特别是最近。但是现在，忽然不知什么东西吸引他去接近人了。他心里仿佛发生了一种新的变化，于是他渴望有人跟他在一起。整整一个月，他的苦闷郁积在心，情绪愁闷而亢奋，以致把他弄得疲惫不堪，他真希望到另一个天地里去喘口气，哪怕一分钟也好，不管在什么样的世界。即使环境脏得要命，他现在也很喜欢待在这家小酒馆里。

店老板在另一间屋子里，但是他常常不知从哪儿走下台阶，踱到正房里来，而每次首先让别人看见的是一双漂亮的、擦过油的、有红色大翻口的皮靴。他穿了一件腰间打褶的长外衣和一件油渍麻花的黑缎背心，没打领带，脸上似乎厚厚地涂了一层油，活像一把铁锁似的。柜台后面有一个大约十四岁的小伙计，另一个年纪更小些的男孩，把客人要的东西端上去。柜台上摆着一些黄瓜片、干面包和切成小块的鱼；这些东西气味都很难闻。屋里闷热得叫人坐不住，整个屋子里都弥漫着浓重的酒味，在这种空气里似乎只要待上五分钟，人就醉了。

有时候，我们会偶然遇到一些素不相识的人，一句话还没有谈，不知怎的，一见面就突然对他们发生了兴趣。那个坐在离拉斯柯尼科夫稍远，看上去像个退职官吏的顾客，就给拉斯柯尼科夫这样的印象。后来这个年轻人经常追忆这第一次的印象，甚至把它说成是一种预感。他所以不住地望着那个官吏，是因为那个官吏也在目不转睛地望着他，分明非常想跟他说话。这个官吏对待在酒店里的其他人，包括老板在内，似乎已经看惯，甚至感到厌烦，而且他对那些人抱有几分傲慢的轻视态度，好像他们的身份都比他低，文化也不如他，因而不屑与他们交谈似的。这个人五十多岁，中等身材，长得很结实，头发斑白，已经秃顶，一张脸由于经常酗酒而变得浮肿、黄里透青，眼皮微肿，两条狭缝似的兴奋而微红的小眼睛在眼睑后面闪着光。可是他身上有一种很奇怪的东西;他的眼神里甚至仿佛闪耀着一种亢奋,也许还蕴藏着聪明和才智,但同时又好像隐约流露出精神失常的神态。他穿着一件破烂不堪的黑色旧燕尾服,纽扣几乎掉光了,只有一个还勉勉强强挂着,他扣上这个扣子,显然是为了顾全一点体面。皱皱巴巴、满是污垢和酒渍的胸衣从他那件黄土布背心里面凸出来。他的脸似是按官吏的规定刮过的①,但看来那已经是很久以前的事了,所以现在下巴又密密麻麻地开始长出青灰的胡须。在举止风度方面,他也的确有点官吏的派头。不过他又显出坐立不安的样子。他把头发搞得蓬乱不堪,有时闷闷不乐地用双手捧着头,把套在两个破袖里的手肘支在满是酒汁的发黏的桌子上。最后,他直截了当地看了拉斯柯尼科夫一眼,高声断然说道:

"先生,恕我冒昧,能否向您请教请教?虽然您没有举足轻重的外表,但是我的经验告诉我,你是受过教育的人,而且是不习惯喝酒的。我一向尊敬有真挚感情而又有学问的人,此外,我还是个九等文官②。我姓马美拉多夫,九等文官。我冒昧地请问,您在哪儿高就?"

"不,我在读书……"年轻人回答。那人过分温文尔雅的谈吐和直截了当向他说话的方式使他有点吃惊。尽管刚才他有一刹那希望能够和人们有点随便什么样的交往,可是现在当真有人先跟他说话的时候,他又突然感到他平常那种不愉快的和烦躁的感情:他平常对任何一个跟他接近或者打算跟他接近的陌生人都感到厌恶。

"原来是个大学生,或者从前是个大学生,"那个官吏大声说道,"不出我所料!我有经验,先生,不止一次的经验!"他把一只手指按到脑门上,以示夸耀,"当过大学生,或者研究过学问!请容许我……"他摇摇晃晃地欠起身子,拿起他的酒壶和酒杯,走到年轻人的身旁坐下,脸稍微斜对着他。他喝醉了,但说起话来滔滔不绝,话锋敏捷,只是偶尔有点语无伦次和拖泥带水。他简直有些贪婪地抓住拉斯柯尼科夫,好像他有整整

① 按当时规定,官吏不得蓄须。

② 根据彼得一世所颁布的"官秩表",俄国文武官员共分十四等。九等文官相当于军队中的大尉。

一个月没跟人说话了。

“先生，”他几乎是郑重其事地开口说道，“贫穷不是罪恶。这是真理。我也知道，酗酒不是美德，这话更对。但是，先生，赤贫却是罪恶呀。贫穷的时候，您还能保持您天生的高尚情操，可是穷到一无所有，您就绝对办不到了——谁也办不到了！一个一贫如洗的人，不是被人用棍子从人类社会赶出去，而是被人用扫帚扫出去，这是为了使他受到更大的侮辱。这样做是对的，因为在赤贫中，我就是侮辱自己的头一个人。因此我才到酒馆里来！先生，一个月以前，列别加尼科夫先生把我的太太痛打了一顿。我的太太可不是我！您懂得我的意思吗？请容许我问您一个问题，纯粹出于好奇心：您在涅瓦河上，在运干草的驳船上度过夜吗①？”

“没有，没度过夜，”拉斯柯尼科夫回答，“你为什么问这个？”

“告诉你，我就是从那儿来的，而且已经是第五夜了。”

他斟了一杯酒，一饮而尽，然后沉思起来。的确，有些干草屑粘在他的衣服和头发上。很可能他已经有五天没脱过衣服，也没洗过脸了。特别是他的两只手很脏，又红又肥，指甲黑黢黢的。

他的话好像吸引了大家的注意，虽然这种注意是无精打采的。柜台后面的小伙计们吃吃地笑起来。这时老板也特意从上面一间屋子走下来，分明有意要听听这个“活宝”说的话。他坐到稍远的地方，偶尔懒洋洋地，却又神气十足地打着哈欠。显然，马美拉多夫在这里是大家早就熟悉的。大概是因为这种时常与酒馆里各种陌生人说话的习惯，所以养成了高谈阔论的嗜好。在有些酒徒身上，这种习惯已成为一种需要，特别是那些在家里被管得太严、受到恣意对待的人。所以跟喝酒的伙伴们在一起的时候，他们总是尽力设法为自己辩解，如果可能的话，甚至想博得别人的敬重。

“活宝！”老板大声说，“那么为什么你不工作呢？既然是个官儿，为什么不上班呢？”

“为什么我不上班吗，先生？”马美拉多夫接口说，他只对着拉斯柯尼

---

① 当时彼得堡的乞丐和流浪汉们经常在草船上过夜。

科夫说话,好像这问题是他提出来似的,“为什么我不上班吗?想到我平白无故地过着这样可怜的穷日子,难道我心里不痛苦吗?一个月以前,列别加尼科夫先生亲手揍我太太的时候,我正醉卧在床上,难道我不难过吗?对不起,年轻人,您也有过……唔……毫无希望地向人借钱的时候吗?”

“有过……不过您说的毫无希望,这是什么意思呢?”

“就是完全没有希望的意思,预先就知道,一文钱也借不到。比方说,您预先肯定地知道这个人,这个最善良、最肯帮助人的公民决不会借钱给您;请问,他为什么要借钱给我呢?他知道我不会还的。出于怜悯吗?但是随时注意新思想的列别加尼科夫先生前几天就向我解释过:在现代,同情心甚至为科学所不许,在创立了政治经济学的英国就是这样做的。请问,他为什么要借钱给我呢?虽然预先知道他不肯借,您还是上他那儿去了,于是……”

“去干什么呢?”拉斯柯尼科夫插言道。

“要是没有人可找,没有别的路可走呢!因为每个人都得有条路可走啊。因为有时候一个人必须有条路可走!当我的独生女儿初次拿了一张黄色执照①出去的时候,那时候我也出去了……(因为我女儿靠黄色执照过活……)”他附带说了一句,有点不安地望着年轻人。“没有关系,先生,没有关系!”柜台后面的两个小伙计扑哧笑出声来,老板也露出了笑容,这时他急忙声明,但神态看来是平静的,“没有关系!这类颔首微笑一点也不叫我心慌;因为这件事已经尽人皆知,一切掩藏的事都公开了②。我不是用蔑视而是用逆来顺受的态度来对待这件事的。随他们说去!随他们说去!‘你们看这个人③!’请原谅,年轻人,您能不能……不,说得更有力、更清楚些,不是您**能不能**,而是您**敢不敢**现在望着我,肯定说

---

① 黄色执照是妓女的执照。

② 语出《新约·马可福音》第四章第二十二节:“因为掩藏的事,没有不显露出来的;隐瞒的事,没有不露出来的。”

③ 这是《圣经》中的人物彼拉多指着耶稣对众人说的一句话(见《新约·约翰福音》第十九章第五节),表现了彼拉多对耶稣的坚毅和忍耐精神的钦佩。

我不是一只猪?”

年轻人一句话也没有回答。

“好啦,”等屋里随之而来的笑声平息以后,这个演说家才庄重地,甚至这回更加威严地继续说道,“好啦,就算我是一只猪,她可是一位太太!我的样子形同猪狗,但是我的夫人,卡捷琳娜·伊凡诺夫娜,她可是一位受过教育的人,一位军官的女儿。就算,就算我是个无赖,她可是个心地高尚的女人,充满了优雅、高尚的情操。不过……唉,要是她能可怜可怜我,那多好啊!先生,先生,要知道每一个人至少要有一个地方能让人可怜可怜啊!可是,卡捷琳娜·伊凡诺夫娜呢,虽然她宽宏大量,但她并不公平……虽然我自己也明白,她扯我的头发无非是出于同情心。(“我一点也不害臊,我向您重复一遍,年轻人,因为她的确扯我的头发。”他又听到一阵嘻嘻的笑声,便以加倍的威严承认道。)但是,上帝啊,哪怕她有一次……可是不,不!那是枉然,没什么可说的!没什么可说的……因为,我的希望已经实现过不止一次了,我也不止一次地受到过怜悯,可是……这就是我的特点,我天生是畜生!”

“那还用说!”老板打着哈欠指出。

马美拉多夫用拳头朝桌子上狠狠地捶了一下。

“这就是我的特点!您知道不知道,先生,您知道不知道,我把她的袜子都换酒喝了?不是她的鞋,因为这多少还合乎人之常情,我拿的是袜子,我把她的袜子换酒喝啦!她的一条羊毛头巾,我也换酒喝啦,那是以前人家送给她的,是她自己的东西,不是我的;我们住在一个冰冷的屋子里,今年冬天她着了凉,咳嗽起来,开始吐血了。我们有三个孩子,卡捷琳娜·伊凡诺夫娜从早到晚干活;她擦啊,洗啊,给孩子们洗澡,因为她从小就养成了爱干净的习惯。可是她的肺很弱,好像得了肺痨,这一点我感觉到了。难道我感觉不到吗?我喝的酒越多,就越感觉到。我也是为了这个才喝酒的。我要在这酒中寻找同情和感情……我喝酒,因为我想加倍地痛苦!”他绝望似的把头垂到桌子上。

“年轻人,”他又抬起头来,接着说,“我从您脸上似乎看到了某种苦恼。您一进门,我就看出来了,所以我才马上跟您攀谈。我向您倾吐我的身世，并不是想在这些游手好闲之徒面前给自己丢人现眼，反正我不说他们也都知道，我是想找一个多愁善感的、有学问的人。您要知道，我的太太是在一所省立贵族女子中学毕业的，毕业的时候，她在省长和别的大人物面前跳过披肩舞①，因此得了一枚金质奖章和一张奖状。奖章……是的，奖章卖了……很久以前就卖了……唔……奖状至今还收藏在她的箱子里，不久以前她还拿给女房东看。尽管她跟女房东经常闹别扭，可是她总想在什么人面前夸耀一下，谈谈过去的幸福日子。我不责备她，我不责备她，因为这件事还留在她的记忆里，其他的一切已经化为乌有了。是的，是的；她是一位急躁、高傲、倔强的太太。她亲自擦地板，虽然吃的是黑面包，可是她决不容许别人不尊重她。所以她不愿意宽恕列别加尼科夫先生对她的无礼，他为此打了她一顿，她就倒在床上了。但这与其说是由于挨打，不如说是由于自尊心受了损害。我娶她的时候，她是一位有三个孩子的寡妇，孩子一个比一个小。她的前夫是个步兵军官，她出于爱情嫁给了他，从她父母家里跟他私奔了。她非常爱她的丈夫，可是他却迷上了纸牌，吃了官司，接着就死了。最后，他常常揍她；她虽然没有饶恕他，我知道，我看过文件，这是确实的。但是直到今天，她提起他来还是眼泪汪汪，并且比着他来骂我，可我还是挺高兴，挺高兴，因为好歹她还可以想象一下，她自己从前曾经幸福过……他死后，她带着三个年幼的孩子留在一个偏远荒凉的县城里，当时我也在那儿；那时她走投无路，一贫如洗，就连像我这样一个历尽沧桑的人，也没法形容她当时的处境。她的亲戚都不理她。但她是高傲的，高傲极了……那时候，先生，那时候，我也是个鳏夫，身边有前妻留下的一个十四岁的女儿，因为我不忍看她那样受苦，便向她求了婚。她，一个有学问、有教养的名门闺秀，竟肯答应嫁给我，从这一点，您就可想而知她穷到了什么地步！可是她嫁给我了！她哭呀，号呀，非常痛心，但还是嫁给了我！因为她无路可走啊！您明白不明白，先生，您明白不明白，一个人到了走投无路的时候，是什么滋味吗？不，您还不明白这点……整整一年，我虔诚地、神圣地履行着自己的义务，碰也没

---

① 这是对学习成绩特别优秀的学生的一种奖励。

碰这玩意儿(他用手指了指那半俄升的酒瓶),因为我是个有感情的人。可是,即使这样,我也不能讨她的喜欢;接着我又丢了差事,那也不是由于我的过失,而是因为压缩编制;于是我就接触起这玩意儿来了!……经过一番流浪,历尽千辛万苦,在一年半以前,我终于来到了这座有无数名胜古迹的雄伟都市。在这儿,我又谋到了一个差事……谋到了差事,可又把它丢了。您明白吗?这一回是由于我自己的过错丢掉的:因为我的本性难移啊……现在我们住在阿玛莉娅·费奥多罗夫娜·莉佩韦泽家的半间屋里;我们靠什么糊口,靠什么付房租,我不知道。除了我们,还有很多人住在那儿……像所多玛①城一样杂乱无章……嗯……是的……这时我前妻生下的女儿已经长大成人了;她是怎样在她后母的虐待下长大的,我就不说了。因为虽然卡捷琳娜·伊凡诺夫娜胸怀宽广,但她是个性情急躁的太太,她心里烦躁,就爱出口伤人……是的!现在想这些也没用!您可以想象得到,索尼娅没有受过教育。三四年前,我曾经试着教她地理和世界通史,但是因为我自己的程度也不高,又没有像样的教科书,我们用的是什么书啊……唔!……反正现在那些书也没了,所以我们的一切教育也都结束了。我们学到波斯国王居鲁士就停了下来。她成年以后,读了几本谈情说爱的书,还在不久以前,她又读了通过列别加尼科夫先生借来的一本路易斯②的《生理学》——您知道这本书吗?——她读得津津有味,甚至还从这本书里选出几段念给我们听。这就是她受的全部教育。先生,现在我想冒昧地向您请教一个私人问题:依您之见,一个贫寒,但是清白的姑娘靠诚实的劳动能挣很多钱吗?……先生,要是她清清白白,但又没有特别的才能,她一天连十五个戈比也挣不到,而且还得一刻不停地干活!不仅如此,五等文官伊凡·伊凡诺维奇·克洛普什托克——您听过这个人吗?——直到今天还没有把她替他做半打荷兰衬衫的工钱付给她,而且还跺着脚难听地辱骂她,把她无礼地赶走,借口说衬衫的领子做得不合尺寸,而且缝歪了。这时家里的孩子们都在挨饿……卡捷琳娜·

---

① 所多玛和蛾摩拉是《圣经》里提到的两座杂乱无章、充满罪恶的城市,见《旧约·创世记》第十九章。

② 路易斯(1817—1878),英国达尔文主义生理学家和实证主义哲学家。

伊凡诺夫娜走来走去，非常绝望，两颊泛出了潮红，害那种病的人都是这样的。她说：'你这个好吃懒做的东西，住在我们这儿，又吃又喝，还要取暖。'可孩子们经常一连三天看不见一块面包皮，到哪儿去又吃又喝呢！当时我正躺在床上……嗯，这有什么！当时我喝醉了躺在床上，我听到我的索尼娅在说话（她是个逆来顺受的姑娘，说话细声细气，挺温柔的……金黄色的头发，小脸总是苍白的、瘦瘦的）。她说：'卡捷琳娜·伊凡诺夫娜，我真的得去干那种事吗？'达丽娅·弗兰措夫娜，警察局非常熟悉的那个一肚子坏心眼的女人，已经通过女房东来找过她三次了。'怎么，'卡捷琳娜·伊凡诺夫娜嘲笑地答道，'有什么舍不得的？哼，多值钱的宝贝！'可是别怪她，别怪她，先生，别怪她！她说这话的时候理智不健全，心烦得要命，又有病，加上孩子们饿得直哭，而且她说这话，并不是真有这意思，这多半是气话……因为卡捷琳娜·伊凡诺夫娜就是这脾气，孩子们一哭，哪怕是饿哭了，她也会立刻动手打他们。快到六点钟的时候，我看见索涅奇卡①起来了，围上头巾，披上斗篷，走出了家门，八点多才回来。她一直走到卡捷琳娜·伊凡诺夫娜跟前，默默地把三十卢布放在她面前的桌子上。她虽然看了她一眼，但一言不发，只是拿起我们的那条绿色细呢大头巾（我们有一条公用的头巾，是细呢的），蒙上头和脸，躺到床上，脸朝着墙，只见她那小小的肩膀和身子不住地哆嗦……我还和原先一样躺在那儿……那时候我看见，年轻人，我看见，卡捷琳娜·伊凡诺夫娜后来也一言不发地走到索涅奇卡的床铺跟前，在她身边跪了整整一个晚上，吻着她的脚，不肯站起来，后来她们俩搂在一起就这么睡着了……搂在一起……一起……是的……而我呢……醉醺醺地躺着。"

马美拉多夫不再吭声，好像声音中断了似的。后来他突然匆忙地斟了一杯酒，一饮而尽，然后咳了一下，清了清嗓子。

"从那以后，先生，"沉默了一会儿之后，他又接着说，"从那以后，由于一件倒霉事和一些心怀恶意的人的告密（达丽娅·弗兰措夫娜在那件事情上起了特别坏的作用，原因似乎是她没有受到应有的尊重），从那以

① 即索尼娅。索尼娅和索涅奇卡都是索菲娅的昵称。

后，我女儿索菲娅·谢苗诺夫娜就被迫去领了一张黄色执照，因为那个缘故，她就不能再跟我们住在一起了。因为连我们的女房东阿玛丽娅·费奥多罗夫娜也不答应（虽然她以前帮过达丽娅·弗兰措夫娜的忙），列别加尼科夫先生也……哼……他和卡捷琳娜·伊凡诺夫娜之间的这场纠纷就是为了索尼娅。最初他竭力去勾引索涅奇卡，现在他可摆起架子来了：'怎么，'他说，'像我这样一个有学问的人，能跟这种女人住在一个屋子里吗？'卡捷琳娜·伊凡诺夫娜气不过，出来抱不平……事情就闹大了。现在索涅奇卡多半是等天黑以后才到我们这儿来，减轻一点卡捷琳娜·伊凡诺夫娜的负担，并且尽力拿些钱回来……她现在住在裁缝卡佩瑙莫夫家里，向他们租了一间屋子。卡佩瑙莫夫是个瘸子，笨嘴拙舌，他一大家子人都笨嘴拙舌。他老婆也笨嘴拙舌……他们挤在一个房间里，不过索尼娅另有一个单间，用板壁隔开……唔……是的……都是顶穷的人，都笨嘴拙舌……是的。那天我清早起来，穿上我的破衣服，举起双手，祷告上苍，就到伊凡·阿凡纳谢维奇大人那儿去了。伊凡·阿凡纳谢维奇大人，您认识他吗？不认识？唉，这样一位大慈大悲的人您都不认识！他是蜜蜡……上帝面前的蜜蜡；像蜜蜡一样地融化！他听了我的诉说以后，竟淌出眼泪来了。他说：'马美拉多夫，你已经叫我失望过一次了……现在我再替你担待一次，给你一个差事吧。'他就是这样说的，'记住，'他说，'你去吧。'我吻了吻他脚下的尘土，在想象中吻，因为他不会真让我这样做的，因为他是个大官，一位有新的政治思想的开明人物；我回到家里，当我宣布我恢复了差事，有薪俸可拿的时候，天哪，家里是怎样的欢天喜地啊！……"

马美拉多夫在极度激动中又把话停住了。这时一大群本来就已经喝醉了的醉汉从大街上走进来。门口传来了雇来的手摇风琴的声音和一个七岁孩子唱《农家曲》①的发颤童音。屋里顿时热闹起来。酒馆老板和伙计们都忙着招待新来的顾客。马美拉多夫对那些新来的人毫不在意，继续讲他的故事。此刻他似乎十分衰弱，然而他醉得越厉害，他就越健谈。

① 按照俄国诗人柯尔卓夫（1809—1842）的诗谱成的一首歌曲。

想到最近谋差事成功，他仿佛活跃了起来，甚至脸上也现出了光彩。拉斯柯尼科夫聚精会神地听着。

“那是五个礼拜以前的事了，先生。对……卡捷琳娜·伊凡诺夫娜跟索涅奇卡两人一听到这件事，天啊，就好像我登上了天堂似的。过去，你只能像一头畜生似的躺在那儿，除了挨骂没有别的，可现在：他们都蹑手蹑脚地走路，叫孩子们别嚷：‘谢苗·扎哈雷奇在衙门里办公累啦，在休息呢，嘘！’我上班以前，她们煮咖啡给我喝，给我热奶油！她们开始给我弄来真正的奶油，您听见了吗？我真不明白，她们从哪里攒来的钱，居然给我置备了一套像样的服装——十一卢布五十戈比哪？靴子啦，细棉布胸衣啦——漂亮极了，还有一套制服，她们花去了十一个半卢布，按照最好的式样做成了这些东西。第一天上午我从衙门里回来，看见卡捷琳娜·伊凡诺夫娜已经给我做好了两道菜——一道汤，一道洋姜烧咸肉——在这以前，我们连想都没想过这些东西。她什么衣服也没有……一件也没有，可是现在她打扮得像是要去做客似的，她原没什么可穿戴的，可是忽然间，她什么也不用就把自己打扮起来了：她梳了梳头，换了一条干净的领子，还有套袖，瞧，她完全变成另一个人啦，比以前年轻了，也好看了。我的宝贝索涅奇卡过去一直拿钱贴补家用。‘现在，’她说，‘我暂时不便常来看你们了，除非天黑以后，没有人看见。’您听到吗？您听到吗？那一天午饭后，我回家小睡片刻，您猜怎么着？卡捷琳娜·伊凡诺夫娜一个星期以前还跟女房东阿玛莉娅·费奥多罗夫娜吵得不可开交，现在她却把她请来喝咖啡了。她们坐在一起，唧唧咕咕谈了两个钟头：‘谢苗·扎哈雷奇现在又有差事，又有薪俸了，’她说，‘他亲自去见大人，大人亲自出来见他，叫别人都等着，他还拉着谢苗·扎哈雷奇的手，走过众人面前，把他领到办公室里去。’您听见了吗？您听见了吗？‘说实话，’他说，‘谢苗·扎哈雷奇，您过去的功劳我是记得的，’他说，‘尽管您有过那些荒唐的弱点，但是，既然您现在提出了保证，再加上没有您，我们的事情办不好，’（您听见了吗，您听见了吗？）‘所以，’他说，‘我现在将希望寄托在您高尚的保证上。’告诉您吧，这些话都是她自己随口编出来的，她这样说不是信口开河，也不是一味为了夸耀。不，对这些事她自己完全相信，她用自己的想象来安慰她自己，真的！我不责备她；不，这点我不责备她！……六天以前，我把第一次挣来的薪俸——二十三卢布四十戈比——统统交给她的时候，她把我叫做'小宝贝'，她说：'我的小宝贝。'等到只有我们俩的时候，您明白吗？我算得上什么值得赞美的人，算得上什么丈夫呢？可是，她却捏了一下我的脸蛋说：'我的小宝贝啊。'"

马美拉多夫说到这儿停下了，他本想笑一笑，可是突然他的下巴抽动起来。但他克制住了自己。这家小酒馆，这副荒淫无度的外表，在运草船上度过的五夜，一俄升酒，加上对老婆和家庭的那种病态的爱，使听他说话的拉斯柯尼科夫大惑不解。拉斯柯尼科夫聚精会神地，但却带着痛苦的感觉听着。他后悔到这儿来了。

"先生，先生，"马美拉多夫恢复常态后，又大声说，"哦，先生，也许您跟别人一样，把这些事当做笑谈吧，也许我把家里这一切鸡毛蒜皮的琐碎事讲给您听，只能叫您厌烦吧，可是我并不把它当做笑谈！因为这一切都是我的切身感受……而我呢，在我一生中那最美好的一整天和一整个晚上，都是在转眼即逝的幻想里度过的：就是说，我梦想着怎样安排一切，怎样把孩子们穿戴打扮起来，怎样叫她过几天安静的日子，怎样把我的独生女儿从那可耻的生活里救出来，使她回到家庭的怀抱……还有许多，许多……这情有可原吧，先生。那么，先生（突然，马美拉多夫好像打了一个哆嗦，抬起头，凝视着他的听者），嘿，我在做了这一切美梦以后，第二天（正好在五天以前），傍晚，我耍了一个狡猾的手腕，像夜间的小偷一样，把卡捷琳娜·伊凡诺夫娜锁箱子的钥匙偷了出来，取出我拿回家剩下来的薪俸，一共多少，我也记不清了，就这样，您现在看看我吧，大家都来看看我吧！今天是我离家后的第五天，家里的人都在找我，差事完蛋了，制服放在埃及桥边的一家小酒馆里，换了我现在穿的这身衣服……什么都完蛋了！"

马美拉多夫用拳头捶了一下自己的脑门，咬紧牙齿，闭上眼睛，将胳膊用力地支在桌子上。但是过了一分钟，他的脸色突然变了，他用一种装出来的狡猾神气和假装的厚颜无耻，看了拉斯柯尼科夫一眼，笑着说：

“今天，我去找索尼娅，跟她要钱买酒喝！嘿嘿嘿！”

“她真给了？”在新来的顾客中，有一个人喊道，喊完就哈哈大笑起来。

“这半俄升酒就是用她的钱买的，”马美拉多夫说，他的话是专对拉斯柯尼科夫讲的，“她亲手给了我三十戈比，这是她最后剩下的一点钱……我亲眼看见的。她一句话也没说，只是默默地望了望我……世界上是没有这样的事的，只有在那儿……才替人家伤心，哭泣，却不责备人，不责备人啊！可是这更叫人难过，不责备的时候更叫人难过！……三十戈比，是呀！她现在不是也需要这些钱吗？您觉得是不是，我亲爱的先生？因为她现在必须穿漂亮点，那种特别的漂亮得花钱，您明白吗？您明白吗？唉，她还得买化妆品，没有不成呀；还得买上过浆的裙子啦，鞋子啦什么的，那鞋子可得纤巧一点，好让她跨过水洼的时候露出她的小脚来。您明白吗，先生，您明白那种漂亮意味着什么吗？而我，她的亲生父亲，却把这三十戈比拿来喝酒了！我正在喝！我已经喝光了！……您说，谁会可怜像我这样的人呢？啊？先生，您现在可怜我还是不可怜我呢？告诉我，先生，可怜还是不可怜？嘿嘿嘿嘿！”

他还想把酒杯斟满，可是一滴酒也没有了。酒瓶已经空了。

“为什么要可怜你呢？”老板又出现在他们旁边，大声说道。

接着是一阵哄堂大笑，甚至还有叫骂的声音。那些听他说话的人和没有听他说话的人都在笑，在骂，他们一看到这个丢了官的小官吏的模样，就笑骂起来。

“可怜！我为什么要人可怜！”马美拉多夫突然大声嚷道，他把一只胳膊往前伸着，站了起来，非常激动，仿佛正等着这一句话似的，“你说，为什么要可怜我呢？是的！我没有什么值得可怜的，应该把我钉死，钉死在十字架上，而不是可怜我！啊，法官，把他钉死了吧，钉死他以后，再可怜他吧！那时候，我自己就会走到你跟前，要求你把我钉死的，因为我渴求的不是快乐，而是苦恼，是眼泪啊！……卖酒的，你以为你的那瓶酒给了我快乐吗？苦恼，我从瓶底寻求的是苦恼，是苦恼和眼泪，我已经尝到它了，找到它了；怜悯一切人的那个人才会怜悯我们。他是无人不知，无事不晓的,他是唯一的主,他才是法官。有一天他会来,[1]他会问:‘那个为了她凶暴的、害肺痨的后母,为别人年幼的孩子而出卖自己的女儿在哪儿?那个怜悯放荡的醉汉,她那生身的父亲,而不为他的残忍感到畏惧的女儿在哪儿?’他会说:‘到我这儿来!我已经赦免过你一次了……我已经赦免过你一次了……你许多的罪都赦免了,因为你的爱多[2]……’他会赦免我的索尼娅的,会赦免的,我知道他会赦免的……前不久我在她那儿的时候,我的心就感觉到这一点了!……他将要审判一切人,赦免一切人,好人,坏人,大智大慧的和温顺的……他把他们审判完以后,就会来传召我们。‘你们也走上前来,’他会说,‘走上前来,醉汉们,走上前来,软弱的人们,走上前来,无耻的人们!’于是我们大家就毫不羞耻地走上前去,站在他的面前。他说:‘你们是猪,都是依照畜生的形象造成的,都带有畜生的印记[3],但是你们也来吧!’于是大智大慧的和深明事理的人们就要说:‘啊,上帝,为什么你接受这些人呢?’他就说:‘我所以接受他们,大智大慧的人们,我所以接受他们,深明事理的人们,是因为他们之中没有一个人认为他们是受之无愧的……’于是,他就向我们伸出自己的手来,我们便跪在他的面前……哭泣起来……我们将明白一切!那时候我们将明白一切!……所有的人都会明白的……连卡捷琳娜·伊凡诺夫娜……她也会明白的……上帝,愿您的天国降临吧!”

他跌坐在长凳上,筋疲力尽,衰弱不堪,他谁也不看一眼,仿佛忘却了周围的一切,陷入了沉思。他的话产生了一些影响;一时间鸦雀无声,但是很快又发出了刚才的哄笑和咒骂。

“他发起妙论来了!”

“他信口胡说!”

“还是个官儿呢!”

诸如此类,不一而足。

---

① 指在世界末日前,基督将二次降临人世。那时世上充满了不法之事,“民要攻打民,国要攻打国;多处必有饥荒,地震”。(参见《新约·马太福音》第二十四章)

② 语出《圣经·新约·路加福音》第七章第四十七节。

③ 典出《福音书》,意指反基督的人。

“先生,咱们走吧,”马美拉多夫突然抬起头来,对拉斯柯尼科夫说,“您送我回家……柯舍尔公寓,从院子里进去。该回家了……到卡捷琳娜·伊凡诺夫娜那儿去……”

拉斯柯尼科夫早就想走;他本来就打算扶他回去。马美拉多夫的两条腿比他的长篇大论要无力得多,他的身子紧紧地靠在年轻人身上。走了大约二三百步。离家越近,醉汉的神色也就越狼狈,越惊慌。

“现在我害怕的不是卡捷琳娜·伊凡诺夫娜,”他心慌意乱地咕哝着说,“我也不怕她揪我的头发。头发有什么要紧!……头发算不得一回事!这是我说的!她要是揪我的头发倒还好些!那样我倒不怕!……我……害怕的是她的眼睛……是的,眼睛……她脸上的潮红也叫我害怕……还有——我害怕她的呼吸……您注意过害那种病的人在感情激动的时候是怎样呼吸的吗?我也害怕孩子们啼哭……因为,要不是索尼娅养活了他们……我真不知道!我真不知该怎么办了!但是我不怕挨揍……先生,您可知道,挨这种揍我非但不觉得疼,甚至觉得是一种享受……其实不挨揍我还真过不下去,挨揍倒好过些。让她揍我吧,出出气……这样倒好些……公寓到了。柯舍尔公寓。一个铜匠的房子,他是德国人,很有钱……领我进去吧!”

他们从院子里走进去,走到四楼去。越上楼,楼梯就越黑。现在将近十一点钟,虽然在这个时节彼得堡并没有真正的黑夜①,可是在楼梯顶上却非常暗。

在楼梯尽头,在顶上面,敞开着一扇被烟熏得污黑的门。一间约有十步长的十分简陋的屋子,靠一节蜡烛头照亮着;从过道里就可以看见整个屋子。屋子里乱七八糟,特别是孩子们的各种破烂衣服丢得到处都是。后墙角上挂了一条满是破洞的床单,床单后面大概放着一张床。屋子里面只有两把椅子和一张十分破旧的漆布面长沙发,沙发前面放着一张没有油漆过,也没有铺台布的厨房用的旧松木桌。桌沿上,一个铁制的烛台里插着一节快要点完的牛油制的蜡烛头。原来,马美拉多夫一家人住的

---

① 此处指彼得堡春夏两季的白夜:夜很短,黄昏过后,几乎紧接着就是晨曦。

是一个房间,也算不上是房间,实际上只是个过道。再往前去,通往阿玛莉娅·莉佩韦泽住房的那扇门虚掩着。这个住所分隔成了一些小间,小得像鸽子笼。那里闹闹哄哄,吵吵嚷嚷。在哈哈大笑。好像在玩纸牌和喝茶。有时还传出一些极其不堪入耳的话来。

拉斯柯尼科夫马上就认出了卡捷琳娜·伊凡诺夫娜。这是个骨瘦如柴的女人,个儿挺高,身材细细的,长得倒也端正,还长着一头很漂亮的深褐色头发,脸颊上真的泛出了潮红。她正在她那窄小的屋里踱来踱去,两只手按在胸脯上。嘴唇焦干,呼吸很不均匀,断断续续。两眼像害热病似地闪着光,但目光是锐利而呆滞的。那一张痨病患者的神色不安的脸,在残烛摇曳不定的最后的光照下,给人一种病态的印象。拉斯柯尼科夫觉得她大约有三十岁,跟马美拉多夫确实不相配……她既没有听见也没有看见他们进来。她仿佛处在一种出神状态,什么也不听,什么也不看。屋子里闷得很,可是她没有打开窗户。从楼梯上传来一股恶臭,但是通楼梯的门并没有关上。一阵阵烟叶的烟从屋后那扇没有关紧的门里飘出来,她咳嗽着,可是她并不去把门关严。她最小的孩子是个六岁的女孩,睡在地板上,不知怎的蜷曲着身子,坐着,头靠在沙发上睡着了。比她大一岁的男孩站在墙角里,一面哭一面浑身发抖。大概他刚挨了一顿揍。一个九岁的大女孩站在墙角里她弟弟的身旁,像一根火柴棍似的又高又瘦,身上穿一件破得不像样子的衬衣,裸露的肩膀上披了一件薄呢的旧斗篷,这件斗篷大概是两年前做的,现在连她的膝盖也够不到。她用一只瘦得像火柴棍似的长胳膊搂住弟弟的脖子。她似乎正在哄他,唧唧咕咕地对他说些什么,千方百计地不让他再抽抽噎噎地哭下去。同时,她的一双深色大眼睛正惊恐地瞪着妈妈,那双眼睛在她那瘦削而惊恐的小脸上显得更大了。马美拉多夫没有走进屋,就在门口跪下,他把拉斯柯尼科夫推到前面。那个女人看见一个陌生人,便茫然地在他面前停住了脚步,她刹那间清醒过来,好像在思索:这个人进来干什么呢?但是她大概立刻以为他是到别的屋子里去的,因为他们的屋子是个过道。想到这,她就不再理会他,只是走过去准备把过道的门关上,但是一看到她丈夫跪在门口,就突然发出一声惊呼。

"啊!"她发狂地喊道,"回来了!你这个罪人!你这个恶棍!……钱到哪儿去了?你口袋里是什么,给我看!你的衣服也不是那件了!你的衣服在哪儿?钱在哪儿?说呀!……"

她扑上去搜他的身子。马美拉多夫马上顺从地伸开两臂,好让她搜起衣兜来方便些。可是连一个戈比也没有。

"钱到哪儿去了?"她喊道,"啊,上帝,难道他把钱都喝光了吗!要知道,箱子里还有十二个卢布呢!……"接着她突然发狂地一把抓住他的头发,把他拖到屋里去。为了让她省些力气,马美拉多夫乖乖地跪在地板上跟着她爬进去。

"这对我是一种享受!我不感到痛苦,我觉得这是一种享—受,先—生。"他喊着说,他被揪住头发,摇摇晃晃,甚至有一次把脑门磕在地板上。睡在地板上的孩子惊醒了,哭了起来。墙角里的那个男孩子忍不住浑身发抖,一面尖声叫喊,惊恐万状地扑到他姐姐身边,几乎要晕过去了。年纪最大的女孩子刚睡醒,也像树叶一样哆嗦着。

"喝光了!统统喝光了!"可怜的女人绝望地喊道,"衣服也不是那件了!他们都在挨饿,正在挨饿啊!(她非常痛心地指着孩子们)啊,该死的生活!可是您,您也不害臊,"她突然向拉斯柯尼科夫嚷道,"从酒馆里来的!你跟他一块儿喝酒了?你也跟他一块喝酒了!滚!"

年轻人一句话没说,就急忙走开。这时里面的那扇门敞开了,几个好奇的人从里面探出头来。那些粗鄙的笑脸,叼着烟斗和香烟、戴小圆帽的头,都从门里伸了出来。可以看见里面有袒胸露怀披着睡衣的人和穿着不成体统的夏服的人,有的手里还拿着纸牌。当马美拉多夫被揪着头发拖着走,而且嘴里还喊着这是他的一种享受的时候,那些人就笑得分外开心。他们甚至开始走进屋里来;最后,突然听到一阵凶狠的尖叫声:这是阿玛莉娅·莉佩韦泽亲自挤到前面来了。她想照自己的老办法来发号施令(骂骂咧咧地命令她明天就腾房子),她这么吓唬那个可怜的女人,这次是第一百次了吧。拉斯柯尼科夫临走的时候,把手放进衣袋里,掏出一把他在酒馆里用一个卢布找来的铜币,偷偷地放在窗台上。但是走到楼梯上的时候,他又改变主意,想转身回去。

"我做了一件多荒唐的事情啊,"他想,"有索尼娅照顾他们,我自己还需要钱哩。"但是他想到已不可能再把钱拿回来,而且无论如何也不应该再拿回来,便挥了挥手,走回自己家里去了。"索尼娅还要买化妆品呢,"走在大街上的时候,他继续想着,同时挖苦似的笑了笑,"这种漂亮是要花钱的……哼……也许索涅奇卡自己今天就会破产,因为她干的那一行跟捕捉珍贵动物……开采金矿……一样冒险,没有我的钱,他们全家也许明天就会一文不名……唉,可怜的索尼娅!可是他们居然会挖到这么一座矿井!从中得到好处!是的,确实从中得到了好处!他们已经习惯了。他们哭过,可是已经习惯了。卑鄙的人对一切都会习惯的!"

他沉思起来。

"唔,如果我想错了呢?"他忽然不由自主地嚷道,"如果人并不是真的那么卑鄙,我指的是一般人,是整个人类——那么其余的一切都是偏见,都只不过是人为的恐惧,没有任何障碍,那么,那就是理所当然的了!……"

## 3

他辗转反侧地睡了一夜,第二天醒得很迟,睡眠并没有使他的精神好转。他醒来时,性情暴躁,肝火很旺,恶狠狠的,他用憎恨的目光望了一眼自己的小屋。这是只有六步来长的一个小笼子,外表破败不堪,布满灰尘,而且发黄的壁纸都剥落了,屋子非常低矮,一个身材稍高的人站在里面就会觉得局促不安,担心随时会把头撞到天花板上。家具跟屋子很相配:三把东倒西歪的旧椅子,墙角里有一张油漆过的桌子,桌上放着几本书和笔记本;从书和笔记本上积存的尘土来看,显然已经好久没有人摸过了。最后,一张笨重的大沙发几乎占据了整整一面墙的长度和半间屋子的宽度。这张沙发榻以前包着一层印花布,但现在已经破烂不堪,它给拉斯柯尼科夫当床用。他常常不脱衣服,不铺床单,把破旧的学生大衣裹在身上,就和衣睡在上面。床头有一只小枕头,为了把枕头垫高些,他把所有的贴身衣服,干净的和脏的，都塞在枕头底下。沙发前面放着一张小桌子。

很难比这更潦倒、更邋遢的了；但是，拉斯柯尼科夫在目前的精神状态下，觉得这样倒很舒服。他毅然与一切人断绝了来往，像乌龟缩进了乌龟壳，甚至看见负责照料他、偶尔到他屋里来的那个女仆的脸，也会激起他的恼恨和痉挛。那种把注意力过度集中在某一点上的偏执狂患者就常常是这样的。他的女房东已经有两个星期不再送饭给他吃了。他虽然没有饭吃，但至今没有想到要去跟她交涉。那个厨娘，女房东的唯一女仆娜斯塔霞，对于房客的这种情绪反而感到有些高兴，她干脆不去打扫和收拾他的屋子了，只是隔一个礼拜左右，才偶尔在无意中拿起笤帚来扫一下。现在就是她把他叫醒的。

"起来，怎么还睡觉！"她朝他喊道，"九点多了。我给你端茶来了；想喝茶吗？大概都饿瘦了吧？"

房客睁开眼睛，哆嗦了一下，认出了娜斯塔霞。

"是女房东叫你送茶来的吗？"他问，然后慢慢地、病容满面地从沙发上欠起身子。

"什么女房东叫送来的！"

她在他面前放下她自己那把有裂纹的破茶壶，里面盛着已经喝淡了的残茶，又放下两小块发黄的糖。

"喏，娜斯塔霞，你拿着，麻烦你，"他在衣袋里摸了一阵（他就是这样穿着衣服睡的），掏出一把铜币，"麻烦你去给我买个小面包来。再到香肠铺去给我买一小截便宜点的香肠。"

"面包我马上给你去买，你愿不愿意喝点菜汤代替香肠呢？菜汤挺好的，昨天做的。昨天我就给你留下了，可是你回来晚了。挺好的汤。"

汤端来以后，他就开始喝起来。娜斯塔霞坐在他身边的沙发上，闲聊起来。她是个乡下女人，是个很唠叨的娘儿们。

"普拉斯科维娅·巴甫洛夫娜想到警察局去告你哩。"她说。

他皱紧了眉头。

"到警察局去？她想干什么？"

"你不付房钱，也不搬家。她想干什么还不明摆着。"

“唉！这不是活见鬼吗，”他咬牙切齿地咕哝说，“不！目前……这对我……太不巧了……她是个傻瓜，”他又大声加了一句，“我今天找她谈谈去。”

“她虽说是个傻瓜，跟我一模一样。可是你是什么人呢？一个聪明人，老像个麻袋似地躺着，一点本事也显不出来。你说，你以前去教孩子，为什么现在什么事也不做呢？”

“我在做……”拉斯柯尼科夫待答不理地绷着脸说。

“你在做什么？”

“工作……”

“什么工作？”

“我在想。”稍停了一会儿以后，他一本正经地回答说。

娜斯塔霞笑得直不起腰来。她是个爱笑的人，一有什么叫她开心的事，她就不出声地笑着，浑身打颤，前仰后合地直笑得难受才停下。

“你想出发财的办法啦？”她好容易才说出这句话来。

“我没有靴子，没法去教课。再说，我瞧不起。”

“犯不着和你的肚子过不去嘛！”

“教孩子挣不了几个钱。几个戈比有什么用？”他怏怏不乐地回答说，好像在回答他自己的思想似的。

“你想突然发一笔大财吗？”

他奇怪地望了她一眼。

“是的，发一笔大财。”沉默了一会儿之后，他果断地答道。

“唉，你还是慢慢来吧，要不，你真会把人吓坏的。要不要给你去买面包？”

“随你便。”

“哦，我忘了！昨天你不在家的时候，有人给你来了一封信。”

“信？给我的！谁来的信？”

“不知道谁来的信，我用我自己的钱给了邮差三个戈比①。你还给我好吗？”

---

① 在过去，邮资要收信人支付。

“快去拿来,看在上帝分上,快拿来!”拉斯柯尼科夫焦急地叫道,“上帝啊!”

不一会儿,信拿来了。不出他之所料,信是从P省他母亲那里寄来的。他接过信,甚至脸色都变白了。他已经好久没有接到家信了,但是现在突然间还有另一件事沉重地压在他的心上。

“娜斯塔霞,你走开吧,看在上帝分上;这儿是还给你的三个戈比,看在上帝分上,你快走吧!”

信在他的手里发抖;他不愿当着她的面拆信:他想单独地看这封信。娜斯塔霞出去后,他马上把信举到嘴边吻了一下;然后久久地凝视着信封上的笔迹,望着那么熟悉、那么可亲的纤细的斜体字,曾经教过他读书写字的母亲的笔迹。他迟疑着;甚至好像担心什么似的。最后他把它拆开了:这是有两罗特①重的一封厚厚的信,两大张信纸上写满了非常小的字。

“我亲爱的罗佳②,”母亲写道,“我已经有两个多月没在信里跟你谈话了,这使我感到痛苦,甚至有时思前想后,彻夜失眠。但是,对于我这种无可奈何的沉默,想必你不会责怪我吧。你知道,我是多么爱你;你是我们——我和杜尼娅两人的唯一亲人,你是我们的一切,我们的全部希望和寄托。当我得知你因为无钱维持自己的生活,几个月前离开了大学,而且失去了教书工作,又没有其他生活来源的时候,我是多么伤心啊!我一年只有一百二十卢布的抚恤金,我有什么办法帮助你呢?你知道,四个月以前我寄给你的十五卢布,是我用扣除抚恤金的办法向我们这里的一个商人阿凡纳西·伊凡诺维奇·瓦赫鲁申借来的。他是个好心肠的人,以前又是你父亲的朋友。因为我把代领抚恤金的权利交给了他,所以我必须等到把债还清,现在这事刚刚如愿以偿,所以在这段时间里我一直没能寄钱给你。但是现在,谢天谢地,看来我又能再寄一点给你了,而且现在我们甚至能夸口说,我们时来运转了,这就是我急于要告诉你的。首先,亲

---

① 旧时俄国的重量单位,一罗特等于十二点八克。

② 本书主人公罗吉昂·罗曼诺维奇·拉斯柯尼科夫的昵称。

爱的罗佳，你知道不知道，你妹妹跟我住在一起已经一个半月了，而且今后我们将永远不再分离。感谢上帝！她的磨难算熬到头了，但我要把一切从头到尾讲给你听，让你知道事情的经过以及我们到今天为止对你隐瞒的事情。两个月以前，你来信说：你听人家说杜尼娅在斯维里加洛夫先生家受到很多无礼的待遇，你要我对你做出详细说明，但那时候我能写什么回答你呢？要是我在信中把全部真相都告诉你，你大概会丢下一切，哪怕走路，也会走到我们这儿来的，因为我知道你的性格和你的感情，你决不肯让你的妹妹受人欺侮。那时，我自己也一筹莫展。但是有什么办法呢？当时我自己也不知道全部真相。主要的难题是，去年杜涅奇卡①到他们家里去做家庭教师的时候，预支了一百卢布，规定每月从薪水里扣还，所以不还清债务，她就不能辞去工作。她借这笔钱来（罗佳，我的宝贝，现在我可以把这一切情形说给你听了）主要是为了寄给你六十卢布，你当时非常需要这笔钱，也就是你去年从我们这里收到的那笔钱。当时我们瞒着你，在信里说这笔钱是杜涅奇卡以前攒下的，事实上不是这样。现在我才把全部真相告诉你，因为现在，按照上帝的意志，一切都突然好转了，同时也可以让你知道，杜尼娅是多么爱你，她有一颗多么宝贵的心。起初斯维里加洛夫先生对待她的确很无礼，往往在饭桌上出言不逊和嘲笑她……但是我不想再谈起这些叫人痛苦的事情了，因为现在一切都已成为过去，我不愿再叫你徒然烦恼。说得简单点，尽管斯维里加洛夫的太太玛尔法·彼特罗夫娜跟她家里所有的人待她都很好，都很仁厚，但杜涅奇卡的日子非常不好过，特别是当斯维里加洛夫先生在军队里的老毛病发作，在巴克斯②支配下的时候。但是后来又怎样呢？你想象一下吧，那个蛮不讲理的家伙早就对杜尼娅不怀好意，不过是表面上用粗暴和轻蔑把这一切掩盖了起来。大概他看到自己已经上了年纪，而且又是一家之主，对于这样的痴心妄想，他自己也感到羞耻和害怕，因此不由得对杜尼娅恼羞成怒起来。也可能他想用粗暴和嘲弄的态度在别人面前把真相掩

① 即杜尼娅。杜尼娅和杜涅奇卡都是阿芙朵佳的昵称。
② 古罗马神话中的酒神。

饰过去。但是最后,他按捺不住了,居然敢对杜尼娅厚颜无耻地公然求起婚来,他许给她各式各样的礼物,还许愿要抛弃一切,带她逃到别的村子去,甚至逃到国外去。你可以想象得出她那时多么痛苦!马上辞职不干是不可能的,这不仅由于欠人家债,同时也为了可怜玛尔法·彼特罗夫娜,因为这样会突然引起她的怀疑,会造成家庭不和的。同时杜涅奇卡也一定会大大地丢脸,那是不可避免的。此外还有许多别的原因,所以在六个星期以前,杜尼娅无论如何不能指望逃出那个可怕的人家。当然,你是了解杜尼娅的,你知道她有多么聪明,她有一副多么坚强的性格。杜涅奇卡能够忍受很多的痛苦,甚至在极端困难的情况下,她也十分达观,坚强不屈。虽然我们常常互通消息,但是为了怕我伤心,她甚至没有在信里把所有的事情都告诉我。事情的结局是出乎意料的。玛尔法·彼特罗夫娜无意中偷听到她丈夫在花园里向杜涅奇卡苦苦哀求,可是她完全误会了,她把一切都归罪于杜尼娅,认为她是祸根。她们当时在花园里就大吵了一场。玛尔法·彼特罗夫娜甚至打了杜尼娅,不由分说地对她嚷了整整一个钟头,最后,她吩咐立刻用一辆乡下人的大车把杜尼娅送到城里我这儿来,把她所有的东西,内衣和外衣,不叠好也不包好,就乱七八糟地扔到大车上。这时,下起了倾盆大雨,杜尼娅忍辱含垢,不得不跟一个乡下人坐在一辆敞篷大车上,走了整整十七俄里。现在你想想吧,我能写些什么来回答你两个月前的那封信呢?我又能在信里写些什么呢?当时我一筹莫展。在信里告诉你实话吧,我不敢,因为那样会使你烦恼、伤心和气愤,而且你又有什么办法呢?说不定你还会毁掉自己,何况杜尼娅也不许我这样做;要我在伤心万分的时候在信里扯些家常琐事和不相干的话,我又办不到。全城的人把这件事添枝加叶地足足议论了一个月,甚至弄到这步田地:看到那种鄙夷不屑的神气和交头接耳,甚至当着我们的面高声议论,我和杜尼娅连教堂也没法去了。所有的熟人都躲开了我们,走在街上甚至不再和我们打招呼,我还确凿地听说,一些商店伙计和一些办事员还打算下流地侮辱我们,把柏油涂在我们房子的大门上①,因此房东便要求

① 根据西方古老的民间习俗,人们常把柏油抹在荡妇家的门上,以示侮辱。

我们搬家。这一切都是玛尔法·彼特罗夫娜在搞鬼,她跑遍了所有人家,指责杜尼娅,败坏她的名誉。我们这儿的人她都认识,这一个月内她经常不断地进城来,因为她有点爱唠叨,喜欢谈论自己家里的事,特别喜欢在所有人面前数落她丈夫——那是很不好的——因此在短短的时间内,她把这件事不但传遍了全城,而且传遍了全县。这件事把我气病了,杜涅奇卡比我坚强,要是你能看见她多好啊:看她怎样忍受这一切,怎样来安慰我、鼓励我的!她简直是个天使!最后,由于上帝大发慈悲,我们的灾难受完了:斯维里加洛夫先生回心转意了,他后悔了,大概是可怜杜尼娅了吧,他向玛尔法·彼特罗夫娜提出了充分的、确凿无疑的证据,证明杜尼娅完全无辜。这是一封信,还是玛尔法·彼特罗夫娜在花园里碰到他们以前,杜尼娅为了拒绝他执意要求私下谈心和幽会而不得不写给他的。杜涅奇卡离开以后,这封信一直保存在斯维里加洛夫先生手里。她在这封信里,非常激烈和愤慨地指责他对待玛尔法·彼特罗夫娜的那种不高尚的行为,要他注意,他是一家之主和儿女成群的人,并且对他说,折磨和坑害一个已经够不幸的无人保护的姑娘,是多么卑鄙无耻的行为。总之,亲爱的罗佳,这封信写得那么高尚,那么动人,竟使我一面读一面痛哭,到今天为止,我读它的时候,还不能不落泪。此外,佣人们的证明也表明了杜尼娅的无辜。他们看到的和知道的,要比斯维里加洛夫先生本人设想的多得多,这一向是这样的。玛尔法·彼特罗夫娜大吃一惊,后来她向我们承认,她'又悲痛欲绝了',可是她已经完全相信了杜尼娅的无辜。第二天是礼拜天,她乘车一直到大教堂去,跪在圣母像前,流着眼泪祈求圣母给她力量经受这一次新的考验,并履行自己的天职。然后她又哪家也不去,直接从教堂乘车到我们家来,把事情原原本本地告诉了我们,她哭得很伤心,同时悔恨万分地搂着杜尼娅,恳求杜尼娅宽恕她。当天早上,她一刻也不耽搁,又从我们这里走遍了城里的家家户户,淌着眼泪,用最动听的话为杜涅奇卡昭雪,说明她的无辜和她的情操与行为的高尚。不仅如此,她还把杜尼娅写给斯维里加洛夫先生的亲笔信拿给所有人看,念给他们听,甚至让人家传抄(我觉得这是大可不必的)。她就这样,一连几天,乘车在城里挨家挨户地跑,因为有人见她先去拜访别人而生了气,所以就排好顺序，每一家都预先等着她，大家都知道玛尔法·彼特罗夫娜要在哪一天，在什么地方念这封信，她每次读信的时候，甚至有些按着顺序在自己家里或别的朋友家里听过好几遍的人都聚拢来听。依我看，这就做过头了，是大可不必的，不过玛尔法·彼特罗夫娜就是这个脾气。起码她完全恢复了杜涅奇卡的名誉，而她丈夫却成了罪魁祸首。这件事的全部丑恶也就落到了他的头上，成为他不能洗去的耻辱，因此我甚至可怜起他来了；他虽蛮不讲理，这样对待他也未免太残忍了。马上就有几家请杜尼娅去教书，但她都一一谢绝了。总之，大家忽然都变得对她特别尊敬。而这一切，总其成，就促成了那件意外的事情，通过这事，可以说，现在我们的整个命运都在起变化。亲爱的罗佳，你要知道，有一个人在向杜尼娅求婚，而且她已经答应了他，这件事就是我急于要通知你的。虽然没有事先征求你的意见就把这件事情办了，但我想你不会怪我和你妹妹的，因为你将来就会知道，实在事出无奈，我们不能等待和拖延到你回信的那一天呀。同时你不在跟前，也不能正确地判断一切。经过是这样的。他叫彼特·彼特罗维奇·卢仁，是个七等文官，玛尔法·彼特罗夫娜的一个远亲，也就是她竭力促成这门婚事的。一开始他通过她表示希望跟我们认识。于是我们好好地接待了他，请他喝咖啡，第二天他就写信给我们，在信里非常有礼貌地说明了自己求婚之意，并且请求我们很快地给他一个决定性的答复。他是一个精明强干的人，他很忙，现在急着要到彼得堡去，所以他珍惜每一分钟。起初我们当然很吃惊，因为事情来得太快，太突然了。那天，我们考虑和犹豫了一整天。他是个可靠、富有的人，他在两处有差事，并且已经有自己的财产。不错，他已经四十五岁了，但是他有一副相当讨人喜欢的外表，女人们还会喜欢他的，他大体上是个很庄重很体面的人，只是多少有些阴阳怪气，好像有点架子。不过这也可能是他第一眼给人的印象罢了。亲爱的罗佳，我得预先告诉你，你在彼得堡很快就会见到他的，如果初次看去，你觉得他有什么缺点的话，千万不要意气用事，遽下判断，因为你的脾气向来是这样的。尽管我相信他会给你好印象，但是我还是把这话说在前头，以防万一。何况要想了解一个人，需要逐渐地、仔细地观察他，以免造成偏见和误解，那是过后很难纠正和挽回的。从许多迹象看来,彼特·彼特罗维奇至少是个很值得尊敬的人。第一次来拜访我们的时候,他就向我们宣布,他是个讲究实际的人,但是,据他说,他也在许多方面赞同'我们新生一代人的信念',同时他也是一切偏见的敌人。他还说了许多话,好像有点虚荣心,喜欢别人听他讲话,但这也算不上什么缺点。我当然懂得很少,但是杜尼娅向我解释,说他虽然不大有学问,可是很聪明,而且似乎很善良。罗佳,你知道你妹妹的性格。这孩子又坚强,又懂事,能忍耐,又豁达,虽然也有一颗火热的心,这点我知道得很清楚。当然无论在她这方面,或者在他那方面,都谈不上有什么特别的爱情,不过杜尼娅是个聪明的姑娘,而且也是个高尚的人,跟天使一样,她会认为使丈夫幸福是她自己的天职,而他也会关心她的幸福的。我们暂时还没有多大理由怀疑这一点,虽然我们不得不承认这件事办得仓促了点。此外呢,他又是一个很精明的人,当然,他自己也会看到,杜涅奇卡嫁给他以后越幸福,他本人的婚后幸福也就越牢靠。至于性格上的某些不一致,某些旧习惯,甚至一些思想上的分歧(连最幸福的婚姻也是免不了要有的),对于这一点,杜涅奇卡对我说过,这全靠她自己,没有什么可担心的,许多事她都能忍受,只要他们将来的关系诚实无欺,公平合理就行。比方说,起初我感到他这个人说话好像有点刺耳;但那也许是因为他是个直性子的人,一定是这样的,再比方说,他得到杜尼娅的同意后,第二次来拜访我们的时候,他在谈话中说,在认识杜尼娅以前,他就决定娶一个老实的,但是没有陪嫁的姑娘,一定要娶一个经历过艰难困苦的姑娘;因为用他的话来说,丈夫不应该受妻子的任何恩惠,让妻子把丈夫看成自己的恩人要好得多。我应该补充一句,他说得比我写的要稍为婉转和客气一些,因为我已经忘记了他的原话,只记得个大意了,更何况他说这话并不是预先想好的,显然是谈到劲头上顺口说出来的,所以后来他甚至努力想纠正过来,把这话冲淡一些;可是我仍旧觉得这话说得有些刺耳,后来我对杜尼娅也讲过。可是杜尼娅却烦恼地回答我说,'语言还不是行动。'当然,这话也对。杜涅奇卡在作出决定以前,一整夜都没有合眼,她以为我已经睡着了,便从床上起来,在屋里来来回回地走了一整夜,最后她在神像前跪下,热烈地祈祷了很久,第二天早上她就向我宣布,她已经决定了。

“我已经提到，彼特·彼特罗维奇目前要动身到彼得堡去。他在那儿有许多重要的事务，他想在彼得堡开设一家公共律师事务所。他承办各种诉讼已经多年，前些日子他刚打赢了一宗重要的官司。他必须到彼得堡去，因为他要为一桩重要的案件出席枢密院①会议。所以，亲爱的罗佳，他在各方面对你都会有很大的好处，我和杜尼娅都认为，甚至从今天起，你就可以明确地开始你未来的事业了，而且你不妨认为你的命运已经确定。唉，但愿能够实现就好了！这样大的好处，只能看做是上帝赐给我们的恩典了。杜尼娅老是幻想着这件事。关于这一点，我们甚至向彼特·彼特罗维奇冒昧地试探过。但他说话很慎重，他说，他既然非有秘书不成，那么与其把薪水给外人，当然，还不如给亲戚来的好，只要这位亲戚能够称职（你怎么会不称职呢！），但是接着他又表示怀疑：你在大学里念书，恐怕没有时间在他的事务所工作。这一次，事情就谈到这里结束了，但是杜尼娅现在尽惦记着这件事情，其他什么也不想。最近几天来，她简直像发高烧似的，想好了一个完整的计划，使你以后能够成为彼特·彼特罗维奇诉讼事务方面的助手，甚至合伙人，特别是因为你自己也是学法律的。罗佳，我完全同意她的意见，赞同她的全部计划和希望，我认为这绝对有可能实现；尽管彼特·彼特罗维奇还在推托，但他目前这种态度是可以理解的（因为他还不认识你），但杜尼娅确信，靠她对自己未来的丈夫施加良好的影响，一切都是可以如愿以偿的，她对此坚信不疑。当然我们也留心，丝毫不向彼特·彼特罗维奇谈到我们今后的这些幻想，特别是你将成为他的合伙人这件事。他是个讲究实际的人，他也许会漠然处之，因为在他看来，这一切不过是空想罢了。同时我和杜尼娅一样，还没有把我们的殷切希望向他吐露过半个字，那就是在你上大学期间，请他资助你；我们之所以没有说出来，第一，因为这件事以后自然而然会实现的，大概不要费什么唇舌，他就会主动提出来（他当然不会在这一点上拒绝杜涅奇卡的），何况你可以在事务所里成为他的得力助手，你接受这种帮助并不是受人恩赐，而是接受你应得的薪金。杜涅奇卡想这样安排，我完全同

---

① 枢密院是当时俄国的最高司法机构，它对全国各级法院的判决有最后裁决权。

意她的意见。第二，我们所以没有告诉他，是因为我特别希望，当我们现在即将见面的时候，能使你处在与他平等的地位。当杜尼娅兴高采烈地对他说到你的时候，他回答说，判断任何一个人，都必须亲自先观察一番，而且越近越好，他希望跟你认识以后，由他自己说出他对你的看法。你知道，罗佳，我的宝贝，我想，出于某些考虑（然而，这跟彼特·彼特罗维奇毫无关系，而是这样的，是因为我自己的、个人的，甚至也许是老太婆的那种女人家的怪脾气），我觉得，在他们结婚以后，我还是像现在这样，一个人单独生活，而不跟他们住在一起为好。我深信他为人高尚而周到，一定会主动邀请我，建议我不要再跟女儿分开，如果说，他至今还没有把这个意思说出来，那想必是因为这是不言自明、理所当然的事；但是我会拒绝的。我这辈子看见过不止一次了，女婿总是对丈母娘不太满意，我不仅不愿意成为任何人的即使非常微小的累赘，而且我自己也希望能完全自由自在的，只要我还有自己的一块面包，还有像你跟杜涅奇卡这样的孩子就成。如果可能的话，我将住在离你们俩都不远的地方，因为，亲爱的罗佳，我把一个最愉快的消息留在这封信的末尾告诉你：亲爱的孩子，你可知道，我们大家也许不久又要聚首了，分别了将近三年，我们三个人又要互相拥抱了！已经大致决定我和杜尼娅将动身到彼得堡去，何时启程，还不知道，不过无论如何会很快，很快的，甚至说不定在一个星期以后。一切都要看彼特·彼特罗维奇的安排了，他在彼得堡熟悉一下环境以后，就会立刻告诉我们。出于某些打算，他想尽快举行婚礼，如果可能的话，就在这个肉食节①内，如果因为期限短促，来不及的话，就在夏收节②后马上举行婚礼。啊，我将把你紧紧地搂在怀里，这是多么幸福啊！杜尼娅想到和你见面时的快乐，激动极了！有一天她开玩笑似地对我说，就为了这一点，她也情愿嫁给彼特·彼特罗维奇。她真是个天使啊！她现在不附笔给你写什么了，她只是要我在信里告诉你，她想跟你说的话太多了，所以现在提不起笔来，因为寥寥数行，表达不尽她要讲的话，只会惹得她心烦

---

① 希腊正教中从圣诞节至大斋期之间的一段时期。

② 即圣母升天节（旧历八月十五日）。夏收节斋期共十五天（由八月一日至十五日）。

意乱罢了；她要我紧紧地拥抱你和替她无数次地亲吻你。虽然我们也许很快就要见面了，但日内我仍旧尽可能汇点钱给你。现在大家都知道，杜涅奇卡就要嫁给彼特·彼特罗维奇了，我的信用也突然提高了，我有把握，现在用扣除抚恤金的办法，阿凡纳西·伊凡诺维奇一定会信任我，甚至可以把借款增加到七十五卢布，所以也许我能汇给你二十五甚至三十卢布。我真想多汇给你一点钱，但是我担心我们在路上不够用；虽然彼特·彼特罗维奇好心地替我们担负了一部分赴京的旅费，就是说，他自告奋勇，由他出钱，把我们的行李和大箱子运去（设法通过他的什么熟人），然而，我们毕竟还得考虑到到彼得堡以后的费用，到那里，至少头几天，我们不能手里一个钱也没有。我和杜涅奇卡已经把所有的费用都仔细算过了，我们发现，路上不要花很多钱。从我们这儿到火车站只有九十俄里，我们已经跟我们认识的一个赶车的乡下人商量好了，万一需要的时候，我们可以搭他的车；在那里我和杜涅奇卡就可以顺顺当当地坐上三等车走了。所以，如果安排得好，我大概可以给你汇三十卢布，而不是二十五卢布。不多写了；我已经满满地写了两张纸，再没有地方了；我已经把整个事情都告诉了你；可不是吗，积攒了多少事情啊！现在，罗佳，我的宝贝，我们见面在即，我拥抱你，做妈妈的在祝福你；罗佳，爱你的妹妹杜尼娅吧；像她爱你一样地爱她吧，要知道，她对你的爱是没有止境的，她爱你胜过爱她自己。她是个天使，你呢，罗佳，你是我们的一切——我们的全部希望和全部寄托。只要你幸福，我们也就幸福了。罗佳，你还像以前一样祷告上帝吗？还相信我们的创世主和救世主的仁慈吗？我心里很害怕你是不是染上了现今流行的那种不信教的思想？要是这样的话，那么我为你祈祷。你要想想，亲爱的，在你童年时代，你父亲还活着的时候，你怎样坐在我的膝上牙牙学语地念祷告文，我们一家人那时多么幸福啊。别了，或者不如说，再见！我紧紧地，紧紧地拥抱你，千遍万遍地吻你。

至死爱你的

普莉赫丽娅·拉斯柯尼科娃”

从开始读信起，差不多在读的整个过程中，拉斯柯尼科夫的脸就被眼泪弄湿了。但是他读完以后,脸是苍白的,而且由于抽搐而扭曲了,他的嘴角掠过一阵痛苦的、恼恨的、恶意的微笑。他把头枕到干瘪、破旧的枕头上,想着,想了很久。他的心在剧烈地跳动,他的思想也在剧烈地翻腾。最后,在这间又像衣柜又像箱子的发黄小屋里,他开始感到窒闷和局促。他的视线和思想都盼望开阔的空间。他抓起帽子走出门去,这一次他不怕在楼梯上碰见任何人了,他已经忘记了这件事。他穿过B大街,朝瓦西利耶夫岛的方向走去,仿佛忙着到那儿去办什么事似的。按照自己的老习惯,他连路也不看就一直走去,但是嘴里念念有词,甚至大声跟自己说话,这使得过路的人都很惊奇。很多人都当他是喝醉了。

## 4

母亲的信使他十分痛苦,但是信里所透露出的最主要的事情,他不曾有过片刻的怀疑。甚至正当他读信的时候,事情的最根本点在他脑子里已经决定,完全决定了:“只要我活着,就决不让这件婚事成功,叫卢仁先生见鬼去吧!”

“因为这件事是非常清楚的,”他自言自语咕哝着,露出得意的微笑,恶意地预先庆幸着自己决定的成功,“不,妈妈,不,杜尼娅,你们骗不了我!……她们还向我道歉,说没有事先征求我的意见,没有得到我的同意就做了决定!可不是吗!她们以为现在已经不能解除了,咱们倒要瞧瞧到底能不能解除!多么堂皇的借口:‘彼特·彼特罗维奇是个大忙人,忙得不得了,连婚事也非得马上办,就差没开快车去办了。’不,杜涅奇卡,这一切我都明白,我知道你有很多话要跟我讲到底要讲什么;我也知道你一整夜在屋里走来走去,心里想的是什么,你在妈妈卧室里的喀山圣母像前祷告的究竟是什么。登上髑髅地①是多么痛苦啊。哼……那么说,已

① 耶稣被钉死在十字架上的地方。

经最后决定了:阿芙朵佳·罗曼诺夫娜[1],你决定嫁给一个精明强干的、纯理智的人,这人有财产(他已经有了自己的财产,这就更加可靠,更能打动人心了),这人在两处有差事,他赞成我们新生一代人的信念(妈妈在信里这么说的),而且他又'似乎很善良',像杜涅奇卡自己所说。这似乎再好不过了!而这个杜涅奇卡就为了这个似乎,而要嫁给他……妙极了!妙极了!

"……我倒想知道,为什么妈妈在信里要向我提到'新生一代人'呢?是为了刻画那个人的性格,还是有进一步的目的:使我对卢仁先生事先有个好印象呢?啊,真狡猾!我还想弄清楚另外一件事情:那一天,那一夜以及在以后的所有日子里,她们彼此究竟开诚相见到了什么程度?是把她们之间所有的话干脆都说出来呢?还是她们俩都明白,她们彼此心里感受的,脑子里想的都一样,没有必要大声说出来,还不如不说为妙。很可能有几分是如此;从信上看得出来:妈妈感到他说话有点刺耳,老实的妈妈就把她的意见冒冒失失地对杜尼娅讲了。杜尼娅听了当然生气,她就'烦恼地回答了她'。可不是吗!事情清清楚楚,没有必要问那些天真的问题嘛,而且已经决定,谈也无用,在这种时候,谁听了不发火呢?她在信里对我说:'罗佳,你要爱杜尼娅,她爱你胜过爱她自己。'这是为什么呢?是由于她同意为了儿子牺牲女儿,因而暗暗地受到良心的谴责吗?'你是我们的寄托,你是我们的一切。'唉,妈妈呀!……"他越想越恨,越想越恨,他要是现在碰见卢仁先生,也许会把他杀死的。

"嗯,这倒是对的,"他的思想像旋风似的在他脑海里旋转,他追逐着思想的旋风,继续想道,"这倒是对的,'要想了解一个人,需要逐渐地、仔细地观察他',但是对卢仁先生却洞若观火。主要的是:他是个'精明强干的人,而且,似乎很善良':他肯自己出钱,把她们的行李连同一只大箱子都给运走,这可非同小可!难道还能说不善良吗?可是她们俩,未婚妻和母亲,却雇了一名农夫,坐在一辆有席篷的大车上(要知道,我也坐过这种车子)!没什么!不过九十俄里罢了,'而在那里,我们就可以顺顺

[1] 这是杜尼娅的名字和父名。

当当地坐上三等车走了'，要走一千俄里哩。倒也明智：一个人应该量入为出嘛，不过，卢仁先生，你是怎么搞的呢？她是你的未婚妻啊……你不可能不知道，她母亲是预支了自己的抚恤金做路费的？当然，这是一笔合伙交易，一件利益均沾的买卖，股份相同，开支分担；正如俗话所说，吃饭在一起，烟叶各人自理。可是这位精明强干的人却有些愚弄她们。行李比她们的旅费要便宜，而且说不定不花钱就运来了。这些事情她们俩怎么一点也看不出，还是她们俩存心不去注意呢？可是她们俩又那么满意，那么满意啊！想一想吧，这还不过是开头，真正厉害的还在后头呢！这儿最要紧的倒不是吝啬，也不是小气，而是他办这一切事情的作风！要知道，这就是他将来婚后的作风，一个预告……妈妈也真是，干吗她要那样瞎折腾呢？她能带几个钱到彼得堡来呢？带三个卢布，还是带两张'钞票'，就像她……那个老太婆说的……哼！以后她在彼得堡靠什么过日子呢？她根据某些原因倒已经猜到了，他们结婚以后，她不可能跟杜尼娅生活在一起，甚至几个月也不成。那个可爱的人，大概说漏了嘴，露出了真相，虽然妈妈矢口否认，她说：'我会自己拒绝的。'那么她指靠谁呢：指靠一百二十卢布的抚恤金吗，而且还得除去还给阿凡纳西·伊凡诺维奇的钱！她在那里织冬天用的头巾和绣套袖，把一双老花眼睛都给弄坏了。可是织头巾的全部收入，一年也只能给她的一百二十卢布增加二十个卢布，这我是知道的。这么说，还是得把希望寄托在卢仁先生的慷慨大方上：'他会主动提出的，他会一再劝我去的。'别痴心妄想啦！席勒笔下的那些好心肠的人总是这样：直到最后一刻，还给人梳妆打扮，插上孔雀羽毛，直到最后一刻，还期待着最好的，而不是最坏的。虽然他们已经预感到勋章的反面①，可是他们须要到事不得已时，才肯面对现实；而且一想到这里，他们就觉得厌烦；他们拒不接受真理，直到被他们所粉饰打扮的那个人亲手捉弄了为止。我倒想知道卢仁先生有没有得过勋章；我敢打赌，他的扣眼里准挂着一枚安娜勋章②，他跟包工和商人们举行宴会的时

① 在俄文成语中，这里是指事情坏的一面，下面接着谈到卢仁先生是否得过勋章，是从上面这个成语联想起来的。

② 帝俄时代文官的勋章。

候,一定会佩戴它。也许他举行婚礼的时候,也一定会佩戴它！不过,去他妈的吧！……

"……妈妈就随她去吧,她本来就是这样的,愿上帝保佑她。可是杜尼娅是怎么回事呢？杜涅奇卡呀,亲爱的,我是了解你的！咱们最后一次见面的时候,你已经快二十岁了:那时,我就已经了解你的性格。妈妈在信上说,'杜涅奇卡能够忍受很多痛苦',这我是知道的。两年半以前我就知道,两年半以来,我不断想到这件事,所想的也正是这一点:'杜涅奇卡能够忍受很多痛苦'。既然她能够忍受斯维里加洛夫先生和由他造成的一切后果,这就是说,她的确能够忍受很多痛苦。现在妈妈和她的脑子里都认为她也可以忍受卢仁先生,此人提出了一种理论,说从贫穷中娶来的妻子,一切仰仗丈夫恩惠的妻子,才是最好的妻子,而且几乎是在第一次见面的时候,他就发表了这样的高见。姑且假定他是'说漏了嘴'吧,然而他是个纯理智的人(就是说,也许根本不是说漏了嘴,而是有意要尽快说清楚),可是杜尼娅呢？杜尼娅呢？她了解这个人,而且还得跟这个人生活在一起。当然,她宁可光吃黑面包和喝白开水,也不会出卖自己的灵魂,她不会用她精神上的自由去换取舒适,她也不会用她精神上的自由去换取整个什列斯威格和荷尔斯敦①,且不说卢仁先生的钱了。不会的,杜尼娅不是这种人,据我所知……当然,现在她也没有变！不用说！斯维里加洛夫夫妇是不好对付的！为了一年二百卢布在外省漂泊,当一辈子家庭教师,真是一件苦差事啊！但是我知道她宁可去给美国的农场主当黑奴,或者在波罗的海东岸的日耳曼人那里做一名拉脱维亚的农奴,也不愿使她的灵魂和道德堕落,为了一己私利而永远委身于一个她既不尊敬,而又跟他丝毫合不来的人！即使卢仁先生是纯金打的,或者是一整块金刚钻做的,她也不会同意去做卢仁先生的合法姘妇！那么为什么她现在又同意了呢？其中的奥妙在哪里呢？这个谜怎样解答呢？事情很清楚,为了她自己,为了她自己的舒适,甚至为了使她自己免于死亡,她决不会出卖自己,但是现在为了别人她出卖了自己！为了她亲爱的人,为了她崇

① 原属丹麦的两个州,在普丹战争与普奥战争以后被并入普鲁士。

拜的人，她可以出卖自己！全部奥妙就在这里：为了哥哥，为了母亲，她可以出卖自己！她可以出卖一切！啊，必要的时候，我们会压制我们的道德感；自由、安宁，甚至良心，一切的一切都可以送到旧货市场上去出卖。就让我的一生毁了吧！只要我们心爱的人能够幸福。不仅如此，我们还会想出自己的一套强词夺理的诡辩，学习耶稣会会员①的行为，也许暂时可以自慰，使我们自己相信应当这样，为了善良的目的确实应当这样。我们正是这样的人，一切都明如白昼。非常明显，罗吉昂·罗曼诺维奇·拉斯柯尼科夫是这里的中心人物，除了他就没有别人了。那又怎么样呢，这将使他得到幸福，可以供他上大学，可以使他成为事务所的合伙人，保障他的整个前程；或许他以后还会成为富翁，得到荣誉，受人尊敬，甚至还会以一个赫赫有名的人物而终此一生！但是母亲呢？要知道，罗佳，她的宝贝罗佳，她的长子就是一切！为了这样一个长子，即使牺牲这样的女儿又有什么不可以呢！啊，可爱的偏心啊！那有什么呢：我们甚至不怕遭到和索涅奇卡同样的命运。索涅奇卡，索涅奇卡·马美拉多娃呀！只要世界存在，索涅奇卡就是永存的。你们俩都充分估量过你们的牺牲，你们的牺牲吗？估量过吗？做得到吗？有好处吗？合理吗？您知道不知道，杜涅奇卡，索涅奇卡的命运一点也不比您跟卢仁先生在一起的命运更坏些？妈妈在信上说，'说不上有什么爱情'。既然没有爱情，也谈不上尊敬，那怎么办，而且相反，已经有了嫌恶、蔑视和恶心，那又该怎么办呢？那样的话，可能你也势必要'保持漂亮的外表'了。是不是这样呢？你明白不明白那种漂亮意味着什么？你明白不明白？明白不明白？你明白不明白，卢仁太太的漂亮跟索涅奇卡的漂亮完全一样，也许还更糟些，更丑恶些，更卑鄙些吗？因为你，杜涅奇卡，毕竟是为了得到多余的舒适，可是对索涅奇卡来说，那简直是饿死的问题。'杜涅奇卡，这种漂亮的代价太昂贵了，太昂贵了！'唉，假若您将来忍受不了，您会后悔吗？有多少苦恼、忧愁、咒骂和在别人面前隐藏起来的眼泪啊，因为您到底不是玛尔法·彼特

① 耶稣会是一五三四年根据罗马天主教教义创办的一个教会，这个教会的信徒认为只要目的是好的，即使做坏事也是对的。

罗夫娜呀。那时母亲会怎样呢？要知道现在她就心神不宁，在烦恼了，到那时，当她把一切都看清楚了的时候，她该怎么办呢？而且，我会怎样呢？……实际上，您把我看成什么样的人了呢？我不需要你的牺牲，杜涅奇卡，我不需要，妈妈！只要我活着，就绝不能这样，绝不能这样，绝不能这样！我绝不接受您的牺牲！”

他忽然从沉思中清醒过来，停住了脚步。

“绝不能这样吗？但是你将做些什么使得绝不能这样呢？禁止吗？你有什么权利呢？就你而言，你能许给她们什么才能使你得到这样的权利呢？等你毕了业，有了工作的时候，你会把你的一生，把你的整个未来都献给她们吗？这些话我们从前都听说过了，不过是空口白话而已，可是现在呢？现在就必须做点什么事情，你明白吗？那么你现在在干什么呢？你把她们掠夺一空。她们的钱是靠一百卢布的抚恤金，靠向斯维里加洛夫夫妇预支薪水弄来的！你这个未来的百万富翁，你这个支配她们命运的宙斯①，你将怎样把她们从斯维里加洛夫们手里救出来呢？怎样把她们从阿凡纳西·伊凡诺维奇·瓦赫鲁申的手里救出来呢？十年以后吗？可是在十年之内，妈妈就会因织头巾而双目失明，也许会把眼睛哭瞎了。她会因为节衣缩食而瘦得不成样子；可是妹妹呢？想一下吧，十年以后，或者在这十年里面，你的妹妹会变成什么样子呢？你想出来了吗？”

他用这些问题折磨自己，刺激自己，甚至感到一种快乐。其实这一切问题都不是他忽然间遇到的新问题，而是存在已久、亟待解决的老问题。很久以前，这些问题就已开始撕扯他的心，已经使他心碎了。很久很久以前，他眼下的苦恼就已经在他的心中生根发芽了；后来，它就积聚起来，扩大起来，近来成熟了，集中了，最后就形成一个可怕、荒唐和异想天开的问题，这个问题折磨着他的心灵和头脑，顽强地要求解决。现在，他母亲的来信像是晴天一声霹雳朝他劈来。显然，现在需要的不是发愁，不是消极地痛苦，不能光是考虑问题没有解决，而是应该有所作为，马上行动，尽快地行动。无论如何必须作出决定，不管是什么样的决定，或者……

---

① 希腊神话中的主神。

“或者看破红尘!”他突然发狂地叫喊起来,“听天由命,了此一生,永远窒息自己心里的一切,放弃行动、生活和爱的一切权利!”

“您明白吗,先生,您明白当您走投无路的时候意味着什么吗?”他突然想起了昨天马美拉多夫的问题,“因为每个人都得有条路可走啊……”

突然间他吃了一惊:也是昨天的一个念头,又从他的脑海里掠过。但他所以吃惊,并不是因为闪过了这个念头,因为他知道,他预感到这个念头必然会“闪现”,他已经在等着它;而且,这也完全不是昨天才有的念头。区别在于:一个月前,甚至还在昨天,这个念头还只是空想,可是现在呢……现在这突然不再是空想了,而是以一种新的、可怕的、完全陌生的形式出现了,他突然自己意识到了这一点……他觉得一阵头晕,眼前发黑。

他匆匆地向四下瞥了一眼,在寻找什么东西。他在寻找椅子,想坐一会儿。当时他正沿K林荫道走着。前面大约一百步远的地方,可以看见有一把椅子。他尽快地走去,但是半路上他遇见了一件小小的怪事,几分钟内吸引了他的全部注意力。

在寻找椅子的时候,他发现有一个女人在他前面二十步左右的地方走着,最初他对她丝毫没有注意,就像他丝毫不去注意在此以前在他面前闪过的一切东西一样。比方说,他已经有过好多次,回家的时候根本不记得他所走过的路,他已经习惯于那样走路了。但是走在他前面的那个女人却有些非常奇怪的地方,一看就引人注目,因此他的注意力就渐渐集中到她的身上——最初是无意的,好像有些懊丧,到后来就越来越目不转睛地注意起她来了。他忽然想弄明白,这个女人究竟有什么使人奇怪的地方?首先,她大概是个十分年轻的姑娘,在这样的大热天里,她却没有戴草帽,没有撑阳伞,也没有戴手套①,她走着,可笑地挥着两只胳臂。她穿了一件丝的、用薄薄的料子(绸)做成的连衣裙,穿得别里别扭,扣子也没扣好,而且在裙子上边靠近腰部背后的地方被扯破了;有一大块挂下来,

① 阳伞和手套是上流社会妇女必备的两件东西。没有这两样东西,就说明这个女人出身微贱,可以任人欺侮。

耷拉着。一块小三角头巾披在裸露的脖子上，歪歪扭扭地翘在一边。加上那个姑娘走路脚步很不稳，跌跌撞撞，甚至东倒西歪。这样的邂逅终于吸引了拉斯柯尼科夫的全部注意力。走到长椅跟前时，他跟姑娘相逢了，但是她一走到那儿就倒在长椅的一角，把头伏在靠背上，闭上了眼，显然她已经疲惫不堪。拉斯柯尼科夫朝她仔细打量了一番，马上就看出她已经完全醉了。看到这样的情景叫人又奇怪又纳闷。他甚至以为他看错了，在他前面的是一张非常年轻的小脸蛋，年纪约莫十六岁，甚至也许只有十五岁，一头金黄色的头发，那张小脸很漂亮，但是通红通红的，而且好像有点浮肿。那个姑娘似乎不大知道自己在干什么。她把一条腿放在另一条腿上，把不该露出的部分露在外面，一举一动都表明她并不知道她是在大街上。

拉斯柯尼科夫没有坐下，但他也不愿走开，只是莫名其妙地站在她面前。这条林荫路上一向车少人稀，现在一点多钟，天又这样炎热，几乎阒无一人。不过，在一边，在林荫路的边上，大约十五步外的地方，有一位先生在路边站住了，显然他抱着某种目的很想走到这个女孩子跟前来。大概他也从远处看见了她，因此跟踪而来，可是拉斯柯尼科夫妨碍了他。他恶狠狠地望着拉斯柯尼科夫，然而他又竭力不让拉斯柯尼科夫看见他的目光，他不耐烦地等待着这个讨厌的衣衫褴褛的人走开，以便自己走过来。事情很明显。这位先生大约三十来岁，身材粗壮而肥胖，衣着讲究，血色旺盛，嘴唇红红的，还有一撮小胡子。拉斯柯尼科夫十分恼火；他蓦地想把那个衣冠楚楚的胖家伙奚落一番。他暂时撇下那个姑娘，走到这位先生跟前。

“嘿！是您呀，斯维里加洛夫！您在这儿想干什么？”他攥紧了拳头嚷道，一面笑着，恶狠狠地从嘴唇里溅出唾沫来。

“这是什么意思？”那位先生皱起眉头，傲慢中露出吃惊的神色，板着面孔问道。

“滚开，就是这意思。”

“你敢，流氓！……”

他挥动了一下手杖。拉斯柯尼科夫攥紧拳头向他扑去，他竟没有想一想，那个身体壮实的先生能够对付像他这样的两个。但是，就在这时候，有一个人从背后紧紧地抓住了他，一名警察站到他们两人中间。

“算了，先生们，别在公共场所打架啊。您想干吗？您是什么人？”他疾言厉色地向拉斯柯尼科夫，两眼打量着他那破烂不堪的衣服。

拉斯柯尼科夫仔细地端详着他。那是一张仪表威武的兵士面孔，长着斑白的胡髭和络腮胡子，目光是精明的。

“我正要找您，”拉斯柯尼科夫抓住他的胳膊喊道，“我以前是个大学生，名叫拉斯柯尼科夫……这一点您可以去打听，”他对那个先生说道，“您过来，我要让您看一件事情。”

于是他拉着警察的胳膊，把他带到长椅跟前。

“瞧她，完全醉了，刚才从林荫道上走过来的：谁知道她是干什么的，反正不像干那一行的。很可能在什么地方叫人给灌醉了，受骗了……头一回……您明白吗？过后，就这样放她到大街上来了。瞧她的衣服，给人撕破了，再瞧瞧她的衣服是怎么穿的：很明显，衣服是别人替她穿上的，不是她自己穿的，而且是一个笨手笨脚的人，男人的手穿上的。这看得出来。再瞧这儿：我要跟他打架的这个花花公子，我完全不认识他，初次见面，他也是刚才在路上看见她的，他看见她喝醉了，不省人事，因此他急于想走过来，把她弄到手，趁她在目前的这种状态下把她带到什么地方去……准是这样，我准没猜错。我亲眼看见他东张西望，紧盯着她，可是我妨碍了他，使他不能下手，因此现在他在等我走开。瞧，现在他已经稍微走开了一点，站在那儿，假装在卷烟……咱们怎样才能不让他得手呢？咱们用什么办法把她送回家去呢——您想一想！”

警察马上什么都明白了，什么都听懂了。那个胖先生的用意当然很明显，剩下的是女孩子的问题。这位老总向她弯下腰去，挨近点仔细打量了一番，脸上露出真挚的同情。

“唉，真可怜！”他摇着头说，“还完全是个孩子！她受人骗啦，准是这样。喂，姑娘，”他开始喊她，“您住哪儿？”姑娘睁开疲倦的、醉意蒙眬的眼睛，茫然地望了望盘问她的人，挥了一下手。

“喂，”拉斯柯尼科夫说，“给您，”他伸手去摸衣袋，掏出了二十戈比，“给您，雇一辆马车来，叫车夫送她回家。不过，我们得先问明她的住址！”

“姑娘，姑娘！”警察收了钱，又叫起来，“我马上去给您雇一辆马车来，亲自把您送回家去。告诉我，把您送到哪儿去？嗯？您住在哪儿？”

“走开！……老缠着我！”那女孩子咕哝着，又挥动了一下手。

“唉，唉，真糟糕！唉，多丢人啊，姑娘，多丢人啊！”他又摇摇头，露出既同情又生气的样子责备着。“真不好办。”警察对拉斯柯尼科夫说，说着他又飞快地将拉斯柯尼科夫从头到脚打量了一眼。在他眼里，拉斯柯尼科夫这人一定很怪：穿得那么破烂，还给别人钱！

“您是在这儿很远的地方遇见她的吗？”警察问他。

“我告诉您：她在我前面，东倒西歪的，就在这儿，在林荫路上。她一走到椅子跟前，就倒在上面了。”

“唉，主啊！现在世界上有多少荒淫无耻的事啊！这样一个天真烂漫的孩子，就已经喝醉了！她准是上了别人的当啦。瞧她的衣服也给撕碎了……唉，现在竟有这么荒淫无耻的事！……或许她是一个好人家的孩子，家里穷……近来这样的事可多啦。看样子长得雪白粉嫩的，像个小姐。”他又向她弯下腰去。

也许他也有几个这样的女儿，“长得雪白粉嫩的，像个小姐”，举止娴雅，而且已经千方百计地在追逐时髦了……

“最要紧的是，”拉斯柯尼科夫焦灼不安地说，“不要让她落到那个流氓手里！为什么他还要戏弄她！他想干什么勾当真是再清楚不过了；那畜生，瞧他还不肯走开！”

拉斯柯尼科夫用手指着他大声地说。那人听见了，好像又想发脾气似的，但是转而又改变主意，只是轻蔑地望了他一眼，然后慢慢地走开了十来步，又停了下来。

“不让她落在他手里是可以的，”警察沉思地说，“要是她能告诉咱们把她送到哪儿去就好了，要不……姑娘，喂，姑娘！”他又弯下腰去看她。

猝然，她睁大了眼睛，定神看了看他，仿佛明白了是怎么回事，她从椅子上站起来，又朝她来的方向走去。

“呸，不要脸的东西，老是缠着我！”她又挥了一下手说。她走得很快，但是跟先前一样东倒西歪。那个花花公子跟在她后面，不过顺着另一条林荫路，目不转睛地盯着她。

“放心，我不会让他弄到手的。”胡子警察断然说，他跟在他们后面走去。“唉，近来竟变得这么道德败坏！”他又唉声叹气地大声重复了一遍。

这时候，仿佛有什么东西刺痛了拉斯柯尼科夫；刹那间，他仿佛感到一阵揪心。

“喂，您听我说！”他在胡子警察后面喊道。

警察转过身来。

“算了吧！您管这干什么？别管啦！让他去寻欢作乐吧（他指指那个花花公子）。这跟您有什么关系？”

警察感到莫名其妙，睁大了眼睛望着他。拉斯柯尼科夫笑起来。

“哎—呀！”那位老总说着，把手一挥，跟在花花公子和女孩子后面走去，大概他把拉斯柯尼科夫当成了疯子或者更糟糕的什么人。

“把我的二十戈比拿走了，”剩下自己一个人的时候，拉斯柯尼科夫气呼呼地说，“好吧，让他从那个家伙手里也拿到点钱，然后听凭那家伙把姑娘带走，就这样结束这件事吧。我干吗要死皮赖脸地帮助她呢？我凭什么帮助她？我有资格帮助她吗？让他们互相活活地吃掉吧，这跟我有什么关系？我怎么敢把这二十戈比给他？那钱是我的吗？”

尽管他说出这些古怪的话，心里却非常难过。他在空椅子上坐下，神思恍惚……他觉得这会儿不论想什么都很痛苦。他希望自己能够昏昏入睡，忘掉一切，然后醒来，完全重新开始……

“可怜的姑娘！”他说，望了一眼椅子上空出的一角，“等她清醒过来，她会大哭一场的，然后她母亲知道了……先把她打一顿，再用鞭子狠狠地抽她，让她没脸见人，说不定还要把她赶出去……就是不赶出去，达丽娅·弗兰措夫娜之流反正也会听到风声，这样，那个姑娘就会踯躅街头……接着马上到医院里去①（那些跟正派母亲住在一起、瞒着她们、暗

① 指去治疗花柳病。据统计，十九世纪下半叶俄国欧洲部分的花柳病患者共有六十九万三千余人。

地里胡闹的女孩子总是这样的)。然后……又是医院……酒……酒馆……又再进医院……两三年后,就成了残废,那时她也不过十八九岁……难道我没有见过这样的姑娘吗?她们是怎样落到这步田地的呢?就是这样落到这步田地的……呸!随它去吧!据说那是势所必然的。据说,每年总有百分之几要走上……那一条路①……去见魔鬼的,可能是为了让别人精神愉快,而又不去打搅他们的美梦。百分之几!他们用词多么漂亮啊!那么科学化,那么叫人安心……只要一说'百分之几',就没什么可担心的了。倘若换了另一个词……也许就会令人较为不安了……可是,倘若杜涅奇卡也落到这百分之几里面去,那怎么办呢!……不落到这个百分之几里面去,那么落到另一个百分之几里面去呢?……"

"我究竟要上哪儿?"他忽然想道,"奇怪。我是为了什么事出来的?看完那封信,我就出来了……我是到瓦西利耶夫岛,到拉祖米欣那儿去的,现在……就是去那儿,我想起来了。可是,去干什么呢?为什么恰恰是现在我想起要到拉祖米欣那儿去呢?真有意思。"

他对自己的行动惊讶起来。拉祖米欣是他过去大学里的同学。值得注意的是,拉斯柯尼科夫在大学里简直没有什么朋友;他谁都不愿接近,他不到任何人的家里去,也不欢迎别人来看他。于是很快,谁也不再理睬他了。公众的集会、交谈,或者游艺会,他一概不参加。他拼命用功,因而受到别人的敬重,可是谁也不喜欢他。他很穷,又有点目空一切,落落寡合;他好像有什么心事似的。在有的同学看来,他仿佛把他们大家都看成小孩似的,瞧不起他们,仿佛在修养、知识和信仰方面,他都高人一等,他把他们的信仰和兴趣仿佛都看成是低级的。

不知为什么,他跟拉祖米欣倒挺投缘,其实也不能说是投缘,而是他跟拉祖米欣比较谈得来一些,比较坦率一些罢了。不过,跟拉祖米欣的关系也不可能是别样的。因为拉祖米欣是个特别快乐、特别爱说话的年轻小伙子,他善良到憨直的程度,然而在这种憨直下面又潜藏着深刻和高尚的品格。他较好的同学都知道这一点,大家都喜欢他。他人很聪明,虽然

---

① 陀思妥耶夫斯基在此暗指比利时统计学家和数学家凯特勒(1796—1874)的理论。

有时他确实有点憨直。他的外貌很引人注目——高高的，瘦瘦的，黑头发，脸总没刮干净。有时他也胡闹，并以膂力过人闻名。一天夜里，他跟同学们在一起，曾经一拳把一个身高两俄尺十二俄寸①的警察打倒在地。他的酒量极好，但是他也能够滴酒不沾；有时他恶作剧做得很过分，但他也可以完全不胡闹。拉祖米欣的另一个出色之处，就是任何失败也不能使他灰心丧气，似乎任何逆境都无法把他压倒。他可以寄宿在房顶上，可以忍受极端的寒冷和非常的饥饿。他很穷，完全自力更生，随便干点什么活来挣钱糊口。他知道无数挣钱谋生的方法。有一年，整整一冬，他的屋子里都没有生火，他还坚持说，这样更舒服，因为在寒冷里睡得更香。现在他也被迫休学了，不过休学的时间不会太长，他正竭尽全力改善境况，准备继续求学。拉斯柯尼科夫已经有四个月没去找他了，而拉祖米欣呢，他甚至连拉斯柯尼科夫的住址也不知道。约莫两个月以前，他们俩在大街上碰到过一次，可是拉斯柯尼科夫掉过头去，甚至走到街对面，以免让他看见。拉祖米欣虽然看见了他，可是他不愿意打扰**朋友**，便从一旁走过去了。

## 5

“的确，不久以前，我还想到拉祖米欣那儿去，请他帮我找一个工作，帮我找一个教书的工作，或者别的什么……”拉斯柯尼科夫想道，“但是，现在他能帮上我什么忙呢？假定他帮我找到了教书的工作，甚至把自己仅有的一个戈比给了我（如果他还有一个戈比的话），让我能买一双皮靴，能穿得整齐一点去教书……哼……那么，以后呢？我拿这几文钱能干什么呢？难道我此刻需要的是这个吗？真是，我去找拉祖米欣太可笑了……”

---

① 约合一点九五米。

为什么他现在要去看拉祖米欣这个问题使他心里十分不安，甚至超出了他自己的意料；在这个似乎很平常的行动里，他却忧心忡忡地想从中找出某种与自己有关的险恶迹象来。

“我真想依靠拉祖米欣一个人来解决全部问题，在拉祖米欣身上找到解决一切问题的办法吗？”他惊讶地自己问自己。

他左思右想，揉着自己的脑门。说也奇怪，想了很久以后，像自发地，又像是出于偶然，他的脑海里蓦然出现了一个极其古怪的念头。

“唔……去找拉祖米欣，”他突然十分平静地说道，好像下了最后的决心，“我当然要去找拉祖米欣……然而——不是现在……我要等干完那件事情的第二天才去找他……那时候，那件事情已经结束，一切都变了样……”

他忽然醒悟过来。

“干完那件事情以后，”他从长椅上跳起来叫道，“可是那件事情真的要发生吗？难道说真的要发生吗？”

他撇下长椅，差不多像跑步一样走开了；他原打算转身回家，可是一想到回家，他心里突然非常厌恶；这一切正是在那个地方，在那个小得怕人的衣柜里酝酿成熟的，而且已经成熟一个多月了。于是他又漫无目标地向前走去。

他那神经质的战栗变得像发疟子似的，天气这么炎热，他却觉得浑身发冷。他几乎无意识地，在内心的驱使之下，开始使劲注视眼前的一切，好像在拼命寻找什么排遣似的，但是没有成功，反而不时陷入沉思。当他又一次发着抖抬起头来向四下张望时，他又马上忘记了他刚才想些什么，甚至忘记了他刚才走过哪儿。他就在这种情况下，穿过了瓦西利耶夫岛，来到小涅瓦河边，过了桥，再转身向其他岛屿①走去。最初，一片翠绿和生机盎然的景色使他那双疲倦的眼睛感到舒服，因为那双眼睛看惯了城市的灰尘、石灰以及挤在一起、使人窒息的高大房屋。这儿不感到闷热，没有臭气，也没有小酒馆，可是很快，那种新鲜舒服的感觉也变成病态和

① 在彼得堡的涅瓦河中有许多岛屿。

刺激性的了。有时候，他在绿叶掩映、修饰一新的别墅前停下来，往围墙里张望，远远地看见阳台上和露台上服饰艳丽的女人和在花园里跑来跑去的小孩。特别引起他兴趣的是鲜花，他看花的时间最长。他也遇见一些华丽的马车和骑马的男女。他用好奇的眼光目送着他们，但是他们还没有从他眼前消失，他就把他们忘掉了。还有一次，他停下来数自己的钱，他发现他还有约莫三十戈比。“给了警察二十戈比，给了娜斯塔霞三个戈比的寄信钱，这就是说，昨天我给了马美拉多夫家四十七个，或者五十个戈比。”他想着，不知为什么算起账来，但是马上他甚至忘记了他为什么要把钱从衣袋里掏出来。经过一家类似小饭馆的饮食店门口时，他才想起了这件事，这时他觉得肚子饿了。他走进小饭馆，喝了一杯伏特加酒，吃了一个不知道什么馅的馅饼。他走到外面，才把它吃完。他很久没有喝伏特加了，虽然总共喝了一杯，但是酒力立刻发作起来。他的两条腿忽然感到沉重，他开始觉得非常想睡觉。他便向回家的路走去，但是走到彼特罗夫岛的时候，他又站住了，浑身一点气力也没有，于是他离开大路，钻到灌木丛里，倒在草地上，立刻睡着了。

人们在病态的情况下，梦境往往异常清晰、鲜明，与现实非常相似。有时会出现这样奇特的梦境，但是周围的环境以及梦的全部过程却又显得极为真实，梦中的一切情节是那么详细，那么出人意外，就艺术的眼光还非常协调，以至于做梦的人即使是一位像普希金或者屠格涅夫那样的艺术家，在他醒着的时候也不一定能想得出来。这种梦，这种病态的梦，往往会使人久久难忘，而且对紊乱而又亢奋的机体造成强烈的印象。

拉斯柯尼科夫做了一个可怕的梦。他梦见了他的童年时代，仍旧在他们过去住的那个小城里。他七岁，一个节日的傍晚，他跟父亲在城外散步。那是一个灰暗而闷热的日子。地点跟留存在他记忆中的完全一样：甚至记忆里的情况，比之他现在梦见的还要淡薄和模糊得多。这个小城毫无隐蔽，一眼望去，了如指掌，周围连一棵柳树也没有；只在很远很远的天边，有一片黑压压的小树林。离城里最后一片菜园没几步远的地方，有一家酒馆，一家很大的低级酒馆，当他跟他父亲散步经过那儿的时候，这家酒馆总是使他产生极不愉快的印象，甚至引起恐惧。那里经常挤满了人,喧闹,狂笑,叫骂,怪腔怪调地嘶哑着喉咙唱歌,而且常常打架斗殴;喝醉的和面容可怕的人们在酒馆周围闲逛……遇到这些人的时候,他就紧紧地靠在父亲身边,吓得浑身发抖。酒馆附近有一条路,一条乡间土路,土路上总是尘土飞扬,而尘土总是黢黑的。这条路弯弯曲曲,往前三百步左右,绕着城市的一片墓地向右蜿蜒而去。在墓地中间,有一座石砌的教堂,上面有绿色的圆屋顶。他跟他的父母每年都到那儿去做一两次礼拜,追悼他从来没有见过的早已去世的祖母。他们每次去做礼拜都带着一种甜饭,盛在白色的盘子里,用餐巾包着。这种甜饭是用大米放糖做成的,饭上粘着葡萄干,嵌成十字架的形状。他很喜欢那座教堂和教堂里大部分没有衣饰的古老神像与那位抖动着头的老神父。在盖着一块石板的祖母坟边,是他弟弟的小坟。他弟弟才六个月就夭折了,这个弟弟他根本不认识,因此也不可能记得:但是别人告诉他,他有过一个小弟弟,所以他每当去上坟的时候,总要虔诚地、肃穆地在胸前画个十字,向它鞠躬,吻一吻它。现在他正是梦见他跟他父亲走在通向墓地的路上,经过酒馆;他拉着父亲的手,恐惧地回过头去看那家酒馆。一个特别的情境吸引了他的注意:这次,这里仿佛在举行狂欢似的,成群结队打扮得花枝招展的小市民、乡下女人和她们的丈夫,以及形形色色的流氓地痞,都喝得醉醺醺的,唱着歌。酒馆门口的台阶旁停着一辆大车,一辆奇怪的大车。这是一种通常套着大马载运货物或酒桶的四轮大车。他一向喜欢看那些拉车的高头大马,披着长鬃毛、粗粗的腿、安详地迈着均匀的步伐,它们毫不费力地拖着整整一座山似的货物,好像拉车比不拉车还要轻松似的。可是现在,真叫人奇怪,这样大的一辆车却套了一匹农人饲养的又瘦又小、黄褐色的马。他常看见那种马,拉了满满一车劈柴或者干草,累得精疲力竭,特别是当车轮陷入泥里或者车辙里的时候。遇到这种情形,农民总是狠狠地用鞭子抽它们,甚至朝脸上和眼睛猛抽。他看到这非常难过,难过得几乎要哭出来,而妈妈总是把他从窗口拉开。这时,忽然一阵喧闹,一群身材高大、醉得东倒西歪的乡下人,嚷着,唱着,弹着三弦琴,从酒馆里走出来,他们穿着红色或蓝色的衬衫,披着厚呢外衣。“上车,大家上车!”其中一个人喊道,那人还很年轻,脖子很粗,满脸横肉,脸红红的,跟胡萝卜一样。

“我把大家送回去,上车吧!”但是立刻发出一阵哄笑和感叹。

“这样一匹小瘦马,还送我们!”

“米柯尔卡,你疯了吗:把这样一匹小骒马套在这么大的一辆车子上!”

“伙计们,这匹黄毛黑鬃马准有二十来岁了!”

“上车,我把大家都送回去!”米柯尔卡又喊起来,他头一个跳上大车,抓住缰绳,直挺挺地站在前面,“枣红马刚才给马特韦赶走了,”他在车子上喊道,“伙计们,这匹小骒马,可真伤透我的心啦。我恨不得把它打死,简直是白吃粮食!我说,上车呀!我要叫它飞跑!它会飞跑的!”他两手拿起马鞭,兴致勃勃地准备抽那匹黄毛黑鬃马。

“上车呀!这有什么!”大伙大笑起来,“听见了吗?它要飞跑呢!”

“它大概有十年没有飞跑了吧。”

“它要撒腿飞跑啦!”

“别心疼它,伙计们,每人手里带一根鞭子,准备好!”

“对!抽它!”

他们嘻嘻哈哈,说着俏皮话爬上了米柯尔卡的大车。一共上去六个人,还可以坐人,于是他们又把一个红脸蛋的胖女人也拖上了车。她穿了一身红布衣服,戴了一顶镶着小玻璃珠子的帽子,脚登暖靴。她一面嗑榛子,一面笑。围在车旁的一群人也在笑,说真格的,怎么能不笑呢:那么瘦弱的小骒马要拉那么重的车子,而且还得飞跑!车上两个小伙子立刻把鞭子拿在手里,准备帮助米柯尔卡。随着“驾!”的一声,可怜的小马就使出全身气力往前拉,但是它不但不能飞跑,甚至差点迈不开步子;它拼命挪动着四条腿,呼呼地喘着气,被一阵雨点般落在它身上的三根鞭子抽得蹲下去了。大车上和人群中发出的笑声更响了,但是米柯尔卡发火了,他恶狠狠地连连抽打那匹瘦小的骒马,好像当真以为它能飞跑似的。

“伙计们,让我也上去。”人群中一个看得眼热的小伙子嚷道。

“上来,大家都上来,”米柯尔卡喊道,“它会把大家都拉走的。我非抽死它不可!”于是他朝马身上一鞭又一鞭地抽去,他气得简直不知道用什么打它才好了。

“爸爸,爸爸,”拉斯柯尼科夫向父亲叫道,“爸爸,瞧他们在干什么呀！爸爸,他们在打那匹可怜的小马呢!”

“走,走!”父亲说,“他们喝醉了在胡闹,真蠢;走,别看他们!”父亲想把他拉走,可是他挣开父亲的手,不顾一切地朝马跑去。但是可怜的小马已经不行了,它气喘吁吁,一会儿站住不动,一会儿又使劲拉车,差点没摔倒。

“抽死它!”米柯尔卡嚷道,“豁出去了。我要抽死它!”

“难道你丧尽天良啦,魔鬼!”人群里有一个老头喊道。

“谁见过这么一匹小马拉这么重的大车?”另一个人加了一句。

“你要把它累死的!”第三个人喊道。

“少管闲事！这是我的财产！我乐意怎样就怎样。再上来几个人！都上来！我非叫它飞跑不可！……”

突然间许多人一齐哈哈大笑,把一切声音都盖过了。小骒马经不住越来越频繁的鞭打,开始无力地尥起了蹶子。连老头也忍不住笑起来:说实在的,这样一匹骨瘦如柴的小骒马,还想踢人哩!

人群中有两个小伙子,也各自抓起一根鞭子,跑到小马跟前,抽它的两肋,两人分别从两边跑过去。

“抽它的脸,抽它的眼睛,眼睛。”米柯尔卡喊道。

“唱个歌吧,伙计们。”有人在大车上喊,于是车上的人都合唱起来。响起了欢乐的歌声。带铃铛的小手鼓摇得叮当叮当地响,叠唱中还夹杂着口哨声,胖女人还在嗑瓜子,吃吃地笑。

……拉斯柯尼科夫跑到小马身旁,又跑到小马前面,他看见怎样抽打小马的眼睛,恰好抽在它的眼睛上！他哭了,气得眼泪直往下流。一个揍马的人把鞭梢儿碰到他的脸上,可是他没感觉到,他非常伤心地喊叫着,冲到白胡子老头身边,那个老头正在摇着头叱责着这一切。一个乡下女人抓住他的手,想把他拉走,但他挣脱了,又向小马跑去。那匹马已经奄奄一息,可是它又尥起蹶子来了。

“见你的鬼吧!”米柯尔卡凶神恶煞似的喊道。他扔掉鞭子,弯腰从车底下拉出一根又粗又长的辕木,双手握住一端,使劲朝小黄马身上挥过去。

“会把它打死的！”四周喊道。

“要把它打死啦！”

“这是我的财产。”米柯尔卡嚷道，使劲挥起辕木，朝马身上打去。只听得一声重重的打击声。

“抽它，抽它！干吗又停住了？”人群里有人在嚷。

于是米柯尔卡又挥动辕木，再一次打在不幸的瘦马的脊背上。马全身蹲下去，屁股着地，但是它又立刻跌跌撞撞地站起来，使出全身最后一点力气，拼命往左右两边拉，想把车子拉出来。这时六根鞭子从四面八方向它身上抽来，那根辕木也被高高地举起，第三次，接着是第四次，沉重而有节奏地落在它的身上，米柯尔卡因为不能一棍子打死它而气疯了。

“生命力够强的！”周围的人喊道。

“伙计们，它马上就要倒下去了，它就要完蛋啦！”人群里一个看热闹的人叫道。

“给它一斧子嘛！一下子结果它算啦！”第三个人嚷道。

“哎，去你的！躲开！”米柯尔卡发狂地大叫着，扔掉辕木，又弯腰从大车上拉出一根铁棍来。“留神！”他嚷道，使出全身力气朝可怜的小马狠狠地打去。铁棍砰的一声落下；小骒马便一阵摇晃，身子往后蹉，它想站起来拉车，可是铁棍又猛一下朝它脊背上打来，于是它摔倒在地上，好像四条腿一下子被砍断了似的。

“干掉它！”米柯尔卡一边嚷着，一边发狂地从车上跳下来。几个也是喝酒喝得满脸通红的小伙子拿起他们所能抓到的任何东西——鞭子、木棍、辕木——跑到奄奄一息的小骒马跟前。米柯尔卡站在一旁，用铁棍白费力气地朝马背上打去。马伸直头颈，深深地喘了一口气，死了。

“把它干掉啦！”人群中有人喊。

“谁叫它不飞跑呢！”

“这是我的财产！”米柯尔卡嚷道，他手持铁棍，两眼充血。他站在那儿，好像在恼恨再没有东西可打了似的。

“你简直丧尽天良啦！”人群里有许多人在喊。

但是可怜的孩子已经失去自持。拉斯柯尼科夫喊着从人群里冲到小黄马跟前，搂住它那已经死了的血迹斑斑的头，吻着它，吻它的眼睛，吻它的嘴唇……然后突然跳起来，伸出两只小拳头，发狂似的朝米柯尔卡扑去。他父亲一直在他后面追他，终于把他一把抓住，把他从人群里拉了出去。

"走，走，咱们回家吧！"父亲对他说。

"爸爸！干吗他们……打死……那匹可怜的小马呀？"他抽抽搭搭地说，他的喉咙梗塞，言语像喊叫似的从他那闷塞的胸中爆发出来。

"他们喝醉了……胡闹……这不干咱们的事！走吧！"父亲说。他用两只胳膊搂住他的父亲，但是他的喉咙梗塞，胸口感到窒息。他想喘口气，想叫出声来，可是他醒了。

他醒来时浑身是汗，头发都给汗水浸湿了，他上气不接下气地喘着，惊慌地欠起了身子。

"谢天谢地，这不过是个梦！"他说，坐在树下，深深地喘着气，"可是这到底是怎么一回事呢？难道又开始发烧了吗？多可怕的梦啊！"

他觉得浑身像散了架似的，精神恍惚，闷闷不乐。他把胳膊支在膝头上，用两只手托着头。

"上帝！"他嚷道，"难道说，难道说我真的拿起斧子，对准她头上砍去，把她的头盖骨打碎……然后踩在黏糊糊、温热的血上，一步一滑地走过去，把锁撬开，偷窃，战栗；浑身溅满了血……拿着斧子……躲藏起来。上帝，难道真能这样吗？"

他说这话的时候，哆嗦得像一片树叶。

"我这是怎么啦！"他接着说，重新坐正了身子，好像大吃一惊似的，"我早知道，做这种事我会受不了的，可是为什么直到现在我还要自寻烦恼呢？要知道，就在昨天，在昨天，我去……做试探的时候，要知道，我昨天就完全明白，我会受不了的……那为什么我还反复想着这件事呢？为什么我直到现在还犹疑不决呢？昨天我走下楼梯的时候，我自己就曾说过，这件事是卑鄙的，可恶的，下流的，下流的……醒着的时候，我一想到这件事就恶心，就胆战心惊……

“不，我会受不了的！我会受不了的！即使我的一切打算没有丝毫值得怀疑的地方，即使最近一个月来我所决定的事像大白天那么清楚，像算术一样正确……上帝！我照样下不了这个决心的！要知道，我会受不了的！我会受不了的！……那么，为什么，为什么直到现在……”

他站起身，惊讶地向四下里望了望，好像很奇怪自己竟然来到这样一个地方，然后他向T桥走去。他脸色苍白，眼睛冒火，浑身上下一点气力都没有了，但是他忽然间好像呼吸舒畅了一些。他觉得他已经丢开了长久压在他身上的可怕重负，他的心里忽然变得轻松和宁静起来了。“主啊！”他祈祷说，“给我指引一条路吧，我要抛弃我那个该诅咒的……幻想！”

过桥的时候，他悄悄地、心情平静地望着涅瓦河，望着鲜红落日的余晖。虽然身体衰弱，他却好像一点也觉不出疲倦。仿佛最近一个月来在他心里长成的脓疮，突然之间破裂了。自由了，自由了！现在他已经摆脱了那个魔法，那个妖术、那个蛊惑和那个魔力而获得了自由！

后来，当他回忆起这个时期，回忆起这几天里每分钟一桩桩一件件所发生过的事情时，有一个情况使他近乎迷信似的在心里留下深刻的印象，这个情况其实并没有什么异常之处，但是以后在他看来，总觉得这是在他命里早就安排好了的。他永远也不能了解，也不能向自己解释，他当时已经疲倦不堪、精疲力竭了，他理应走最短最直的路回家，而他为什么偏要走没有必要经过的干草市场回家去呢？虽然绕的路并不远，但是这显然完全没有必要。当然，以前他回家的时候，记不住他所经过的街道，这样有过几十次了。但他总是自己问自己：为什么在干草市场（他根本不需要到那儿去）会有对他来说这样重要、这样有决定意义、同时又是这样十分偶然的一次相遇呢？这恰好发生在他一生中的那一时刻，那一分钟，当他的心情和境遇处在那样一种状态下的时候——此时此刻，这次相遇只能对他一生的命运产生最断然和最彻底的影响。好像它故意守候在那里似的。

他路过干草市场时，大约九点钟左右。这时所有摆货摊、顶托盘、开小铺的商贩们都在关门收摊，跟顾客一样各自回家。各行各业的人和衣衫褴褛的人挤在底层的小饭馆周围和干草市场又脏又臭的院子里，而卖零酒的小铺旁边人最多。拉斯柯尼科夫漫无目的地出门闲逛时，特别喜欢这些地方和附近的一些小巷。在这儿，他的破烂衣服不会招来傲慢的注意，不管穿什么样的衣服，都不会使任何人感到丢脸。在K巷的拐角上，一个小贩跟一个娘儿们，他的老婆，摆了两张货桌在做买卖，上面陈列着线、带子、花布头巾等等。他们也站起来准备回家了，但是他们又耽搁了一会儿，正在跟一个刚刚走到他们面前的熟人说话。这个熟人就是丽莎维塔·伊凡诺夫娜，或者像大家那样，干脆叫她丽莎维塔，她就是那个十四等文官太太，放高利贷的女人阿廖娜·伊凡诺夫娜，也就是拉斯柯尼科夫昨天到她那儿去当过表，并且作过一次试探的那个老太婆的妹妹……他早已知道丽莎维塔的一切，她也有点认识他。她是个三十五岁的老姑娘，高高的个儿，笨手笨脚，性情温顺，胆小怕事，差不多像个白痴①。她完全是她姐姐的奴隶，她白天黑夜地干活，见了姐姐就发抖，甚至还要挨她姐姐的打。这时她正拿着一个包裹，犹疑不决地站在小贩和他老婆面前，注意地听他们讲话。他们俩正特别起劲地对她解释着什么。拉斯柯尼科夫蓦地看见她时，心里陡地生出一种像是十分惊讶的奇怪感觉，虽然这次相遇并没有什么值得惊讶的地方。

"丽莎维塔·伊凡诺夫娜，您应该自己拿主意，"小贩大声说，"明天七点左右您来一趟。他们也会来的。"

"明天？"丽莎维塔拖长了声音沉思地说，好像有点拿不定主意似的。

"哎呀，阿廖娜·伊凡诺夫娜把您吓成这样！"小贩的老婆，那个机灵的矮小女人快嘴利舌地接上去说，"我看您呀，真像个小孩。她又不是您亲姐姐，又不是同一个娘生的，她也管得太多了！"

"这一次您回去，对阿廖娜·伊凡诺夫娜什么话也别说，"她丈夫打断了她的话，"这是我们的忠告，往后您到我们这儿来就别去问她了。这样倒好。以后您姐姐自己会明白的。"

---

① 这里的"白痴"，在陀思妥耶夫斯基笔下，并不是痴呆的意思，而是指性格憨厚，心地纯洁（试与小说《白痴》中的梅什金公爵相比较）。

"难道要来吗?"

"明天,七点左右;他们也要来几个人;您可以自己拿主意。"

"我们会煮好茶的。"他老婆补充了一句。

"好,我来。"丽莎维塔说,说话的口气还是有点犹疑不决,但她终于慢吞吞地走开了。

拉斯柯尼科夫这时已经走了过去,别的话他就听不清了。他是悄悄地、不被人察觉地走过去的,尽力不漏过他所能听到的每一个字。他最初是惊讶,后来就觉得毛骨悚然,好像一阵冷气透过了他的脊背。他知道了,他忽然完全出乎意外地知道了,丽莎维塔,老太婆的妹妹,她唯一的伴侣,明天晚上七点整不在家,因此,晚上七点整的时候,只有老太婆一个人留在家里。

这时,他离自己的住处只剩下几步路了,于是他像被判处了死刑似的走进自己的屋子。他什么也不去想,也不能再想什么;突然他全身心感觉到自己再也没有保持理智的自由了,也没有了意志,他感觉到一切都在忽然间最后决定了。

当然,即使他为了寻找一个方便的机会来实现他的计划而不得不等待数年,他也未必能指望得到一个比刚才忽然送上门来的机会更十拿九稳、更稳操胜券的了。不管怎么说,无须作任何危险的探询和调查,但却在动手要干掉那个老太婆的前一天,就肯定地、十分确切地、十拿九稳地知道那个老太婆在第二天的某时某刻会孤零零地独自待在家里——这可是十分难得的啊。

## 6

后来拉斯柯尼科夫才偶然发现了那个小贩和他老婆请丽莎维塔到他们那里去的原因。这是一件十分平常的事,并没有什么特别的地方。有一家外来户,日子越过越穷,要变卖他们的东西和衣服等,都是些女人用品。因为拿到市场上去所得不多,所以想找个人帮忙推销。而丽莎维塔正是干这行的:她负责代销、兜售,经验丰富,因为她为人很老实,定价一向公道,而且说一不二。她一向很少说话,上面说过,她性情温顺,而且胆小怕事。

但是拉斯柯尼科夫最近变得很迷信。迷信的影响很久以后还留在他心里,几乎无法消除。以后他总爱从这整个事情中间寻找某种似乎怪异和神秘的东西,好像存在着某种奇特的影响和巧合。去年冬天,他认识的一个姓波柯列夫的大学生,到哈尔科夫去之前,在谈话中偶尔把老太婆阿廖娜·伊凡诺夫娜的地址告诉了他,以便在他万一有什么急需不得不抵押东西的时候去找她。他很久没有到她那儿去,因为他在教书,日子还将就过得去。大约在一个半月以前,他想起了这个地址。他有两件东西可以抵押,一件是他父亲的旧银表,另一件是镶有三颗红宝石的小金戒指,那是他离家的时候妹妹送给他的纪念品。他决定把戒指拿去;找到老太婆以后,虽然他并不怎么了解她,但第一眼他对她就产生一种遏制不住的反感,他在她那儿拿了两张"票子",在回家的路上走进一家简陋的小饭馆。他要了一杯茶,坐了下来,陷入了深思。一个奇怪的念头像鸡蛋里的小鸡一样在他的脑海里啄着,动着,深深地吸引了他。

差不多就在他旁边的一张桌了上,坐着一个他根本不认识,也不记得有没有见过面的大学生,还有一个年轻军官。他俩刚打了一盘台球,此刻正在喝茶。忽然他听见大学生对军官提起放高利贷的阿廖娜·伊凡诺夫娜,一个小官吏的太太,并且把她的住址告诉了他。仅此一点,在拉斯柯尼科夫看来就似乎有点奇怪:他刚从她那儿来,在这儿又马上谈到了她。当然这纯属巧合,但他却摆脱不开一个非常离奇的印象,这时又仿佛有人在特意向他讨好:那个大学生忽然开始把阿廖娜·伊凡诺夫娜的种种情况告诉他的朋友。

"她很有名气,"他说,"你什么时候都可以从她那儿借到钱。她就跟犹太人一样有钱,一次可以借给你五千卢布,可是一个卢布的抵押品她也肯收下。我们那伙人中间有很多人都到她那儿去过。不过这家伙也太缺德了……"

于是他讲起她心肠多么狠,而且翻脸不认人,只要你的抵押品过期一天,你的东西就没有了。她给的钱只有你的东西价值的四分之一,而她却要收五厘甚至七厘的月息①,等等。大学生滔滔不绝地说下去,他说她有一个妹妹,名叫丽莎维塔。那个可恶的矮小老太婆不断打她,简直把她当成了使唤丫头,把她当做小孩,虽然丽莎维塔至少也有两俄尺八俄寸高②……

"那也是个少有的人物。"大学生嚷了一句,然后哈哈大笑起来。

他俩开始谈丽莎维塔。大学生谈起她来津津有味,不住地笑,军官很感兴趣地听着,并且请他叫丽莎维塔去替他补衣服。拉斯柯尼科夫没有听漏一个字,他一下子什么都清楚了:丽莎维塔是老太婆同父异母的妹妹(不是同一个母亲生的),她今年已经三十五岁。她夜以继日地替她姐姐干活,除了替她烧饭洗衣服之外,还做衣服拿去卖,甚至雇给人家擦地板,把挣来的钱都交给她姐姐。不得她姐姐的许可,她不敢承接任何外活。老太婆早已立下遗嘱,这事丽莎维塔也知道。按她的遗嘱,除了一些动产、椅子等等之外,丽莎维塔一文钱也得不到;所有的钱都捐给H省的一所修道院,作为永远追悼她亡魂之用。丽莎维塔是个小市民,不是官太太,她是个老姑娘,相貌奇丑,个儿高得出奇,两只长长的八字脚,总是穿一双破旧的山羊皮鞋,身上倒干干净净的。那个大学生感到惊奇和好笑,主要是因为丽莎维塔不断地怀孕……

"你不是说她长得很丑吗?"军官说。

"是的,她皮肤黑黢黢的,活像个乔装改扮的大兵,可是你知道吗,她根本就不丑。她的脸,她的眼睛都十分善良。简直非常善良。很多人喜欢她,这就是证明。她是一个非常娴静、温柔、和蔼的女人,她唯命是从,心甘情愿地忍受一切。而她的笑容甚至还很可爱。"

"那么你也喜欢她喽。"军官笑了起来。

"因为她古怪。不,让我讲给你听:我真想把那个可恶的老太婆杀

① 当时的利息一般只有二厘至三厘。

② 约合一点七八米。

死，把她的钱抢走，我向你担保，我一点也不会受到良心的谴责。”大学生热烈地补充道。

军官又大笑起来，拉斯柯尼科夫打了个寒战。这多奇怪啊！

“对不起，我要向你提一个严肃的问题，”大学生激动地说，“我刚才当然是说着玩的，可是你瞧：从一方面说，那个老太婆又愚蠢、又无用、微不足道、心狠手毒、衰老多病，不但对谁也没有用，相反，对大家都有害，她自己也不知道她为什么活着，而且说不定她明天就会自己死掉。你明白吗？你明白吗？”

“唔，我明白。”军官回答说，同时全神贯注地望着他慷慨激昂的朋友。

“你再听下去。从另一方面说，年轻的新生力量由于得不到支持而白白毁灭掉，这种情况何止千千万万，简直到处都有！用老太婆那笔预定葬送在修道院里的钱，可以举办和整顿成百上千件好事和创举！可以使成百，也许使成千上万的人走上光明大道；可以把几十户人家从贫穷、破败、毁灭、堕落和花柳病医院里拯救出来——这一切用她的钱都可以办到。杀死她，拿走她的钱，然后借助她的钱好让自己为全人类和公众事业服务：你认为怎样？——几千桩好事不能抵消一件小小的罪行吗？用一条人命来换取几千个生命，使之免于腐烂和朽败，用一个人的死来换取一百人的生——这是很简单的算术啊！这样一个病病歪歪、愚蠢透顶、心狠手毒的老太婆的生命，在大众的天平上又算得了什么呢？充其量不过像一只虱子，一只蟑螂的生命罢了，其实她还不如虱子和蟑螂呢，因为这个老太婆是有害的。她在啮咬别人的生命；前几天她为了泄愤，竟咬了丽莎维塔的手指；差点没动手术割掉。”

“当然她不配活着，”军官说，“不过这是天性啊。”

“唉，老兄，天性也可以纠正和引导的嘛，不然，我们就要被淹没在偏见的海洋里了。不然，世界上连一个伟大的人物也不会有了。人们谈‘义务’，谈‘良心’，我一点也不反对义务和良心，但是我们如何理解义务和良心呢？等一等，我还要问你一个问题。你听着！”

“不，你等一等，我倒要问你一个问题。你听着！”

"说吧!"

"你现在侃侃而谈,高谈阔论,那你告诉我:你要亲手杀死那个老太婆吗?"

"当然不会! 我不过是伸张正义……问题不在我……"

"依我看来,如果你自己都下不了这个决心,那就根本谈不到什么伸张正义了……我们再打一盘台球吧。"

拉斯柯尼科夫非常激动。当然,这都是一些最普通、最常听到的血气方刚的言论和思想,他已经不止一次听到过,只是谈话的方式和话题不同罢了。但是,为什么恰好是现在,正当他脑子里也刚刚生出……同样念头的时候,就碰巧听到这种言论和想法呢? 而且为什么恰好就在现在,当他从老太婆那儿带出他思想的萌芽的时候,他就碰上人们在谈论这个老太婆呢? ……他一向觉得这种巧合是奇怪的。小饭馆里的这次无足轻重的谈话,在事情的进一步发展上对他产生了异乎寻常的影响:仿佛其中真有某种定数和启示似的……

从干草市场回来以后,他跌坐在沙发上,一动也不动地坐了整整一小时。这时天已经黑了,他没有蜡烛,也没有想到要点蜡烛。事后他怎么也想不起,当时他是否想过什么事情。最后他又感觉到,不久前发过的那阵寒热在他身上又发作起来;他快慰地想到,他可以在沙发上躺下了。于是,他很快就酣然入睡,仿佛被沉重的、铅一般的睡魔压住了似的。

他睡的时间特别长,连梦也没有。第二天早上十点钟,娜斯塔霞走进他的屋子,好不容易才把他推醒。她给他送来了茶和面包。茶仍旧是沏淡了的残茶,而且用的又是她自己的茶壶。

"嗨,睡得多死!"她愤愤地嚷道,"他老睡!"

他费了好大的力气才抬起上半身。他头疼,站了起来,在小屋里转了个身,又倒在沙发上。

"又睡啦,"娜斯塔霞叫道,"你病了吗?"

他什么也没有回答。

"想喝茶吗?"

“过一会儿。”他费劲地说道，又闭上眼睛，把脸转向墙壁。娜斯塔霞在他身旁站了一会儿。

“也许他真的病了。”她说完就转身出去了。

下午两点钟，她又端了一盘汤走进来。他还是跟以前一样躺着。茶放在那儿没有动过。娜斯塔霞甚至生气了，她开始狠狠地推他。

“你怎么睡个没完呀？”她厌恶地望着他，嚷道。他稍微抬起身子坐了起来，一言不发，注视着地板。

“你是不是病了？”娜斯塔霞问，又没得到回答。

“你还不如出去走走，吹吹风，”她停了一会儿说道，“你要吃饭吗？”

“过一会儿，”他有气无力地说，“你走吧。”他挥了一下手。

她又站了一会儿，同情地看了看他，就出去了。

几分钟后，他睁开眼睛，久久地望着那壶茶和那盘汤。然后他拿起面包，又拿起汤匙，吃了起来。

他一点食欲也没有，只吃了一点，喝了三四匙汤，仿佛身不由己似的。他的头痛好些了。吃完饭，他又直挺挺地躺到沙发上，可是已经睡不着了。他一动不动地趴在沙发上，把脸埋在枕头里。这时他不断产生幻觉，那些幻觉总是十分稀奇古怪：在他想象中经常浮现的是，他在非洲某个地方，在埃及，在一片绿洲上。商队正在休息，骆驼驯服地躺着；四周长满棕榈树；大家都在吃饭。他却一个劲地喝水，直接趴在小溪上喝，这条小溪就在他身边潺潺地流着。淡蓝色的水是那么清凉，那么妙不可言，冰凉冰凉的，它流过五颜六色的石子，流过金光闪闪的洁净沙子……蓦地，他清楚地听见时钟在打点。他遽然惊醒，抬起头，望望窗外，揣度了一下时间，然后一跃而起，完全清醒过来，就好像有人把他从沙发上拉起来似的。他蹑手蹑脚地走到门口，轻轻地打开一条缝，听听下面楼梯上有什么动静。他的心跳得很厉害。但是楼梯上静悄悄的，好像所有的人都睡着了……他觉得奇怪而又不可思议，他竟从昨天起昏昏沉沉地一直睡到现在，还什么事也没有做，什么也没有准备……刚才很可能已经敲过六点了……从梦中和昏昏沉沉的状态中清醒过来以后，他突然十分狂热而又有点茫然地手忙脚乱起来。但是他需要做的准备并不多。他集中精力周密地考虑了一番，以免忘记什么事情；他的心还在跳，跳得连呼吸都感到困难了。首先他得做一个绳套，把它缝到大衣里面——那是一分钟的事。他把手伸到枕头底下，从乱七八糟地塞在底下的一堆内衣里找出了一件破烂不堪、没有洗过的旧衬衫。他从破衬衫上撕下一条一俄寸宽，约莫八俄寸长的布条。他把布条叠成两折；脱下他那宽大而又结实的、用粗棉布做的夏季大衣（他仅有的一件外衣），把布条两头缝在大衣里边的左腋下面。他缝的时候两手发抖，但他克制住了，他缝得很好，再穿上大衣的时候，从外边一点也看不出来。他早已把针线准备好，包在一张纸里，放在抽屉里面。至于绳套，那是他自己非常巧妙的发明；这绳套是挂斧头用的。他总不能手提斧子在大街上走呀。如果藏在大衣里边，还得用手扶着，人家会看见的。现在有了这个绳套，只要把斧头套进去，斧子就会一路上安安稳稳地挂在大衣里边的胳膊下面。他把一只手插在大衣口袋里，就可以攥住斧子把，不让它来回晃动；因为他的大衣很宽大，像一只麻袋，所以从外边看不出他用手在口袋里攥着什么东西。这个绳套也是他在两星期以前想出来的。

做完这件事以后，他把手指伸进他的"土耳其式"沙发和地板之间的一条小缝里，在左角旁摸了一会儿，掏出了一件抵押品。那是他早已准备好，藏在那里的。其实这件东西根本不能算什么抵押品，它不过是跟银烟盒一样大小和厚薄的一块刨得很光的木头。这块木头是他散步的时候在一个院子里偶然捡到的。这个院子的厢房里有一家什么作坊。后来他在这块木头上又加了一块又薄又平的铁片——大概是从什么东西上掉下来的——那也是他同一天在街上捡到的。他把面积稍为小一些的铁片放在木头上，用线交叉着缠了几道，捆得牢牢的；然后用一张干净的白纸把它们整齐地、讲究地包起来，再把这个包捆好，捆得很不容易解开。他这样做，是为了暂时转移老太婆的注意力，当她开始解结子的时候，可以乘机下手。把铁片放在木头上面是为了增加重量，这样老太婆就不会马上猜到这件"东西"是木头的。这些东西他都预先藏在沙发底下。他刚把他的"抵押品"拿出来，就听到有人在院子里嚷嚷：

"早过六点啦！"

“早过啦！我的天！”

他冲到门口，倾听了一会儿，然后抓起帽子，像只猫一样，蹑手蹑脚、小心翼翼地走下了他的十三级楼梯。他还有最重要的一件事要做——从厨房里偷出那把斧子。他早已决定，这件事必须用斧子去干。他还有一把花匠用的折刀，可是他不能指靠这把小刀，更不能指靠他自己的气力去干这件事，所以最后决定使用斧子。我们要顺便指出他在这件事情上所采取的所有最终决定的一个特点。这些决定有一个奇怪的特征：它们越到最后，在他眼里就立刻变得越丑恶、越荒唐。不管他内心的斗争多么痛苦，在那段时间里，他没有一刻相信他的计划是能够实现的。

即使一切，连最细微的地方，他都研究过，都最后决定了，也不再有任何疑虑，即使这样，他也似乎会把一切立刻抛弃，把它们看做荒唐的、骇人听闻的和办不到的事情。可是实际上还有许许多多没有解决的问题和疑虑。至于到哪儿去弄那把斧子，这件小事并不叫他感到丝毫担心，因为没有比这更容易的事了。事情是这样的：娜斯塔霞经常不在家，特别是在晚上。她常常跑到邻居家去，或者跑到小铺子去，而且总是敞开门就走了。女房东为了这事常常跟她吵架。所以到时候他只须悄悄走进厨房，把斧子拿出来，一个钟头以后把所有的事都办完，再走进去，把斧子放回原处就行了。但是还有疑问：假如他在一个钟头以后回来了，去送还斧子，娜斯塔霞恰好在那里，她回来了，那怎么办？当然只好走过去，等她再出来。可是，这时她发现斧子不见了，找起来，并且大叫大嚷，那又怎么办呢？那就要引起人们的怀疑，或者至少这是引起怀疑的事吧。

但是这还是小事，他还没有开始考虑过这些事，何况他也没有时间去考虑。他想的是主要的问题，在他还没有十足把握的时候，他把鸡毛蒜皮的小事暂时撂在一边。可是那件事似乎是绝对办不到的。至少他自己觉得如此。比方说，他简直不能想象，有一天他会考虑完毕，站起身来，干脆到那里去……甚至他最近的一次试探（就是他抱着彻底观察一下现场的目的去探访的那一次），也不过是试一试罢了，远不是当真，而只不过是：“来，我不妨去试探一下，为什么老是梦想呢！”——可是他马上就受不了，啐了一口跑出来了，并且对自己深恶痛绝。就道德上来说，他的全部分析这时似乎已经结束了:他的诡辩术已经磨得像剃刀一样锋利,他在自己心里已经找不出有意识的反对意见了。但是到最后,他简直不相信自己了,他固执地、奴性十足地从各方面去摸索、寻找反对的理由,好像有人硬逼着他、拖着他这样做似的。这最后一天的到来是这样突然,它一下子就把问题解决了,而他对这一天的反应则几乎完全是机械的:仿佛有一个人抓住他的一只胳膊,以一种超自然的力量拉着他盲目地朝前走,使他无法抗拒,无法反对。他仿佛由于衣服的一角被卷进机器轮子,结果连他也被卷到机器里去了。

最初——不过已经是很久以前的事了——他总是在考虑一个问题:为什么一切罪行几乎都那么容易被识破,那么容易露出破绽,为什么所有罪犯的罪迹都那么容易败露呢?渐渐地他得出了各种不同的新奇的结论,在他看来,主要的原因,与其说是掩盖罪行在物质上是不可能的,不如说是在于罪犯本身;几乎每一个罪犯,在犯罪的时候都意志消沉,缺乏理智,在最需要保持理智和小心谨慎的时刻,却被幼稚的、罕见的轻率所替代。他深信,这种理智模糊和意志消沉像疾病一样向人袭来,逐渐蔓延,并且在犯罪之前不久达到顶点;这种情况在犯罪的那一瞬间还在继续下去,而在犯罪以后,还要因人而异地继续若干时候;最后像一切疾病一样渐渐消失。问题是:是疾病引起犯罪,还是由于犯罪自身的特性,所以它一向伴随着某种类似病态的现象呢?这一点他觉得还没有能力去解决。

得到这种结论以后,他断定,在他的事业中,他本人是决不会产生这样一种病态变化的,他断定在他实现预想的计划时,他的理性和意志将会坚强如故,唯一的原因乃是他所设想的计划“不是犯罪”……在这儿,我们要略去他得到这最后结论所经历的全部过程;我们已经扯得太远了……现在我们只想补充一点:这件事情实际的纯粹物质方面的困难,在他心中只占最次要的地位。“只要保持自己的全部意志和理性去对付那些困难,在你熟悉了事情的一切详情细节之后,一切困难就会迎刃而解……”但是事情一直没有开始。他依然不十分相信他的最后决定,可是时候一到,一切情况都变了,好像是突然地,甚至几乎出乎意料之外。

在他下楼以前,就有一件小小的情况使他进退两难。他走到女房东的厨房门口时，那扇门像往常一样敞开着，他小心翼翼地朝屋里偷觑了一眼，想先看一看，倘若娜斯塔霞不在家，是不是女房东在那里，如果不在，那她房间里的门是不是关上了，当他进去拿斧子的时候，可别让她从里面看见了。但是，当他突然看见不但娜斯塔霞在家，在厨房里，而且正在那儿干活的时候，他多么吃惊啊！她正从篮子里取出衣服来晾在绳子上。她一看见他，就停止晾衣服，向他转过身来，一直望着他，直到他走了过去。他把视线移开，假装什么也没看见似地走了过去。可是，事情干不成了：没有斧子！他遭到了可怕的打击。

“我怎么会认为，”他走到大门口时想道，“我怎么会认为她这会儿准不在家呢？为什么，为什么，为什么我想当然地这样认为呢？”他感到心灰意懒，甚至感到屈辱。他想狠狠地嘲笑自己。一种闷闷不乐的兽性的愤怒在他心里沸腾着。

他站在大门口沉吟起来。装装样子上街去散散步吧——他觉得厌恶；回家吧——更感到厌恶。“我永远失去了一个多么好的机会啊！”他咕哝着，毫无目的地站在大门口，正对着看门人那间黑洞洞的小屋子，屋子的门也是开着的。他忽然一惊。在离他只有两步远的看门人的小屋里，在板凳下面，靠右边，有一件亮晶晶的东西映入了他眼帘……他向四周张望了一下：一个人也没有。于是他蹑手蹑脚走到小屋门口，下了两级台阶，低声喊了一声看门人。“果然不在家！也许就在院子里，在附近什么地方，因为门是敞着的。”他急速地冲到斧子跟前（这是一把斧子），把它从板凳底下的两块劈柴中间拉了出来；在他还没走出屋子以前，就立即把斧子拴在绳套里面，他双手插进衣袋，走出了看门人的小屋；没有一个人看见！“不是理智，而是鬼使神差！”他想，怪模怪样地笑着。这个机会使他的精神大大振奋起来。

为了不叫别人猜疑，他一路上慢慢地、庄重地、不慌不忙地走着。他很少看过路的人，甚至竭力不去看别人的脸，尽可能不让人注意他。这时他忽然想起了他的帽子。“我的天啊！前天我手里还有钱，可是竟没去换一顶便帽！”他在心底痛骂自己。

他偶然用一只眼睛向一家小铺子瞟去，看见墙上的挂钟已经七点过十分了。他必须加快脚步,同时还要绕一个弯,以便绕道从另一边走到房子跟前去……

早先,当他在想象中琢磨这一切的时候,有时他想,他一定会非常害怕。可是现在他并不非常害怕,甚至完全不怕。而且现在他想的尽是些毫不相干的事情,虽然不论想什么,用的时间都不长。经过尤苏波夫花园的时候,他甚至全神贯注地想起应该建造一些高大的喷泉,让喷泉在所有的广场上使空气清新。他逐渐得出一个结论:如果把夏园扩充到马尔斯广场,甚至把它跟米海洛夫花园连接起来,那将是一件极好的、对城市大有益处的事情。接着,他突然对一个问题发生了兴趣:在所有的大城市里,为什么人们并不只是由于迫不得已,还因某种偏好而住在既没有花园也没有喷泉的地方,喜欢住在污秽、恶臭、布满各种肮脏东西的地方呢?于是他又想起他自己到干草市场去散步的事,片刻间,他清醒过来。“多么荒唐!”他想,“不,最好什么也不想!”

“被押送去处死的人大概就是这样的,念念不忘地想着一路上看到的一切东西。”他脑子里掠过这个想法,但是不过像闪电一样倏忽一闪而已;他迅速地驱走了这个想法……现在他越走越近了,就是这幢房子,就是这扇大门。忽然不知哪儿的时钟敲了一下。“这是什么,难道七点半了吗?不会的,一定是钟快了!”

幸亏,大门口的一切都顺顺当当。不仅如此,甚至在那一瞬间,好像特意替他安排好了似的,有一辆运干草的大车刚好被赶进大门,在他穿过门洞的时候把他完全遮住了。大车刚从大门口拉进院子,他就乘机一溜烟拐到了右边。他听见在大车的那一边,有几个人在吵吵嚷嚷地争论,但是没有一个人注意到他,他也没有碰见任何人。正对着四方形大院的许多窗户那时都开着,但是他没有抬头——他没有勇气。上老太婆那儿去的楼梯很近,一进大门往右便是。这时他已经在楼梯上了……

他喘了一口气,用手按着他那怦怦跳着的心,这时他摸到了斧子,再一次把它扶稳了,然后轻轻地、小心翼翼地走上了楼梯,不断侧耳倾听着。可是那会儿楼梯上也空无一人;所有的门都关着;一个人也没碰见。诚然,在二楼上,有一个没人住的屋子的门大开着,油漆匠正在里面干活,可是他们连看也没看他。他站住,想了一会儿,又向前走去。“要是他们不在这儿,当然更好,不过……上面还有两层呢。”

现在是四楼了,就是这扇门,就是对面的这间屋子;另一间是空的。三楼上,老太婆屋子尽底下的那间显然也是空的:钉在门上的名片已经拿掉——他们搬走了!……他感到喘不过气来了。刹那间,他的脑子里闪过一个念头:“不如回去吧?”但是他没有回答自己的问题,而是开始侧耳谛听老太婆屋子里的动静:死一般的沉寂。然后他又侧耳倾听下面楼梯上有什么声音,他注意地听,听了很久……然后,他又最后一次向周围打量了一眼,整了整衣服,拢了拢头发,又摸了摸套在绳套里的斧子。“我的脸色是不是……太苍白了?”他想道,“我是不是特别激动?她这人多疑……不如再等一会儿……等我的心不跳了,好不好呢?……”

但是心跳还是不停。相反,好像有意跟他作对似的,反而跳得越来越厉害,越来越厉害了……他忍不住了,于是慢吞吞地把手伸向门铃,拉了一下。半分钟以后,又拉了一下,拉得更响一些。

没有人答应。再继续拉铃是没有必要的,对他也不合适。老太婆一定在家,但她这人很多疑,又是一个人。他多少知道她的习惯……于是他又把耳朵紧贴在门上。是他的感觉特别敏锐(看来未必如此),还是声音真的很清楚呢?总之,他突然听到了一点好像一只手在小心翼翼地、轻轻地摸门锁把手的声音,又好像是衣服碰到门上发出的窸窣声。有人悄悄地站在门锁旁边,就跟他站在门外一样,躲在门里窃听,好像也把耳朵贴在门上……

他故意动了一下,并且大声咕哝了两句,为的是不露出躲躲藏藏的样子;然后又去拉第三次铃,但是拉得很轻,很庄重,丝毫没有显出不耐烦的样子。后来他回忆这件事情的时候,这一瞬间永远栩栩如生、历历在目地印在他脑海里。他不明白,他怎么会变得这么诡计多端,因为那时他的心仿佛一阵阵发蒙,他的身子也几乎失去了知觉……又过了一会儿,他听到有人在拔门钩。

# 7

门跟上次一样，开了一条小缝，又有两道锐利、多疑的目光从黑暗中注视着他。这时拉斯柯尼科夫着了慌，差一点铸成大错。

他担心老太婆看见只有他们两个人，会感到惊慌，他也不指望他的外表会消除她的疑虑，他抓住门，把门朝自己这边拉，以免老太婆再想把门关上。老太婆看见这种情形，便不再把门拉回去，可是她也没有放开门锁的把手，因此他差点没把她连同门一起拉到楼梯口去。他看见她拦在门口，不让他进去，便一直走到她面前。她吃惊地闪到一旁，想说什么似的，但又好像说不出来，只是瞪大了两眼望着他。

“您好，阿廖娜·伊凡诺夫娜，”他开口说，他想尽量把话说得随便些，但是口不从心，说得结结巴巴，声音打起颤来，“我给您……拿来一件东西……最好我们到这里来……到有亮光的地方。”他撇下她，没等人家请就一直走进屋里。老太婆跟在他后面跑了进去；她终于开口了：

“天啊！你想干什么？你是谁？你有什么事？”

“怎么啦，阿廖娜·伊凡诺夫娜，您是认识我的……拉斯柯尼科夫……我把那天说好的那件抵押品带来了。”说着他把抵押品向她递过去。

老太婆刚想看抵押品，却又马上抬起眼睛，盯住了这位不速之客。她目不转睛地、恶狠狠地、猜疑地望着他。大约过了一分钟；他甚至觉得她的眼睛里有一种近乎嘲弄的神情，好像她已经识破一切。他觉得他慌了，差点害怕起来，他觉得，如果她再那样一言不发地看他半分钟，他一定会吓得从她那里逃走的。

“为什么您这样看我，好像不认识我似的？”他忽然也恶狠狠地问道，“您愿意，就留下，不然，我就到别处去，我没工夫。”

本来他并没有想说这句话，可是他突然说出了口。

老太婆明白过来了,她的客人那种坚决的口气显然给她增添了勇气。

“但是,先生,为什么您这样突然……这是什么?”她看着抵押品问道。

“银烟盒,我上次说过的。”

她伸出手来。

“哎呀,你脸色为什么那么苍白?手也在发抖!先生,你刚洗过澡吗?”

“发烧,”他吞吞吐吐地答道,“没有东西吃,脸色还能好看……”他又补充了一句,勉勉强强发出声音来。他又觉得失去了力量。但是他的回答倒似乎合乎情理;老太婆把抵押品接了过去。

“什么东西?”她问道,同时又一次仔细地将拉斯柯尼科夫打量了一番。她把抵押品拿在手里掂了掂。

“一件东西……烟盒……银的……看看吧。”

“不大像银的……怎么包得这么密实!”

她想解开绳子,向窗户那边有亮光的地方转过身去(尽管天气这样闷热,她的窗户全关着),有几秒钟,她把他完全撂在一边,背对着他。他解开大衣,把斧子从绳套上松下来,但还没有完全拿出来,只是用右手在衣服里面攥着。他的两手软得可怕;他觉得两只手霎时间变得越来越麻木,越来越僵硬了。他担心斧子会从手里滑下来,掉在地上……突然间,他的头一阵发晕。

“他怎么把东西捆得这么紧?”老太婆恼怒地说,朝他那边微微移动了一下。

他连一秒钟也不能再错过。他把斧子全部抽了出来,紧张得什么似的,举起双手一挥,几乎不费一点气力,几乎机械地用斧背对准她的头上砍去。当时,他仿佛没有气力。但是他刚把斧子砍下去,浑身的气力就来了。

老太婆和往常一样,没有包头巾。她那稀疏的、夹着斑白发丝的淡颜色头发照例用油抹得亮亮的,编成一根老鼠尾巴,用一把断了的破牛角梳子拢着,翘在后脑勺上。因为她个子小,所以斧子一下子就打到她的天灵盖上。她叫喊了一声,可是声音很微弱,突然全身像瘫了似的蹲到地上,虽然她还来得及举起手来护住脑袋。她的一只手里还攥着“抵押品”。这时,他又使出全身气力用斧背朝她的头顶猛击了两下。鲜血像从打翻的玻璃杯里倒出来似的一涌而出,身子仰面倒了下去。他后退一步,让她倒下,然后又立刻弯下腰去看她的脸;她已经死了。眼珠突出着,仿佛要跳出来似的,前额和整个脸皱得不像样子,由于抽搐而扭曲了。

他把斧子放在尸体旁边的地板上,立刻伸手去掏她的口袋,竭力不让流出的血沾在自己身上——就是那个右边的口袋,她上次从这个衣袋里掏出了钥匙。现在他的神志十分清醒,既不头昏,也不眼花,不过那双手依旧在哆嗦。后来他想起,当时他甚至特别仔细、特别小心,一直设法不沾上血迹……他马上把钥匙掏出来;跟上次一样,所有的钥匙都串在一起,串在一个钢圈上。于是他立刻拿着钥匙跑进卧室。这是一间很小的屋子,有一个很大的神龛,供着神像。靠另一面墙是一张大床,床上很干净,铺着一床用碎绸子拼成的棉被。靠第三面墙摆了一个五屉柜。说也奇怪:他刚拿钥匙去试开五屉柜,才听到钥匙的响声时,他仿佛立刻觉得全身一阵痉挛。他忽然又想抛下一切跑掉。但是这个想法只有一刹那;要走已经太晚了。他甚至对自己冷笑了一声,但是这时他脑子里忽然又涌出另一个惊恐不安的想法。他忽然觉得老太婆也许还活着,还能苏醒过来。他撇下钥匙和五屉柜,又跑回尸体跟前,抓起斧子,再一次朝老太婆身上举起,但是没有劈下来。没有疑问,她是死了。他又弯下身去,离近一些仔细把她检查了一遍,他清楚地看见,头盖骨已经砸碎,甚至还被稍微打偏了一点。他本来想用手指去摸摸,但是他又把手缩回去了;不摸也已经一目了然。这时地上已经流了一大摊血。忽然他看见她的脖子上挂着一根带子,他拉了一下,但是带子很结实,拉不断;再加又给血浸透了。他又试试把它从怀里拉出来,可是有什么东西把它卡住了,拉不出来。他不耐烦地又想挥起斧子,从上面,就在这里,打她身上把带子砍断,但是他不敢,他费了很大的劲,手上和斧子上都沾满了血,忙乱了两分钟,才把带子割断,没有让斧子碰到身体,就取了下来。他没有猜错——是钱包。带子上系了两个十字架,一个是柏木的,一个是铜的,此外,还有一个珐琅的小神像；和这些东西系在一起的，还有一个不大的油污的麂皮钱包，它套着一个钢箍和一个小环。钱包塞得满满的；拉斯柯尼科夫没有细看就把它塞进自己的口袋，他把两个十字架扔在老太婆的胸上，他这次把斧子也捎上，又赶快跑回老太婆的卧室里。

他非常慌张，抓起钥匙又去开锁。但总是开不开——钥匙插不进锁眼。并不是因为他的手抖得太厉害，而是因为他不断出错：比方说，他明知道那把钥匙不对，不合适，他偏要插进去。他忽然想起，这把和别的小钥匙挂在一起的、有锯齿的大钥匙，一定不是开五屉柜的（上次他就想到这事了），而是开某个小箱子的钥匙，可能所有的东西都收在那只小箱子里。他撇下五屉柜，又立刻爬到床底下，他知道老太婆们总是把箱子藏在床底下。果然如此。床底下有一口相当大的箱子，有一俄尺多长，箱盖隆起，上面包了红色的山羊皮，钉着一枚枚钢钉。锯齿形的钥匙正合适，箱子打开了。上头盖着一条白床单，床单下面放着一件挂了红缎面的兔皮袄；再下面是一件绸料的连衣裙，然后就是一条披巾，再往下，看来尽是些破烂了。他首先把染有血迹的手在红缎上擦干净。“红的，血擦在红的东西上不显眼，”他刚这么想，又恍然大悟，“天呀，我疯了吗？”他惊慌地想。

但是他的手刚去翻那堆破烂，就有一只金表从皮袄里滑了出来。他急忙把所有的东西翻了一遍。那堆破烂里面果然夹着各种金制的东西——大概都是抵押品，待赎的和不来赎的——有金镯子、金链子、金耳环、金别针等等。有的装在盒子里，有的用报纸包着，用两层纸又仔细又整齐地包着，周围还用带子捆好。他一刻也不耽搁，就把东西塞满了他的裤子和大衣口袋，既不挑选，也不打开那些纸包和盒子；但是他没来得及拿很多东西……

他突然听见躺着老太婆的屋子里有人走动的声音。他马上停下来，像死人一样默不作声。但是四下里一片寂静，恐怕这是他的幻觉在作怪吧。但他突然又清楚地听见一声轻轻的喊叫，仿佛有人轻轻地、断断续续地呻吟了一声，就不响了。然后又是死一般的寂静，约莫延续了一分钟或者两分钟。他蹲在箱子旁边，几乎气也不喘地等待着。忽然他跳起身来，抓起斧子，跑出了卧室。

丽莎维塔站在屋子中间，手里抱着一个大包袱。她目瞪口呆地望着被杀害的姐姐，脸像白布一样煞白，好像连叫喊的气力也没有了。她一看见他跑出来，就像一片树叶似的微微哆嗦起来，脸上掠过一阵痉挛；她举起一只手，想张开嘴，可是仍旧喊不出声来。她开始慢慢地从他前面向后退缩到墙角去，她直愣愣地注视着他，但还是不叫，仿佛她气不足，喊不出声音来似的。他拿着斧子向她冲去：她的嘴唇抽搐起来，一副苦相，就像一个很小的小孩受到惊吓，呆呆地望着使他们害怕的东西，想要喊叫出来似的。这个不幸的丽莎维塔竟老实到这种程度，她吓傻了，完全吓昏了头，她甚至没有举起手来挡住自己的脸，虽然在那一刹那间这是极其必要和自然的姿势，因为斧子正对准她的脸高高举起。她只不过稍微抬起一点她那只空着的左手，远远没有抬到脸上，而是慢慢地向前朝他伸过去，好像要推开他似的。斧刃正好劈在她的头盖骨上，一下就把前额的上部整个劈开，几乎直到天灵盖。她猛地栽倒了。拉斯柯尼科夫完全慌了神，他抓起她的包袱，又把它扔下，然后跑到过道里。

他越来越害怕，特别是在他第二次完全出乎意料地杀人之后。他想赶快从这里逃走。要是当时他能够把事情看得和考虑得正确一些；要是他能够想到他处境的所有困难，想到他的整个绝望、胡闹和荒唐，要是他能够懂得他还得冲破多少难关，也许还得干多少坏事，才能逃出这里，回到家里去，那么很可能他会抛弃一切，立刻去自首，而且甚至不是由于为自己担心，而只是由于对自己所作所为的恐惧和憎恶。他心里特别涌起憎恶的情绪，而且一分钟比一分钟强烈。现在世界上没有任何东西能使他再走到箱子跟前去，甚至再回到那些房间里去。

但是，一种心不在焉，甚至仿佛是若有所思的情绪，开始渐渐控制了他：他时而神思恍惚，或者不如说忘掉主要的事情而执着于一些琐碎的小事。然而当他瞥了一眼厨房，看见板凳上放着盛了半桶水的水桶时，他居然想到应该把自己的手和斧子洗干净。他的两手沾满了血，黏糊糊的。他把斧刃直接浸到水里，又拿起放在窗台上破碟子里的一块肥皂，开始直接在水桶里洗他的手。手洗干净以后，他又把斧子从水里取出来，洗干净了铁的部分，又花了很长时间，大约三分钟，去洗有血迹的木头，甚至试着用肥皂把血迹洗去。然后，他用晾在厨房里一根绳子上的内衣把一切擦干，再久久地站在窗口仔细检查那把斧子。血迹已经没有了，不过木头把还是湿的。他把斧子细心地挂在大衣里面的绳套上。然后，他在昏暗的厨房所允许的条件下，检查了一遍大衣、裤子和靴子。从外面乍看，除了靴子上有些血迹之外，似乎什么破绽也没有。他把抹布浸湿，擦干净了靴子。不过他知道他检查得并不彻底，也许会有什么惹人注目的东西被他忽略过去了。他犹豫不决地站在屋子中间。他的脑海里涌起了痛苦不堪、忧郁的想法——他想，他正在发疯，此刻他既不能思考，也不能自卫，也许他现在做的事情根本不是他应该做的……"我的天！应当逃走，逃走。"他咕哝着冲到过道里去。但是这里等待着他的是恐怖，他从来没有经历过的恐怖。

他站在那儿望着，简直不相信自己的眼睛：门，从过道通向楼梯的外面那扇门，他刚才拉铃、后来进来的那扇门竟开着，甚至敞开了整整一手掌宽：没有锁，也没有扣上，一直是这样，从头到尾都是这样！他进去以后，老太婆大概出于谨慎，没有把门锁上。可是，上帝！他后来分明看见了丽莎维塔！当时他怎么没有想到，怎么没有想到她一定是从什么地方进来的呢！她总不能穿墙进来吧。

他急忙冲到门口，把门扣上。

"不对，又错了！得走，得走……"

他拔下门钩，打开门，开始倾听楼梯上的动静。

他听了很久。在下面很远的地方，大概是大门口，有两个人在高声刺耳地嚷着，争吵不休，互相詈骂。"他们在干什么？"他耐心地等待着。后来吵闹声又戛然而止，鸦雀无声；他们走开了。他刚想出去，忽然下面一层楼的一扇通楼梯的门哗啦一声打开了，有人哼着一支曲子走下楼去。"他们怎么都这样闹哄哄的！"这个想法在他脑子里一闪。他又随手把门关上，等待着。终于一切都静下来了，没有一个人。他刚想朝楼梯迈步的时候，忽然又听到了新的脚步声。

这阵脚步声听起来很远，在楼梯的尽底下，但是他后来记得很清楚，他刚一听到响声，不知道为什么就开始怀疑，这人一定是到这儿来，到四楼老太婆这儿来的。为什么？是声音特别，与众不同吗？脚步声沉重、均匀、不慌不忙。现在他已经走过一楼，正继续往上走哩；脚步声越来越清楚！可以听得出进来的那人的沉重喘气声。现在他开始走上三楼……朝这儿走来了！忽然他觉得他仿佛全身僵硬了，好像他在做梦，梦见有人追来了，逼近了，想打死他，可是他却寸步难移，连胳膊都动弹不得。

最后，当那位客人登上四楼时，他猝然一惊，即刻敏捷地、灵巧地从过道溜回房间，随手关上了门。然后他又抓住门钩，把它轻轻地、不出声地扣进铁环。他的本能帮助了他。把门扣上以后，他屏住呼吸，躲了起来，这次他干脆站在门后面。那位不速之客也已经来到门口，现在他们俩面对面站着，就跟刚才他和老太婆隔了一扇门站着，他在侧耳倾听一样。

那位客人重重地喘了几口气。"一定是个大胖子。"拉斯柯尼科夫想，一面握紧斧子。真的，这一切仿佛在做梦。客人抓住门铃，使劲拉起来。

门铃的洋铁皮声一响，他仿佛突然觉得屋里有什么东西在动弹。他甚至认真地、仔细地听了几秒钟。陌生人又拉了一下门铃，然后又等了一会儿，他忽然不耐烦地拼命拉起门把手来。拉斯柯尼科夫惊恐地望着门钩在铁环里跳动，他怀着隐隐的恐惧等待着门钩很快就要从环里跳出来。确实，这看来是可能的：那人拉得那么猛。他本想用手去扶住门钩，但又怕那人会发觉。他的头好像又开始晕起来。"我要摔倒了！"这个想法刚从他脑子里掠过，那个陌生人就开了腔，于是他马上清醒过来。

"她们是怎么回事儿，睡死了呢，还是叫人给掐死了？混账！"那人像在桶里说话似的咆哮起来，"喂，阿廖娜·伊凡诺夫娜，老妖婆！丽莎维塔·伊凡诺夫娜，千娇百媚的美人儿！开门啊！唉，真混账！她们睡着了还是怎么的？"

于是他又怒气冲冲，使足了浑身气力把门铃一气拉了十来下。这一定是个有权势、跟这一家很亲近的人。

这时，忽然从楼梯上不远的地方传来细碎急促的脚步声。又有一个人走上楼来。拉斯柯尼科夫一开始没有听清楚。

“怎么,都不在家吗?”新来的那人兴高采烈地向先来的人大声说,那人还在拉铃,“您好,柯赫!”

“从说话的声音来判断,这人一定很年轻。”拉斯柯尼科夫忽然想。

“鬼才知道怎么回事儿,我差不多把锁都拉坏了,”柯赫回答说,“您怎么认识我的?”

“是这样的!前天在‘加姆布里努斯’①打台球,我不是一连赢了您三局吗?”

“啊……”

“她们不在家吗?奇怪。真是岂有此理。老太婆会到哪儿去呢?我找她有事儿。”

“先生,我也找她有事儿啊。”

“那么,怎么办呢?只好回去啦。唉!我原想到这儿来周转点钱用的!”那个年轻人大声说。

“当然只好回去啦,不过她为什么要约好时间呢?老妖婆亲自和我约定这个时间来的。我还绕了个弯。我不明白她跑到哪儿去见鬼了?那个老妖婆一年到头坐在家里,萎靡不振,腿又疼,怎么现在忽然外出逛去了呢?”

“去问问看门的,好吗?”

“问什么?”

“她到哪儿去了,什么时候回来。”

“嗯……见鬼!……问……要知道她是哪儿也不去的呀……”他又拽了一下门锁的把手,“见鬼,没有办法,走!”

“慢着!”那个年轻人突然叫道,“瞧:您可看见拉门的时候门在晃动吗?”

“怎么?”

“这说明门没有上锁,而是用门钩,就是说用钩子扣上的!您听见门钩在响吗?”

---

① 彼得堡的一家酒馆。

"怎么?"

"真是,您怎么不明白?这说明她们俩准有一个在家。要是都出去了,一定会用钥匙从外面锁上门,不会用门钩从里面扣上的。可是这会儿——您听见门钩在响吗?家里一定有人,才能从里面用门钩扣上门,您明白了吗?所以她们一定在家,可是不开门!"

"啊呀!真是这么回事儿!"柯赫吃惊地叫起来,"那她们在里面干什么呢!"于是他又发狂地拉起门来。

"慢着!"那个年轻人又嚷了起来,"别拉了!这儿情况不妙……您瞧,您又拉门铃,又拉门,可她们就是不开;这说明要么她俩都昏过去了,要么……"

"什么?"

"这么办吧:咱俩找看门的去;让他自己来把她们叫醒。"

"有道理!"他们两人向下面走去。

"慢着!您留在这儿,我跑到楼下找看门的去。"

"为什么留下?"

"以防万一……"

"好吧……"

"要知道,我正在学法律,准备当预审官!很明显,很——明——显,这里出岔子了!"那个年轻人急躁地嚷着,跑着下楼去了。

柯赫留下了。他又轻轻地拉了一下铃,铃响了一声;然后,他又轻轻地,像是一面思索,一面检查似的,开始去摆弄那个门把手,拉了一下又放开,想再一次证实这扇门是光用门钩扣上的。然后他呼哧呼哧地弯下腰,向锁眼里张望;但是因为锁眼从里面插着钥匙,所以什么也看不见。

拉斯柯尼科夫站在那儿,把斧子紧紧地攥在手里。他似乎已经神志不清了。他甚至准备倘若他们进来就和他们拼。当他们敲门和商量的时候,他有好几次忽然想从门里面对他们大喝一声,一下子结束目前这种状况。在他们打不开门的时候,他又时而想和他们对骂,刺激他们。"快点吧!"这个想法闪过他的脑海。

"可是他,见鬼……"

时间在过去,一分钟,两分钟,还没有人来。柯赫开始走动。

“真是活见鬼!”他忽然不耐烦地喊了一声,撇下自己的守卫任务,靴子咚咚地踏在楼梯上,也急急忙忙下楼去了。脚步声静了下来。

“天啊,怎么办?”

拉斯柯尼科夫拔下门钩,把门微微打开。一点声音也没有。突然间,他不假思索地走出了门,尽可能地把门关严,然后走下楼去。

他已经走下三段楼梯,忽然听到下面有人大声喧哗——往哪儿躲呢!没有一个藏身之处。他想往回跑,重新回到屋里去。

“嗨,妖精,恶魔!捉住他!”

有人嚷着从楼下的一间屋里冲出来,他不是跑下楼梯的,而好像是从楼梯上摔了下去,同时拼命在喊:

“米季卡!米季卡!米季卡!米季卡!米季卡!活见鬼!”这阵喊叫以一阵尖叫结束。最后的声音是从院子里传上来的;然后又声息全无。但就在这时,有几个你一言我一语、说话声音很大的人开始闹嚷嚷地走上楼来,大约有三四个人。他听出了那个年轻人的响亮声音。“是他们!”

他走投无路地向他们迎面走去:豁出去了!如果被他们拦住,一切都完了;如果放他过去,也一切都完了:他们会记住他的。他们快碰头了,他们中间只隔着一段楼梯——可是他突然得救了!右边,离他只有几步远的地方,有一间空屋子,门敞开着,就是那间工人在那儿油漆的二楼屋子,现在,好像故意安排好似的,工人都走了。刚才大叫大嚷着跑出去的,大概就是他们。地板刚刷过油漆,屋子中间放着一只桶和一个破罐子,里面装着油漆和刷子。他一溜烟钻进了那扇开着的门,躲在墙后,也正是时候:他们已经站在楼梯口了。他们转身向上,走了过去,大声交谈着,上了四楼。他等了一会儿,然后踮着脚尖走出了门,跑下楼梯。

楼梯上一个人也没有!大门口也没有人。他飞快地溜出了门洞,转身往左上了大街。

他清楚地知道,他知道得十分清楚,这时,那些人已经在屋子里,他们看到门已经打开,一定大吃一惊,因为刚才门还是关着的,此刻他们正望着那两具尸体,过不了一分钟,他们就会想到,就会恍然大悟,刚才凶手还在这里，现在已经躲到什么地方，打他们身边溜走了，逃跑了；也许还会想到，他们上楼的时候，凶手就躲在那间空屋子里。这时，虽然离第一个转弯的地方还有将近一百步远，但他无论如何不敢加快脚步。“我要不要溜进一个门洞里，躲在一个不熟悉的楼梯上等一会儿呢？不，绝对不行！要不要把斧子扔掉？要不要雇一辆马车呢？不行！绝对不行！”

他终于走到了一条巷子口；于是他半死不活地拐了进去；在这儿他已经差不多得救了，这一点他是明白的：在这里可以较少受到怀疑，而且这里人来人往，很热闹，他可以像一粒沙子似的消失在里面。但是他所受的这些内心痛苦已经使他精疲力竭，他几乎走不动了。他汗流如雨；整个脖子都泡在汗水里。当他走到河边的时候，有人向他喊道：“瞧他，喝醉啦！”

现在他迷迷糊糊，神思恍惚；而且越来越糟。然而他还记得，当他走到河边的时候，他吓了一跳，他看见这儿人很少，比较显眼，想要转身回到巷子里去。虽然他快要倒下去了，但他依旧绕了个弯，完全从另外一个方向回到了家里。

他走进自己那幢房子的大门时，还没有完全清醒；至少他已经走上楼梯的时候，才想起了斧子。当时，他还有一件重要的事情要做：把斧子放回原处，并且尽可能不叫别人注意。当然，他已经没有力量去考虑：也许压根儿不把斧子送回原处，过些日子再把它扔到别人家的院子里去，这样要好得多。

可是一切都很顺利，看门人的房门是虚掩着的，没有锁，看来那个看门人多半在家。但他已经丧失了思考能力，他居然直接走到看门人的屋子门口，推开了门。要是看门人问他：“干什么？”他也许会干脆把斧子递给他。但是那个看门人又不在家，因此他得以把斧子放回板凳下面原来的地方；甚至还跟以前一样用一块劈柴把它遮住。后来，一直到他自己的房间，他没有碰见任何人，没有碰见一个人影；女房东的门关上了。他走进自己的屋子以后，就跟往常一样倒在沙发上。他没有睡，但是神思恍惚。如果当时有人走进他的屋子，他一定会马上跳起来，大叫一声。一些零零碎碎的片断思想在他的脑中翻腾着；甚至不管他怎样努力，他也捕捉不到任何一个思想，也不能集中到任何一点上……

# 第　二　部

# 1

他这样躺了很久。有时，他也仿佛醒过来似的，在醒来的那几分钟，他发现早已是深夜了。但他根本没想到要起来。最后，他看见天色已经微露曙光①。他在沙发上仰面躺着，由于不久前的昏睡他仍呆呆地出神。从大街上刺耳地传来可怕的绝望的哭喊，每天夜里两点多钟，他都能听到自己窗下有这种声音。这阵号泣把他吵醒了。"啊！那些喝醉酒的人已经从酒馆里出来了，"他想，"两点多钟了，"他突然一跃而起，好像被人从沙发上拉起来似的，"怎么？已经两点多了！"他坐到沙发上，立刻想起了一切！一刹那工夫，他忽然什么都想起来了。

最初一刹那，他认为自己要疯了。他浑身冷得要命；不过发冷的原因部分是由于他早在睡梦中就已经患了热病。现在他忽然猛烈地打起寒颤，抖得他差不多牙齿都要蹦出来了，他浑身都在哆嗦。他打开门，开始倾听：这幢房屋里的一切都在沉睡中。他惊讶地打量着自己，打量着屋子里他周围的一切，不明白昨天晚上他进屋以后，怎么能没有把门钩扣上，不仅没有脱衣服，甚至连帽子也没有摘，就倒在沙发上了：帽子滑下来，掉在地板上，离他的枕头不远。"要是有人进来，他会怎么想呢？他会以为我喝醉了，但是……"他跑到小窗前。天已经大亮了，他开始匆匆忙忙地从头到脚检查自己，检查自己所有的衣服：有没有血迹？可是这样检查不行，于是他一面打着寒颤，一面脱下所有的衣服，又把周身检查了一遍。他把每一件衣服翻了又翻，连最后一根线，最后一片布都不放过。他不相信自己，又反复检查了三遍。但什么也没有看出来，似乎没有一点痕迹；

① 这时正值彼得堡的白夜，晨曦几乎紧接着黄昏以后出现。

只有一个地方,在裤子下面破成了一条条的地方,留下浓浓一片凝固了的血迹。他拿起一把大折刀,割掉了裤子的毛边。好像再没有什么痕迹了。忽然他想起他从老太婆的箱子里拿出的钱包和东西还放在他的衣袋里!他至今还没有想到把那些东西掏出来藏好!甚至现在他检查衣服的时候,也没有想到这些东西!这怎么办呢?他马上把那些东西掏了出来,扔在桌子上。把一切掏出以后,他甚至把口袋也翻了过来,看看是否还留下什么东西。他把这一大堆东西统统拿到墙角里。就在那个墙角,墙根上的壁纸已经剥落,被撕了个窟窿:他立刻把所有的东西都塞进壁纸下面的墙洞里。“都放进去了!什么也看不见了,钱包也看不见了!”他高兴地想,然后他站起身来,呆呆地望着墙角里那个比往常更加鼓起来的小洞。突然间,他吓得浑身打了个寒颤。“我的天!”他绝望地咕哝着,“我怎么啦?这叫藏起来了吗?有这样藏东西的吗?”

不错,他根本没有想到有东西得藏;他只想到钱,所以他事先没有准备好藏东西的地方。“可是现在,现在我有什么可高兴的呢?”他想,“难道有这样藏东西的吗?我的脑子确实不管用了!”他精疲力竭地坐在沙发上,马上又难以忍受地浑身发起抖来。他不由自主地从身边椅子上拉过他做大学生时穿的一件冬大衣,虽然大衣几乎已经破烂不堪了,可是还挺暖和,他把大衣盖在身上,又一次沉入梦乡和神志昏迷的状态。他昏睡了过去。

过了不到五分钟,他又从沙发上跳起来,又发狂似的向他的衣服扑去。“什么事都还没有办好,我怎么能又睡着了呢?可不是,可不是:我至今还没有把腋下的绳套取下呢!我忘记了,竟然把这样一件事忘记了!那可是个明显的罪证呀!”他把绳套拉出来,赶快把它扯碎,然后塞到枕头底下的衣服中间,“碎布条子无论如何不会引起人们怀疑的;不可能的,不可能的!”他翻来覆去地说,他站在屋子中间,又聚精会神地拼命检查周围的一切,把地板和每一个角落都检查了一遍,看看还忘了什么没有。他相信,他的一切,甚至记忆力,甚至最简单的思考力都已经消失了,为此他感到不能忍受的痛苦。“怎么,已经开始了吗?难道说,我的惩罚已经临头了吗?瞧,瞧,真是这样!”真的,他从裤子上割下的毛布条,就那样扔在屋子中间的地板上，任何人进来都会看到的！“我这是怎么啦？”他又惘然若失地叫起来。

这时他的脑子里产生一个奇怪的想法：也许他所有的衣服上都沾满了血，也许有很多血迹，只是他看不见，没有发觉罢了，因为他的理解力衰退了，不中用了……他的脑子糊涂了……忽然他想起钱包上也有血。“哎呀，那么我的口袋里也一定有血，因为我是把血迹未干的钱包放在口袋里的呀！”他马上把口袋翻出来，一点也不错！在口袋里子上有血迹，有斑点！“可能我还没有完全丧失理智，还有理解力和记忆力，既然我自己察觉到、想到了这件事，”他得意洋洋地想，深深地、愉快地敞开胸怀舒了一口气，“不过是发烧后的虚弱，一时的神志不清。”于是他把左边裤子口袋的整个里子都撕掉了。这时太阳光照在他的左靴上：从破靴洞里露出来的袜子上好像看得出有血迹。他立刻脱掉靴子：“真有血迹！袜尖被血浸透了”；当时他想必不小心踩进血泊中了……“不过现在怎么办呢？袜子，破布条，口袋，我把这些东西扔到哪儿去呢？”

他把这些东西都捧在手里，站在屋子中间。“扔在炉子里吗？可是他们一定会先搜查炉子。烧掉吗？可是用什么来烧呢？连火柴也没有呀。不，不如到外头去，把他们扔在什么地方。对！最好把它们扔掉！”他反复地说，又坐到沙发上，“马上去，此刻就去，不能耽搁！……”可是他并没有那样做，他的头又落到枕头上了；那种难以忍受的寒颤又传遍了全身；他又把大衣盖到身上。在很长的一段时间里，大概有几小时，他总觉得神思恍惚，他断断续续地想：“得马上走，不能拖延，随便上哪儿，把一切都扔掉，免得被人看见，快一点，快一点！”好几次他想从沙发上挣扎着爬起来，可就是办不到。一阵猛烈的敲门声终于把他完全惊醒了。

“开门，你是活着，还是死啦？他老是睡不醒！”娜斯塔霞嚷着，用拳头砰砰地敲门，“整天整天，老是像狗一样死睡！真像一条狗。开门呀。十点多啦。”

“也许他不在家吧！”一个男人的声音说。

“哎呀，这是看门人的声音……他来干什么？”

他赶紧爬起来，坐在沙发上。他的心跳得都痛起来了。

"那么谁把门反扣上了呢?"娜斯塔霞反驳说,"瞧,锁起门来了！怕他自个儿给人偷走么？开门,蠢家伙,醒醒呀!"

"他们来干什么呢？看门的来干什么？一切都被人发现了。是拒捕呢,还是开门？豁出去了……"

他抬起上半身,向前探起身子,摘下了门钩。

他的屋子小到那个地步,不用下床就可以把门钩摘下。

果然看门的和娜斯塔霞站在那儿。

娜斯塔霞用奇怪的目光把他打量了一眼。他用一种挑衅而绝望的神气瞅了一眼看门的。看门的一言不发,递给他一张叠成对折而且封上火漆的灰纸。

"这是局里送来的传票。"他把纸递给他的时候说。

"什么局？……"

"警察局,传你到局里去。什么局还不明摆着。"

"到警察局去！……干什么？……"

"我怎么知道呢？叫你去,你就去嘛。"看门的仔细瞧了瞧他,又打量了一下周围,转身要走。

"他好像病得很重?"娜斯塔霞目不转睛地盯着他说。看门的也回过头来望了他一会儿。"他从昨天起就发烧。"她又加上一句。

拉斯柯尼科夫没有回答,他把那张纸拿在手里,并不去拆它。

"那你就别起来啦,"娜斯塔霞接着说,她看见他把脚从沙发上伸下来,不禁可怜起他来了,"病了,就别去啦;不着急。你手里拿的是什么?"

他看了看。他右手拿着割下来的碎布条,袜子和扯下的口袋的破布。他拿着这些东西就睡着了。后来他思考这件事情的时候,他想起他发烧时迷迷糊糊,把这些东西紧紧地攥在手里,就这样又睡着了。

"瞧,他攥了一大把破烂,拿着它睡觉,好像攥着什么宝贝似的……"娜斯塔霞接着神经质地哈哈大笑起来。他马上把所有这些东西都塞在大衣底下,目不转睛地直盯着她。虽然那时他还不大能有条有理地考虑问题,但他也感觉到,倘若要抓他,就不会用那种态度来对待他了。"可是……警察局?"

“喝点茶好吗？想喝吗？我给你拿来；还有剩下的……”

“不……我去：我马上就去。”他咕哝着站了起来。

“你八成连楼梯都下不去吧？”

“我去……”

“随你的便。”

她跟在看门人后面走了。他马上跑到有亮光的地方，检查那只袜子和破布条。“有血迹，但是不大看得出来；都弄脏了，吃进去了，已经褪了色。事先不知道的人，什么也看不出来的。所以，谢天谢地，娜斯塔霞站得远，她什么也不会注意到的！”然后他战战兢兢地拆开那份传票，开始看；他看了很久，好容易才看明白了。这是区里的一份普通的传票，要他当天九点半钟到警察分局长的办公室去。

“这是什么时候的事呢？我跟警察局从来没有打过交道呀！为什么恰好今天叫我去呢？”他在痛苦的狐疑中想道，“主呀，就快点吧！”他刚要跪下去做祷告，却又自己笑了起来——不是笑祷告，而是笑他自己。他急忙动手穿衣服。“豁出去了，反正一样！穿上袜子！”他忽然想起来，“灰尘多吃进去一些，血迹就看不见了。”可是他刚把袜子穿上，马上又反感而害怕地把它扯掉。但是扯掉之后，想起没有别的袜子，只好又把它拿来穿上，他又笑了起来。“这些都是长期形成的习惯，都是相对的，这一切不过是形式而已，”他想道，但是这个思想只是浮光掠影般地闪了一下，他自己却在浑身发抖，“我还是穿上了！到底把它穿上了！”但他的笑声很快变成了悲观失望，“不成，我可受不了……”他想。他的两条腿在哆嗦。“这是因为害怕。”他自言自语地咕哝说。因为发烧，他的头又晕又痛。“这是个诡计！他们想把我骗到那儿去，突然来个措手不及。”他出门走到楼梯上的时候，继续暗自想道。“糟糕的是我几乎都在胡说八道……我会说出蠢话来的……”

走在楼梯上的时候，他想起他把所有的东西就那样放在墙洞里了，“很可能他们想趁我不在的时候来搜查。”他想着，便停下脚步。可是这时他突然感到十分绝望，突然产生一种也许可以称之为豁出去的心理，所以他挥一挥手又继续往前走去。

"只要快一点就行了！……"

大街上又热得叫人难以忍受；这些日子哪怕能下一滴雨也好啊。又是灰尘、砖和石灰，又是从小铺子和小酒馆里飘出来的臭味，又是连续不断地碰到醉汉、芬兰小贩和东倒西歪的破马车。阳光亮晃晃地直射到他的眼睛，使他看东西时感到刺痛，他的头完全发晕了。——在阳光灿烂的大晴天，一个发寒热的人蓦地从屋里出来，通常都会有这样的感觉。

当他走到昨天那条大街的拐角上时，他以痛苦而惊慌的心情偷偷朝那条街，朝那幢房子望了一眼……但马上就把目光躲开了。

"要是他们问我，也许我干脆就告诉他们。"快到警察局的时候，他心里想。

警察局离他的住处大约只有四分之一俄里，最近刚迁到一幢新房子四楼的一套房间里。他到警察局旧址去过，只待了短短的一会儿工夫，不过那是很久以前的事了。走进门洞的时候，他看见右首有楼梯，一个乡下人手里拿着一个小簿子正走下楼来："看来这是看门的；看来警察局就在这儿。"于是他就想当然地走上了楼梯。他不想向任何人打听任何事情。

"我一进去就跪下，把什么都讲出来……"他走到四楼的时候想道。

楼梯又窄又陡，到处是污水。四层楼每一层的所有住宅的所有厨房的门都是朝楼梯开的，而且几乎整天就这么敞开着。因此简直闷热得可怕。人们在川流不息地上上下下：有腋下夹着本子①的看门人，有当差的，也有各种各样来访的男男女女。警察局的门也是大开着的。他走进去，在过道里停住了脚步。这里经常有一些乡下人站着等候。这里也非常闷热，此外，重新油漆过的屋子里发出一股还未消散的、用有臭味的大麻油调制的油漆味，简直令人作呕。等了一会儿以后，他决定再往前走，到里面那间屋子里去。所有的屋子都又矮又小。一种迫不及待的心情不断地促使他再往前走。谁也没有注意到他。在第二间屋子里，有几个职员坐在那儿写东西，他们穿得只不过比他稍微好一点，他们的样子都很古怪。他走到其中一个人跟前。

① 指户口本。

"你有什么事?"

他拿出警察局的传票。

"您是个大学生吗?"那人朝传票瞟了一眼,问道。

"是的,从前是大学生。"

职员丝毫不感兴趣地打量了他一眼。那人的头发蓬乱得出奇,眼睛里显露出一种木然的神情。

"从这人嘴里是探不出什么消息来的,因为他什么都无所谓。"拉斯柯尼科夫想。

"到那儿去,找办事员。"职员伸出手指,指着最里面的一间屋子说。

他走进那间屋子(按顺序那是第四间屋子),屋子很小,里面挤满了人,比别的屋子的人穿得整齐些。在来访者中间有两个妇女。一个穿着丧服,衣着寒酸,她坐在办事员对面的桌子前,正在他的口授下写着什么。另一个女人①是个大胖子,紫红脸膛,脸上有斑,身材魁梧,穿得十分豪华,胸前戴了一只跟茶碟一般大的胸针。她站在一旁,分明在等待什么。拉斯柯尼科夫把传票塞给了办事员。办事员匆匆看了一眼,说了声"等一会儿",又继续接待那个穿孝服的女人。

拉斯柯尼科夫比较舒畅地喘了一口气。"可能不是那件事!"他渐渐振奋起来,拼命鼓励自己要打起精神,要清醒。

"只要犯一点糊涂,只要有一丁点不小心,就可能暴露自己! 哼……可惜这儿空气不好……"他接着想,"太闷……弄得我的头更晕了,脑子也……"

他感到心乱如麻。他生怕自己失去自制力。他竭力想把注意力集中在什么事情上,随便想一件完全不相干的事情,可就是办不到。不过,那个办事员使他非常感兴趣:他一直想根据他脸上的表情猜出他在想什么,把他看透。办事员年纪很轻,大约二十二岁,一张黑黝黝、富于表情的面孔,看上去比他的真实年龄要老成一些。他穿得很时髦,像个花花公子,头发在后脑勺上分开,梳得整整齐齐,并且抹了一头的油。他那用刷子刷

① 这是彼得堡一家妓院的鸨母。

洗得雪白的手指上戴了许多镶宝石的和没镶宝石的戒指，背心上挂着一条金链。他甚至还跟曾到这间屋里来过的一个外国人说了两句法国话，而且说得挺不错。

“卢伊莎·伊凡诺夫娜，您请坐下吧。”他顺口对那个紫红脸膛、穿得非常讲究的女人说。那个女人仍旧站在那儿，虽然身旁就有一把椅子，却好像不敢坐下。

“谢谢您①。”那个女人说，绸衣服窸窸窣窣地响了几下，就轻轻地坐到椅子上去了。她那身镶了白花边的浅蓝色连衣裙，像个气球似的撑开在椅子周围，几乎占了半间屋子。从她身上发出一股香水味。也正因为她占了半间屋子，身上又是这样香喷喷的，所以她显然感到忸怩不安。虽然她既无耻又胆怯地微笑着，但又透露出明显的担心神气。

穿孝服的女人终于把她的事情办完了，正要站起来。忽然随着一阵骚动，一个警官雄赳赳气昂昂地走进来，他每走一步就颇为特别地晃动一下肩膀，他把带帽徽的军帽往桌上一扔，坐到一张圈椅上。服饰华丽的女人一看见他，就陡地从椅子上站起来，带着一种喜不自胜的神情向他屈膝行礼；但是警官丝毫不理睬她，她也不敢再在他面前坐下。这人是警察分局的副局长，他生得小鼻子小眼睛，棕黄色的八字胡平行地分在两边，除了有点傲慢以外，脸上没有什么特别的表情。他带有几分气愤地朝拉斯柯尼科夫斜瞟了一眼：拉斯柯尼科夫的衣服实在太不像样了，可是不管他怎样潦倒，他的举止态度仍跟他的衣着一点也不相称；拉斯柯尼科夫由于疏忽、时间过长和过于瞪大了眼睛看了那位警官一会儿，甚至惹得他见怪了。

“你有什么事？”他嚷了一声，看见这个衣衫褴褛的家伙并没有被他闪电般的眼光所吓倒，他大概觉得很奇怪。

“叫我来的……有传票……”拉斯柯尼科夫漫不经心地答道。

“这是向*大学生*追索欠款一案，”办事员撂下手里的文件，赶快插嘴说，“就是这个！”他扔给拉斯柯尼科夫一个本子，指着上面一处地方，“您

① 原文为德语。

看吧！”

“欠款？什么欠款？”拉斯柯尼科夫想，“但是……可见不会是那件事了。”他高兴得打了个哆嗦。他忽然感觉到一阵难以形容的极端轻松。沉重的担子从他肩上卸下来了。

“先生，通知您几点钟来的？”那个中尉叫道，不知怎的，他好像越发生起气来，“叫您九点钟来，现在已经十二点啦！”

“十五分钟前才给我送来传票。”拉斯柯尼科夫回过头去大声回答了一句。他也忽然出人意料地动了怒，而且从中感到某种愉快。“我有病，发着烧到这儿来，已经够受的了。”

“您别嚷嚷！”

“我并没有嚷嚷，我的话说得心平气和，是您在跟我嚷嚷。我是个大学生，我不允许别人对我乱嚷乱叫的。”

副局长气得火冒三丈，突然连话也说不出来，只一个劲儿从嘴里冒唾沫。他从座位上直跳起来。

“住—嘴！您是在衙门里。别放—肆，先生！”

“您也是在衙门里，”拉斯柯尼科夫喊道，“您不但在嚷嚷，而且还在抽烟，可见，您不把我们大家放在眼里。”说了这几句话以后，拉斯柯尼科夫感到一种难以形容的快乐。

办事员笑眯眯地望着他们。火性子的中尉显然很窘。

“这您管不着！”他终于用一种不自然的大嗓门喊道，“现在请您立一个字据，答复对您的指控。给他看看，亚历山大·格里戈列维奇。有人告您！您欠债不还！哼，这算什么好汉！”

拉斯柯尼科夫已不再听他说话了。他迫不及待地把那份控诉书抓在手里，急于想找到谜底。他看了一遍、两遍，依旧莫名其妙。

“这是怎么回事？”他问办事员。

“这是凭借据要求您还债，索取欠款。要么您现在连同一切诉讼费用、罚金等等如数还清，要么您立一张书面字据，写明什么时候能够还清，同时保证在还清债务之前不离开首都，也不出售或藏匿自己的财产。债权人有权拍卖您的财产并根据法律对您提出指控。”

“可是我……谁的债也不欠啊！”

“那不关我们的事。这有您九个月以前写给八等文官扎尔尼岑的遗孀的一张一百一十五卢布的借据，这借据已经过期，已依法作出拒付证书，扎尔尼岑的遗孀又把这张借据转付给七等文官切巴罗夫，现在该借据已递交我处呈请追索，为此我们把您请来作出答复。”

“她是我的女房东呀！”

“是您的女房东又怎么样呢？”

办事员带着一种表示遗憾和宽容的笑容望着他，同时也流露出稍许洋洋得意的神气，仿佛望着一个初次上阵的新兵，似乎在说：“喂，你现在觉得怎么样？”但是他现在哪儿有心思去管什么借据，去管什么追索欠款呢！现在值得去为这件事情担心吗！甚至值得去注意吗！他站在那里读着，听着，回答着，甚至自己还问着，不过这一切都是不由自主的。一种得以保全自己的喜悦，以及从致命的危险中得到解救的侥幸感觉，在这一刹那充满了全身上下，他没有预测，没有分析，没有未来的猜想或推测，也没有怀疑和探询。这一刹那间的快乐是充分的、天真的、纯粹动物本能的快乐。但是就在这个时候，办公室里发生了一桩雷鸣电闪般的事情。中尉依旧处于被拉斯柯尼科夫的无礼所震惊的状态，全身都在冒火，他显然为了要保持他受了损害的尊严，便大发雷霆，把他的怒气全部发泄在那个倒霉的“衣着华丽的太太”身上。那个女人从他进来以后就带着一种极其愚蠢的微笑望着他。

“你这个没皮没脸、没羞没臊的！”忽然间他扯开喉咙大声喊道（这时穿孝的女人已经出去了），“昨天夜里你家出什么事了？嗯？又丢人现眼地把整条街都闹翻了。又是打架又是酗酒。你想进拘留所吗？我已经警告过你十次，告诉过你，到第十一次再不饶你了！可是你还是，还是没脸没皮、没羞没臊的！”

连拉斯柯尼科夫手里的公文都掉了下来，他惊异地望着那个受到无礼辱骂的衣着华丽的太太；但他很快就明白这是怎么回事了，因而马上他又开始对这整个事情甚至感到十分满意。他快乐地听着，心里只想哈哈大笑，哈哈大笑，哈哈大笑……他所有的神经都兴奋到了极点。

“伊利亚·彼特罗维奇!”那个办事员刚要关切地开口,但又马上住了嘴,因为他从切身经验中知道,对于这个大发雷霆的中尉,除了硬拉住他的手以外,没有别的办法可以把他拦住。

至于那个衣着华丽的太太,最初她让这阵霹雷闪电吓得直打哆嗦;可是说也奇怪:骂得越多越厉害,她的模样就越殷勤,越是笑容可掬地望着那个可怕的中尉。她在原地踏着碎步,接二连三地屈膝行礼,同时迫不及待地等着插嘴的机会,机会终于给她等来了。

“长官先生,我家里门(没)有人吵闹,也门(没)有人打过架。”她忽然喋喋不休地说了起来,话像一把豌豆撒在地上似的。她的俄国话讲得很流利,虽然带有浓厚的德国音,“我也门(没)有干什么丢帘(脸)的事,他们是喝追(醉)了来的,我全是讲的实话,长官先生,这不能怪我……我的家是规规矩矩的,长官先生,我的态度也是规规矩矩的!长官先生,我一向,一向,自己就不希(喜)欢干丢帘(脸)的事。可是他们来的时候完全喝追(醉)了,后来又要了三拼(瓶),后来一个人抬起了腿,拿脚弹岗(钢)琴,在一个规规矩矩的人家,这样干太不好了,他把岗(钢)琴全弄坏了,我就说,这太不像化(话)了。他就拿起一个酒拼(瓶),用酒拼(瓶)子从背后捅人。这时我立刻把看门的叫来,卡尔来了,他就抓住卡尔,打了卡尔的眼睛,又打了亨利埃特的眼睛,还在我的帘(脸)上打了五巴掌。在一个规规矩矩的人家这样无礼,长官先生,我就喊了起来。他就打开临河的窗户,站在窗口,像猪崽子一样叫唤;这太丢人了。怎么可以站在窗口像猪崽子一样朝大街叫唤呢!呸!呸!呸!于是,卡尔就从后头拉他的燕尾服,把他从窗口拉走,这是真的,长官先生,他把他的燕尾服给拉破了。他就嚷嚷要赔他十五个卢布。长官先生,于是我自己拿出五个卢布赔给了他。这不是个规规矩矩的客人,长官先生,什么丢帘(脸)的事他都干得出来!他还说:‘我要发表一篇大文章讽次(刺)你们,因为我可以在所有的报纸上写文章骂你们①。’”

---

① 当时在彼得堡有一些专靠骂人为生的下流文人,他们以在报纸上写文章骂人作为要挟,到处白吃白喝,或接受贿赂。

“这么说，他是一个要笔杆子的？”

“是的，长官先生，在一个规规矩矩的人家，这是一个多么不规矩的客人啊……”

“得啦，得啦，得啦！不用再说了！我对你说过，说过，我不是说过吗……”

“伊利亚·彼特罗维奇！”办事员又意味深长地叫了他一声。中尉匆匆地瞟了他一眼；办事员微微地点点头。

“……我最后对你说，最可敬的拉薇莎·伊凡诺夫娜，这是最后一次了，”中尉接着说，“要是在你规规矩矩的家里再发生什么丑事，哪怕再出一次，那我就要像上等人所说的那样‘唯你是问’。听见了没有？一个文学家，一个要笔杆子的，在一个‘规规矩矩的人家’，为了一件扯破的上衣后襟，就要了人家五个卢布？哼，这些要笔杆子的！”说罢他朝拉斯柯尼科夫轻蔑地扫了一眼，“前天在一家酒馆里也出了一桩丑事：吃完饭不给钱，还说：‘我要写一篇讽刺文章，把你们描写一番。’上礼拜，还有一个文人，在一艘轮船上，居然用最下流的话骂一位五等文官的可敬家属，骂他的夫人和女儿。前几天，还有一个人被人从一家点心店撵出来。哼，这些要笔杆子的，文学家们，大学生们，人民的喉舌们，全是这一号人物……呸！滚你的吧！总有一天我要亲自去看看你，你可要当心了！听见了没有？”

卢伊莎·伊凡诺夫娜连忙献殷勤地向四面八方屈膝行礼，一面行礼，一面后退，一直退到门口；但在门口她竟一屁股撞在一位仪表堂堂的警官身上，此人方面大耳，容光焕发，生着很漂亮的浓密的金黄色络腮胡子。这就是警察分局长尼柯吉姆·弗米契本人。卢伊莎·伊凡诺夫娜忙不迭地行了个屈膝礼，差一点蹲到地板上，然后迈着急速的碎步，连蹦带跳地跑出了办公室。

“又是轰隆轰隆，又是雷电交加，又是龙卷风和暴风雨！”尼柯吉姆·弗米契亲切而友好地对伊利亚·彼特罗维奇说，“又大动肝火，又大发雷霆啦！我在楼梯上就听见了！”

“那又怎么样！”伊利亚·彼特罗维奇用一种高傲的满不在乎的态度

说(甚至说成了“那……又……怎么……样!”),然后手里拿着几份公文,走到另一张桌子跟前去,他每走一步就神气活现地摆动一下肩膀,往哪边迈步,肩膀就跟着往哪边摆,“请看这位:一个耍笔杆子的,不,一个大学生,也就是说,以前是大学生,这人欠债不还,出了期票。到期不还,还不肯搬家,债主不断控告他,可是他还表示不满,说我当他的面抽烟!自己的行为卑鄙无耻,您瞧,请您再瞧一瞧他:瞧他现在这副非常讨人喜欢的模样!”

“贫穷不是罪过,我的朋友,这算不了什么。大家都知道他像炸药,受不得委屈。他一定有什么事得罪了您,所以您忍无可忍。”尼柯吉姆·弗米契转过脸去,亲切地望着拉斯柯尼科夫,接着说,“可是您又何苦呢:他是一个最—高—尚—的人,可就是炸药,炸药!呼的一下就着,发一通火,着完了,就没事了!什么都过去了!最后还是一颗金子般的心!在部队里,大家也管他叫‘炸药中尉’……”

“这是一个多好的部—队啊!”伊利亚·彼特罗维奇感叹道,他对于这种好意的逗笑觉得很满意,虽然余怒仍未全消。

拉斯柯尼科夫忽然想到要对他们大家说几句特别中听的话。

“原谅我,长官。”他猛地朝尼柯吉姆·弗米契转过身去,非常随便地说起来,“请您设身处地替我想一想……要是我有什么冒犯那位先生的地方,我一定向他赔礼道歉。我是一个贫病交加的大学生。我叫贫穷给压垮了(他就是这样说的:“压垮了”)。我以前是个大学生,现在因为我无法维持自己的生活,但是不久我可以收到一笔钱……我的母亲和妹妹住在某省……等她们给我汇钱来,我就……把债还清。我的女房东是个心地善良的人;可是因为我失去了教书的工作,已经三个多月没付房租,她非常生气,甚至不给我开饭……我根本不明白这是一张什么期票!她要我按这个借据还她的账,我怎么还她呢?请你们自己想一想吧!……”

“这不关我们的事……”办事员又说。

“是的,是的,您讲的一点也不错。不过也容许我解释一下……”拉斯柯尼科夫又接口说,但是他不对办事员说话,而总是对尼柯吉姆·弗米契说,同时也千方百计地表示对伊利亚·彼特罗维奇说,这时那位副局长正固执地假装翻看公文,轻蔑地作出不注意他的样子。“请容许我也说明一下,自从我从省里来到这儿以后,就住她的房子,已经住了将近三年了,起初……起初……干吗我不坦白承认呢,最初我答应娶她的女儿,这不过是口头上答应,随便说说罢了……她是一个年轻姑娘……其实我倒还喜欢她……虽然我并不爱她……总而言之,年轻嘛,我是想说,当时我的女房东慷慨地借给我很多钱,我就在某种程度上过那样的生活……我太轻率了……”

“没有人叫你讲这些私事,先生,而且也没有时间。”伊利亚·彼特罗维奇用一种粗暴而得意的口气打断了他的话,但是拉斯柯尼科夫激动地打断了他,虽然他忽然觉得说话非常吃力。

“请容许我,容许我多多少少把话说完……讲一讲这是怎么回事……在我这一方面……虽然讲这话是多余的,我同意你们的意见,不过一年以前,那个姑娘害伤寒病死了。我还是跟先前一样住在她那儿,我的女房东搬到现在这个住处的时候,她对我说……友好地对我说……她完全信任我……不过问我肯不肯写一张一百一十五卢布的借据给她,她认为这是我欠她的全部借款。对不起:她确实是这么说的,只要我给她立下这张借据,她就可以重新借钱给我,借多少都行,在我有办法自己还她钱以前,她绝不,绝不——这都是她亲口说的——她绝不利用这张借据……可是现在呢,当我失去了教书的工作,连饭也吃不上的时候,她却呈请追索……我现在还说什么呢?”

“这些动人的细节都不干我们的事,先生,”伊利亚·彼特罗维奇又蛮横地打断了他的话,“您必须立一张字据和保证,至于您在那儿爱上了什么人和所有这些悲剧性的细节,跟我们毫无关系。”

“你也未免……太冷酷了。”尼柯吉姆·弗米契咕哝着坐到桌前,也开始在文件上签起字来。他显得有点难为情似的。

“写吧。”办事员对拉斯柯尼科夫说。

“写什么?”拉斯柯尼科夫特别粗暴地问道。

“我念,您写。”

拉斯柯尼科夫觉得,在他讲完这番自白以后,办事员对他的态度更加漫不经心，更加不把他放在眼里了，但是，奇怪的是，他又忽然觉得他对任何人的意见都完全无所谓，而这种改变是在眨眼之间，在不满一分钟的时间内发生的。要是他能稍微想一想，那么，他就会惊讶，一分钟以前他怎么能对他们谈出那些话来，并且死乞白赖地用感情去打动他们呢？这些感情又是从哪儿来的呢？相反地，如果现在挤在这间屋子里的忽然不是警官，而是他最亲近的朋友，他一定找不出一句含有人情味的话来对他们讲，他的心突然变得多么空虚啊！他突然有意识地觉察到，他的内心突然感到痛苦，无限的孤独和与世隔绝的阴暗感觉。引起他心情突然转变的，不是他在伊利亚·彼特罗维奇面前流露感情的可鄙，也不是中尉在他面前洋洋得意的那种使他屈辱的表现。唉，现在他哪有心思去管自己的可鄙！哪有心思去管这些傲慢和什么警官、德国女人、索债、警察局等等呢！如果这时他被判处火刑，他也不会动一动的，甚至连判决书也未必会留心去听。现在，在他心里发生着一种完全陌生的、崭新的、突如其来而且从来不曾有过的变化。他不仅明白，而且清清楚楚地感觉到，以全部知觉感觉到，他不仅不能再像刚才那样动感情，甚至不能再以任何方式向警察局的这些人申诉什么，哪怕这些人都是他的亲兄弟和亲姊妹而不是警官，他也完全没有必要再向他们申诉什么，甚至这辈子在任何情况下都没有必要这样做；到这一分钟为止，他还从来没有过这种奇怪而可怕的感觉。最使他痛苦的是，这是超出意识和理性的一种感觉，一种直觉，他有生以来所经历过的一切感觉之中最使他痛苦的感觉。

办事员开始向他口授在这种情况下一般的字据格式，即：我无力偿还，保证在什么时候（写一个日期）还清，不离开城市，不变卖财产，不赠予他人等等。

“您写不了字，您简直拿不住笔，”办事员好奇地打量着拉斯柯尼科夫说，“您病了吗？”

“是的……头晕……说下去吧！”

“完了，签字吧。”

办事员把字据拿走，就忙着招呼别人去了。

拉斯柯尼科夫交还了笔，但是他没有站起来走开，而是把胳膊支在桌子上，双手紧紧地抱住头。他觉得好像有人把一根钉子敲进了他的脑门。这时他忽然生出一个奇怪的念头：他想马上站起来，走到尼柯吉姆·弗米契面前，把昨天发生的事情原原本本地全讲给他听，然后带他到自己的屋子里去，把藏在屋角墙洞里的东西指给他看。这一次的冲动来得那样强烈，他甚至于已经站起身来要去做了。但是脑子里又掠过这样的想法："还是再考虑一会儿吧？不，最好不要再考虑，就把这个担子卸掉吧。"但是忽然他呆若木鸡地立定不动了：尼柯吉姆·弗米契正激愤地跟伊利亚·彼特罗维奇谈论着什么，他们的谈话飞进了他的耳朵：

"这是不可能的事，两人都应该释放。首先，一切都是自相矛盾的；您想想看：如果事情是他们干的，那为什么他们要把看门的叫去呢？自己去告发自己吗？或者由于狡猾？不会的，要是这样，就未免太狡猾了！最后，大学生佩斯特里雅科夫进去的时候，在大门口有两个看门的和一个女小贩看见过他。他是和三个朋友一起来的，到大门口才分手，他当着他朋友的面向看门的打听过老太婆的住处。如果他抱着这个目的前来，他还会去打听老太婆住在哪儿吗？至于柯赫，他上楼去找老太婆以前，在楼下银匠家待了半个钟头，七点三刻正才离开银匠家上楼。现在，您考虑一下……"

"但是，对不起，他们的口供里怎么会出现这样的矛盾呢：他们供称，他们敲门的时候门是扣上的，可是三分钟以后，等他们跟看门的一道上楼的时候，门又开了，这是怎么回事呢？"

"问题就在这儿啦：那个杀人犯一定待在屋里，他从里面把门反扣上了；要不是柯赫太蠢，亲自下楼去找看门的，那他们一定可以当场把他拿获。他一定钻了这个空子，走下楼去，设法打他们身边溜过去了。柯赫用两只手画十字，他说：'如果我留在那儿，他准会跳出来，用斧子把我劈死的。'他还想去做俄罗斯式的谢恩祈祷哩，嘿—嘿！"

"那么谁也没有看见凶手吗？"

"怎么能看见呢？那幢房子简直是个诺亚方舟①。"办事员从他的座

① 《圣经》上的故事：在洪水中，诺亚把人、畜都放在方舟内，得免于难。此处指住户众多。

位上倾听着，说道。

“事情很清楚，事情很清楚。”尼柯吉姆·弗米契热烈地重复道。

“不，这件事一点也不清楚。”伊利亚·彼特罗维奇最后说。

拉斯柯尼科夫拿起他的帽子，朝门口走去，但他没有走到门口……

当他清醒过来的时候，他发现自己坐在一把椅子上，有个人在右边扶着他，另外一个人站在左边，手里拿着一只发黄的玻璃杯，杯子里面盛着黄澄澄的水①，尼柯吉姆·弗米契站在他面前，目不转睛地望着他；他从椅子上站了起来。

“这是怎么回事，您病了吗？”尼柯吉姆·弗米契用相当严厉的口气问道。

“他签字的时候，简直拿不住笔。”办事员说，他坐到自己的位子上，又忙他的公文去了。

“您病了很久吗？”伊利亚·彼特罗维奇从他的座位上喊道，他也在翻看公文。病人昏过去的时候，他自然也去看过他，但是病人一醒过来，他就立刻走开了。

“从昨天起……”拉斯柯尼科夫咕咕哝哝地回答。

“昨天您出过门吗？”

“出过。”

“有病还出门？”

“有病还出门。”

“几点钟？”

“晚上七点多钟。”

“请问，您上哪儿去了？”

“在街上溜达。”

“又简短，又清楚。”

拉斯柯尼科夫的回答简捷、短促，他满脸煞白，就像一块白手帕，一双发红的黑眼睛在伊利亚·彼特罗维奇的逼视之下并没有垂下去。

---

① 那时彼得堡还没有自来水，饮用的是河水和井水，水质极差，颜色发黄。

“他简直站不住了,可是你……”尼柯吉姆·弗米契说。

“没——什么。”伊利亚·彼特罗维奇说话的腔调显得有点奇怪。尼柯吉姆·弗米契本来还想补充几句,但是他向办事员瞟了一眼,看见办事员也在凝神注视着他,就不言语了。大家忽然都沉默起来。奇怪。

“那么,好吧,”伊利亚·彼特罗维奇最后说,“我们不耽搁您了。”

拉斯柯尼科夫走了出去。他还能听到,他一出去之后,他们就忽然热烈地谈论起来,其中尼柯吉姆·弗米契发问的声音最大……走到大街上的时候,他完全清醒过来。

“搜查,搜查,马上就要来搜查了!”他反复地想道,慌忙赶回家里去,“强盗!他们怀疑了!”刚才的恐惧心情又把他从头到脚完全控制住了。

## 2

“要是他们已经搜查过了,怎么办?要是我回去,恰好碰上他们,怎么办?”

可是,这就是他的屋子。什么事儿也没有,什么人也没有;谁也没有来过。连娜斯塔霞也没有动过屋子里的东西。可是天呀!刚才他怎么能把这些东西放在这个墙洞里呢?

他慌忙跑到墙角去,把手伸到壁纸底下,将东西掏出来,往口袋里塞。原来一共有八件东西:两个小盒子,里面装着耳环或这一类的东西,——他没有细看;再就是四个不大的山羊皮盒子。一条金链子就简简单单地用一张报纸包着。还有一件包在报纸里的东西,好像是一枚勋章……

他把这些东西分放在大衣的几个口袋里和剩下的那个右侧裤袋里,尽可能塞得不显眼一些。他把钱包也和东西一起揣在身上。然后走出了屋子,这一次,他把门大敞着就走了。

他走得很快,很坚决,虽然他觉得自己完全垮了,但他的头脑还是清醒的。他害怕有人追捕,害怕再过半个钟头,再过一刻钟,也许就会发出监视他的指令；所以，他无论如何必须在那以前把一切罪证都消灭掉。他必须趁他还有一点气力，还有少许判断力的时候料理妥当……上哪儿去呢？

这是早已决定了的："把一切都扔到河里去，什么痕迹也不留下，事情就完了。"昨夜，当他烧得迷迷糊糊的时候，在他想起这件事的几分钟里，就这样决定了。当时，他几次三番挣扎着要从床上爬起来走出去："快点，快点，把一切都扔掉。"但是，要扔掉还是十分困难的。

他沿着叶卡捷琳娜运河的堤岸已经徘徊了大约半个钟头，也许半个多钟头，几次察看他所碰到的几个下河的台阶，但是根本没法考虑去实现他的意图：要么，台阶下面停着木筏，洗衣妇们在那儿洗衣裳，要么停靠着几只小船，而且到处人来人往，再说，人们从岸上，从四面八方，到处都可以看见他，注意到他：如果一个人故意走下台阶，站在那儿，往水里扔什么东西，那是要引起怀疑的。而且万一盒子不往下沉，而是漂浮在水面上，那怎么办呢？当然会这样。任何人都会看见的。何况大家碰到他的时候，本来就爱盯着他看，打量他，好像他们就爱注意他似的。"这是为什么？也许是我的错觉？"他想。

最后，他忽然想到，不如到涅瓦河边去吧？那儿人比较少，不大惹人注意，不管怎样，反正方便一些，主要是离这一带也远一些。他忽然感到奇怪，他在这个危险地带，心急如焚地来回踱了整整半个小时，怎么早没想到这个呢！他在那个冒冒失失的立意上浪费了半小时，只因为这个主意是他在睡梦中和神志昏迷中决定的！他变得非常心不在焉和健忘，他自己也知道这点。绝对必须抓紧时间！

他顺着B大街朝涅瓦河走去，但是半路上他忽然又有了一个主意。"干吗要到涅瓦河去呢？干吗要扔在水里呢？还不如到很远很远的地方去，仍旧到群岛上去，找个僻静地方，把这一切埋在树林里，埋在一株矮树丛下，再记住这棵树，这样不是更好吗？"虽然他觉得这会儿他不能够清楚而合理地做出判断，但是他觉得，这个想法是没有错的。

不过，他也注定了去不成群岛，因为发生了另一件事：当他走出B大街来到广场上的时候，一眼看见左边有一个院子的入口，院子周围是无门无窗的墙壁。在走进大门后的右侧，是邻家四层楼房的一面没有粉刷也没有门窗的墙，远远地延伸到院子里很深的地方。左侧，与没有门窗的墙平行，而且也是从大门口开始，有一道木栅栏，向院子深处伸出二十来步远，然后一下子拐到左边去。这是一个荒僻、与外界隔开的地方，里面堆放着什么材料。再进去，在院子深处，从栅栏后露出一所低矮、被烟熏得乌黑的石头棚子的一角，显然是什么工场的一部分。这儿大概是一个作坊，制造马车的，或者搞装配的，或者干诸如此类活的地方；差不多从大门口起，黑乎乎地，到处都是煤灰。“顶好扔在那儿，扔完就走！”他忽然想出这个主意。他看见院里一个人也没有，就走进大门，这时，他恰好发现，就在大门附近，紧挨着栅栏，有个水槽（在有许多工人、搬运夫和马车夫等等的房屋里，往往设有这种水槽）；在水槽上面，在栅栏上，有人用粉笔写了一句在这种情况下常见的俏皮话：“此出（处）言（严）进（禁）占（站）立①。”因此，这太好了，如果他走进去，停留一会儿，是不会引起任何怀疑的。“在这儿找个地方，把东西扔作一堆，扔完就走！”

他又往四下张望了一遍，已经将一只手伸进衣袋，忽然看见在外面那道墙的墙根底下，在大门和水槽之间，大约距离总共有一俄尺宽的地方，有一块没有加过工的大石头，看上去约莫有一普特半重，就紧靠在临街的石头墙上。墙那一面是大街，是人行道，可以听见行人匆忙走过的声音——这一带，行人一向不少；不过，从大门外谁也看不见他，除非有人从大街上走进来，然而，这也是非常可能的，所以必须赶快行动。

他向石头弯下腰去，双手紧紧抓住石头的上端，使出浑身气力，把石头翻了过来。石头底下已经形成了一个不大的坑。他马上从衣袋里掏出所有的东西，扔在坑里。钱包落在最上面，可是坑里还剩下一点地方。然后，他又抓住石头，一下子把它翻到原来那一面，石头恰好又嵌进原处，只是比刚才看去稍微高了一点。但是他扒了一点土，用脚把四边踩实了。什么也看不出来了。

于是他走出大门，向广场走去。刹那间，又是一阵强烈的、几乎经受

---

① 意指严禁小便。

不了的喜悦控制了他，就像刚才在警察局里一样。“罪证消灭了！有谁，有谁会想起到这块石头下去找呢？这块石头，可能从盖好这座房子那天起，就撂在这儿，而且以后还得放这么些年。就是被人发现了，又有谁能想到我呢？一切都结束了！罪证没有了！”他笑了起来。是的，他事后还记得，他这一次的笑，是神经质的、轻微的、不出声的、长时间的笑，而且是不停的笑，他穿过广场的时候，一直在笑。但是当他走到K林荫路上，就是前天碰到那个女孩子的地方时，他突然止住了笑。另外一些想法钻进了他的脑海。他突然感觉到，他现在经过的那把长椅，就是女孩子走后，他曾坐在上面沉思默想的那把椅子，使他感到非常反感；如果他现在又碰见从他手里拿走二十戈比的那个胡子警察，他也会感到非常不好受：“让他见鬼去吧！”

他走着，心不在焉、满腹怨恨地望着四周。现在他的全部思想都围绕着主要的一点旋转——他自己觉得，这确实是十分主要的一点，现在，正是现在，他单独地面对着这主要的一点了——经过这两个月以后，这还是头一次。

“让这一切见鬼去吧！”他的满腔怨恨突然发作，不禁想道，“既然已经开始，那就让它开始吧，让它和新生活都见鬼去吧！天呀，这多么愚蠢啊！……今天我撒了多少谎，干了多少卑鄙的事情啊！刚才我多么下流地巴结和奉承那个可恶透顶的伊利亚·彼特罗维奇啊！不过，这也是胡扯！我瞧不起他们那些人，更瞧不起我对他们的拍马奉迎！我完全做错了！完全做错了！……”

忽然他站住了。一个新的问题，完全意外和非常简单的问题，一下子把他弄糊涂了，使他痛心和愕然：

“如果这件事从头到尾，真的是有意识干的，而不是糊里糊涂干的，如果你真的有一个明确而坚定的目的，那么，为什么到现在为止，你连看也没看那个钱包一眼，不知道你究竟得到了什么，不知道你究竟为什么受这许多罪，有意识地去干这种卑鄙下流、丑恶不堪的事情呢？你刚才不是想把它，把那个钱包，连同那些你全没有看过的东西，一起扔到水里去吗？……这是怎么回事呢？”

是的，正是这样，完全是这样。其实他原先也知道是这样，对他来说，这根本不是新问题；深更半夜，当他决定扔在水里时，那个决定是毫不犹疑、毫不踌躇的，就那样，好像必须那样做，不可能有其他的办法……是的，这一切，他全知道，全记得；昨天，就在他翻箱子，从箱子里往外拿盒子的那一刹那，他差不多就决定这样做了……不就是这样吗！……

“这是因为我病得很厉害，”最后他忧郁地认定是这样，“我自己折磨自己，自寻苦恼，我自己也不知道自己在干什么……昨天，前天，整整三天，我都在自寻苦恼……等我病好了，就……不再自寻苦恼了……假若我的病好不了，怎么办呢？天呀！这一切使我多腻烦啊！……”他不停地往前走。他非常想设法散散心，可是他不知道该怎么办，应该采取什么措施。一种新的、难以克服的感觉在支配着他，几乎一分钟比一分钟更强烈：这是对他所遇到的一切和周围的一切的一种无限的、几乎是生理上的反感，顽强的、怨气冲天的、仿佛有深仇宿恨的反感。他讨厌他所遇到的每一个人——他讨厌他们的脸，讨厌他们的步态，讨厌他们的动作。要是有人开口跟他说话，他可能会干脆啐那人一脸唾沫，或者咬他一口……

走到瓦西利耶夫岛上小涅瓦河畔的桥边时，他忽然站住了。“喏，他就住在这幢房子里，”他想，“这是怎么回事，好像我自己又来到拉祖米欣家门口了！又是那么回事，跟上次一样……要说，也真奇怪：是我自己要来的呢，还是我信步走着，顺便到这儿来的呢？反正一样，前天……我说过……干完**那件事**以后的第二天到他家里去，好吧，那就去吧！好像我现在不能进去似的……”

他走上五楼，去找拉祖米欣。

拉祖米欣在家，他待在他那间小屋子里，这会儿正在用功，在写什么，他亲自给他开了门。他们已经四个多月没见面了。拉祖米欣在家里穿着一件破烂不堪的睡衣，光脚穿着便鞋，蓬头散发，没有刮胡子，也没有洗脸。他脸上露出惊讶的神情。

“你怎么啦？”他把走进门去的同学从头到脚打量一番，惊叫起来；然后沉默了片刻，吹了一声口哨。

“难道就糟到这个地步吗？你呀，老兄，在我们当中你一向是穿得最讲究的，”他瞅着拉斯柯尼科夫的破衣烂衫，又加了一句，“坐吧，你一定累了！”拉斯柯尼科夫倒在包着漆布面的土耳其沙发上（这张沙发比他自己家里的那张还要破），这时，拉祖米欣突然看出他的客人有病。

“你病得很厉害，你知道吗？”他开始按他的脉，拉斯柯尼科夫把手挣脱了。

“不用，”他说，“我来……是这么回事儿：我没有课教了……我本来想……其实，我根本不需要教课……”

“你知道吗？你根本是在胡言乱语！”一直细心观察他的拉祖米欣说。

“不，我没有胡言乱语……”拉斯柯尼科夫从沙发上站起来。他上楼来找拉祖米欣时，并没有想到他会与他面对面地相遇。现在，刹那间，他已经通过切身体验明白了，在目前这会儿，他最不愿意和世界上任何一个人——不管是谁——面对面地相遇。他的满腔怒火往上冒。他刚一迈进拉祖米欣家的门槛，就开始恨自己，恨得几乎喘不上气来了。

“别了！”他猝然说道，说完就向门口走去。

“你等一会儿，等一会儿，怪家伙！”

“不必了！……”他又把手挣脱，重复了一句。

“既然如此，那你他妈的来干什么？你疯了怎么的？要知道，你这……简直叫人难堪。我不能这样放你走。”

“好吧，听我说：我上你这儿来，因为除你之外，我再也不认识能够帮助我的人了……开始……因为你比别人善良，我的意思是说，你比别人都聪明，能分析……可是现在我明白，我什么也不需要了，听见了吗？完全不需要了……谁的帮助、谁的关心也不需要了……我自己……一个人……好了，够了！让我安静一下吧！”

“等一会儿，扫烟囱的！你简直是疯子！随你的便吧，我倒无所谓。你瞧：我也无书可教，我也瞧不起教书；在旧货市场有个书店老板，姓赫鲁维莫夫，其实这也等于是一种教书工作。现在要是有五家商人同时聘请我去教书，我也宁肯干他那一行而不愿去教书。他在干一种小小的出版工作,出版自然科学的小册子——卖得可快啦!光书名就值多少钱啊!你总说我笨,可是,老兄,的的确确有人比我还笨哪!现在他也在赶潮流了;自己一窍不通,我呢,当然鼓励他这样做。瞧,这有两印张德文原文,——依我看,这是奇蠢无比的江湖骗子的胡扯:一句话,研究女人是不是人。唉,结果当然是得意洋洋地证明女人是人。赫鲁维莫夫准备出版这本关于妇女问题的小册子,由我翻译;他想把这两个半印张拉长到六印张,我们再拟一个占半页篇幅、极其堂皇的书名,每本定价半卢布,公开出售。准行!翻译费,每一印张付我六卢布,这样,我一共可以得到十五卢布,我已经预支了六卢布。译完这个,我们准备翻译一本关于鲸鱼的书;然后,《忏悔录》①第二部里某些最无聊的胡说,我们也作好记号了,准备翻译;有人告诉赫鲁维莫夫,说卢梭是拉吉舍夫②式的人物。③ 我当然没意见,爱怎么说就怎么说吧,管他呢!你愿意翻译《女人是不是人?》的第二印张吗,你要是愿意,现在就给你原文,给你笔和纸——这全是白给的——再给你三卢布:因为我已经从全部翻译里预支了钱,第一印张和第二印张都预支了,所以你这份预支稿费应该是三卢布。等你翻译完这印张,还能得到三卢布。啊,还有,请你不要认为我帮了你什么忙。恰恰相反,你刚一进门,我就估计到,你会对我有所帮助。第一,我的正字法不行;第二,我的德文有时候简直不顶用,所以我大半是自己瞎编的;唯一可聊以自慰的,是我瞎编以后,文章却比原文好了。唉,谁知道呢,也说不定不比原文好,也许更糟了……你干不干?”

拉斯柯尼科夫默默地把那几张德文论文接过去,把三卢布也接过去,一句话也没说,就出去了。拉祖米欣惊讶地望着他的背影。但是,拉斯柯尼科夫已经走到第一条大街了,忽然转身回来,又上楼去找拉祖米欣;他将德文论文和三个卢布放在桌上,又一言不发地走了出去。

---

① 原文是法文,法国作家卢梭的名著。

② 拉吉舍夫(1749—1802),俄国革命家,《从彼得堡到莫斯科旅行记》的作者。

③ 影射车尔尼雪夫斯基的论文《哲学中的人本主义原理》,其中提到卢梭时,作者称他是革命民主主义者,暗指拉吉舍夫。

“你发酒狂症①了还是怎么着?”拉祖米欣终于气得吼叫起来,“你装腔作势的,想干什么!你把我弄糊涂了……既然如此,你来干什么?见鬼!”

“不要……翻译……”拉斯柯尼科夫直到下楼梯的时候才嘟囔道。

“那么你他妈的想干什么?”拉祖米欣从上面嚷道。拉斯柯尼科夫继续往下走。

“喂,你!你住哪儿?”

没有回答。

“那就随……随你的便吧!……”

但是拉斯柯尼科夫已经走上大街了。走到尼古拉耶夫桥上,由于一件对他来说非常不愉快的事情,他又一次完全清醒过来。一辆四轮马车的车夫朝他背上狠狠抽了一鞭子,因为他差一点被马踩着,虽然车夫向他嚷了三四次。这一鞭触怒了他,他蹿到桥栏杆旁(不知为什么,他刚才是在桥当中走,那是过车的地方,不是走人的地方),恶狠狠地把牙齿咬得格嘣直响。不用说,周围响起了一阵笑声。

“抽得好!”

“准是个无赖。”

“一定是假装喝醉了,故意往车轱辘底下钻;而你就得替他吃哑巴亏。”

“他们就靠这过活,先生,就靠这过活……”

但是当他站在栏杆旁,继续茫然地、恶狠狠地盯着逐渐远去的四轮马车,一面揉着自己后背的时候,忽然他觉得有人在往他手里塞钱。他定睛一看:那是个上了年纪的商人太太,头戴包发帽,脚穿山羊皮靴,她身边带了一个戴帽子、手拿一顶绿色阳伞的姑娘,可能是她的女儿。“小兄弟,看基督面上,收下吧。”他收下钱,她们就从旁边走过去了。这是一枚二十戈比的铜币。根据他的服装和外表,她们很可能把他当成要饭的了,当

① 陀思妥耶夫斯基误以为酒狂症是由于神经过度紧张而得的一种疾病。试与《卡拉马佐夫兄弟》中伊凡·卡拉马佐夫的病相比较。

成沿街乞讨的真正乞丐了，他挨的那一鞭子，引起了她们的恻隐之心，所以赏了他整整二十戈比。

他把二十戈比铜币捏在手里，走了十来步，转身面对涅瓦河，朝皇宫的方向望去。天空没有一丝云彩，河水几乎是蔚蓝的，涅瓦河上很少有这样的景致。大教堂的圆顶，从任何一个角度都不如从这里，从距离小教堂二十来步远的桥上看得这么清楚；它在闪闪发光，透过纯净的空气，连圆顶上的每一件饰物都历历可见。鞭打的疼痛消失了，拉斯柯尼科夫也就把挨鞭子的事忘了；现在，只有一个令人不安而又不十分明确的思想萦回在他脑海里。他站在那儿，久久地凝视着远方；这一带地方他特别熟悉。他上大学的时候——大都是在放学回家的路上——通常总是喜欢停留在这个地方，聚精会神地观赏这幅委实壮丽的景色，像这样，他可能有一百来次了，几乎每一次，他都为自己一种模糊不清而又解释不了的印象感到惊讶。他总觉得这幅壮丽的景色向他散发着一股莫名其妙的寒气；对他来说，这片美丽的景色充满了寂寥萧索的气氛……每一次，他都为自己阴郁的、谜一样的印象感到惊异，然而因为不相信自己，只好推迟到将来再去解开这个谜。现在他突然清晰地想起他以前的这些问题和疑虑，他觉得他现在想起它们绝非偶然。他认为光是这一点似乎就够奇异和不可理解的了：他居然跟以前一样，在同一个地方停下脚步，好像他真以为他现在还能跟以前一样思索着同一件事情，对以前——还在不久以前使他感兴趣的那些题目和景色感兴趣似的……他甚至差一点觉得好笑起来，但心中同时又被压抑得发痛。他现在觉得，过去的一切：以前的思想，以前的目标，以前的课题，以前的印象，连同整个这幅景色，还有他自己，总之一切的一切，都被埋到地下的深处，埋到他脚下一个隐约可辨的地方去了……仿佛他在凌空飞去，一切都从他的视野里消失……他无意中把手动了一下，忽然感觉出自己拳头里攥着的二十戈比铜币。他松开手，仔细看了看那枚钱币，挥起胳膊，就将它扔进水里；然后他转身走回家去。他觉得在这一刹那，他好像用一把剪刀将自己与所有的人和事都剪开了。

他回到家里时，已经将近黄昏，这么说，一共走了六个多钟头。他是打哪儿走回来的，怎么走回来的，他全不记得了。他脱下衣服，像一匹走得疲惫不堪的马似的,浑身瑟瑟发抖,往沙发上一躺,扯过大衣盖在身上,就立刻昏睡过去了……

睡到暮色四合的时候,他被一声可怕的惨叫惊醒了。天哪,这是什么叫声呀！这种不自然的声音,这种嗥叫、哀哭、咬牙切齿、眼泪、毒打和谩骂,他还从来没听见过,也没看见过。他简直无法想象出这种残暴、狂怒的情况。他吓得毛骨悚然,欠起身子,坐在自己的床上,每一瞬间都屏住呼吸,痛苦不堪。可是争吵、哭号和辱骂越来越厉害。这时,使他大吃一惊的是,他忽然听出了他的女房东的声音。她在号泣、尖叫、哭诉,又急又快,她吐出的字简直无法分辨,她在哀求着什么——当然求人家别再打她,因为她正在楼梯上被人无情地毒打。由于愤怒和疯狂,打人的那个人的声音变得可怕到那种程度:只听见一片嘶哑的吼声,可是尽管如此,打人的那个人也在说什么,也说得很快和含糊不清,急急忙忙,上气不接下气。忽然拉斯柯尼科夫像树叶似的哆嗦起来:他听出这个声音了;这是伊利亚·彼特罗维奇的声音。伊利亚·彼特罗维奇在这儿,他在打女房东呢！他正用脚踢她,拿她的头往楼梯上撞——这很清楚,从各种声音、号哭声和拳打脚踢的声音可以听得出来！这是怎么回事,天翻地覆了吗？他还听得出人群从每一层楼,从所有的楼梯上都跑了过来;可以听见说话的声音、感叹的声音、上楼的声音、敲门和砰然关门的声音、人们聚拢到一处的声音。"可是,为了什么事,为了什么事呢……怎么可以这样!"他来来回回地想,真以为自己完全疯了。但是,不对,他听得太清楚了！……如果是这样,那么可见他们马上也会到他的房间里来,"因为……这一切一定都是为了那件事……为了昨天的事……天啊!"他想用门钩把房门扣上,但是手抬不起来……而且也没有用！恐惧像冰一样包围了他的心,使他痛苦,使他浑身感到冰凉……但是这一阵喧闹声继续了整整十分钟,终于逐渐开始平息。女房东在呻吟和唉声叹气,伊利亚·彼特罗维奇还在恫吓和辱骂……后来好容易他也安静下来了;这回听不见他的声音了;"难道他走了吗！天啊!"是的,现在女房东也走了,她还在呻吟和哭泣……现在她的房门也砰的一声关上了……人群也从楼梯上散了,各自回家去了——他们在惊叹着,争论着,你呼我应地招呼着,一会儿提高嗓门喊叫起来，一会儿又降低嗓门窃窃私语。可能人还不少哩；差不多整幢房子的人全跑来了。“可是，天哪，难道这种事可能发生吗？他为什么，为什么到这儿来呢！”

拉斯柯尼科夫浑身乏力地倒在沙发上，但是他已经无法合眼了；他在这痛苦中，在这种难以忍受的、从来没有经受过的、无限惊惧的感觉中躺了大约半小时。忽然，一道亮光照亮了他的屋子：娜斯塔霞拿着一支蜡烛，端着一盘汤进来了。她仔细地看了看他，看清楚他没有睡着，就把蜡烛放在桌上，往桌上摆她拿来的几样东西：面包、盐、汤盘和匙子。

“你大概打昨天起就没吃东西了吧。自己烧成这样，还整天在外面瞎逛。”

“娜斯塔霞……为什么打女房东呀？”

她凝神看了他一眼。

“谁打女房东了？”

“刚才……半小时以前，伊利亚·彼特罗维奇，警察分局的副局长，在楼梯上……他干吗这么毒打她？他……来干什么？……”

娜斯塔霞皱着眉头，一言不发地观察着他，就这样望了他好久。他觉得这种观察使他很不自在，甚至很可怕。

“娜斯塔霞，你怎么不说话？”最后他胆怯地用微弱的声音说。

“这是血。”终于她轻轻地，仿佛自言自语似的回答道。

“血！……什么血？……”他的脸唰地白了，身子向墙靠去，嘴里嘟囔着。娜斯塔霞继续默默地望着他。

“谁也没打女房东。”她又用严厉而坚决的声音说。他瞅着她，几乎喘不上气来。

“我亲耳听见的……我没睡着……我坐在这儿，”他更加胆怯地说，“我听了好久……是副局长来了……楼里各家各户都跑到楼梯上来了……”

“没有人来过，这是血在你身上喊叫。血没处流的时候，就凝结在肝脏里，这时就会发生幻觉……你到底吃不吃呀？”

他没有回答。娜斯塔霞仍旧站在他身旁，注视着他，没有走开。

"给我点水喝……娜斯塔休斯卡[1]。"

她下楼去了。两分钟后,她用一只白色的陶瓷杯端着水回来了;可是,以后的事情他就不记得了。他只记得,他喝了一大口凉水,还把杯子里的水洒在胸上。接着就不省人事了。

## 3

不过,他在整个患病期间,也并不是完全不省人事:他忽儿发冷,忽儿发热,有时说呓语,有时又迷迷糊糊地醒来。后来,有许多事他都想起来了。时而他觉得有许多人围在他旁边,想逮捕他,把他带到一个地方去,关于他,大家争论不休,甚至争吵起来;时而忽然屋里只剩下他一人,所有的人都走了,都怕他,只偶尔把门打开一条小缝,从门缝里看他,威胁他;他们彼此商量着什么,嘲笑他,戏弄他。他记得娜斯塔霞常常在他的身旁,他还认出一个人,这人他好像很面熟,但究竟是谁——他却怎么也想不出来,为这,他苦闷过,甚至哭过。有时候,他觉得自己已经躺了将近一个月了;有时候,他又觉得始终都是同一天。但是那件事——那件事他已经完全忘记了;不过他时刻记得自己忘了一件事;忘了一件不应该忘记的事——于是他想呀,想呀。他痛苦,他烦恼,他呻吟,他急得发狂或者陷入难以忍受的可怕的恐惧中。那时,他就挣扎着想爬起来,想逃走,但总有人硬拉着他,于是他又陷入衰弱无力和不省人事的状态。最后,他完全清醒了。

这事发生在上午十点钟。在上午的这个时刻,在晴朗的日子里,太阳总是投射一条长长的亮带子落在他右侧的墙上,移动着,照亮了靠近房门的墙角。在他的床旁边站着娜斯塔霞和另一个人。这人非常好奇地望着他,可是他完全不认识这个人。这是一个年轻小伙子,身穿长襟外衣,脸

---

① 娜斯塔霞的昵称。

上留着胡子,看上去像个管事。女房东正从半开着的门缝向内张望。拉斯柯尼科夫抬起了身子。

“娜斯塔霞,这是谁?”他指着小伙子问道。

“瞧,他醒了!”她说。

“醒了。”那管事也跟着说。正在门缝偷看的女房东看见他醒了,立刻把门带上,躲了起来。她一向很腼腆,与人交谈和解释什么,对她来说是一个沉重的负担;她有四十来岁,生得又肥又胖,两道黑眉毛,一双黑眼睛,因为肥胖和那懒洋洋的模样,她显得很和善;人也长得很不错。就是怕羞怕得过分了。

“您……是谁?”他又追问那个管事。但是这会儿,门又敞开了,拉祖米欣弓着腰走了进来,因为他个子很高。

“这简直像一间船舱,”他一进来,就嚷道,“我老是碰头;这也叫做房间! 老兄,你醒了吗? 我是刚刚听巴珊卡①告诉我的。”

“他刚醒。”娜斯塔霞说。

“刚醒。”管事也笑眯眯地附和了一句。

“您是哪一位呀?”拉祖米欣忽然朝那人问道,“我姓弗拉祖米欣,请多指教。哦,不是别人一向称的拉祖米欣,是弗拉祖米欣。我是个大学生,是贵族子弟。他是我的朋友。那么,您是谁呢?”

“我是我们账房的管事,是商人舍洛帕耶夫派来的,到这儿来办一件事。”

“请坐,”拉祖米欣说,他自己坐到桌子另一边,“老兄,你清醒过来了,这太好了,”他接着对拉斯柯尼科夫说,“已经是第四天了,你几乎什么也不吃,什么也不喝。不错,用小匙子给你喂过一点茶。我带佐西莫夫来看过你两次。你还记得佐西莫夫吗? 他仔细给你检查了一遍,他马上说这病没什么——好像脑子受了点刺激。一种神经性无关紧要的病,他说,因为吃得太坏,啤酒和辣根吃得太少,就因为这个原因才生病,不过没有什么,会好的,过一阵就好了,佐西莫夫真行! 他已经开始了有效的治

---

① 拉斯柯尼科夫的女房东普拉斯科维娅·巴甫洛夫娜的昵称。

疗。好了，我不耽搁您啦，”他又朝那个管事说，“可以不可以告诉我们，您到这儿来有何贵干？你要知道，罗佳，这是他们账房第二次派人来了。不过上一次来的不是这位，是另一位，我还跟他谈过话呢。在您之前是谁到这儿来的？”

“大概是前天吧，先生，正是前天，先生。来的那人是阿列克谢·谢苗诺维奇，也是我们账房里的人，先生。”

“他比您会办事，您认为怎么样？”

“是的，先生；他确实比我能干，先生。”

“值得称赞；好吧，接着说下去。”

“阿凡纳西·伊凡诺维奇·瓦赫鲁申应令堂的请求，通过我们商号汇给您一笔钱，我想瓦赫鲁申这人您听说过不止一次了吧，先生？”那人开始直接对拉斯柯尼科夫说，“如果您现在已经清醒，我奉命交给您三十五卢布，因为像过去一样，谢苗·谢苗诺维奇收到了阿凡纳西·伊凡诺维奇应令堂请求给您汇款的通知。您知道吗，先生？”

“是的，记得……瓦赫鲁申……”拉斯柯尼科夫沉思地说。

“您听见了吗——他知道商人瓦赫鲁申，”拉祖米欣嚷了起来，“怎么能说他的脑子不清楚呢？话又说回来，现在我发现您也是一个会办事的人。好啊！聪明话人人爱听。”

“正是他，先生，瓦赫鲁申，阿凡纳西·伊凡诺维奇。上一次，令堂曾经用同样的方法托他汇过一笔钱给您，这一次他也没有拒绝，他应令堂的请求，前几天从当地通知谢苗·谢苗诺维奇交给您三十五卢布，先生，祝您一切都好。”

“‘祝您一切都好’这句话，是您所说的话里面最动听的一句话；关于‘令堂’的话也不错。喂，怎么样，您认为他完全清醒了，还是没有完全清醒呢，嗯？”

“我看，没什么了，先生。不过，还得签个字，先生。”

“他好歹能画上的！您带着簿子吗？”

“簿子在这儿，先生。”

“拿过来。来，罗佳，坐起来。我扶着你；给他签上‘拉斯柯尼科夫’

几个字，拿着笔，老兄，因为，对我们说来，现在钱比蜜糖还要紧!”

“我不要。”拉斯柯尼科夫推开笔说。

“怎么不要?”

“我不签名。”

“咳，见鬼，不签名怎么成呢?”

“我不要……钱……”

“不要钱! 唉，老兄，我可以保证，你在胡说。请放心，这没有什么……他又胡说八道啦。话又说回来，他醒着的时候也常常这样……您是个明白人，我们可以指导他，我的意思是说，干脆把着他的手往纸上画，他会签字的。来吧……”

“不过，我可以下次再来，先生。”

“不，不，干吗再麻烦您呢，您是个明白人……喂，罗佳，别耽误客人了……你看，人家等着呢。”说罢，他就当真准备去把着拉斯柯尼科夫的手。

“放手。我自己……”拉斯柯尼科夫说，他拿起笔，在簿子上签了名。那个管事把钱拿出来，走了。

“好极啦! 老兄，现在你想吃东西吗?”

“想。”拉斯柯尼科夫回答。

“你们有汤吗?”

“昨天的。”娜斯塔霞回答，她一直站在那里。

“汤里有马铃薯和米粒吗?”

“有马铃薯和米粒。”

“我都背下来了。把汤拿来，再来点儿茶。”

“就拿来。”

拉斯柯尼科夫以极其惊讶和隐隐约约的、无谓的恐惧望着一切。他决心一言不发，等待下文。“我好像没有神志不清，”他想，“好像这是事实。”

两分钟后，娜斯塔霞端着汤回来了，她还宣布茶马上就来。她随汤还拿来了两把汤匙、两个盘子和全套调味瓶：盐瓶、胡椒瓶、吃牛肉用的芥末,还有别的东西。在这以前,这些东西已经好久没有这样整齐地摆出来过了。桌布也是干干净净的。

“娜斯塔霞,要是普拉斯科维娅·巴甫洛夫娜让你送两瓶啤酒来,那可不坏呀。我们会一饮而尽的。”

“瞧你多机灵。”娜斯塔霞咕哝说,然后出去办他吩咐办的事情。

拉斯柯尼科夫仍然用惊异而紧张的目光注视着周围。这时拉祖米欣挪到沙发上,在他身旁坐下,像一头熊似的笨手笨脚地用左胳膊搂住他的头,右手舀了一匙汤,又怕烫着他,自己先用嘴吹了几下,然后送到他的嘴边,虽然拉斯柯尼科夫自己已能坐起来。其实汤不过是温的。拉斯柯尼科夫贪婪地喝下一匙汤,接着又喝了第二匙,第三匙。但是拉祖米欣给他喂了几匙后,忽然停住了,他说得问问佐西莫夫应该不应该再喝。

娜斯塔霞拿着两瓶啤酒走了进来。

“想喝茶吗?”

“想。”

“娜斯塔霞,赶快把茶也拿来,茶,没有医生的许可就可以喝的。瞧,啤酒倒是来了!”他又坐回到他那把椅子上,把汤和牛肉拉到自己面前,就狼吞虎咽地吃了起来,仿佛三天没吃饭似的。

“罗佳老兄,现在我每天都像这样在你这儿吃饭了,”他嘴里塞满了牛肉,咕咕哝哝地说,“这都是你那个可爱的女房东巴珊卡安排的,她真心诚意地请客。我当然没有强求,可也不反对。瞧,娜斯塔霞拿茶来了。手脚多快!娜斯钦卡①,你想喝啤酒吗?”

“去你的,淘气鬼!”

“那么喝点茶?”

“茶倒行。”

“倒吧。等一下,我替你倒。你坐到桌子跟前来。”

他立刻张罗起来,倒了一杯茶,又倒了一杯,然后丢下他的早饭,又坐到沙发上。跟以前一样,他又用左胳膊搂住病人的头,把他扶起来一点,

---

① 娜斯塔霞的昵称。

一汤匙一汤匙地喂他喝茶，他仍旧不停地、特别热心地吹匙子里的茶，好像吹茶这道程序是恢复健康最主要的、起死回生的方法。拉斯柯尼科夫一言不发，也不反对，尽管他觉得他已经有足够的气力坐起来，不需要别人扶着就能坐在沙发上，同时他的手不仅能够拿得住汤匙或杯子，甚至也许还能下地走路。但是由于一种奇怪的、近于兽类的狡猾，他忽然想到应该把自己的气力暂时隐藏起来，藏而不露，如果必要的话，甚至假装还没有完全明白过来，趁此机会听听这里有什么风声？可是他又不能克服他的厌恶心理：喝了十来匙以后，他忽然把头挣脱出来，任性地把汤匙一推，又倒在枕头上。现在垫在他头底下的是真正的枕头，鸭绒枕头，而且套着干净的枕套；这点他也注意到了。

"应该让巴珊卡今天就给我们送点覆盆子酱①来，给他冲点覆盆子水喝。"拉祖米欣说，他坐回到他的椅子上，又喝起汤和啤酒来。

"她打哪儿给你弄覆盆子来呢？"娜斯塔霞问，她用张开的五个手指托住碟子，噙着一块糖在吮茶。

"我的朋友，覆盆子她可以到小铺里去买嘛。你瞧，罗佳，自从你病倒以后，已经发生了很多事情。那天你狡猾地从我家里匆匆跑掉，连住址也没告诉我，那时候我真气得要命，我下决心非把你找到，非惩罚你一下不可。当天我就开始找你。我到处走啊，走啊，打听啊，打听啊！你现在这个住址我忘了；其实我从来也没有记得过，因为我根本不知道。唔，你以前的住址，我只记得是在五角地，哈尔拉莫夫公寓。我就找啊，找那个哈尔拉莫夫公寓，结果发现并不是什么哈尔拉莫夫公寓，而是布赫公寓。人们有时会把发音错成什么样啊！我可真火啦。我一火，就豁出去了，第二天就去找居民住址查询处，你猜怎么着：两分钟之内他们就把你给找到了。你的名字在那儿登记着哩。"

"登记着！"

"可不是；可是我在那儿的时候，他们找柯别列夫将军，就怎么也找不到。唉，一言难尽。我一闯到这里来，马上就知道了你所有的事情，一

① 俄罗斯民间常用覆盆子（又称马林果）治病。

切的一切,老兄,我知道了一切,什么都知道了;娜斯塔霞也看见了:我认识了尼柯吉姆·弗米契;别人还指给我看了伊利亚·彼特罗维奇;还认识了看门的和扎梅托夫先生,就是警察局的那个办事员,亚历山大·格里戈列维奇;最后还认识了巴珊卡——这是最重要的一点。喏,娜斯塔霞也知道……"

"她是叫你用甜言蜜语巴结上的。"娜斯塔霞狡猾地笑着嘟囔道。

"换了您,就把糖放在茶里喝了①,娜斯塔霞·尼吉福罗夫娜。"

"去你的,狗东西!"娜斯塔霞忽然喊道,跟着扑哧一声笑了出来,"我不姓尼吉福罗娃,我姓彼特罗娃,"当她不笑了,又忽然补充一句。

"往后一定注意。听我说,老兄,闲话少叙,起初我真想按一下电钮就把这里的一切偏见一下子扫荡平净,可是巴珊卡胜利了。老兄,我真没料到她竟这样……讨人喜欢,啊?你认为怎样?"

拉斯柯尼科夫不作声,可是他没有一分钟从他朋友的脸上移开他那焦虑的目光,现在他还继续目不转睛地盯着她。

"的确十分讨人喜欢,"拉祖米欣接着说,拉斯柯尼科夫的沉默一点也没有使他发窘,好像他已经得到回答,对这个回答表示同意似的,"她无论哪一方面都十分讨人喜欢。"

"瞧你这坏蛋!"娜斯塔霞又嚷起来,这番谈话大概使她感到一种说不出的快乐。

"老兄,糟糕的是你一上来就处理得不得当。你应该用另一种办法去接近她。她的性格可以说是极其捉摸不透的!不过,关于她的性格,我们以后再谈吧……你怎么把事情弄到这种地步,比方说,使得她竟敢不送饭来给你吃呢?再比方说,那张期票?你准是发疯了,才出了那张期票!又比方说,她的女儿纳塔莉娅·叶戈罗夫娜活着的时候,你答应跟她结婚……我全知道!不过我知道那是一件很微妙的事情,而我是个笨驴:请你原谅我。讲到愚蠢,老兄,你知道普拉斯科维娅·巴甫洛夫娜绝不是你乍看之下所想象的那样愚蠢吗?"

---

① 这是一句双关语,与前句的"甜言蜜语"相呼应。

"是的……"拉斯柯尼科夫看着一旁,从牙缝里挤出这么一声,但是他明白,还是把谈话继续下去更有好处。

"难道不是这样吗?"拉祖米欣大声说道,看来,他听到拉斯柯尼科夫的回答,非常高兴。"可她也不聪明,是不是?她的性格是完全,完全捉摸不透的!请你相信,老兄,有时简直把我弄得不知怎么才好……她准有四十岁了。可是她说她只有三十六,她有说这话的充分权利。不过我向你发誓,我是十分理性地评论她的,完全根据玄学①;老兄,我们的关系跟你的代数一样是象征性的!我简直一点也不明白!这一切都是胡扯;不过她看到你现在已经不是大学生了,课也丢了,也没有衣服穿了,小姐死后,她也没有必要把你看做亲戚了,所以她忽然害怕起来:因为你躲在角落里,跟她不再保持任何原来的关系,她就想赶你走。她早就打定了这个主意,就是舍不得那张期票。再加上你亲自向她保证过,你母亲会还清这笔债……"

"我说那话是出于我的卑鄙……我母亲本人已经差不多在讨饭了……我对她说谎,为的是让我继续住下去……吃下去。"拉斯柯尼科夫大声地、清楚地说。

"对,你做得很明智。糟糕的是,就在这个当儿,那个又是七等文官又是商人的切巴罗夫出现了。没有他,巴珊卡是什么主意也想不出来的。她这人太腼腆了;可是一个商人却不腼腆,当然他首先就提出这样一个问题:借据有希望兑现吗?回答是:有希望兑现,因为他有一个母亲,她宁肯自己饿肚子,也要从她的一百二十五卢布的抚恤金里拿出钱来救她的罗佳;他还有一个妹妹,为了哥哥,她宁肯卖身为奴。这就是他的根据……你不必吃惊?老兄,你的底细现在我全知道了,当你还是巴珊卡的亲戚的时候,难怪你对巴珊卡无话不谈,我现在是出于好意才和你说这些话的……事情就是这样:一个诚实而富有感情的人在直抒胸臆;一个商人却一面听一面吃②最后把他吃掉。好,于是她以好像是付什么账的方式把

---

① 意为抽象的、思辨的、难以理解的。

② 语出克雷洛夫的寓言《猫和厨子》,意为你说你的,我干我的。

你的期票转让给了切巴罗夫。他呢,毫不害臊地正式提出了索债的要求。听到这些事情的时候,为了不受良心谴责,我本来也想给他按一下电钮。可是就在这时,巴珊卡跟我搞得挺融洽,我就吩咐把这件事情大事化小,小事化无,我的意思是说,保证你一定还清。老兄,我替你作了保,你听见了吗?我们把切巴罗夫叫了来,塞给了他十卢布,取回了那张字据,喏,我荣幸地把它奉还给您——现在不要字据就信得过您。请您拿去吧,瞧,我已经把它撕了。"

拉祖米欣把借据放在桌子上;拉斯柯尼科夫朝他扫了一眼,一言不发地转过脸去朝着墙。这种态度甚至使拉祖米欣也感到不快。

"我看呀,老兄,"他过了一会儿说,"我又干傻事啦。我想叫你开心,想说点废话给你解解闷,谁知道倒惹你发起脾气来了。"

"在我神志昏迷的时候,有一个人我认不出来,那人是你吗?"拉斯柯尼科夫也沉默了片刻,接着问了这么一句,但他依旧没有转过脸来。

"是我,而且您勃然大怒,特别是我把扎梅托夫带来的那一天。"

"扎梅托夫?……那个办事员吗?……带他来干什么?"拉斯柯尼科夫迅速地转过脸来,目不转睛地望着他。

"你干吗这样……你着什么急?他想跟你认识认识;因为我们俩谈了许多关于你的事情,所以他想跟你认识认识……要不然,我还能从谁那儿打听到这么多关于你的消息呢?他真是个好人,老兄,好极了……当然,这是从某种观点说。现在我们俩是朋友了,几乎每天都见面。我搬到这一带来住了。你还不知道吗?我刚搬来。我已经跟他一块到拉薇莎那儿去过一两次了……你还记得拉薇莎·伊凡诺夫娜吗?"

"我说胡话了吗?"

"还能不说!您做不了自己的主啊。"

"我胡说什么了?"

"我的天!你胡说什么了?可想而知:一般人都胡说些什么……得啦,老兄,现在我们不能再浪费时间了。得干正经事了。"

他从椅子上站起身来,拿起帽子。

"我胡说什么了?"

"唉,翻来覆去地问！难道你害怕泄露什么秘密吗？别担心:关于伯爵夫人,你一个字也没有提。可是你讲了许多关于什么哈巴狗啊,耳环啊,什么链子啊,克列斯托夫岛啊,还有什么看门的,还有尼柯吉姆·弗米契,还有警察分局副局长伊利亚·彼特罗维奇,说得可多了。此外,你对自己的袜子还特别感兴趣,非常感兴趣！你苦苦地、一个劲地哀求:'给我袜子',扎梅托夫亲自把所有的角落找了个遍,找你的袜子,用自己在香水里洗过的、戴着戒指的手,把这个脏东西递给了您。那时您才算安心了,您把您的这只破袜子攥在手里,攥了整整一天一夜:我们想从您手里夺也夺不下来。此刻它一定还在你的被窝里。要不你又要你裤子上的破边,哭哭啼啼的！我们想弄清楚你讲的破边到底是什么东西？可怎么也弄不明白……好,现在言归正传！这儿是三十五卢布;我从中拿出十个卢布,过一两个钟头以后,我再向你详细报账。同时我也要让佐西莫夫知道,本来他早应该到这儿来了,因为已经十一点多了。娜斯钦卡,我不在的时候,请你多来看他几次,看他要不要喝水或者别的什么。我还得马上亲自去告诉巴珊卡需要些什么东西。再见。"

"瞧他,叫她巴珊卡呢！真是滑头！"娜斯塔霞冲着他的背影说;然后她把门打开,站在那儿偷听,可是接着又憋不住,亲自跑下楼去了。她太想知道他在楼下跟女房东说些什么了;总而言之,看得出来,她简直被拉祖米欣迷住了。

她刚走出屋子关上门,病人就马上把被子一掀,疯子似的从床上跳了下来。他怀着焦灼的、不耐烦的心情等他们赶快走开,以便开始干他自己的事。但是干什么,干什么事呢？好像有意跟他作对似的,他竟忘记应该干什么事了。"天呀！只要告诉我:这一切事情他们知道不知道？要是他们已经知道了,只不过假装不知道,趁我躺着的时候来戏弄我,然后不定什么时候,突然走进来告诉我,他们早已知道这一切,只不过故意这样……现在我应该怎么办呢？就像故意似的,我居然忘了这件事;忽然忘了,刚才我还记得呢！……"

他站在屋子中间,痛苦地、心烦意乱地望着周围的一切;他走到门口,打开门,侧耳听了听,但这不是他要做的事。突然间,他仿佛想起来了似的，匆匆跑到壁纸后面有个洞的那个墙角里，开始检查起这个洞来，他把手伸进洞里摸着——但这也不是他要做的事。于是他又走到火炉旁，打开炉门，开始摸里面的炉灰：磨破的裤子边和从衣服口袋上撕下来的破布片还在那里，跟他原来扔在那儿的时候一模一样，可见谁也没有来看过！接着他又想起拉祖米欣刚才谈到过的那只袜子。不错，袜子确实在沙发上的被窝里，但是从那时起到现在，已经又破又脏，扎梅托夫从袜子上面肯定什么也没有看出来。

"哎呀！扎梅托夫！……警察局！……为什么他们叫我到警察局去呢？传票在哪儿？哎呀！……我弄混了：这是那时候叫我去的。当时我也在检查我的袜子，而现在呢……现在我生过一场病。那么扎梅托夫到这儿来干什么呢？拉祖米欣把他带来干什么？……"他有气无力地咕哝着，又坐到沙发上，"这是怎么一回事？是我继续神志昏迷呢还是真的？好像是真的……哦，我想起来啦：必须逃走！快点逃走，一定，一定得逃走！不错……可是逃到哪儿去呢？我的衣服在哪儿？靴子没有啦！全给拿走了！藏起来了！我明白！啊，大衣在这儿——他们把它忽略过去了。钱在桌子上，谢天谢地！还有期票……我把钱拿走，到别处去租间屋子，他们就找不到我了！……不错，可是住址查询处呢？他们会找到我的！拉祖米欣会找到我的。最好远走高飞……逃得远远的……到美国去，他们就没辙了！把期票也带上……在那儿会有用的……还带点什么？他们以为我病了！他们还不知道我能走路呢，嘿嘿嘿！……我从他们的眼神里看得出来，他们什么都知道了！只要能够走下楼去就成。可是假如那儿有守卫——有警察，那怎么办！这是什么？是茶吗？啊，还剩下一点啤酒，半瓶，冷的！"

他抓起还剩下一满杯啤酒的瓶子，痛快地一饮而尽，好像浇灭心头的火焰似的。可是过了不到一分钟，酒力就涌到他的头上来了，一阵轻松而愉快的寒意掠过他的脊背。于是他又躺下，拉过被子来盖在身上。他那本来就是病态的、没有条理的思想开始越来越混乱了，少顷，他感到袭来了一阵轻快而舒服的睡意。他愉快地把头放在枕头上，把那床代替过去那件破大衣、现在盖在身上的软和的棉被裹得紧紧的，轻轻地舒了一口气，便深沉、酣畅而且有益健康地入睡了。

他听见有人走进他的屋子，就醒来了，他睁开眼，看见拉祖米欣把门敞开了，站在门口，正在迟疑不决地考虑进来不进来。拉斯柯尼科夫马上从沙发上欠起身子，望着他，好像极力要想起什么似的。

“哦，原来你没有睡着，我来啦！娜斯塔霞，把包裹拿来！”拉祖米欣朝楼下嚷道，“我马上就向你报账……”

“几点了？”拉斯柯尼科夫问，他不安地四下望着。

“你睡得真香，老兄：已经晚上了，马上六点啦。你睡了六个多钟头……”

“天呀！我这是怎么啦！……”

“那又怎么呢？好好地睡吧！着什么急？赴约会去还是怎么的？现在所有的时间都是咱们的了。我已经等了你三个钟头啦；我到这儿来过两次，你睡着了。我又找过佐西莫夫两次，他不在家！没关系，他会来的！……我还出去办了点自己的事情。要知道，我今天搬家了，完全搬来了，跟我的伯父一起。现在有个伯父住在我那儿……不谈这些，咱们干正事儿吧。把包裹拿给我，娜斯钦卡。咱们马上就……你现在感觉怎么样，老兄？”

“我很健康，我没有病……拉祖米欣，你来很久了吗？”

“我告诉过你，我等了三个钟头。”

“不，我说的是以前。”

“怎么以前？”

“你从什么时候起上这儿来的？”

“我不久前告诉过你——你不记得了吗？”

拉斯柯尼科夫沉思起来。他影影绰绰地想起不久以前的事，像做梦一样。但他一个人想不起来，因此他询问似的望着拉祖米欣。

“哼！”拉祖米欣说，“忘啦。刚才我还觉得你还没有完全恢复……现在睡了一觉，恢复健康啦。真的，你的模样好多了。好样的！现在咱们来干正事吧！马上你就会想起来的。瞧这儿，亲爱的朋友。”

他动手解包裹，他对这个包裹分明感到极大的兴趣。

"老兄,你相信吗,这是我特别放在心上的一件事。咱们得让你打扮得人模人样。来,咱们从最上面开始。你看见这顶鸭舌帽了吗?"他说着,从包裹里取出一顶相当漂亮,但同时也十分普通和便宜的帽子,"请容我给你试试,好吗?"

"以后再试,以后。"拉斯柯尼科夫不耐烦地挥着手说。

"不,罗佳老兄,别反对了,以后就迟了;而且我会一夜睡不着觉的,因为我没有尺寸,是瞎买的。正好!"他试完后,得意地嚷起来,"正好是你的尺寸。老兄,帽子,在一个人的服装中是最要紧的一件东西,是一种自我介绍。我的朋友托斯佳科夫,无论到什么别人都戴着礼帽或便帽的公共场所,总要揭掉他的盖儿,大伙儿都以为他是出于奴性,其实不过因为他不好意思让别人看到他那顶鸟窝似的帽子罢了:他这人就这样放不开!来,娜斯钦卡,给您两顶帽子:这一顶是巴默斯敦(说着,他把拉斯柯尼科夫那顶戴得不成样子的圆礼帽从角落里拿出来,不知道为什么,他把它叫做巴默斯敦①),这一顶是精美的玩意儿。你要哪一顶?罗佳,你估估价,你猜我付了多少钱?娜斯塔休斯卡,你说呢?"他看见拉斯柯尼科夫一声不吭,就转向她说。

"大概花了二十戈比。"娜斯塔霞回答。

"二十戈比,傻瓜!"他气得嚷起来,"如今用二十戈比连你都买不下来——八十戈比!而且还因为是旧的。不错,还讲好了条件:戴坏了这顶,明年再给你一顶,不要钱,真的!现在咱们来看美利坚合众国,我们在中学时都这么叫。② 我预先关照你,对这条裤子我是很自豪的,"于是他把一条夏天穿的轻软的灰毛料裤子摊开在拉斯柯尼科夫面前,"没有窟窿,没有污迹,虽然是旧的,倒还相当好,配上同样的一件背心,又是同一种颜色,非常时髦。至于说穿旧了,说实话,这倒更好:更柔软些,也更光滑些……你看,罗佳,在我看来,要想在世上闯出一番事业来,只消经常注

---

① 巴默斯敦(1784—1865)是十九世纪中叶英国的国务活动家,辉格党党魁。过去,有一种男式的长大衣曾以他的名字命名,但在十九世纪六十年代初,这种式样的大衣已经过时,所以拉祖米欣才戏称拉斯柯尼科夫的帽子为巴默斯敦。

② 因美利坚合众国的俄文译名中,有一个词与俄文的"裤子"谐音。

意季节就行了。如果在一月份你不要求吃龙须菜,你的钱包里就可以省下几个卢布;这次买东西也是这样。现在是夏天,所以我给你买了夏天的东西,到秋天又需要比较暖和的衣服了,反正得扔掉……特别是因为到那时这一切已经自行消灭,或者是因为你穿着过分讲究,或者是因为它本身不结实。好,你估估价!你看值多少钱?两卢布二十五戈比!而且记住,也是附有刚才说的那个条件:把这些穿坏了,明年你可以不花钱再换一套。费佳耶夫商店一向按照这个规矩做买卖:你花一次钱,就够你用一辈子,因为你下次再不花钱了。好,现在咱们来看看靴子——怎么样?可以看出这是旧的,可是还能穿上两个多月,因为这是外国制的,是外国货:上星期英国大使馆秘书在旧货市场卖出的;他只穿了六天,他急等钱用。价钱是一卢布五十戈比。合算吧?"

"也许不合脚!"娜斯塔霞说。

"不合脚!这是什么?"说着他从衣袋里掏出拉斯柯尼科夫的一只粗硬的、沾满了干泥巴的破靴子,"我是带着这东西去的,他们照这个怪物量好了尺寸。整件事都费了一番心血。至于衬衣,已经跟女房东谈妥了。首先是三件衬衫,粗麻布的,但前胸的式样是时髦的……好吧,一共是:帽子八十戈比,其他衣服两卢布二十五戈比,总计三卢布零五戈比,靴子一卢布五十戈比——因为靴子太好了——合计四卢布五十五戈比。全部衬衣五卢布——照批发价买下的——这样正好九卢布五十五戈比。找回四十五戈比,都是五戈比的铜币,在这儿,请收下。这样,罗佳,现在你又衣冠楚楚了,因为我认为你的大衣不仅还好穿,甚至还有它独特、高雅的派头:在沙默①服装店里定做的衣服是不错啊!至于你的袜子和别的东西,你自己去买吧;我们还剩下二十五卢布。关于巴珊卡和付房租,你不必担心;我说过:信贷是无限期的。老兄,现在让我来给你换换衬衣吧,要不,病魔也许现在就藏在你的衬衣里哩……"

"放手!我不想换!"拉斯柯尼科夫挥手叫他走开。他一直很反感地听着拉祖米欣又紧张又顽皮地向他报告买衣服的事……

---

① 沙默是当时彼得堡一个著名的法国裁缝。

“老兄,这可不行;我磨破了鞋底,为的是什么呀!”拉祖米欣坚持说,“娜斯塔休斯卡,别不好意思,帮帮忙,就这样!”尽管拉斯柯尼科夫反抗,他还是硬把他的衬衣给换了。拉斯柯尼科夫倒在枕头上,一两分钟内一句话也不说。

“要摆脱他们真不容易,”他想,“这些东西是用什么钱买的?”他终于望着墙壁问道。

“用什么钱?哎呀!是用你自己的钱嘛。刚才来过一个管事,是瓦赫鲁申派他来的,你妈妈汇钱来了;难道连这个你也忘记了吗?”

“现在我想起来了……”拉斯柯尼科夫忧郁地沉思了半晌,然后才说了这么一句。拉祖米欣皱着眉头,不安地望了望他。

这时门开了,一个粗胖的大高个儿走了进来。这人,拉斯柯尼科夫好像也有点面熟。

“佐西莫夫!你总算来了!”拉祖米欣眉开眼笑地叫道。

## 4

佐西莫夫又高又胖,有点浮肿、没有血色的脸刮得干干净净,一头淡黄色的直头发,戴眼镜,胖胖的手指上戴着一个大金戒指。他大约二十七岁。身上穿一件肥大漂亮的轻便大衣,下面是夏天穿的淡颜色裤子,周身上下都是肥肥大大的、入时的、崭新的;亚麻布的衬衫无可挑剔,表链又粗又沉。他的举止缓慢,好像无精打采,但又故作随便;他那自命不凡的神气,虽然竭力掩盖,却又时时流露出来。认识他的人都觉得他难处,但又都说,他的医术很好。

“伙计,我去找过你两次了……你瞧,他醒过来了!”拉祖米欣大声说。

“看见了,看见了;你现在觉得怎么样?”佐西莫夫问拉斯柯尼科夫,一面仔细地打量着他,并立刻在沙发上拉斯柯尼科夫的脚边坐下,尽可能坐得舒服些。

“他老是闷闷不乐,”拉祖米欣接着说,“我们刚给他换了衬衣,他差一点哭了。”

“那是很自然的事。既然他自己不愿意换,不妨以后再换嘛……脉搏挺好。头还有点痛吗?嗯?”

“我很健康,非常健康!”拉斯柯尼科夫执拗而又气愤地说,他突然从沙发上坐起,用闪闪发亮的眼睛朝他们望了望,但又立刻倒在枕头上,转过脸去对着墙。佐西莫夫注意地观察着他。

“很好……一切都很正常,”他懒洋洋地说,“他吃了什么东西吗?”

他们告诉了他,并且问他可以给拉斯柯尼科夫吃些什么。

“什么都可以吃……汤啦,茶啦……当然,不要给他吃蘑菇和黄瓜,牛肉也不要给他吃,还有……唔,不必啰嗦了!”他跟拉祖米欣互相使了个眼色,“也不用喝药水了,什么药都不用吃;明天我再来看看……今天也行……不过,嗯……”

“明天傍晚,我带他出去散步,”拉祖米欣说,“先到尤苏波夫花园,然后到‘水晶宫’去。”

“换了我,明天就不来打扰他,不过……稍微活动活动……嗯,看情况吧。”

“唉,多么遗憾!今天我恰好要庆祝乔迁之喜,就两步路;他能参加多好。他和我们大家在一起,在沙发上躺一会儿也好呀!你来吗?”拉祖米欣突然对佐西莫夫说,“注意,别忘了,你答应过。”

“可以吧,不过得稍许晚点儿。你准备了些什么?”

“没什么,有茶、伏特加酒、鲱鱼。还有馅饼:自己人聚聚。”

“有哪些人?”

“都是这附近的,差不多都是新朋友,不错,除了我的伯父之外,而且他也是新来的:他昨天刚到彼得堡,办点儿事情;我们五年才见一次面。”

“他是干什么的?”

“他当了一辈子县邮政局局长……最后领了一小笔养老金。他今年已经六十五岁了,没有什么值得谈的……不过我很喜欢他。波尔费利·

彼特罗维奇也来，他是本区的审查官……法学院毕业。对了，你不是认识他吗……”

“他也是你亲戚吗?”

“最远的远亲;你皱眉头干什么? 只因为你们吵过一次，难道你就不来了吗?”

“我瞧不起他……”

“那好极了! 唔，还有几个大学生、一个教员、一个官吏、一个音乐家、一个军官，还有扎梅托夫……”

“请你告诉我:你，或者他，”佐西莫夫用头指了指拉斯柯尼科夫，“跟扎梅托夫那样的人能有什么共同之点呢?”

“哎呀，你们这些挑三拣四的人呀! 一讲就是原则! ……你整个人架在原则上，像架在弹簧上一样;连按自己的心意转个身子都不敢;我认为，人好就是原则，此外，我什么也不想知道。扎梅托夫是个非常好的人。”

“他营私舞弊。”

“唔，营私舞弊，就瞧不起! 营私舞弊又怎么样!”拉祖米欣突然喊起来，他有点做作地发起火来，“难道说我夸过他营私舞弊吗? 我只是说，从某一方面讲，他人不错! 如果对一个人求全责备，那么世界上还剩下多少好人呢? 如果那样的话，我相信我恐怕连下水加在一起也只值一个烤葱头的钱，也许还得把你给算上! ……”

“那太少了;买你，我可以给两个烤葱头……”

“可是买你我只出一个。还说俏皮话呢! 扎梅托夫还是个毛孩子，我还得揪着他的头发好好儿教他，因为应该把他拉过来，不能把他推开。把人推开，——他就不能改好，特别是对孩子。对一个孩子，应该加倍爱护。你们这些自以为进步的笨蛋呀，你们什么也不懂! 你们不尊重别人，也就是不尊重你们自己……如果你想知道的话，我们也许有一件共同的事情要做。”

“在下洗耳恭听。”

“是关于一个油漆匠的事，也就是关于一个油漆工人的事……我们一定要把他救出来！不过，现在已经不要紧啦。现在事情已经完全水落石出了！我们再加把劲就成。”

“你说的是什么油漆工人？”

“怎么？难道我没跟你说过吗？难道没说过吗？对，我只跟你讲了个开头……有一个放高利贷的老太婆，一个官吏的寡妇被人谋杀的案件……现在一个油漆匠也被牵连在里面了……”

“这件谋杀案，在你告诉我之前，我就听说过，我甚至对这件事发生了兴趣……部分是……为了某种原因……我从报纸上也看到过！不过……”

“把丽莎维塔也给杀死了。”娜斯塔霞突然对拉斯柯尼科夫贸然说道。她一直待在屋子里，倚在门上听他们说话。

“丽莎维塔？”拉斯柯尼科夫喃喃地说，声音小得简直听不出来。

“丽莎维塔，那个卖旧衣服的。你不认识她吗？她常常到这儿的楼下来。她还替你补过衬衣呢。”

拉斯柯尼科夫把脸转向墙壁，在肮脏的黄色壁纸上的白色花朵中间选定一朵粗劣的白花，上面有棕色叶脉的，开始研究起来：这朵花有多少花瓣，花瓣上有什么样的锯齿，有多少叶脉。他觉得他的胳膊和腿都麻了，失去了知觉，但是他始终没动弹一下，只是固执地盯着那朵花。

“这跟那个油漆匠又有什么关系呢！”佐西莫夫非常不满意地打断了娜斯塔霞的唠叨。她叹了口气，不再吭声。

“他被当做凶手了。”拉祖米欣激动地接着说。

“有什么罪证吗？”

“罪证有屁用！然而，就说罪证吧，这个罪证也不成为其罪证，这就是我们需要证明的。这正像他们抓住和怀疑那两个人，他们叫什么来着……柯赫和佩斯特里雅科夫似的。呸！这些事做得多蠢，连局外人听了都觉得可恶！佩斯特里雅科夫也许今天会到我这儿来……对了，罗佳，这件事你也知道，还在你生病以前就发生了，他们在那儿谈论这件事的时候，你在警察局里晕过去了，事情就是在那事的前一天发生的。”

佐西莫夫好奇地望了望拉斯柯尼科夫；拉斯柯尼科夫动也没动一下。

“你知道吗，拉祖米欣，我看你管得太多啦！”佐西莫夫说。

“也许是这样，不过，反正我们要把他救出来。”拉祖米欣把拳头往桌上一捶，嚷道，“这事最叫人生气的是什么呢？不是他们说谎，说谎一向是可以原谅的；说谎是情有可原的事，因为由假可以成真。不，叫人恼火的是，他们不但说谎，还崇拜他们自己的谎言。我敬重波尔费利，但是……比方说，首先是什么使他们糊涂了呢？门本来关着，可是等他们跟看门的回来的时候，门却是开的：因此就断定柯赫和佩斯特里雅科夫杀了人——这就是他们的逻辑！”

“你别急，不过把他们拘留起来罢了；毕竟不能……对了，柯赫那人我见过；他一向从老太婆手里收买过期的东西，是不是？”

“是的，他是一个骗子。他也收买期票。他专干这一行。去他妈的！你知道我为什么生气吗？我生气的是他们那腐败、庸俗不堪、落后的陈规陋习……在这一个案件上就可以打开一条完全崭新的路。单是根据心理上的材料，就可以说明，应该怎样去找到真正的线索。‘我们有事实。’他们说。但是事实不能代表一切。至少事情的一半在于你怎样去对待这些事实！”

“你能正确地看待事实吗？”

“当一个人感觉到，确切地感觉到，他能对事情有所帮助时，他是不能保持沉默的，只要……啊！……你知道这个案子的细节吗？”

“我正等着听那个油漆匠的事情呢。”

“哦，对了！好吧，事情是这样的：在谋杀案发生后的第三天早晨，他们还在为柯赫和佩斯特里雅科夫瞎操心的时候——虽然这两个人都能证明自己的一举一动：证据确凿，有目共睹——可是忽然出现了一个最意外的事实。一个姓杜什金的农民，一个在出事的那幢房子对面开小酒店的老板，把一个盛着金耳环的首饰盒送到了警察局，并且一五一十地讲了事情的经过：‘前天晚上，刚过八点，’注意到了吗？——这一天和这个钟点！‘一个当天来过我这儿的油漆匠，叫米柯拉的，跑到我这儿来，拿给我这个盛着金耳环和宝石的盒子，想把它抵押给我，他向我借两个卢布。我问他是从哪儿弄来的？他说他是在便道上捡的。我也没再问他什么。'这是杜什金说的话。'我给了他一张钞票(就是一个卢布),因为我想,如果他不把这件东西抵押给我,他也一定会把它抵押给别人。他反正会把钱喝掉的,倒不如把东西留在我这儿:越藏得好,越容易找嘛。如果出了什么事情,听到什么风声,我就立刻把它交出去。'当然,这一切都是痴人说梦,一派胡言。因为我认得这个杜什金,他自己就是开押店放高利贷的,专门窝藏赃物,他决不会为了要把东西'交出去'才去骗取米柯拉价值三十卢布的东西。这不过是因为他害怕了。这且不去说它,你听着;杜什金接着说:'我从小就认识这个农民米柯拉·杰缅捷夫,他和我同省同县,都是扎莱斯克县的,我们都是梁赞省的人。米柯拉并不是酒鬼,不过也爱喝两杯,我知道他在那幢出事的房子里干活,油漆屋子,跟米特里一道,他跟米特里是老乡。他钞票一到手,就把它换开了,一口气喝了两杯,拿起找回的零钱就走了。那时我并没有看见米特里跟他在一道。第二天,我听说有人用斧子砍死了阿廖娜·伊凡诺夫娜和她的妹妹丽莎维塔·伊凡诺夫娜。她们姐妹俩我们都认识,于是我马上怀疑那些耳环有问题,因为我们知道,死者是开押店放债的。我便到那幢房子里去找他们,小心地、不动声色地悄悄打听了一番,首先我问:米柯拉在这儿吗?米特里说,米柯拉出去玩了,天亮才醉醺醺地回家,在家待了大约十分钟,又出去了。此后米特里就再也没有见过他,只好一个人把活干完。他们干活的地方在二楼,跟死者同一个楼梯。听到这些话以后,我没有对谁泄漏过一个字。'这是杜什金说的。'我把这件凶杀案的前前后后尽可能打听清楚了,回到家以后总还是怀疑。今天早上八点钟,'这是出事后的第三天了,你明白吗?'我看见米柯拉进来找我,虽然他不能说是清醒的,可也不能说醉得很厉害,对他说的话,他是听得懂的。他坐在板凳上,一声不吭。这时酒店里除他以外只有一个闲人,还有我熟悉的一个人睡在板凳上,再就是我们的两个小伙计。我问他:"你看见米特里了吗?""没有,我没看见。"他说。"也没到这儿来吗?""从前天起就没来过。""你昨晚上在哪儿过夜的?""在沙滩,住在科洛姆纳。""那耳环你是从哪儿弄来的?"我问。"我在便道上捡的。"他说话时的神气好像不对头;他看也不看我。"那天晚上,在那个时辰,你听见那个楼梯上出了什么事情没有?"

我又问。“没有，”他说，“我没听见。”可是他听着，眼睛瞪得溜圆，脸忽然变得煞白，像白粉似的。于是我就讲给他听，我再一瞅，他抓起帽子，站起身来要走。我当时想留住他，我说：“等一下，米柯拉，你不喝一杯再走吗？”我对小伙计使了个眼色，叫他把着门，然后我从柜台后面走出去：可是他马上从我身边逃开，一溜烟跑上了大街，钻进一条小巷——一会儿就不见了。于是我的怀疑去掉了；因为明摆着，这是他作的案……’”

“那还用说！……”佐西莫夫说。

“等一等！听我讲完嘛。当然，他们就飞也似的去寻找米柯拉；他们拘押了杜什金，进行了搜查；米特里也被拘留了；那些科洛姆纳人也被翻了个遍——可前天，他们突然把米柯拉带来：在某城关附近的一家客店里把他拘留了。他到了那儿，从脖子上取下一个银十字架，想拿它换酒喝。他们给了他。过了一会儿，一个女人到牛棚去，她从墙缝里看见，他在隔壁的板棚里把腰带系在梁上，绾了个套；站在一段木头上，正要把脖子伸进套里去。那女人就拼命大喊起来，大家跑来了：‘哦，这就是你想做的事！’他说：‘带我到警察分局去吧，我全认罪。’于是，他们就用适当的仪仗队把他护送到某个警察分局——也就是护送到这儿来了。他们向他问这问那，他是谁，干什么的，多大年纪——‘二十二岁’——如此等等。问他：‘某日某时，你跟米特里一起干活的时候，看见楼梯上有什么人没有？’回答：‘自然有人上上下下，可我们没注意。’‘你听见什么没有？听见什么动静之类没有？’他说：‘什么特别的声音我们也没听到。’‘那么，米柯拉，你听说了没有，就在那一天，即某日某时，有那么一个寡妇和她的妹妹一同被谋杀了，被抢劫了？’‘这件事我一点也不知道。前天还是头一次听阿凡纳西·伊凡诺维奇在小酒馆里说的。’‘那么耳环是哪儿来的呢？’‘在便道上捡的。’‘为什么第二天你不跟米特里一起去干活？’‘因为我玩去了。’‘到哪儿玩去了？’‘在什么什么地方。’‘为什么你从杜什金那儿逃走了？’‘因为我那时候吓得要命。’‘你怕什么呢？’‘怕吃官司。’‘既然你觉得自己完全无罪，你怎么会害怕呢？……’佐西莫夫，信不信由你，这个问题就是这样提的，就是这样说的，一字不差，我完全知道，人家给我做了忠实传达。怎么样？怎么样？”

“唔,话又说回来,罪证还是有的。”

“我现在讲的不是罪证,我讲的是那个问题,讲他们怎样理解自己的本质。嘿,真他妈的！他们对他施加压力,百般威逼,最后他只好认罪,他说:‘我不是在便道上捡的,我是在我跟米特里刷油漆的那间屋子里捡的。’‘是怎么捡到的呢?’‘是这样的:米特里跟我在那儿刷了一天油漆,一直到晚上八点,正打算走的时候,米特里拿起一把刷子,把油漆抹了我一脸,然后撒腿就跑,我就在他后面追。我一面追他,一面拼命喊;从楼梯上跑到门口的时候,我撞在看门的和几位先生身上——我也记不清跟他在一起的有几位先生了。那个看门的为了这事把我臭骂了一顿,另一个看门的也臭骂了我一顿,这时看门人的老婆从屋里出来,也把我们骂了一顿,有一位先生和一位太太正走进大门,因为我和米特里挡了路,他也痛骂了我们一顿。我抓住米特里的头发,把他按倒在地,举起拳头就揍。压在我身子下面的米特里也抓住我的头发揍我。我俩这样打来打去,并不是因为恨,而是因为要好,闹着玩儿。后来米特里挣脱了身,一溜烟逃到大街上,我跟在后面追,没追上他,就一个人回到那间屋子里去了,因为我得收拾一下东西。我一面收拾东西,一面等着米特里,他也许会回来的。就在这时,在过道门旁的墙旮旯里,我一脚踩在一个盒子上。我一看,是一个盒子,用纸包着。我打开纸包,看见盒子上有几个小挂钩,再打开挂钩,看见盒子里是耳环……’”

“在门背后吗?放在门背后吗?是在门背后吗?”拉斯柯尼科夫忽然嚷起来,他用一种愕然失色的慌乱神情望着拉祖米欣,用手支在沙发上,慢慢地坐起来。

“是啊……那又怎么了?你怎么啦?你干吗这样?”拉祖米欣也从座位上欠起身子。

“没什么！……”拉斯柯尼科夫小声地回答,然后又把头放在枕头上,把脸转向墙壁。大家都沉默了一会儿。

“他准是打瞌睡了,半睡半醒的。”拉祖米欣终于说道,用疑问的眼光望着佐西莫夫。佐西莫夫微微地摇了摇头。

“得了,接着说吧,”佐西莫夫说,“后来怎样呢?”

"后来怎样吗?他一看见耳环,就把屋子和米特里忘了个一干二净,抓起帽子,就跑到杜什金那儿去了,我们已经知道,他从杜什金那儿拿了一个卢布,向杜什金扯了个谎,说耳环是在便道上捡的,就立刻喝酒去了。关于谋杀一案,他还是重复他的老话:'我一点不知道,前天才听说。''那为什么你现在才回来呢?''因为害怕。''为什么想上吊呢?''因为我担心。''担心什么?''担心我会吃官司。'这就是事情的原委。现在你想,他们从中推断出什么来了呢?"

"有什么可想的?线索有了,不管什么样的,反正有了。这是事实。总不能把你的油漆匠放出来吧?"

"可是现在他们干脆把他当成杀人犯了呀!他们简直没有丝毫怀疑……"

"瞎说;你太激动了。那么耳环是怎么来的?你应该承认,如果在那一天,在那一个钟点,那些耳环是从老太婆的箱子里落到尼古拉①手里的——你得承认,它们所以落到他的手里总是有原因的。这在侦查中是很重要的一个情节。"

"怎么落到他手里的!怎么落到他手里的?"拉祖米欣喊道,"你,一位医生,你的义务首先是研究人,你研究人的天性的机会比任何人都多——难道根据这些你就看不出这个尼古拉是怎样的性格吗?难道你就不能一眼看出,他在被审问的时候所供述的一切,都是千真万确的事实吗?耳环正像他所供述的那样落到了他的手里——他踩在一只盒子上,就把它捡了起来!"

"好个千真万确的事实!他自己不是也承认他一开始就说了谎吗?"

"听我说。你仔细听着:看门的,柯赫,佩斯特里雅科夫,另一个看门的,第一个看门人的老婆,那时正坐在她门房里的另一个女人,还有七等文官克柳科夫,当时他刚从马车上下来,胳膊上挽了一位太太走进大门,一共八个或十个证人,都异口同声地证明尼古拉把德米特里②按倒在地,

---

① 米柯拉的本名。
② 米特里的本名。

骑在他身上揍他，德米特里也抓住他的头发揍他。他们两人横躺在路上，挡了道；大家都骂他俩，他俩‘像小孩似的’（这是证人的话，一字不差），你压在我身上，我压在你身上，尖叫着，扭打着，哈哈大笑着，两个人争先恐后地哈哈大笑着，做着最可笑的鬼脸，然后又像孩子似的你追我赶，跑到大街上去了。你听见了吗？现在请留神这一点：楼上两具尸体还是温的，你听见了吗？发现的时候，还是温的！如果是那两个人杀死的，或者是尼古拉单独一个人杀死的，而且他在行凶时还撬开了箱子，抢走了东西，或者只是以某种方式参与了抢劫，那么让我来问你一个问题：他们当时的心情，例如尖叫，大笑，在大门口孩子似的扭打——这跟斧子、鲜血、恶毒的诡计、周密小心、抢劫等等能协调吗？他们是在五分钟或者十分钟以前刚刚杀了人（因为尸体还是温的），他们明知道有人马上要到那儿去，又忽然把尸体撂下，门也不关就离开了房间，而且还丢下抢来的东西，像小孩一样在地上滚来滚去，哈哈大笑，吸引大家的注意——这个情况是十个证人亲眼目睹的呀！”

“当然很奇怪！不用说，这是不可能的，不过……”

“不，伙计，没有什么**不过**。如果在那同一天，同一个钟点，从尼古拉手里发现的耳环真可以构成起诉他的一个重要的事实根据——然而用他的口供也是完全解释得通的，因此还只是个**有争论的根据**——那么也应该考虑到那些证明他无辜的事实，何况这都是**不可否认的**事实。你认为怎么样，从法学的性质来说，他们会不会接受，或者能不能够接受这样一个事实（单单从心理学角度来看，单从精神状态来看，这是不可能的），把它看做是一件无可辩驳的事实，足以推翻一切提出起诉的事实和物证，不管它们是什么样的？① 不，他们不会接受的，无论如何不会接受的，因为他们发现了那个盒子和那个打算上吊的人，‘要是他觉得自己没有罪，他就不可能上吊。’主要的问题就在这儿，我激动也是为了这个！你应该了解！”

---

① 当时法院判刑，仅根据明显的罪证。如果没有可靠的直接证据，间接的证据再多，也不能定罪。在这种情况下，被告只能被看做有嫌疑或有严重嫌疑。

“我看出你在激动！等一等，我忘了问你：有什么东西能够证明那个耳环盒子确实是从老太婆箱子里拿出来的呢？”

“这已经证明了，”拉祖米欣皱着眉头，好像很不乐意地说，“柯赫认出了那东西，而且说出了物主的姓名，而那人明确无误地证明了东西确实是他的。”

“糟糕。现在还有一点，柯赫和佩斯特里雅科夫上楼的时候，有人看见过尼古拉没有呢？能不能用什么来证明这件事呢？”

“问题就在于没有人看见，”拉祖米欣懊丧地说，“糟糕的就是这件事；柯赫和佩斯特里雅科夫上楼路过的时候，也没有看见他们，尽管他们的口供现在起不了多大作用。他们说：‘我们看见那间屋子的门是开着的，我们想，准是有人在里面干活，但是我们走过的时候没有注意，说不清那时候有没有工人在里面。’”

“哼……可见，唯一的根据，就是他们当时在扭打，在哈哈大笑。我们假定，那是一个有力的证据，可是……现在请问：你自己怎么来说明这全部事实呢？如果真像他供述的那样，耳环是他那样捡来的，你用什么来解释找到耳环这件事呢？”

“我用什么来解释？没有什么可解释的：事情很清楚。起码，进行调查所要采取的途径很明显，而且已经证实了，证实它的就是这个盒子。这些耳环是真正的杀人犯掉下来的。柯赫和佩斯特里雅科夫敲门的时候，杀人犯正在楼上，把自己关在屋里。柯赫干了件蠢事，下楼去了；这时杀人犯就跳了出来，也跑下楼去了，因为他没有别的出路。在楼梯上，正当尼古拉和德米特里从空屋里跑出去的时候，他就溜进了这间空屋子，站在门背后，躲过了柯赫和佩斯特里雅科夫。当看门的和别的人走上楼去的时候，他就躲在那儿一直待到听不见他们的脚步声，才趁着德米特里和尼古拉跑到大街上去，人都散了，大门口一个人也没有的时候，若无其事地走下楼去。也许有人看见过他，可是没有注意：来来往往的人多着呢。耳环盒一定是他躲在门后面的时候，从口袋里掉落的，因为他当时顾不上这事了。这个盒子清清楚楚地证明，他就是站在那儿的！整个事情就是这样。”

“太妙了！不，老伙计，这太妙了。简直妙不可言！”

“为什么呢？为什么呢？”

“因为一切太凑巧了……编得天衣无缝……跟演戏一样。”

“嘿！”拉祖米欣刚想叫起来，这时门打开了，一个陌生人走了进来，在场的人谁也不认识他。

## 5

这是一个不算年轻的绅士，道貌岸然，仪表威严，一张谨慎小心而又阴阳怪气的脸。开始，他在门口站定，东张西望，带着令人生气的露骨的惊讶神气，好像在用目光询问：“我这是到哪儿来了啊？”他用一种怀疑的，甚至装模作样地带着某种惊恐和近乎受辱的样子打量着拉斯柯尼科夫这间又矮又小的“船舱”。然后他又用同样吃惊的表情把视线转移到拉斯柯尼科夫本人身上，目不转睛地盯着他；那时，拉斯柯尼科夫正躺在他那张小得可怜的脏沙发上，没穿衣服，蓬头散发，脸也没洗，他也在呆呆地打量着来人。随后，那绅士又不慌不忙地打量起拉祖米欣那副不修边幅、没刮胡子、也没梳头的模样；拉祖米欣坐在那儿没有起立，他也用一种傲慢无礼的疑问目光直瞪着来人。这样，在紧张的沉默中过了一分钟左右，终于不出所料，气氛稍有变化。这位进来的绅士可能根据一些十分明显的理由，意识到用盛气凌人的态度，在这间“船舱”里什么也得不到，因此就稍稍地缓和下来。他虽然还板着面孔，但是有礼貌地，每个音节都咬得非常清楚地向佐西莫夫问道：

“您是罗吉昂·罗曼诺维奇·拉斯柯尼科夫，一位大学生，或者以前是一位大学生吗？”

佐西莫夫慢吞吞地挪动了一下身子，本来他准备回答，但却被与这个问题完全无关的拉祖米欣抢先了。

“他不是躺在沙发上吗！您有什么事？”

这句不拘礼节的“您有什么事”，使那个道貌岸然的绅士愣了一下；他甚至差一点把脸转向拉祖米欣，但总算及时地克制住了自己，赶紧又把脸对着佐西莫夫。

“这就是拉斯柯尼科夫。”佐西莫夫用头指了一下拉斯柯尼科夫，懒洋洋地说，然后他打了一个哈欠，不知怎的他大大地张开了他的嘴，并且过久地大张着嘴巴。最后他把一只手慢慢地插进背心口袋里，掏出一只很大的、鼓起的、带盖的金表，他把表打开，瞧了一眼，又慢慢地、懒洋洋地把表放回口袋里。

拉斯柯尼科夫本人一直一言不发地仰面躺在那儿，虽然脑子里空空如也，什么也没想，可是不住地瞪眼望着那位来客。现在他的脸不再对着墙上那朵奇异的花卉了，可是脸色十分苍白，流露出一副十分痛苦的表情，好像刚动过痛苦的手术，或者刚从刑讯室里放出来似的。但是进来的那位先生渐渐地引起他越来越大的注意，接着又引起他的狐疑，引起他的不信任，甚至好像引起他的畏惧。当佐西莫夫指着他说：“这就是拉斯柯尼科夫”时，他蓦地好像跳起来似的在沙发上迅速坐起，他坐在床上，用一种近乎挑衅的，但是断断续续的虚弱声音说道：

“是的！我就是拉斯柯尼科夫！您有什么事？”

客人将他仔细打量了一番，煞有介事地说：

“我是彼特·彼特罗维奇·卢仁。我非常希望，我的姓名您不是完全不知道吧。”

但是拉斯柯尼科夫所期待的完全不是这句话，他呆呆地、若有所思地望了望他，什么也没有回答，好像彼特·彼特罗维奇这个名字他是初次听到似的。

“怎么？难道说您到现在为止还没有得到任何消息吗？”彼特·彼特罗维奇感到有些不快地问道。

对这句话的回答是拉斯柯尼科夫慢慢地倒在枕头上，把两手放到脑后，开始望着天花板。这时卢仁的脸上露出扫兴的样子。佐西莫夫和拉祖米欣两人开始更加好奇地打量着他，最后他显然感到局促不安了。

“我以为，我估计，”他吞吞吐吐地说，“十几天以前，甚至差不多两个礼拜以前,寄出来的一封信……"

"我说,为什么您老站在门口呀?"拉祖米欣忽然打断了他的话,"如果您有话要讲,那就请坐吧。娜斯塔霞和您两个人站在那儿太挤了。娜斯塔休斯卡,让开点,让他过来!过来呀,给您一把椅子,坐这里!挤进来呀!"

他把他的椅子从桌子跟前拉开,在桌子和他的膝头之间留出一点空隙,虚席以待地等候客人"挤进"那条缝隙。他选择了这样一刹那,使人没法拒绝,所以那位客人就跌跌撞撞地匆忙从这窄小的空隙间挤了过去。他挤到椅子跟前,坐了下来,疑惑地望着拉祖米欣。

"不过,您也不必感到难堪,"拉祖米欣贸然说道,"罗佳已经病了四天了,今天是第五天,其中有三天处于昏迷状态,现在清醒过来了,甚至吃东西还吃得挺香。这是他的医生,刚给他看过病;我是罗佳的同学,以前也是个大学生,目前正在照看他;您对我们别介意,也别客气,要说什么您就接着说吧。"

"多谢您。不过我在这儿说话,不会打扰病人吗?"彼特·彼特罗维奇问佐西莫夫。

"不——不会的,"佐西莫夫懒洋洋地说,"甚至您还可以给他解解闷。"他说罢又打了一个哈欠。

"哦,他早就清醒了,打早上就清醒了!"拉祖米欣接着说,他那种不拘礼节的态度看上去十分憨厚纯朴,因此,彼特·彼特罗维奇想了想之后,提起了兴致,部分也许是因为这个衣衫褴褛、出言不逊的人自称是个大学生的缘故。

"令堂……"卢仁开始说。

"哼!"拉祖米欣大声清了清嗓子。卢仁疑惑地望了望他。

"没什么,我没什么;您说吧……"

卢仁耸了耸肩膀。

"当我还在她们那儿的时候,令堂就开始给您写了一封信。我到这儿以后,又故意拖延了几天没有来看您,以便有十足的把握知道您已经获悉了全部情况;现在,使我吃惊的是……"

“知道,知道!”拉斯柯尼科夫突然说道,满脸非常不耐烦、不快的表情,“就是您啊?未婚夫?唔,我知道!……别往下说了!”

这一下,彼特·彼特罗维奇可大为见怪了,但是他一声不吭。他竭力想弄明白这一切究竟是什么意思。片刻间,大家都没有说话。

拉斯柯尼科夫在回答的时候,本来朝他那边稍微转过了脸,现在忽然又用一种特别的十分好奇的眼光凝视着他,好像刚才他还没有来得及把他看清楚似的,又好像他身上有什么新东西使他感到惊愕:为此,他甚至特意从枕头上抬起点头来。的确,彼特·彼特罗维奇的整个外貌有一种特别之处,即某种似乎无愧于拉斯柯尼科夫方才那么没有礼貌地称呼他的“未婚夫”的称号。首先,可以看得出来,甚至十分明显的一点是,彼特·彼特罗维奇尽量利用在首都的几天时间,把自己打扮得衣冠楚楚,修饰得漂漂亮亮,以等待未婚妻的到来——这当然是无可非议和情有可原的。在这种情况下,他所意识到的,甚至他非常得意地意识到的自己外表上的焕然一新,也是可以原谅的,因为彼特·彼特罗维奇处在“未婚夫”的地位。他全身的衣服都是刚从成衣店里取出来的,除了太新、用意也太明显之外,一切都很完美。甚至那顶漂亮的、崭新的圆顶礼帽,也证明了这一目的:彼特·彼特罗维奇不知怎的对这顶礼帽非常看重,小心翼翼地把它拿在手里。那一副真正卢万①式的、精美的淡紫色手套也证明了这一点,只要看他不把手套戴上,而是拿在手里炫耀这一点,就可以一目了然了。彼特·彼特罗维奇的服装,大部分是淡的、年轻的颜色。他穿了一件好看的淡褐色夏季上装、浅色的薄料子裤和同样料子的背心、刚买来的轻软衬衣,一种最轻的细麻布做的有粉红色条纹的领带;而最好的是:这一切,彼特·彼特罗维奇穿起来都非常相称。他那容光焕发的,甚至可以说是漂亮的面孔,看上去本来就小于四十五岁。深色的连鬓胡子像两块牛排一样悦目地点缀在两边,在剃得发亮的下巴颏附近,浓密得非常优美。连他那在理发店里梳过、烫过、然而稍带斑白的头发,也并不使他的外表显得愚蠢可笑,虽然一般说来,烫过的头发总难免使人的脸像个正在

---

① 卢万是法国的一个手套制造商,他制造的手套以时新著名。

举行婚礼的德国人。如果说，在他那仪表堂堂、相当漂亮的面孔上真有那么点不讨人喜欢、叫人讨厌的东西，那也无非是出于别的原因。拉斯柯尼科夫毫不客气地向卢仁先生脸上打量了一番之后，恶狠狠地笑了笑，又往枕头上一倒，和原先一样望起天花板来。

但是，卢仁先生克制住了自己，好像他已决心暂时不去理睬这些古怪的行为。

"看见您在这种情况之下，我感到非常，非常惋惜，"他又开了腔，尽力打破沉默，"要是我知道您身体欠安，我就早些来看您了。可是您知道，俗事缠身啊！……而且我在枢密院还要办一件有关我律师事务的重要事情。且不说别的需要操心的事了，这些事您也猜得到。我时刻在等您家里的人——也就是令堂和令妹的到来……"

拉斯柯尼科夫动了一下，好像要开口说什么；他的脸上表现出有点激动的样子。彼特·彼特罗维奇停住了嘴，等了一会儿，但是因为毫无下文，便又接着说下去：

"……我时刻都在等她们来。我已经给她们找好了房子，让她们先住起来……"

"在哪儿?"拉斯柯尼科夫有气无力地问道。

"离这儿很近，巴卡列夫公寓……"

"那是在沃兹涅先斯克大街，"拉祖米欣打断了他的话，"那儿有两层改成了最低级的公寓，是一个姓尤申的商人开的。我到那儿去过。"

"是的，公寓……"

"糟透了：又脏又臭，而且是个可疑的地方；出过各式各样的事儿；而且鬼知道谁住在那儿……我自己就为了一桩丢脸的事到那儿去过。不过，价钱便宜。"

"我当然不可能知道这么多的情况，因为我自己也新来乍到，"彼特·彼特罗维奇多心地反驳道，"不过，有两个非常、非常干净的小房间，因为这也不过住一个非常短的时期……我已经找到了一间真正的屋子，就是说我们将来的住宅，"他向拉斯柯尼科夫转过脸去说，"现在正在装修；我自己也暂时挤在一家最低级的公寓里，离这儿只有两步远，是莉佩韦泽夫人开的，是我的一位年轻朋友安德列·谢苗诺维奇·列别加尼科夫的房间。巴卡列夫公寓就是他告诉我的……”

“列别加尼科夫？”拉斯柯尼科夫慢慢吞吞地说，好像想起了什么。

“是的，安德列·谢苗诺维奇·列别加尼科夫，在一个部里工作。您认识他吗？”

“是的……不……”拉斯柯尼科夫回答。

“对不起，我是因为您的问话才这么猜想。以前我当过他的监护人……是一个很可爱的年轻人……我一向喜欢同年轻人接近：可以从他们身上了解到一些新事物。”彼特·彼特罗维奇满怀希望地扫视了一下在座所有的人。

“您说的是哪一方面？”拉祖米欣问。

“在最严肃的，也就是说，在事情的最本质方面，”彼特·彼特罗维奇接着说，他对这个问题好像感到很高兴似的，“要知道，我已经有十年没到彼得堡来了。我们的一切新事物、改革、思想等等——也传到我们省里来了；可是要想把这一切看得更清楚一些，要想看到一切，就必须到彼得堡来。唔，我的想法是这样的，只要观察我们的年轻一代，就可以看到更多，知道更多。不瞒你们说：我很高兴……”

“高兴什么呢？”

“您的问题范围很广。也许我的想法错了，但是我认为，我发现了更明朗的见解，更多的所谓批评精神，更多的进取心……”

“这话也对。”佐西莫夫待答不理地说。

“你胡说！根本没有什么进取心，”拉祖米欣抓住了他的话柄，“进取心是很难有的一种东西，它是不会从天上掉下来的。我们和各种事业已经隔绝了将近二百年……各种思想看来倒是不少，”他对彼特·彼特罗维奇说，“追求善的愿望是有的，虽然是幼稚的；尽管在这里增加了数不清的骗子，但还是可以找到正直的行为，可就是没有所谓进取心。要有进取心又谈何容易。”

“我不同意您的看法，”彼特·彼特罗维奇反驳说，他分明很得意，“当然人们有迷恋，有谬误，但是不应当求全责备：迷恋说明对于事业的热情,也说明事业所处的那个外在环境的不正确。如果成就不多,那是因为时间也不长嘛。关于方法,我就不谈了。按照我个人的看法,也可以说,已经做了某些事情:已经传播了一些新的有益的思想,普及了一些新的有益的作品,代替了以前那些空想的浪漫主义的东西;文学有了比较成熟的色彩;许多有害的偏见已经根除,成了笑柄……简单地说,我们已经永不复返地将自己和过去割断了,照我看来,这就是一种成就……"

"老生常谈!卖弄。"拉斯柯尼科夫突然说。

"什么?"彼特·彼特罗维奇问,他没听清楚拉斯柯尼科夫的话,可是他没有得到回答。

"这些话都很正确。"佐西莫夫赶紧插嘴说。

"可不是吗?"彼特·彼特罗维奇接着说,他朝佐西莫夫愉快地瞟了一眼,"您应该同意,"他又向拉祖米欣说,但是脸上已流露出若干自命不凡的得意神气,就差没有加上"年轻人"这个称呼了,"有了大的发展,或者用现代的话来说,进步,哪怕就科学和经济学的真理而言……"

"陈词滥调!"

"不,这不是陈词滥调!比方说,如果过去有人对我说'要爱人',结果怎样呢?"彼特·彼特罗维奇接着说,也许说得太急了些,"结果是,我把我的外衣撕成两半,分给了别人,于是我们两人都光着一半身子,正如俄国谚语所说:'如果你同时去追几只兔子,结果一只也追不到。'可是科学告诉我们:首先爱你自己一个人,因为世界上的一切都建立在个人利益之上。如果只爱自己,你既可以把自己的事情办好,你的外衣也将保持完整。经济学的真理又补充说:在社会上,办得成功的私人事业越多,就是说完整的外衣越多,社会基础就越巩固,公共事业也就办得越好。因此,我单单只为我自己发财致富,我同时也似乎是为大家获得财富,使别人得到比撕破的外衣更多一些的东西,而这并不是私人的个别赐予,而是普遍繁荣的结果。这个想法很简单,可是不幸,很久以来都不能被人们所接受,它被狂热和空想遮没了,似乎不需要有很大的才智。就可以看出……"

"对不起,我也没有才智。"拉祖米欣不客气地打断了他的话,"所以咱们别谈了。要知道,我谈这些话是有目的的,可是这种自我陶醉的空谈,这种没完没了滔滔不绝的陈词滥调,一而再再而三地千篇一律,来回重复,三年以来已经使我厌恶透了,我敢发誓,不用说我了,一听到别人谈起这些,我就要脸红。您当然急于显露自己的博学,那是完全可以原谅的,我并不责怪您。现在我只想知道您是什么人,因为您知道,最近,有那么多三教九流的人都参加了共同的事业,他们为了自己的利益,把他们所接触到的一切都弄得面目全非,因此他们把整个事业都给糟蹋了。得啦,不谈了!"

"先生,"卢仁先生带着非凡的自尊龇牙咧嘴地开口说道,"您是不是想这样没有礼貌地说明,我也是……"

"哦,哪里,哪里……我怎么能呢! ……得了,不谈了!"拉祖米欣打断了他的话,然后突然把脸转向佐西莫夫,和他接着谈刚才他们谈的话题。

彼特·彼特罗维奇很识相地接受了这样的答复。他已拿定主意两分钟后离开这里。

"我们既然已经认识了,"他对拉斯柯尼科夫说,"我希望等您痊愈以后,依照您所知道的情况……我们以后的关系会更加密切……我祝您早日康复……"

拉斯柯尼科夫连头也没有转过去。彼特·彼特罗维奇开始从椅子上站起来。

"准是一个抵押过东西的人杀死的。"佐西莫夫肯定地说。

"准是一个抵押过东西的人。"拉祖米欣随声附和,"波尔费利不肯说出他自己的想法,不过对于抵押过东西的人他还在审问……"

"在审问抵押过东西的人吗?"拉斯柯尼科夫大声问道。

"是的,怎么啦?"

"没什么。"

"他在哪儿找到他们的?"

"柯赫供出了一些人;其他人的名字写在包东西的纸上;也有一些人一听说,就自己去了……"

“唔，那家伙准是一个诡计多端、经验丰富的坏蛋！多么大胆！多么果断！”

“恰恰不是那么一回事！”拉祖米欣插嘴说，“就是这个把你们统统弄糊涂了。我说，他既不诡计多端，也不经验丰富，也许他还是头一次干这种事儿！要说这是预谋的，这人是个狡猾的坏蛋，那就叫人难以置信了。如果说凶犯并没有经验，那结果就很清楚：仅仅是一个偶然的机会才使他侥幸逃脱，而机缘凑巧，有什么事办不成呢？话又说回来，也许他连困难也没有预料到！那么他是怎样作案的呢？他拿了一些价值一二十卢布的东西，把它们塞满了口袋，把老太婆箱子里的破衣烂衫乱翻了一阵——可是人家后来在五屉柜上面的抽屉的一个首饰盒里，找到了一千五百卢布现金，另外还有一些票据！他连抢劫都不会，他只会杀人！我告诉你：这是他第一次犯罪，管保是第一次；因此他慌了神！他所以能逃走，靠的是机会，而不是事先计划好的！”

“这好像是讲不久前谋杀一个老太婆，一个官吏的妻子的事。”彼特·彼特罗维奇插嘴对佐西莫夫说。这时他已经站起身来，把帽子和手套拿在手里，但是他想在离开以前再说几句聪明话。他显然想给人一个好印象，他的虚荣心战胜了他的明智。

“是的。您听说了吗？”

“可不是，街坊嘛……”

“您知道详细情况吗？”

“那我可不敢说；可是我所关心的是由此而产生的另外一种情况，也可以说整个问题。且不说，最近五年来，在下层阶级中犯罪增加了；且不说到处都不断地发生抢劫案和纵火案；我最奇怪的是，在上层阶级中，犯罪也同样在增加，可以说，相应地增加了。在一个地方，听说从前有一个大学生在公路上抢劫邮件；在另一个地方，又有一些社会地位很高的人在制造假钞票；最近在莫斯科，又逮捕了一批伪造最近发行的有奖公债的罪犯——有一个主犯还是世界史的讲师；在国外，我们大使馆的一个秘书被人暗杀了……为了金钱和颇费猜测的原因……如果那个放高利贷的老太婆是被一个社会地位较高的人谋杀的（因为农民不可能去抵押金器），那么我们社会中文明阶层的道德败坏又该如何解释呢？”

“经济上发生了很大变化……”①佐西莫夫回答说。

“该如何解释？”拉祖米欣质问道，“可以这样来解释：正是由于积习太深，太缺乏进取心。”

“这是什么意思？”

“在莫斯科，您说的那个讲师，别人问他，为什么他伪造公债，他回答说：‘大家都用各种方法发财致富，因此我也想快点发财。’原话我记不清了，反正他的意思就是希望毫不费力就能很快把钱白白弄到手！大家已经习惯吃现成饭，习惯依赖他人，让人把东西嚼碎了喂我们吃。唔，一旦那个伟大的时辰来到，每个人就都露出了他的本色②……”

“可是，话又说回来，道德呢？还有，可以这样说的话，原则呢……”

“您这么操心干什么？”拉斯柯尼科夫出乎意外地插嘴说，“它已经按照您的理论实现了。”

“怎么按照我的理论？”

“照您刚才鼓吹的那种理论，结果必定是可以杀人……”

“快别那么想！”卢仁叫道。

“不，这不对。”佐西莫夫提出异议。

这时，拉斯柯尼科夫躺在那儿，脸色苍白，上嘴唇在哆嗦，他费力地喘着气。

“什么事情都有个限度，”卢仁傲慢地接着说，“经济思想并不是邀请你去杀人，只是假设……”

“是不是真的？”拉斯柯尼科夫突然又一次打断了卢仁的话，他气得声音发抖，同时流露出一种无礼的喜悦，“是不是真的？在您得到您未婚妻……的同意之后，您对她说，您最高兴的是……她很穷……因为您认为最好娶一个出身贫寒的老婆，以便以后骑在她的头上驾驭她……数落她，说她受过您的恩惠，对吧？……”

---

① 指俄国在一八六一年取消了农奴制。

② 指一八六一年农奴解放以后，俄国资本主义迅猛发展，致使一些小地主和小贵族迅速破产，有些人则铤而走险。

“先生，”卢仁恶狠狠、怒冲冲地嚷了起来，他的脸憋得通红，窘态毕露，“先生……您曲解了我的意思！请原谅我，但是我不得不告诉您，传到您耳里的那个谣言，或者不如说给您捎来的那个传闻，连一点合理的根据也没有，我……怀疑有人……总而言之……这支箭……总而言之，令堂……在我看来，尽管她性格多么优雅，可是思想上多少有一些感情用事和浪漫主义色彩……不过我万万想不到她对于这件事会这样异想天开地加以曲解……而且最后……最后……”

“您听我说，”拉斯柯尼科夫叫道，他从枕头上抬起身子，用他那双锐利的、闪闪发光的眼睛直盯着他，“您听我说。”

“什么？”卢仁站住了，用一种受辱的、挑衅的神气等待着。沉默持续了几秒钟。

“要是您……胆敢再提到我的母亲……哪怕再提一个字……我就叫您滚下楼去！”

“你怎么啦？”拉祖米欣叫道。

“啊，原来如此！”卢仁的脸色刷地白了，他咬紧了嘴唇，“听我说，先生，”他一字一句抑扬顿挫地说道，一面竭力克制着自己，可还是气得上气不接下气。“刚才，刚一进门，我就看出您对我感到不快，可是我故意留下来不走，想多了解一点情况。对病人和亲戚，我是能够多多原谅的，可是现在……对您……永远休想……”

“我没有病！”拉斯柯尼科夫喊道。

“那就更不应该了……”

“给我滚！”

可是卢仁没有把话说完，就自己往外走了，他又从桌子和椅子之间挤过去；这一次拉祖米欣站了起来，让他走过去。卢仁谁也不瞅，就走了出去，甚至没有对佐西莫夫点一下头，虽然佐西莫夫早已在对他点头示意，要他别去理睬病人；当他弓着身子走出门的时候，特别小心地把礼帽举到跟肩膀一般高。在这种情况下，连他那个弯曲的脊梁似乎也表明他随身带走了十分严重的侮辱。

“你怎么能，怎么能这样？”拉祖米欣大惑不解地摇着头说。

"走开,大家都给我走开!"拉斯柯尼科夫发狂地叫道,"你们倒是给我走开呀,别再折磨我了!我不怕你们!我谁也不怕,现在我谁也不怕了!给我滚!我要一个人待着,一个人,一个人,一个人!"

"咱们走吧。"佐西莫夫向拉祖米欣点点头,说道。

"别这样,难道能够这样撇下他走吗。"

"咱们走吧!"佐西莫夫又执拗地重复一遍,走了出去。拉祖米欣踌躇了一下,也跑去追他。

"如果我们不依着他,也许会更糟的,"走在楼梯上的时候,佐西莫夫说,"决不能惹他生气……"

"他究竟怎么啦?"

"只要能把他往正道上推一下,那就好了!刚才他已经好多啦……你知道,他一定有什么心事!一定有一个抛不开、使他苦恼的心事……我最怕的就是这个;一定是这样!"

"那也许就是彼特·彼特罗维奇吧!从他们的谈话里可以听出,他要娶他的妹妹,罗佳生病以前接到一封信,里面提到过这件事情……"

"是的,魔鬼偏偏现在把他给送来了;他也许会把事情完全弄糟的。你有没有注意到,他对一切都漠不关心,对什么都装聋作哑,只有一件事使他激动起来——就是那个谋杀案……"

"不错,不错!"拉祖米欣接口说,"我也注意到了。他对这件事既关心,又害怕。在他生病当天,在警察局里,这件事吓着了他;他昏了过去。"

"今天晚上,请你把这件事情再详细点讲给我听听,然后我也要告诉你一件事。我对他很感兴趣,非常感兴趣!半小时后,我再来看他一次……不过,炎症是不会有的……"

"谢谢你!那时我在巴珊卡那儿等你,我会通过娜斯塔霞去观察他……"

拉斯柯尼科夫一个人的时候,用一种不耐烦、苦恼的神情望着娜斯塔霞;可是她还是迟迟不走。

"你现在想喝茶吗?"她问。

"过一会儿！我想睡觉！你出去吧……"

他痉挛地把脸转向墙壁；娜斯塔霞出去了。

## 6

但是她刚出去，他就爬了起来，用门钩把门扣上，打开拉祖米欣刚才带来的和由他重新包上的那包衣服，开始穿起来。说也奇怪：他好像忽然变得很沉着；既不像刚才那样性情乖张地胡说八道，也不像最近几天那样吓得张皇失措。这是他第一次如此镇定，怪异而突然。他的动作准确，有条有理，而且表现出坚定的意图。"今天就得办，今天就得办！……"他嘟嘟囔囔地自言自语道。他固然明白他的身体还很虚弱，但是，已经发展到沉着，发展到意识坚定的极端强烈的内心紧张，给了他力量和自信；话虽这样说，他还是希望他走到大街上时不致跌倒。他从头到脚穿上新衣服以后，便朝放在桌上的钱瞟了一眼，想了想，把钱放进了衣袋。一共是二十五卢布。拉祖米欣用十个卢布买衣服找回的五戈比铜币，他也带着。然后轻轻地摘下门钩，走出房间，在下楼时，他又向那敞开着的厨房瞥了一眼：娜斯塔霞背朝着他，正弓着身子在帮女主人吹旺茶壶下的火。她什么也没听见。又有谁想得到他会出去呢？一分钟后，他已经在大街上了。

那时是八点钟左右，太阳正西沉。跟先前一样闷热；但是他贪婪地吸了一口这恶臭的、充满灰尘的、被城市污染了的空气。他的头开始有些发晕；但忽然在那发红的眼睛里和憔悴、苍白枯黄的脸上，闪现出一股蛮劲。他不知道，也不去想，自己正在往哪儿走；他只知道一点："这一切，今天就必须结束，一劳永逸地结束，立刻结束；不结束这件事我决不回家，因为我不愿意这样活下去。"怎样结束？用什么方法结束呢？他一点主意也没有，甚至不愿去想它。他竭力把思想赶走，因为思想在折磨着他。他只感觉到，只知道：必须改变一切，不是这样，就是那样，"反正不管怎样。"他怀着不顾一切、不能动摇的自信和决心一再重复这句话。

他依照老习惯,沿着平常散步的方向一直朝干草市场走去。离干草市场不远的地方,有一个黑头发、年轻的流浪乐师正站在一家小杂货铺门前的马路上,用手摇风琴摇着一支非常伤感的抒情曲。他正为站在他前面便道上的一个姑娘伴奏,那姑娘大约十五岁,打扮得像个小姐似的,身穿蓬裙,肩披短斗篷,两手戴着手套,头上戴着一顶插有火红色羽毛的草帽;这些东西都是陈旧破烂的。她正在用街头卖唱那种颤动而又相当悦耳和有力的声音唱一支抒情曲,指望那家商店能赏给他们两戈比。拉斯柯尼科夫在三两个听众旁边停住脚步,听了一会儿,然后掏出一枚五戈比铜币,塞到那姑娘的手里。她正唱到最动人、最高亢的地方,忽然戛然而止,停住不唱了,暴躁地对摇手风琴的人喊道:“行了!”于是他们俩就不慌不忙地向前走去,到下一家商店去了。

“您喜欢听街头歌唱吗?”拉斯柯尼科夫突然对一个刚才和他一起站在手摇风琴旁的上了年纪的过路人说,那人的外貌像游手好闲的人。那人怪模怪样地望了他一眼,很惊讶。“我喜欢,”拉斯柯尼科夫接着说,但是他的样子却好像在谈一件跟街头卖唱根本没有关系的事,“我喜欢在寒冷、阴暗、潮湿的秋天晚上听手摇风琴伴奏下的歌唱——一定得是潮湿的晚上——那时所有行人的脸都白里透青,带有病容;要么,没有风,湿漉漉的雪花一直往下落,那就更好了,您懂得我的意思吗?而煤气街灯则透过雪花在闪闪发光……”

“我不懂……很抱歉……”那位先生喃喃地说,拉斯柯尼科夫的问话和他那种奇怪的样子吓了他一跳,他穿过大街到另一边去了。

拉斯柯尼科夫一直向前走去,来到干草市场的那个角落,就是那天有一个小贩和他老婆跟丽莎维塔谈话的地方;可是现在他们不在。他认出了这个地方,便站住了,他四下望了望,然后跟一个正站在一家面粉店门口发呆、穿红衬衫的年轻人攀谈起来。

“是不是有一个小贩跟他老婆在这儿拐角上做买卖?”

“做买卖的多的是。”小伙子傲慢地朝拉斯柯尼科夫打量着,回答道。

“他叫什么名字?”

“施洗礼的时候给他起什么名字,就叫什么名字。”

“你也是扎莱斯克人吗？是哪一省的？”

小伙子又瞧瞧拉斯柯尼科夫。

“我们那儿不是省，先生，是县。我哥哥出门了，我留在家里，所以我不知道……对不起，先生，请多多包涵！”

“楼上是一家饭馆吗？”

“是一家饭店，还有台球房；连公主都能碰到……好极了！”

拉斯柯尼科夫穿过广场。那儿拐角上站着密密层层的一大群人，全是庄稼汉。他挤进了最密的人丛，望着人们的脸。不知为什么，他想跟每一个人都说说话，但是那些庄稼汉不理他，他们一帮子、一伙子地聚在一起，嗡嗡地吵嚷个不休。他站着想了一会儿，然后向右拐，顺着人行道，向B大街的方向走去。一走出广场，他就来到一条小巷里……

以前他也常常穿过这条短短的小巷，这条弯曲的小巷从广场通到花园街。最近，每当他闷闷不乐的时候，就很想到这一带来闲逛，“以便使心绪更加恶劣”。现在他却什么也没想，就走了进去。这儿有一幢高大的房子，里面全是酒馆和饭店；不断地有女人从这座房子里跑出来，家常打扮，不戴帽子，不包头巾，光穿着连衣裙，就像“到邻居家串门”似的。有两三处地方，她们三五成群地聚在人行道上，主要是聚在楼房底层往下走的地方，从那儿走下一两级台阶，就可以进入各种叫人十分开心的娱乐场所①。这时，其中一处，正传出一片震动全街的敲击声和喧哗声，吉他在丁丁冬冬地乱弹，有人在唱歌，十分热闹。一大群女人挤在一家门口；有的坐在台阶上，有的坐在人行道上，还有一些人站在那儿聊天。旁边马路上，有一个喝醉酒的兵士在闲逛，他叼着一根烟卷在大声骂人，他好像要走进什么地方去，可是又好像忘了到底要到哪儿去。一个破衣烂衫的人跟另一个破衣烂衫的人正在吵嘴，一个喝得烂醉如泥的人横躺在马路正中。拉斯柯尼科夫在一大群女人旁边停了下来。她们正在用沙哑的声音说着话；那些女人都穿着印花布连衣裙和山羊皮鞋，没有戴帽子，也没有包头巾。有的已经四十多岁，有的还不到十七岁，几乎每个人的眼圈都

---

① 指妓院。

黑黑的。

不知为什么他被下面传出的歌声和这种敲击声与喧闹声所吸引……从那儿可以听到,在哈哈大笑和尖声怪叫中,有人在疯狂地跳舞,随着曲调十分快活的尖细假嗓子和吉他的伴奏,用鞋后跟打着拍子。他专注地、忧郁地、沉思地听着,在门口弯下腰去,好奇地从人行道上往过道里张望着。

我英俊可爱的警察老爷,
可不要无缘无故地打我!——

歌手的尖嗓子在婉转歌唱。拉斯柯尼科夫极想听清楚唱的是什么,好像所有事情都在于能否听清这首歌似的。

“我进去不进去呢?”他想,“他们在哈哈大笑!喝醉了。我也去喝个酩酊大醉好不好呢?”

“您不进去吗,亲爱的老爷?”一个女人问他,她说话的声音相当清脆,还没有完全沙哑。她很年轻,甚至不叫人讨厌——这是这群女人中唯一的一个。

“瞧,真漂亮。”他微微伸直了腰,望了望她,答道。

她嫣然一笑;她非常喜欢这句恭维话。

“您也漂亮极了。”她说。

“多瘦啊!”另外一个女人粗声粗气地说,“您刚从医院里出来吗?”

“看上去,倒像是将军的闺女,可惜都是些翘鼻子。”一个刚走过来、微带醉意的乡下人突然插嘴说。他身穿一件宽大的外衣,敞着怀,丑脸上露出狡猾的笑容。“瞧,多开心哪!”

“既然来了,就进去吧!”

“我进去!宝贝儿!”

他跌跌撞撞地走了下去。

拉斯柯尼科夫向前走去。

“听我说,老爷。”姑娘在背后喊他。

“什么事?”

她难为情起来。

“哦,好老爷,什么时候我都乐意陪您玩几个钟头,现在不知怎的见了您我就没羞没臊的。可爱的情郎,给我六个戈比喝杯酒吧!”

拉斯柯尼科夫把手伸进衣袋,掏出三个五戈比的铜币,统统给了她。

“啊,这位老爷心肠多好!”

“你叫什么名字?”

“你找杜克丽达好了。”

“不,这太不像话了,”忽然间人群中有一个女人对杜克丽达摇着头说,“我真不知道,你怎么能那样向人要钱!我呀,我会臊得恨不得钻进地缝里去……”

拉斯柯尼科夫好奇地望着那个说话的女人。这是个三十岁左右的麻脸姑娘,一脸青伤,上嘴唇有点肿。她在说话和指责别人的时候,神态安详,态度严肃。

“我在哪儿读到过,”拉斯柯尼科夫一面往前走,一面想,“我在哪儿读到过,①有一个被判死刑的人,在他被处决前一个钟头,说过或者想过,如果他不得不生活在一个高耸的悬崖上,在一块狭小得只有立足之地的崖面上,周围是无底的深渊、海洋、永恒的黑暗、永恒的孤独和永恒的狂风暴雨,如果他不得不站在那只有一俄尺大小的地方,站一辈子,站一千年,以至永远——这样活着,也比立刻死去要好!只要能活着,活着,活着!不管怎样活下去——只要能活着!……这话多么对啊!天呀,多么对啊!人是卑鄙的!”过了一会儿,他又补充了一句,“认为人卑鄙的那个人,他本人也是卑鄙的。”

他走到另一条街上。“哦!‘水晶宫’!拉祖米欣刚才还提起‘水晶宫’哩。但是我究竟要干什么呢?是的,看报……佐西莫夫说,他从报上看到……”

“有报纸吗?”他走进一家整洁宽敞的饭馆里,问道。这家饭馆有几间屋子,但是相当空。两三个客人正在喝茶;在较远的一间屋子里,有四

① 指法国作家雨果的《巴黎圣母院》。

五个人坐在一起喝香槟酒。拉斯柯尼科夫觉得扎梅托夫好像也在这些人中间。可是因为离得远,看不清楚。

“在就在吧!”他想。

“要伏特加吗?”跑堂的问。

“给我一杯茶。拿几份报纸来,要旧的,最近四五天的都要;我会给你酒钱的。”

“是,先生。这是今天的报纸。伏特加也要吗?”

旧报纸和茶送来了。拉斯柯尼科夫坐下来开始找:“伊兹勒①—伊兹勒—阿兹德克人②—阿兹德克人—伊兹勒—巴尔托拉—马西莫—阿兹德克人—伊兹勒……呸,真是活见鬼!啊,这儿有几条消息:一个女人从楼梯上摔下去——一个小商人因酒丧命—沙滩失火—彼得堡岛③失火—又是彼得堡岛失火—又是彼得堡岛失火—伊兹勒—伊兹勒—伊兹勒—伊兹勒—马西莫……哦,在这里……”

最后他好不容易找到了他要找的消息,便读起来。一行一行字在他眼前跳跃着,但是他把全部“报道”都读完了,又开始在以后几天的报纸上急切地寻找最近的补充新闻。翻报纸的时候,他的两只手在焦急不安和迫不及待的心情下一个劲地哆嗦。忽然有一个人在他身旁坐下,坐在他桌子跟前。他抬头一看,原来是扎梅托夫,他还是那副模样,手上戴着戒指,衣服上挂着表链,拳曲的黑头发分在两边,抹了发油,穿着漂亮的背心、稍微有点破旧的常礼服和不大干净的衬衣。他的心情很好,起码他很高兴、很和蔼地微笑。因为喝了香槟酒,他那黝黑的脸上微微泛出了红晕。

“怎么!您在这儿?”他惊讶地开口问道,就好像他跟拉斯柯尼科夫已经认识一辈子似的,“昨天拉祖米欣还跟我说您依旧昏迷不醒呢。真

---

① 当时彼得堡郊外著名的“矿泉”乐园的老板。

② 当时在彼得堡展出两个侏儒——少年马西莫和少女巴尔托拉,据说他们是墨西哥阿兹德克人的后裔。

③ 彼得堡的一个区,与彼得堡市中心仅一水之隔。那里大部分是木头房子,因此经常失火。

奇怪！要知道,我去看过您……”

拉斯柯尼科夫知道扎梅托夫会走到他身边来的。他把报纸放在一边,掉转脸去对着扎梅托夫。嘴上露出一丝冷笑,冷笑里含有一种新的焦躁和不耐烦。

“我知道您去过,”他回答说,“我听说了。找我的袜子……您知道拉祖米欣对您佩服得五体投地吗？他说,他跟您一起到拉薇莎·伊凡诺夫娜那儿去过,您知道,就是那一天,为了她,您对那个炸药中尉一个劲儿递眼色,可是他怎么也不懂,您记得吗？怎么会不懂呢——这是很明显的事嘛,是不是？”

“他真爱瞎闹！”

“炸药吗？”

“不,您的朋友拉祖米欣……”

“扎梅托夫先生,您的日子过得不错呀;可以不花钱到最开心的地方①去。刚才又是谁给您斟香槟酒来着？”

“我们是……一起喝酒……不就得斟酒吗？！”

“酬劳嘛！您可以享受一切！”拉斯柯尼科夫笑了起来,“没关系,好小子,没关系！”他拍了拍扎梅托夫的肩膀,又加了一句,“我这样说,并无恶意,‘完全是因为要好,闹着玩儿’,就跟那个老太婆案子里那个工人揍米季卡的时候说的那样……”

“您怎么知道的？”

“我也许比您知道的还多。”

“您这人真怪……您可能还病得很厉害。您不应该出来……”

“您觉得我怪吗？”

“是的。您这是在看报吗？”

“看报。”

“有很多失火的消息。”

“不,我看的不是失火的消息,”这时,他神秘地看了扎梅托夫一眼,

---

① 指彼得堡的妓院、酒馆。因为扎梅托夫在警察局工作,所以他可以到处白吃白喝。

嘴唇一歪，又露出讥讽的笑容，“不，我看的不是失火的消息，”他又重复了一句，对扎梅托夫使了个眼色，“可是，亲爱的年轻朋友，您得承认，您非常想知道我在看什么，对吧？”

“我一点也不想知道；我随便问问。难道不可以问吗？您为什么总……”

“您听着，您是个受过教育、学过文学的人，不是吗？”

“我在中学读到六年级①。”扎梅托夫有点自负地说。

“念到六年级！哎呀，你呀，我的小麻雀！留着中分头，戴着戒指——是个财主嘛！嘿，多么可爱的小伙子！”说到这里，拉斯柯尼科夫冲着扎梅托夫的脸神经质地哈哈大笑起来。扎梅托夫急忙躲开，与其说他生气了，不如说他吃了一惊。

“哎呀，这人真怪！”扎梅托夫一本正经地说，“我觉得您好像还在说胡话。”

“我说胡话？瞎说，小麻雀！……您说我怪，是不是？好，您对我感兴趣吗？嗯？感兴趣吗？”

“感兴趣。”

“就是说，您想知道，我看的是什么消息，找的是什么新闻，是吧？瞧，我叫他们拿来了多少报纸啊！很可疑，是不是？”

“好，您说吧。”

“你竖起耳朵了吗？”

“竖起什么耳朵？”

“以后我再告诉您竖起什么耳朵，现在呢，我最亲爱的朋友，我向您声明……不，不如说，‘我承认’……不，这也不对，应该说：我招认，您笔录，这就对啦！那我招认，我看，我关心……我在寻……我在找……”拉斯柯尼科夫眯起眼睛，等了一会儿，“我在找——我到这儿来，就是为了这事——我在找谋杀那个老太婆的新闻。”他把他的脸贴近扎梅托夫的脸，终于几乎像耳语似的说了出来。扎梅托夫目不转睛地望着他，一动不

① 当时的中学为七年制。

动，也不把脸躲开。过后，扎梅托夫觉得最奇怪的是，他们两个人你望着我，我望着你，一言不发地持续了足足一分钟。

“您看那个消息又怎么样呢？”他忽然莫名其妙和不耐烦地叫道，“这关我什么事？这跟我有什么相干？”

“这就是那个老太婆，”拉斯柯尼科夫听了扎梅托夫的喊叫，连动也没动一下，又耳语似的接着说，“您记得吗，就是在警察局里你们谈起她的时候，我昏过去了的那个老太婆。现在您该明白了吧？”

“这是怎么回事？什么……‘您明白’？”扎梅托夫几乎是惊慌失措地说。

拉斯柯尼科夫呆板而严肃的面容陡地变了样，他忽然又跟先前一样神经质地哈哈大笑起来，好像欲罢不能似的。蓦地，他想起不久以前的那一刹那，清楚得历历在目，那时他提着斧子站在门后面，门钩跳动着，站在门外的人破口大骂，想冲进门去，而他忽然想对他们大喝一声，跟他们对骂，对他们伸舌头，嘲笑他们，奚落他们，哈哈大笑，哈哈大笑，哈哈大笑！

“您要么是个疯子，要么……”扎梅托夫说——他突然停住了，好像忽然在他脑子里闪过的一个想法把他吓住了似的。

“要么？什么‘要么’？哼，什么呀？唔，讲呀！”

“没什么，”扎梅托夫愤然地回答说，“全是胡说八道！”

两个人都沉默起来，经过一阵突然发作的大笑之后，拉斯柯尼科夫忽然若有所思，抑郁不乐。他把胳膊肘支在桌上，用一只手托着头。他好像完全忘记了扎梅托夫。沉默延续了好一会儿。

“您为什么不喝茶？茶要凉了。”扎梅托夫说。

“啊？什么？茶？……哦，也好……”拉斯柯尼科夫从玻璃杯里喝了一口茶，把一小块面包放进嘴里，然后，突然瞅了瞅扎梅托夫，仿佛什么都想起来了似的，他好像突然惊觉了：他的面孔又恢复了最初那种讥笑的表情。他继续喝茶。

“近来这类诈骗案可太多啦，”扎梅托夫说，“不久前，我就在《莫斯科新闻》上看到，在莫斯科逮捕了一大帮制造伪币的骗子。他们有整整一个集团。伪造钞票。”

“哦,那是很久以前的事情了！我一个月以前就在报上看到了。”拉斯柯尼科夫平静地回答,“那么依您看,他们都是骗子吗?”他冷笑着补充了一句。

“怎么不是骗子?”

“他们?他们都是孩子,是黄口小儿,不是骗子！为了干那个勾当,他们集合了五十多个人,怎么会这么做?干这种事,三个人已经太多了,而且还要互相信得过,每个人对别人都得比对自己还要信任！不然,只要有一个人喝醉了,胡说出去,泄露了秘密,那就一切都化为乌有了！黄口小子！他们雇了一些不可靠的人到银行办事处去兑换钞票:能把这样的事托付给随便什么人去办吗?好,假定这些小子成功了,每个人换来一百万卢布,那么以后呢?一辈子怎么过呢?每个人一辈子都和别人牵连在一起！还不如去上吊呢！可是他们甚至连钞票也不会换:有一个人到办事处去兑换,拿到了五千卢布,他的手就发起抖来。他点了头四千,到最后的那一千,他连点都没有点就收下了。为的是把钱放进衣袋,赶紧逃跑。这样,就引起了怀疑。一切都叫一个笨蛋给弄坏了！难道可以这样做吗?”

“他的手发抖了吗?”扎梅托夫接口说,“不,这是可能的。不,我完全相信这是可能的。有时候会受不了的。”

“受不了这个吗?”

“您也许能受得了?不行,我可受不了！为了一百卢布的赏金去干这种可怕的事情！拿着假钞票——到哪儿去呢?——到银行办事处去,而认假钞票是那儿的人的拿手本领！不,我一定会觉得惶恐不安。难道您不会觉得惶恐不安吗?”

拉斯柯尼科夫忽然又非常想“吐舌头”。他的脊背有时感到一阵阵发冷。

“我可不会那样做,”拉斯柯尼科夫绕着弯子说,“我会这样去兑换:我要把第一个一千张钞票翻来覆去数上三四遍,把每一张都仔细看过。然后再去数第二个一千张,数到一半就停住,抽出一张五十卢布的钞票放在亮光下看,然后翻过来,再拿到亮光下看——看是不是假的?‘我担心，'我说，'我有一个女亲戚前两天就这样损失了二十五卢布。'接着我就把经过讲给他们听。开始点第三个一千张的时候，我就说：'对不起，我在第二个一千张里面好像把第七个一百张点错了，我有点怀疑。'于是我就扔下第三个一千张，回头去数第二个一千张——就这样数完五千。把全部数完以后，我从第五个一千张中抽出一张钞票，从第二个一千张中抽出一张钞票，拿到亮光下面，又做出疑神疑鬼的样子说，'请换换'，直到把那个账房弄得满头大汗，精疲力竭，不知道怎样把我摆脱掉才好！最后，一切都办完了，我走到门口，该打开门出去了吧——可是，不，对不起，我又回转去，问一个什么问题，或者要一个什么解释——要是我的话，我就那样做！"

"哎呀！您说的事多么可怕！"扎梅托夫笑着说，"不过，这些话都不过是空谈，您要是真去做的话，一定会张皇失措的。告诉您吧，依我看，不用说你我，即便是一个惯于此道、不顾死活的人，在这种事情上也不能为自己打包票。不用往远处说了——眼前就有一个例子：我们区里有一个老太婆被人谋杀了。凶手好像是个亡命徒，他在光天化日之下冒着一切危险，干这种事，单单靠奇迹才逃出去——即便这样，他的手还是发抖的：他连偷东西都不会，他受不了啦；从案情看得出来……"

拉斯柯尼科夫好像受到了侮辱。

"看得出来！那你们现在去抓他呀！"他幸灾乐祸地怂恿扎梅托夫说。

"那又怎么呢，会把他抓住的。"

"谁？您吗？您去抓住他？够您呛的！对您来说最重要的一件事是：这个人是不是在乱花钱？要是他本来没有钱，忽然随意挥霍起来——那怎么会不是他呢？像这样，就连一个小孩都会把您骗过的，如果他愿意的话！"

"他们本来就是这样做的嘛，"扎梅托夫回答，"一个人狡猾地杀了人，命都不要了，然后马上到酒店里去，就给抓住了。在他们花钱的时候抓他们。他们不都跟您那样狡猾。您当然是不会到酒店里去的，是不是？"

拉斯柯尼科夫皱起眉头，凝视着扎梅托夫。

“您好像尝到了甜头，您想知道，如果是我的话，会怎样做吗？”他不高兴地问道。

“我倒想知道。”扎梅托夫板着脸坚定地答道。不知为什么，他说话的神气和看人的目光都变得十分严肃。

“非常想知道吗？”

“非常想知道！”

“好。我会这样做，”拉斯柯尼科夫开口说，他又突然把脸凑到扎梅托夫的脸跟前，又凝视着他，又像耳语似的，这次竟使扎梅托夫打了个哆嗦，“我会这样做：我会把钱和东西拿走，从那里出来，哪儿也不去，马上走到一个只有围墙、几乎看不见人影的荒凉地方——一个菜园或者诸如此类的地方。我事先就在那个院子里看好了一块一普特①或者一普特半重的石头，这块石头可能从房子盖成那天起就躺在围墙边的一个角落里；我会把那块石头搬起来（石头底下一定有一个小坑）——我把东西和钱都放进那个小坑里。放进去以后，我就把石头推回原处，叫它看上去跟以前一样，我再用脚踩结实，然后走开。过一年、两年，甚至三年，我也不去拿——好啦，你们找去吧！一点线索也没有了！”

“您是个疯子！”扎梅托夫不知道为什么也几乎用耳语说道，并且不知道为什么他忽然从拉斯柯尼科夫的旁边躲开。拉斯柯尼科夫的眼睛灼灼发光，脸色白得可怕，上嘴唇抽搐了一下，颤动起来。他弯下腰去，尽可能近一些地挨近扎梅托夫，嘴唇翕动着，但没有发出一点声音；这样过了半分钟；他知道他在做什么，可是他控制不了自己，有一句骇人听闻的话在他的嘴唇上跳动着，就跟当时门钩在门上跳动一样：眼看就要脱口而出了，眼看那句话就要讲出来了，马上他就要说出口了！

“如果是我杀死了那个老太婆和丽莎维塔，那又怎么样呢？”他突然说了出来，但马上又清醒过来。

扎梅托夫惊异万分地看了看他，脸唰的一下白了，像块白桌布。他的

---

① 俄国重量单位，一普特等于一六点三八公斤。

脸一阵扭曲，形成一副苦笑。

“难道这可能吗？”他用低得几乎听不见的声音说。

拉斯柯尼科夫恶狠狠地望了他一眼。

“您干脆承认吧，您相信这话，是不是？对吧？您相信，对吧？”

“一点也不相信！我现在比任何时候都不相信！”扎梅托夫慌忙说。

“终于捉住了！把小麻雀给捉住了！既然您‘现在比任何时候都不相信’，那么您以前是相信的，对吧？”

“一点也不相信！”扎梅托夫嚷着说，他显然感到很难堪，“您吓了我一大跳，就是为了做出这个结论吗？”

“那么，您不相信喽？那么，我离开警察局以后，你们在背后议论我什么来着？我昏过去以后，为什么炸药中尉还要盘问我？喂，过来，”他站起身来，拿起帽子对跑堂的喊道，“多少钱？”

“一共三十戈比，”跑堂的跑上前来答道。

“这儿再给你二十戈比酒钱。瞧，有多少钱啊！”他把攥着几张钞票的颤抖的手向扎梅托夫伸去，“红票子，蓝票子，一共二十五卢布。哪儿来的？新衣服又是从哪儿来的呢？您不是知道我一个戈比也没有吗！你们大概传讯过我的女房东了吧……好，得啦！别再闲扯了！① 再见……但愿下一次见面将非常愉快！……”

他出去了，一种非常强烈的歇斯底里的感觉使他浑身发抖，在这种感觉中也掺杂着一部分不可抑制的快感——不过他脸色阴沉，而且疲惫不堪。他的脸扭曲了，就像刚发过病似的。他的倦意迅速增强。现在他的劲头随着最初的一阵冲动，随着最初的一股怒火突然迸发出来和涌现出来，但是又随着这种感觉的衰竭而急遽衰竭。

扎梅托夫独自一人留下来之后，还在原地方坐了很久，他沉思着。拉斯柯尼科夫无意中反转了他关于某一点的全部思想，并最终确定了自己的意见。

“伊利亚·彼特罗维奇是个糊涂虫！”他断然作出了结论。

---

① 原文是法文。

拉斯柯尼科夫刚打开通大街的门,就蓦地在台阶上与正往里走的拉祖米欣撞个正着。他们俩谁也没看见谁,仅一步之差,差点没撞着脑袋。两人彼此打量了一会儿。拉祖米欣惊讶得不得了,但是他的眼睛突然可怕地闪射出愤怒的光,那是真正的愤怒。

“哦,原来你在这儿!”他扯开嗓门大喊起来,“你从床上逃走了!我可连沙发底下都找过你!还到顶楼上去找过!为了你,我差一点没把娜斯塔霞揍一顿……原来你在这儿,罗吉卡①!这是什么意思?你说实话!你说呀!听见了吗?”

“因为你们全叫我烦得要命,我想一个人待着,就是这个意思。”拉斯柯尼科夫心平气和地回答。

“一个人?现在你还不能走路,你这副嘴脸苍白得像一块白布,你连气都喘不上来!傻瓜!……你在‘水晶宫’里干什么来着!马上坦白!”

“让我走吧!”拉斯柯尼科夫说着,想从他身边走过去。这可把拉祖米欣气疯了:他使劲抓住他的肩膀。

“让我走?你敢说‘让我走’?你知道我现在要怎样对付你吗?我要把你抱住,捆成一团,夹在胳肢窝底下,带回家去,锁起来!”

“听我说,拉祖米欣,”拉斯柯尼科夫轻轻地、显然十分平静地开口说道,“难道你看不出来。我不愿意接受你的恩惠吗?何苦对那些……瞧不起你恩惠的人施加恩惠呢?尤其是何苦对那些为此感到痛苦难当的人施加恩惠呢?我刚生病的时候,你为什么要找我?也许我非常乐于一死了之呢?难道我今天表白得还不够吗,我已经告诉过你,你在折磨我,我觉得你……讨厌!说真的,你何苦折磨人呢!老实告诉你,这一切严重妨碍我恢复健康,因为不断地惹我生气。你知道,刚才佐西莫夫走了,就是为了避免惹我生气。看在上帝的分上,你也别缠着我了!你有什么权力硬拦住我呢?难道你瞧不见,我现在说话时头脑完全是清楚的吗?我怎样才能,请你教教我,我怎样才能求你别再纠缠我,别再向我施恩惠呢?就算我忘恩负义,就算我生性下贱,只要你们大家看在上帝的分上别缠着

① 拉斯柯尼科夫的昵称。

我！别缠着我！别缠着我！”

他开始说的时候很平静，对于他准备倾泻出的那些恶毒的话，事先就感到沾沾自喜，但是说到最后，却异常激动起来，气喘吁吁，就同不久前跟卢仁说话时一样。

拉祖米欣站着想了一会儿，放开了他的手。

“滚，你见鬼去吧，”他轻轻地、若有所思地说，“站住，”拉斯柯尼科夫刚要走开，他又忽然咆哮起来。“听我说。我向你宣布，你们这些人，没有例外，都是说空话、吹牛皮的能手！你们要是遇见一点痛苦，就像下蛋的母鸡似的瞎咯咯。即使在这件事上你们也是鹦鹉学舌。在你们身上没有半点独立生活的影子。你们是鲸脑膏①捏的，你们的血管里流的是血清，不是血。你们这类人，我谁也不相信！在任何情况下，你们首先关心的，就是怎样做才不像个人！站—住！”看见拉斯柯尼科夫又想走开，他比刚才加倍愤怒地嚷了起来。“你听我说完！你知道，今天大家准备在我家里聚聚，庆祝乔迁之喜，现在大概已经来了，我把我的伯父留在家里（刚才我去看过了）招待来客。如果你不是一个傻瓜，不是一个庸俗的傻瓜，不是一个十足的傻瓜，不是一个假洋鬼子……你知道，罗佳，我承认你是一个聪明人，可你却是一个傻瓜！——如果你不是傻瓜，那么你今天还不如到我那里去度过一个夜晚，这比白白地磨坏你的靴子强多了！既然你已经出来了，那也没什么办法！我会给你弄一把软软的沙发椅——我的房东有，喝点茶，凑个热闹……要不行的话，我就让你躺在长沙发上——反正在我们中间躺一会儿……佐西莫夫也去。你来吧，好不好？”

“不。”

“胡—胡说！”拉祖米欣忍不住喊叫出来，“你怎么知道？你自己都不能对你自己负责！关于这，你什么也不懂……我曾经像这样跟人吵过一千次，后来又跑去找他们……感觉惭愧——又跑回去找那个人！记住，波钦科夫公寓，三楼……”

---

① 从抹香鲸的头颅中提炼出来的一种油膏，可药用，也可用于制造香料。这里的意思相当于中文的“用面团捏的”，意指拉斯柯尼科夫软弱，没有主见。

"拉祖米欣先生,为了从行善中得到乐趣,你也许情愿让别人揍你一顿吧。"

"揍谁?揍我!谁异想天开,我就拧掉他的鼻子,波钦科夫公寓,四十七号,文官巴布什金家……"

"我不来,拉祖米欣。"拉斯柯尼科夫转过身,走了。

"我敢打赌,你会来的!"拉祖米欣追在后面喊道,"你要是不来……我就从此不理你!喂,等一等!扎梅托夫在里头吗?"

"在。"

"你看见他了?"

"看见了。"

"说话了吗?"

"说了。"

"说些什么?算了,滚吧,不用告诉我了!波钦科夫公寓,四十七号,巴布什金家,记住!"

拉斯柯尼科夫走到花园街,拐了一个弯。拉祖米欣若有所思地望着他的背影,最后挥了一下手,走进房子,但走到楼梯中间,又停下来。

"他妈的!"他几乎出声地接着想道,"他说起话来倒很有道理,可是好像……我也是个傻瓜!难道疯子就不能说得很有道理吗?我觉得佐西莫夫怕的就是这个。"他用手指敲了一下脑门,"要是……现在怎么可以放他一个人走呢?他也许会淹死的……咳,我太大意了!不行!"于是他又转身跑回去追拉斯柯尼科夫,可是已踪影全无。他啐了一口,又马上回过头来,三步并作两步急忙到"水晶宫"去问扎梅托夫。

拉斯柯尼科夫一直走到B桥上,站在桥中间的栏杆旁,把两只胳膊支在上面,眺望着河面。跟拉祖米欣分手以后,他觉得自己衰弱到极点,勉勉强强才走到这里。他真想就在大街上找个地方坐下,或者躺下。他俯身在河面上,不由自主地望着落日的淡红色余晖,以及暮色四合中一排排逐渐黯淡下去的房屋;在河左岸,远远地有一家顶楼的窗户,在夕阳余晖下刹那间像是着了火似的发出红艳艳的光彩。他又望着运河黑黝黝的河水,仿佛很注意地凝视着。最后,红色的圆圈在他眼前旋转起来,房屋走动起来，行人、堤岸、马车——这一切都打起转来，在周围跳舞。忽然间他吃了一惊，大概由于一个奇怪而丑恶的幻象，才重新挽救了他，使他没有晕倒。他觉得有一个人站到他身旁；他一看，是个女人，个子高高的，头上包了一块头巾，一张黄瘦的长脸，一双深陷下去、通红的眼睛。她呆呆地望着他，可是分明她什么也看不见，谁也认不出来。忽然，她把右臂支在栏杆上，抬起右腿，跨过栏杆，再把左腿跨过去，纵身跳进了运河。混浊的河水被划成两半，刹那间把供品吞没了，但是过了片刻，那个投河的女人又浮到水面上来，顺流向下缓缓地漂去，她的头和腿泡在水里，背朝上，裙子在水面上鼓起来，像个枕头似的蓬得老高。

"有个女人跳河了！有个女人跳河了！"几十个声音一齐叫喊起来；人们都跑过来，河两岸站满了看热闹的，在桥头，在拉斯柯尼科夫周围聚集了一大群人，在他后面挤来挤去。

"哎呀，这不是我们的阿芙罗辛纽什卡吗！"不远的地方传来了一个女人哭哭啼啼的喊声，"哎呀，救救她吧！好心肠的先生们，把她救上来吧！"

"叫小船！叫小船！"人群嚷道。

不过小船已经不需要了：一个警察跑下台阶，跑到运河边，甩掉身上的大衣和靴子，跳进水里去了。不用费很大的劲：那个投河的女人被水漂到离台阶只有两步远的地方，他用右手抓住她的衣服，左手攥住一个伙伴递给他的竿子，那个跳河的女人马上被拉了上来。他们把她放在台阶的花岗岩石板上。她很快就醒了过来，支起身子，坐了起来，开始又是打喷嚏又是喷鼻子，毫无道理地用双手擦她的湿衣服。她一句话也不说。

"她喝酒喝糊涂了，哎呀，她喝酒喝糊涂了，"刚才那个女人已经站在阿芙罗辛纽什卡的旁边，哭号着说，"前几天她也想上吊，把她从绳子上救了下来。刚才我到小铺里去，留下个小丫头看着她——瞧，这就出事了！她是做小买卖的，大伯，她是做小买卖的，就住在附近，从边上数第二幢房子，就是那儿……"

人群散去了，警察还在跳河的女人身边忙碌着，有人大声提议到警察局……拉斯柯尼科夫一直带着一种漠不关心和无动于衷的奇怪感觉旁观着这一切。现在他觉得憎恶起来。“不,恶心……跳河……不值得,”他低声咕哝着,“不会有什么结果,”他又加上一句,“也没有什么可等的。警察局是怎么回事……为什么扎梅托夫不在警察局里?九点多钟警察局是办公的……”他转过身把背朝着栏杆,朝四下望。

“就这么办吧!也好!”他断然说。他离开那座桥朝警察局的方向走去。他心里又空虚又凄凉。他什么也不愿意想。甚至连苦闷的心情也过去了,他出门时要“把一切结束!”的那种毅力,现在连一点影子也没有了。取而代之的,是完全的冷漠。

“嗯,这倒也是一个办法,”他心里想,一面缓缓地、无精打采地沿着运河的堤岸走去,“不管怎样,我要结束它,因为我要这样……不过,这是一个办法吗?反正一样!有一俄尺大小的地方就行了——嘿!不过这又算什么结束呢!果真是结束吗?我告诉他们,还是不告诉他们呢?唉……见鬼!我累啦:要能快点找一个地方坐下,或者躺下,那多好啊!最可耻的是太愚蠢了。可是我也不在乎这个。哎呀,脑子里会生出多么愚蠢的念头啊!……”

到警察局去,需要一直往前走,在第二个拐角上再向左拐:到那里,警察局就近在咫尺了。但是他走到第二个拐角上时停住了,想了一会儿以后,就转到一条小巷里去,又绕了一个大弯,经过两条大街,他这样做也许毫无目的,也许想再延长哪怕一分钟,赢得一点时间也好。他眼睛望着地面往前走。忽然好像有人在他耳边低语。他抬起头来,发现他正站在那幢房子的大门口,从那天晚上以后,他就没有来过这儿,也没有打这门口经过。

一种不可抗拒、无法理解的冲动,驱使他走向前去。他走进了这幢房子,穿过门洞,然后进入右边第一个入口,开始顺着他熟悉的楼梯走上四楼去。又窄又陡的楼梯黑洞洞的。他走到每一个楼梯口时,都停下脚步,好奇地打量一番。在一楼的楼梯口,窗户框已经完全卸下来了。“那时候不是这样的。”他心里想。瞧,这就是二楼尼柯拉什卡和米季卡①干过

① 即油漆匠尼古拉和德米特里;这是他们两人的昵称。

活的那间屋子:“门是新刷过油漆的,已经锁上了;准是要出租。”接着他又上三楼……四楼……“这儿!”看到这间屋子的门大开着,他感到莫名其妙。屋子里面有人,可以听见他们说话的声音;这是他无论如何没有料到的。稍微踌躇了一会儿以后,他迈上最后几级楼梯,走进了房间。

这间屋子也在装修;里面有工人;这也似乎使他吃了一惊。不知为什么,他总以为一切会跟他离开的时候一模一样,甚至尸首也许还躺在地板上原来的地方。但是现在四壁空空,一件家具也没有了;真怪呀!他走到窗口,坐在窗台上。

屋子里有两个工人,都是年轻小伙子,一个年龄大一些,另一个比他年轻得多。他俩正在用画有紫花的、新的白色壁纸裱糊墙壁,以代替原来破旧不堪的黄壁纸。不知为什么,拉斯柯尼科夫非常不喜欢这样;他满怀敌意地望着这些新壁纸,好像看见一切变成这样,觉得很遗憾似的。

那两个工人显然因事耽搁了,此刻正匆忙地卷起纸,准备回家去。拉斯柯尼科夫的出现,几乎没有引起他们的注意。他们正在谈论什么。拉斯柯尼科夫抱起了胳膊听他们说话。

“她前几天一清早到我那儿去,”年长的工人对年轻的说,“很早,很早,浑身穿得漂漂亮亮。我说:‘你干吗在我面前那么温柔,你干吗在我面前那么卖俏?’她回答说:‘季特·瓦西列维奇,从现在起,我完全听您的了。’事情就是这样!她打扮得花枝招展——就像画报上一样,简直跟画报上一模一样!”

“大叔,画报是什么?”年轻的问。他显然经常向这位“大叔”请教。

“小兄弟,画报就是彩色图画,每礼拜六都从国外邮寄给这里的裁缝,告诉人们,谁应该穿什么样的衣服,男人穿什么样的,女人穿什么样的。都是些图。男人大多画的是穿腰部打褶的大衣,女人么,小兄弟,花里胡哨的①,衣服漂亮得没法说呢。”

“什么东西彼得堡没有哇!”年轻的一个心驰神往地大声说,“除了父母亲买不到,什么都有!”

---

① 原意为提台词的人。这是当时监狱中的一个切口和暗语,意指娼妓。

"小兄弟,除了他们以外,什么东西都可以找到。"年长的一个用教训的口吻肯定地说。

拉斯柯尼科夫站起身,走进另外一间屋子,那里以前放着小箱子、床、五屉柜;没有了家具,他觉得这间屋子显得小极了。壁纸还是原来的;墙角上放神龛的地方,在壁纸上留下了清晰的轮廓。他看了一会儿,然后又回到原来的窗前。年长的工人斜眼打量着他。

"您有什么事?"他忽然向他问道。

拉斯柯尼科夫没有回答,却站起身,走到过道里,抓住门铃,拉了一下。还是那个门铃,还是那个洋铁皮声音。他又拉了第二次,第三次;他倾听着,回忆着。他越来越鲜明、越来越清晰地回忆起当时那种又痛苦又可怕的丑恶感觉;门铃每响一下,他就哆嗦一下,同时,他心里却越来越愉快。

"你到底要干什么? 你是什么人?"那个工人出来,走到他面前,向他嚷道。拉斯柯尼科夫又走进门里。

"我想租一间屋子,"他说,"我瞧瞧。"

"夜晚不是租房子的时候;再说,你应该跟看门的一块儿来!"

"地板已经擦干净了,还要上油漆吗?"拉斯柯尼科夫接着说,"血没有了吗?"

"什么血?"

"有一个老太婆和她的妹妹被人杀死了。这里本来有一大摊血。"

"你是干什么的?"那个工人不安地喊道。

"我?"

"对。"

"你想知道吗? ……咱们到警察局去,我在那儿告诉你。"

两个工人莫名其妙地望着他。

"咱们该走了,已经很晚啦。走吧,阿廖什卡。要把门锁上。"年长的工人说。

"那么咱们走吧。"拉斯柯尼科夫冷淡地说了一句,他先走出了屋子,慢吞吞地下楼去。走到大门口的时候,他喊了声:"喂,看门的!"

有几个人站在这幢房子临街的入口处，望着来来往往的行人。那几个人是：两个看门的，一个乡下女人，一个穿大褂的工匠，另外还有几个人。拉斯柯尼科夫一径走到他们跟前。

“您有什么事？”一个看门的问。

“你到警察局去过吗？”

“刚去过。您有什么事？”

“那儿现在办公吗？”

“办公。”

“副局长在那儿吗？”

“他去过那儿。您有什么事？”

拉斯柯尼科夫不回答，只是站在他身旁，思索着。

“他来看房子。”年长的工人走过来说道。

“哪一间屋子？”

“就是我们干活的那套。他说：‘干吗把血洗掉了？这里发生过凶杀案，我是来租房子的。’他就拉起门铃来，险些把铃绳拉断。咱们到警察局去，他说，在那儿我统统招认。他老缠着我们。”

看门的狐疑不决地皱起眉头向拉斯柯尼科夫周身上下打量着。

“您是干什么的？”他吆喝道。

“我叫罗吉昂·罗曼诺维奇·拉斯柯尼科夫，以前是个大学生。我住在西尔公寓①第十四号房，就在这儿的巷子里，离这儿不远。你去问看门的……他认识我。”这些话，拉斯柯尼科夫都是用一种懒洋洋的、若有所思的声调说出来的，他没有把头转过来，只是凝视着黑魆魆的街道。

“您去那间屋子干什么？”

“看看。”

“有什么好看的？”

“把他抓起来，送到警察局去得了！”那个小手艺人突然插嘴说，说罢

① 从一八四七年二月至一八四九年四月，陀思妥耶夫斯基本人曾在西尔公寓里居住。一八四九年四月二十三日，他因彼特拉舍夫斯基一案而在此被捕。

又不作声了。

拉斯柯尼科夫回过头去,也斜着眼睛瞅了他一眼,专注地看了看,然后用同样微弱和懒洋洋的声音说:

"走吧!"

"把他抓起来!"那个小手艺人越发壮了胆,接口说道,"为什么他要提到**那件事**? 他在想什么? 嗯?"

"有没有喝醉,只有天知道。"那个工人咕哝着说。

"您到底有什么事?"看门的又嚷了一句,他真的开始发怒了,"你干吗老缠着我们不放?"

"你不敢到警察局去吗?"拉斯柯尼科夫嘲笑地对他说。

"有什么不敢的? 你干吗老缠着我们?"

"骗子!"那个乡下女人喊道。

"跟他有什么可说的,"另一个看门的喊道,这是一个身材粗大的庄稼汉,外套敞着,腰带上系了一串钥匙,"滚! ……真是个骗子……滚!"

他一把抓住拉斯柯尼科夫的肩膀,把他摔到大街上。拉斯柯尼科夫险些跌了个倒栽葱,但是没有摔倒,他伸直了腰,一言不发地瞅瞅周围所有的旁观者,又继续往前走去。

"怪人!"那个工人说。

"现在,人都变怪了。"那个乡下女人说。

"还是应当把他送到警察局去。"小手艺人补充道。

"没有必要跟他扯到一块儿,"那个粗壮的看门人断然说,"地地道道的骗子! 把他送到警察局去,他才求之不得呢,真要跟他扯上了,就扯不开了……我们可清楚得很!"

"到底是去呢,还是不去?"拉斯柯尼科夫想,他在马路当中停下,站在十字路口,朝四下里望着,好像期望有一个人向他说出最后决定似的。可是周围一点反响也没有;一切都死气沉沉,悄无声息,就像他踩过的石头一样,对他,对他一个人而言一切都死了……忽然,他发现远远地,在离他两百步远的街头,在越来越浓的暮色中,有一群人,可以听到谈话和叫喊的声音……在这群人中间停着一辆轻便马车……在大街中间闪烁着灯光。“什么事？”拉斯柯尼科夫往右一拐，朝人群走去。他似乎什么事都想过问，想到这儿，他不禁冷笑起来，因为他已经横了心，决定到警察局去，他清楚地知道，一切就要结束了。

## 7

一辆漂亮豪华的轻便马车停在马路当中，车前面驾着两匹烈性的灰色马；没有乘客，车夫已经从座位上爬下来，站在旁边；他抓住马笼头。周围挤了一大群人，站在最前面的是警察。一个警察手里提着一盏点着的提灯，正弯腰照着躺在地上车轮旁边的一件什么东西。人们在议论着，喊叫着，叹息着；车夫露出手足无措的样子，偶尔重复道：

“作孽啊！上帝，真是作孽啊！”

拉斯柯尼科夫拼命挤进去，终于看见了引起这阵骚动和好奇的目标。地上躺着一个刚才被马踩伤的人，看来已经失去了知觉，浑身是血。这个人穿得虽然褴褛，但却是“上等人”的装束。血从他的头上、脸上流下来；他的脸已经被踩坏了，满脸伤痕，都变了样。伤势显然很重。

“老天爷啊！”车夫哭诉道，“我还能怎样呢！又不是我赶车赶快了或者没有喊他，我赶得挺慢，不慌不忙的。谁都看见了：大家都可以为我作证。谁也知道，一个醉汉不会好好地走路的……我看见他东倒西歪地穿过马路，差一点摔倒。我喊了一次，两次，三次，又把马勒住了，可是他就这么摔到马蹄底下去了！也许他存心，要么就是他喝得太醉了……马还小，容易受惊……它们猛地一拉，他就喊叫起来——他一喊，它们就更……这样，就出了事啦。”

“确实是这样的！”人丛中有一个人证明。

“他喊过，一点不错，他喊了三次。”另外一个人证明。

“他足足喊了三次，大家都听见了。”第三个人嚷着说。

不过，车夫并不太沮丧，也不太害怕。看得出来，那辆马车属于一个有钱有势的人,他正在什么地方等那辆车驶去呢;警察当然煞费苦心,考虑怎样尽快让车夫脱身。必须把踩伤的人送到警察分局或医院去。但是没有人知道他的姓名。

这时拉斯柯尼科夫已经挤了进去,他把身子弯得更近一些。提灯突然照亮了这个不幸的人的脸;他认出了他。

“我认识他！认识!”他挤到前面喊道,“他是个官吏,丢了官的,九等文官马美拉多夫。他就住在这里,在附近,在柯舍尔公寓……赶快请一位医生来！我付钱,瞧!”说着,他从衣袋里掏出钱来,给警察看了看。他激动极了。

知道被踩伤的人是谁以后,警察很高兴。拉斯柯尼科夫也把自己的姓名、住址告诉了他们,如同事关自己的亲生父亲一样,他苦苦哀求警察把失去知觉的马美拉多夫赶快抬到他家里去。

“就在这儿,再过去三栋房子。”他张罗着说,“柯舍尔公寓,一个有钱的德国人的房子。他大概是喝醉了,现在正要回家去。我认识他……他是一个醉鬼……他在那儿有家,有老婆孩子,还有一个女儿。送到医院去还得等一会儿,那栋楼里一定有医生。我给钱,我给钱！……在家里好歹有自己人照料,马上可以抢救。要不还没送到医院,他就死了……”

他甚至把钱偷偷地塞进警察的手里;其实,事情明摆着,又合理合法,而且不管怎样,在这里抢救也近一些,于是他们就把被踩伤的人抬起来送去了;有几个人自愿帮忙。柯舍尔公寓离这儿只有三十步远。拉斯柯尼科夫跟在后面,小心翼翼地扶着马美拉多夫的头,一面给大家指路。

“打这儿走,打这儿走！上楼的时候,得让他头朝上;拐弯……这就对了！我付钱,我会谢你们的!”他嘟哝着说。

卡捷琳娜·伊凡诺夫娜跟往常一样,稍有空就立刻开始在她的小屋里前前后后地踱来踱去,从窗口走到火炉前,然后再走回去,两只胳膊交叉抱在胸前,一面自言自语,一面咳嗽。最近,她越来越喜欢跟自己十岁的大女儿波琳卡说话;波琳卡虽然有很多事情还不懂,可是她却十分明白妈妈需要她,所以她总是用她一双聪明的大眼睛注视着妈妈,竭力做出她什么都懂的样子。这时波琳卡正在替她那不舒服了一整天的小弟弟脱衣服,让他上床睡觉。那孩子正等着换衬衣,衬衣必须趁夜里洗出来,他挺直身子,一动不动,沉默而又神情严肃地坐在椅子上,两条小腿并得紧紧的,伸在前面,脚跟朝前,脚尖分开。他正噘着嘴,瞪着眼,一动不动地坐在那儿听妈妈和姐姐说话,就跟所有聪明的孩子让别人给他们脱衣上床的时候那样。一个穿得破烂不堪、比他还小的女孩子,站在屏风跟前,等着什么时候轮到她。通往楼梯的门是开着的,这样可以把从别的屋里涌进来的烟草烟雾多少放出去一点,那烟雾经常使这可怜的、害肺痨病的女人难受地咳个不停。这个星期以来,卡捷琳娜·伊凡诺夫娜好像更瘦了,她面颊上的红潮也烧得比以前更红了。

"你不会相信的,波琳卡,恐怕你连想也不会想到,"她一面在屋子里走来走去,一面说,"跟外公在一起的时候,我们过得多么快乐、多么阔气啊,而这个醉汉却把我毁了,他也会把你们大家都给毁掉的!外公是个文职上校①,差不多要当省长了;总共只差一小步,所以大家去拜访他的时候,都说:'伊凡·米海雷奇,我们已经把您当做我们的省长了!'当我……咳!当我……咳—咳—咳……噢,苦命哪!"她把痰咳出来,用手抓住胸口,叫道,"当我……唉,在最后一次舞会上……在首席贵族家……别泽梅利内公爵夫人看见了我……波莉娅②,后来我跟你爸爸结婚的时候,她还给我祝福来着——她马上问:'这就是在毕业典礼上跳披肩舞的那个漂亮姑娘吗?……'那个破了的地方要缝上,你去拿根针来,照我教给你的那样立刻给补上,不然明天……咳!明天……咳—咳—咳!……就扯得更—大了!"她吃力地喊道,"……当时宫廷侍从谢戈利斯科伊公爵刚从彼得堡来……他跟我跳了马祖卡舞③,第二天就想来向我求婚;但是我婉言谢绝了,告诉他我的心早已属于别人了。那个别人就是你爸爸,波莉娅;外公生气极了……水准备好了吗?把衬衫递给我,袜子呢?……莉达,"她对小女儿说,"你今晚上别穿衬衫了,凑合着睡吧……把袜子放在一边……可以一块儿洗出来……那个臭要饭的,那个醉

---

① 文职上校相当于四等文官,可以当副省长,而当省长必须是将军衔。

② 即波琳卡。波莉娅、波琳卡都是卡捷琳娜·伊凡诺夫娜的长女波琳娜的昵称。

③ 波兰舞蹈名。

鬼,怎么还不回来?他已经把衬衫穿得跟一块抹布一样,撕成破布条了……应该一块儿洗出来,省得连受两个晚上的罪!天啊!咳—咳—咳—咳!又咳上了!那是什么?”她看见过道里有一群人抬着一件东西正挤进她的屋子,不由得叫喊起来,“那是什么?他们抬的是什么?主啊!”

人们把浑身鲜血、不省人事的马美拉多夫抬进屋里后,一名警察朝四下望了望,问道:“把他放在哪儿?”

“放在沙发上!就放在沙发上,头朝这一边。”拉斯柯尼科夫指点着。

“他在大街上被马踩了!喝醉啦!”过道里有人嚷道。

卡捷琳娜·伊凡诺夫娜站在那儿,脸色苍白,气也喘不过来。孩子们都吓傻了。小莉多契卡①大叫一声,扑到波琳卡的怀里,紧紧搂着她,浑身哆嗦起来。

拉斯柯尼科夫张罗着把马美拉多夫放下以后,便急忙跑到卡捷琳娜·伊凡诺夫娜跟前:

“看在上帝分上,请您安静下来,不要害怕!”他急匆匆地说道,“他过马路的时候,被一辆马车轧了,不要着急,他会苏醒过来的。是我让他们把他抬到这儿来的……我到你们家来过,你记得吗……他会苏醒过来的,我来付钱!”

“把命赔上了!”卡捷琳娜·伊凡诺夫娜绝望地喊道,奔到丈夫跟前。

拉斯柯尼科夫立刻注意到,她不是一个马上就会晕过去的女人。别人还没有想到的时候,眨眼之间在那不幸的男人的头下就出现了枕头;卡捷琳娜·伊凡诺夫娜动手给他脱衣服,检查他身上。她忙忙碌碌地张罗着,并不慌乱,她把自己给忘了,她咬住发抖的嘴唇,忍住从胸口即将爆发出来的哭喊。

这时拉斯柯尼科夫说动了一个人去请医生。原来仅隔一幢房子,就住着一位医生。

“我派人去请医生了,”他反复地向卡捷琳娜·伊凡诺夫娜说,“别着

---

① 小莉多契卡即莉达。莉多契卡和莉达都是卡捷琳娜·伊凡诺夫娜的幼女莉吉娅的昵称。可是,从第四部第四章起,作者又把莉多契卡改称为廖尼娅。

急，我付钱。有水吗？……递一块餐巾或者毛巾给我，什么都行，快一点……还不知道他的伤势如何……请放心，他受了伤，但没有死……看医生怎么说吧！”

卡捷琳娜·伊凡诺夫娜跑到窗前；在墙角的一张破椅子上，放着一大瓦盆水，本来预备晚上用来给孩子们和丈夫洗衣服的。这种夜间洗濯是卡捷琳娜·伊凡诺夫娜亲手干的，每星期至少洗两次，有时候还要多些，因为一家人已经弄到几乎没有衣服可换的地步，每人只有一套衣服，而卡捷琳娜·伊凡诺夫娜又不能忍受肮脏，她宁愿等大家都睡着了，自己精疲力竭地干活干到深夜，以便把湿衣服挂在绳子上晾干，第二天早上让家里人穿上干净衣服，而不愿看到屋里邋邋遢遢的。她想把那盆水端起来拿给拉斯柯尼科夫，却险些和盆子一起摔倒。但是拉斯柯尼科夫已经找到了条毛巾，把它放在水里浸湿，开始将马美拉多夫血迹模糊的脸擦净。卡捷琳娜·伊凡诺夫娜双手按着胸口，站在一旁，痛苦地喘着气。她自己也需要治疗。这时拉斯柯尼科夫才开始明白，他大概做错了，不应该叫人把这个被踩伤的人抬到这里来。警察也站在那儿犹疑不决。

“波莉娅，”卡捷琳娜·伊凡诺夫娜叫道，“马上跑去找索尼娅，快。要是她不在家，就给她留个话，告诉她爸爸被马踩伤了，叫她一回去，就立刻到这儿来……快去，波莉娅！给你，围上头巾。”

“拼命跑！”小男孩坐在椅子上突然喊道，说完他又跟以前一样，一言不发、直挺挺地坐在椅子上，把眼睛睁得溜圆，脚跟朝前，脚尖分开。

这时候屋子里已经挤得水泄不通。警察都走了，只留下一个人，这个警察又待了一会儿，想把从楼梯上挤到屋里来的人再赶回楼梯上去。可是莉佩韦泽太太几乎所有的房客都从里屋涌了出来，先还挤在门口，后来索性成群结队地涌进屋里来。卡捷琳娜·伊凡诺夫娜气疯了。

“让他安安静静地死好不好！”她向所有的人喊道，“可找到戏看了！还吸烟！咳—咳—咳！干脆戴帽子进来吧！……那有个人戴着帽子……滚！至少你们也应该尊重死人啊！”

一阵咳嗽把她呛住了——可是她的威胁却起了作用。他们对卡捷琳娜·伊凡诺夫娜显然有几分害怕；那些房客们怀着一种奇怪的内心满足，一个接一个挤回门口去了。当不幸突然落到他人头上,甚至在最亲近的人们中间也常常可以发现这种心理;这种心理是任何人也免不了的,尽管他们抱着极其真挚的同情和恻隐之心。

不过门外边也有人谈论医院什么的,又有人说不应该在这里无端地打扰别人。

“死也不应该吗!”卡捷琳娜·伊凡诺夫娜叫道,她冲到门口去,想敞开门,对他们大发一通脾气,可是她在门口却碰见了莉佩韦泽太太。她刚听说这件不幸的事,就跑来发号施令。这是一个非常爱吵架、非常不负责的德国女人。

“哎呀,我的上帝!”她把手一拍,说道,“您的丈夫喝醉了,被马踩坏啦!快把他送到医院去!我是房东!”

“阿玛莉娅·柳德维戈夫娜①!请您想想,您这是什么话呀!”卡捷琳娜·伊凡诺夫娜傲慢地说,(她对女房东说话的口气一向很傲慢,这样可以叫她“记住自己的身份”,就在此刻,她也不放弃这种乐趣。)“阿玛莉娅·柳德维戈夫娜……”

“我以前告诉过您一回了,不准您叫我阿玛莉娅·柳德维戈夫娜。我是阿玛莉-伊凡!”

“您不是阿玛莉-伊凡,是阿玛莉娅·柳德维戈夫娜,因为我不像列别加尼科夫先生那样下流无耻地拍您马屁,此刻他正躲在门后笑哩(的确可以听到门外面有人在一面笑一面喊:“她们吵起来啦!”),所以我永远要叫您阿玛莉娅·柳德维戈夫娜,虽然我实在不明白您为什么不喜欢这个名字。现在您亲眼看见谢苗·扎哈罗维奇出了什么事:他快要死了。我请您马上把这扇门关上,别放任何人进来。至少让他安安静静地死去吧!不然的话,老实告诉您,明天省长大人就会知道您的行为。我当姑娘的时候,公爵就认识我,他也清楚地记得谢苗·扎哈罗维奇,曾经多次帮过他的忙。大家都知道,谢苗·扎哈罗维奇有许多朋友和靠山,他出于一

---

① 马美拉多夫一家的女房东。她的全名应是阿玛莉娅·伊凡诺夫娜·莉佩韦泽,但马美拉多夫称她为阿玛莉娅·费奥多罗夫娜,马美拉多娃则称她为阿玛莉娅·柳德维戈夫娜。

种高贵的骄傲，才自己跟他们断绝了来往，因为他自觉有这种不幸的弱点，不过现在（她指指拉斯柯尼科夫），已经有一位慷慨的年轻人来帮助我们，这位年轻人很有钱，交游很广，谢苗·扎哈罗维奇从小就认识他，您就放心吧，阿玛莉娅·柳德维戈夫娜……”

她的这些话说得简直快极了，而且越说越快，可是她那滔滔不绝的话忽然被一阵咳嗽打断了。这时那个垂死的人醒了过来，呻吟起来，于是她立刻跑到他跟前去。病人睁开了眼睛，懵然无知地凝视着站在他旁边的拉斯柯尼科夫。他深沉地、缓慢地、痛苦地喘着气；血从他的嘴角渗了出来；脑门上沁出了汗珠。他认不出拉斯柯尼科夫，只是不安地转动着眼珠。卡捷琳娜·伊凡诺夫娜用一种严厉而又悲哀的目光望着他，眼泪从她的眼里滚了下来。

“我的上帝！他的整个胸口都给踩烂啦！那么多血！那么多血！”她绝望地说，“得把他外面的衣服都脱下来。稍微转个身，谢苗·扎哈罗维奇，要是你能够的话。”她对他喊着说。

马美拉多夫认出了她。

“请神父！”他用嘶哑的声音说。

卡捷琳娜·伊凡诺夫娜退到窗前，把前额靠在窗棂上，绝望地喊道：

“哦，苦命哪！”

“请神父。”沉默片刻以后，垂死的人又说道。

“去—请—了！”卡捷琳娜·伊凡诺夫娜对他嚷道；他听从了她的喊叫，不再做声。他用胆怯、忧郁的目光寻找着她；她又走回来，站在他的枕头旁。他好像安心了些，可是这样并没有过多久。过了不大一会儿，他的目光又停留在他的爱女小莉多契卡身上，那时她正站在墙角里发抖，像在发病似的，她用她那孩子气的惊奇目光呆呆地望着他。

“啊……啊……”他焦灼不安地望着她。他想说什么。

“还有什么事？”卡捷琳娜·伊凡诺夫娜嚷道。

“光着脚，光着脚！”他用发狂似的目光望着那个女孩子的光着的小脚。

“别—说—话！”卡捷琳娜·伊凡诺夫娜怒气冲冲地嚷道，“你自己知道，她为什么光脚！”

“谢天谢地，医生来了！”拉斯柯尼科夫高兴地嚷道。

医生进来了，这位医生是个衣冠整齐的小老头，一个德国人，他一进门就用疑虑的神情东张西望；他走到病人跟前，按了脉，又仔细摸了摸头，然后又请卡捷琳娜·伊凡诺夫娜帮忙，解开了那件浸透了血的衬衫，把病人的胸部裸露出来。整个胸部被踩得不成样子了，踩坏了，踩烂了，右边断了几根肋骨。左边，恰好在心脏上，有一个凶险的黄黑色的大伤痕，那里被马蹄狠狠地踩了一下。医生皱起了眉头。警察告诉他，这个受伤的人给车轮挂住，随着车轮的转动，在马路上又被拖了三十来步远。

“奇怪，他怎么还能苏醒过来。”医生轻轻地对拉斯柯尼科夫说。

“您看他怎么样？”他问。

“马上就死。”

“难道没有任何希望了吗？”

“一点希望也没有！他已经快咽气了……而且他头上的伤势也很危险……嗯。也许可以给放放血……不过……这也无济于事。过五分钟或者十分钟一定死。”

“那么最好还是放放血吧。”

“也行……不过我要告诉您，这是一点用处也没有的。”

这时又听到一阵脚步声。过道里的人群向两边闪开，神父，一位白发苍苍的小老头带着圣餐①在门口出现了。警察在事发时就跑去请他了。医生马上把位子让给他，同他交换了一个意味深长的眼色。拉斯柯尼科夫恳求医生再等一会儿。他耸了耸肩膀，待在原处。

大家都往后退了几步。不一会儿工夫，忏悔礼就举行完毕。垂死的人此刻未必能明白什么事情，他只能断断续续地发出一些含糊不清的声音。卡捷琳娜·伊凡诺夫娜拉着莉多契卡，把小男孩也从椅子上抱下来，走到墙角里的火炉旁边跪下，又叫孩子们跪在她前面。女孩子只是发抖，倒是那个光着膝盖跪在地上的男孩不慌不忙地举起小手，规规矩矩地画

① 即面饼和葡萄酒，据基督教信仰，这象征着耶稣的肉和血。

着十字，把前额触到地板上磕头，看来，这使他感到很好玩。卡捷琳娜·伊凡诺夫娜咬着嘴唇忍住眼泪；她也在做祷告，偶尔把男孩子的衬衫拉平，并且既没有站起来，也没有停止做祷告，就顺手从衣柜里取出一条披肩来，围在小女孩子裸露的肩膀上。这时里屋的那扇门又不断地被爱看热闹的人打开。过道里看热闹的人也越挤越多，这条楼梯上上下下的人都跑来了，但是没有人敢跨过房间的门槛。只有一小段蜡烛头照亮这整个场面。

这时，跑去找姐姐的波琳卡急急忙忙地从过道里穿过人群挤了进来。她跑得气喘吁吁，一进门就取下头巾，一看到母亲，便走到她跟前，说："来啦！在大街上碰见的！"她母亲拉她跪在自己的旁边。一个女郎怯生生、不声不响地从人群中挤了进来。在这间屋子里，在贫穷、褴褛、死亡和绝望之间，她的突然出现显得很奇怪。她穿得也很破旧；全是些便宜货，可是她却按照她那特殊行业的趣味和规矩，为了明显的可耻目的，把自己打扮得花枝招展。索尼娅在过道门口停住了脚步，但是没有跨过门槛，她惘然若失地望着周围的一切，仿佛什么也没有意识到，忘记了这个四手货：那件俗露的丝质洋装，在这里看起来很不成体统，裙衣后面还拖了一条使人发笑的极长的尾巴①，以及那个把门都塞满了的庞大无比的大篷裙，忘记了她那双浅色的皮鞋，也忘记了那一把在晚上用不着、却仍拿在手里的小阳伞，以及那顶插着鲜艳火红色羽毛的可笑的圆顶草帽。在这顶像孩子似的歪戴在头上的草帽下面，是一张苍白、受惊的小脸，一个张着的嘴，两只惊呆了的眼睛。索尼娅大约十八岁，个子很瘦小，但金发碧眼，长得相当好看。她目不转睛地望着床，望着神父；她也是跑得气喘吁吁的。最后，人群中的窃窃私语和有些话大概被她听见了。她低下头去，向前走了一步，迈过门槛，跨进屋内，可是仍然站在门口。

忏悔和圣餐式②完毕了。卡捷琳娜·伊凡诺夫娜又走到丈夫的床铺跟前。这时神父退到一旁，临走之前，对卡捷琳娜·伊凡诺夫娜说了几句

---

① 这种式样的衣服在三十年代末就已过时，本书写作时已是六十年代，所以看起来十分可笑。

② 基督教的一种仪式，由神父分发面饼和葡萄酒，以纪念"受难"的耶稣。

临别赠言和安慰的话。

“这些孩子叫我怎么办呢?”她指着几个小孩,激怒地厉声打断了他的话。

“上帝是仁慈的;依靠至高无上的神的帮助吧!”神父说。

“哼! 仁慈,可是却不顾我们。”

“这样说是罪过的,太太。”神父摇着头说。

“难道这不是罪过吗?”卡捷琳娜·伊凡诺夫娜指着垂死的人嚷道。

“那些无意中造成事故的人,也许会同意赔偿您的损失,至少是收入方面的损失……”

“您不明白我的意思!”卡捷琳娜·伊凡诺夫娜愤怒地挥了一下手喊道,“为什么要赔偿损失? 是他自己喝醉了,摔到马蹄下面去的! 什么收入? 他没给过我们什么收入,只给我们带来痛苦。他这个醉鬼把什么东西都喝光啦! 他偷走我们的东西,全送到酒馆里去了,他在酒馆里把他的一生和我的一生都给毁了! 谢天谢地,他要死啦! 损失也可以减少一点啦!”

“在临死时应该饶恕,太太,这是罪过,这种情绪是很大的罪过。”

卡捷琳娜·伊凡诺夫娜在病人身旁忙碌着;她端给他水喝,擦去他头上的汗和血,帮他把枕头放好,只是偶尔在百忙中转过身来跟神父讲几句话。现在她突然发狂似的对他发起脾气来。

“啊,神父! 您讲的都是废话,废话! 饶恕! 今天,要是他没有给马车轧着,准是喝得醉醺醺地回来,他身上只有一件衬衫,穿得又脏又破,他一定倒下去睡得像个死人似的,我呢,直到天亮还在水里洗呀涮呀,洗他的和孩子们的破衣服,然后再挂在窗外晾干,天一亮,我还得立刻坐下来补衣服——我的一夜就是这样过的! ……还谈什么饶恕不饶恕? 就那样,我也饶恕了!”

一阵猛烈可怕的咳嗽把她的话打断了。她朝手帕里吐了一口痰,然后把手帕拿给神父看,另一只手痛楚地捂着胸口。手帕上布满了血……

神父低下头去,一句话也没说。

马美拉多夫已经奄奄一息;他的目光始终盯住卡捷琳娜·伊凡诺夫

娜的脸，这时她又弯腰俯视着他。他老是想对她说什么；他本来想开口了，费了很大的力气动了动舌头，说出了一些含糊不清的话。可是卡捷琳娜·伊凡诺夫娜明白，他想请求她的饶恕，她马上不容分说地对他喊道：

“闭—嘴！用不着！我知道你想说什么！……”于是病人闭上了嘴，可是就在这一刹那，他那游移不定的目光落到门口，他看见了索尼娅……

在这以前，他一直没有注意到她，她站在一个角落里，站在暗处。

“那是谁？那是谁？”他忽然万分惊慌地用上气不接下气的沙哑声音说道，他将恐惧的目光投向他女儿站着的房门，竭力想支起身子来。

“躺着！躺—着！”卡捷琳娜·伊凡诺夫娜嚷道。

可是他终于使出非同寻常的气力，用胳膊把身子撑了起来。他疯狂地、直愣愣地望了女儿一会儿，仿佛不认识她似的。他还从来没有看过她穿这样的衣服。忽然他认出她来了，她是那样横遭屈辱、伤心欲绝、打扮入时而又羞愧难当，她正顺从地等待轮到她去与垂死的父亲诀别。他的脸上流露出无限痛苦的表情。

“索尼娅！女儿！饶恕我吧！”他叫道，他想向她伸出手去，可是一下子失去了支撑，竟从沙发上脸朝下咕咚一声摔到地板上；人们急忙跑过去把他扶起来，放到沙发上，可是这时候他已经要咽气了。索尼娅发出一声无力的叫喊，跑到他跟前，抱住他，就那么抱着，一动不动。他死在她的怀里了。

“他如愿以偿了。”看见丈夫的尸体，卡捷琳娜·伊凡诺夫娜喊道，“现在怎么办呢？我用什么来埋葬他？明天我又用什么来养活他们，养活他们呢？”

拉斯柯尼科夫走到卡捷琳娜·伊凡诺夫娜的面前。

“卡捷琳娜·伊凡诺夫娜，”他开口说，“上星期，您已故的丈夫已经把他的全部身世和全部境况讲给我听了……相信我，他谈到您的时候，抱着热烈的敬意。那天晚上，我听到他对你们大家是多么忠实，特别是多么地爱您和尊敬您，卡捷琳娜·伊凡诺夫娜，尽管他有一些不幸的弱点，从那天晚上起，我们就交上了朋友……现在请允许我……略尽绵力……对我的亡友聊表哀悼之忱。这儿是……二十卢布，好像是的——如果这点钱对您还有些帮助，那么……我……总之，我会来看您的——我一定会来的……我也许明天就来……再见吧！”

他快步从屋里走了出去，匆匆地从人群里挤到楼梯上。可是在人群中他忽然碰见了尼柯吉姆·弗米契，尼柯吉姆·弗米契听到这个事故后，想亲自来料理。自从经过警察局里的那件事以后，他们一直没有见过面，不过尼柯吉姆·弗米契一眼就认出了他。

“哦，是您吗？”他问他。

“他死啦。”拉斯柯尼科夫回答说，“医生来过了，神父也来过了，一切都安排好了。不要太麻烦那个可怜的女人了，她本来就有痨病。如果可能的话，想办法鼓励鼓励她吧……我知道您是个好心肠的人……”他直视着他的眼睛，微微冷笑着补充了一句。

“不过，您身上怎么沾上血啦。”尼柯吉姆·弗米契说，他在灯光下看见拉斯柯尼科夫的背心上有几处新鲜的血迹。

“是的，沾上血了……我浑身是血。”拉斯柯尼科夫脸上露出一副异样的神气说道，然后他笑了笑，点了点头，走下楼去。

他慢慢地、不慌不忙地走下楼去，身上发着烧，却不自觉。他充满一种忽然涌上心头、具有旺盛而强大生命力的、新的无所不包的感觉。这种感觉可能与一个被判死刑而又突然被宣布赦免的人的感觉相似①。在楼梯中间，准备回家去的神父赶上了他；拉斯柯尼科夫默默地闪身让他过去，两个人彼此无言地打了个招呼。但走下楼梯最后几级的时候，他忽然听见背后有急促的脚步声。有人在后面追他。这是波琳卡；她一面在后面追，一面喊他：“喂！喂！”

他向她转过身去。她跑下最后一段楼梯，紧挨着他，在他前面站住了，比他站高一级。从院子里照进来一道朦胧的光。拉斯柯尼科夫看清了，那个女孩子瘦削而可爱的小脸正在愉快地向他微笑，孩子气地望着他。她跑来是为了完成一项使命，而这项使命显然是她自己非常乐意

---

① 陀思妥耶夫斯基在此回忆他自己的感受，以及因彼特拉舍夫斯基小组一案而被判罪的他的同志们的感受。一八四九年十二月二十二日，他们在彼得堡谢苗诺夫校场被判处死刑，在行刑前突然宣布改判服苦役。

干的。

“喂,您叫什么名字? ……还有:您住哪儿?”她上气不接下气地急匆匆问道。

他把双手放在她的肩膀上,喜不自胜地望着她。他望着她的时候心里是那样欣慰,——他自己也不知道为什么。

“谁叫你来的?”

“我姐姐索尼娅叫我来的。”女孩子回答,笑得更开心了。

“我就知道,是你姐姐索尼娅叫你来的。”

“妈妈也叫我来。索尼娅姐姐叫我来的时候,妈妈也走过来,对我说:‘快跑,波琳卡。’”

“你喜欢你姐姐索尼娅吗?”

“我最喜欢她了!”波琳卡用一种特别坚决的神气说,她的笑容忽然变得严肃起来。

“你喜欢我吗?”

女孩子没有回答,他只看见她把脸凑过来,天真烂漫地噘起两片丰满的小嘴唇吻了吻他。忽然她将两只骨瘦如柴的胳膊紧紧搂住他,头靠在他肩膀上,低声哭泣起来,她把脸越来越紧地贴在他身上。

“我可怜我爸!”过了一会儿她抬起泪痕满面的小脸,用手擦着眼泪说,“现在老是那么倒霉。”她出乎意外地做出一副一本正经的样子加了一句,孩子们忽然要学“大人”说话的时候,总是竭力摆出这副神气。

“爸爸喜欢你吗?”

“他最喜欢莉多契卡。”她非常认真地接着说,也不笑,活像大人说话时那样,“他喜欢她,因为她小,还因为她有病。他常常带好吃的东西给她。他教我们读书,还教我语法和神学。”她自豪地补充说,“妈妈什么话也没有说,不过我们知道她喜欢我们这样做,爸爸也知道。妈妈还想教我法文,因为我已经该受教育了。”

“你会做祷告吗?”

“哦,我们当然会! 我们早就会祷告了;我已经大了,我自己默默地做祷告,而柯利亚和莉多契卡跟妈妈一块儿做祷告,念出声音来。他们先念'圣母',然后再念一段祷告,'上帝啊,赦免索尼娅姐姐,赐福给她吧!'然后再念,'上帝啊,赦免我们第二个爸爸,赐福给他吧!'因为我们第一个爸爸已经死了,现在他是我们第二个爸爸,但是我们也替那个爸爸祷告。"

"波琳卡,我叫罗吉昂;随便什么时候也替我做做祷告吧:'还有你的奴仆罗吉昂'——就说这一句好啦。"

"以后,我要替您祷告一辈子。"小女孩热情地说,她忽然又笑了起来,扑到他身上,紧紧地拥抱他。

拉斯柯尼科夫把自己的姓名、住址告诉了她,答应第二天一定来。孩子恋恋不舍地走开了。他走到街上的时候,已经过了十点钟。五分钟以后,他已经站在桥头,就站在那个女人刚才跳河的地方。

"够啦,"他坚决而郑重其事地说,"幻影滚开,人为的恐惧滚开,魔影滚开!……应该活下去!难道我刚才没活着吗?我的生命并没有跟那个老太婆一块儿死去!愿她在天国安息吧——够了,老大娘,你也该安息啦!现在,让理性和光明主宰一切吧……让意志和力量主宰一切吧……现在,咱们走着瞧吧!咱们现在来较量较量!"他蔑视一切地说,好像他正在对一种黑暗势力说话,并向它挑战似的。"我不是已经同意在一俄尺大小的地方活下去吗!"

"……这会儿我的身体很衰弱,但是……我的病好像已经好了。刚才出来的时候,我就知道我的病会好。凑巧,波钦科夫公寓离这儿只有几步路。即使离得再远些,我也一定要去看看拉祖米欣……我俩的打赌就让他赢了吧。让他也开开心——没关系,让他高兴去吧!……力量,需要力量:没有力量什么事也做不成,可是力量一定得用力量来获取——他们就不知道这一点。"他高傲而自信地加上最后这几句,然后步履艰难地走下桥头。他心里的骄傲和自信每分钟都在增长;每一分钟他都变成跟前一分钟截然不同的另一个人。可是,究竟发生了什么特别的事情,造成他这种转变呢?他自己也不知道;他活像一个抓住一根稻草的人,忽然感觉到他也"可以活,他还应该活下去,他的生命并没有跟那个老太婆一同死去"。他的这个结论也许下得太仓促了,可是他没有想到这一点。

“不过，我请她也提一下上帝的奴仆罗吉昂，”这事忽然闪过了他的脑海，“这有什么……以防万一罢了！”他添上这一句，不禁笑起自己孩子气的举动。他这时的心情真是好极了。

他很容易就找到了拉祖米欣；波钦科夫公寓里的人已经知道了这位新房客，所以看门的立刻给他指了路。刚上一半楼梯，就可以听到一大群人的喧闹声和热烈的谈话声。通楼梯的门敞开着；可以听见叫嚷和争论的声音。拉祖米欣的房间相当大，大约有十五个人聚在一起。拉斯柯尼科夫在过道里站住了。女房东的两个女仆正在隔壁屋里忙着侍弄两把大茶壶、瓶子以及从女房东厨房里取来的一盘盘馅饼和下酒菜。拉斯柯尼科夫叫人去把拉祖米欣叫出来。拉祖米欣兴高采烈地跑来了。一眼就可以看出他喝了很多酒，虽然他几乎从来也不会喝醉，可是这一次却看得出他有点儿醉意了。

“喂，”拉斯柯尼科夫急匆匆地说，“我来，只是为了告诉你，咱俩打赌你赢了，确实谁也不知道他自己会发生什么事。我不能进去：我浑身无力，会马上倒下去的。因此，你好，再见！明天请到我那儿去……”

“这么着吧，我送你回家去！你自己都说你浑身无力，那……”

“客人怎么办呢？刚才探出头来的那个鬈发的人是谁？”

“他呀？鬼才认识他！大概是我伯伯的一个朋友，也许是他自己来的……我把伯伯留下来招待他们；他是个很好的人，可惜你现在不能和他认识认识。不过，所有的人都去他们的吧！他们现在哪有工夫顾到我，我也需要呼吸一点新鲜空气，所以，老兄，你来得正是时候；再过两分钟，说不定我就要跟他们打架了，真的！他们在胡说八道……你简直想象不出一个人可能信口开河到什么程度！不过，怎么想象不出呢？难道说我们自己不也在胡说八道吗？就让他们胡扯去吧，可是以后他们就不胡扯了……你坐一会儿，我去把佐西莫夫叫来。”

佐西莫夫几乎是迫不及待地朝拉斯柯尼科夫冲了过来；显然他对他感到一种特别的兴趣；他的脸色很快就开朗起来。

“马上去睡觉，”他尽可能把病人细细地打量一番以后，断然说，“临睡前应该吃点药。您吃吗？我刚才就准备好了……这是一包药粉。”

“吃两包都行。”拉斯柯尼科夫回答。

他当时就把药粉服下去了。

“你亲自送他回家，这太好了，”佐西莫夫对拉祖米欣说，“明天怎么样，咱们再看，今天挺不错了：比起前些日子来，有了很大好转。活到老，学到老嘛……”

“你知道我们出来的时候佐西莫夫小声对我说什么吗？”他们俩刚走到大街上，拉祖米欣就脱口而出，“老兄，什么我都跟你直说吧，因为他们都是傻瓜。佐西莫夫要我一路上跟你随便聊聊，也让你跟我随便聊聊，然后回去讲给他听，因为他有个想法……他认为你是个……疯子，或者接近疯子。你自己想一想吧！首先，你比他聪明好几倍；其次，如果你不是疯子，那你可以对他的这种荒唐想法嗤之以鼻；第三，那个像块肥肉似的人就其专业来说是外科医生，可是现在他对精神病像发疯似的入了迷。你今天跟扎梅托夫的谈话，使他彻底转变了对你的看法。”

“扎梅托夫把什么都告诉你了吗？”

“都告诉我了，他做得很对。现在全部底细我都清楚了，扎梅托夫也都清楚了……是的，总之，罗佳……问题是……我现在有一点醉了……不过这不要紧……问题是这个想法……你明白吗？确实在他们脑子里酝酿着……你明白吗？就是说，他们没有人敢大声说出来，因为这个想法太荒唐了，特别是自从那个油漆匠被捕以后，这一切就不攻自破，永远偃旗息鼓了。可是为什么他们这样愚蠢呢？我那天把扎梅托夫揍了几下——老兄，这件事只有我们两人知道，请你不要漏出一点话风，不要让人看出你也知道这件事。我发现他是个很难对付的家伙。事情发生在拉薇莎家里。不过今天，今天什么都清楚了。主要是这个伊利亚·彼特罗维奇！那时候他利用你在警察局昏过去这件事，但是后来他自己也觉得惭愧；我知道……”

拉斯柯尼科夫贪婪地听着。拉祖米欣酒后失言，泄露了机密。

“我当时昏过去，是因为闷热，还有一股油漆味。”拉斯柯尼科夫说。

“还解释呢！这也不单是油漆：你烧了整整一个月。佐西莫夫可以证明！可是你一定想象不到，那小子现在有多么难过！他说：‘我连这个人的小手指头也比不上！'他指的是你的小手指头。老兄，他有时候也有良好的情感。但是这个教训，你今天在'水晶宫'给他的这个教训，真是太棒了！要知道，一上来你就把他吓了一跳，吓得他险些抽筋！你又使他几乎相信那一切荒诞不经的胡言乱语，然后忽然你又对他把舌头一伸：'喏，怎么，逮住啦！'好极了！现在他被击溃了，打垮了！的的确确，你是个有本领的人！对他们就应该这样！可惜当时我不在场！现在他非常想见到你。波尔费利也希望认识你……"

"啊……他也……可他们为什么硬把我当成疯子呢？"

"不是当成疯子。老兄，也许我跟你说得太多了……要知道，不久前使他惊奇的是：只有那一件事使你感兴趣；现在已经弄清了为什么使你感兴趣；了解了一切情况……那天这件事怎样刺激了你，跟你的病混在一起了……老兄，我有点儿醉了，不过鬼才知道他是怎么回事，他有他自己的一套想法……我告诉你：他对精神病着了迷。不过你不用理他……"

有半分钟两个人都不作声。

"喂，拉祖米欣，"拉斯柯尼科夫开口说，"我想老实告诉你：我刚才去过一个死人的家里，一个官吏死了……我在那里把我的钱统统给了他们……此外，刚才有一个人吻了我，即使我杀过人，这个人也照样会吻我的……我在那儿还看见另一个人……插了一根火红色的羽毛……不过，我又信口胡说起来了；我浑身没有力气，你扶我一下吧……瞧，马上就到楼梯了……"

"你怎么啦？你怎么啦？"拉祖米欣担心地问道。

"我有点头晕，不过问题不在这儿；问题是我太伤心了，太伤心了！跟女人一样……瞧，那是什么？瞧！瞧！"

"什么呀？"

"你难道没有看见吗？我屋里有灯光，你看见没有？从门缝里……"

他们已经走到最高一段的楼梯底下，站在女房东的门口，他们从下面的确可以看见拉斯柯尼科夫的小屋里有灯光。

"真奇怪！也许是娜斯塔霞。"拉祖米欣说。

"这时候她从来不到我屋里去的，她早睡觉了，不过……对我来说，反正一样！别了！”

“你怎么啦？我是送你回家的。咱们一块儿进去！”

“我知道咱们一块儿进去，可是我想在这儿跟你握手告别。来，给我手，别了！”

“你怎么啦，罗佳？”

“没有什么，走吧；你可以做我的见证人……”

他们开始走上楼梯，这时拉祖米欣忽然想到，也许佐西莫夫的话是对的。“唉！我的信口开河使他伤心了！”他咕咕哝哝地自言自语。他们走到门口的时候，突然听见屋里有人说话。

“这是怎么一回事？”拉祖米欣嚷着说。

拉斯柯尼科夫先上去抓住门把，打开了门，他把门敞开以后，就站在门口，呆若木鸡。

他的母亲和妹妹坐在沙发上，已经等了他一个半小时。甚至今天他还再次得到她们已经动身，已经在路上，以及马上就要到达的消息，可是为什么他根本没有等候她们，也没有想到她们呢？这一个半钟头，她们争先恐后地向娜斯塔霞打听这打听那。此刻她还站在她们面前，已经把事情原原本本地都告诉她们了。她们听说他“今天逃跑了”，生着病，而且从她的话里听出他当时准是神志不清的时候，母女俩简直吓糊涂了！“上帝，他怎么啦！”两人哭哭啼啼、痛苦不堪地等了整整一个半钟头。

一阵快乐、狂喜的欢呼迎接了拉斯柯尼科夫的出现，母女俩一齐跑到他面前。他却像死人似的站在那儿；突然间一种承受不住的感觉雷电般向他劈来。他想拥抱她们，可是抬不起胳膊。他的母亲和妹妹紧紧地抱住他，吻他，笑着，哭着……他向前走了一步，摇晃了一下，然后轰然倒地，昏了过去。

惊慌，恐惧的呼喊，呻吟……站在门口的拉祖米欣急忙跑进屋子里，用两只有力的胳膊把病人抱起来，马上把他放到沙发上。

“不要紧！不要紧！”拉祖米欣对拉斯柯尼科夫的母亲和妹妹喊道，“这是昏厥，没事儿！刚才医生还说过，他已经好多了，说他完全健康！拿点水来！瞧，他正苏醒过来，瞧，他醒过来了！……”

他抓住杜涅奇卡的胳膊，险些把她的胳膊关节给扭脱了，他拉她弯下腰去看“他已经醒过来了”。母亲和妹妹非常感动和感激地望着他，把他当成了天神；从娜斯塔霞嘴里，他们已经听说过这样一位“精明干练的年轻人”（普莉赫丽娅·亚历山大罗夫娜·拉斯柯尼科娃当天晚上跟杜尼娅私下谈话的时候就这样称呼他），在她们的罗佳生病的时候对他的一切照顾。

# 第 三 部

# 1

拉斯柯尼科夫欠起身来，坐在沙发上。

他软弱无力地朝拉祖米欣挥了挥手，打断了拉祖米欣正滔滔不绝地向他母亲和妹妹说的那一大串前言不对后语而又热情洋溢的安慰话，他握住她们两人的手，约有一两分钟，一言不发地望望这个，又望望那个。他的眼神把他的母亲吓了一跳。从这眼神里流露出一种强烈到痛苦的感情，同时也显示出一种甚至好像是疯狂的呆板神气。普莉赫丽娅·拉斯柯尼科娃哭起来了。

阿芙朵佳·罗曼诺夫娜①脸色惨白；她的手在她哥哥的手里直哆嗦。

"回去吧……跟他一起走，"他指着拉祖米欣断断续续地说，"明天见，明天一切就……你们到了很久了吗?"

"晚上到的，罗佳，"普莉赫丽娅·亚历山大罗夫娜回答，"火车晚点，耽搁了很长时间。不过，罗佳，现在我说什么也不离开你了！我就在这儿过夜，在你身旁……"

"别折磨我啦。"他激怒地挥着手说。

"我留下来陪他吧，"拉祖米欣嚷道，"我一分钟也不离开他，让我的那些客人都见鬼去吧！让他们气炸了肺吧！有我的伯父在那儿当总统哩。"

"我怎么，怎么谢谢您啊！"普莉赫丽娅·亚历山大罗夫娜说，她再一次紧握住拉祖米欣的手，可是拉斯柯尼科夫又打断了她的话。

"我受不了，我受不了，"他激怒地反复说道，"别折磨我了！得啦，走

---

① 即拉斯柯尼科夫的妹妹杜尼娅。

开吧……我受不了！……”

“走吧，妈，哪怕到屋子外面待一会儿也好，”惊慌的杜尼娅低声说，“看来我们使他很痛苦。”

“三年没见，难道我连看看他都不行吗？”普莉赫丽娅·亚历山大罗夫娜哭着说。

“等一等，”他又打断了她们的话，“你们老是打断我的思路，我的脑子都乱了……你们见到卢仁没有？”

“没有，罗佳，不过他已经知道我们到了。罗佳，我们听说，彼特·彼特罗维奇真好，他今天来看过你了。”普莉赫丽娅·亚历山大罗夫娜有点怯生生地加上后面这一句。

“是的……他真好……杜尼娅，我不久前告诉卢仁，我要把他轰下楼去，我叫他滚蛋了……”

“罗佳，你说什么呀！你大概……你不会是要告诉我们……”普莉赫丽娅·亚历山大罗夫娜惊慌地说，她刚一开口，又望着杜尼娅，把话咽了回去。

阿芙朵佳·罗曼诺夫娜目不转睛地望着哥哥，等他下面说什么。娜斯塔霞已经就她所能了解和所能表达的，把吵架的情况讲给她俩听了，她们感到莫名其妙，心里非常痛苦。

“杜尼娅，”拉斯柯尼科夫使劲地说下去，“我不希望有这门亲事，所以你明天第一句话就得拒绝卢仁，让他立刻滚蛋。”

“我的上帝！”普莉赫丽娅·亚历山大罗夫娜喊叫起来。

“哥哥，你想想，你说的是什么呀！”阿芙朵佳·罗曼诺夫娜急躁地说，但是她马上就克制住自己，温和地说道，“你现在恐怕不能说话，你太疲倦了。”

“我神志不清吗？不……你是为了我才要嫁给卢仁的。可是我不接受你的牺牲。所以，你写封信，明天以前写好，回绝他……明天早上给我看一看，就算完了！”

“这我办不到！”受了委屈的姑娘嚷了起来，“你有什么权利……”

“杜涅奇卡，你也这么急躁，别这样，明天……难道你看不见……”母亲惊慌失措地对杜尼娅说，“唉，咱们还不如走了的好！”

“他又在说疯话！”拉祖米欣醉眼蒙眬地说，“不然，他怎么敢说这种话！明天他会把所有这些胡言乱语忘个一干二净……今天他的确把他赶走了。一点不错。嗯，那个人也生气了……他在这儿高谈阔论，卖弄才学，后来他夹着尾巴走了……”

“那么这是真的了？”普莉赫丽娅·亚历山大罗夫娜叫道。

“明天见，哥哥，”杜尼娅怜恤地说，“妈妈，咱们走吧……再见，罗佳。”

“听见了吗，妹妹？”他又使出最后一点气力，向她们重复一遍，“我不是说疯话；这门亲事是一桩卑鄙下流的事。就算我是坏蛋，你可不应该当坏蛋……有一个就够了……即使我是坏蛋，我也决不承认这样一个妹妹。有我就没有卢仁，有卢仁就没有我！你们走吧！……”

“你疯啦！专制暴君！”拉祖米欣吼叫起来，可是拉斯柯尼科夫没有答理他，也许他根本没有气力回答他。他躺在沙发上，把脸转过去朝着墙壁，他已经精疲力竭了。阿芙朵佳·罗曼诺夫娜好奇地望着拉祖米欣；她的黑眼睛闪着光；她的这种眼色甚至使拉祖米欣打了个寒战。普莉赫丽娅·亚历山大罗夫娜惊呆了似的站在那儿。

“我说什么也不走，”她几乎绝望地对拉祖米欣低声说，“我要留在这儿，不管睡在哪儿……请你送杜尼娅回去吧。”

“这样您会把事情都弄糟的！”拉祖米欣这时已经按捺不住，也小声地说，“不管怎样，咱们出去，到楼梯上去吧。娜斯塔霞，点个亮！我向您发誓，”走到楼梯上的时候，他稍微提高了一点声音，接着说，“不久前他差点把我和医生都给揍了！您明白这点吗？是医生哪！就连医生也只好让步，他走了，免得刺激他，我也只好留在楼下守着他，而他却立刻穿上衣服溜走了。在这深更半夜，您要是惹恼了他，他还会溜走的，而且会干出对自己有害的事情来……”

“唉，您在说什么呀！”

“而且也不能让阿芙朵佳·罗曼诺夫娜单独住在那个公寓里。想一想，你们住的是什么地方吧！彼特·彼特罗维奇那个坏蛋难道不能给你们找一个好一点的住处吗……不过,您知道,我有点儿醉了,因此……出口伤人;请您别放在心上……”

“那么我找这儿的女房东去,”普莉赫丽娅·亚历山大罗夫娜坚持说,“我去求她给我和杜尼娅找个地方,让我们过一夜。我不能把他这样撂下,我不能!”

说这些话的时候,他们正站在女房东门口的楼梯口上。娜斯塔霞拿着灯,站在下面的一段楼梯上给他们照着亮。这时拉祖米欣非常激动。半小时以前,他把拉斯柯尼科夫送回家来的时候,太饶舌了,他也承认这一点,可是尽管今晚他喝了大量的酒,他还是精神饱满,而且几乎是清醒的。现在他似乎喜出望外,同时喝下去的酒又以加倍的力量一下子涌上来,涌进了他的脑袋。他跟两位女士站在一起,紧紧地攥住两人的手,不住口地劝她们,十分直率地向她们诉说理由,而且几乎每说一句话,大概为了加强说服力,都要把她们两人的手狠狠地握一下,使她们痛得像给虎钳夹了一下似的,而且他的眼睛毫不客气地似乎要把阿芙朵佳·罗曼诺夫娜一口吞下去。有时候她们痛得把自己的手从他那两只骨骼粗大的手里挣脱出来,可是他不但没有注意到,反而更使劲地把它们往自己身边拉。要是她们吩咐他马上头朝下从楼梯上跳下去,为她们效劳,他也一定会不假思索、毫不犹疑地立刻照办。普莉赫丽娅 ·亚历山大罗夫娜虽然觉得这个年轻人太古怪,而且把她的手握得太痛,但是因为她忧心忡忡地挂念着她的罗佳,同时她又把拉祖米欣看成了天神,因此不愿去注意他的这些古怪的小节。阿芙朵佳·罗曼诺夫娜虽然也同样忧心忡忡,而且她也不是一个生性胆怯的人,可是当她看见她哥哥朋友的眼睛里射出异样的光芒时,也不能不觉得奇怪,而且几乎感到惊恐,只是由于娜斯塔霞谈到这个怪人的种种故事,引起了她的无限信任,才阻止了她不从他的身边逃走,并且把她的母亲也一起拉走。她也明白,她们现在想躲开他,恐怕也办不到了。然而过了十分钟左右,她就大大安心了:因为拉祖米欣有个特点,就是无论在什么心情下,刹那间,他就能把自己整个端出来,所以大家也就很快知道他们在和什么人打交道了。

“可不能到女房东那儿去,那简直荒唐透顶!”他大声劝普莉赫丽娅·亚历山大罗夫娜，"尽管您是母亲，如果您留下来，也会逼得他发疯的，天知道会出什么事！听我说，我预备这样做：让娜斯塔霞现在在他那里坐一会儿，我送你们俩回去，因为你们不便在大街上单独行走；就这一点来说，在我们彼得堡①……得了，别管它啦！……然后我马上离开你们，跑步回来，一刻钟以后，我绝对保证再来向你们报告：他怎么样？睡了还是没有睡？以及诸如此类的事情。然后，听我说！然后我离开你们立刻跑回家去——我家里有很多客人，都喝醉了——我把佐西莫夫带来——就是给他治病的那个医生，他此刻也在我家坐着，没有喝醉；这人是喝不醉的，他从来喝不醉！我先把他拉到罗吉卡这儿，然后立刻到你们那儿去，因此你们就可以在一小时内得到关于他的两个消息——一个从医生口中得到的消息，明白吗，从医生本人那里听到；这跟从我嘴里听到可不是一回事！要是情况不好，我保证亲自把你们再带到这儿来，如果情况好，你们就上床睡觉。我就在这儿的过道里过夜，他不会听见的，我让佐西莫夫睡在女房东那儿，以便随时找他。想想看，谁对他更有用：是你们呢，还是医生？当然，医生对他更有用，有用得多了。所以，你们还是回去吧。到女房东那儿去可不行；我可以去，但是你们不可以去：她不会放你们进去的，因为……因为她是个傻瓜。老实告诉你们吧，她会为了我的缘故而嫉妒阿芙朵佳·罗曼诺夫娜的，也会嫉妒您……而对阿芙朵佳·罗曼诺夫娜，那是一定的……她的脾气简直，简直捉摸不透！不过我也是个傻瓜！别管它了！咱们走吧！你们信任我吗？唔，你们信不信任我？"

"走吧，妈妈，"阿芙朵佳·罗曼诺夫娜说，"他答应的事情一定会做到的。他已经救了罗佳一命，要是医生真的肯在这儿过夜，那么还有什么比这更好的呢？"

"还是您……您……您了解我，因为您是一个天使！"拉祖米欣非常高兴地嚷了起来，"咱们走吧，娜斯塔霞！赶快到楼上去，点个灯坐在他旁边；过一刻钟我就回来……"

普莉赫丽娅·亚历山大罗夫娜虽然还是半信半疑，但是也不再反对

① 当时彼得堡的社会秩序很不好，经常发生抢劫、强奸、杀人、纵火等案件。

了。拉祖米欣挎住她俩的胳膊，把她们拉下楼去。话又说回来，他还是使她不放心："他虽然又能干又善良，不过他答应的事情真能够办到吗？看他眼前这模样！……"

"啊，我明白了，您在想我眼前这模样！"拉祖米欣猜出了她的心思，把她的思路打断了。说着他就在人行道上迈开大步，以致两位女士好不容易才跟上他，然而他却没有注意这点。"胡扯！就是说……我醉得跟傻子一样，但并不是那么回事；我不是喝酒喝醉的。一看到你们，酒劲才上了我的头……不过别管我！请你们别介意：我在胡说八道；我配不上你们！……我完全配不上你们！……我把你们送回去以后，马上从这儿河里舀两大桶水浇在头上，就什么事都没了……你们要是知道我多么爱你们二位就好了！别见笑，也别生气！你们可以生任何人的气，可不要生我的气！我是他的朋友，因此也是你们的朋友。我希望这样……我有过这个预感……去年，有这样一刹那的工夫……话又说回来，我根本就没有预感，因为你们好像是从天上掉下来的。我可能今天一夜都睡不着……不久前，这个佐西莫夫担心他会发疯……所以不能惹他生气。"

"您说什么！"做母亲的嚷起来。

"医生真的那样说过吗？"阿芙朵佳·罗曼诺夫娜吃惊地问道。

"说过，可是实际上不是这样，完全不是这样。他还给过他这样的药，一种药粉，我看见的，可是你们就来了……嗐！……要是你们明天来就好了！咱们走开是对的。一个钟头以后，佐西莫夫会把什么事都向你们报告的。这人是喝不醉的！我也不会再喝醉了……那么为什么我喝得这样醉呢？因为他们跟我争论，那些该死的家伙！我曾经发誓决不跟他们争论！……他们满口胡说八道！我差点跟他们打起来。我把我伯父留在那儿招待客人……唔，你们相信吗？他们硬要一个人完全没有个性，认为这才够味！仿佛一个人越不是他自己，越不像他自己就越好！他们认为这才是最大的进步。① 如果他们的胡说八道是他们自己的创见，那倒

① 这是陀思妥耶夫斯基反对社会主义最常用的论据之一。他认为社会主义就是消灭个性，消灭人与人之间的差异，使人们整齐划一。请参看他的小说《群魔》。

也罢了,可是实际上……”

“听我说!”普莉赫丽娅·亚历山大罗夫娜怯生生地打断他的话,可是这只是火上加油。

“您以为怎样?”拉祖米欣越发提高了声音喊道,“您以为我因为他们胡说才生气的吗?瞎扯!我喜欢别人胡说。那是人类在一切生物前面的唯一特权。通过谬误才可以得到真理!因为我胡说八道,所以我才是人。要不犯十四次,甚至一百十四次错误,就不会得到任何一个真理。这从某种观点看来是光荣的;可是我们连用自己的头脑来胡说八道都不会!你可以向我胡说八道,但是要照你自己的意思去说,那我就会吻你。照自己的意思胡说八道比照别人的意思说实话甚至还好些。照前一种情形去做,你是一个人;照后一种情形去做,你不过是只学舌的鹦鹉!真理不会逃走,可是生活却可以被封锁;有的是例子。比方说,现在我们怎么样?科学、文化、思维、发明、理想、愿望、自由主义、理性、经验,一切,一切,一切的一切,在一切方面,我们都还在中学的预备班!我们喜欢靠别人的智慧过日子——积习难改嘛!对吗?我说的对吗?”拉祖米欣叫道,他攥紧两位女士的手摇着,“我说的对吗?”

“哦,我的上帝,我不知道。”可怜的普莉赫丽娅·亚历山大罗夫娜说。

“是的,是的……虽然您说的话我并不完全同意。”阿芙朵佳·罗曼诺夫娜认真地补充了一句,但是又马上叫了起来,因为这一次他把她的手攥得太痛了。

“是的?您说是的吗?……好,既然这样,您……您……”他欣喜若狂地说,“您就是善良、纯洁、理性和……完美的源泉!把您的手给我,给呀……您也把您的手给我!我想马上在这儿跪下来吻你们二位的手……”

于是他就在人行道上跪下,幸而这时人行道上阒无人迹。

“别这样,我请求您,您干什么呀?”普莉赫丽娅·亚历山大罗夫娜张皇失措地喊道。

“起来,起来呀!”杜尼娅也忙不迭地笑着说。

“你们要是不把手给我，我决不起来！这就对了，行啦，我站起来了，咱们走吧！我是一个不幸的傻瓜，我配不上你们，我喝醉了，我很惭愧……我不配爱你们，但是每个人都有尊崇你们的义务，只要这个人不是百分之百的畜生！因此我才表示了自己的景仰……这就是你们的公寓，罗吉昂不久前把你们的彼特·彼特罗维奇赶走，就这一点来说，他是对的……他怎么敢让你们住这最低级的公寓呢？简直荒唐！你们知道住到这里来的都是些什么人吗？而您还是他的未婚妻呢！您是他的未婚妻，是不是？好，那么我告诉您，就这点看，您的未婚夫也是个下流东西。”

“我说，拉祖米欣先生，您忘记了……”普莉赫丽娅·亚历山大罗夫娜刚想说下去。

“不错，不错，您说的对，我太放肆了，我很惭愧，”拉祖米欣醒悟过来，“不过……不过……您不能因为我说这样的话就生我的气！因为我说这话是诚恳的，而不是因为……唔！那就是卑鄙的了；一句话，不是因为我对您……唔！……得啦，不说了，我不想说因为什么，我不敢说……但是今天他来的时候，我们大家都看出，这人不是跟我们一类的人。并不是因为他在理发店里卷过发，也不是因为他急于卖弄自己的聪明，而是因为他是个暗探和投机分子；因为他是个吝啬鬼，是个小丑，这是一眼就可以看透的。你们以为他聪明吗？不，他是个笨蛋，大笨蛋。唔，他跟您般配吗？哦，我的上帝！女士们，你们知道吗？”他已经走到上公寓的楼梯，又忽然停下来，“他们虽然在我家都喝醉了，但他们都是诚实人；尽管我们在一起胡说八道，要知道我也胡说八道，可是我们迟早能说到真理的，因为我们走的是正路，彼特·彼特罗维奇呢……走的可不是正路。虽然我刚才把他们骂得狗血喷头，其实我对他们大家都很尊敬；对扎梅托夫，虽然我不尊敬他，可是我喜欢他，因为他是一只小狗。我也喜欢那个笨猪佐西莫夫，因为他为人诚实，而且精通医道……好，够了，话都说了，也宽恕了。宽恕了吧？是不是？咱们走吧。我熟悉这个楼道，我常到这儿来；瞧，在这儿，在三号房间，曾发生过一桩丑事……唔，你们住在这儿什么地方？哪一号房间？八号吗？好，夜里把门锁上，什么人也别放进来。一刻钟以后，我把消息带来，然后再过半小时，我把佐西莫夫带来，你们会看见的！再见，我跑步去！”

“我的上帝，杜涅奇卡，这样下去会怎么样呢？”普莉赫丽娅又焦急又心慌地对女儿说。

“妈妈，您别着急，”杜尼娅回答，她脱下帽子和斗篷，“这位先生是上帝亲自派来的，尽管刚才他不知在哪儿喝过酒。对他是完全可以信赖的，您放心。而且，他为哥哥做过的一切……”

“唉，杜涅奇卡，谁知道他还来不来呢！我怎么能下这样的决心撇下罗佳呢？……我完全，完全没有想到，见到他时他竟会是这样！他是多么冷冰冰的，好像不乐意看见咱们似的……”

眼泪涌上了她的眼睛。

“不，妈，不是这样的。当时您一直在哭，您没有看清楚。他因为病很重，心里很烦——完全是因为这个缘故。”

“唉，这病哪！要出什么事的！要出什么事的！他当时怎样跟你说话呀，杜尼娅！”母亲说，她怯生生地望着女儿的眼睛，想瞧出她女儿的全部心思，可是杜尼娅替哥哥辩解使她宽心了一半，可见她已经宽恕他了。为了进一步试探女儿，她又补充了一句：“我相信他明天就会回心转意的。”

“可我相信，关于那件事……他明天还会说同样的话。”阿芙朵佳·罗曼诺夫娜断然说。当然，问题也就在这里，因为这里有一点是普莉赫丽娅·亚历山大罗夫娜最怕提到的。

杜尼娅走上前去吻了吻母亲。母亲默默地紧紧拥抱她。然后她坐下，焦急地等着拉祖米欣回来，一面又胆怯地注视着女儿，杜尼娅正把胳膊抱在胸前，心事重重地在屋里踱来踱去，她也在等待着。阿芙朵佳·罗曼诺夫娜有这样一个习惯，遇到沉思的时候，就在屋里踱来踱去，母亲一向害怕在这时打断女儿的沉思。

拉祖米欣酒醉后突然对阿芙朵佳·罗曼诺夫娜燃起了强烈的爱慕之情，这当然是可笑的。可是，如果人们看到阿芙朵佳·罗曼诺夫娜，特别是看到她现在抱着胳膊在屋里踱来踱去，满脸沉思而忧郁的神色，那么恐怕有很多人都会原谅他的，何况他现在又处于这么一种反常的情况下。

阿芙朵佳·罗曼诺夫娜长得非常美，个儿高高的，身段非常匀称，体格健壮，自信心很强，那种自信心从她的一举一动中都表现出来，然而这丝毫无损于她举止的优雅和温柔。她的面貌像哥哥，但是她甚至可以称得上是个美人。她的头发是深褐色的，比她哥哥的头发略微浅些；她那双近乎黑色的眼睛，光彩熠熠，很高傲，但有时候，片刻间，又表现出非凡的善良。她的脸是苍白的，但没有病容；她的脸焕发出新鲜与健康的活力。她的嘴稍微小了点，鲜艳的、红红的下嘴唇和她的下巴一起微微向前伸——这是这张俊美的脸庞唯一的不端正处，但却使这张脸别具特点，显得有点倨傲。她脸上的表情，总是严肃多于愉快，若有所思，但她那年轻、快乐、爽朗的笑声与她的脸庞是多么相称啊！难怪拉祖米欣一看见她便神魂颠倒，因为他热情、坦率、单纯、诚实，强壮得跟勇士一般，他从来没有见过像她这样的女孩子，而且又在醉酒之后。此外，事有凑巧，他第一次看见杜尼娅，恰好是在她对她哥哥的爱，以及由于见到哥哥而感到的快乐使她变得非常美丽的时候。后来他看见她听到哥哥那无礼、残酷和无情无义的命令而气得下嘴唇发抖时——他就再也把持不住了。

不过，拉祖米欣在楼梯上脱口而出的那些醉话，倒是事实。他说，拉斯柯尼科夫那个性情反常的女房东普拉斯科维娅·巴甫洛夫娜不但会为了他而嫉妒阿芙朵佳·罗曼诺夫娜，也许甚至会嫉妒普莉赫丽娅·亚历山大罗夫娜本人。普莉赫丽娅·亚历山大罗夫娜虽然已经四十三岁，但是风韵犹存。而且她看上去要比她的真实年龄年轻得多；那些能够到老保持心情开朗、反应灵敏、心地正直、纯洁而热诚的妇女，差不多都是这样的。我们附带说一句，保持所有这一切，乃是使自己甚至在老年都不丧失美貌的唯一方法。她的头发已经开始斑白变稀，眼圈旁边早已生出细小的放射状皱纹，由于操心和悲伤，两颊也已经凹陷下去，然而她的面孔依旧美丽。这是一幅杜涅奇卡的肖像，只是大了二十岁，同时也没有杜涅奇卡那副伸出下嘴唇的表情。普莉赫丽娅·亚历山大罗夫娜是个多愁善感的人，不过并不过分，她腼腆，随和，但只到一定的程度：她对许多事情都能够让步，甚至对于许多与她的信念相矛盾的事，她也能够迁就，但是无论什么情况都不能迫使她逾越这个诚实、原则和信念所约束的界限。

拉祖米欣走后过了整整二十分钟，有人在门上轻轻地，但是急促地敲了两下；他回来了。

“我不进去了，没有时间，”门一开，他就急匆匆地说，“他鼾声如雷，睡得十分香甜，愿上帝保佑他睡上十个小时。娜斯塔霞在守着他；我叫她在我回去以前不要离开。现在我去把佐西莫夫找来，他会把情况向你们报告的，然后你们去睡觉；我看得出，你们已经精疲力竭了。”

说罢他就离开她们，顺着楼道匆匆而去。

“多么能干，多么……诚恳的年轻人哪！”普莉赫丽娅·亚历山大罗夫娜喜出望外地喊道。

“这个人好像挺不错。”阿芙朵佳·罗曼诺夫娜略带热情地回答说，然后又开始在屋里前前后后地踱来踱去。

又过了差不多一个钟头，楼道里响起了脚步声，又有人在敲门。两个女人都在等候，这一次她们完全相信了拉祖米欣的诺言；他真的把佐西莫夫拉来了。佐西莫夫当下就同意丢下酒会去看拉斯柯尼科夫，但是到女士们这里来他却很勉强，而且疑虑重重，他信不过喝醉了的拉祖米欣。不过他的自尊心马上得到了抚慰，甚至感到受宠若惊：他明白了，人家真的像等候先知一样在等候着他。他在那儿坐了整整十分钟，完全说服了普莉赫丽娅·亚历山大罗夫娜，并且使她安心了。他的话里含着深切的同情，但又带有一位二十七岁的医生在重要会诊中所应有的那种谨慎而又极端严肃的态度。他没有说一句离题的话，也丝毫没有表现出想跟这两位女士发生更密切的私人接触的愿望。他一进门就发现阿芙朵佳·罗曼诺夫娜美丽得光彩照人，马上努力在他逗留的整个时间内压根儿不去注意她，只跟普莉赫丽亚·亚历山大罗夫娜一个人说话。这一切做法使他内心感到非常满足。至于病人，他说，他觉得此刻的情况良好。据他的观察，病人患病的原因，除了由于最近几个月来恶劣的物质情况外，还有一些精神上的原因，“可以说是许多复杂的物质影响和精神影响的产物，焦虑、担忧、操心、某些思想……的产物。”佐西莫夫无意中注意到阿芙朵佳·罗曼诺夫娜特别留心听他的话，便对这个话题稍加铺陈。当普莉赫丽娅·亚历山大罗夫娜焦虑和胆怯地提出关于“似乎有若干疯狂的可疑性"的问题时，他带着镇静而又坦率的笑容回答说，他的话被过分夸大了；他说，当然，可以发现病人有一个固执的想法，有一种显示出偏执狂的东西——因为他，佐西莫夫，目前正专门研究医学中这一有趣的项目——不过也应该想到，直到今天为止，病人几乎一直处在昏迷不醒的状态中，而且……而且，当然喽，亲人们的来到会有助于他的复原，解除他的忧愁，有药到病除的作用，说到这里，他又意味深长地加上一句，"只要能够避免任何新的打击"。说罢，他就站起来告辞，庄重而亲切地鞠了一躬，这时母女俩对他连声说了一些祝福的话，向他表示了热诚的感激和央求，阿芙朵佳·罗曼诺夫娜甚至不等他开口就主动伸出她的小手跟他握别。他走出去的时候，对这次访问极其满意，而对他自己则更加满意。

"咱们明天再谈吧；快睡觉，立刻去睡，一定要睡！"拉祖米欣跟佐西莫夫走出去的时候叮嘱道，"明天我尽可能早一点来向你们报告。"

"这位阿芙朵佳·罗曼诺夫娜是一个多么令人神往的女孩子啊！"两人走到街上的时候，佐西莫夫几乎馋涎欲滴地说。

"令人神往？你说令人神往？"拉祖米欣吼叫起来，突然向佐西莫夫扑去，掐住他的咽喉，"要是你胆敢……你明白吗？你明白吗？"他叫道，抓着他的领子一个劲儿摇晃，把他一直推到墙上。"你听见吗？"

"撒手，你这个醉鬼！"佐西莫夫挣扎着说。等拉祖米欣放开他以后，他注意地瞅了他一会儿，突然放声大笑起来。拉祖米欣垂手站在他面前，脸上露出阴沉、严肃、若有所思的表情。

"当然，我是一头笨驴，"他说，他的神情像乌云一样阴沉，"可是要知道……你也是一头笨驴。"

"不，老伙计，我才不是笨驴呢。我并不幻想做什么蠢事。"

他俩默默无言地走去，快到拉斯柯尼科夫住处的时候，拉祖米欣才十分担心地打破沉默。

"喂，"他对佐西莫夫说，"你这人倒挺不错的，可是你除了所有的恶劣品质以外，还是一个色鬼，而且是一个卑鄙的色鬼。你是一个神经质而且软弱的废物，你胡闹，你吃得脑满肠肥，你养尊处优，恣意妄为——我把这就叫做卑鄙，因为它把人一直引到卑鄙的路上去。你已经把自己娇生惯养到这种地步，不瞒你说，我简直不明白为什么你还会是一个很好的，甚至是一个肯自我牺牲的医生。睡在鸭绒褥子上（一个医生！），竟能每夜爬起来替病人看病！再过三两年，你就不会从床上爬起来去看病人了……算了吧，见鬼，问题不在这里，我要谈的是：你今天得在女房东家睡一夜（我好不容易才说得她答应了！）。我睡在厨房里：这样你们就可以有机会更亲密地互相认识一下了！这件事绝不是你想的那样！老伙计，这事连一点影子也没有……”

“我压根儿就没有想。”

“老伙计，这女人腼腆、沉默、羞涩、贞洁到极点……再加上长吁短叹，就像蜡一样在熔化，不住地熔化！看在世界上一切魔鬼的面上，请你把我从她的手中救出来吧！她太讨人喜欢了！……我会报答你的，哪怕肝脑涂地，我也会报答你的！”

佐西莫夫比刚才笑得更厉害了。

“瞧，你被她迷住啦！那么你干吗把她让给我呢？”

“请放心，没有什么好操心的。你只管瞎扯，爱说什么都行，不过要坐在她身边说。再说你是个医生，你就随便给她治治病。我敢发誓，你不会后悔的。她有一架旧式的小钢琴；你知道，我也会乱弹几下；我在那儿唱了一支歌，一支真正的俄罗斯歌曲《我热泪盈眶……》。她喜欢真正的俄罗斯歌曲——于是开始就唱歌了；你是个弹钢琴能手，音乐教师，鲁宾斯坦①……你放心，你绝不会后悔的！”

“那么，你向她海誓山盟，许过什么愿吗？签过什么字据吗？也许还答应过跟她结婚吧……”

“没有，没有，绝对没有这样的事！她也绝不是那号人；切巴罗夫曾经对她……”

“唔，那你把她甩了吧！”

“不能就这样甩掉呀！”

“为什么不能？”

---

① 鲁宾斯坦（1829—1894），十九世纪俄国作曲家、钢琴家和乐队指挥。

"嗐,不知道为什么,反正不能这样!这里面有一种吸引人的因素,老伙计。"

"那你为什么要勾引她呢?"

"我根本没有勾引她;也许是因为我太傻,所以被她勾引了。你也罢,我也罢,她才完全不在乎呢,只要有人坐在她身边长吁短叹就行……老伙计,这情况我形容不出——嗐,你精通数学,我知道,现在你也还在研究……那么你就教她积分学吧,凭良心说,我不是开玩笑,我是一本正经说的,这对她反正完全一样:她可以整整一年都呆呆地望着你叹气。顺便说说,有一次,我对她谈了很久,一连两天谈论普鲁士的贵族院(要不然,跟她谈什么呢?)——她一个劲儿地叹气,出汗!不过,你不要对她谈爱情——她会害臊得抽筋的——不过你得装装样子,让她知道你不忍离开她就成了。在那儿舒服极了;完全跟家里一样——你可以看书,写字,高兴坐着就坐着,高兴躺着就躺着。只要你当心一点,甚至还可以吻她一下。"

"我要她干什么?"

"嗐,看来我是跟你说不清了!你知道,你们两人是天生的一对!我以前也想到过你……反正你早晚要走这一步的!那么早一点或者晚一点对你不是一样吗?老伙计,这是鸭绒褥子生活的开端——嗐!何止是鸭绒褥子呢!这儿有吸引力;这儿是世界的终点,抛锚的地方,宁静的避风港,世界的中心,作为世界基础的三条鱼①,煎饼、油汪汪的大馅饼、傍晚的茶壶、轻轻的叹息、温暖的敞胸女上衣和烧热了的火炕的荟萃之所——唔,就好像你已经死去,可是同时你还活着——真是一举两得!得啦!老伙计,真见鬼,我竟说了这么多疯话,该睡觉啦!听我说:我有时会半夜醒来,我醒了就去看看他。不过,没什么,不要紧的,一切都很好。你也不必太费心,你要是愿意的话,也不妨去看他一次。不过万一你发现什么情况,例如说胡话,或是发烧,或是什么事,你就马上叫醒我。不过,这是不可能的……"

① 基督教认为世界是由三条鲸鱼支撑着的。

# 2

第二天早上七点多钟，拉祖米欣醒来时，心事重重，神情严肃。这天早上他发现自己突然面临许多没有料到的困惑难解的新问题。他从来也没有料想到有一天他会这样醒来。昨天的事情他连详情细节都记得，而且明白他碰到了一件不寻常的事情，这使他产生了一种他以前完全不知道、跟过去不同的印象。同时，他清楚地知道，在他心里燃起的那个幻想是绝对不可能实现的，以致他感觉十分羞愧，因而他尽快把注意力转移到“该死的昨天”遗留给他的其他更迫切的忧虑和困惑上。

昨天最可怕的回忆，是他表现出来的“卑鄙下流”的举动，不仅因为他喝醉了，而且因为他出于愚蠢、匆忙的嫉妒，利用一个姑娘的处境，在她面前大骂她的未婚夫，他既不了解他们两人的相互关系和义务，更不熟悉这个人本身。何况他又有什么权使用那样鲁莽和轻率的态度去评论他呢？谁请他来当评判员的呢！像阿芙朵佳·罗曼诺夫娜这样一个人，难道会为了金钱而委身于一个配不上她的男人吗？所以，他是不是也有优点呢？可是那个公寓呢？然而他又怎么能知道那是这样低级的公寓呢？他不是正在准备房间吗……呸，这一切是多么下流啊！难道因为他喝醉了，就可以替自己辩解吗？这种愚蠢的借口只能把他更加贬低！酒后吐真言，而真言也都吐露出来了，“就是说，从他的嫉妒、粗暴的心里把全部肮脏的东西都吐露出来了！”难道他，拉祖米欣这种多多少少的梦想，是可以允许的吗？他跟这样的姑娘比起来像个什么人呢——他，一个胡闹的醉鬼和昨天的吹牛大王？“难道可以做这样无耻的、可笑的对比吗？”拉祖米欣一想到这里，就羞得满脸通红，同时好像故意似的，就在这一刹那，他忽然清楚地想起，昨晚他在楼梯上怎么跟她们说起女房东将会嫉妒阿芙朵佳·罗曼诺夫娜的事来……那简直是不能容忍的。他用拳头猛捶了一下厨房的炉灶，捶破了自己的手，也捶下了一块砖。

“当然，”过了一会儿，他带着一种自卑感自言自语地咕哝道，“当然，这一切丑事现在是永远不能遮盖和弥补了……所以想也没有用，因此默默无言地到她们那儿去……默默无言地……尽自己的义务……既不请求原谅，也不说任何话……现在，当然一切都完了！”

可是，在他穿衣服的时候，他比往常更细心地检查了自己的服装。他没有别的衣服——即使有的话，说不定他也不会穿它。“我一定故意不穿它。”可是，不管怎样，他总不能照旧是个玩世不恭的邋遢鬼：他没有权利去伤害别人的感情，特别在她们需要他帮助并且请求他去探望她们的时候。他用刷子把自己的衣服仔细刷了一遍。他的内衣一向过得去；他在这方面特别整洁。

这天早上，他认认真真地洗了脸——在娜斯塔霞那儿找到了一块肥皂——他把头发、脖子，特别是手都洗干净了。临到要不要刮去脸上胡楂这个问题的时候（普拉斯科维娅·巴甫洛夫娜藏有已故的扎尔尼岑先生遗留下来的很好的刮脸刀），这个问题还是被坚决否定了：“就这样留着吧！她们会以为我刮脸是为了……她们一定会这样想的！无论如何不行！”

“而且……最糟的是：他是那么粗俗肮脏，他的举动是那么粗野，而且即便他知道，他有一点像正派人……那么做个正派人又有什么值得骄傲的呢？每个人都应该做个正派人嘛，而且还应该做得更好一点……此外（他是记得这个的）他也做过一点不太体面的事情……虽然说不上不诚实，可是毕竟！……而且有时候他心里怀有什么样的鬼胎啊！哼……还要把这一切都放在阿芙朵佳·罗曼诺夫娜的旁边，与之并列！去它的吧！算啦！今后我要故意使自己这样肮脏、轻狂、粗野，我不在乎！而且还要做得过分一些！……”

他正在自言自语的时候，在普拉斯科维娅·巴甫洛夫娜的客厅里过了一夜的佐西莫夫走了进来。

他准备回家去，临走前匆匆忙忙去看了看病人。拉祖米欣告诉他，拉斯柯尼科夫睡得像只土拨鼠。佐西莫夫叮嘱不要唤醒他，让他自己醒。他还答应十点多再来看他一次。

“只要他还待在家里就行，”他添了一句，“咳，见鬼！一个人要是管不住自己的病人，那他又怎么能够替他治病呢？你知不知道，是他到她们那儿去，还是她们到这儿来？”

“我想，她们会来的，”拉祖米欣说，他懂得问这句话的用意，“当然要谈谈他们的家务事。我走了。你是医生，当然比我有更多的权利。”

“我又不是接受忏悔的神父；我来一下就走；没有她们，我的事情就够多的了。”

“有一件事情叫我担心，”拉祖米欣皱着眉头打断了他的话，“昨天，我喝醉了，在回家的路上，我对他说了一大堆信口开河的蠢话……讲了各种事情……其中有一件事是说你担心他……会发疯。”

“昨天你对女士们也说了同样的话吧。”

“我知道这件事做得很蠢！你揍我吧！你当真有过什么明确的想法吗？”

“胡扯，我告诉你；什么明确的想法！你带我来看他的时候，是你，把他描写成一个偏执狂的……唔，昨天我们又火上加油，就是说，是你火上加油，你讲了那些关于……油漆匠的故事；那些话倒好，大概正是这些话使他发了疯！要是我知道当时在警察局里发生的详细情形，知道有一个坏蛋为了怀疑这件事……而侮辱了他！哼……昨天我决不会允许你谈这个的。这些患有偏执狂的人会把一滴水看成大海，会把谎言当成实有其事……我还记得，昨天扎梅托夫讲的那些话把我的疑团消除了一半。是这样的！我知道一件事：一个四十岁的疑心病患者把一个八岁的孩子杀死了，因为他受不了那个孩子每天在餐桌上嘲笑他！那会儿无非是他衣衫褴褛再加上蛮横无理的警察局长、开始发作的疾病，还受到这样的怀疑！而且还是对一个狂乱的疑心病患者！何况他还有一种疯狂的、独特的虚荣心！这很可能就是发病的起点！唉，不去管它了！……顺便说一句，扎梅托夫那小子的确不错，不过，嗯……昨晚上他真不应该把这一切都说出来。他真是一个可怕的饶舌鬼！”

“他把这件事告诉谁了？就你和我？”

“还有波尔费利。”

“告诉波尔费利有什么要紧呢?”

“顺便问问,那两位,他的母亲和妹妹会听你的话吗? 今天应该对他谨慎一些……”

“她们是可以说通的!”拉祖米欣不乐意地答道。

“他干吗那样生卢仁的气呢? 那人很有钱,好像她也并不讨厌他……她们不是一文钱也没有吗?”

“你干吗追根究底的?”拉祖米欣气愤地嚷道,“我怎么知道她们有钱没有钱? 你亲自问去,也许能打听出来……”

“唉,有时候你多么傻啊! 昨晚的酒意还没有消呢……再见;替我谢谢你的普拉斯科维娅·巴甫洛夫娜让我借宿一宵。她把自己反锁在屋里,我从门外向她问好,她连理也不理,她一清早七点钟就起来了,茶壶是从厨房里通过楼道拿给她的……我未蒙召见……”

九点整,拉祖米欣来到巴卡列夫公寓。两位女士早就十分焦急地等着他。她们在七点钟左右,甚至更早一些,就起床了。他进去的时候,脸色像黑夜一样阴沉,他笨拙地鞠了个躬,但是马上就对此发起脾气来——当然是生他自己的气。他估计错了:普莉赫丽娅·亚历山大罗夫娜简直扑到他跟前,抓住他的两只手,差点没吻它们。他朝阿芙朵佳·罗曼诺夫娜怯生生地瞟了一眼;但在那一瞬间,她高傲的脸上也露出感激和友好的表情,一种使他感到意外的由衷的尊敬(而不是他所预料的讽刺的神情和不由自主、掩盖不住的鄙视!),这使他感到比受到她们的辱骂还狼狈,要不,真的,他倒还好受一些。幸而有一个现成的话题,于是他赶快抓住这个题目不放。

普莉赫丽娅·亚历山大罗夫娜听说他“还没有睡醒”,但是“一切都很好”时,她声称这样更好,“因为有一件事情她非常,非常需要先谈一谈”。接着她就问他有没有喝过茶,并请他跟她们一道喝;因为她们为了等他,还没有喝茶呢。阿芙朵佳·罗曼诺夫娜按了一下铃,随即来了一个穿得破破烂烂、邋邋遢遢的人,她向他要了茶,茶具也终于摆上来了,可是又脏又不成体统,弄得母女都怪不好意思的。拉祖米欣刚想把这个公寓痛骂一顿,可是想起了卢仁,就马上难为情地闭住了嘴,后来当普莉赫丽娅·亚历山大罗夫娜滔滔不绝地向他提出了一连串的问题时,他简直高兴极了。

他讲了三刻钟,来回答那些问题,他的话一再被她们提出的问题所打断,但他还是向她们转述了最近一年来他所知道的有关罗吉昂·拉斯柯尼科夫生活中的一切最重要和最必需的事实,最后他又详细地叙述了他的病状。然而他却略去了许多应该避而不谈的事情,其中包括在警察局的那件事及其一切后果。她们贪婪地听着他讲;当他认为他已经把话说完,而且已经使听众感到满足了的时候,他却发现她们还以为他还没有开始呢。

"告诉我,告诉我! 您认为怎样? ……唉,请原谅,到现在为止,我还不知道您的大名呢!"普莉赫丽娅·亚历山大罗夫娜急急忙忙地说。

"德米特里·普罗柯费奇①。"

"那么,德米特里·普罗柯费奇,我非常,非常想知道……就一般而言……他现在对事物的看法怎样……那就是说,我的意思是,我怎样对您说呢,不如说吧:他喜欢什么,不喜欢什么? 他一直是这样容易生气吗? 如果可以的话,请告诉我,他有什么愿望,或者,可以说吧,有什么幻想? 究竟什么东西现在对他有特别的影响? 总之,我想……"

"啊,妈妈,他怎么能够一下子回答所有这些问题呢!"杜尼娅说。

"唉,我的上帝,我完全,完全没有料到,见到他时,他会是这样,德米特里·普罗柯费奇!"

"这是非常自然的,"德米特里·普罗柯费奇回答说,"我没有母亲,我的伯父每年来看我,虽然他是一个聪明人,可是他差不多每一次来的时候,连我的外表都不认识了;你们分别了三年,当然变化很大。其实我能对你们说什么呢? 我认识罗吉昂已经一年半了:他阴沉、忧郁、高傲;最近(也许很早就开始了)他又变得神经过敏和多疑。他为人忠厚、心地善良。他不喜欢流露自己的感情,宁愿表现出冷酷无情,而不愿说出自己的心里话。然而,有时候他一点疑心病也没有,只是冷冰冰的,麻木不仁到

---

① 拉祖米欣的名字和父称。

了不近人情的地步,真的,他身上仿佛有两种相反的性格在轮流起作用。有时候他非常不爱说话。他总说他没有工夫,人家老妨碍他,可是他自己却躺着,什么事也不干。他不爱嘲笑,这不是因为他不会说俏皮话,而是因为他似乎没有时间可以拿来浪费在这种小事上。他从来不听完别人说的话。从来也不对当时人家都感兴趣的事情感兴趣。他把自己看得很高,他似乎也不是没有某些权利这样做。好啦,还有什么?……我想,你们的到来,对他会有药到病除的作用。”

“唉,但愿如此!”普莉赫丽娅·亚历山大罗夫娜叫道,听了拉祖米欣对她的罗佳的评语,她感到很痛苦。

拉祖米欣终于敢大胆一些地瞧了阿芙朵佳·罗曼诺夫娜一眼。他说话的时候常常偷眼看她,但只是匆匆一瞥,又马上把眼光转到别处去。阿芙朵佳·罗曼诺夫娜时而坐在桌前留神听着,时而站起身来,照她的老习惯在屋里踱来踱去,抱着胳膊,抿着嘴唇,偶尔插进一句问话,但并不停下脚步,继续沉思着。她也有不听别人把话说完的习惯。她身穿一件薄薄的黑色料子的衣服,脖子上系着一条白色的透明围巾。拉祖米欣从许多迹象上立刻看出,这两个女人的境况非常贫穷。如果阿芙朵佳·罗曼诺夫娜穿得跟皇后一样,那他可能一点也不怕她;现在也许正因为她穿得十分寒碜,因为他看出了这个非常穷困的情况,因此他的心充满了恐惧,对自己所说的每一句话,所做的每一个动作都提心吊胆,这当然使得一个已经缺乏自信心的人更加拘束了。

“关于我哥哥的性格,您告诉了我们许多有趣的事,而且……您说得很公正。这很好;我想,您很敬重他,”阿芙朵佳·罗曼诺夫娜微笑着说,“他旁边需要一个女人,这话似乎也对。”她又沉思地加了一句。

“我没有那样说过;不过您这话可能说得也对,只是……”

“什么?”

“他谁也不爱;也许他永远也不会爱任何人。”拉祖米欣毫无顾忌地说。

“您是说他不会爱吗?”

“您听我说,阿芙朵佳·罗曼诺夫娜,您非常像您的哥哥,什么都像！”他突然出乎自己意料之外地贸然说道，但他马上又想起他刚刚所说的关于她哥哥的话，不由得脸红得像虾米一样，非常不好意思。阿芙朵佳·罗曼诺夫娜望着他忍不住大笑起来。

“关于罗佳的事，你们两人可能都想错了，”普莉赫丽娅·亚历山大罗夫娜有点见怪地接口说，“我说的不是现在的事，杜涅奇卡。彼特·彼特罗维奇在这封信上所说的话……以及你我两人所推测的，可能都错了，但是，德米特里·普罗柯费奇，您想象不出，他是怎样胡思乱想和任性啊。我永远摸不透他的脾气，甚至在他只有十五岁的时候也是这样。我深信，现在他会突然对自己做出一件任何时候都没有人会想去做的事情……不用往远处说：您可知道一年半以前，他忽然异想天开，要娶那个——她叫什么来着？——他的女房东扎尔尼岑娜的女儿，那时他使我多么惊讶，多么震惊呀，险些把我的命都送掉了。”

“您知道这件事情的详细情形吗？”阿芙朵佳·亚历山大罗夫娜问道。

“您以为——”普莉赫丽娅·亚历山大罗夫娜激动地接着说，“您以为我的眼泪，我的哀求，我的病，我可能因为伤心而死，以及我们的贫穷，能叫他那时回心转意吗？不，他会若无其事地迈过一切障碍。然而难道说，难道说他不爱我们吗！”

“关于这件事，他自己从来没有跟我说过一个字，”拉祖米欣谨慎小心地回答，“不过我从扎尔尼岑太太本人那儿听说了一点儿，从某方面说，她也不是一个善于叙述的人。我听到的事甚至有点叫人奇怪……”

“什么，您听到了什么？”母女俩齐声问道。

“不过也没有什么太特别的，我只听说，扎尔尼岑太太本人很不满意这门亲事，但是婚事已经安排好了，只是因为新娘死了，才没有结成婚……此外，据说那个姑娘并不漂亮，也就是说，甚至长得挺难看……而且有病……人还很古怪……不过，好像也有一些优点。准是有某些优点，否则就完全不可理解了……她还没有任何陪嫁，当然有没有陪嫁，他也不会计较……总之对这种事很难下断语。”

“我相信她是个好姑娘。”阿芙朵佳·罗曼诺夫娜简短地说。

"上帝宽恕我吧,当时她死了,我还很高兴哩,虽然我并不知道,他们谁会把谁给毁了——他会毁了她,还是她会毁了他。"普莉赫丽娅·亚历山大罗夫娜最后说;接着,她小心翼翼、吞吞吐吐地问起前一天罗佳跟卢仁发生争执的事,她说话的时候不断偷眼看杜尼娅,显然她听了是不愉快的。这件事情分明比任何事情都使她不安,引起她的焦虑,甚至惊恐。拉祖米欣又把全部经过详细讲了一遍,但这一次他还加上了他自己的结论:他干脆指责拉斯柯尼科夫故意侮辱彼特·彼特罗维奇,这次他很少用病当做借口。

"他还在生病以前就想这样做。"他补充了一句。

"我也这样想。"普莉赫丽娅·亚历山大罗夫娜神色沮丧地说。但是,听了拉祖米欣这次那么慎重地,甚至好像尊敬地谈到彼特·彼特罗维奇的时候,她不禁很吃惊。这也使阿芙朵佳·罗曼诺夫娜感到很惊讶。

"这就是您对彼特·彼特罗维奇的看法吗?"普莉赫丽娅·亚历山大罗夫娜忍不住问了一句。

"对于令爱未来的丈夫,我也不可能有别的意见,"拉祖米欣坚决而又热诚地回答说,"我这样说,不单单出于庸俗的礼貌,而是因为……因为……只因为阿芙朵佳·罗曼诺夫娜自己,自愿地选中了这个人。如果说昨天我曾经把他痛骂了一顿,那是因为我昨天醉得太不成样子了,而且……而且神经失常了;是的,神经失常,没头没脑,完全发了疯……今天我真觉得害臊……"他脸涨得通红,不再说下去,阿芙朵佳·罗曼诺夫娜的脸也红了,但她没有打破沉默。从他们开始谈论卢仁的那一分钟起,她没有说过一句话。

这时候,普莉赫丽娅·亚历山大罗夫娜得不到女儿的支持,显然不知道该怎么办才好。最后,她的眼睛不住地望着女儿,结结巴巴地声称,现在有一件事情太叫她担心了。

"您知道,德米特里·普罗柯费奇……"她说,"杜涅奇卡,我对德米特里·普罗柯费奇完全开诚布公地说,好不好?"

"当然可以,妈妈。"阿芙朵佳·罗曼诺夫娜庄重地说。

"事情是这样的,"她赶紧说,好像允许她谈出她的苦恼,等于从她心里搬走了一座大山似的，“今天一清早，我们接到彼特·彼特罗维奇的一封短笺，是在我们去信告诉他我们已经到达以后他写给我们的回信。您看，他本来答应，他昨天应该到车站去接我们的。可是他没有去，却派了一个听差去接我们，他叫听差把这家公寓的地址带了来，并且给我们带路。彼特·彼特罗维奇吩咐他转告我们，说他今天早上到我们这儿来。可是今天早上他又没有来，却派人送来了这封短笺……您最好自己看看吧；短笺里有一点叫我非常担心……您自己马上就会看到这是怎么回事了，同时……请您坦率地告诉我您的意见，德米特里·普罗柯费奇！您比谁都知道罗佳的脾气，您比谁都能够给我们出出主意。我要预先告诉您，杜涅奇卡已经当机立断，拿定了主意，但我还不知道怎么办才好，因此我……我一直在等您。”

拉祖米欣打开了这一封注明昨天日期的短笺，看到了下面的话：

“夫人，普莉赫丽娅·亚历山大罗夫娜，我谨奉告您：由于忽有要事，不可分身，未能到站台迎接二位，因此我派了一名很机灵的仆人前往迎迓。同样，明天早上我也不能荣幸地和你们相见，因为我在枢密院有一件刻不容缓的公事要办，而且，在您和令郎，阿芙朵佳·罗曼诺夫娜和她的哥哥团聚的时候，我也不便打扰。我准于明晚八时整荣幸地到你们的寓所拜访二位，并向你们致意。同时我不揣冒昧，附带向您提出一个恳切，而且是坚决的要求，但愿在我们晤面时，罗吉昂·罗曼诺维奇并不在场，因为昨天在他病中我去拜访他的时候，他空前无礼地侮辱了我，此外，又因为我本人想在某一点上对您做出必要的详细说明，关于这点我也希望听到您本人的解释。我谨预先奉告，如果无视我的请求，我竟遇见罗吉昂·罗曼诺维奇，我将不得不立刻告辞，那时候就只有怪您自己了。我这样写，是基于下述推测：罗吉昂·罗曼诺维奇在我拜访他的时候好像病势很重，但在两个钟头以后他忽然痊愈，既然他能出门，可见就能去探望你们。我在一个被马踩伤致死的醉汉家里亲眼目睹的事情，使我对此更加深信不疑，他在该处以资助丧葬为名，给了那个醉汉的女儿多达二十五个卢布，那是一个品行不端、声名狼藉的女子。这件事使我大为吃惊，因为我知道您费了多大的苦心才弄到这笔钱。最后,请接受我诚挚的敬意,顺向可敬的阿芙朵佳·罗曼诺夫娜特别致意。

您忠实的仆人

彼·卢仁”

“德米特里·普罗柯费奇,我现在怎么办呢?”普莉赫丽娅·亚历山大罗夫娜说,她差点没哭出来,“我怎么能够叫罗佳不来呢?昨天他那么坚决地要我们拒绝彼特·彼特罗维奇,现在人家又吩咐我们不让罗佳来!要是他知道的话,他会特意到这儿来的,那……那时候会闹出什么事来呢?”

“那就照阿芙朵佳·罗曼诺夫娜的决定去办吧。”拉祖米欣立刻沉着地答道。

“唉,我的上帝!她说……天知道她说的是什么,她也不肯说明她的用意!她说,最好,也就是说不是最好,而是为了某种目的,似乎一定要让罗佳故意在今天八点钟也来,而且一定要让他们两人见面……我呢,不想给他看到这封信,还想请您帮我想个巧妙的办法,不让他来……因为他太容易发怒了……此外,我完全不了解,是哪一个醉汉死了,女儿又是怎么回事,他又怎么会把自己最后一点钱统统给了这女儿……这笔钱……”

“妈妈,为了弄到那笔钱,您花了多大的代价啊。”阿芙朵佳·罗曼诺夫娜补充了一句。

“他昨天的心情不好,”拉祖米欣若有所思地说,“你们要是知道昨天他在酒馆里做的事情就好了,虽然做得挺聪明……唔!昨天,我和他一道回家的时候,他的确对我讲起一个什么死人和一个什么女子,可我一句也没听懂……话又说回来,昨天我自己也……”

“妈妈,咱们最好亲自到他那儿去一趟,您放心,在那儿咱们就会马上知道应该怎么办的。而且,时间已经不早了——哎呀!已经十点多啦!”她望了一眼用一根细细的威尼斯造的表链挂在脖子上的那只华贵的珐琅金表,不由得叫了起来,那只金表跟她的其他服饰显得非常不调和。“未婚夫的礼物。”拉祖米欣想道。

“哎呀，该走了！……该走了，杜涅奇卡，该走了！”普莉赫丽娅·亚历山大罗夫娜慌慌张张地忙了起来，“咱们这么晚还不去，他会以为咱们是为昨天的事情生气呢。哎呀，我的上帝！”

她一面这样说，一面急急忙忙地披上斗篷，戴上帽子；杜涅奇卡也穿戴好了。拉祖米欣注意到她的手套不但很旧，而且有许多破洞，可是衣服的这种明显的寒碜，甚至赋予这两位女士特别尊严的外表，那些穿着寒酸而又懂得如何穿戴的人，常有这种特别尊严的外表。拉祖米欣毕恭毕敬地望着杜涅奇卡，并以能够带她前去引以为荣。他暗自想道：“在监牢里补袜子的皇后①，在那时看去，一定像个真正的皇后，甚至比参加最豪华的盛典和接受朝觐时更像皇后。”

“我的上帝，”普莉赫丽娅·亚历山大罗夫娜叫道，“我简直没有想到我会害怕看见我的儿子，看见我亲爱的，亲爱的罗佳，我现在多么害怕啊！……我怕，德米特里·普罗柯费奇！”她胆怯地瞅了他一眼，添上了这一句。

“妈妈，别怕，”杜尼娅吻着妈妈说，“还是相信他的好。我就相信他。”

“哎呀，我的上帝！我也相信，可是我一夜没睡着。”可怜的女人叫道。

他们走上了大街。

“你知道吗，杜涅奇卡，今天早上当我蒙眬入睡的时候，我突然梦见了故去的玛尔法·彼特罗夫娜……她穿了一身白……走到我面前，握住我的手，对我摇着头，神情很严厉，好像在责备我似的……那是好兆头吗？哎呀，我的上帝，德米特里·普罗柯费奇，您还不知道呢：玛尔法·彼特罗夫娜死啦！”

“是的，我不知道；哪一个玛尔法·彼特罗夫娜？”

“她是暴死的！您想想看……”

“妈妈，以后再说吧，”杜尼娅插嘴道，“他还不知道玛尔法·彼特罗夫娜是谁呢。”

---

① 指法国国王路易十六之妻玛丽亚-安图安涅塔，她在法国大革命时期坐过牢。

"嗐,您不知道吗?我还以为您什么都知道了呢。请您原谅我,德米特里·普罗柯费奇,最近几天,我简直昏了头了。我真把您看成我们的天神似的,所以我深信,您什么都已经知道了。我把您当亲人看待……我这样说,请您别见怪!哎呀,我的上帝,您的右手怎么啦?碰破了吗?"

"是的,碰伤了。"感到非常幸福的拉祖米欣喃喃地说。

"有时候我太爱怎么想就怎么说了,因此,杜尼娅总是纠正我……可是,我的上帝,他住在一间什么样的小屋子里啊!他到底醒了没有呢!那个女的,他的女房东,难道真把这当作屋子吗?听我说,您说他不喜欢感情外露,那么我的……弱点也许会叫他讨厌吧?……德米特里·普罗柯费奇,您能不能教教我呢?我应该怎样对待他?您知道,我愁死啦。"

"你要是看见他皱着眉头,就什么也不要多问他;特别是不要刨根问底地问他的健康情况;他不喜欢。"

"唉,德米特里·普罗柯费奇,做母亲多难啊!但是又走到这条楼梯跟前了……多可怕的楼梯啊!"

"妈妈,您的脸也白了,您快安下心来吧,亲爱的妈妈,"杜尼娅对妈妈亲热地说,然后眼睛一闪,又加了一句,"他看见您,应该感到幸福,可您却这样折磨自己。"

"等一等,我先去瞧瞧他醒了没有?"

于是拉祖米欣走在前面,母女俩跟在他后面慢慢地走上楼梯。走到四楼女房东的门口时,他们注意到女房东的房门敞开了一条小缝,一双锐利的黑眼睛正从暗处打量着她俩。当她们的目光碰到一起时,那扇门忽然砰的一声关上了,声音很响,吓得普莉赫丽娅·亚历山大罗夫娜差点惊叫起来。

## 3

"他好啦,他好啦!"佐西莫夫一看见他们进门,就兴高采烈地嚷起来。他已经来了十分钟,仍旧坐在沙发角上昨天他坐的那地方。拉斯柯尼科夫坐在沙发的另一头,衣服完全穿好了,甚至还仔仔细细地洗了脸,梳了头,他已经好久没有这样做了。屋子里一下子就挤满了人,可是娜斯塔霞还是跟在客人后面挤了进来,听他们说话。

的确,特别是跟昨天的情形比较起来,拉斯柯尼科夫差不多完全好了,只是脸色非常苍白,心不在焉、满脸阴沉。他的外表很像一个受了伤的人,或者受了某种极大的肉体痛苦的人:他双眉深锁,嘴唇紧闭,眼睛红通通的。他很少说话,好像迫不得已或者履行义务似地勉强说两句,在他的动作里有时流露出某种不安。

只消给他胳膊上挂一根绷带,或者给他手指上套一个塔夫绸指套,他就会完全像一个,比如说,手指严重肿痛或者胳膊受伤,或者有这一类伤痛的人了。

然而,当母亲和妹妹走进门的时候,他那张苍白而阴郁的面容也开朗了一会儿,但是这只给他脸上的表情增添了似乎更加深刻的痛苦,以代替先前那种苦闷的、心不在焉的神情。开朗的表情很快消失了,可是痛苦却留了下来。佐西莫夫一直以一个初次行医的医生的全副年轻人的热情,在观察和研究自己的病人,他惊讶地发现他在亲人们到来以后,并没有感到快乐,而是好像暗中痛苦地下定决心去忍受一两个钟头无法逃避的折磨似的。后来他看见,在接着的谈话中几乎每句话都触到病人的某种痛处,触痛了他的伤口;但同时他对他今天控制自己和隐藏自己情感的本领大为吃惊,昨天他还像个患有偏执狂的病人似的,随便一句话都可能惹得他差点发起疯来。

"是的,现在我自己也看到我差不多好了。"拉斯柯尼科夫说,他亲切地吻着母亲和妹妹,这使得普莉赫丽娅·亚历山大罗夫娜马上喜笑颜开了。"我说这话已经不是昨天那个劲了。"他友好地握着拉祖米欣的手,对他补充道。

"他今天甚至叫我很惊奇,"佐西莫夫说,他们来了使他很高兴,因为他只待了十分钟,就已经跟病人无法再谈下去了,"再过三四天,如果这样继续下去,他就会跟从前一样,就是说跟一个月以前或者两个月以前一样了……也许跟三个月以前一样？这场病由来已久，潜伏期也很长……是不是？现在您总该承认，这恐怕要怪您自己了吧？”他脸上带着小心翼翼的微笑说，好像他仍旧害怕一不留神把他惹恼了似的。

“很可能。”拉斯柯尼科夫冷冷地回答。

“我所以这样说，”佐西莫夫津津有味地说下去，“因为现在主要只有靠您自己才能完全复原。既然现在可以跟您谈话了，那么我就想让您懂得，必须消除掉影响您产生病态的最初的，也就是说，根本的原因，这样您才能够痊愈，不然，甚至会更加恶化的。我不知道这些最初的原因是什么，但是您自己应当知道。您是一个聪明人，当然观察过您自己的情况。我认为，您患病的开始，跟您离开大学多少有些关系。您不能无所事事，所以我想，工作和摆在自己面前的一个坚定的目标，对您会有很大的益处。”

“对，对，您说得完全对……我要赶快回到大学去，那么一切就会……迎刃而解了……”

佐西莫夫提出自己聪明的叮咛，多少是为了在两位妇女面前卖弄一番，可是当他把话说完，朝病人瞧了一眼以后，他在他的脸上发现了明显的嘲笑，他不免有点不知所措了。然而这种情况只持续了一刹那。紧跟着，普莉赫丽娅·亚历山大罗夫娜就开始向佐西莫夫千恩万谢地表示感激，特别感激他昨天半夜还到她们寄寓的地方去看她们。

“怎么！他夜里还到你们那儿去过？”拉斯柯尼科夫好像吃了一惊似的问道，“那么，你们在旅途劳顿以后也不睡觉？”

“哦，罗佳，那不过是两点以前的事。在家的时候，我跟杜尼娅从来没有在两点以前上过床。”

“我也不知道应该怎样感谢他才好，”拉斯柯尼科夫接着说，他忽然皱起眉头，眼睛望着下面，“且不谈钱的问题——请原谅我提到这件事情（他向佐西莫夫说）——我真不知道我究竟有什么地方值得让您这样特别关注！我简直不明白……同时……同时这使我很苦恼，因为这无法理解：真的，我坦率地对您说。”

“您别激动，”佐西莫夫勉强笑了笑，“假定您是我的头一个病人，而我们这些刚开业的医生对自己的头几个病人，就像对自己的孩子一样爱护，有的还几乎爱上了他们。要知道，我的病人并不多。”

“我就不说他了，”拉斯柯尼科夫指着拉祖米欣加了一句，“他从我这儿，除了侮辱和麻烦以外，也什么都看不到。”

“他真是胡说八道！你今天太多愁善感了吧，是不是？”拉祖米欣嚷道。

要是他的目光锐利一些，他会发现，这里根本没有什么多愁善感的情绪，甚至于恰恰相反。不过这一点，阿芙朵佳·罗曼诺夫娜是注意到了的。她焦灼不安地凝神注视着哥哥的举动。

“妈妈，至于您，我什么都不敢说，”他接着说，好像在背诵一早就背熟了的功课似的，“我今天才能够多少体会到，您昨天在这里等我回来时等得多么痛苦。”他说完，忽然默默无言地微笑着向他的妹妹伸出一只手。但是这回在这个笑容里却掠过了一丝纯真的、真诚的感情。杜尼娅立刻抓住伸给她的那只手，热情地握了握它，又高兴又感激。自从昨天的龃龉以后，这是他第一次向她打招呼。母亲看见兄妹之间的这种彻底、无言的和解，顿时笑逐颜开，充满了幸福。

“我就爱他这一点！”遇事爱夸张的拉祖米欣低声说，他坐在椅子上猛地转了一个身，“他常有这些内心的流露……”

“他这一切做得多好啊，”母亲暗暗想道，“他这种冲动多么高尚，他简单而又委婉地消除了昨天跟妹妹之间的一切误会——只不过是在这样的时刻伸出手来，亲切地望了望……他的眼睛多么美，整个脸庞多么漂亮啊！他甚至比杜涅奇卡还要好看些……可是，我的上帝，他穿的是什么衣服啊，他穿得多么寒碜！阿凡纳西·伊凡诺维奇店里的伙计瓦夏也比他穿得好些啊！……我真想，真想扑到他跟前去，紧紧地搂着他……痛哭一场，可是我害怕，害怕……主啊，他有一种说不出的味儿！……他说话虽然很和蔼，可是我害怕！我到底怕什么呢？……”

“啊，罗佳，说起来你不会相信的，”她急于想回答他最后的几句话，这时她突然接口说道，“我跟杜涅奇卡昨天多么……不幸啊！现在一切都已经过去了，结束了，我们俩又感到幸福了——可以谈谈了。你想想看，我们一下火车就直奔这里来，为了拥抱你，而那个女的——啊，就是她！你好，娜斯塔霞！……她忽然对我们说，你害热病躺在床上，可是刚才却悄悄地离开医生，逃走了，还神志不清就逃到外面去，他们正在满处找你。我们心里多么焦急，说出来你也不会相信的！我不禁想起了波丹契科夫中尉的惨死——他是我们的熟人，你父亲的朋友，你恐怕不记得他了吧，罗佳，——他也是患热病的时候，像这样跑到外面去，掉在院内的一口井里，直到第二天才把他捞出来。当然，我们把事情更加夸大了。我们正要跑出去找彼特·彼特罗维奇，请他帮帮忙呢……因为我们就两个人，完全孤零零的。"她悲伤地拖长声音说道，说到这儿突然停住了，因为她想起了，提到彼特·彼特罗维奇还是相当危险的，尽管"大家又都非常幸福了"。

"是的，是的……这一切当然令人很遗憾……"拉斯柯尼科夫咕哝着回答，但是却带着心不在焉和几乎漠然的神情，以致杜涅奇卡惊讶地望了望他。

"我还想说什么来着？"他接着说，极力回想着，"哦，对了：妈妈，还有你，杜涅奇卡，请你们不要以为我今天不愿意先去看你们，而等着你们先来。"

"你这是说什么呀，罗佳？"普莉赫丽娅·亚历山大罗夫娜叫道，她也很惊讶。

"他是由于尽义务才回答我们吗？"杜涅奇卡想道，"他跟人和解，请人宽恕，就好像在做礼拜或者背书似的。"

"我刚醒，本来想去看你们，可是因为衣服的缘故耽搁了；昨天我忘记告诉她……告诉娜斯塔霞……把这片血迹洗掉……我现在才刚刚穿好衣服。"

"血迹！什么血迹？"普莉赫丽娅·亚历山大罗夫娜惊慌地问。

"这没有什么……请放心。昨天我有点迷迷糊糊，在街上溜达的时候，碰见一个被马车轧死的人……一个官吏……"

"迷迷糊糊？但是你不是什么都记得吗。"拉祖米欣打断了他的话。

"一点也不错，"拉斯柯尼科夫不知怎么特别关切地回答说，"我什么都记得,连最微小的细节都记得,可是你瞧怪不怪:我为什么那样做,为什么到那儿去,为什么那样说?我可说不清了。”

“那是人人知道的现象,”佐西莫夫插嘴说,“事情有时候做得很巧妙,也非常机灵,可是行为的支配,行为的开端却是混乱的,它取决于各种病态的印象。像一场梦似的。”

“他几乎把我看成是疯子,这也许是一件好事。”拉斯柯尼科夫想。

“健康的人可能也是这样的。”杜涅奇卡说,她不安地望着佐西莫夫。

“你的话很有道理,”佐西莫夫回答说,“就这个意义来说,我们大家的确常常与疯子很相似,不过稍有不同,就是‘病人’比我们疯得少许厉害些,所以这里必须把界限划清楚。不错,和谐一致的人几乎是没有的。在几万人,也许几十万人中间才能遇到一个,而且那也为数甚少。”

佐西莫夫一谈到这个喜爱的话题时,忍不住夸夸其谈,粗心大意地漏出了“疯子”这个词,大家听到这个词后,都皱了一下眉头。拉斯柯尼科夫好像没有注意到,只是坐在那儿,若有所思,苍白的嘴唇上挂着异样的微笑。他继续在思索什么。

“唔,那个被轧死的人怎么样啦?我把你的话打断了!”拉祖米欣急忙叫道。

“什么?”拉斯柯尼科夫仿佛刚睡醒似的,“哦……我帮忙把他抬到他家里去,所以身上弄脏了,沾上了血……妈妈,我顺便告诉您一声,昨天我干了一件不能饶恕的事;简直糊涂透了。我把您寄给我的钱统统给了……他的妻子……作丧葬费了。她现在成了寡妇,还害着肺痨,很可怜的一个女人……有三个小孩,饿着肚子……家里空空如也……她还有一个女儿……要是您看见他们,也许您自己也会给他们钱的……但是我承认我没有任何权利这样做,特别因为我知道您自己怎么才把这笔钱弄到手的。一个人要想帮助别人,首先他得有权利这样做,不然的话,那就只有:‘狗东西,要是你们不如意,那就死了拉倒①!’”他笑了起来,“杜尼娅,对吗?”

---

① 原文是法文。

“不,不对。”杜尼娅坚定地回答。

“呵！原来你也……满怀理想！……”他咕哝说,几乎带着仇恨的眼光看了看她,脸上露出讥讽的微笑,“我应该想到这一点……这是值得称赞的;你最好……你会走到这样一条界线:不跨过去——你会不幸……而跨过去——也许会更不幸……不过这都是胡扯!”他激怒地补充了一句,对于自己情不自禁地讲得这样入迷,感到很恼火,“妈妈,我只想说,我请求您饶恕。”他陡然急促地结束道。

“算了,罗佳,我相信你做的一切都是好事。”母亲高兴地说。

“将来您就不相信了。”他苦笑了一声,回答道。接着就是一阵沉默。在这整个谈话中,在沉默、和解和宽恕里面,都含有一种紧张的气氛,这点大家都感觉到了。

“他们好像怕我似的。”拉斯柯尼科夫心里想,他皱起眉头望着母亲和妹妹。普莉赫丽娅·亚历山大罗夫娜的确越沉默心里就越慌。

“没见面的时候,我倒好像很爱她们。”他的脑海里闪过这个想法。

“罗佳,你知道吧,玛尔法·彼特罗夫娜死啦!”普莉赫丽娅·亚历山大罗夫娜突然插嘴说。

“哪一个玛尔法·彼特罗夫娜?”

“哎呀,我的上帝,是玛尔法·彼特罗夫娜,斯维里加洛夫太太呀。我不是在信里常常跟你谈到她吗。”

“啊——,是的,我想起来了……那么她死了？哎呀,真的死了?”他突然浑身一震,好像清醒过来似的,“难道她死了吗？她怎么死的?”

“你想想看,她是暴死的呀,”普莉赫丽娅·亚历山大罗夫娜被他的好奇心所鼓舞,急忙说道,“正好在我寄信给你的时候,就在那一天！你信不信,那个可怕的男人看来就是她死于非命的罪魁祸首。听说,他把她毒打了一顿。”

“难道他们就这样生活吗?”他问他妹妹。

“不,正好相反。他对她总是很耐心,甚至彬彬有礼。在好多事情上,他甚至太迁就她的脾气了,整整七年……不知道怎么回事,他突然失去了耐心。”

“既然他忍了七年,可见他根本不那么可怕。杜涅奇卡,你好像在替他辩护,是不是?”

“不,不,他是一个可怕的人!我想象不出更可怕的人了!”杜尼娅几乎战栗地回答,然后皱着眉头沉思起来。

“他们这事是在早上发生的,”普莉赫丽娅·亚历山大罗夫娜急忙往下说道,“这事发生以后,她就马上吩咐套车,准备吃完饭就立刻进城,因为每逢遇到这类事情,她总要进城去;据说,她吃午饭的时候胃口还很好……”

“挨过打以后?”

“……不过,她一向有这个……习惯,一吃完午饭,就马上到澡堂洗澡,免得耽误动身……要知道,她在那儿进行浴疗;他们那儿有一眼冷泉,她每天按时在冷泉里洗澡,她一浸到水里,就突然中风了!”

“那还不中风!”佐西莫夫说。

“他把她打得很厉害吗?”

“这反正一样。”杜尼娅接口道。

“哼!不过,妈妈,您倒有兴致跟我讲这样的废话。”拉斯柯尼科夫烦躁地、仿佛无心地突然说道。

“唉,我的孩子,我不知道该说什么好呀。”普莉赫丽娅·亚历山大罗夫娜脱口说道。

“怎么,你们大家都怕我吗?”他苦笑着问道。

“一点也不错,”杜尼娅板着脸,直视着她的哥哥说,“妈妈上楼的时候,甚至吓得直画十字。”

他的脸仿佛抽搐似的歪扭起来。

“哎呀,杜尼娅,你说什么呀!请你别生气,罗佳……杜尼娅,你这是干吗呀?”普莉赫丽娅·亚历山大罗夫娜不知所措地说,“我乘火车到这儿来的时候,的确一路上梦想着我们怎样会面,怎样谈个痛快……我感到那么幸福,简直连行程都没有注意!我在说什么呀!我现在也很幸福……你不应该说那样的话,杜尼娅……只要看到你,罗佳,我就觉得幸福……”

“妈妈，别说了，”他眼睛不望着她，可是紧握着她的手，狼狈地咕哝说，“我们会有时间谈个痛快的！”

说到这里，他忽然慌乱起来，脸色煞白：他不久以前的那种可怕感觉又在他心头引起了一阵阴森可怖的寒战；猝然，他又清清楚楚地意识到他刚才说了一句可怕的谎话，现在他不仅再也不会有时间谈个痛快，而且现在永远也不能对任何人谈任何事情了。这种苦恼的想法影响极大，使得他刹那间几乎忘记了一切，他从座位上站起来，谁也不瞅，就径自走出了房间。

“你怎么啦？”拉祖米欣抓住他的胳膊喊道。

于是他又坐下来，开始一言不发地东张西望。大家都莫名其妙地望着他。

“你们大家为什么都这样沉闷？”他完全出人意外地猝然嚷道，“说点什么呀！真的，像这样坐着干什么！喂，讲呀。咱们谈谈吧……我们聚在一起，可是都不说话……来，说点什么吧！”

“谢天谢地！我还以为他又要跟昨天一样了呢。”普莉赫丽娅·亚历山大罗夫娜画着十字说。

“你怎么啦，罗佳？”阿芙朵佳·罗曼诺夫娜怀疑地问。

“哦，没什么！我想起了一件事。”他回答说，突然笑了起来。

“好，如果你只是想起了什么事，那没关系！……要不然，我还以为……”佐西莫夫咕哝着从沙发上站起来，“不过，我该走了；也许我会再来的……要是我遇见……”

他行礼告辞，走了出去。

“多么好的一个人！”普莉赫丽娅·亚历山大罗夫娜说。

“是的，人挺好，非常好，又有学问，又聪明……”拉斯柯尼科夫忽然开口说，他说话出乎意料地快，而且异常兴奋，这是以前所没有的，“我想不起我生病以前在什么地方遇见过他……好像在哪儿见过他……这一位也是好人，”他点头指了指拉祖米欣，“杜尼娅，你喜欢他吗？”他问她，忽然莫名其妙地大笑起来。

“很喜欢。”杜尼娅回答。

“嘿,你真……可恶!”拉祖米欣说,他非常不好意思地涨红了脸,从椅子上站起身来。普莉赫丽娅·亚历山大罗夫娜微微笑了笑,可是拉斯柯尼科夫却纵声大笑起来。

“你上哪儿去?”

“我也……得走了。”

“你根本不用走,留下吧!佐西莫夫走了,因此你也要走。别走……现在几点了?十二点了吗?杜尼娅,你的那块表多好看!为什么你们又都不说话了呢?老是我一个人说话!……”

“这是玛尔法·彼特罗夫娜送给我的礼物。”杜尼娅回答说。

“非常贵重的表。”普莉赫丽娅·亚历山大罗夫娜加了一句。

“啊——!真大,简直不像是一个坤表。”

“我喜欢这样的表。”杜尼娅说。

“这么说,不是未婚夫送她的。”拉祖米欣想,不知道为什么高兴起来了。

“我还以为是卢仁送给你的礼物呢。”拉斯柯尼科夫说。

“不是的,他还没有送过杜涅奇卡任何东西。”

“啊——!妈妈,您记得我以前恋爱过而且曾经想结婚吗?”他蓦地说道,一面望着母亲。他忽然改变话题,而且说话又用那种腔调,使他母亲感到很惊讶。

“啊,是的,我的孩子。”普莉赫丽娅·亚历山大罗夫娜跟杜涅奇卡和拉祖米欣互相递了个眼色。

“唔!是的!我能跟您说什么呢?我也记不得许多了。她是个病歪歪的女孩子,”他接着说,眼睛望着地上,又陷入了沉思,“她总是生病。她喜欢布施穷人,念念不忘地老想进修道院,有一次她对我谈到这件事情的时候,忽然放声大哭起来;是的,是的……我记得……我记得很清楚。她长得很……丑。我真不知道当时是什么把我吸引到她身边去的,我想大概是因为她总生病的缘故……如果她是个瘸子或者驼背,我想我会更爱她一些……(他若有所思地微笑了一下)就这样……一场春梦……”

“不,这不仅仅是一场春梦。”杜涅奇卡振奋地说。

他凝神注视着妹妹，但是没有听清或者没有听懂她的话。然后他陷入深思，站了起来，走到母亲跟前，吻了她一下，又回到原来的地方，坐了下来。

“你现在仍然爱她！”普莉赫丽娅·亚历山大罗夫娜感动地说。

“爱她？现在？哦，是的……您说的是她！不。现在这一切已经如同隔世……这是很久以前的事了。而且周围的一切，都好像不是在这里发生似的……”

他凝神望了望他们。

“就连你们……我也好像从千里迢迢的地方望着你们……可是，天知道我们谈这件事干吗！问长问短地又干什么？”他懊丧地补充道，然后咬着自己的指甲，又默默地冥想起来。

“罗佳，你住的房间多糟啊！像口棺材似的，”普莉赫丽娅·亚历山大罗夫娜突然打破了使人窒息的沉默，说道，“我相信，你的忧郁至少有一半是你的屋子引起的。”

“屋子？”他心不在焉地回答说，“是的，屋子跟这有很大的关系……我也这样想过……可是，您知道不知道，刚才您说出了一个多么奇怪的想法啊，妈妈。”他异样地笑了笑，加上最后一句话。

他和已经阔别三年的家人重新团聚，谈话的语调十分亲切，但又什么都谈不下去，这种情况，再过一会儿他就绝对不能忍受了。但是有一件紧急的事情不管怎样今天一定要解决，——还在早上醒来的时候他就下了这个决心。现在他对这件事情感到很高兴，把它当做逃避困境的一个出路。

“听我说，杜尼娅，”他又严肃又冷淡地说，“当然我要请求你宽恕我昨天的事情，但是我认为我应该再提醒你一下，在主要问题上我是决不让步的。有卢仁就没有我，有我就没有卢仁。就算我是坏蛋，你可不能当坏蛋。有一个人当就够了。要是你嫁给卢仁，我就立刻不认你做妹妹。”

“罗佳！罗佳！这不是跟昨天一模一样了吗。”普莉赫丽娅·亚历山大罗夫娜伤心地叫道，“为什么你老把自己叫做坏蛋呢？我受不了这个！昨天也是这样……”

“哥哥,”杜尼娅也用冷淡的口吻坚决答道,“你在这件事情上错了。我仔细想了一夜,才找到了你的错误。关键在于:你似乎认为我是为了某个人而把自己牺牲给另一个人的。根本不是那回事。我出嫁无非是为了我自己,因为我自己心里很痛苦;其次,如果我能够对我的亲属有点好处,我当然很高兴,然而那不是促使我这样决定的最主要动机……”

“她在撒谎,”他愤恨地咬着指甲想道,“多骄傲的人!她不肯承认她是想做好事!唉,卑劣的人们啊!他们甚至爱的时候也好像在恨……哦,我多么……恨他们这些人啊!”

“事实上,”杜涅奇卡接着说,“我嫁给彼特·彼特罗维奇,是因为两害相权取其轻。我打算诚实地去做他所希望我做的一切,所以,我不会欺骗他……刚才你为什么那样笑了一下?”

她的脸也涨得通红,她的眼睛闪着怒火。

“什么都做?”他狞笑着问道。

“在一定的界限之内。看彼特·彼特罗维奇求婚的作风和做法,我马上就知道他需要什么。当然,他也许把自己看得太高了,不过我希望他也能看重我……为什么你又在笑?”

“为什么你又脸红了呢?妹妹呀,你在撒谎。仅仅因为你那女人家的固执你在故意撒谎,以便不顾我的劝告,一意孤行……你不会尊重卢仁的:我见过他,跟他说过话。所以你是为了钱出卖你自己的,所以,不管怎么说,你的行为是卑劣的,我很高兴,你至少还会脸红!”

“不对,我没有撒谎,”杜涅奇卡再也不能保持冷静,嚷了起来,“要不是我相信他能看重我,重视我,我决不会嫁给他;我要不是坚信我能够尊重他,我也决不会嫁给他。幸而我能确有把握地证明这一点,甚至在今天就可以得到证明。这门亲事并不像你说的那样卑鄙!而且,即使你说得对,即使我真的决定去做那样卑鄙的事,你跟我这样说话,难道你的心肠还不够狠吗?也许连你自己也没有什么英雄气概,为什么硬要我拿出来呢?这是专制,这是暴力!要是说我坑害什么人,那不过坑害我自己一个人罢了……我还没有杀过任何人!……为什么你那样望着我?为什么你的脸色那么苍白?罗佳,你怎么啦?罗佳,亲爱的!……”

“主啊！你把他弄得昏过去啦！”普莉赫丽娅·亚历山大罗夫娜叫道。

“不，不……不要紧……没有什么！……不过头有点儿晕，根本不是昏厥……你老是念念不忘昏厥！……唔！是的……我想说什么来着？哦，今天你有什么办法证实你能够尊重他，他也能……看重你，像你所说的那样呢？你好像是说今天吧？还是我听错了？”

“妈妈，把彼特·彼特罗维奇的信给哥哥看。”杜涅奇卡说。

普莉赫丽娅·亚历山大罗夫娜双手哆嗦着把信递给了他。他十分好奇地接了过去。但是，在打开信之前，他忽然用一种惊讶的眼光望了望杜涅奇卡。

“奇怪，”他慢吞吞地说，好像忽然被一个新的想法所震惊，“我多管闲事干什么？何必这样大呼小叫？你爱嫁给谁就嫁吧！”

他的这些话仿佛是对自己说的，但是说出了声音，他向妹妹望了一会儿，好像不知道怎样才好。

他终于把信打开了，脸上依然保持着某种奇怪惊异的神情；然后他开始慢慢地、用心地读下去，一连读了两遍。普莉赫丽娅·亚历山大罗夫娜显得特别不安；大家也在等待着发生什么特别的事。

“这使我很吃惊，”他沉思了一会儿以后，把信还给母亲，开口说道，但是他的话并不是具体对什么人说的，“他是办理诉讼的，是一个律师，连说话都是那种……派头，可是写信却文理不通。”

大家微微地骚动了一下；因为跟所预料的完全不同。

“要知道，他们这种人都是这样写的。”拉祖米欣急促地说道。

“你难道看过这封信吗？”

“看过。”

“我们给他看的，罗佳，我们……刚才跟他商量过。”普莉赫丽娅·亚历山大罗夫娜不知所措地说。

“这正是诉讼文体，”拉祖米欣打断了她的话，“诉讼文书直到今天都是那样写的。”

“诉讼文体？是的，这正是诉讼文体或者官场文体……说不上文理不通，也说不上高雅；是一种官场文体！”

“彼特·彼特罗维奇毫不隐瞒他受的教育不多，但他自诩是白手起家的。”阿芙朵佳·罗曼诺夫娜说，她哥哥说话的那种新的语调惹得她有几分生气了。

“好吧，既然他自鸣得意，准是有道理的，我不反对。妹妹，你好像生气了，因为我看完这封信后，得出了这样一个轻率的意见，你以为我为了出气，才故意抓住这样一些微不足道的小事在你面前装腔作势。恰恰相反，我就那封信的文体想到的一些意见，在目前的情形下绝不是多余的。信里有一句话非常清楚和值得注意，这句话就是：‘只有怪您自己了’，此外还有一句威胁你们的话：如果我来，他就立刻走开。要走开这句话等于是在威胁：要是你们不听话，他就要把你们两个抛弃，而且是在他把你们召到彼得堡来以后的现在抛弃。唔，你以为怎样：如果卢仁这句话是他（他指着拉祖米欣）或者佐西莫夫，或者不论我们中间哪一个人写的，我们会不生气吗？”

“不——不，”杜尼娅活跃起来，回答说，“我很清楚，这封信写得太直率了，大概他的确不会写信……你考虑得对，哥哥。我甚至没有料到……”

“这是用诉讼文体写的，诉讼文体也只能写成那样，写成的东西也许比他想写的东西要粗鲁一些。但是我应该稍稍扫一下你的兴：这封信里还有一句话是诽谤我的，而且这个诽谤相当卑鄙。昨天我把钱给了一个寡妇，一个生痨病、痛不欲生的女人，我给她钱，并不是‘以资助丧葬为借口’，而是直接用于丧葬，也不是给她女儿的，不是给他在信里说的那个‘品行不端、声名狼藉’的姑娘（昨天我是有生以来头一次看见她），而是给那个寡妇。我从这件事情上看到他急于想往我脸上抹黑，而且想挑拨我和你们的关系。这也是用诉讼文体表达出来的，就是说，目的表现得过分露骨，而且迫不及待到了天真的程度。他是一个聪明人，但是要想做得聪明——单靠聪明是不够的。这一切透露出一个人的性情，而且……我不认为他对你十分看重。我告诉你这件事无非是为了引以为戒，因为我真心希望你好……”

杜涅奇卡没有回答;她的决定还在不久以前就已经做出,她只是等待着晚上的来到。

“那么,罗佳,你是怎么决定的呢?”普莉赫丽娅·亚历山大罗夫娜问,这种突如其来、新的、有条不紊的说话语气,使得她比刚才更加不安起来。

“‘决定’什么?”

“彼特·彼特罗维奇不是在信里说,他希望你今天晚上不在我们那儿,如果你来……他就走。那么你……去不去呢?”

“这件事当然不应该由我来决定,首先,应该由您来决定,如果彼特·彼特罗维奇的这种要求不叫您生气的话;其次,应该由杜尼娅来决定,如果她也不生气的话。你们觉得怎样好,我就怎样做。”他冷淡地补充说。

“杜涅奇卡已经拿定了主意,我完全同意她的意见。”普莉赫丽娅·亚历山大罗夫娜急忙插嘴说。

“我决定请你,罗佳,坚决请求你在这次会面的时候一定到我们那儿去,”杜尼娅说,“你来吗?”

“我一定来。”

“我也请您八点钟到我们那儿去,”她对拉祖米欣说,“妈妈,我请他也去。”

“好极了,杜涅奇卡。唔,你们决定怎么办就怎么办吧,”普莉赫丽娅·亚历山大罗夫娜补充了一句,“我心里就松快多了;我不喜欢说谎和弄虚作假;倒不如把实话全说出来……现在彼特·彼特罗维奇爱生气不生气,随他的便!”

## 4

正在这当口,门轻轻地打开,一个姑娘怯生生地四下张望着,走进屋里来。大家又吃惊又好奇地朝她转过脸去。乍一看,拉斯柯尼科夫没有认出她来。这个姑娘就是索菲娅·谢苗诺夫娜·马美拉多娃。昨天他是第一次见到她,但是在那个时候,在那种环境下,她穿的又是那样的衣服,因此他所记得的她的模样,跟此刻的她,是完全不同的。现在她是一个穿得很朴素甚至很寒酸,且非常年轻的姑娘,几乎像个小女孩,举止端庄文雅,一张明朗但又有几分胆怯的面孔。她穿了一件很普通的家常便服,戴一顶陈旧的老式帽子;可是手里仍旧跟昨天一样拿着一把小阳伞。她意外地看到屋子里有这么多人,当时她的神情不仅忸怩不安,而且像小孩似的害怕得手足无措。她甚至想要退回去。

“啊……是您呀?”拉斯柯尼科夫十分吃惊地说,他自己也忽然忸怩不安起来。

他立刻想起,她妈妈跟妹妹从卢仁的那封信里早已知道有一个“品行不端、声名狼藉”的年轻女人。他刚才还抗议过卢仁的恶意中伤,说他是第一次看见那个姑娘,可是她忽然间自己走进屋里来了。他还记得,他对“品行不端、声名狼藉”这种说法并没有提出过抗议。所有这一切,在他脑海里模模糊糊地一闪而过。但是在他凝神地向她瞥了一眼以后,他忽然看见这个忍辱含垢的人,竟是那样低声下气,因此他突然可怜起她来了。当她吓得要逃走的时候,——他简直心如刀割。

“我完全没有想到您会来,”他赶快说,用眼色示意叫她不要走,“您请坐。您大概是从卡捷琳娜·伊凡诺夫娜那儿来吧。请原谅,别坐这儿,坐在那儿吧……”

拉祖米欣本来坐在紧挨着门的三把椅子中的一把,索尼娅进来的时候,他就欠身起来,让她过去。拉斯柯尼科夫先请她坐在佐西莫夫刚才坐过的沙发角上,但是他又想起沙发是他当床用的,坐在这儿未免太亲昵了,因此他立刻指点她坐在拉祖米欣坐过的那把椅子上。

“你坐在这儿。”他对拉祖米欣说,请他坐到刚才佐西莫夫坐的那个角上。

索尼娅坐下了,害怕得几乎浑身发抖,她怯生生地瞥了一眼两位女士。看得出来,她自己都不明白,她怎么能够坐在她们身旁。她考虑到这一点以后，便吓得忽然又站起来，十分困窘地对拉斯柯尼科夫说：

"我……我……只进来一会儿。对不起，打扰您了，"她结结巴巴地说，"是卡捷琳娜·伊凡诺夫娜叫我来的；她没有别人可派……卡捷琳娜·伊凡诺夫娜叫我千万请您明天早上……去参加安魂祈祷……在做完礼拜以后……在米特罗凡涅夫公墓①……然后到我们……到她家里……吃饭……她叫我求您……千万赏光。"

索尼娅口吃着，说不下去了。

"我一定尽量参加……一定来！"拉斯柯尼科夫回答。他也欠身站了起来，结结巴巴地没把话说完。"来，您请坐，"他忽然说，"我需要跟您谈谈。请——您也许很忙吧——但可否拨出两分钟给我……"

他把椅子给她稍微移近了一些。索尼娅又坐下了，又用怯生生、不知所措的目光对两位女士匆匆瞥了一眼，忽又把眼睑垂了下去。

拉斯柯尼科夫苍白的脸唰地红了；他仿佛全身抽搐了一下；眼睛发亮。

"妈妈，"他坚定而执着地说，"这是索菲娅·谢苗诺夫娜·马美拉多娃，就是我曾跟您说过的，昨天我亲眼看见被马踩死的那个不幸的马美拉多夫先生的女儿……"

普莉赫丽娅·亚历山大罗夫娜朝索尼娅看了一眼，微微地眯起了眼睛。尽管她被罗佳那种坚决、挑衅性的神气弄得张皇失措，她也不肯放弃这个快乐。杜涅奇卡严肃地、全神贯注地凝视着那个可怜姑娘的面孔，带着一种莫名其妙的表情打量着她。索尼娅听到拉斯柯尼科夫的介绍后，想把眼睛再抬起来，但是她却比刚才更慌乱了。

"我想问问您，"拉斯柯尼科夫急忙对她说，"这事，今天你们是怎么了结的？没有找过你们的麻烦吧？……比方说，警察。"

"没有，一切都办妥了……因为死因是非常清楚的；并没有找我们的麻烦；只有房客们很生气。"

"为什么？"

---

① 彼得堡的一处贫民公墓。

"因为尸体停放得太久了……现在天气热,有味……所以今天晚祷的时候,就把尸体移到墓地去,在小教堂里放到明天。一开始卡捷琳娜·伊凡诺夫娜不肯,但是现在她也知道不能……"

"那么就在今天?"

"她请您明天务必赏光到教堂去参加安魂祈祷,然后到她家去吃丧餐。"

"她举办丧餐吗?"

"是的,一点小吃;她叫我好好谢谢您昨天对我们的帮助……多亏了您,我们简直无力埋葬。"

她的嘴唇和下巴忽然哆嗦起来,但是她竭力克制自己,忍住了,又急忙把眼睛低下去看地。

在谈话的时候,拉斯柯尼科夫仔细地打量她。她有一张瘦削的,非常瘦削而又苍白的小脸,脸型不很端正,尖头尖脑,小小的鼻子和下巴都是尖尖的。她甚至称不上漂亮,但是一双蓝蓝的眼睛却非常亮,当它们发光的时候,她脸上的表情就变得那样善良与淳厚,使人情不自禁地被她吸引过去。在她那张脸和她整个形体上还有另外一个特点:虽然她已经十八岁了,但看上去简直像个小女孩,比她的实际年龄要年轻得多,完全像个小孩,这点有时甚至可笑地表现在她的某些动作上。

"但是,难道卡捷琳娜·伊凡诺夫娜这么点钱就够用了吗,甚至还打算弄一点小吃?……"拉斯柯尼科夫问,他固执地要继续谈下去。

"打算买一口普普通通的棺材……什么都简简单单的,因此钱花得不多……卡捷琳娜·伊凡诺夫娜跟我不久前计算过,还剩下点钱可以办丧餐。卡捷琳娜·伊凡诺夫娜很希望能够这样。您知道,这不能……这对她是个安慰……她就是这样的人,您是知道的……"

"我懂得,我懂得……当然……您为什么打量我的屋子呢?我母亲也说它像一口棺材。"

"昨天您把您的钱统统给了我们。"索涅奇卡忽然急速地、用力地低声答道,然后又突然使劲低下头去。她的嘴唇和下巴又一次哆嗦起来。拉斯柯尼科夫家里陈设的简陋早就使她感到震惊,现在这些话就自然而然地突然脱口而出。接着是一阵沉默。杜涅奇卡的眼睛不知怎的亮了起来，普莉赫丽娅·亚历山大罗夫娜甚至用亲切的目光望了望索尼娅。

“罗佳，”她站起来说，“我们得一块儿去吃午饭了。杜涅奇卡，咱们走吧……罗佳，你最好出去稍微散散步，然后躺下休息一会儿，然后快一点到我们那儿去……我怕……我们把你弄得太累了……”

“是的，是的，我一定去。”他着起忙来……站起来答道，“不过我有点事……”

“难道你们要分开吃饭吗？”拉祖米欣喊道，他吃惊地望着拉斯柯尼科夫，“你这是怎么回事？”

“是的，是的，我一定去……当然，当然……请你留一会儿。你们现在不需要他了吧，妈妈？也许我把他抢走了？”

“哦，不，不。德米特里·普罗柯费奇，请您赏光来跟我们一起吃饭，好吗？”

“一起来吧。”杜尼娅请求道。

拉祖米欣笑逐颜开地鞠了个躬。一刹那间，大家都莫名其妙地害起臊来。

“别了，罗佳，我是说再见。我不喜欢说‘别了’。别了，娜斯塔霞……唉！我又说‘别了’！……”

普莉赫丽娅·亚历山大罗夫娜也想向索涅奇卡鞠躬告辞，但是不知道为什么她没有这样做，就匆匆地从屋里走了出去。

但是阿芙朵佳·罗曼诺夫娜仿佛按着次序在等候着，当她跟在母亲后面从索尼娅身边走过去的时候，她周到而有礼貌地对她深深鞠了个躬。索涅奇卡发窘了，她有点惊慌、忙不迭地回了个礼，她的脸上甚至露出某种近乎病态的表情，好像阿芙朵佳·罗曼诺夫娜的礼貌和周到使她感到难堪和苦恼似的。

“杜尼娅，再见！”走到过道里时，拉斯柯尼科夫喊道，“握握手吧！”

“我不是已经跟你握过手了吗，忘了？”杜尼娅回答说，她温柔而不好意思地向他转过身来。

“那又怎么呢，再握一下吧！”

于是他紧紧地握了一下她的手指。杜涅奇卡对他笑了笑,脸红起来,然后赶紧把手抽回,跟在母亲后面,不知为什么十分幸福地走了。

“这就好啦,”他回到屋里,泰然地望了望索尼娅,对她说道,“愿上帝让死者安息吧,可是活着的人还得活下去!您说对吗?您说对吗?是这样吧?”

索尼娅甚至感到奇怪地望着他那张忽然容光焕发的脸;他默默仔细地端详了她一会儿,她已故的父亲对他讲过有关她的全部情况,在那一刹那间,突然在他脑海里闪过……

“主啊,杜涅奇卡,”一走到大街上,普莉赫丽娅·亚历山大罗夫娜就立即开口说,“咱们出来了,我现在倒觉得舒服多了;不知怎的自在了些。唔,昨天在火车上,我怎么能想到,连这样,我都会高兴呢!”

“妈妈,我还得对您说一遍,他还病得很厉害。难道您没看出来吗?也许因为思念我们,他很痛苦,成了病态。不要求全责备,这样,许多许多事就可以原谅了。”

“嗐,你才求全责备呢!”普莉赫丽娅·亚历山大罗夫娜激烈地、嫉妒地说,“你知道,杜尼娅,我瞧你们两个人,你跟他简直一模一样:与其说面貌像,倒不如说内心像:你们两个人都有忧郁病,两人都性情忧郁,爱发脾气,都很高傲,都很慷慨大方……他不可能是一个自私自利的人,杜尼娅,是不是?……可是我一想到今天晚上我们会发生什么事,我就全身无力!”

“妈妈,您放心,该发生什么事就让它发生吧。”

“杜涅奇卡,你想一想我们此刻的处境吧!要是彼特·彼特罗维奇取消了婚约,那怎么办呢?”可怜的普莉赫丽娅·亚历山大罗夫娜不小心地说出了口。

“要是那样做的话,他还有多大价值呢!”杜涅奇卡生硬而鄙夷不屑地答道。

“我们现在走开,做得很对,”普莉赫丽娅·亚历山大罗夫娜急忙打断了她的话,“他着急出去办一件什么事;让他出去走走,呼吸一点空气吧……他屋子里太闷了……但是在这个地方到哪儿去呼吸空气呢？在这儿的街道上就像在没有气窗的屋子里似的。主啊，这是什么城市啊！……等等……快靠边儿……他们会把你撞倒的，在抬着一件什么东西！嗐，原来他们抬的是一架钢琴，真的……你瞧，你推我搡的……那个姑娘我也很怕……”

“哪个姑娘，妈妈？”

“就是刚才在那儿的那个索菲娅·谢苗诺夫娜……”

“您怕她什么呢？”

“我有这样一个预感，杜尼娅。唔，信不信由你，她刚一走进来，我就想到她是烦恼的根源。”

“没有那回事儿！”杜尼娅懊丧地叫道，“妈妈，你的预感多么荒唐啊！他昨天晚上才认识她，刚才她进来的时候，他都没认出来。”

“好，你瞧着吧……她叫我心神不宁，你瞧着吧，你瞧着吧！真把我吓坏了：他开始介绍的时候，她瞧着我，眼睛是那样，瞧得我在椅子上都差点坐不住了，你还记得吗？我觉得很奇怪：彼特·彼特罗维奇在信里把她说成那样，而他还把她介绍给我们，而且还介绍给你！可见他把她看得很重！”

“管他写什么呢！我们也让人家议论过，在信上写过，您忘记了吗？我相信她……是个好姑娘，这一切都是胡说八道！”

“但愿如此吧！”

“彼特·彼特罗维奇是个卑鄙下流、挑拨是非的家伙！”杜涅奇卡突然毫无顾忌地说。

普莉赫丽娅·亚历山大罗夫娜不做声了。谈话也就此中断。

“是这样的，我想跟你谈一件事……”拉斯柯尼科夫边说边把拉祖米欣拉到窗口……

“那么我就去告诉卡捷琳娜·伊凡诺夫娜，说您一定来……”索尼娅匆匆地说，她站起来告辞，打算回去。

“马上就完，索菲娅·谢苗诺夫娜，我们没有什么秘密，您不妨碍我们……我还有两句话想跟您谈谈……是这么回事，”他没有把话说完就忽然打住，转过脸去对拉祖米欣说，“你不是认识那个……他叫什么来着……波尔费利·彼特罗维奇吗？”

“那还用说！他是我亲戚。有什么事？”拉祖米欣突然好奇地补充道。

“他现在不是正在办那件案子……唔，就是那个谋杀案……你们昨天不是还谈到过这件事情吗？”

“是的……怎么啦？”拉祖米欣忽然瞪大了眼睛。

“他正在查问抵押过东西的人，我在那儿也押过一点东西，一些不值钱的小东西，一件是我离家的时候妹妹给我做纪念的戒指，一件是我父亲的银表。一共也不过值五六个卢布，但是，因为是纪念品，我很珍视。那么我现在应该怎么办呢？我不愿把它们丢掉，特别是那只表。刚才我直打哆嗦，生怕在我们谈论杜涅奇卡的表时妈妈要看看我的那只表。我父亲遗留下的东西只剩这一件了。要是把表丢了，她会伤心的。女人嘛！因此请你告诉我，应该怎么办！我知道应该去报告警察局。不过，如果直接跟波尔费利说，不是更好吗？你认为怎么样？这件事必须快点办，你看吧，在吃饭以前妈妈就会问的！”

“当然不用到警察局去，直接去找波尔费利就成了。”拉祖米欣异常激动地嚷起来，“唔，我真高兴！还在这儿等什么，马上就去，只有几步路，准能见到！”

“也好……咱们走吧……”

“他一定非常、非常、非常、非常高兴跟你认识！我在各种不同的时候都对他谈起过你，谈了许多……昨天我还谈起过你哩。走吧！……那么说，你认识那个老太婆吗？难怪了！……这一切应付得太—好—了！……啊，对了……索菲娅·伊凡诺夫娜……”

“索菲娅·谢苗诺夫娜，”拉斯柯尼科夫纠正他说，“索菲娅·谢苗诺夫娜，这是我的朋友拉祖米欣，他是个很好的人……”

“如果你们现在需要出去的话……”索尼娅开口说道，她对拉祖米欣连望也不敢望一眼，因此倒更窘了。

"咱们走吧,"拉斯柯尼科夫决定道,"我今天就去看您,索菲娅·谢苗诺夫娜,不过,请您告诉我,您住在哪儿?"

他也不是慌乱,而是似乎很着忙,并且躲着她的目光。索尼娅把地址告诉了他,她的脸涨得通红。他们一起走了出去。

"你难道不锁门吗?"拉祖米欣跟在他后面走下楼梯的时候问道。

"从来不锁!……两年来,我一直想买一把锁,"他漫不经心地补充道,"不需要锁门的人是幸福的,对吗?"他笑着对索尼娅说。

他们在街上的大门口停了下来。

"您往右边走吗,索菲娅·谢苗诺夫娜?哦,对了:您是怎样找到我的?"他问,仿佛想告诉她另一件不相干的事情。他总想看看她那双温柔、晶莹的眼睛,可是不知怎么,总看不成……

"昨天您不是把地址告诉过波列契卡①吗!"

"波莉娅?哦,是的……波列契卡!那个……小女孩……她是您的妹妹吗?我给了她地址吗?"

"难道您忘了?"

"不……我记得……"

"我听我父亲说起过您……不过那时候我不知道您姓什么,他也不知道……可是昨天我知道了您姓什么以后,今天就来了,不过我还是问了:拉斯柯尼科夫先生住在哪儿?……我不知道您也是租二房东的屋子住……再见……我去告诉卡捷琳娜·伊凡诺夫娜……"

她终于得以离开,心里非常高兴;头也不抬地匆匆走去,希望尽快走到他们看不见的地方,赶紧走完那二十步,到拐角向右转,走进大街,等到终于剩下她一个人的时候,再急忙向前走去,什么人也不看,什么东西也看不见,只是想着,回忆着,思考着每一句说过的话、每一个情况。她从来,从来也没有体会过类似的心情。整个新世界朦朦胧胧地、不可理解地闯入了她的心灵。她忽然想起,拉斯柯尼科夫打算今天到她那里去,也许上午就去,也许马上就去!

---

① 波列契卡和波莉娅、波琳卡,都是马美拉多娃之女波琳娜·米海洛夫娜的昵称。

“最好不是今天去，千万不要今天去！”她揪心地喃喃着，仿佛在恳求什么人似的，活像一个受了惊的孩子，“主呀！到我那儿去……到那间屋子里去……他会看见的……啊，主呀！”

在这时候，她自然不会注意到有一个素不相识的老爷紧跟在她后面注视着她。她刚出大门，他就跟上她了。当拉祖米欣、拉斯柯尼科夫和她三个人站在人行道上谈话时，那人正打他们身旁走过，他无意之中听到索尼娅说：“我就问：拉斯柯尼科夫先生住在哪儿”的时候，他仿佛突然吃了一惊。他迅速而仔细地把这三个人打量了一番，他特别注意正在听索尼娅说话的拉斯柯尼科夫；然后他看了看那幢房子，把它记在心里。这一切都发生在他走过去的那一刹那间，这个过路人甚至极力不露形迹，又继续向前走去，只是把脚步放慢了些，好像在等待。他等待的是索尼娅；他看见他们正在告辞，索尼娅此刻正要回家去。

“她家住在哪儿？这张面孔我在什么地方看见过，”他回忆着索尼娅的脸，想道，“得想法打听出来。”

走到拐角的时候，他就穿过马路，走到对面，他回头看见索尼娅也朝他这边走来，走的是同一条路，什么也没有发觉。她走到拐角的时候，恰好也转到这条街上来了。他便尾随着她，从对面的人行道上目不转睛地注视着她；走了五十来步以后，他又回到索尼娅这边的人行道上，追上了她，跟在她后面，保持五步的距离。

那人大约五十来岁，身材比中等个稍高一些，又高又胖，肩膀宽大而拱起，因此显得有点驼背。他穿了一身舒适而讲究的衣服，像一位很气派的老爷。他手里拄着一根精美的手杖，每走一步，就敲一下人行道；手上戴着崭新的手套。他那张颧骨凸出的宽阔脸庞相当讨人喜欢，那种容光焕发的气色，在彼得堡是少见的。他的头发还很密，金黄色之中夹杂着少许白发，他铲形的宽阔浓须甚至比他头发的颜色还浅些。他的眼睛是蔚蓝色的，显出冷冷的、专注的、沉思般的神色；嘴唇是鲜红的。总之，这个人很能保养自己，看上去比他的真实年龄要年轻得多。

当索尼娅走到河边的时候，人行道上只有他们两个人。他观察着她，看出她在凝神沉思，心不在焉。索尼娅走到了家，折进大门，那个人有点奇怪地尾随着她。走进院子以后,她折入右边拐角,向通往她家的楼梯走去。“咦!”那个陌生的老爷低语着,跟在她后面登上了楼梯。这时候索尼娅才注意到他。她走到三楼,折进楼道,在九号房间的门口拉了拉铃。门上用粉笔写着这样几个字:“成衣匠卡佩瑙莫夫”。“咦!”那个陌生人又重复了一遍,他对这种奇怪的巧合感到很惊讶,他拉了拉紧挨着的八号房间的门铃。两扇门相距大约六步光景。

“原来您住在卡佩瑙莫夫家呀,”他望着索尼娅笑着说,“昨天他给我改了一件背心。我就住在这里,在您的隔壁,在列斯莉赫太太,杰尔特鲁达·卡尔洛夫娜家里。真巧!”

索尼娅留神地望了望他。

“咱们是邻居,”他不知怎的特别愉快地接着说,“我前天才到城里来。好,再见。”

索尼娅没有回答;门开后,她就悄悄地走进去。不知怎的,她觉得害臊,而且心里似乎害怕起来……

在去看波尔费利的时候,拉祖米欣一路上感到异常兴奋。

“这好极了,老兄!”他来回说了好几遍,“我真高兴!真高兴啊!”

“你高兴什么呀?”拉斯柯尼科夫暗自想道。

“我不知道你在那个老太婆那儿也抵押过东西。还有……还有……这是很久以前的事情吗?我是说,你是很久以前到她那儿去的吗?”

“真是个天真的傻瓜!”拉斯柯尼科夫想。

“什么时候?……”他站定了回忆着,“好像是在她死以前的两三天,我到她那儿去过。不过我现在并不要去赎东西,”他匆忙加上这一句,显得对他的东西特别关心似的,“要知道,我手里又只剩下一个银卢布了……都因为昨天那一阵该死的神志不清!”

他说到“神志不清”这个词时,语气特别重。

“唔,对,对,对,”拉祖米欣赶紧表示同意,也不知他同意什么,“那么这就是那时你之所以……多少感到吃惊……你知道吗,在你神志不清的时候,你不断地提起什么戒指,什么表链!……对,对……这很清楚,现在什么都清楚了。”

“原来如此！这种想法在他们中间已经散布开了！这个人将替我去上十字架，我很高兴，终于弄明白了我为什么在神志不清的时候提起戒指！这种想法准在他们的脑子里生了根！……”拉斯柯尼科夫想。

“咱们能遇见他吗？”他开口问。

“会遇见的，会遇见的，”拉祖米欣急忙回答，“他是个很好的人，老兄，你会看到的！也许有点儿笨拙，我是说，他是个文质彬彬的人，我说的笨拙是另外一种意思。他是个聪明人，很聪明，甚至聪明得很，不过他的思想方法有点特别……他多疑，对什么都怀疑，而且恬不知耻……他喜欢骗人，就是说，不是骗人，而是喜欢捉弄人……他使用的是偏重事实的老办法……他熟悉他的本职工作，非常熟悉……去年他查清了一件几乎一点线索也没有的谋杀案！他非常，非常非常想跟你认识！”

“为什么他这样想跟我认识呢？”

“就是说，并不是因为……要知道，近来，自从你生病以来，我常常谈起你，谈了很多……唔，他听着……当他听说你是学法律的，因为环境所迫不能读完大学的时候，他说：‘多可惜！’因此我断定……不仅根据那一件事情，而是根据所有这一切；昨天，扎梅托夫……要知道，罗佳，昨天我喝醉了酒，在回家的时候对你胡说了一气……老兄，我担心你把那些话夸大了，要知道……”

“什么？就是把我当作疯子那件事吗？也许他们说得对。”

他勉强笑了一下。

“是的……是的……就是说，呸，不对！……唔，我所讲的一切（还有别的一些话），都是胡扯，都是喝醉了酒胡说八道。”

“你何必赔不是呢！我对这一切实在厌烦啊！”拉斯柯尼科夫显出十分恼怒的样子嚷道。不过他有一部分是假装的。

“我知道，我知道，我懂得。请你相信，我懂得。甚至说出来都不好意思……”

“既然不好意思，那就别说了。”

两个人都不作声了。拉祖米欣简直高兴极了，拉斯柯尼科夫厌恶地感觉到了这一点。拉祖米欣刚才说到波尔费利的事,也使他忐忑不安。

“对这个人也必须装出一副可怜相,”他想,脸色苍白,心在怦怦地跳,“还要尽可能做得自然些。还是什么都不装最自然。尽力什么都不装！不成,尽力又不自然了……唔,怎么应付过去呢……咱们走着瞧吧……马上……我到那儿去是好还是不好呢？等于飞蛾扑火。心在跳——这可不好!”

“就在这幢灰房子里。”拉祖米欣说。

“最要紧的是,波尔费利知道不知道,昨天我到那个老妖婆的屋子里去过……并且问起血迹的事？我应当一进去就立刻把这件事弄清楚,从他脸上观察出来;不—然—的—话……哪怕完蛋,也要弄清楚!”

“你知道吗,”他脸上露出狡黠的笑容,突然对拉祖米欣说,“老弟,我看出你今天好像特别激动似的。对吗?”

“什么激动？我一点也不激动。”拉祖米欣真的紧张起来。

“不过,老弟,的确看得出来。你刚才坐在椅子上的样子是从来没有过的,不知怎的坐在边上,好像坐立不安。你无缘无故地跳起来。一会儿又气呼呼的,要不,不知为什么,你的脸又变得像块最甜的冰糖。你甚至满脸通红;特别是在邀请你去吃饭的时候,你的脸红极了。”

“我没有那回事儿;你胡说！……你说这话是什么意思?”

“你干吗像个小学生似的狡赖呢？活见鬼,他又脸红了。”

“你简直是头猪!”

“你干吗害臊呢？罗密欧①！等一等,我今天要找个地方把这件事告诉她们。哈哈哈！让妈妈开开心……也让另一个人笑一笑……”

“听着,听着,你听我说,这可是件严肃的事,这可是……你要是说出去,这成何体统,见鬼!”拉祖米欣完全语无伦次了,吓得浑身发冷,“你要告诉她们什么？我,老弟……呸,你简直是头猪!”

“你简直像一朵春天的玫瑰花！你知道,这个比方对你多么贴切啊;

---

① 莎士比亚戏剧《罗密欧和朱丽叶》中的男主人公。

一位两俄尺十俄寸①高的罗密欧！你今天脸洗得多么干净，连指甲都刷干净了，是不是？这样的事以前有过吗？上帝作证，你还抹了油搽了雪花膏啦！低下头来！”

“猪!!!”

拉斯柯尼科夫放声大笑，好像欲罢不能似的。他俩就这样笑着走进了波尔费利·彼特罗维奇的住所。这正是拉斯柯尼科夫所希望的：从屋里就可以听见他们笑着走进去，走进过道还在哈哈大笑。

“在这儿一句话也不许说，不然我就……砸烂你的脑袋！”拉祖米欣一把抓住拉斯柯尼科夫的肩膀，气势汹汹地耳语道。

## 5

拉斯柯尼科夫已经走进了屋子。进来的时候，他看来好像费了很大的力气才忍住没有噗嗤一下笑出声来。拉祖米欣跟在他后面走了进来，又高又瘦，笨手笨脚，涨红了脸，一副十分沮丧和恶狠狠的面容，脸红得像芍药似的。当时他的脸和整个外表的确很可笑，这证明拉斯柯尼科夫笑得有理。拉斯柯尼科夫不等介绍，就向站在屋子中间用探询的目光望着他们的主人行了礼，并且伸出手来跟他握手，依旧看得出他在尽最大努力抑制他的喜悦心情，以便勉强说出一两句话来自我介绍一番。但是，等他刚刚摆出一副严肃的神情，同时喃喃地说了句什么的时候——突然好像身不由己地又向拉祖米欣瞥了一眼，他这时便再也控制不住自己了：刚才强忍住的笑声又爆发了出来，他在此以前越是想把它忍住，就越是笑得无法抑制。拉祖米欣用异乎寻常的恼怒对待拉斯柯尼科夫的这种“由衷的”笑，这就使得整个场面具有最真挚的快乐，而主要是自然的气氛。而拉祖米欣又似乎故意加强了这种气氛。

---

① 两俄尺十俄寸约合一点八六米。

“活见鬼！”他吼叫起来，把手一挥，恰好打在放有一只喝得只剩下一点茶底的玻璃杯的小圆桌上。桌上的东西稀里哗啦地飞了一地。

“先生们，干吗要毁坏椅子呀？要知道，这给国库造成了损失①！”波尔费利喜笑颜开地喊道。

当时的场面就是这样的：拉斯柯尼科夫依旧在笑，忘记自己的一只手还握在主人的手里，可是他知道应该适可而止，因此在等待一个适当的时机比较自然地快点结束。拉祖米欣因为把桌子打翻了，玻璃杯也砸碎了，简直窘得要命，他愁眉苦脸地望着那些玻璃碎片，啐了一口唾沫，猛地向窗户转过身去，背朝着大家站在那儿，满脸愠怒，视而不见地望着窗外。波尔费利·彼特罗维奇笑着，似乎还想继续笑下去，可是显然他在等待解释。扎梅托夫本来坐在墙角的椅子上，客人进门的时候他站了起来，嘴上挂着微笑，站在那里等候着，但是又带着莫名其妙的，甚至好似怀疑的神色注视着这个场面，当他瞧着拉斯柯尼科夫的时候，甚至显出一种慌乱的神气。扎梅托夫的意外在场，使拉斯柯尼科夫不觉一怔，深感不快。

“这还得动动脑筋！”他想。

“请原谅，”他开了腔，装出不好意思的样子，“敝姓拉斯柯尼科夫……”

“甭客气，非常高兴……很高兴您这样走进来……怎么，他连问个好都不愿意吗？”波尔费利·彼特罗维奇点头指着拉祖米欣。

“说实在的，我不知道他为什么这样对我大发雷霆。半路上，我只不过告诉他，他像罗密欧，而且……而且证实了这点，此外就好像再没有别的了。”

“猪！”拉祖米欣头也不回地答道。

“只为一个词就发那么大脾气，这里面准有非常重要的原因。”波尔费利大笑着说。

“哼，你呀！好一个预审官！……去你们大家的吧！”拉祖米欣毫不客气地说，然后忽然自己也放声大笑起来，他笑容满面地走到波尔费利·

① 这是套用果戈理的喜剧《钦差大臣》第一幕第一景的一句台词。

彼特罗维奇跟前,好像什么事都没有发生过似的。

“得啦,得啦! 大伙儿都是傻瓜;谈正经的吧:这是我的朋友,罗吉昂·罗曼诺维奇·拉斯柯尼科夫,第一,你久闻大名,想跟他认识认识;其次,他有一件小事想求你。啊! 扎梅托夫! 您怎么到这儿来了? 难道您俩认识吗? 您俩认识很久了吗?”

“这又是怎么回事?”拉斯柯尼科夫惶恐地思索着。

扎梅托夫露出发窘的样子,但并不太窘。

“昨天在你家里认识的。”他随随便便地说。

“这么说,倒省去了我的麻烦。波尔费利,上个礼拜,他一直求我把他介绍给你,现在不需要我介绍,你们自己就勾搭上了……你的烟叶在哪儿?”

波尔费利·彼特罗维奇穿着家常便服——睡衣和一件十分洁净的衬衣,脚上是一双鞋跟穿歪了的旧便鞋。他大约三十五岁,身材比中等个稍矮一些,粗粗胖胖,甚至还腆了个大肚子,脸修得很光,没有留胡子,头发剪得短短的,紧贴在头上,一颗大而圆的脑袋,后脑勺特别显著地突出来。他那张鼻子有点翘的又肥又圆的脸呈病态的深黄色,可是却很有精神,甚至带有一副讽刺的神情。要不是在近乎白色、仿佛向谁使眼色似的一眨一眨的眼睫毛下面,映出水汪汪的光,以致眼睛里流露出来的那种神气使他脸上的表情大为减色的话,甚至可以说,他显得很善良。那双眼睛的表情跟他那甚至有点女人气的整个身形很不相称,使人感到他这个人较之初见的时候要严肃得多。

波尔费利·彼特罗维奇一听说客人有点“小事”求他,就马上请他在沙发上坐下,他自己则坐在沙发的另一头,两眼注视着客人,等他立即说明来意。他用专注的,甚至过分严肃的目光注视着客人,使人新来乍到觉得难堪,而且受窘,特别是跟他素不相识,特别是当您自己认为您所谈的问题决不值得他那么郑重其事地对待您的时候。可是拉斯柯尼科夫却用简短而有条理的词句清楚而明确地说明了自己的来意,而且他对自己很满意,因为他已经趁机相当仔细地打量了波尔费利一番。波尔费利·彼特罗维奇也一直目不转睛地看着他。坐在同一张桌子对面的拉祖米欣热心地、着急地注视着他说明事由。他一会儿瞅瞅这个，一会儿又瞅瞅那个，显得有点失礼似的。

“傻瓜！”拉斯柯尼科夫暗自骂了一句。

“您应该向警察局递一份申请书，”波尔费利·彼特罗维奇用一副公事公办的态度回答说，“就说您得知了这件事，也就是这件谋杀案以后，您请求警察局通知受理这桩案子的预审官，什么什么东西是属于您的，您希望把它们赎回来……或者那儿……不过他们会通知您的。”

“问题就在这儿，”拉斯柯尼科夫尽量做出为难的样子，“眼下我的钱所余不多……就连这一点钱我也拿不出来……您知道，眼下我只想声明一下，这些东西是我的，但是必须等我有钱的时候……”

“那没有关系，”波尔费利·彼特罗维奇回答说，他冷淡地听着他说明经济情况，“如果您愿意的话，也可以直接写封信给我，内容相同，就说，您得知了某事，声明什么什么东西是您的，请求……”

“写在一张普通的纸上吗？”拉斯柯尼科夫急忙打断了他的话，他又关心到事情的经济方面去了。

“哦，用最最普通的纸！”波尔费利·彼特罗维奇眯缝起眼睛，忽然间用一种露骨的讥讽的神气望了他一眼，好像还对他眨了眨眼似的。然而这也许是拉斯柯尼科夫的错觉，因为这一切只延续了一刹那。不过至少有过这种情形。拉斯柯尼科夫可以发誓，波尔费利·彼特罗维奇真的对他眨了眨眼，鬼才知道他为什么要这样做。

“他知道！”这个想法像闪电一样在他脑子里闪过。

“请原谅我拿这种小事来麻烦您，”他有点不知所措地接着说，“我的东西一共才值五卢布，但这是人家的东西，是人家送给我做纪念的，因此我把那些东西看得特别珍贵，不瞒您说，当我听说那件事的时候，真吓了一大跳……”

“怪不得昨天我对佐西莫夫胡说一气，说什么波尔费利正在查问抵押东西的人，你就紧张成那个样子！”拉祖米欣怀着明显的意图插嘴说。

这可叫人忍无可忍了。拉斯柯尼科夫情不自禁地从他的黑眼睛里闪出愤怒的光芒，瞥了他一眼。但立刻又醒悟过来。

“老弟,你好像在嘲笑我吧?”他故意装出恼怒的样子对他说道,“我同意,也许我太关心被你看得一钱不值的那点破烂了;但是绝不能因此把我说成是一个自私自利的人或者小气鬼,在我的眼里,这两件小东西绝不是一钱不值的破烂。我刚才对你说过,那只银表也许不值几个钱,可它是我父亲唯一的遗物。你笑话我吧,可是我母亲来看我了,”他忽然把脸转向波尔费利,“要是她知道那只表没有了,”他又很快把脸转过去对着拉祖米欣,极力发出颤抖的声音,“我敢起誓,她会伤心欲绝的!女人嘛!”

“根本不是那样!我丝毫没有那个意思!我恰好相反!”拉祖米欣苦恼地嚷起来。

“这样做好吗?自然吗?是不是做得过火了?”拉斯柯尼科夫心惊肉跳地暗自想道,“我干吗要说‘女人嘛’?”

“您妈妈来看您了?”波尔费利·彼特罗维奇不知为什么打听道。

“是的。”

“她什么时候来的?”

“昨天晚上。”

波尔费利沉吟了一会儿,像在思索什么。

“您的东西无论如何不会丢的,”他镇静而冷冷地接着说,“我早在这儿等您了。”

然后好像什么事也没有发生似的,他关切地给拉祖米欣递过一只烟灰缸,因为拉祖米欣毫不爱惜地把烟灰乱弹在地毯上。拉斯柯尼科夫哆嗦了一下,但是波尔费利好像连看也不看他,只担心着拉祖米欣的烟灰。

“什—什么?等他!您难道知道他也在那里抵押过东西吗?”拉祖米欣叫道。

波尔费利·彼特罗维奇不理他,直接对拉斯柯尼科夫说道:

“您的两件东西,一枚戒指和一块表,是用一张纸包在一起放在她那里的,纸上用铅笔清清楚楚写着您的名字,还写着她收到您这些东西的日期……”

“您的眼睛真尖!”拉斯柯尼科夫局促不安地笑了笑,他竭力想正面看看他的眼睛,可是又禁不住突然补充道,“我刚才这样说,是因为,想必有很多人在那儿抵押过东西……因此您很难记住所有人的名字……可是相反,您却把所有人的名字记得那么清楚,而且……而且……”

“真愚蠢!真没用!我干吗要补充这几句话呢?”拉斯柯尼科夫想。

“差不多所有抵押过东西的人现在都已经知道了,因此,只有您一个人还没有光临。”波尔费利用一种不大听得出的讥讽口吻答道。

“我身体不大好。”

“这也听说了。我还听说您为了某一件事很苦恼。现在您的脸色好像也很苍白?”

“一点也不苍白……相反,我身体很好。”拉斯柯尼科夫粗鲁而又恶狠狠地答道,他的腔调突然变了。他的怒气直往上冲,简直控制不住了。“一怒之下,我会露出马脚来的!”他的脑子里忽然又闪过这个想法,“可是,他们干吗要折磨我呢?……”

“他身体不大好!”拉祖米欣把话接了过去说,“你看他说那些傻话!直到昨天,他一直不省人事地说胡话……唔,你相信吗,波尔费利,昨天他连站都站不住,可是我跟佐西莫夫刚一走开,他就穿上衣服,悄悄地溜出去了,也不知在什么地方几乎一直胡闹到半夜,告诉你吧,这是完完全全的神志不清,你简直无法想象!简直荒诞不经!”

“难道他是**完完全全神志不清**吗?请告诉我!”波尔费利像个女人似的摇了摇头。

“唉,胡说!您别相信!反正您本来也不相信!”拉斯柯尼科夫实在太气愤了,竟说漏了嘴。但是波尔费利·彼特罗维奇似乎并没有听见这些奇怪的话。

“要不是你神志不清,你怎么能跑出去呢?”拉祖米欣忽然激动起来,“你干吗要跑出去?出去干什么?……为什么偏要偷偷摸摸地跑出去?你这样做的时候,脑子正常吗?现在既然一切危险都已经过去,我就可以跟你直说了!”

“昨天他们把我烦死了,”拉斯柯尼科夫忽然带着一种无赖的、挑衅似的冷笑对波尔费利说,“我离开他们逃走,是想去租间房,让他们找不到我,还带了一大堆钱。那位扎梅托夫先生看见过这些钱。您说,扎梅托夫先生，昨天我是头脑清楚，还是神志不清呢？您来解决一下我们的争论吧。”

这会儿，他恨不得把扎梅托夫掐死。他实在太讨厌扎梅托夫的眼神和沉默了。

“我认为您说话很有道理，甚至很巧妙，只是太爱发怒了。”扎梅托夫冷淡地说。

“今天尼柯吉姆·弗米契对我说，”波尔费利·彼特罗维奇插嘴道，“在昨天很晚的时候，他在一个被马踩死的人的家里遇到过您……”

“好，就拿那个官吏的事来说吧，”拉祖米欣接下去说，“当时你在他那儿的时候，不是个疯子吗？你把最后的一点钱统统给了那个寡妇办丧事。唔，如果你要帮助她——可以给她十五个甚至二十个卢布，哪怕给自己留下三个卢布呢，可是你把所有的二十五卢布十分大方地统统给了她！”

“也许我在什么地方找到了一个宝藏，可你不知道呢？所以昨天我才那样慷慨大方……那位扎梅托夫先生是知道我找到宝藏的！……请您原谅，”他嘴唇哆嗦着对波尔费利·彼特罗维奇说，“我们用这种鸡毛蒜皮的事打搅了您半小时。我们叫您厌烦了，是不是？”

“哪里哪里，恰恰相反，恰恰—相—反！您要是知道您多么使我感兴趣，那有多好啊！看着您，听您说话，是很有趣的……不瞒您说，我很高兴，您终于光临了……”

“给我们点茶喝吧！我的喉咙都干坏了。”拉祖米欣嚷道。

“好主意！大家大概都愿意奉陪吧。你想不想……先吃点比茶强烈些的东西呢？”

“去你的！”

波尔费利·彼特罗维奇走出去吩咐送茶来。

各种思想在拉斯柯尼科夫的脑海里像旋风一样旋转。他非常恼火。

“最糟糕的是，他们甚至毫不掩饰，也不想客气！你根本不认识我，你凭什么跟尼柯吉姆·弗米契谈论我呢？可见，他们已经不想掩饰，他们像一群狗似的在盯我的梢！他们竟公然啐我的脸！”他气得浑身发抖，“来，干脆揍我吧，别像猫捉老鼠那样捉弄我了！这可是一件不礼貌的行为,波尔费利·彼特罗维奇,我可不允许这么着!……我要挺身而出,当着大家的面全盘托出;那时候你们就会知道我多么瞧不起你们了!……”他吃力地喘了口气,“如果这只是我的错觉,那又怎么办呢?如果这是我的幻觉,我什么都估计错了,我由于没有经验而大发其火,因而不能继续保持我所扮演的这个卑鄙角色,那怎么办呢?也许这一切都是无心的呢?他们说的话都是普普通通的,不过其中还是有文章……那些话什么时候都可以说,不过还是有文章。为什么他直截了当地说‘在她那里’呢?为什么扎梅托夫添了一句,说我说得很巧妙呢?为什么他们用那种腔调说话呢?……拉祖米欣坐在这儿,为什么他什么也没觉察出来呢?这个天真的傻瓜是永远也察觉不出什么的!我又发热病啦!……刚才波尔费利对我眨眼了没有呢?这当然是小事;他眨眼干什么?他们是想刺激我的神经,还是想捉弄我呢?要么一切都是幻觉,要么他们知道了!……连扎梅托夫也粗鲁无礼……扎梅托夫粗鲁无礼吗?扎梅托夫一夜之间就改变了主意。我早就预感到他会改变主意的!他在这儿是自己人,我可是头一次到这儿来。波尔费利不把他当客人,他拿背朝着他坐在那儿。他们气味相投,不消说是为了我才气味相投的!我们来以前,他们准在谈论我!……他们知道租房的事吗?但愿快点吧!当我说到我昨天逃走,想去租间房子的时候,他放过去了……我很巧妙地把租房的事插了进去:以后会有用处的!……说我神志不清!……哈哈哈!昨天晚上的事他都知道了!可他就不知道我母亲来了!……那个老妖婆还用铅笔把日期记上了呢!……休想,我不会听凭你们摆布的!这还不是事实,这不过是你们的幻觉罢了!不,你们拿事实来!就连租房也不是事实,而是我胡说八道;我知道应该对他们说什么……他们知道租房的事情吗?不弄明白我就不走!我到这儿来干什么呢?我现在在生气,这大概就是事实吧!唉,我多么爱发火啊!说不定这样也好:我扮演了一个病人的角色……他在试探我呢。他想把我弄糊涂。我到这儿来干什么呢?”

这一切像闪电一样从他脑海里掠过。

波尔费利·彼特罗维奇很快就回来了。他忽然变得挺高兴似的。

“老弟,昨天参加了你的宴会以后,我的头……甚至整个人,都像支持不住了似的。”他完全用另外一种口吻对拉祖米欣笑着说。

“你觉得有意思吗？昨天我在最有意思的时候撇下你们走开了，对吧？谁胜了呢？”

“当然谁也没有胜。我们谈到了一些自古以来聚讼不休的问题，想入非非。”

“罗佳，你试想，我们昨天谈什么了：有没有犯罪这回事。我告诉过你：我们简直胡扯一通。”

“这有什么可奇怪的呢？这是一个普普通通的社会问题！”拉斯柯尼科夫心不在焉地答道。

“问题不是这样提的。”波尔费利说。

“的确，不完全是这样，”拉祖米欣立刻表示同意，他像平常一样性急和热烈，“要知道，罗吉昂：你先听听，再谈谈你自己的意见，我想听听你的见解。昨天我拼命跟他们争论，并且等着你来；我对他们谈到你，说你会来的……争论是从社会主义者的观点开始的。这个观点大家都知道：犯罪是对社会制度不正常的抗议——如此而已，再没有别的什么，此外什么原因也不许有——什么也没有！……”

“这就是你胡说了！”波尔费利·彼特罗维奇叫道。看得出，他越来越兴奋，不断望着拉祖米欣笑，这就使得拉祖米欣格外激动起来。

“此外什么也不许有！”拉祖米欣慷慨激昂地打断了他的话，“我不是胡说！……我可以把他们的几本小册子拿给你看：他们把一切都归之于‘环境的影响’——此外就再没有别的了！这就是他们爱用的词句！从这里直接得出：如果把社会正常地组织起来，一切犯罪行为就会立刻消失，因为再没有什么可抗议的了，大家转眼之间就都成了正人君子。天性是不被考虑在内的。天性是被排除的，天性是不应该存在的！他们不承认，只要人类一直沿着**活生生的**历史道路发展下去，最后自然而然会组成一个正常的社会；相反，他们认为，由一种数学头脑设计出来的社会制度，立刻会把全人类都组织起来，①使他们刹那间都变成无罪的正人君子，而

① 暗指法国空想社会主义者傅立叶的著作《关于四种运动和普遍命运的理论》。

且这先于任何活生生的过程，无需经过任何活生生的历史道路！所以他们本能地不喜欢历史，认为‘其中只有丑闻和蠢事’，而且把一切都说成是蠢事！所以他们也就不喜欢生活中活生生的过程：他们不需要活的灵魂！活的灵魂需要生活，活的灵魂不肯机械地服从，活的灵魂是可疑的，活的灵魂是顽固落后的！而他们所设想的灵魂虽然发出死尸的气味，而且是可以用橡胶制成的——但是它不是活的，它是没有意志的，是卑躬屈膝的，是不会造反的！结果他们的一切努力无非是在法伦斯泰尔①里砌砖以及安排走廊和房间！法伦斯泰尔建成了，可是与法伦斯泰尔相适应的天性还没有造就出来，天性需要生活，它还没有结束生命的过程，要它进坟墓为时尚早！单凭逻辑是不能超越天性的！逻辑可以预测三种情况，然而情况却有千千万万！把千千万万种情况都抛在一边，就会把一切都归结为一个舒适问题！那是最容易解决问题的办法！清楚得简直令人神往，叫你想都不用去想！主要的是不用想！人生的全部奥秘用两个印张就包罗无遗了！”

“决了口了，像打鼓似的！得拉住他，”波尔费利笑着说，“您想想看，”他转过脸来对拉斯柯尼科夫说，“昨晚上，在一间屋子里，六个人一齐说话，而且事先全都给潘趣酒灌得酩酊大醉——您能想象出是什么情况吗？不，老弟，你错啦：‘环境’对犯罪有很大的影响；我可以给你证明这一点。”

“我自己也知道有很大影响，不过你倒说说看：一个四十岁的男人奸污一个十岁的女孩子——这是环境驱使他这样做的吗？”

“那又怎么呢，严格说来，也许是环境驱使他这样做的，”波尔费利煞有介事地说道，“对这个小女孩所犯的罪行，是完全可以用‘环境’影响去解释的。”

拉祖米欣几乎要气疯了。

“好，如果你愿意的话，我可以立刻向你证明，”他咆哮说，“你有白色的眼睫毛，无非是因为伊凡大帝钟楼有三十五俄丈高②，我可以清楚、准

① 法伦斯泰尔是傅立叶幻想要建立的社会主义社会的基层组织。这个组织的成员集体住在比法国凡尔赛宫还大的大厦里。

② 一俄丈等于二点一三四米。

确、进步，甚至带着自由主义的色彩向你证明这一点，你干不干？我立刻证明给你看！来，你愿意打赌吗！”

“好，我打赌！让咱们来听听，他怎样证明！”

“见他的鬼！他总是装腔作势的！”拉祖米欣跳起来，挥了一下手，嚷道，“值得跟你说吗！这一切，他全是故意的；你还不了解他，罗吉昂！昨天他站在他们那边，只不过为了捉弄他们罢了。天呀，昨天他说了些什么呀！他们可都很欢迎他哩！……他可以像这样坚持两个礼拜。去年，不知为什么，他向我们断言，他要出家当修士去了：这样的话他一直说了两个月！不久前，他又忽然宣布他要结婚，婚礼的事都已准备就绪，连新衣服都做好了。我们开始向他道喜。结果，连个新娘也没有，什么也没有；一切全是幻想！”

“这你就错啦！新衣服我事前就做好了。正是因为有了这套新衣服，我才想糊弄你们一下。”

“您当真这么喜欢装模作样吗？”拉斯柯尼科夫漫不经心地问道。

“您以为我不是这样的人吗？您等着吧，我会把您也给骗了的，哈哈哈！不，您知道，我跟您实话实说吧。关于犯罪啦，环境啦，小女孩啦，所有这一切问题使我想起了您的一篇文章，我对那篇文章一直很感兴趣。《论犯罪》……还是什么来着，题目我忘记了，不记得了。两个月前，我在《周期评论》上很高兴地拜读了那篇文章。”

“我的文章？在《周期评论》上吗？”拉斯柯尼科夫惊讶地问，“半年以前，我离开大学的时候，确实写过一篇评论一本书的文章，但是我把它交给《每周评论》，不是交给《周期评论》。”

“可是却在《周期评论》上发表了。”

“《每周评论》已经停刊，所以当时没有发表……”

“一点不错；不过，《每周评论》停刊的时候，它跟《周期评论》合并了，所以您的文章两个月前发表在《周期评论》上。您不知道吗？”

拉斯柯尼科夫的确毫无所知。

“您怎么啦，您可以向他们要稿费呀！然而，您的脾气多么古怪。您过着这样一种与世隔绝的生活，甚至直接跟您有关的事情您都不知道。

这可是事实啊。”

“好啊,罗吉卡! 我也不知道!”拉祖米欣叫道,“我今天就跑到阅览室去借那本杂志。两个月以前吗? 是哪一天的? 我反正能找到。竟有这样的事! 还不告诉我们!”

“您怎么知道那篇文章是我写的呢? 文章是用字母署名的。”

“前几天偶然知道的。通过一位编辑知道的;我认识他……我非常感兴趣。”

“我记得,我分析了一个罪犯在犯罪的全部过程中的心理状态。”

“对,您还断定,犯罪行为总是伴随着一种病态。这个看法很新奇,很新奇,不过……使我最感兴趣的并不是您文章的这一部分,而是在文章结尾部分透露的一个见解,可惜您只是含糊其辞地暗示了一下……总之,如果您还记得的话,您暗示说,世界上有这样一种人,他们能够……不,不是能够,而是有充分的权利去为非作歹和犯罪,好像法律并不是为他们制定的。”

拉斯柯尼科夫听了这种对他思想的夸张和蓄意的歪曲,只是冷笑了一下。

“什么? 你说什么? 有权利犯罪? 而不是由于‘环境的影响’吗?”拉祖米欣甚至有点惊慌地问道。

“不,不,不完全由于环境,”波尔费利回答说,“全部问题在于,在他的文章里,所有的人不知为什么都被分成‘平凡的’和‘不平凡的’两类。平凡的人必须俯首帖耳地过日子,没有犯法的权利,因为——您知道——他们是平凡的人。可是,不平凡的人,正因为他们是不平凡的,所以有权犯各种各样的罪,有权肆意犯法。您的看法好像是这样的,如果我没有弄错的话,对吗?”

“这是怎么回事? 不可能,他不会这样说的!”拉祖米欣困惑地嘟哝说。

拉斯柯尼科夫又冷笑了一下。他一下就明白了问题的所在,以及他们想把他推到哪里去;他记得自己写的那篇文章。他决定接受这一挑战。

“我的观点不完全是这样,”他说得既简单又谦虚,“可是我承认您说得差不多是正确的,如果您愿意听的话,甚至可以说完全正确……(仿佛他很乐意同意这是完全正确似的）唯一的差别是，我根本不坚持，不平凡的人一定要，而且理应为非作歹，像您所说的那样。我甚至认为，这样的一篇文章，不可能发表。我仅仅暗示，‘不平凡’的人有权利……也就是说，不是正式的权利，而是他自己有权……允许自己的良心跨越……某些障碍，而且那也只是在实现他的思想必须这样做的时候（这种思想有时也许足以拯救全人类）。您说我的文章含糊其辞；我愿意尽可能地向您解释清楚。我想，这似乎正是您想要我做的，我也许没有猜错吧；那就请听吧。我认为，如果由于某种阴谋诡计，开普勒①和牛顿的发现不能公之于世，除非牺牲掉阻碍这个发现或者成为路上的绊脚石的一个人，十个人，一百个人或者更多人的生命，那么，牛顿就有权利，甚至有义务……为了使全人类知道他的发现，而去消灭那十个人或者一百个人。可是，绝不能根据这一点就得出结论，牛顿有权随便杀人，有权杀死任何一个萍水相逢的人，或者有权每天到市场上去偷东西。往下，我记得我在我的文章里还进一步说明，所有的人……唔，例如人类的立法者们和领袖们，从远古时代起直到莱喀古士②，梭伦③，穆罕默德④，拿破仑，等等，毫无例外地都是罪犯，就拿一件事来说吧，在制定新法律的时候，他们同时也就违反了祖先流传下来而为社会所尊崇的古代教义⑤。当然，他们也不会在需要流血的时候就此止步，只要流血（往往是完全无辜的、为英勇地保卫古代宗教而流的血）对他们有利。值得注意的是，人类的这些恩人和领袖大部分都是可怕的嗜血成性的人。总而言之，我认为，不但伟大的人物，而且也包括稍为超出常规的人，就是说，甚至稍为能够说出几句新见解的人，就他们的本性来说，必然都是罪犯——当然，或多或少，程度不同罢了。不然的话，他们就很难超出常轨，要叫他们安于常轨，仍就他们本性来说，他们当然不能同意，依我看，他们也应该不同意。总之，您看到，这

① 开普勒（1571—1630），德国天文学家兼物理学家。

② 莱喀古士是古代斯巴达政治家。

③ 梭伦是古代雅典的立法者。

④ 穆罕默德是伊斯兰教的创立人。

⑤ 指上帝创造世界和创造人的宗教教义。

里并没有什么特别新奇的地方。这个看法已经发表过一千次，被人看过一千遍了。至于我把人分成平凡的和不平凡的两类，我同意，这样做有点武断，但我并不坚持确切的数字。我只是相信我的主要思想罢了。这个思想就是，根据自然法则，人一般地可以分成两类，一类是低等人（平凡的人），也就是，可以说吧，只是一种繁殖同类的材料，一类是名符其实的人，即具有在他们自己的环境里说出新见解的才能或者禀赋的人。当然，这里可以再无限地分下去，但是这两大类的区别是相当明显的：第一类，就是说繁殖同类的材料，一般说，他们的禀性是保守的，循规蹈矩的，他们在顺从中生活，而且乐于做顺民。在我看来，他们也应该做顺民，因为这是他们的本分，对他们来说，这里完全没有什么屈辱。第二类人全都犯法，根据能力大小，他们是破坏者或者倾向于破坏的人。这些人的犯罪行为当然是相对的，而且是多种多样的；他们大多数在形形色色的声明中要求为了美好的未来而破坏现在。但是，如果这种人，为了实现他的思想，需要跨过一具尸体，或者涉过血泊，那么，我想，他会在内心中，在良心上，允许自己涉过血泊的——不过得看他的思想及其规模而定——请注意这一点。只是在这个意义上，我才在我那篇文章里说到他们有犯罪的权利。（您总该记得，我们是从谈法律问题开始的。）然而，也不必过分惊慌：群众差不多从来也不承认他们有这种权利，处决他们，把他们绞死（或多或少地），这是完全正义的，从而执行了他们的保守使命；不过在以后几代人中，同样的群众，又会把被处决的人捧得高高的，崇拜他们（或多或少地）。第一类人永远是现在的主人，第二类人则是未来的主人。第一类人保存世界，在数量上增殖世界；第二类人推动世界，带领世界走向目的地。两类人都有绝对平等的生存权利。总之，在我看来，两类人都有平等的权利——永恒的战争万岁！① ——不用说，直到我们建成新耶路撒冷②！”

“那么您还是相信新耶路撒冷喽？”

---

① 原文是法文。

② 据《圣经》的预言，人世将建立的天国即新耶路撒冷。

“我信。”拉斯柯尼科夫坚定地回答。他说这句话的时候，以及当他滔滔不绝地高谈阔论的时候，他的眼睛一直看着地上，盯牢了地毯上的一个点。

“您也……也……也信仰上帝吗？请原谅我这么好奇。”

“信。”拉斯柯尼科夫重复了一遍，抬起眼睛望着波尔费利。

“您也信仰拉撒路①死后复活吗？”

“我信。您问这些干什么？”

“真信吗？”

“真信。”

“原来如此……我只是好奇。请原谅。但是对不起——我又要回到刚才的话题上来了——要知道，他们并不是永远被处死的；有些人恰好相反……”

“活着的时候就取得了胜利？哦，是的，有些人活着的时候就能达到他们的目的，那时……”

“他们就开始处决别人？”

“必要的时候，您知道吧，甚至大部分是这样的。一般说来，您的见地很聪明。”

“谢谢。不过请您告诉我：您是怎样将不平凡的人从平凡的人中间区别出来的呢？是他们生来就有什么标记吗？我这样说，是因为我觉得应该更精确一些，也就是说具有更多外表上的确定性：请您原谅我这个实事求是满脑子法律的人这种自然的焦虑。比方说，能不能让他穿一身特别的服装，或者给他打上一个什么烙印？……因为，您应该同意，如果混淆不清的话，万一这一类人中的一位误以为他属于另一类，而且如您愉快地表示，开始去‘消除一切障碍’的话，那可就……”

“哦，那是常有的事！您的这个说法比刚才那个说法更巧妙了……”

“谢谢您……”

---

① 拉撒路是讨饭的穷人，死后被天使带去，受到亚伯拉罕的安慰。见《新约·路加福音》第十六章第十九至三十一节。

“别客气;不过请您注意,错误只可能发生在第一类人中间,就是说,只可能发生在平凡人中间(我这样称呼他们也许很不妥当)。尽管他们生来就乐于俯首听命,然而由于连母牛都难以避免的想入非非,他们中间有许多人喜欢以进步人士、‘破坏者’自居,宣传‘新言论’,而且做得十分真诚。与此同时,他们却常常看不见真正的新人,甚至把那些人当做思想低贱的落后分子而加以鄙视。但是我认为,这里并不存在重大的危险性,您也不必担忧,真的,因为他们从来搞不出什么名堂来。当然,因为他们想入非非,有时候可以揍他们一顿,使他们安分守己,但也就是如此而已;这里甚至连执行者都不需要:他们自己会鞭打他们自己的,因为他们都是品行端正的人;有些人互相鞭打,有些人则亲手自己鞭打自己……与此同时,他们还举行各种公开的忏悔——结果一切都做得很漂亮,很有教益,总之,您不必担心……这就是规律。”

“唔,至少就这方面来说,您使我稍微放了一点心;可是还有一件叫人发愁的事:请您告诉我,这些有权杀死别人的人,这些‘不平凡的’人很多吗?我当然愿意向他们顶礼膜拜,不过您得同意,这样的人要是很多的话,那就太可怕了,是不是?”

“哦,这您也不用担心,”拉斯柯尼科夫用同样的腔调接着说,“一般说来,有新思想的人,甚至稍微能说出几句新见解来的人,是非常少的,简直少得出奇。只有一点很清楚,人类出生的规律,所有这些等级和类别出生的规律,必然毫厘不爽地遵循着某种自然的法则。这个法则现在当然还不知道,但我相信它存在,总有一天会被人们知道。广大的芸芸众生,也就是那些繁殖同类的材料,他们生存在世界上,只是为了通过某种努力,经由某种至今尚是神秘莫测的过程,利用族类杂交的方法,哪怕至少从一千人中间,把一个稍微能够独立的人生到世界上来。也许一万个人中间才有一个人(我这是大概地说,举例而言)生来有较大的独立性。至于有更大的独立性的人,也许十万个人中间才有一个。而天才人物,那几百万人中间才会出现一个;而伟大的天才,人类的佼佼者,也许要在地球上出生了几十亿、几百亿人以后才会出现一个。事实上,我还没有往产生这一切事情的蒸馏瓶里望过。但我肯定有一定之规,也必须有,这不可能是偶然的。”

“怎么,你们两人都在开玩笑吗?”拉祖米欣终于嚷起来,“你们是不是在互相愚弄? 坐在那里,你取笑我,我取笑你! 罗佳,你是认真说这番话的吗?”

拉斯柯尼科夫默默地抬起他那苍白的、近乎悲伤的面孔,望着他,什么也没有回答。拉祖米欣觉得,波尔费利那种露骨的、纠缠不休的、刺激性的、毫无礼貌的挖苦话,跟这副沉静的、悲伤的面孔形成了奇怪的对照。

“喂,老兄,如果这当真是认真的,那么……你说这不新鲜,这同我们读过和听说过一千遍的一切事情一样,你这话当然是对的;可是在这一切当中真正独出心裁之处——而且使我感到恐怖的是,这种独出心裁之处确实是属于你一个人的——即你认为可以问心无愧地杀人,而且,请恕我直言,你还如此狂热地加以发挥……可见,这就是你那篇文章的主要思想。在我看来,这种允许问心无愧地杀人……比正式的、合法的允许杀人更可怕……”

“完全正确,这样更可怕。”波尔费利答道。

“不,你多多少少说过头了! 这里有错误。我要读一读……你说过头了! 你不可能那样想……我要把文章读一读。”

“文章里根本没有那些话,只有一点暗示。”拉斯柯尼科夫说。

“不错,不错。”波尔费利坐不住了,“现在我差不多已经明白了您对犯罪的看法,不过……请原谅我的纠缠(我实在太打扰您了,我自己深感内疚!),要知道:您刚才已经大大消除了我对两类人可能错误地混在一起的忧虑。可是……这里使我不安的,还有各种实际情况! 如果有一个男子汉,或者年轻人,自以为他是莱喀古士或者穆罕默德……当然是未来的这样一个人——于是便开始排除一切障碍……说他将要进行一次远征,而远征是需要钱的……于是他就开始为远征筹款……您明白吗?”

扎梅托夫在他的角落里突然噗嗤一声笑了出来。拉斯柯尼科夫甚至没有抬起眼来望他一下。

“我应该承认,”他沉着地答道,“的确会发生这样的情况。愚蠢而虚荣心重的人特别容易上这个钩,特别是年轻人。”

"您看,有这种情况吧。那怎么办呢?"

"就这样办嘛,"拉斯柯尼科夫冷笑了一下,"这不是我的过错。事情现在是这样,将来也永远是这样。他(他用头指了指拉祖米欣)刚才说,我允许杀人。那又怎么呢? 放逐,监狱,预审官,苦役,把社会保护得太好了——还有什么可担心的呢? 你们去捉贼好啦! ……"

"要是捉着了又怎么办呢?"

"那他活该倒霉。"

"您的逻辑性很强。不过他的良心怎样呢?"

"这跟您有什么相干?"

"是这么回事,从人道着想嘛。"

"有良心的人,要是认识到错误,一定会痛苦的。这就是对他的惩罚——苦役之外的惩罚。"

"那么真正的天才,"拉祖米欣皱着眉头问道,"那些有权杀人的人,即使他们杀了人,也应该一点痛苦都没有吗?"

"为什么要说应该这个字眼呢? 这不是准许或禁止的问题。假使他可怜被害者,那就让他去痛苦好了……一个思想开阔而又感情深厚的人,总是免不了会有痛苦和烦恼的。我认为,真正伟大的人物在世界上一定会感到极大的忧伤。"他忽然若有所思地补充了一句,简直不像刚才说话的语调。

他抬起眼来,若有所思地望了望大伙儿,笑了笑,然后拿起帽子。跟他刚才进来的时候比较起来,现在他未免太镇静了,他自己也觉察到这一点。所有的人都站了起来。

"我说,您骂我也好,生气也好,"波尔费利·彼特罗维奇又开了腔,"可是我忍不住还要请教您一个小问题(我太打扰您了!),我只想说出我自己小小的想法,免得以后忘记了……"

"好吧,您就说说您那个小小的想法吧。"拉斯柯尼科夫站在他面前等待着,脸色苍白而严肃。

"是这样的……我真不知道怎样说才好……这个想法太想入非非了……是心理方面的……是这样,当您写那篇文章的时候,您自己不可能，嘿嘿！不把自己也看成是一个，用您的话来说……‘不平凡的’人（哪怕有一点儿也罢），和一个说出新见解的人……是不是这样呢？”

“非常可能。”拉斯柯尼科夫鄙夷地回答说。

拉祖米欣把身子移动了一下。

“如果是这样，由于您在日常生活中碰到什么挫折和困难，或者为了多少促进一下全人类的进步，难道您自己也会下决心去跨越障碍吗？……唔，比方说，去杀人和抢劫？……”

他仿佛又用左眼对他使了个眼色，不出声地笑着，——完全跟刚才一样。

“我要是那样做的话，我当然不会告诉您。”拉斯柯尼科夫带着一种挑衅的、高傲的轻蔑回答道。

“不，我不过感兴趣而已，老实说，为了理解您那篇文章，而且纯粹是从文字方面……”

“呸，这多么露骨和无耻啊！”拉斯柯尼科夫厌恶地想道。

“请允许我向您指出，”他冷冷地说，“我并不认为自己是穆罕默德或者拿破仑……也不认为自己是那一类人物之中的任何一个，既然我不是那种人，所以我就不能向您满意地说明，我要是他们的话会怎么做。”

“啊，得了，今天在咱们俄国，谁不认为他自己是拿破仑呢？”波尔费利·彼特罗维奇忽然用非常亲热的口吻说道。这一次甚至从他的语气里也透露出某种特别明显的东西。

“说不定就是一个未来的拿破仑，上星期用斧子把阿廖娜·伊凡诺夫娜干掉的吧？”扎梅托夫突然从墙角说道。

拉斯柯尼科夫一言不发，只是牢牢地、目不转睛地盯着波尔费利。拉祖米欣阴郁地皱着眉头。在这以前，他好像就有所感觉了。他愤怒地朝四下望了望。经过一分钟阴森森的沉默。拉斯柯尼科夫转身要走。

“您要走啦！”波尔费利和颜悦色地说，非常亲切地伸出手来，“我非常，非常高兴和您认识。至于您的请求，请不要怀疑。您还是照我告诉您的那样写份申请书。最好尽量在一两天之内……您亲自到我那儿去一趟……明天也行。十一点钟左右我一定在那儿。咱们把一切办好……再谈谈……因为您是到那儿去的最后一批人中的一个，也许您能够跟我们讲点什么……”他用极其和蔼的态度补充了一句。

“您想在法定的场合正式审问我吗？”拉斯柯尼科夫厉声问道。

“那又何必呢？眼下完全没有这个必要。您误会了。要知道，我不放过任何一个机会，而且……我跟所有抵押过东西的人都已经谈过……从一些人嘴里得到了口供，而您是最后一个……因此，顺便问问！”他好像忽然间高兴起来了，大声说道，“我刚好想起，我这是怎么啦！……”他转过脸去对拉祖米欣说，“您当时曾经不停地对我讲那个尼古拉，把我的耳朵都给磨出茧子来了……我自己也知道，自己也知道，”他又转身对拉斯柯尼科夫说，“那小伙子是无辜的，可是有什么办法呢？而且也不得不打搅一下米季卡……问题的关键就在这儿：那时上楼的时候……请问：您七点多钟到那儿去过，对吧？”

“七点多钟。”拉斯柯尼科夫回答说，他立刻又不愉快地感到，他根本就没有说这句话的必要。

“那么您七点多钟上楼的时候，有没有看见，二楼一间敞开门的屋子里有两个工人或者他们中的一个？他们正在那儿油漆房间，您注意到没有？这对于他们是非常，非常重要的！……”

“油漆匠吗？没有，我没有看见……”拉斯柯尼科夫慢吞吞地答道，仿佛他正在绞尽脑汁去回忆，同时全身紧张，焦灼得屏住呼吸，急切地想猜出陷阱到底设在哪里，有没有忽略什么东西，“没有，我没有看见他们，好像也没有看见那样一个敞着门的屋子……但是在四楼上（这时他已经完全掌握了这个陷阱，十分得意），我记得有一个官吏……正从阿廖娜·伊凡诺夫娜对面的那间屋里……往外搬家……我记得……这我清清楚楚地记得……有几个兵士正往外抬一张沙发，把我一直挤到墙根底下……可是没有油漆匠，我不记得有什么油漆匠……好像哪儿也没有一个敞着门的房间。是的，没有……”

“您怎么啦？”拉祖米欣忽然嚷道，仿佛清醒过来，终于弄明白了，“油漆匠是在发生谋杀案的当天在那儿刷油漆的，而他是在三天以前到那儿去的。您还问什么呢？”

“嗐！我弄混了！”波尔费利拍了拍自己的脑门，“真见鬼，这件事把我弄得晕头转向啦！”他甚至表示抱歉地对拉斯柯尼科夫说。“要是能够知道，有没有人在七点多钟看见他们在那套房间里，对我们是非常重要的，所以我刚才就以为，也许您能够告诉我们……完全弄混了！”

“那么您就应该更仔细些。”拉祖米欣闷闷不乐地指出。

最后这几句话已经是在过道里说的了。波尔费利·彼特罗维奇非常客气地把他们一直送到门口。他们俩脸色阴沉、闷闷不乐地走到大街上，走了几步，一句话也没有说。拉斯柯尼科夫深深地喘了一口气……

## 6

“……我不相信！我不能相信！”拉祖米欣大惑不解地反复说着，竭力想推翻拉斯柯尼科夫的论据。这时他俩已经走近巴卡列夫公寓，普莉赫丽娅·拉斯柯尼科娃和杜尼娅母女俩早就在那儿等他们了。在热烈的谈话中，拉祖米欣不时在半路上停下来。他俩还是第一次公开谈论这件事情，因而使他既惶惑又激动。

“那你就别相信好啦！”拉斯柯尼科夫回答说，脸上露出冷淡、漫不经心的冷笑，“你跟往常一样，什么也看不出来，可是我对每一个字都仔细琢磨过。”

“你生性多疑，所以你才仔细琢磨……嗯……的确，我也认为波尔费利的口气有点奇怪，特别是那个卑鄙的扎梅托夫！……你说得对，这人有点蹊跷——不过为什么？为什么？”

“他一夜之间就改变了主意。”

“但是恰恰相反，恰恰相反！要是他们真有那个糊涂想法的话，他们会竭力把它隐藏起来，把自己的牌掩盖起来，以便过后捉住你……可是现在——这却是无耻和冒失。”

“如果他们有事实——我说的是真正的事实——或者哪怕他们的怀

疑多少有些根据，那么他们的确会竭力把牌掩盖起来，希望赢得更多的东西(不过他们早该去搜查才是!)。可是他们没有事实，一件事实也没有——一切都是幻象，都是模棱两可的，只有一种飘忽不定的想法——所以他们才极力想用那种无耻的话把我弄糊涂。也许他因为没有事实而恼羞成怒，因为焦急而信口胡说，也可能他有什么意图……看上去他倒像个聪明人……也许他想用他知道的东西来吓唬我……老弟，他们有自己的想法。不过要说明这一切就太恶心了。别谈了吧!”

“太侮辱人了，太侮辱人了！我了解你！不过……既然我们已经把话挑明了(这太好了，我很高兴我俩终于把话挑明了!)，我现在可以坦率地告诉你，我早就发现他们有这个想法了，在这段时间里，当然，不过是蛛丝马迹，疑信参半，可是尽管疑信参半，干吗要那样呢？他们怎么敢那样想？他们有什么，有什么根据？你知道我多么生气啊！怎么能这样：只因为一个被贫困和疑心病折磨成畸形的穷大学生，多疑，自尊，有抱负，穿着褴褛不堪的衣服和没有鞋掌的鞋，六个月来待在自己屋里没有看见过一个人，而在他神志不清、重病发作的前一天，也许正在开始发作(请注意这一点!)，还得站在某个可鄙的警察局长面前，受他们的侮辱；这时，又飞来一件意外的债务，七等文官切巴罗夫那家伙过期的票据，臭不可闻的油漆味，列氏三十度的高温，窒闷的空气，一大堆人，再加上谈论他前一天去找过的一个人被谋杀，而且这一切，都是在他饿着肚子的时候碰到的！在这种情况之下，他怎么会不昏迷呢！而那，那就是他们的全部根据！真混账！我明白这很恼人，可是我要是处在你的地位，罗吉卡，我准会对着他们哈哈大笑，或者最好是把唾沫啐在他们大家的脸上，多啐一点，再左右开弓打他们二十来个耳光，得好好教训教训他们，然后把这件事结束。别理他们！打起精神来！真可耻!”

“他这话说得真好。”拉斯柯尼科夫想。

“别理他们？可是明天又要审问了!”他苦恼地说，“难道说我必须向他们解释吗？昨天我在小饭馆里居然自轻自贱地跟扎梅托夫说话……现在想起来都恼火……”

“岂有此理！我要亲自去找波尔费利！我要以亲戚的身份，从他嘴里逼出点话来，让他向我交交底。至于扎梅托夫……”

“他总算想到了！”拉斯柯尼科夫想。

“等一等！”拉祖米欣突然抓住了他的肩膀，叫道，“等一等！你错啦。我再三想过：你错啦！这算什么圈套？你说关于那两个工人的问题是一个圈套吗？你好好想想：那件事如果是你干的，你能说你曾见过他们在油漆那间屋子吗……你能说你曾见过那两个工人吗？相反：即使你看见过，你也要说你什么也没看见。谁会承认对自己不利的事情呢？”

“要是我干了那件事，我一定会说我曾经看见过那两个工人和那套房间。”拉斯柯尼科夫不乐意地答道，脸上露出明显的厌恶神情。

“干吗要说对自己不利的话呢？”

“因为只有那些村民或者最没有见过世面的新手，才在受到审问的时候，直截了当地否认一切。一个人只要稍微有点头脑和经验，他准会尽量承认一切逃避不了的表面事实；不过他会给这些事实找出另外一些理由，加进一种特别的、意料不到的特点，从而赋予这些事实以截然不同的意义，使它们得到不同的解释。波尔费利也许正估计到我一定会那样回答，我一定会说我看见过他们，而且为了说得合乎情理，还会进行一番解释。”

“但是他会马上对你说，那两个工人两天以前不可能在那儿，可见在发生谋杀案那一天的七点多钟，你一定去过那儿。于是在一件微不足道的事情上让你上了当！”

“他指望的正是这个，他以为我来不及考虑，就会急急忙忙回答得尽量合乎情理一些，而忘记了那两个工人在两天以前不可能在那儿。”

“怎么可能忘记呢？”

“没有比这更容易的事了。正是在这些最不值得注意的小事上，狡猾的人最容易上当。一个人越狡猾，他就越坚信他不会在一桩不值得注意的小事上被人抓住把柄。正是要用一件最普通的事情去使一个最狡猾的人上当。波尔费利完全不像你所想象的那样愚蠢……”

“这么说，他是一个坏蛋！”

拉斯柯尼科夫忍不住笑了。可是同时他又对自己在进行最后一番解释时表现出来的兴奋和兴趣感到奇怪，因为他说前面那些话的时候，露出闷闷不乐的厌恶神气，分明是出于某种目的，不得已而如此。

“有几点还挺合我的口味哩！”他暗想。

可是，几乎就在同一个时候，他不知怎的忽然又变得不安起来，好像有一个意外的、令人忧虑的想法使他吃了一惊。他越来越焦灼不安。这时他们已经走到了巴卡列夫公寓门口。

“你独自进去吧！”拉斯柯尼科夫突然说，“我立刻回来。”

“你上哪儿？咱们已经到了呀！”

“我非去不可，非去不可；我有事……过半个小时我再来……请告诉她们。”

“随你便，我跟你一起去！”

“怎么，难道你也想折磨我吗？”他提高嗓门喊道，声音是那么痛苦而愤怒，同时眼睛里露出那么绝望的神色，以致使拉祖米欣不忍再跟他去了。他在台阶上站了一会儿，郁郁不乐地望着拉斯柯尼科夫朝他所住的那个巷子的方向快步走去。最后，他咬了咬牙，攥紧了拳头，发誓当天就去找波尔费利，像挤柠檬似的逼他把话全说出来，然后他上楼去安慰因他们长久不来而心里急得要命的普莉赫丽娅·亚历山大罗夫娜。

拉斯柯尼科夫走到自家门口的时候，两鬓都汗湿了，而且气喘吁吁。他急忙跑上楼梯，走进他那没有锁门的屋子，立刻把门钩扣上。然后，他恐怖得像发了狂似的，扑到墙角里，扑到他放东西的那个壁纸后面的洞口，把一只手伸了进去，在洞里仔细摸了一会儿，把每一个角落和壁纸的每一道皱褶都摸遍了。他什么也没有摸到，就站起身来，深深地喘了一口气。当他走近巴卡列夫公寓的台阶时，他忽然以为，也许有什么东西，一根链子，一个袖扣，甚至一张有老太婆亲笔作了标记的包那些东西的纸，当时不知怎的滑了出来，失落在某个缝隙里，以后会忽然出现，成为他意想不到无法抵赖的罪证。

他站在那儿，似乎若有所思，嘴上浮起一丝古怪的、无可奈何的、近于迷惘的微笑。最后他拿起帽子，悄悄地走出屋子。他的思想乱糟糟的。他若有所思地走下楼来，到了大门口。

“就是他!”一个人大声说;他抬起头来。

看门的站在他的小屋门口,把他指给一个个儿不高的男人,那人像是一个小手艺人,身穿一件像睡衣的衣服和背心,远远望去活像一个乡下女人。他那戴着油渍麻花便帽的脑袋耷拉着,他整个人仿佛弯腰曲背似的。从他布满皱纹、肌肉松弛的脸看来,他已经五十开外;一双小小的肉眼里,露出忧郁、严峻和不满的神色。

“什么事?”拉斯柯尼科夫走到看门的跟前问道。

那个小手艺人模样的人,皱着眉头,斜眼瞅着他,不慌不忙地把他仔细端详了一番;然后慢慢吞吞地转过身去,一句话也不说,就出了门,走到大街上。

“这是怎么回事?”拉斯柯尼科夫嚷道。

“这人来问,有一个大学生是不是住在这儿,他说了您的名字,问您住在谁家。正好您下楼,我就指给他看,可是他看完就走了。您看,真是的。”

看门的也觉得有点莫名其妙,不过并没有大惊小怪。他想了一下,便转身进了他的小屋。

拉斯柯尼科夫跑去追那个小手艺人,他立刻就看见那人迈着同刚才一样均匀的、从容不迫的步伐,在大街对面走着,眼睛盯着地面,好像在考虑什么问题。他很快就赶上那个人,在后面尾随了一阵;最后他赶上去,跟他并排走着,从侧面看了看他的脸。那人立刻就发觉了他,迅速地打量了他一眼,又把眼睛低下去,他们俩就这样一声不吭地并排走了一会儿。

“您向看门的……打听过我吗?”拉斯柯尼科夫终于问道,但不知为什么声音很低。

小手艺人没有作任何回答,甚至连看也没看他一眼。他们俩又沉默了一会儿。

“您为什么……来找我……又不说话……这到底是怎么回事?”拉斯柯尼科夫的声音断断续续,不知怎的好像字都咬不清。

这一回,小手艺人抬起了眼睛,用阴森森、恶狠狠的目光望了拉斯柯尼科夫一眼。

"杀人犯!"他突然用一种低沉的,但是清楚的,一字不爽的声音说道……

拉斯柯尼科夫在他旁边走着。他的两条腿忽然发软了,一阵寒颤透过他的脊梁,刹那间仿佛心脏都停止了跳动;接着又像脱了钩似的突然跳动起来。他们俩就这样又一声不吭地并排走了一百步光景。

那个小手艺人始终不看他。

"您说什么……什么……谁是杀人犯?"拉斯柯尼科夫几乎听不见地咕哝道。

"**你**是杀人犯!"那人越发清晰而有力地说,脸上还好像挂着一种表示憎恨的得意笑容,他又直勾勾地瞪了一眼拉斯柯尼科夫那惨白的脸和他那双吓呆了的眼睛。他们俩这时已走到十字路口。那个小手艺人拐到左边一条街上,头也不回就走了。剩下拉斯柯尼科夫一个人站在原地,久久望着那人的背影。他看见那人走了五十来步以后,又回过头来望了望他,他仍然一动不动地站在原来的地方。拉斯柯尼科夫看不太清楚,但是他觉得,这一次,那人脸上又露出了表示憎恨、冷酷的得意笑容。

拉斯柯尼科夫拖着缓慢而无力的脚步走回家去,他的两膝发抖,浑身好像冷极了。他上楼走进自己的小屋后,摘下了帽子,放在桌上,在桌旁一动不动地站了十分钟光景。然后精疲力竭地倒在沙发上,用微弱的声音呻吟着,不胜痛苦地伸直了两腿;他的双眼紧闭着。就这样躺了约莫半小时。

他什么也没有想。就这样,一些思想,或者不如说一些思想的片断,一些零乱而不连贯的表象在脑子里飘忽——在童年时代见过或者在什么地方只见过一面,后来从来没想起过的一些人的面孔;B 教堂的钟楼;一家酒馆的台球桌和一个玩台球的军官;从地下室的烟店里飘上来的雪茄味;一家小酒铺;一条黑洞洞的后楼梯,满地都是脏水和鸡蛋壳;还有不知从哪儿传来的礼拜天的教堂钟声……这些影影绰绰的东西像旋风似的,更替着,旋转着。其中有一些,他甚至还挺喜欢,他想抓住它们不放,可是它们倏忽消失了,总之他觉得有什么东西压在他的心头,不过不太重。有时候甚至还感到很舒服。他身上依旧微微地发冷,可是就连这一点,他也几乎觉得挺舒服。

他听见了拉祖米欣急促的脚步声和说话声，便闭上眼睛，假装睡熟了。拉祖米欣打开门，踌躇不决地在门口站了一会儿，然后悄悄走进屋子，蹑手蹑脚地走到沙发跟前。可以听见娜斯塔霞在低声说话：

"别打搅他！让他好好睡一觉；以后再吃饭。"

"说得对！"拉祖米欣回答说。

于是他们俩小心翼翼地走出去，掩上了门。又过了半小时。拉斯柯尼科夫睁开眼睛，又翻过身来仰面躺着，把双手弯过去枕在脑后……

"那个人是谁？那个好像从地底下钻出来的人是谁？他当时在哪儿？他看见了什么？毫无疑义，他什么都看见了。当时他站在哪儿？他从哪儿看见的？为什么现在他才从地底下钻出来？他怎么能看见呢？这难道可能吗？……哼……"他又发冷，又发抖地接着想，"还有尼古拉在门后面发现的那个盒子：这难道可能吗？那是罪证吗？你只要忽略十万分之一的线索——就会出现像埃及金字塔一样大的罪证！一只苍蝇在飞，被它看见了！这样的事难道可能吗？"

忽然他极端厌恶地感觉到，他变得多么衰弱啊，体力上衰弱极了！

"这我应该知道，"他苦笑着想道，"既然我有自知之明，预感到自己会怎样，我竟敢拿起斧子来杀人。我应该事先知道……啊！我事先确实知道！……"他绝望地喃喃道。

有时候，他在某一个想法前停下来，出神地想着：

"不，那些人可不像我这样。一个可以为所欲为的真正的统治者，他突袭土伦，在巴黎进行屠杀，把一支军队忘在埃及，在远征莫斯科时消耗了五十万人，最后在维尔诺说了一句双关语便溜之大吉。① 在他死后，人们还给他树碑立传，——由此可见，他可以为所欲为。不，这种人显然不

① 这儿列举了拿破仑一世生平的若干真实事件——攻克法国南部的军港土伦（1793年12月17日）；镇压保皇党在巴黎举行的暴动（1795年10月）；在远征埃及（1799年）期间，拿破仑扔下部队匆匆赶回法国夺取了政权；"伟大的军队"在一八一二年战争中失败和覆灭。覆灭后拿破仑在维尔诺（立陶宛首府维尔纽斯的旧称）说了一句双关语："从伟大到可笑只有一步之差，且待后人评说。"

是血肉之躯，而是青铜铸的！”

一个突如其来的不相干的想法几乎使他大笑起来。

“拿破仑、金字塔①、滑铁卢——和一个讨厌的瘦骨嶙峋的十四等文官之妻，一个床底下有红箱子的放高利贷的老太婆——把这两件事扯在一起，哪怕波尔费利·彼特罗维奇也未必能领会其中的奥妙！……他们哪能领会得了呢！……他们没有这种审美观，他们会说：‘拿破仑哪能往一个“老太婆”的床底下爬呢！’嗐，废物！……”

有时候，他觉得自己似乎在说胡话：他陷入了一种狂热的兴奋。

“那个老太婆简直是扯淡，”他兴奋地、没有条理地想道，“也许那个老太婆是个错误，问题不在她身上！老太婆不过是一种病……我想快点跨过去……我没有杀人，我杀死的是原则！原则倒被我杀死了，但是我并没有跨过去，我仍旧停留在这一边……我只会杀人。看来，我连杀人也不会……原则？那个傻瓜拉祖米欣刚才为什么要骂社会主义者呢？他们都是一些勤劳的人，是做买卖的；他们在为‘大众的幸福’奋斗……不，我的生命只有一次，决不会再有第二次：我不愿坐等‘普遍的幸福’到来。我要自己活下去，否则宁可不活。怎么？我不能看着我的母亲饿着肚子不管，而把一个卢布攥在口袋里坐等‘普遍的幸福’来临。有人说：‘我为缔造普遍的幸福贡献了一小块砖，因此我感到心安理得。’②哈哈！你们干吗把我给放过了呢？我也总共才活一次，因此我也想……唉，我不过是一只有审美力的虱子罢了！”他忽然加上最后这一句，像个疯子似的哈哈大笑起来，“是的，我确实是一只虱子，”他接着说，抱着幸灾乐祸的心理抓住这个思想不放，一个劲地在里面翻寻，而且把它当成玩物，聊以自娱，“其理由是：第一，我现在能够推论出我是一只虱子；第二，我整整一个月都在打搅仁慈的上帝，请他作证，证明我动手干那桩事并不是为了我一己的私欲，而是抱着一个崇高、美好的目的——哈哈！第三，因为我决心把

---

① 拿破仑进攻埃及时，曾在金字塔旁与埃及军队激战。

② 这是讽刺性地套用在傅立叶的信徒康西德朗（1808—1893）和三十至四十年代其他空想社会主义者的作品中经常可以见到的号召：“为新世界的大厦贡献你的一块石头！”

这件事做得越公正越好，估量着，盘算着，掌握着分寸：因此我从所有的虱子里面挑选出了最最无用的一只，把她杀死以后，决定从她那里只拿走我第一步所必需的东西，不多也不少（其余的自然要按照她的遗嘱送到修道院里去，哈哈！）……我之所以彻头彻尾是一只虱子，"他咬牙切齿地补充说，"因为我自己也许比我所杀死的那只虱子更卑鄙一些，更可恶一些，我早就预感到把她杀死以后我要对自己这样说。难道还有什么事情能与这种恐怖相比吗？哦，多么庸俗！哦，多么卑鄙！……我多么了解那个手提军刀骑在马上的'先知'所说的话呀，他说：安拉下命令，'战栗'的畜生都必须服从！① '先知'是对的，他是对的，他当街筑起一座坚固的炮台，不由分说，把无辜和有罪的人一齐轰死！战栗的畜生，只许你服从，不许你有愿望，因为那不是你的事！……啊，我无论如何，无论如何也不能饶恕那个老太婆！"

他的头发都给汗水浸湿了，打着哆嗦的嘴唇已经焦干，两只直愣愣的眼睛盯在天花板上。

"母亲，妹妹，从前我多么爱她们！为什么现在我恨她们呢？是的，我恨她们，我对她们有一种生理上的憎恶，我受不了她们守候在我身旁……我记得，不久以前，我走到母亲跟前，吻了吻她……我拥抱她，心里却在想，如果她知道了，那……难道就告诉她吗？这，我是做得出来的……嗯！她可能跟我一样，"他又加了一句，他拼命地想，仿佛与正在攫住他的昏迷做斗争似的，"啊，我现在多么恨那个老太婆啊！要是她活过来，我可能会再一次把她杀死的！可怜的丽莎维塔！她干吗那时凑到跟前来呢！……说也奇怪，为什么我几乎没有想到她呢，好像我没有把她杀死似的？……丽莎维塔！索尼娅！这两个可怜的、温柔的女人，她俩都有一双温柔的眼睛……可爱的人啊！……为什么她们不哭呢？为什么她们不呻吟呢！……她们献出了一切……她们温顺地、悄悄地望着你。索尼娅，索尼娅！温柔的索尼娅呀！……"

---

① 这里的"先知"是指穆罕默德，安拉是伊斯兰教的上帝，"'战栗'的畜生都必须服从"引自普希金的诗《仿古兰经》。

他进入了昏迷状态；他觉得很奇怪，他不记得自己怎么会出现在大街上。天色已晚，暮色渐浓，一轮圆月也越来越明亮；可是空气却好像特别闷人似的。大街上人来人往，成群结队；工人和办公事的人正各自回家，有的则在散步；空气中散发着一股石灰、尘土和死水的气味。拉斯柯尼科夫闷闷不乐、心事重重地走着：他清清楚楚地记得他从家里出来抱有一个打算，需要赶紧做一件事，但是究竟做什么，他却忘记了。忽然他站定了，看见一个人站在大街对面的便道上，在向他招手。他穿过马路向那人走去，但是那人忽然转过身去，低着头，若无其事地走开了，头也不回，根本看不出他刚才招呼过他。“算了吧，他真的招呼过我吗？”拉斯柯尼科夫想，但是他还是追了过去。还没走满十来步，他忽然认出了那个人，不由得吓了一跳：这正是那个手艺人，穿着同样的睡衣，同样地弯腰曲背。拉斯柯尼科夫离得远远地走着，他的心怦怦直跳；他们俩拐进了一条巷子——那人一直没回头。“他知不知道我跟在他后面呢？”拉斯柯尼科夫心里想。那人走进了一幢大房子的大门。拉斯柯尼科夫也急忙走到大门跟前，看看那人会不会回过头来喊他？果然，那人穿过门洞走到院子里的时候，突然转过身来，似乎又向他招了一下手。拉斯柯尼科夫马上穿过门洞，但是那个手艺人已经不在院子里了。可见他走进了这里的第一道楼梯。拉斯柯尼科夫急忙追了过去。果然，他听到在楼上，相隔两段楼梯，有从容、不慌不忙的脚步声。奇怪，这楼梯仿佛很眼熟似的！那边是一楼的窗户：月光神秘而忧郁地透过玻璃照了进来，已经到了二楼。咦！这正是工人在里面刷油漆的那间屋子呀……他怎么没有马上认出来呢？走在前面那个人的脚步声已经听不见了：“可见他在什么地方站住了或者藏了起来。”他又走上了三楼；还继续往上走吗？上面多么静啊，甚至静得可怕……可是他仍旧往上走去。他自己的脚步声也使他心惊肉跳起来。天啊，这里多么黑！那个小市民准是躲在这儿的哪个角落里。啊！一间屋子对着楼梯大敞着门；他踌躇一下，走了进去。过道里黑洞洞的，阒无一人，好像所有的东西都搬走了；他蹑手蹑脚地悄悄走进了客厅：整个屋子都洒满了明亮的月光；椅子，镜子，黄色的沙发和镶在镜框里的画——一切都跟先前一样。一轮巨大的红铜色圆月从窗外直射进来。“这么静

原来是因为月亮,"拉斯柯尼科夫想,"它现在准是在出什么哑谜。"他站在那儿等着,等了好半天,月光越静,他的心就跳得越厉害,甚至心都痛了起来。周围依旧一片寂静。忽然,他听到一声转瞬即逝的折裂声,像一片劈柴被折断的声音,然后一切又静了下来。一只睡醒的苍蝇猛地飞起来,撞在玻璃窗上,悲戚地嗡嗡叫起来。就在这时候,他发现在窗户和小碗柜间的那个角落里,有一件像是女人的大衣挂在墙上。"这里怎么会有女人的大衣呢?"他想,"以前没有这大衣呀……"于是他悄悄地走过去,觉得好像有什么人躲在大衣后面似的。他小心翼翼地把大衣掀开,看见那儿放着一把椅子,而在墙角的那把椅子上坐着一个老太婆,她全身佝偻着,耷拉着脑袋,所以他怎么也看不清她的脸,但这就是她。他在她身边站了一会儿。"她害怕啦!"他想。于是他悄悄地从绳套拿出斧子,猛击老太婆的头顶,砍了一下,又砍一下。但是说也奇怪,这么砍,她居然动也不动,像段木头似的。他吓了一跳,他把腰弯得更低一些,想把她看个清楚;可是她却把头垂得更低了。于是他干脆把身子一直弯到地板上,从下面抬起头来望她的脸,他一看之后,都吓呆了:老太婆坐在那儿发笑——在静静、轻轻地大笑,而且竭力不让他听到她的笑声。他忽然觉得卧室的门微微开了一条缝,屋里也好像有人在笑和窃窃私语。这时他简直发狂了:他使出全身力气,向老太婆头上砍去,可是斧子每砍一下,卧室里的笑声和私语声就变得越响、听得越清楚,而老太婆却已笑得前仰后合。他拔腿就跑,可是过道里已挤满了人,楼梯上的门都敞开着,在楼梯口,在楼梯上,再往下——到处都是人,头挨着头,大家都望着他——但大家都躲在一旁,等待着,一声不响。他的心收紧了,两条腿像生了根似的动弹不了……他正想叫喊——忽然惊醒过来。

他深深地喘了一口气——但奇怪的是他似乎依然置身在梦中:他的房门大开,一个他从来没有见过的陌生人,正站在门口聚精会神地打量他。

拉斯柯尼科夫刚把眼睛睁开一半,又立刻闭上了。他一动不动地仰面躺着。"是不是还在做梦呢?"他想着,又微微地、使人看不出来地抬起眼睑,看了一下。那个陌生人还站在原来的地方继续注视着他。忽然他小心翼翼地跨过门槛，并且谨慎地把门随手带上，走到桌前，等了一会儿——在这段时间里他一直目不转睛地看着他——然后轻轻地、一声不响地坐在沙发旁边的椅子上；他把礼帽放在他身边的地板上，双手拄着手杖，下巴搁在手背上。显然他准备长时间地等下去。透过眨动的眼睫毛，他看出那人已经不年轻了，身体结实，蓄着浓密、浅色、差不多已经白了的胡须……

过了十来分钟。天还亮着，但已经渐渐入暮。屋子里一片寂静，楼梯上也没有一点声响。只有一只大苍蝇在嗡嗡叫着，挣扎着，扑打着玻璃窗。最后拉斯柯尼科夫实在忍不住了：他猛地抬起身子，在沙发上坐了起来。

“喂，说吧，您有什么事？”

“我就知道您没有睡着，不过是装睡罢了。”那个陌生人古怪地回答了一句，镇静地笑了起来，“请让我自我介绍一下，我是阿尔卡季·伊凡诺维奇·斯维里加洛夫……”

# 第 四 部

# 1

“难道我还在做梦吗？”拉斯柯尼科夫又想道。他仔细地、疑心重重地打量着那位不速之客。

“斯维里加洛夫？别瞎扯了！不可能！”他终于满腹狐疑地说出声来。

客人对于他这一声感叹似乎一点也没有感到惊奇。

“我来找您，有两个原因。第一，想亲自跟您认识认识，因为我久仰大名，早已听到许多恭维您的话，令我十分感兴趣；第二，我希望在一件跟令妹阿芙朵佳·罗曼诺夫娜的利害有直接关系的事情上，您不会拒绝助我一臂之力。要是没有您的引见，她现在也许会给我吃闭门羹的，因为她对我抱有成见，可是，在您的帮助之下，情况就不同了，我估计……”

“您估计错了。”拉斯柯尼科夫打断了他的话。

“请问，她们不是昨天才到吗？”

拉斯柯尼科夫没有回答。

“我知道是昨天到的，我自己也是前天刚到。这样，罗吉昂·罗曼诺维奇，关于这件事，我老实对您说吧：我觉得替自己辩白是多余的，不过请您告诉我：在这整件事情上我到底犯了什么大罪？请您公允地，不夹杂任何偏见地来评一下理。”

拉斯柯尼科夫仍然一言不发地打量着他。

“我在自己家里向一个无依无靠的女子求爱，‘以我卑鄙的求婚侮辱她’，是不是？（我把话先挑明了吧！）但是您只要设想一下，我也是人，人所固有的①……简单地说,我也可能动情,我也可能爱(爱是不依顺意志的),那么什么事情就都可以按照极自然的方式去解释了。全部问题在于:我是一个恶棍呢,还是一个牺牲者?如果我是一个牺牲者,又该怎么说?我向我的意中人建议跟我私奔到美国或者瑞士去的时候,我对她抱有最尊重的感情,而且还想以此来建立双方的幸福!……要知道,理性是为热情服务的;说不定,我自己受害更大,您信不信……”

“问题完全不在这里,”拉斯柯尼科夫厌恶地打断了他的话,“您这人简直讨厌透了,您对也罢,错也罢,她们反正不愿和您来往,要撵您走,那您就走吧!……”

斯维里加洛夫忽然哈哈大笑起来。

“可是您……还是骗不了您啊!”他非常坦率地笑着说,“我本来想要个滑头,可是要不成,马上就被您一语道破了!”

“您现在还在继续耍滑头。”

“那又怎么样?那又怎么样呢?”斯维里加洛夫依旧坦然地笑着,反复说道,“这就叫出奇制胜②,兵不厌诈!……可是您毕竟把我的话打断了;不管怎样,我还要重复一遍:要是没有在花园发生的那件事,那也就不会有什么不愉快的事了。玛尔法·彼特罗夫娜……”

“据说,您把玛尔法·彼特罗夫娜也逼死了?”拉斯柯尼科夫不客气地打断了他的话。

“哦,原来您也听说那件事了?话又说回来,怎么能不听说呢……唔,关于您提的这个问题,我真不知道怎么对您说才好,虽然在这件事情上我问心无愧。您别以为我心怀鬼胎:一切都照章办事,毫不含糊:法医鉴定是中风,发生中风的原因是她吃得饱饱的,又喝了差不多一瓶酒之后,马上就去洗澡,而且法医也不可能发现别的什么事情……不,先生,有一段时间我暗自想道,特别是在路上,坐在车厢里的时候:我有没有在精

---

① 原文是拉丁文。这是套用古罗马剧作家泰伦斯的喜剧《自己折磨自己的人》中的一句名言:“我是人,人所固有的,我无不具有。”

② 原文是法文。

神上刺激了她，或者类似的其他原因，从而促成了这件……不幸的事情呢？可是我得出的结论是，这完全不可能。”

拉斯柯尼科夫笑了起来。

“犯得上这么担心吗！”

“您笑什么？您想，我不过用马鞭子抽了她两下，连点伤痕也没有……请别以为我是一个恬不知耻的人，我完全知道，就我来说，这很卑鄙；不过我也确实知道，玛尔法·彼特罗夫娜说不定还很喜欢我这种所谓的多情哩。您妹妹的事已经被她讲得老掉牙了。玛尔法·彼特罗夫娜被迫在家里待了三天；她已没有必要再进城去了，再说，她那封信，大家也早就听厌了（您听说过她念那封信的事吗？）。这时候，忽然两鞭子像从天上掉下来似的抽在她身上！她的头一个行动是吩咐套车！……我且不说女人家有时候觉得受侮辱是非常，非常愉快的，尽管她们表面上也装出气愤的样子。每个女人都有这样的情况；一般说来，人甚至非常，非常喜欢受侮辱，您注意到这点了吗？而女人则尤甚。甚至可以说，这是她们唯一的消遣。”

拉斯柯尼科夫一度想站起来走开，借此结束这一次会面。但是某种好奇心，甚至某种打算，又使他滞留了片刻。

“您喜欢打架吗？”他漫不经心地问。

“不，不大喜欢，”斯维里加洛夫从容地回答说，“我跟玛尔法·彼特罗夫娜几乎从来没打过架。我们在一起生活得很和睦，她一直对我很满意。我们在一起生活了七年，我只使用过两次鞭子（第三次不能算，那是不明不白的）：第一次，是我们婚后两个月的时候，我们刚到乡下；再就是现在这一次，也就是最后一次。您以为我就是这么一个恶棍，一个顽固派，一个农奴主吗？嘿嘿，我想顺便问问，罗吉昂·罗曼诺维奇，您可记得，几年以前，在那个大有裨益、广开言路的时期①，**有一个贵族——他的名字我忘记了——因为在火车上打了一个德国女人**，所有的人和所有的

① 指一八六一年俄国废除农奴制前后，群情激愤、社会思想空前活跃的时期。

报刊就对他群起而攻之①您还记得吗？好像就在那一年，又发生了'《世纪报》可耻的行为'②（您还记得公开朗诵《埃及之夜》那回事吗？那双黑眼睛啊！啊，我们青春的黄金时代，你在哪儿！）。唔，我的看法是这样的：我并不深切地同情打了德国女人的那位先生，因为事实上……有什么可同情的呢？不过，我不能不同时声明，有时候可能碰到这样一些惹人恼火的德国女人，因此我认为没有一个进步人士可以完全为自己的行为打包票。当时也没有一个人从这种观点来看问题，其实，这才是真正合乎人道的观点，确实如此！"

斯维里加洛夫说完这些话以后，忽然又大笑起来。拉斯柯尼科夫看得很清楚，这个人对某件事打定了主意，并且胸有成竹。

"您大概已经一连好几天没跟人说话了吧？"他问。

"可以这么说。怎么，您看见我这样随和，大概很奇怪吧？"

"不，我奇怪的是，您这人太随和了。"

"因为您的话问得那么粗暴而我不生气吗？是不是这样？可是……干吗要生气呢？您怎么问，我就怎么答嘛，"他又添了一句，脸上露出一副令人吃惊的天真无邪的表情，"要知道，我几乎对什么也不特别感兴趣，真的，"他像在冥想什么似的接着说，"尤其是现在，我无所事事……不过，您也不妨认为，我巴结您是出于某种打算，何况我自己声明，我找令妹有事。但是我得坦白地告诉您：我真是闷得要命，特别是最近三天，所以见到您我甚至觉得挺高兴……罗吉昂·罗曼诺维奇，您别生气，但是不知道为什么，我觉得您这人非常古怪。不管怎么说，反正我觉得您这人不

---

① 一八六〇年底，各报报道地主柯兹梁诺夫殴打里加市一个女市民这一令人愤懑的事件。陀思妥耶夫斯基办的《时代》杂志曾就此事与替柯兹梁诺夫辩护的《北方蜜蜂报》展开激烈的论战。

② 一八六一年初，《世纪报》刊登卡缅-维诺戈罗夫的一篇文章。文章的作者极其愤怒地叙述了在彼尔姆的一次文学音乐晚会上，一个叫托玛乔娃的女士不顾"羞耻之心和上流社会的礼节"，以"挑衅的"手势当众朗诵普希金的中篇小说《埃及之夜》中克莉奥佩特拉的独白。这篇文章激起了进步报刊的愤怒。陀思妥耶夫斯基针对"《世纪报》可耻的行为"写了两篇文章，为托玛乔娃辩护，并对普希金的《埃及之夜》做了热情洋溢的评论。

大对劲；而且就在现在，我说的并不是此时此刻，而是一般所说的现在……得了，得了，我不说啦，您别皱眉头！要知道，我并不是像您所想的那样是一只熊！”

拉斯柯尼科夫阴沉地望了望他。

“也许您根本不是熊，”他说，“我甚至觉得您是一个上流社会的人，至少逮到机会，您很善于做个正人君子。”

“对谁的意见我都不特别感兴趣，”斯维里加洛夫冷冷地，甚至不无傲慢地答道，“所以，既然就我们的习惯，庸俗这件衣裳穿得十分舒适，那为什么不做个庸俗的人呢……特别是如果有人天生喜欢这样做的话？”他补充了这几句，又笑了起来。

“可是我听说您在这儿有很多熟人。您并非是所谓‘举目无亲’的人。那么，在这种情况下，要是没有目的，您找我干什么呢？”

“您说我有熟人，这话不错，”斯维里加洛夫说，但是对主要的一点，他避而不答，“我已经会见过一些熟人；这三天我在四处游荡；我认出了他们，他们好像也认出了我。那是很自然的，我穿得很体面，算不得是个穷人；农民改革对我们没有影响：我拥有的是森林和春季浸水的草地，因此收入没有减少；①不过……我不愿意去找他们；我以前就讨厌他们：我来这儿已经三天，没有去拜访过一个人……这还算个城市！就是说它是怎么拼凑而成的，请您告诉我！这是一座充满办公事的人和各种各样学生的城市。② 真的，八年以前，当我在这儿瞎混的时候，有许多事情我都没有注意到……现在我把唯一的希望放在解剖学上面了，真的！”

“什么解剖学？”

“至于这些俱乐部、杜索饭庄③，所有这些娱乐场所，也许还有什么别

---

① 一八六一年俄国自上而下实行所谓“农民改革”，即废除农奴制。在改革中，所有的好地（包括森林和牧场）都给了地主，农民只分得了一部分坏地，所以斯维里加洛夫才有此说。

② 这是陀思妥耶夫斯基对彼得堡的一个固定看法。他认为彼得堡是彼得大帝人为地建立起来的，他破坏了俄国人民建立在宗教上相亲相爱的关系，扩大了人民与知识分子的鸿沟。

③ 这是彼得堡的一家著名饭馆。

的进步——哼，就是没有我们，也会继续存在的，”他接着说下去，依旧不理会对方提出的问题，“况且谁又愿意做个赌纸牌的骗子手呢？”

“您也做过赌纸牌的骗子手吗？”

“我怎么能不干这个呢？八年以前，我们整整一伙人，都是最体面的人；我们在一起寻欢作乐；您知道吗，都是有气派的人，有诗人，有资本家。一般说来，在我们俄国社会里，气派最好的人往往是经常挨打的人——您注意到这点了吗？我是在乡下才消沉下去的。当时，因为我欠了从涅仁来的一个希腊人的债，差一点被关进监狱。就在这时候，玛尔法·彼特罗夫娜出面了，她跟他讲好价钱，用三万银卢布①把我赎出来（我共欠七万）。我跟她合法地结了婚，她便立刻把我当成什么宝贝似的带到乡下她家里去了。要知道，她比我大五岁。她非常爱我。七年里，我一直没有离开过乡下。但是请注意：她拿着三万银卢布的借据（债主用的是别人的名字），她一辈子都以此来威逼我，所以只要我稍一违抗——就会立刻被抓起来！她准干得出来！在女人眼里，这一切都是相得益彰的。”

“要不是那张借据，您就会溜之大吉了吧？”

“我不知道怎么跟您说才好。那张借据可以说并不能约束我。我哪儿也不想去，玛尔法·彼特罗夫娜看见我日子过得很腻烦，曾经有两次邀我到国外去走走！有什么意思呢！以前我也到国外去过，总感到厌恶。我也不知道为什么，一看到黎明啊，那不勒斯海湾啊，大海啊，心里就感到忧郁。最可恨的是令人感到一种无名的忧伤！不，还是在本国好：在国内，你至少可以事事责怪别人而证明自己是正确的。我现在倒不如参加探险队到北极去，因为我一喝醉就觉得不舒服②，我讨厌喝酒，可是除了喝酒之外，也没有别的事可干。我试过……听说柏格③星期天要在尤苏波夫花园登上一只大气球起飞，收费接纳乘客，真的吗？”

“怎么，您也想坐气球上天？”

“我？不……我不过……”斯维里加洛夫嗫嚅道，好像当真在思索什

---

① 一银卢布合三点五纸卢布。

② 原文是法文。

③ 当时彼得堡一个娱乐场所的老板。

么似的。

“他要干什么,他果真这样想吗?”拉斯柯尼科夫想。

“不,那张借据约束不了我,”斯维里加洛夫沉吟着说,“是我自己不愿意离开乡下。而且快有一年了,玛尔法·彼特罗夫娜在我过命名日那天,把那张借据还给了我,另外还送给我一大笔钱。她有一笔财产。‘阿尔卡季·伊凡诺维奇,您看我多么信任你,’她真的说了这样的话。您不相信她这么说吗?您知道:在乡下我已成了一个很不错的当家人;附近的人都知道我。我还订购了一些书籍。玛尔法·彼特罗夫娜起先表示赞成,可是后来她又怕我看书过多,太累了。”

“您好像很想念玛尔法·彼特罗夫娜?”

“我?也许吧。真的,也许是这样。对了,您相信鬼魂吗?”

“什么鬼魂?”

“普通的鬼魂,还有什么鬼魂!”

“您相信吗?”

“也信也不信,为了讨好您①……就是说,并不是不信……”

“鬼魂常常出现吗?”

斯维里加洛夫用很奇怪的神气望了望他。

“玛尔法·彼特罗夫娜有时候来看我。”他把嘴一歪,露出一丝古怪的笑容。

“她怎么来看您呢?”

“她已经来过三次啦。我第一次看见她,是在举行葬礼那天,在安葬以后一小时。这事发生在我到这儿来的前一天。第二次是前天拂晓,在我到这儿来的旅途中经过小维舍拉车站的时候;第三次是在两个钟头以前,在我下榻的屋子里;只有我一个人在那里。”

“当时您醒着吗?”

“完全醒着。三次我都是醒着的。她来了,对我说了一会儿话,然后就打门口出去了;她总是打门口出去。甚至好像听得见她出门的声音。”

---

① 原文是法文。

“不知道为什么,我想您一定会遇到这类事情的。”拉斯柯尼科夫突然说了这么一句,随即自己也吃了一惊,他怎么说出这种话来。他十分激动。

“是吗?您那样想过吗?”斯维里加洛夫吃惊地问道,“真的?唔,我不是说过,咱们两人之间有某种共同点嘛,对吧?”

“您从来没有说过这话!”拉斯柯尼科夫不客气地、非常激动地回答说。

“没说过?”

“没说过!”

“我觉得我说过。刚才我进来的时候,看见您闭眼躺着,假装睡着了——我就马上对自己说:‘这就是那个人!’”

“‘就是那个人’是什么意思?您说这话到底指什么?”拉斯柯尼科夫嚷起来。

“指什么?真的,我自己也不知道指什么……”斯维里加洛夫直爽地咕哝道,好像他自己也给弄糊涂了。

两人沉默了片刻。彼此都瞪大了眼睛面面相觑。

“这都是胡说!”拉斯柯尼科夫恼火地叫道,“她来的时候对您说什么了?”

“她?您想想看,她讲的尽是些无聊的小事,您瞧,人也真怪:正是这点使我生气了。她第一次来的时候(您要知道,当时我累了:葬礼、圣徒们的安魂祈祷,然后是祷告、丧餐。最后书房里总算剩下了我一个人,我点起一支雪茄,沉思起来),她就打门口走进来了,说:‘阿尔卡季·伊凡诺维奇,您今天太忙了,饭厅里的那个钟您都忘记上了。’在这七年里,我确实每星期都要亲自给这钟上一次发条,要是我忘了——一向都是她提醒我的。第二天,我正动身到这儿来。拂晓时,我走进一个小车站——夜里我打了个盹,浑身酸痛,睡眼蒙眬——我要了一杯咖啡;一瞧,玛尔法·彼特罗夫娜忽然坐到我旁边,手里拿着一副纸牌:‘阿尔卡季·伊凡诺维奇,您这次出门,我给您算个命好吗?’她是个算命好手。唔,我不能宽恕我自己:我没有让她给我算算命。我大吃一惊,逃跑了,这时恰好也响铃了。今天我正坐着，在小饭馆里吃了一顿糟透了的午饭以后，肚子饱饱的，正坐在那儿抽烟——玛尔法·彼特罗夫娜忽然又进来了，她打扮得花枝招展，穿了一身新的绿色绸衣裳，裙子后面拖着一条长长的尾巴，她说：'您好，阿尔卡季·伊凡诺维奇！您喜欢我这身衣裳吗？安尼斯卡是做不出这么好的手艺的！'（安尼斯卡是我们乡下的女裁缝。她过去是农奴，在莫斯科学的手艺——一个很漂亮的姑娘。）她站在我面前，身子转过来转过去的。我把她的衣服打量一番，然后仔细地瞧了瞧她的脸，我说：'玛尔法·彼特罗夫娜，您倒有兴致为了这点小事来找我，您也不嫌麻烦。'她回答说：'啊，我的上帝，亲爱的，惊动一下您也不行吗！'我就逗她说：'玛尔法·彼特罗夫娜，我要结婚啦。'她说：'阿尔卡季·伊凡诺维奇，我早就料到您会这么做；您还没有掩埋好亡妻，就立刻跑来结婚，这对您不很体面吧。您要是能够好好地挑一下也罢，可是我知道——无论她，或是您自己，都不会幸福的，到头来，您不过成为仁人君子们的笑柄罢了。'说完，她就出去了，仿佛衣裙还窸窸窣窣地响。我简直在胡说八道，是不是？"

"也许您一直在撒谎吧？"拉斯柯尼科夫说。

"我很少撒谎。"斯维里加洛夫若有所思地答道，似乎根本不理会拉斯柯尼科夫问话的无礼。

"在此以前，您从来没有看见过鬼吗？"

"嗯……不，我看见过，但是生平只看见过一次，在六年以前。我有一个家仆，名叫菲利卡；刚把他埋了，我就忘记了这件事，我喊道：'菲利卡，把我的烟袋①拿来！'——他就进来了，一直走到我放烟袋的碗橱跟前。我坐在那儿，心想：'他这是来报复我的！'因为在他死以前我和他大吵过一场。于是我说：'你怎敢衣服破破烂烂的就来见我——滚，混蛋！'他转身走开了，从此再没来过。当时我没有告诉玛尔法·彼特罗夫娜。我想给他做个安魂祈祷，可是觉得不好意思。"

"您应该去请医生看看。"

---

① 当时地主抽的多为长烟袋，长约一米许，所以抽烟时需有专人侍候。

“您不说,我也明白自己有病,虽然我不知道到底是什么病;我认为我有您五倍强壮。我不是要问您信不信闹鬼,我是问您信不信有鬼?”

“不,我说什么也不信!”拉斯柯尼科夫甚至恶狠狠地嚷道。

“人们通常是怎么说的呢?”斯维里加洛夫喃喃地说道,仿佛在自言自语似的,他眼睛望着一旁,稍微低下了头。“他们说:‘你病啦,所以你自以为看到的东西,不过是一种实际上并不存在的狂想罢了。’然而这种说法不十分合乎逻辑。我同意,鬼只出现在病人面前;可是这种说法只证明,除了病人以外,鬼不能在其他人面前出现,而并不说明鬼本身是不存在的。”

“当然不存在!”拉斯柯尼科夫烦躁地坚持道。

“不存在? 您这样想吗?”斯维里加洛夫接着说,慢条斯理地望了望他,“那么,如果这样推论呢(请多多指教):‘鬼魂——可以说是别的世界的小块和碎片,是别的世界的始基。一个健康的人,不用说,是无须看到鬼的,因为一个健康的人是最最属于尘世间的人,为了全始全终,有条不紊,他应该只活在人世间。但是一旦他生了病,一旦肉体凡胎的正常状态给破坏了,接近另一个世界的可能性也就立刻出现。他病得越厉害,他跟另一个世界的接触就越密切,所以等一个人完全死去时,他就径直进入另一个世界了。’我心里早就这样推断了。您要是相信来世,您就会相信这个推论。”

“我不相信来世。”拉斯柯尼科夫说。

斯维里加洛夫坐在那儿沉思起来。

“如果那儿只有蜘蛛一类的东西,那怎么办呢?”他忽然说。

“这是个疯了。”拉斯柯尼科夫想。

“我们一向认为永恒是一种不可理解的观念,是一种广阔无边的东西! 可是为什么它一定是广阔无边的呢? 万一与这一切相反,您瞧,那儿只是一间小屋子,像我们乡下的浴室一样大,又黑又脏,每个墙角里都有蜘蛛,而这就是全部永恒。您知道,有时候我觉得永恒就是这样。”

“难道,难道您就想不出比这更令人快慰和更真实的东西吗!”拉斯柯尼科夫以一种近乎病态的心情叫道。

“更真实？您怎么知道，也许这就是真实的呢，要知道，我一定会故意这么做的。”斯维里加洛夫茫然地微笑着回答。

这个令人吃惊的回答使拉斯柯尼科夫浑身一阵发冷。斯维里加洛夫抬起头来望了望他，忽然哈哈大笑起来。

“不，您再想一想，”他叫道，“半个钟头以前，咱俩还没有见过面，彼此都把对方当做敌人，我们之间的问题还没有解决；但我们却把它抛在一边，大谈起玄学来了！我说我们两人是一丘之貉，难道不对吗？”

“麻烦您，”拉斯柯尼科夫烦躁地说，“麻烦您快点说明来意，您究竟为什么赏光前来看我……而且……而且……我很忙，我没有时间，我要出去……”

“好吧，好吧。令妹阿芙朵佳·罗曼诺夫娜，就要嫁给彼特·彼特罗维奇·卢仁先生吗？”

“您能不能不打听我妹妹的事情，也不要提到她的名字。我简直不明白，如果您真是斯维里加洛夫的话，您怎么敢当着我的面说出她的名字？”

“我到这儿来，就为了谈她，怎么能不提到她的名字呢？”

“好吧，那您就说吧，不过快一点！”

“我相信，只要您见过这位卢仁先生，哪怕只有半个钟头，或者正确无误地听说过一些关于他的事情，您对他准会有自己的看法（他是我老婆的亲戚）。他是配不上阿芙朵佳·罗曼诺夫娜的。依我看来，在这件事情上，阿芙朵佳·罗曼诺夫娜是慷慨无私而又很不合算地牺牲了自己，为了……为了自己的家庭。根据我所听到关于您的情况，我觉得，如果不损害自己的利益，而又能把这门婚事取消，您一定会非常满意的。现在我与您亲自晤面以后，对此，我甚至深信不疑。”

“您说的这一切都太天真了；请原谅，我想说：简直无耻。”拉斯柯尼科夫说。

“您的意思是说，我的动机完全是自私的。您放心，罗吉昂·罗曼诺维奇，如果我只图自己的利益，我就不会这样直截了当地把话说出来了。我才不是一个傻瓜呢。关于这件事情，我愿意坦白地告诉您一个心理上的奇怪现象:刚才我为自己对阿芙朵佳·罗曼诺夫娜的爱情进行辩解时,我说我是个牺牲者。好,让我告诉您吧,现在我心里连一丁点儿爱情也没有了,所以连我自己都感到奇怪,因为我的确曾经感觉到某种东西……"

"这是游手好闲和淫荡好色造成的。"拉斯柯尼科夫打断了他的话。

"的确,我是个淫荡好色和游手好闲的人。不过令妹有那么多优点,使我也不能不受到某种影响。但是这一切都是胡扯,我现在自己也看出来了。"

"您早就看出来了吗?"

"以前我就开始察觉到,可是前天,差不多就在我抵达彼得堡的那一分钟,我才算完全相信。话又说回来,还在莫斯科的时候,我就想到这儿来向阿芙朵佳·罗曼诺夫娜求婚,跟卢仁先生竞争一下。"

"请原谅我打断您的话,劳您驾:您能不能把话说得简短一点,开门见山地说明来意。我很忙,我要出去……"

"悉听尊便。到这儿以后,并且决定要做某种……旅行①的时候,我想先做一些必要的安排。我的孩子们都留在他们姨妈家;他们很富有;所以无需我亲自照料。而且我又算个什么父亲呢!我只为自己拿了玛尔法·彼特罗夫娜一年前给我的东西。这就足够我用了。对不起,我马上就要谈到本题了。在我去旅行之前(这次旅行也许会实现的),我想先把卢仁先生那件事了结。倒不是因为我太讨厌他,而正因为他(当我知道这门婚事是她撮合成的)我才跟玛尔法·彼特罗夫娜发生争吵。现在我想通过您的帮助,或者当着您的面,跟阿芙朵佳·罗曼诺夫娜见一面,并且向她说明,第一,她跟卢仁先生结婚,对她只会有明显的坏处,而不会有一点好处。其次,请她宽恕不久以前发生的这一切不愉快的事,请她允许我赠送她一万卢布,从而使她易于跟卢仁先生决裂,我相信,只要有可能,她自己是不会反对跟卢仁先生断绝关系的。"

"您确实、确实是个疯子!"拉斯柯尼科夫叫道,与其说他生气,倒不如说他很吃惊,"您怎么敢说出这样的话!"

---

① 斯维里加洛夫暗示他将自杀,即所谓"到美国去"。参看本书第六部第六章末。

“我早就知道您会对我嚷嚷的;可是,第一,虽然我并不富裕,可是一万卢布我还拿得出来,就是说,我完全、完全不需要这笔钱。要是阿芙朵佳·罗曼诺夫娜不接受这笔钱,也许,我会把它更愚蠢地花掉。这是第一。第二,我问心无愧;我拿出这笔钱并无任何打算。信不信由您,反正您跟阿芙朵佳·罗曼诺夫娜以后会明白的。关键在于,我确实给敬爱的令妹带来了某些麻烦和不愉快;所以我深感悔恨,衷心希望——不是用钱来赎罪,也不是赔偿她的不愉快,只不过是想做一点对她有益的事情,来证明我绝不是个专干坏事,不干好事的人。如果我送她钱哪怕是抱有百万分之一的私人打算,那我也不会只送她一万卢布了,因为总共五个礼拜以前,我还提出要送给她更多的钱呢。此外,可能很快,很快我就要跟一位姑娘结婚了,单凭这一点,所有怀疑我对阿芙朵佳·罗曼诺夫娜怀有什么企图的说法也就不攻自破了。最后我要说一句,阿芙朵佳·罗曼诺夫娜嫁给卢仁先生,也同样是拿钱,不过是从另一方面拿罢了……别生气,罗吉昂·罗曼诺维奇,请您心平气和地、冷静地想一想。”

斯维里加洛夫说这番话的时候,态度非常冷静与心平气和。

“请您不要说下去了,”拉斯柯尼科夫说,“不管怎么样,这种无礼的态度是不能原谅的。”

“谈不上无礼。果真如此的话,那么在这个世界上,按照无聊的习俗,人和人之间只能干坏事,没有权利干一丁点好事了。这太荒唐了。比方说,要是我死了,我在遗嘱里写明把那笔钱留给令妹,那时她也会拒绝接受吗?”

“很可能。”

“不见得。话又说回来,不要就不要,悉听尊便。不过在必要时一万卢布可是很有用的啊。不管怎样,请您把我说的这些话转告阿芙朵佳·罗曼诺夫娜。”

“不,我不转告。”

“要是这样的话,罗吉昂·罗曼诺维奇,我就不得不设法亲自跟她见一面,那就要打搅她了。”

“要是我转告的话,您就不会设法亲自跟她见面吗?”

"我真不知道怎么对您说才好。我非常想跟她再见一面。"

"别指望了。"

"很遗憾。不过,您不了解我。也许我们能够成为朋友。"

"您以为我们能成为朋友吗?"

"为什么不能呢?"斯维里加洛夫微笑着说,他站了起来,拿起帽子,"我并不很想来麻烦您,我来这儿的时候,也没有存太大的指望……虽然,话又说回来,您今天早上的脸色使我很吃惊……"

"今天早上您在什么地方看到我的?"拉斯柯尼科夫不安地问道。

"偶然遇见的……我总觉得您身上有某些跟我相似之处……不过您放心吧,我不是一个讨人嫌的人;我跟那些赌纸牌的骗子手一向处得很好,我也从来没有惹得斯维别公爵讨厌过我,他是一个高官显贵,我的远亲。我在普里鲁科夫夫人的纪念册上也会写些评论拉斐尔画的圣母像的文字,七年中我从来没有离开过玛尔法·彼特罗夫娜;以前我经常住在干草市场上的维亚泽姆公寓里;我也许还会跟柏格一起坐气球上天哩。"

"唔,很好。那么请问,您很快就要去旅行吗?"

"什么旅行?"

"怎么,就是您说的那个'旅行'……您自己说的呀。"

"旅行?哦,是的!……我确实对您说过,准备去旅行……唔,这可是一个含义广泛的问题……如果您知道您问的是什么就好了①,"他接着说,忽然短促地纵声大笑起来,"也许我干脆结婚,不去旅行了呢;有人在给我说亲。"

"在这儿?"

"是的。"

"您的动作倒真快!"

"不过我倒非常希望能跟阿芙朵佳·罗曼诺夫娜见一面。我郑重地请求您。好,再见……哦,对了!我又忘了这件事。罗吉昂·罗曼诺维奇,请转告令妹,玛尔法·彼特罗夫娜在她的遗嘱里提到了她,送她三千

---

① 参看本书 298 页注。

卢布。这是千真万确的。这是玛尔法·彼特罗夫娜在去世前一个礼拜安排的,而且是当着我的面办的。阿芙朵佳·罗曼诺夫娜在两三个礼拜以后就可以收到这笔款子了。"

"您说的是实话吗?"

"是实话。请您转告她。好吧,我是您的仆人。要知道,我就住在离您不很远的地方。"

斯维里加洛夫走出去的时候,在门口跟拉祖米欣撞了个正着。

## 2

已经快八点钟了。两人匆匆地往巴卡列夫公寓走去,他们想在卢仁之前赶到那里。

"唔,这人到底是谁呢?"他俩一走到大街上,拉祖米欣就问道。

"这是斯维里加洛夫,我妹妹就是在他们家做家庭女教师的时候,受到了侮辱。因为他的求爱和纠缠,她离开了他们,是被他老婆玛尔法·彼特罗夫娜赶出来的。这个玛尔法·彼特罗夫娜后来又请求杜尼娅宽恕她,可现在她忽然死了。我们今天早上谈的就是她。不知道为什么,我非常怕这个人。他老婆一下葬,他就马上跑到这儿来了。他这人很怪,好像打定了什么主意……他好像知道什么事情似的……我们一定得保护杜尼娅不受他纠缠……我要告诉你的也就是这件事,你听见了吗?"

"一定保护!他能把阿芙朵佳·罗曼诺夫娜怎么样?罗佳,谢谢你把这件事情告诉了我……我们一定,一定要保护她!……他住在哪儿?"

"不知道。"

"你干吗不问问他呢?唉,真可惜!不过我能打听出来。"

"你看见他了吗?"拉斯柯尼科夫沉默了一会儿之后问道。

"是的,我看见了;清清楚楚地看见了。"

"你当真看见他了吗?看清楚了吗?"拉斯柯尼科夫追问道。

“是的,我记得很清楚;我从一千个人里面也能把他认出来。我对人家的脸一向记得很清楚。”

他们俩又沉默了一会儿。

“嗯!……怪不得……”拉斯柯尼科夫咕哝说,“你知道吗……我想……我总觉得……这大概也是一种幻觉吧。”

“你说什么呀?我不大懂你的意思。”

“瞧,你们大家都说我是个疯子,”拉斯柯尼科夫歪嘴苦笑了一下,接着说,“现在我也觉得,也许我真的疯了,只看见幻影!”

“你这是什么意思?”

“谁知道呢?也许我当真疯了,这些天来所发生的一切,也许一切都只存在于我的想象中……”

“哎呀,罗佳!又把你弄得心里不痛快了!……他究竟说了些什么?他到这儿来干吗?”

拉斯柯尼科夫没有回答。拉祖米欣沉吟了一会儿。

“唔,你听听我的汇报吧,”他开口说,“我来找过你,当时你睡着了。后来我们吃了午饭,吃完饭,我就去找波尔费利。扎梅托夫一直在他那儿。我想开始谈,可是没有谈成。总是谈不到正题上。他们好像不懂似的,而且也不能理解,可是他们一点也不害臊。我把波尔费利拉到窗口,跟他说话,可是不知为什么又没有谈成:他望着一旁,我也望着一旁。最后我把拳头举到他的脸跟前,对他说,作为一个亲戚,我要把他的脑袋砸个稀烂。他只是对我望了望。我啐一口就走了,事情就是这样。真蠢。我跟扎梅托夫一句话也没说。不过你瞧:我以为我把事情弄糟了,可是我下楼的时候,顿时大彻大悟:咱俩操这份心干吗呢?如果你有什么危险或者什么的,当然另当别论。可是你又怎么啦!这跟你毫不相干,所以不必理睬他们;以后咱们得好好嘲笑他们一番。我要是你呀,我还会故弄玄虚,让他们上当。以后他们会羞得无地自容!滚他们的吧;以后可以揍他们几下,可是现在不妨一笑了之!”

“那还用说!”拉斯柯尼科夫回答说,“明天你又会说什么呢?”他心里想。说也奇怪,迄今为止,他还从没想到过:“一旦拉祖米欣知道了,他会怎么想?”想到这里,拉斯柯尼科夫定睛看了看他。他对拉祖米欣现在所讲的拜访波尔费利的经过,并不怎么感兴趣:从那个时候起,心情几经变化!……

他们在楼道里遇见卢仁:他于八点整准时到达,正在寻找房间,所以三个人同时走了进去,可是谁也没瞧谁一眼,也没有打招呼。两个年轻人走在前面,彼特·彼特罗维奇出于礼貌,在过道里脱掉大衣,稍稍耽搁了一会儿。普莉赫丽娅·亚历山大罗夫娜马上从里面走出来,站在门口迎接他。杜尼娅向哥哥问好。

彼特·彼特罗维奇走了进去,相当殷勤地向两位女士鞠躬行礼,但又摆出分外庄重的样子。不过他的眼神却显得有点张皇失措,还没有镇定下来似的。普莉赫丽娅·亚历山大罗夫娜也好像有点发窘,她急忙请大家围着一张圆桌坐下,桌上的茶壶已经烧开了。杜尼娅和卢仁面对面坐在桌子的两头。拉祖米欣和拉斯柯尼科夫坐在普莉赫丽娅·亚历山大罗夫娜的对面——拉祖米欣靠近卢仁,而拉斯柯尼科夫则挨着妹妹。

沉默了片刻。彼特·彼特罗维奇不慌不忙地掏出一块香气扑鼻的麻纱手帕,擤了一下鼻子,脸上那副神气活像是一个人品虽然高贵,但自尊心受到损害的人,决心要求解释似的。他在过道里的时候就有过这样的想法:不脱大衣,干脆一走了之,从而给两位女士以严厉而有力的惩罚,使她们引以为训。可是他没有下定这个决心。而且此人一向不喜欢不明真相,他需要把问题弄清楚:如果他的命令竟这样公然地遭到违抗,那么其中必定有什么原因,所以还是事先弄清楚为好;至于惩罚她们,那有的是时间,何况她们又在他的掌握之中。

“我想,你们这次旅行,一路平安吧?”他打着官腔对普莉赫丽娅·亚历山大罗夫娜说。

“谢谢上帝,彼特·彼特罗维奇。”

“我听了很高兴。阿芙朵佳·罗曼诺夫娜也没有累着吧?”

“我年轻力壮,累不着,只是妈妈这一路太吃力了。”杜涅奇卡回答说。

“有什么办法呢;我们国家的路太长啦。所谓‘俄罗斯母亲’真是辽阔无边呀……尽管我非常想去接你们，可是昨天怎么也抽不出时间来。不过，我相信一切平安无事，没有什么特别的麻烦吧？”

“啊，不，彼特·彼特罗维奇，昨天我们狼狈极了，”普莉赫丽娅·亚历山大罗夫娜急忙用一种特别的腔调声明，“要不是上帝亲自派了德米特里·普罗柯费奇来照顾我们，我们简直一点办法也没有。就是这位先生，德米特里·普罗柯费奇·拉祖米欣。”她补充了一句，把他介绍给卢仁。

“可不是，我很荣幸……昨天。”彼特·彼特罗维奇咕哝了一句，他怀着敌意瞟了一眼拉祖米欣，然后皱起眉头，不吭声了。彼特·彼特罗维奇是属于这样一类人：表面看来，在社交场合异常温文尔雅，自以为彬彬有礼，可是稍不如意，就立刻显得仓皇失措，活像一袋面粉，而不再是那种风流潇洒、谈笑风生、活跃于社交场中的绅士。大家又都不吭声了：拉斯柯尼科夫执拗地一言不发，阿芙朵佳·罗曼诺夫娜暂时也不愿打破沉默。拉祖米欣无话可说，所以普莉赫丽娅·亚历山大罗夫娜又焦急起来了。

“玛尔法·彼特罗夫娜死了，您听说了吗？”她借着这个主要的话题，开始道。

“可不是，我听说啦。一有传闻，我就知道了，我现在就是特地来告诉你们：阿尔卡季·伊凡诺维奇·斯维里加洛夫把夫人埋葬以后，就立刻匆匆忙忙地赶到彼得堡来了。我得到的这个消息至少是非常可靠的。”

“赶到彼得堡来了？到这儿来了吗？”杜涅奇卡惊慌地问道，跟她母亲交换了一个眼色。

“一点也不错，从他动身那么匆忙和动身以前的情形来看，他到这里来自然不是没有目的的。”

“主啊，难道他在这儿也不让杜涅奇卡安宁吗？”普莉赫丽娅·亚历山大罗夫娜叫道。

“我觉得，您和阿芙朵佳·罗曼诺夫娜也不必太担心，当然，如果你们自己不愿意跟他发生任何关系的话。至于我，我正在注视着，现在正在查找他下榻的地方哩……”

“哎呀，彼特·彼特罗维奇，您都不会相信，您现在把我吓成什么样了!”普莉赫丽娅·亚历山大罗夫娜接着说,“我一共才见过他两次,我觉得他太可怕了,太可怕了!我相信玛尔法·彼特罗夫娜就是死在他手里的。”

“关于此事还不能做结论。我有可靠的消息。我不想争辩,也许他对她精神上所施加的影响,也就是他的种种侮辱,加速了事情的进程;至于此人的行为和一般的道德品质,我同意您的看法。我不知道他现在是不是很富有,也不知道玛尔法·彼特罗夫娜究竟给他留下了什么;关于此事,在最短期间内我就会知道的;不过在此地,在彼得堡,只要还有若干钱财,不成问题,他就会马上故态复萌。他是所有同类人中最荒淫无度、最作恶多端的一个人!我有理由认为,八年前不幸深深爱上他、替他还清债务的玛尔法·彼特罗夫娜,在其他方面也帮过他的忙:完全由于她的奔走和牺牲,一桩刑事案件才在刚提起公诉时就被压了下去。这是一桩凶残的,可以说是离奇的凶杀案,为了这桩案子,他本来极有可能到西伯利亚去溜达一趟。他就是这样一个人,如果您想知道的话。”

“哎呀,主啊!”普莉赫丽娅·亚历山大罗夫娜叫道。拉斯柯尼科夫留神地听着。

“您说,您在这方面有确实可靠的证据,这话是真的吗?”杜尼娅威严地问道。

“我说的不过是从已故的玛尔法·彼特罗夫娜那里得来的一点秘密而已。这么说吧,从法律观点看,这桩案子是十分暧昧的。有一个叫列斯莉赫的外国女人以前住在这里,现在好像也还住在这里,她是个放小额高利贷的女人,此外还做点别的买卖。斯维里加洛夫先生跟这个列斯莉赫长期以来就有某种极其亲密的暧昧关系。她有一个远亲跟她住在一起,可能是她的外甥女,她是一个又聋又哑的女孩,那时大约十五岁左右,甚至只有十四岁。这个列斯莉赫恨透了她,每吃一块面包就要数落她一番;甚至毫无人性地殴打她。有一天,发现她在顶楼上吊死了。据判决,她是自杀的。经过一般诉讼程序以后,事情就不了了之了。但是后来有人告密,说这个女孩子……曾受到斯维里加洛夫的残酷凌辱。诚然,这一切是暧昧不明的,因为告密的是另一个声名狼藉的、叫人信不过的德国女人;

最后，由于玛尔法·彼特罗夫娜的奔走和行贿，这个密告实际上没有受理；一切不过是谣传而已。不过这谣传却意义重大。阿芙朵佳·罗曼诺夫娜，您在他们家一定听过关于仆人菲利普的事情吧，六年前，还在农奴制时代，被虐待死的。”

“我听说，恰恰相反，这个菲利普是自己吊死的。”

“一点不错，可是迫使他自杀的，或者不如说，促使他想到自杀这个念头的，乃是斯维里加洛夫先生无止境的迫害和处罚。”

“这我可不知道，”杜尼娅冷淡地回答说，“我只听说过一些十分奇怪的故事，据说这个菲利普是一个有疑心病的人，一个家庭哲学家，仆人们说他‘读书读傻了’，说他自缢主要是因为受不了人们的嘲笑，而不是因为受到斯维里加洛夫先生的毒打。我在那儿的时候，他对仆人们很好，仆人们甚至挺喜欢他，尽管他们也确实责备过他应该对菲利普的死负责。”

“阿芙朵佳·罗曼诺夫娜，我看您不知为什么忽然想替他开脱罪名了，”卢仁说，他把嘴一撇，露出一副轻薄的笑容，“确实，他是个很机灵的人，在女人面前很有魅力，死得奇怪的玛尔法·彼特罗夫娜就是一个可悲的例子。我只希望我的忠告对您和令堂能有所帮助，因为他无疑又将对你们做出一些新的尝试。至于我呢，我坚信，此人无疑又会重新被关进债户拘留所去的。玛尔法·彼特罗夫娜为了儿女，从来也没打算给他任何产权，即使她留给他什么，那无非是一些最必需的、不太值钱的、一花就完的东西，像他那样挥霍成性的人，连一年都维持不了。”

“彼特·彼特罗维奇，我请求您，”杜尼娅说，“咱们别谈斯维里加洛夫先生了。这使我很烦恼。”

“他刚才来找过我。”拉斯柯尼科夫忽然说，他第一次打破沉默，开口说话。

从四面八方发出了惊呼，大家都把脸转向他。连彼特·彼特罗维奇也激动起来。

“大约一个半钟头以前，我正睡觉的时候，他进来了，他叫醒了我，做了一番自我介绍，”拉斯柯尼科夫接着说，“他相当随和，心情很好，他非常希望我能跟他交朋友。杜尼娅，顺便告诉你，他极想见你一面，并且要我助他一臂之力。他向你提出一个建议;内容他已经告诉了我。此外,他还正式通知我,玛尔法·彼特罗夫娜在去世前一个礼拜,在遗嘱里写明,留给你,杜尼娅,三千卢布,而且这笔钱你在最短期间内就可以拿到。”

“谢谢上帝!”普莉赫丽娅·亚历山大罗夫娜叫道,在胸前画了个十字,“杜尼娅,为她祷告吧,为她祷告吧!”

“这的确是事实。”卢仁脱口说道。

“说呀,说呀,还有什么?”杜涅奇卡催促道。

“后来他说,他自己并不富有,全部田产都留给他的孩子了,现在他们都住在姨妈家,最后他又说,他住在离我不远的地方,至于住在什么地方,我不知道,我也没有问……”

“他要向杜涅奇卡提出什么,提出什么建议呢?”普莉赫丽娅·亚历山大罗夫娜惊慌地问,“他跟你说了吗?”

“是的,说了。”

“说什么了?”

“待会儿我再告诉您。”拉斯柯尼科夫不吭气,转而喝起了自己的茶。

彼特·彼特罗维奇掏出表来看了看。

“我必须去办一件事情,所以不打扰你们了。”他带有几分受了委屈的神气补充说,并且从椅子上站起身来。

“别走,彼特·彼特罗维奇,”杜尼娅说,“您本来打算在这儿过一晚的,而且您自己在信里说,您要跟妈妈谈一件什么事情。”

“一点不错,阿芙朵佳·罗曼诺夫娜,”彼特·彼特罗维奇煞有介事地回答说,重新又坐在椅子上,不过帽子仍旧拿在手里,“我确实希望在一些非常重要的事项上,跟您和可敬的令堂谈谈。但是既然令兄不能当我的面说出斯维里加洛夫的建议,那么我也不愿,而且不能……当别人的面……说出那些非常非常重要的事项。何况我的一个基本而又恳切的请求,你们并没有照办……”

卢仁做出不胜伤心的样子,然后又威严地不吭声了。

“您请求在我们会面的时候家兄不得在场,这所以没有照办,完全是我一个人的主张,”杜尼娅说,“您在信上说,家兄侮辱了您;我认为应该立刻把这件事情解释清楚,你们两人应该言归于好。要是罗佳真的侮辱了您,那么他应该,而且一定会向您赔礼道歉的。”

彼特·彼特罗维奇马上装腔作势起来。

“阿芙朵佳·罗曼诺夫娜,是有一些侮辱,但您的好意并不能使我释怀。什么事情都有个限度,超过这个限度就危险了。因为一旦超过这个限度,就没有回头的余地了。”

“彼特·彼特罗维奇,我说话的本意并不是指那个,”杜尼娅有点不耐烦地打断了他的话,“希望您能清楚了解,我们的整个未来就在于现在能不能尽快把这一切解释清楚,而且尽可能快地和解?我第一句话就直截了当地告诉您,我对这件事情不能采取别的态度,如果您多少尊重我的话,那么不管怎样困难,也必须在今天就把这件事情结束。我向您再重复一遍,如果家兄不对,他会向您道歉的。”

“阿芙朵佳·罗曼诺夫娜,您这样提出问题叫我觉得很奇怪,”卢仁越来越激动,“我看重您,也可以说爱慕您吧,但与此同时我也非常非常可能不喜欢府上的某一个人。虽然我觉得能够和您结婚是幸福的,但我不能承担无法同意的义务……”

“得了,您别摆出那副受委屈的样子了,彼特·彼特罗维奇,”杜尼娅动感情地打断了他的话,“做一个通情达理、高尚的人吧,我一向把您当做这样的人,现在也还想把您当做这样的人。我已经郑重其事地答应了您,我是您的未婚妻;在这件事情上,请您相信我,相信我能够作出公正的判断。我主动承担起公证人的角色,这使家兄和您同样感到意外。接到您的信以后,我请他务必在我俩会面的时候到这儿来,那时我并没有向他说明我的任何用意。您要懂得,要是你们两人不能和解,那么我就只好在你们两人中间进行选择:或者您,或者他。这个问题在他这方面和在您这方面都一样。我不愿选错,也不应该选错。为了您,我必须跟哥哥断绝关系;为了哥哥,我必须跟您断绝关系。我现在就想知道,也一定能够知道:他是不是我的哥哥?至于您,就看您是不是爱我,是不是看重我:您是不是我的丈夫?”

“阿芙朵佳·罗曼诺夫娜,”卢仁不快地说道,“对我而言,您的话意义非同小可,说得过分一点,但就我和您的关系,您的话可以说是令人难堪的。且不说您那种令人不快的、奇怪的对比:您竟把我跟一个傲慢无礼的青年放在同等地位,您还声称,有可能毁掉您答应过我的婚约。您说:'或者您,或者他?'可见,您想以此来表明我在您眼里是多么微不足道……鉴于我们两人之间存在的关系和……义务,我不能容许这样做。"

"怎么!"杜尼娅满脸通红,"我把您的重要性跟至今在我生活中最宝贵、至今构成我**全部**生命的一切放在同等地位,而您却认为我**小**看了您,居然见怪起来了!"

拉斯柯尼科夫默默地、挖苦地笑了笑,拉祖米欣全身抽搐了一下,但是彼特·彼特罗维奇却不接受这种反驳;相反,他越说越吹毛求疵,越说越激动,好像他很喜欢这场争论似的。

"对您未来的终身伴侣的爱,对您的丈夫的爱,应该超过对令兄的爱,"他用教训的口吻说,"无论如何,我不能跟他处于同等地位……虽然我刚才坚持说,我不愿,也不能当令兄的面讲出我这次的来意,但是现在,我不得不要求可敬的令堂,对于一件非常重大的、使我十分难堪的事项作出必要的解释。令郎,"他对普莉赫丽娅·亚历山大罗夫娜说,"昨天当着拉苏德金先生的面(或者……大概是这样吧?请原谅我,我把您的姓给忘了),"他对拉祖米欣彬彬有礼地点了点头,"侮辱了我,他曲解了我有一次喝咖啡时在私人谈话中向您表示的意见,就是说,在我看来,娶一个已经尝过人生艰难的穷姑娘,从夫妇关系上说,要比娶一个养尊处优的姑娘更有利一些,因为这在道德上更有益。令郎故意夸大了我这话的意思,夸大到了荒唐可笑的地步,并且指责我居心不良,而且在我看来,他是根据您自己写给他的信才说这些话的。普莉赫丽娅·亚历山大罗夫娜,要是您能够从相反的方面说服我,并使我大大放心的话,那么我就会认为自己是幸运的。请您告诉我,在您写给罗吉昂·罗曼诺维奇的信里,您究竟用什么措辞来转述我的话?"

"我不记得了,"普莉赫丽娅·亚历山大罗夫娜支支吾吾地说,"我是把您的话照我所理解的那样告诉他的。我不知道罗佳是怎样对您说的。也许他把一些话夸大了。"

“没有您的授意,他是不会夸大的。”

“彼特·彼特罗维奇,”普莉赫丽娅·亚历山大罗夫娜庄重地说道,“我们到这里来,这就足以证明我和杜尼娅并没有把您的话往不好的方面想。”

“妈妈说得对。”杜尼娅赞同地说。

“那么这又是我错啦。”卢仁生气了。

“彼特·彼特罗维奇,您总是责怪罗吉昂,可是您不久前在信里说到他的事,也是不真实的。”普莉赫丽娅·亚历山大罗夫娜鼓起勇气补充道。

“我不记得我在信里写过任何不真实的话。”

“您写了,”拉斯柯尼科夫没有向卢仁转过脸去,不客气地说道,“您在信上说,我把钱不是给了那个被轧死的人的寡妇(事实上我是给了她),而是给了她的女儿(在昨天以前,我从来没有见过她)。您在信上说这些话,是想挑拨我和亲属的关系,为此您还用一些下流话去诋毁一个您所不认识的姑娘的品德。这一切都是造谣和下流的行为。”

“对不起,先生,”卢仁气得浑身发抖地回答说,“我在自己的信里详述了您的品质和行为,只是为了应令妹和令堂之请,向她们描写一下,我是怎样找到您,以及您给予我什么印象?至于您所指出我在信里说的话,请您找出哪怕是一句不真实的话来吧,就是说,您没有把钱浪费掉,在那个家庭里没有品行不端的人,尽管这是一个倒霉的家庭。”

“我看呀,不管您多么自命不凡,您连您所攻击的那个不幸的姑娘的小指头也比不上。”

“这么说,您也会决定让她跟令堂和令妹来往吗?”

“要是您想知道的话,那么我可以告诉您,我已经这样做了。今天我已经让她跟妈妈和杜尼娅坐在一起了。”

“罗佳!”普莉赫丽娅·亚历山大罗夫娜嚷了起来。

杜涅奇卡的脸红了;拉祖米欣皱起了眉头。卢仁尖酸刻薄和傲慢地微微一笑。

“您亲眼看到了,阿芙朵佳·罗曼诺夫娜,”他说,“这事能够调解吗?

现在我希望这件事情已经永远结束和讲清楚了。我就此告退,以免妨碍你们阖家团聚的天伦之乐和倾吐秘密(他从椅子上站起来,并且拿起了帽子)。不过在临走之前,我冒昧地向你们进一言,今后别再让我参与这样的会面,也可以说,调解吧。我特别要请求您注意这一点,尊敬的普莉赫丽娅·亚历山大罗夫娜,尤其是我那封信是写给您的,而不是写给别人的。"

普莉赫丽娅·亚历山大罗夫娜有点生气了。

"彼特·彼特罗维奇,您好像把我们完全置于您的支配之下似的。杜尼娅已经向您说明了原因,为什么您的要求我们没有照办:她的用意是好的。而您给我写信,就像下命令似的。难道我们应当把您的每一个愿望都当做命令来执行吗?恰恰相反,我告诉您,现在您应该对我们特别客气和体谅,因为我们抛弃了一切,因为信赖您而来到了这里,所以我们本来就已经几乎在您的掌握之中了。"

"您的话不完全对,普莉赫丽娅·亚历山大罗夫娜,特别是当前,在宣布玛尔法·彼特罗夫娜遗赠三千卢布之后,从您跟我说话的那种新的口吻看来,这消息似乎来得正是时候。"他刻薄地补充道。

"从您这句话来判断,确实可以认为,您曾经指望我们会无依无靠。"杜尼娅怒气冲冲地指出。

"可是现在我至少不能这样指望了,特别是我不想妨碍你们听取阿尔卡季·伊凡诺维奇·斯维里加洛夫的秘密建议,他把这个建议全权托付给令兄,我看,这个建议对您来说具有重大的,也许极其愉快的意义吧。"

"哎呀,我的上帝!"普莉赫丽娅·亚历山大罗夫娜叫道。

拉祖米欣在椅子上坐不住了。

"妹妹,现在你不觉得可耻吗?"拉斯柯尼科夫问道。

"我觉得可耻,罗佳,"杜尼娅说,"彼特·彼特罗维奇,请出去!"她转身对他说道,气得脸色煞白。

彼特·彼特罗维奇似乎完全没有料到会有这样的结局。他太自信,太相信自己的权势,相信他的牺牲品的孤立无援了,甚至到此刻他还不相信会有这样的结局。他脸色苍白,嘴唇发抖。

“阿芙朵佳·罗曼诺夫娜,如果我在这样的逐客令下走出这扇门,您可要考虑到这点——我是永远不会再回来的。请您好好想一想!我的话是说一不二的。”

“真是无耻之极!”杜尼娅叫道,她从椅子上霍地站起来,“我根本不希望您再回来!”

“怎么?原—来—如—此!”卢仁嚷道,直到最后一刻,他还完全不相信会有这样的结局,所以他这时完全晕头转向了,“原—来—如—此!不过您要知道,阿芙朵佳·罗曼诺夫娜,我会提出抗议的。”

“您有什么权利这样对她说话?”普莉赫丽娅·亚历山大罗夫娜激愤地插嘴说,“您有什么可抗议的?您有什么权利?我能把我的杜尼娅嫁给一个像您这样的人吗?您走吧,永远离开我们!我们错就错在不该干这样一件错事,尤其是我……”

“但是,普莉赫丽娅·亚历山大罗夫娜,”卢仁发狂似的咆哮起来,“您曾经用您的诺言把我拴住,现在您又毁弃了您的诺言……此外……此外,我为这件事情付出了一笔开支……”

这最后一句抱怨话充分显示了彼特·彼特罗维奇的性格,以致竭力按捺住怒火并气得脸色发白的拉斯柯尼科夫,这时再也忍不住,他忽然放声大笑起来。但是,普莉赫丽娅·亚历山大罗夫娜却怒不可遏。

“开支?什么开支?您说的是我们那只箱子吗?要知道这是乘务员白给您运的,没让您花钱。主啊,还说我们拴住了您哩!彼特·彼特罗维奇,您应该醒醒了,是您捆住了我们的手脚,而不是我们拴住了您!”

“得了,妈妈,别再说下去了,”阿芙朵佳·罗曼诺夫娜恳求道,“彼特·彼特罗维奇,请您走吧!”

“我走,但是我最后还要说一句话,”他说,这时他几乎完全不能控制自己了,“令堂大概完全忘记了,可以说,我是在您的名声四邻皆知、传遍全城的时候,才决定娶您的。为了您,我不顾舆论的压力,给您恢复了名誉,我当然可以充分指望得到您的报答,甚至要求您的感谢……可是直到现在我才睁亮了眼睛!我亲眼看到,我不顾舆论所采取的行动未免太轻率了……”

“他有两个脑袋还是怎么着?”拉祖米欣叫道,他从椅子上跳起来,摆出准备收拾他的架势。

“您真是个卑鄙的小人!”杜尼娅说。

“别说话! 也别动手!”拉斯柯尼科夫叫道,他拦住了拉祖米欣;然后走到卢仁跟前:

“请您出去!”他轻轻地、一字一板地说,“别废话,否则……”

彼特·彼特罗维奇对着他望了几秒钟,脸色煞白,气得都变了样,然后转身走了出去。不用说,很少有谁会像他对拉斯柯尼科夫那样,对一个人有那么多的刻骨仇恨。卢仁把一切都归罪于他,归罪于他一个人。值得注意的是,当他下楼的时候,他依然在想,事情也许还不是完全不可挽回,至于仅就两位女士而言,甚至是“非常非常”可能挽回的。

## 3

主要是,直到最后一分钟,他也决没有料想到会有这样的结局。他已经使出一切威胁恫吓的手段,可是决没有想到这两个贫苦无告的女人会逃出他的掌心。他的虚荣心以及最好称之为妄自尊大的那种自以为是,又助长了他这种信念。从微贱中发迹的彼特·彼特罗维奇,病态地习惯于自我欣赏,把自己的聪明才智估计得过高,有时,只有他一个人的时候,他甚至对镜顾盼,自我欣赏。但是世上他最爱和最重视的,乃是他苦心孤诣、费尽心机赚来的钱:钱使得他与高于他的一切居于同等地位。

彼特·彼特罗维奇刚才苦恼地提醒杜尼娅说,他是不顾她的坏名声决定娶她为妻的,他说这话倒是完全真诚的,对于她的“忘恩负义”,他甚至深感愤慨。话又说回来,当他向杜尼娅求亲的时候,他已经完全深信那些谣言是荒唐的,连玛尔法·彼特罗夫娜本人也已到处辟谣,而且全城的人都热烈地替杜尼娅辩护,这时也早已将此事置诸脑后了。其实他现在自己也不否认，这一切他当时已经知道了。可是他对于自己决定把杜尼娅提高到与自己同等地位的这个决心，仍旧自视甚高，认为这是一桩丰功伟绩。刚才他对杜尼娅说起这件事情的时候，道出了他私下所怀有的那种他非常得意的想法，他简直不懂，别人怎么能够不欣赏他的这种丰功伟绩。当时他去拜访拉斯柯尼科夫的时候，是以一种恩人自居的感情登门造访的，他准备摘取他的善行所浇灌出来的果实，准备听取一片极其甜美的奉承。此刻他走下楼梯的时候，他当然认为自己受了极大的侮辱，自己的慷慨仗义没有被人所承认。

杜尼娅对他简直是不可缺少的；放弃她，对他来说，是不可思议的。多年以来，他就在做着结婚的美梦，但是他不断攒钱，等待那一天的来临。他在私心深处不胜陶醉地幻想着一个品行端庄的贫苦女子（必须是贫苦的），非常年轻，非常美丽，家世清白，富有教养，非常胆怯，遭遇过非常多的不幸，在他面前诚惶诚恐，一辈子把他当作救命恩人，崇拜他，顺从他，敬佩他，心目中只有他一个人。他在工作之余，静坐休息的时候，围绕着这个诱人、愉快的主题，在想象中创造了多少场面，多少甜蜜的插曲啊！就这样，多年的梦想差不多要实现了：阿芙朵佳·罗曼诺夫娜的美貌和教养使他惊倒，她那无依无靠的处境更使他无比动心。她甚至还稍许超过了他的梦想：这姑娘骄傲而有个性，品德善良，学问见识都在他之上（他感觉到了这一点），就是这样一个人，将一辈子奴隶般地对他感恩戴德，低三下四地崇拜他，而他呢，他将行使无限完全的统治！……好像特意安排好了似的，在这之前不久，经过长期的考虑和期待之后，他终于决定把自己的事务进行一次彻底的变更，踏入更广阔的活动范围，并随着这种变更，逐渐爬上更上层的社会，这是他多年来梦寐以求、垂涎欲滴的幻想……也就是说，他决心在彼得堡一试身手。他知道，利用女人是可以"非常非常"大有作为的。一个美貌、贤惠、有教养的女人的魅力，可以使他平步青云，门庭若市，荣耀显赫……可是现在，一切都毁了！这一突如其来的决裂，像一声霹雳似的震动了他。这简直是一个不成体统的笑话，太荒唐了！他不过刚刚使出一丁点威风，还没来得及把话全说出来，他不过开了点玩笑，说话过头了些，而结果却如此严重！当然，他曾按照自己的爱法爱过杜尼娅，并且曾在他的幻想里统治了她——可是忽然间！……不！明天，明天就必须把这一切恢复过来，弥补裂痕，挽回局面，而主要的是必须消灭这个妄自尊大、乳臭未干的小子，他是一切的祸根。他怀着痛苦的感觉不禁又想起了拉祖米欣……但他很快又在这方面放了心："这小子哪能跟他平起平坐呢！"他真正害怕的，是斯维里加洛夫……总之，前面还有许许多多麻烦事……

"不，是我，最不对的是我！"杜涅奇卡拥抱着母亲，吻着她说，"我曾经贪图他的金钱，不过，我可以发誓，哥哥，我万万没有想到他会是这样一个坏蛋。要是我早点看透了他，我是无论如何不会受他诱惑的！别责备我，哥哥！"

"上帝拯救了我们！上帝拯救了我们！"普莉赫丽娅·亚历山大罗夫娜好像无意识地咕哝着说，好像她还没有十分清楚，究竟发生了什么事。

大家都很高兴，五分钟后，甚至都笑了起来。只有杜涅奇卡偶尔想起刚才发生的事情，脸色发白，双眉深锁。普莉赫丽娅·亚历山大罗夫娜万万不会想到，她也会觉得高兴；早上她还认为跟卢仁决裂是一件可怕的灾难。但是拉祖米欣却喜出望外。他还不敢把他内心的快乐充分流露出来，可是他已经兴奋得浑身发抖，像打摆子似的，仿佛从他心上卸下了五普特重的哑铃。现在他有权把自己的整个生命献给她们，为她们服务了……谁知道现在还会发生什么事情！不过他害怕他的想象，不敢听任他的思想任意驰骋。唯独拉斯柯尼科夫一直坐在原来的位子上，显出几乎愁眉不展，甚至心不在焉的神情。虽然他最坚决主张把卢仁赶走，可是现在仿佛又比谁都不关心刚才所发生的事情。杜尼娅不由得以为他还在生她的气，普莉赫丽娅·亚历山大罗夫娜则胆怯地注视着他。

"斯维里加洛夫对你说什么了?"杜尼娅走到他身边。

"哦，对啦，对啦！"普莉赫丽娅·亚历山大罗夫娜嚷道。

拉斯柯尼科夫抬起了头：

"他坚持要送给你一万卢布，同时他希望当着我的面见你一次。"

"见她！绝对不成！"普莉赫丽娅·亚历山大罗夫娜叫道，"他怎么敢送钱给她！”

接着拉斯柯尼科夫把他跟斯维里加洛夫的谈话告诉了她们(相当冷淡地)，但是略去了关于玛尔法·彼特罗夫娜鬼魂的事，为的是免去不必要的话题，因为除了最必需的话以外，他对任何谈话都感到反感。

“你怎么回答他的呢?”杜尼娅问。

“我起初说，我什么话也不愿向你转达。于是他就宣布他将千方百计设法亲自跟你见面。他对我保证，他对你的热情不过是胡闹，现在他对你已经没有任何感情了……他不愿意你嫁给卢仁……总之他的话是自相矛盾的。”

“罗佳，你对他有什么看法呢？你觉得他这人怎么样?”

“不瞒你们说，我简直弄不清他的意思。他要送给你一万卢布，可是他又说他没有钱。他宣布他要到别的地方去，可是过了十分钟，他又忘记了他曾经说过这话。后来他又忽然说，他要结婚了，有人在给他说媒……当然，他是有目的的，而且很可能他不怀好意。不过同样奇怪的是，如果他对你不怀好意，他这样行事就未免太愚蠢了……当然，我替你一口回绝了这笔钱。总之，我觉得他很奇怪……甚至……好像有一些疯狂的症状。不过我也可能弄错；也许这不过是一种欺骗罢了。玛尔法·彼特罗夫娜的死，似乎对他影响很大……”

“主啊，让她的灵魂安息吧，”普莉赫丽娅·亚历山大罗夫娜叫道，“我要永远、永远替她祈祷上帝！杜尼娅，要没有这三千卢布，咱们现在会落到什么地步啊！主啊，好像从天上掉下来似的！啊，罗佳，要知道今天早上我们身边一共只有三个卢布了，我跟杜涅奇卡一直打算把她的那块表快点找个地方抵押出去，以免在那个人自己想到给我们钱之前，伸手向他要。”

斯维里加洛夫送钱的事，不知为什么使杜尼娅大为震惊。她一直站在那儿沉思。

“他一定想出了一个可怕的主意。”她几乎悄悄地自言自语道，差点发起抖来。

拉斯柯尼科夫看出了这种过分的恐惧。

“看来,我不得不再见他几次了。”他对杜尼娅说。

“咱们得注意他!我一定要把他找到!”拉祖米欣使劲嚷道,“我会时刻注意他!罗佳许可我这样做的。不久以前,他亲自对我说:‘要保护妹妹。’阿芙朵佳·罗曼诺夫娜,您也许可我这样做吗?”

杜尼娅嫣然一笑,把手伸给了他,但是那种焦虑不安的神情还没有从她脸上消失。普莉赫丽娅·亚历山大罗夫娜怯生生地注视着她,但是显然那三千卢布使她放心了。

一刻钟以后,大家都热热闹闹地谈起话来了。拉斯柯尼科夫虽然没有参加谈话,但连他也注意地听了一会儿。拉祖米欣在慷慨陈词。

“干吗,干吗你们要走呢?”他兴高采烈、滔滔不绝地说道,“你们在那个小城里能干什么呢?主要的是,你们在这里全家团聚在一起,你们互相需要,互相多么需要呀——请了解我的意思!哪怕住一个时期呢……让我做你们的朋友吧,让我和你们合伙吧,我保证咱们会做出一番出色的事业来的。你们听着!我要把一切,把整个计划仔细地讲给你们听!今天早上,什么事还没有发生的时候,我的脑子里就闪过这个主意……是这么一回事:我有一个伯父(我一定要把他介绍给你们;这是一位平易近人的、令人敬爱的老人家!),我这位伯父有一千卢布财产,但是他靠养老金过活,不需要这笔钱。最近两年来,他一再要把这一千卢布借给我,只要付给他六厘利息就成。我懂得他的用意:他不过想帮帮我的忙罢了;去年我不需要这笔钱,但是今年我一直在等他来,决定把这笔钱借过来。如果你们从你们的三千里再借给我一千,就足够创办咱们的事业,那我们就合伙啦。咱们合伙要做什么呢?”

于是拉祖米欣开始阐述他的计划,他滔滔不绝地说,我们的书商和出版商对于他们出售的书报几乎都不大在行,所以他们通常都不善经营,然而像样的出版物一般是可以收回本钱的,而且还能赚钱,有时还能赚很多钱。拉祖米欣也幻想经营出版事业,他为别人译书已经两年,他通晓三国欧洲语言,程度还不错,虽然他在六天以前对拉斯柯尼科夫说他的德文“不行”,那是为了说服他分担一半翻译工作,并收下三卢布的预支稿费:他当时扯了个谎,拉斯柯尼科夫也知道他在说谎。

“既然咱们有了成功最主要的手段之一——自己的钱，那咱们为什么要放过机会呢？”拉祖米欣热烈地说道，“当然咱们得下很多工夫，但是咱们将尽力去做，您，阿芙朵佳·罗曼诺夫娜，我，还有罗吉昂……目前有一些出版物很赚钱！咱们事业的主要基础，就在于咱们知道到底应该翻译什么。咱们将一起翻译，出版，学习，什么都在一起做。现在我是有用的，因为我有经验。我在出版界混了快两年了，深知他们的一切底细：相信我的话吧，这也不是什么天大的难事！干吗，干吗要把到嘴的面包放过呢！我知道有那么两三本书——我至今保守着秘密——只要我出个主意把它们翻译过来出版，每本就得付给我一百卢布；其中有一本书，哪怕给我五百卢布我也不愿推荐给别人出版。你们以为怎样？如果我去告诉一个出版商，也许他还会犹豫不决，就是那样一个笨蛋！至于实际经营方面的麻烦，像印刷，纸张，销路等等，你们可以交给我来办。我知道所有的窍门！咱们开始先一点一点地来，逐渐扩大，至少咱们能够靠此维持生活，无论如何咱们也能把本钱捞回来。”

杜尼娅的眼睛直发光。

“您所说的事我很赞成，德米特里·普罗柯费奇！”她说。

“当然，这件事我一点也不懂，”普莉赫丽娅·亚历山大罗夫娜答道，“也许这是个好主意，可是，又只能说上帝知道了。这是一件新事，大家都不懂。当然，我们必须留在这里，至少也得住一个时期……”

她望了望罗佳。

“哥哥，你认为怎样？”杜尼娅说。

“我认为他这个主意很好，”他回答说，“当然，现在不必过早幻想成立什么商号，但是出版五六本书倒的确可以，而且一定会成功。我也知道有一本书准能畅销。至于他经营业务的能力，那也没有疑问：他挺内行……反正你们以后还会有时间商量的……”

“太棒了！”拉祖米欣叫道，“现在请等一等，我知道这儿有一间屋子，就在这幢房子里，属于同一个房东。这是一个单独的屋子，跟这些屋子不通，一共三个房间，还带家具，房租也不贵。你们暂时把它租下来吧。明天我就帮你们把表拿去当了，把钱送来，那就什么事都解决了。主要的是你们三人可以住在一起，罗佳也跟你们在一起…… 你上哪儿去呀，罗佳?”

“怎么啦，罗佳，你现在就要走吗?”普莉赫丽娅·亚历山大罗夫娜甚至惊恐地问道。

“在这样的时刻!”拉祖米欣叫道。

杜尼娅惊疑地望着哥哥。他已经把便帽拿在手里，正准备出去。

“你们说话的口气，倒好像在给我下葬或者诀别似的。”他有点奇怪地说道。

他仿佛笑了笑，可又不像是笑。

“谁知道呢，说不定这就是我们最后一次见面了……”他出乎意外地补充了这一句。

这本来是他心里想的事情，但是不知怎么却说出了口。

“你怎么啦?”母亲叫道。

“罗佳，你上哪儿去?”杜尼娅用一种有点奇怪的腔调问道。

“没什么，我有点要紧事……”他含糊其辞地回答，好像对他想说的话拿不定主意似的。但是他那苍白的脸上显示出一种极其坚定的决心。

“我想告诉你们……我来的时候……就想告诉您，妈妈，还有你，杜尼娅，我们最好分开一个时期。我觉得不大舒服，我心神不宁……我以后会来的，我自己会来的，等……等可以来的时候。我不会忘记你们的，我爱你们……让我走吧！让我一个人待着吧！以前我就这样决定了……我早已下了这个决心……不管我遇到什么事，是死还是活，我都想单独一个人待着。干脆把我忘了吧。这样倒好些……别去打听我的下落。必要的时候，我自己会来看你们的，或者……叫你们去。也许一切都会复活的！……但是目前，如果你们爱我，就别管我了……否则我会恨你们的，我觉得……再见!”

“主啊!”普莉赫丽娅·亚历山大罗夫娜叫道。

母亲和妹妹都吓坏了。拉祖米欣也一样。

“罗佳，罗佳，跟我们言归于好吧，让我们跟以前一样吧!”可怜的母亲叫道。

他慢吞吞地朝门口转过身去，又慢吞吞地走出屋子。杜尼娅追上了他。

“哥哥，你怎么对妈妈这样？”她低声说，眼睛里闪出怒火。

他痛苦地望了望她。

“没有什么，我会来的，我来看你们！”他低声地喃喃说道，好像没有完全意识到他想说什么话，然后从屋里走了出去。

“麻木不仁、狠心的利己主义者！”杜尼娅嚷道。

“他是疯子，不是麻木不仁。他疯啦！难道您看不出来？假若您这样说他，您倒真是麻木不仁了！”拉祖米欣紧紧地攥住她的手，在她耳边热烈地低声说。

“我马上就回来。”他对那位吓得半死不活的普莉赫丽娅·亚历山大罗夫娜叫道，从屋里跑了出去。

拉斯柯尼科夫在楼道的尽头等着他。

“我就知道你会跑出来，”他说，“回到她们那儿去，跟她们在一起吧……明天也跟她们在一起……永远跟她们在一起。我……也许会来……要是可能的话。再见！”

他没有握手告别，就离开他走了。

“你上哪儿去？你怎么啦？你到底怎么啦？难道可以这样吗！”拉祖米欣情急无奈地喃喃道。

拉斯柯尼科夫又一次停下脚步。

“到此为止：今后什么事也别来问我。我没有什么可以回答你的……别来找我。也许我还会到这儿来……离开我，但是别离开……她们。明白我的意思吗？”

楼道内很暗；他们靠近一盏灯站着。两人一言不发，面面相觑地过了片刻。拉祖米欣一辈子也忘记不了这一分钟的印象。拉斯柯尼科夫凝注燃烧般的目光，仿佛随着每一刹那越来越锐利，直射入他的心窝，射入他的意识。拉祖米欣忽然一惊。在他们两人之间仿佛闪过一阵奇怪的感觉……一种什么想法，像一个暗示似的一掠而过；双方的心里突然对一种可怕而又可憎的事情产生了默契……拉祖米欣的脸色变得像死人般苍白。

“现在你明白了吧？……”拉斯柯尼科夫突然说，他的脸痛苦地扭曲着，“回去吧，到她们那儿去吧。”他又忽然加了一句，说完就飞快地转过身子，从房子里走出去……

我不打算描写那天晚上普莉赫丽娅·亚历山大罗夫娜那儿的情况，也不打算描写拉祖米欣怎样回到母女俩那儿去，怎样安慰她们，又怎样坚决主张应该让罗佳养病，他断言罗佳一定会来，每天都会来，说他的心情很不好，不要再刺激他了；而他，拉祖米欣，会照料他的，会给他找一位好医生，一位最好的医生，并且请一些医生来会诊……总之，从那天晚上起，拉祖米欣就成为她们的儿子和哥哥了。

## 4

拉斯柯尼科夫一直向运河旁索尼娅住的那幢房子走去。这是一幢三层楼、绿色的老房子。他先找到看门的，从他那里模模糊糊地打听到裁缝卡佩瑙莫夫住在哪儿。他在院子一角找到了那个又窄又黑的楼梯入口后，便登上二楼，走到环绕整个二楼沿着内院的回廊上。当他正在黑暗中徘徊，弄不清卡佩瑙莫夫家的入口究竟在哪儿的时候，离他只有三步远的一扇门倏地开了；他不由自主地抓住了这扇门。

“谁呀？”一个女人的声音惊慌地问道。

“是我……来找您的。”拉斯柯尼科夫回答，走进一个狭小的过道。这儿有一支蜡烛插在一个歪歪曲曲的铜烛台上，而烛台则放在一把快要散架的破椅子上。

“是您呀！主啊！”索尼娅轻轻叫道，站在那儿像生了根似的。

“上您那儿往哪儿走？往这儿走吗？”

于是拉斯柯尼科夫竭力不去看她，匆匆走进屋里。

过了一会儿，索尼娅拿着蜡烛也进来了，她放下蜡烛，心慌意乱地站在他面前，表现出无法形容的激动的样子，他意外的来访显然把她吓呆了。她那苍白的脸上忽然泛出一片红晕,泪水涌上了眼睛……她又难受,又羞涩,又快乐……拉斯柯尼科夫连忙转过脸去,坐在桌子旁边的一把椅子上。他匆匆扫视了一下屋子。

这是一间非常低矮的大房间,也是卡佩瑙莫夫家出租的唯一一间房间,左边墙上有一扇关着的门,通往卡佩瑙莫夫家。在对面,在右边墙上,还有一扇紧闭的门。那边是隔壁另一间屋子,但房号不同。索尼娅的屋子像一间储藏室,形状是个极不规则的四边形,因此非常难看。临河的一面墙上有三扇窗,墙把屋子有点歪斜地切开,因此墙的一角形成一个很尖的锐角,插入深处,因此在暗淡的光线下简直就没法好好看清楚这个角落;另一个墙角则是一个极不像样的钝角。在这整个大房间里,几乎根本没有什么家具:右边的墙角放了一张床;在床旁靠近门的地方,有一把椅子。挨着放床的那面墙,靠近通往另一间屋子的那扇门旁边,放着一张铺着蓝桌布、普普通通的、用木板钉成的桌子;桌子旁边摆了两把藤椅子。然后,在靠近锐角的另一面墙跟前,放着一只不大的普通木料做的五屉柜,看上去就仿佛消失在空虚中一样。这就是这个房间的全部陈设。又破又脏的黄色壁纸,在墙角已经变黑;冬天,这里一定既潮湿,又满是煤烟。贫穷是明显的;床旁边甚至连窗帘也没有。

索尼娅默默地望着她的客人,这位客人正在仔细地、毫不客气地打量着她的屋子。最后她竟害怕得发起抖来,好像她正站在审判官面前,站在主宰她命运的人的面前似的。

"我来晚了……有十一点钟了吧?"他问,依旧没有抬起眼睛看她。

"有了,"索尼娅咕哝说,"哦,是的,有了,"她仓皇地说道,好像她的全部出路就在这里似的,"房东家的钟刚打点……我亲自听到的……有十一点了。"

"这是我最后一次来找您了,"拉斯柯尼科夫阴郁地接着说,虽然现在也不过是第一次,"也许我再也见不到您了……"

"您要……走吗?"

"不知道……一切要到明天……"

"那么您明天不到卡捷琳娜·伊凡诺夫娜那儿去了吗?"索尼娅的声

音在发抖。

“我不知道。一切要到明天早上……问题不在这里:我是来跟您说一句话的……”

他抬起他那双若有所思的眼睛望着她,他忽然发现他坐着,而她却一直站在他面前。

“您为什么站着?坐下吧。”忽然他改变声调,轻轻地、温柔地说。

她坐了下来。他用亲切的、几乎是怜悯的目光望了她一会儿。

“您多瘦啊!看您的手!完全是透明的。手指跟死人的一样。”

他拿起她的手。她淡淡一笑。

“我一向是这样的。”她说。

“住在家里的时候,也这样吗?”

“是的。”

“唔,那还用说!”他突然说了这么一句,他的面容和声音忽然又变了样。他又扫视了一下周围。

“这是您向卡佩瑙莫夫家租的吗?”

“是的……”

“他们就住在那扇门后面吗?”

“是的……他们也是这样的一间屋子。”

“全住在一间屋里?”

“住在一间屋里。”

“要是我住在您的屋里,夜里一定要害怕的。”他阴郁地说。

“房东家的人都挺好的,很和气,”索尼娅回答说,她依旧像是还没有清醒过来,还没有明白过来似的,“所有的家具,所有的东西……都是房东的。他们都很善良,孩子们也常常到我这里来……”

“他们都笨嘴拙舌的,是不是?”

“是的……他不但说话结巴,还是个瘸子。他老婆也是这样……她倒不是说话结巴,而是好像心里的话说不出来。她是个好人,心肠非常好。他从前是地主的家奴。有七个孩子……只有最大的一个孩子说话结巴,其他的不过有病罢了……说话并不结巴……您从哪儿听说过他们的?”她有些惊奇地补充了一句。

“您父亲在那时候都告诉我了。他把您的一切都对我说了……他还告诉我,您怎样在六点钟出去,到八点多钟回来,他还告诉我,卡捷琳娜·伊凡诺夫娜怎样跪在您的床前。”

索尼娅难为情起来。

“我今天好像看见他了。”她踌躇不决地小声说。

“谁?”

“我父亲。九点多钟,我在大街上走着,就在那个拐角上,他仿佛走在我的前面。那个人就像是他。我想去找卡捷琳娜·伊凡诺夫娜……”

“您在闲逛吗?”

“是的。”索尼娅急促地小声说。她又难为情起来,低下了头。

“您住在您父亲家里的时候,卡捷琳娜·伊凡诺夫娜是不是常打您?”

“哦,不是的,您说什么呀,您说这话干什么?不是的!”索尼娅甚至带着某种恐惧望了望他。

“那么您爱她吗?”

“她?当—然爱!”索尼娅凄婉地拖长声音说,她忽然痛苦地交叉地抱起两只胳膊,“唉!您对她……但愿您能知道就好啦!要知道她完全像个孩子……要知道她完全像精神失常了似的……是愁出来的。以前她是多么聪明的一个人呀!……多么慷慨……多么善良!啊,您什么,什么也不知道……唉!”

索尼娅似乎十分伤心地说了这一番话,现出又激动又苦恼的样子,伤心极了。她那苍白的面颊又涨得绯红,眼睛里流露出悲痛的神情。显然,她的内心受到极大的触动,她非常想表示什么,想说话,想替什么人辩解。忽然她的整个面容表露出一种不能餍足的同情心,如果可以这样说的话。

“打我!您怎么能这样说!主啊,打我!即使她打了我,又怎么样呢!那又有什么要紧呢?您什么也不知道,什么也不知道……她太不幸了,啊,她太不幸了!而且她还有病……她寻求公道……她是纯洁的。她相信什么事情都应该有公道,她要求公道……即使您折磨她,她也不会做不公道的事。她自己看不出来，这一切是不可能的，人间不可能有正义，因此她很生气……像一个孩子，像一个孩子！她是公道的，公道的！"

"那么您以后怎么办呢？"

索尼娅疑惑地望了望他。

"要知道，他们都得靠您来养活了。不错，从前也全靠您……死者也常到您这儿来要钱买酒喝。唔，现在又该怎么办呢？"

"我不知道。"索尼娅凄然说。

"他们还准备住在那儿吗？"

"我不知道……他们在那儿欠了房租，不过听说，女房东今天说过，她要叫他们搬家，而卡捷琳娜·伊凡诺夫娜说，她自己也不愿在那儿多待一分钟。"

"她怎么会有这么大的胆量呢？她想指望您吗？"

"哦，不，别这样说！……我们是一家人，我们在一起生活，"索尼娅忽然又激动起来，甚至生了气，活像一只被惹恼的金丝雀或者别的什么小鸟。"她有什么办法呢？唔，她有什么办法呢？"她焦急地、激动地问道，"她今天哭了多少次啊！她的精神错乱了，您没有注意到这点吗？错乱啦；一会儿她像小孩似的急于要在明天把一切都弄得很体面，准备丧餐和一切……一会儿她又伤心欲绝，吐血，痛哭；蓦地，她又万念俱灰地拼命把头往墙上撞。一会儿她又自己宽慰起自己来，她把一切希望都寄托在您身上，她说现在您会援助她，她要从什么地方借一小笔钱来，跟我一块儿回到她的家乡，开办一所招收上等人家千金的寄宿学校，让我去当舍监，于是我们就开始过一种美好的新生活。她这样说的时候还吻我，拥抱我，安慰我，要知道她真的相信这一切！真相信这些美梦啊！难道能够跟她唱反调吗？今天，整整一天，她都在洗呀，涮呀，补呀，她用她那双无力的手把一只大洗衣盆拖进屋里，累得直喘，倒在床上；话又说回来，今天早上，我还跟她到商场去，想给波列契卡和廖尼娅①买双新鞋，因为她们两

---

① 在此以前，陀思妥耶夫斯基说，马美拉多娃有三个孩子：波列契卡、莉多契卡和柯利亚。现在又出现了一个廖尼娅，取代了原来的莉多契卡。这可能是作者的笔误。

人的鞋都已经破烂不堪了。可是我们算了一下，钱不够，差得很多。她看中了两双很好的小皮鞋，因为她有审美观，您不知道……由于钱不够，她就在铺子里当着老板伙计们的面放声大哭起来……唉，看着她真可怜啊。”

“听了您这番话以后，这才明白您为什么……过这种生活。”拉斯柯尼科夫苦笑了一下说。

“您难道不可怜她吗？不觉得她可怜吗？”索尼娅又嚷了起来，“我知道，虽然您还什么也没有看见，就把最后的一点钱统统给了她，要是您什么都看见了，哦，主啊！有多少次，有多少次我惹得她流泪啊！在上礼拜就有过这么一次！唉，我啊！仅仅在他死之前的一个礼拜。我当时做得太残忍了！这样的事我做了不知多少次。现在我整天都在想这件事，想起来多么痛苦啊！”

索尼娅一想起这件事，就很痛苦，说话时使劲绞扭自己的手。

“您残忍？”

“我，就是我！那一天我去看他们，”她哭泣着继续说道，“先父说，‘读一段给我听，索尼娅，我有点头痛，读一段给我听……这儿有一本书。’他有一本什么书，是从安德列·谢苗诺维奇·列别加尼科夫那儿借来的，那个人就住在附近；他经常能弄到这类十分有趣的书。但是我说：‘我该走啦，’我就是不想读，我到那儿去的目的，主要是想把几条衣领拿给卡捷琳娜·伊凡诺夫娜看看；那个做小买卖的丽莎维塔很便宜地卖给了我一些衣领和套袖，都挺漂亮的，崭新的，还绣了花。卡捷琳娜·伊凡诺夫娜非常喜欢那些东西；她把那些东西戴上，照了一会儿镜子，简直喜欢极了。她说：‘索尼娅，请把这些东西送给我吧。’她说了请字，她太想要这些东西了。可是，她戴上有什么用呢？无非使她回想起过去的幸福日子罢了！她对镜自赏，顾影自怜，可是她根本就没有衣服可穿，她什么东西也没有，已经有多少年了啊！她从不向任何人要任何东西；她很高傲，她宁愿把她自己的最后一件东西送给别人，可是现在她竟开口向我要这些东西——她多喜欢它们啊！但是我却舍不得给她，我说：‘卡捷琳娜·伊凡诺夫娜，给您有什么用呢？’我就是这样说的：‘有什么用’。我真不该对她说这样的话呀！她对我望了一眼,我拒绝了她,使她太伤心了,我看着她真觉得可怜……她并不是为了衣领的事伤心,伤心的是我拒绝了她,我看得出的。啊,现在我真希望能够把一切挽回过来,把一切改过来,收回我过去说过的话!唉,我……为什么!……不过,这跟您反正没有关系!”

“您认识那个做小买卖的丽莎维塔吗?”

“是的……难道您也认识?”索尼娅带有几分惊讶地反问道。

“卡捷琳娜·伊凡诺夫娜有痨病,病情很重;她很快就会死的。”拉斯柯尼科夫不回答她的问题,沉默了一会儿,说道。

“啊,不,不,不!”索尼娅不由得抓住了他的双手,好像哀求他不要让她死去似的。

“她死了倒好。”

“不,不好,不好,一点不好!”她惊慌地、出于本能地反复说道。

“那孩子们怎么办?除了叫他们住在您这儿之外,您还能把他们送到哪儿去呢?”

“啊,那我就不知道了。”索尼娅双手抱住头,几乎绝望地喊叫起来。看来,以前她也多次产生过这种想法,现在他不过又把它惊动起来而已。

“还有,在卡捷琳娜·伊凡诺夫娜还活着的时候,万一您生了病,进了医院,那怎么办呢?”他狠着心坚持说下去。

“哎呀,您说什么呀,您说什么呀!这是绝不可能的!”索尼娅的脸被可怕的惊恐吓得变了形。

“怎么不可能?”拉斯柯尼科夫冷笑了一下,接着说,“您没有保过人寿险吧?那时他们怎么办呢?他们只好都跑到大街上去,她一面咳嗽一面要饭,把头往墙上撞,像她今天所做的那样,而孩子们则哭哭啼啼……然后她倒在街头,被送到警察局,送到医院,然后死去,而孩子们……”

“哦,不……上帝不会让他们落到这个地步的!”从索尼娅郁闷的胸中终于迸发出这么一句话。她听着,哀求地望着他,她在无言的央求中双手交叉,好像现在一切都取决于他似的。

拉斯柯尼科夫站起身来,在屋里踱来踱去。过了约莫一分钟。索尼娅低着头,垂着手,站在那儿,心里非常烦恼。

"您不能攒点钱吗？攒起钱来以备不时之需?"他忽然在她面前停下来问道。

"不行呀。"索尼娅低声说。

"当然不行！那您试过吗?"他近于嘲弄似的加上一句。

"试过。"

"吹了！唔,那当然！还问什么!"

他又在屋里踱来踱去。又过了约莫一分钟。

"您不是每天都能赚到钱吧?"

索尼娅比以前更加狼狈起来,她的脸又涨得通红。

"不是每天。"她痛苦、费劲地小声说。

"波列契卡大概也要走您这条路的。"他突然说。

"不！不！不可能,不!"索尼娅悲痛欲绝地大叫道,好像有人用刀子突然刺伤了她的心,"上帝,上帝是决不会容许这种可怕的事情发生的!"

"可是上帝容许别人呀。"

"不,不！上帝会保佑她的,上帝！……"她忘情地反复说道。

"可是,也许根本就没有上帝呢。"拉斯柯尼科夫甚至有点幸灾乐祸地回答说,他望了望她,笑了起来。

索尼娅的脸色陡然大变:脸上掠过一阵痉挛。她用一种无法形容的责备眼光望了他一眼,她想说什么,可是一句话也说不出来,她只是用手捂着脸,十分伤心地痛哭起来。

"您说卡捷琳娜·伊凡诺夫娜精神错乱;您自己才精神错乱呢。"他沉默了一会儿以后,又接着说。

又过了约莫五分钟。他依旧一言不发地在屋里踱来踱去,也不抬头望她。最后他走到她跟前;他的眼睛熠熠发光。他用双手抓住她的肩膀,直瞅着她那布满泪痕的脸。他的目光冷酷,激动,锐利,他的嘴唇剧烈地抽动……蓦地,他迅速弯下身去,伏在地上,吻她的脚。索尼娅吓得急忙躲开他,像躲开一个疯子似的。他看上去的确完全像个疯子。

"您怎么啦,您这是干什么？在我面前!"她喃喃地说,脸色发白,她的心突然一阵发紧,她感到非常痛苦。

他立刻站了起来。

“我不是向你下跪,而是向人类的一切苦难下跪,”他有点古怪地说,然后走到窗口,“你听我说,”过了一会儿,他又回到她跟前,补充道,“不久以前,我对一个欺负人的家伙说,他连你的一个小指头也抵不上……我说,今天我让我妹妹坐在你的身旁,是我看得起她。”

“啊,为什么您要对他们说那样的话?而且当着她的面?”索尼娅惊慌地叫道,“跟我坐在一起!看得起!可我是一个……不名誉的人啊!……啊,我是一个罪孽深重的人!唉,为什么您要说这话呢!”

“我说这话并不是为了你的不名誉和你的罪过,而是为了你所受的深重的苦难。不过,你倒的确是一个罪孽深重的人,”他几乎热情洋溢地补充说,“你所以是一个罪人,最主要的,是你白白地毁了你自己,出卖了你自己。这难道还不可怕吗!你过着你极其厌恶的污秽生活,这难道还不可怕吗!同时你自己也知道(你只消睁开你的眼睛)你过这种生活帮助不了任何人,也拯救不了任何人。最后,你告诉我,”他几乎发狂地说道,“这种耻辱和这种下流生活,在你身上怎么能够和别种截然不同的圣洁感情并存呢?干脆投河自尽,了此残生,倒还公正一些,要公正一千倍,明智一千倍!”

“那他们怎么办呢?”索尼娅有气无力地问道,她十分痛苦地望了他一眼,但与此同时对他的这个建议好像并不觉得丝毫惊异。拉斯柯尼科夫奇怪地望了望她。

他从她的一瞥中已经看出了一切。可见,她自己准是早有这个想法了,也许她在绝望时已经多次认真地考虑过怎样了此残生,所以现在对他的建议几乎不觉得惊异了。她甚至没有注意到他的言语是那样冷酷(当然,她也没有注意到他责备她的用意和他对她耻辱的特别看法,这,他也看到了)。不过他十分清楚,她一想到自己的可耻、不名誉的身份时,就痛苦到极点,简直痛不欲生,而且已经为此苦恼了很久。他想,迄今为止,是什么,究竟是什么阻止了她打算了此残生的决心呢?现在他才完全明白,那些可怜、年幼的孤儿和这个不幸的、半疯的、害着痨病、往墙上撞头的卡捷琳娜·伊凡诺夫娜,对她具有何等重大的意义啊。

可是,他也同样清楚,就索尼娅的性格和她受的教育来说,无论如何她也不能照旧这样下去。然而对他仍旧成为问题的是:既然她不能去投河自尽,她怎么能这样久地处在这样的境遇中而没有发疯?当然他明白索尼娅的遭遇只是社会中的一个偶然现象,虽然这种现象,很不幸,既不是独一无二,也不是绝无仅有的。但是,那种偶然性,她所受的那点教育,以及她以前的生活,也许在那条可憎的道路上刚一举步,就可能使她立刻自尽,那么支持她的究竟是什么呢?不至于是堕落吧?这一切耻辱分明只是机械地触及她;真正的邪恶还没有一点一滴侵入她的内心:这点他是看得出来的;这不是在梦中,她明明白白地站在他的面前……

"她有三条路可走,"他想,"投河,进疯人院,或者……或者同流合污,使理智麻木,使心肠冷酷。"他最憎恶的是最后一个想法;然而他已经是一个怀疑论者,他年轻,他远离现实,因而也很残忍,所以他不能不相信,最后一条出路,就是说甘心堕落,是最有可能的。

"但是,这难道是真的吗?"他心里在喊,"一个像她这样依旧保持灵魂纯洁的人,难道最后会有意识地被拖到那个藏垢纳污的火坑里去吗?难道这个过程已经开始了吗?直到现在她所以能够忍受,难道是因为邪恶已不再使她感到那么可憎了吗?不,不,那是不可能的!"他像刚才索尼娅那样叫道,"不,到现在为止,阻止她跳河的,是她想到了罪恶,想到了**他们,那些孩子们**……如果她到现在为止还没有发疯……可是谁又能说她还没有发疯呢?她的理智正常吗?难道一个人能够像她那样说话吗?难道一个有正常理智的人能够像她那样谈论问题吗?难道一个人能够坐在毁灭之上,坐在她正在被拖进去的臭气冲天的火坑的边缘上,当有人把危险告诉她的时候,她却置之不理,掩耳不听吗?她怎么,在等待出现奇迹吗?一定是这样。难道这一切不都是疯狂的症状吗?"

他执拗地抱住这个想法不放。跟其他任何解释相比,他倒更喜欢这种解释。他开始更加注意地凝视着她。

"索尼娅,你经常向上帝祈祷吗?"他问她。

索尼娅不作声;他站在她身旁等待回答。

"没有上帝我怎么成呢?"她低声说,说得又快又有力,那双忽然熠熠发光的眼睛匆匆地瞥了他一眼，她用手紧紧地握了握他的手。

“唔，果然如此！”他想。

“那么上帝答谢你，给你做了什么呢？”他问，进一步试探她。

索尼娅沉默了很久，好像无法回答似的。她柔弱的胸脯激动得一起一伏。

“别说了！别问我！您不配！……”她忽然叫喊起来，严厉地、愤怒地望着他。

“果然如此，果然如此。”他在心里执着地反复想道。

“他做一切！”她又垂下眼睛迅速地小声说。

“应该这样解释！这就说明了这种解释是正确的！”他暗自断定，一面怀着贪婪的好奇心打量着她。

他用一种新的、奇怪的、近于病态的感情注视着那张苍白、瘦削、棱角突出而又形状不规则的小脸，那依旧愤怒得发抖的娇小身躯和那对温柔的蓝眼睛，这双眼睛竟能够闪耀出这样的光芒、这样严厉的强烈感情。他对这一切越来越感到奇怪，觉得几乎是不可能的。“一个宗教狂，一个宗教狂！”①他心里反复想道。

五屉柜上放着一本书。他在屋里踱来踱去的时候，每次走过，都注意到这本书；现在他把它拿起来，看了看，原来是《新约》的俄译本，书是皮面精装的，已经破旧了。

“这是哪来的？”他站在房间的另一端向她喊道。她依旧站在离桌子只有三步远的原来的地方。

“人家拿来给我的。”她好像很勉强地回答，也不望着他。

“谁拿来的？”

“丽莎维塔拿来的，我向她要的。”

“丽莎维塔！奇怪！”他想。索尼娅的一切仿佛一分钟比一分钟更加使他感到奇怪和不可思议。他把书拿到蜡烛跟前，开始翻阅。

“拉撒路的故事在哪儿？”他忽然问。

---

① “宗教狂”的原文又有疯子、狂人的意思。

索尼娅执拗地望着地面，没有回答。她微微斜对着桌子站在那里。

“关于拉撒路复活的那一段在哪儿？找给我看，索尼娅。”

她斜瞟了他一眼。

“您别看那儿……在第四篇福音里。”她没有向他走过来，冷冷地小声说道。

“你找出来读给我听。”他说，他坐了下来，用胳膊支在桌子上，将手托着头，脸色阴郁地注视着一旁，准备聆听。

“再过两三个礼拜，她就要进疯人院了，欢迎之至！我大概也会去那儿的，如果不是更糟的话。”他自言自语地喃喃说道。

索尼娅听了拉斯科尼柯夫那个奇怪的要求以后，半信半疑、犹豫不决地走到桌子跟前。不过还是拿起了书。

“难道您没有读过吗？”她问，抬起头来从桌子对面望着他。她的声音越来越严厉。

“很久以前读过……上学的时候。读吧！”

“您在教堂里没有听过吗？”

“我……不去教堂。你常到教堂去吗？”

“不—不。”索尼娅低声说。

拉斯柯尼科夫冷笑了一下。

“我明白……那么明天你不去参加葬礼吗？”

“我去。上个礼拜我也到教堂去过……去做安魂祈祷。”

“给谁做祈祷？”

“给丽莎维塔。她是被人用斧子杀死的。”

他的神经越来越紧张，头也开始发晕。

“你跟丽莎维塔很要好吗？”

“是的……她人很好……她到这儿来过……不常来……她不能常来。我跟她一起读《圣经》和……谈心。她能见上帝①。”

这句《圣经》套语，他听了觉得很奇怪，又发现新鲜事了：她跟丽莎维

① 语出《新约·马太福音》第五章第八节：“清心的人有福了；因为他们必得见上帝。”

塔秘密聚会，她们两人都是宗教狂。

“我自己也快变成宗教狂了！这是有传染性的！”他想。“读啊！”他突然坚决而又烦躁地叫道。

索尼娅依旧犹豫不决。她的心怦怦直跳。她不知道为什么不敢读给他听。他几乎痛苦地望着这个“不幸的女疯子”。

“为什么？您不是不信吗？……”她低声地喃喃说，像是喘不过气来似的。

“读啊！我要你读，”他坚持说，“你不是曾读给丽莎维塔听吗！”

索尼娅把书打开，找到要读的地方。她的两只手在哆嗦，连声音都发不出来了。她试了两次，可是连第一个音节也读不出来。

“有一个病人名叫拉撒路，住在伯大尼……”①她终于使劲读了出来，但是读到第三个字的时候，她的声音突然变细了，中断了，就像一根绷紧的弦猝然断了似的。她的呼吸哽住，胸口感到很闷。

拉斯柯尼科夫略微看出了索尼娅之所以不愿读给他听的缘故。他越是看清楚这一点，就越是粗鲁和暴躁地强迫她读下去。他非常清楚，现在要她暴露和揭示她内心的一切，使她感到多么痛苦。他明白了，这种感情确实是她目前乃至以往的一个秘密，也许早在少女时代就这样了，那时她还住在家里，在不幸的爸爸和愁疯了的后母身边，生活在忍饥挨饿的弟妹们中间，听到的是不堪入耳的大声喊叫和叱责。但是与此同时他现在也知道，而且知道得很清楚，虽然她现在开始读的时候，心里很苦闷，而且在担心什么，但是她自己也非常想读（尽管她心里十分苦闷和顾虑重重），而且就是要读给他听，让他听见，而且一定得现在读，“不管以后发生什么事情！”……他从她的眼睛里看出了这点，从她兴奋的激动中明白了这点……她克制住自己，压制住开始读第一节时使她吐不出声音来的喉头的痉挛，继续读着《约翰福音》第十一章。她就这样读到第十九节：

“有很多犹太人下来慰问马大和马利亚，要为他们的兄弟安慰他们。

---

① 见《新约·约翰福音》第十一章。译文引自香港中国圣经出版社 1980 年出版的《当代圣经》。

马大听说耶稣来了,就出去迎接;马利亚却仍然坐在家里。马大对耶稣说:'主啊,你若早些到这里,弟弟就不至于死啦。不过至今我仍知道无论向神求什么,神也必定赐给你的。'……"

读到这里,她又停下了,不好意思地预感到她的声音又会发抖和中断……

"耶稣对她说:'你弟弟会复活的。'

"'我知道。'马大回答,'到了末日复活的日子,他会复活的。'

"耶稣就说:'我是复活,我是生命,信我的人,虽然死了,也必复活。凡活着信我的人,必永远不死。你相信吗?'马大说:(索尼娅好像痛苦地喘了一口气,清楚而又有力地读了下去,好像她在公开陈述自己的信仰似的。)"'主啊,我信!我相信你就是基督,就是神子,是我们盼望已久,要到世界上来的救世主。'"

她想停下来,抬起头迅速地望他一眼,但是她又马上克制住自己,接着读了下去。拉斯柯尼科夫一动也不动地坐在那儿听着,没有转过身来,将胳膊支在桌子上,眼睛望着别处。读到第三十二节。

"马利亚到了耶稣那里,就伏在他脚前,说:'主啊,你若早到这里,我弟弟就不会死了。'耶稣看见她哭,陪她来的犹太人也哭,就心灵愁烦,委实难过。他向他们说:'你们把他葬在哪里?'他们说:'先生,请你来看。'耶稣哭了。犹太人看见耶稣哭了就说:'你看!他是多么爱他啊!'但其中也有些人说:'他既然能治好瞎子,怎么就不能叫这个人不死呢?'"

拉斯柯尼科夫朝她转过脸来,激动地望着她:是的,果然如此!她已经浑身发抖,当真发起热病来了。他早已料到这一点。她快要读到那最伟大和闻所未闻的奇迹故事了,她心里充满了巨大的欢乐。她的声音变得像铜铃,像金属;声音里充满了欢乐与喜悦,这使她的声音更有力了。她感到眼前发黑,一行一行的字在她眼前跳动,但是她读的那些章节她早就会背了。读到最后那一节"他既然能治好瞎子,怎么就不能……",她放低了声音,用激昂而热情的声调表达了对那些瞎眼、不信神的犹太人的怀疑、责备和非难,马上他们就要像遭雷击似的跪倒在他脚下,哭哭啼啼地表白他们的信仰了……"他,他——也是瞎了眼的,不信神的,他马上也会听到，他也会信神的，是的，是的！就在此时此地。”她这样幻想着，她由于喜悦的期待而浑身颤抖起来。

“耶稣带着万分难过的心情来到墓地。墓地是个山洞，洞口有一块大石头堵着。耶稣吩咐说：‘把石头挪开。’拉撒路的姐姐马大就说：‘主啊，他已经死了四天，尸体都发臭了。’”

她把“四”字念得特别重。

“耶稣对她说：‘我不是跟你说过，只要你信，你就会看见神的荣耀吗？’于是他们就把石头挪开。耶稣就望着天说：‘父亲，我感谢你，因你已垂听我的祷告。我知道你必然听我的祷告，但是为了周围站着的人，我才这样说，好叫他们相信是你差我来的。’说完了，就大声呼叫：‘拉撒路，出来！那死人就出来了（她高声地、兴奋地读到这里，哆嗦着，发着冷，仿佛她亲眼看见了似的），手脚都缠着布，脸上也用布包着。耶稣说：‘解开他，让他走。’

“来慰问马利亚的犹太人，看见耶稣行这件神迹，有很多就信了耶稣。”

她没有再读下去，也不能再读下去了，她把书合上，迅速从椅子上站起来。

“拉撒路复活的故事读完了。”她急促地、冷冷地低声说道，然后掉过脸去，一动也不动地站着，不敢，又好像羞于抬起眼睛来看他似的。她那热病的战栗还在继续。这时候蜡烛头在那个歪歪扭扭的烛台上快要熄灭了，朦胧地照着这贫寒屋子里的杀人犯和卖淫妇，他们两人是如此奇怪地凑到一起，读着这本不朽的书。过了约莫五分钟，或者更长的时间。

“我是来谈一件事情的。”拉斯柯尼科夫突然皱着眉头大声说，他站起身来，走到索尼娅面前，索尼娅默默地抬起眼睛望着他。这时候他的目光显得特别严酷，目光中表露出一种强烈的决心。

“今天我离开了我的亲人，”他说，“母亲和妹妹。我从此再不到她们那儿去了。我已经跟她们断绝了一切关系。”

“为什么？”索尼娅吃惊地问。最近她跟他的母亲和妹妹会过一面后，在她心里留下了一种她自己也不明白的深刻印象。她听到他跟她们断绝关系的消息时，几乎感到一种恐怖。

“现在我只有你一个人了，”他补充说，“咱们一块儿走吧……我到你这儿来了。咱们俩都是被诅咒的人，咱们就一块儿走吧！”

他的眼睛闪着光。“好像疯了似的。”索尼娅也想道。

“到哪儿去？”她惊惧地问，不由自主地后退一步。

“我怎么知道？我只知道咱们俩同路，那是一定的——如此而已。目标相同！”

她望着他，一点也不明白他的意思。她只明白，他非常、非常不幸。

“要是你讲给他们听，他们谁也不会懂的，但是我懂。我需要你，所以我到你这儿来了。”他接着说。

“我不明白……”索尼娅低声说。

“以后你会明白的。难道你没有做出同样的事吗？你也越轨啦……有可能越轨啦。你毁了你自己，毁了一条生命……你自己的生命（这反正一样！）。你原可以过一种精神的和理智的生活，但是你却在干草市场上了此一生……不过你又受不了，如果你孤身一人地过下去，你会跟我一样发疯的。你现在已经像个疯子啦；所以咱们俩应该一起走，走同一条路！咱们走吧！”

“为什么？为什么您要说这种话！”索尼娅说。他的话使她感到奇怪和一种骚动的不安。

“为什么？因为你不能再这样下去了——就是为这个！应该严肃地、直截了当地考虑一下啦，而不是像个孩子似的哭哭啼啼，嚷着说上帝不容许！如果明天你真的被送进医院，那怎么办呢？她神经失常，得了痨病，很快就会死去，孩子们怎么办呢？难道波列契卡不会毁掉吗？你难道没有看见这儿的街头被母亲们支使出来乞讨的孩子们吗？我知道这些母亲们住在哪儿，过的是什么样的日子。在那儿，孩子们就不能保持自己是孩子了！在那儿，七岁的孩子就学坏了，当了小偷。要知道，孩子是基督的形象啊！‘天国正属于这样的人的。’①基督要我们爱他们，尊重他们，

① 见《圣经·新约·马太福音》第十九章第十四节：“耶稣说，让小孩子到我这里来，不要阻拦他们；因为天国正属于这样的人的。”

他们是人类的未来……”

“那怎么办呢，怎么办呢？”索尼娅反复地说，她歇斯底里地哭泣着，绞着自己的手。

“怎么办吗？应该打破的就把它永远打破吧，如此而已：自己把苦难承担起来！怎么？你还不懂吗？你以后会懂的……自由和权力，尤其是权力！支配一切发抖的畜生和芸芸众生的权力！……那就是目的！记住这点！这是我给你的临别赠言。也许这是我最后一次对你说话了。要是明天我不来，你自己会听到一切的，那么就请你记住我现在说的这些话。若干年后，通过生活的磨炼，也许有一天你会懂得这些话的意义的。要是我明天来，我将告诉你谁杀死了丽莎维塔，再见！”

索尼娅吓得浑身哆嗦。

“难道您知道是谁杀死的吗？”她问，她毛骨悚然，恐怖地望着他。

“我知道，我会告诉你的……告诉你，告诉你一个人！我已经挑中了你。我到这儿来不是请求你宽恕，我只是告诉你，我早就选定了你，准备把这事告诉你，在你父亲讲起你的时候，那时丽莎维塔还活着，我就考虑这样做了。再见。别跟我握手。明天！”

他走了出去。索尼娅像望着一个疯子似的望着他，但是她自己也像个疯子，并且感觉到了这一点。她的头在发晕。“主啊，他怎么知道是谁杀死了丽莎维塔呢？这些话究竟是什么意思呢？这真可怕！”但是在那个时候，她还没有那种想法。绝对没有！绝对没有！……“啊，他准是非常不幸！……他已经离开了母亲和妹妹。为什么呢？出了什么事？他打算干什么？他对她说什么了？他曾经吻着她的脚说……说（是的，这话他说得很清楚）没有她，他已经活不下去了……啊，主啊！”

索尼娅发了一整夜的烧，说了一整夜的呓语。有时她从床上跳起来，哭泣着，伤心欲绝，然后又发着烧蒙蒙眬眬地睡去，她梦见了波列契卡、卡捷琳娜·伊凡诺夫娜和丽莎维塔，梦见了在读福音书，梦见了他……他脸色苍白，两眼熠熠发光……他吻她的脚，哭着……啊，主啊！

在门外右首，就是把索尼娅的房间跟杰尔特鲁达·卡尔洛夫娜·列斯莉赫的屋子分隔开来的那扇门后面，有一间久无人住的空屋子，这间屋子属于列斯莉赫太太的屋子的一部分,是准备出租的,门上已经挂出了出租的牌子,在临河的窗户上也已经贴出了招租启事。索尼娅早就习以为常地以为那是一间没有人住的空屋子。可是在这段时间里,斯维里加洛夫先生始终都站在那间空屋子的门背后,躲在那里偷听。拉斯柯尼科夫出去以后,他又站了一会儿,想了想,然后蹑手蹑脚地走进与那间空屋子相毗邻的自己的屋子,搬了一把椅子,悄悄地把它端到紧挨着索尼娅屋子的门边。他觉得他们两人的谈话很有趣,很值得注意,他听了非常有兴趣,所以他才端了一把椅子来,以便今后,譬如说明天吧,不再需要受苦受累地站整整一个钟头,而可以坐得舒服一些,以便在所有方面都享受一番十足的乐趣。

## 5

第二天上午十一点整,拉斯柯尼科夫走进 C 警察分局的预审科,请求会见波尔费利·彼特罗维奇。使他感到惊奇的是,居然这么久没有接见他:至少过了十分钟,他才得到传见。他原来估计,他们大概会立刻向他猛扑过来。他当时站在接待室里,人们在他面前走来走去,分明跟他一点关系也没有。隔壁,像是办公室的一间屋子里,有几个职员坐在那儿抄写,显然他们之中谁也不了解拉斯柯尼科夫是何许人,是干什么的?他用焦灼不安而又疑虑重重的目光注视着自己周围,看看在他身旁有没有什么卫兵,有没有什么神秘的目光在监视着他,提防他逃跑。可是根本没有那回事:他只看见一些埋头于琐碎事务的办事员,还有另外一些人,但是谁也不注意他:哪怕他现在就走,爱去哪儿就去哪儿。他越来越确信,如果昨天那个神秘莫测的人,那个从地底下钻出来的幽灵真的看见了一切,知道了一切的话——难道他们能让他拉斯柯尼科夫这样站在这儿,这样平安无事地等着吗?难道他们能在这里等他到十一点钟前来自首吗?可见,要么那个人还没有前来报告任何东西,要么……要么就是他干脆什么也不知道，什么也没有亲眼看见，（他怎么能看见呢？）因此，昨天他拉斯柯尼科夫所碰到的一切，不过是被他受了刺激的、病态的想象力所夸张了的一个幻影罢了。甚至昨天，在他极其惊慌和绝望的时候，这种揣测就已开始在他心头确立下来。现在，当他把一切都想了一遍，准备好应付一场新的斗争的时候，他忽然觉察到他在发抖——一想到他因为害怕那个可恶的波尔费利·彼特罗维奇而发抖，怒火就从他的心中直冲上来。他感到最可怕的是再碰见那个人：他恨他，无限地恨他，他甚至害怕自己的这种憎恨会暴露他自己。他的愤怒是如此强烈，居然使他立刻停止了发抖；他准备抱着一种冷淡而又无礼的态度走进去，下决心尽可能少说话，尽量多看多听，至少这一次无论如何要克服他那病态的容易发怒的性格。就在这时有人传他去见波尔费利·彼特罗维奇了。

原来这会儿只有波尔费利·彼特罗维奇一个人在办公室。这间办公室不大不小，里面摆了一张包着漆布的沙发，沙发前面是一张大写字台，一张办公桌，墙角摆着一只书橱，还有几把椅子——都是官府的家具，都是用磨光的黄色木料做成的。在后墙墙角，或者不如说在隔墙上，有一扇紧闭的门：由此可见，在隔墙后面一定还有别的屋子。拉斯柯尼科夫一走进去，波尔费利·彼特罗维奇就马上关上了门，于是屋里就只剩下他们俩了。他用一种显然十分愉快与和蔼可亲的态度来迎接他的客人，过了几分钟，拉斯柯尼科夫才根据一些迹象，发现波尔费利有点忸怩不安——仿佛他冷不防被人弄糊涂了似的，再不然就是有什么隐私给人察觉了。

"啊，亲爱的朋友！您来啦……到我们的领地上来啦……"波尔费利向他伸出双手说，"来，请坐，老弟……也许您不高兴被人称做亲爱的朋友，也不愿意被亲昵地①称做……老弟吧？请您别以为我太亲昵了……坐在这儿，坐在沙发上。"

拉斯柯尼科夫坐下了，目不转睛地注视着他。

"到我们的领地"，为亲昵的态度而表示歉意，那个法国词"亲昵地"，以及其他等等，——这一切都是典型的迹象。"他向我伸出双手，可

---

① 原文是法文。

是一只也没有伸过来同我握手,就立刻缩了回去。”——他陡然疑惑起来。他们俩互相注视着,可是双方的眼光一遇在一起,又像闪电般地迅速避开了。

“我把这张申请书给您带来了……关于那块表的事……申请书在这儿！您看,这样写成不成？还是要重抄一份？”

“什么？申请书？是的,是的……您别着急,这样写就成了,”波尔费利·彼特罗维奇说,好像急匆匆地要赶到什么地方去似的,他说完以后,才把那张申请书接过去,看了一眼,“是的,这样写就成,不需要别的了。”他肯定道,还是说得很快,把申请书放到桌上。过了一会儿,在谈别的事情时,他又把桌上的申请书拿起来,放到自己的办公桌上。

“昨天您好像说过,您想……正式地……问问我关于我跟那个……被杀害的人是怎么认识的吧?”拉斯柯尼科夫又开口说。他心头忽然像闪电般掠过一个想法:“为什么我要说好像呢?”可是他转而又想,“说了这个好像,为什么我要这样着急呢?”他心头又忽然像闪电般掠过了另一个想法。

他忽然感觉到,他只跟波尔费利刚刚接触,对他只说了两句话,彼此只注视了两眼,他的疑心刹那间就增加到了极其强烈的程度……这是十分危险的:他的神经紧张起来,他的情绪也越来越焦躁。“糟啦！糟啦！……又说漏嘴了。”

“是的,是的,是的！您别着急！时间多得很,多得很。”波尔费利·彼特罗维奇咕哝说,不知为什么他没有任何目的地在写字桌旁走来走去,一会儿冲到窗前,一会儿冲到办公桌前,一会儿又回到写字桌旁,时而避开拉斯柯尼科夫猜疑的目光,时而又在原地站定了不动,凝视着他。他那矮矮胖胖的滚圆身体,看上去非常古怪,就像一个皮球似的,四处滚动,然后又立刻从所有的墙壁和所有的角落弹了回来。

“来得及,来得及……您抽烟吗？您带烟了吗？来,抽一支……”他接着说,递给客人一支烟,“要知道,我在这儿接见您,但是我的房间也就在这儿,就在隔墙后面……是官房。不过我现在暂时住在私人的房子里,这里要稍加修理一下,现在快修完了……官房……嗯……您知道是最好的东西——对吧？您认为怎么样？”

“是的，最好的东西。”拉斯柯尼科夫近于嘲弄似的望着他答道。

“最好的东西，最好的东西……”波尔费利·彼特罗维奇来来回回地说，好像他又忽然想到完全不相干的事情，“是的！最好的东西！”最后他差点大声喊叫起来，他忽然抬头看了拉斯柯尼科夫一眼，在离他两步远的地方停下来。刚才他三番五次地重复着同一句蠢话，说什么官房是最好的东西，现在他又用一种严肃、深思、神秘莫测的眼光注视着他的来访者，相形之下，就前者的庸俗而言，显得非常不调和。

可是这种态度愈加激起了拉斯柯尼科夫的恼怒，他再也忍不住了，不能不报之以讥刺的、相当不慎重的挑战。

“您知道吗，”他忽然问，几乎是傲慢无礼地望着他，仿佛他对自己的傲慢感到一种快乐，“似乎存在着这样一种法学上的规矩，这样一种法学上的方法，它适用于一切预审官，即由远及近，由小及大，或者也可以从大事开始，但必须是从毫不相干的事情开始，以便怂恿，或者不如说分散受审人的注意力，松懈他的警惕性，然后倏地用一个生死攸关的问题给他一个猝不及防的当头棒喝；是不是这样呢？这岂不是迄今为止在一切规章和训示中都提到过的一个神圣不可侵犯的法则吗？”

“是的，是的……那么您以为，我之所以提到官房就是为了把您这个……是不是？”说完这话以后，波尔费利·彼特罗维奇就眯缝起眼睛，眨了眨眼；他的脸上掠过一丝快乐的狡诈表情。他脑门上的皱纹舒展开了，眼睛眯成一道缝，面孔拉长了，他忽然发出了一阵神经质的连续不断的大笑，直笑得前仰后合，同时逼视着拉斯柯尼科夫的眼睛。拉斯柯尼科夫也跟着他勉强笑了起来；但是波尔费利看见他也笑，更是大笑不止，笑得满脸几乎成了紫红色，这时拉斯柯尼科夫的厌恶心情忽然越过了一切警惕心：他止住了笑，皱起眉头，憎恨地望着波尔费利，望了很久，在波尔费利长久地、似乎有意不停地笑着的时候，拉斯柯尼科夫一直目不转睛地注视着他。然而双方显然都不够谨慎：波尔费利·彼特罗维奇好像在当面嘲笑他的客人，而客人却十分憎恨这种笑，对于这种情况波尔费利却不以为意。这件事在拉斯柯尼科夫眼里是十分重要的：他明白了，的确，波尔费利·彼特罗维奇刚才毫不介意,相反,他拉斯柯尼科夫也许已经落入了圈套;这儿显然有他不知道的什么东西,有某种目的;也许一切都已准备就绪,现在随时都会摊牌,给他一个当头棒喝……

他决定立刻单刀直入地提出问题,他从座位上站了起来,拿起帽子。

"波尔费利·彼特罗维奇,"他毅然决然地开口道,但是带着相当强烈的焦躁,"昨天您表示希望我到您这儿来听候审问(他特别强调审问这个词)。现在我来了,如果您要问我什么,就请问吧;如果您没有什么要问的,请允许我告退。我没有工夫,我有事……我得参加那个被马踩死的官吏的葬礼,那个人,您……也是知道的……"他说完以后,由于自己补充了这一句,又立刻恼怒起来,接着又立刻变得更加焦躁,"这一切我腻烦透了,您听见了没有,我早就腻烦了……我生病,多多少少也是因为这个原因……总之,"他几乎大声嚷起来,他觉得关于生病云云,更是说得不恰当,"总之:请您要么问我,要么就让我走……如果要问,那就非得按手续办不可！否则我不答应;所以咱们暂时再见,因为现在咱俩无事可干。"

"上帝！您这是干吗呢！我有什么可问您的呢?"波尔费利·彼特罗维奇忽然咯咯咯地笑着说,立刻改变了说话的腔调和态度,笑声也戛然而止,"请你别着急,"他又忙碌起来,一会儿在屋里奔过来跑过去,一会儿又突然请拉斯柯尼科夫坐下,"且慢,且慢,这一切全是小事！相反,我很高兴,您到底上我们这儿来了……我是把您当作来宾接待的。至于这个该诅咒的笑,请您原谅,罗吉昂·罗曼诺维奇老弟。是叫罗吉昂·罗曼诺维奇吧?您的父称大概是这样称呼吧?……我太神经质了,足下的高见逗得我捧腹大笑;真的,有时候我笑得浑身哆嗦,像块橡皮,一笑就是半小时……我很爱笑。像我这样的体质,我生怕有一天会瘫痪。请坐呀,您为什么不坐呢?……请您务必坐下,老弟,不然我要以为您生气了……"

拉斯柯尼科夫一声不吭,他听着,观察着,仍然怒容满面地皱着眉头。然而他还是坐下了,可是仍旧把帽子拿在手里。

"罗吉昂·罗曼诺维奇老弟,我要告诉您一件我自己的事情,或者可以说,向您解释一下我的性格,"波尔费利·彼特罗维奇接着说,继续在屋里匆匆地走来走去，而且跟先前一样，仿佛竭力躲开他客人的眼光，“您知道，我是个单身汉，一个微不足道、默默无闻的人，而且我这个人已经发展到顶了，已经成了定局，开始走下坡了，而且……而且……您注意到了没有，罗吉昂·罗曼诺维奇，在咱们这儿，我说的是在咱们俄国，特别是在咱们彼得堡这个圈子里，如果两个聪明人遇在一起，这两个人虽然素昧平生，并不太熟，但是可以说互相敬重，像您跟我一样，他们会半个钟头也找不出一个话题来——他们俩会死死板板地面对面坐着，双方都觉得十分尴尬。人人都有谈话的题目，比方说，女士们……上流社会谈吐高雅的人们，总有他们谈话的题目，一贯如此，①但是像我们这种中间分子，就是说有思想的人，总是腼腼腆腆、沉默寡言。这是什么缘故呢，老弟？是我们对公共事务不感兴趣吗？还是我们都太诚实了，不愿意互相欺骗呢？这我就不知道了。啊？您认为怎样？把帽子放下来吧，好像您马上就要走似的，真叫人看了别扭……相反，我非常高兴……”

拉斯柯尼科夫把帽子放下，继续严肃地绷着脸，一声不响地听着波尔费利自相矛盾的空谈。他想：“难道他真想用他的胡言乱语来分散我的注意力吗？”

“我不请您喝咖啡了，不是地方；可是为什么不能跟一个朋友在一起坐上五分钟消遣消遣呢？”波尔费利不停地唠叨着，“您知道，这一切公事……我老在屋子里走来走去，请别见怪；请原谅，老弟，我最怕的就是您见怪，可是我又必须活动活动身子。我老是坐着，所以很喜欢有五分钟能够走动走动……有痔疮……我一直想靠体操来进行治疗；听人说，五等文官，四等文官，甚至三等文官也都喜欢跳绳；在现代，科学多么了不起！……是的……至于这儿的公事啦，审问啦，还有一切手续啦……老弟，您本人刚才也提到过审问……您知道，罗吉昂·罗曼诺维奇老弟，这些审问，真的，有时候把审问别人的人弄得比受审的人还要糊涂……对于这个问题，老弟，刚才您完全正确而又十分俏皮地发表了您的高见（拉斯柯尼科夫并没有发表过这类意见），把人弄得糊里糊涂！真会把人弄糊

① 原文是法文。

涂了！颠三倒四地老是那一套，跟打鼓一样！现在正在改革，我们也得更换一下名称了！① 嘿嘿嘿！至于我们法学上的方法——正像足下俏皮地所说——我完全同意您的意见。告诉我，凡是被告，甚至愚不可及的村民们——他们谁不知道，一开始总是用一些不相干的问题来使他们失去警惕性（用您非常恰当的话来说），然后猝不及防地给他当头一棒，用斧背，嘿嘿嘿！用您非常恰当的比喻来说，猛击他的天灵盖！嘿嘿！我说到官房的时候，您当真以为我想要……嘿嘿！您真是个好讽刺的人！得啦，我不再说了！哦，是的，顺便说说……从这句话想到另一句话，一个想法会引起另外一个想法，您刚才说到手续……您知道吧，关于审问的手续……照手续办理又怎么样呢！您听我说，手续在许多情况下都是胡扯。有时候，友好地谈一谈反而有用得多。手续是一定要有的，这事您尽管放心；请问，手续实际上是什么呢？一个预审官不能每走一步都受到手续的拘束。预审官的工作可以说是一种别具一格的自由艺术，或者类似这样的东西……嘿嘿嘿！"

说到这里，波尔费利·彼特罗维奇歇了一会儿，喘了一口气。刚才他一口气说了那么多，一会儿废话连篇，一会儿又忽然说出几句谜一样费解的话，接着又立刻语无伦次，废话连篇。他在屋里简直是来回奔跑，胖胖的小腿越跑越快，眼睛望着地面，右手放在背后，左手不停地挥动，做着各种手势，那些手势跟他所说的话非常不一致。拉斯柯尼科夫蓦地注意到，当他在屋里跑来跑去的时候，好像有两次在门口停了一下，仿佛在侧耳倾听……"他是不是在等什么呢？"

"您的话的确非常对，"波尔费利又喜笑颜开地说，他带着异乎寻常的天真模样望着拉斯柯尼科夫（这种神情使拉斯柯尼科夫猛吃一惊，马上提防起来），"足下那么俏皮地取笑我们的法律手续，您的话确实很对，嘿嘿！我们一些（当然是某些）煞费苦心的心理方法是非常可笑的，也许是无用的，如果过分拘泥于手续的话。是的……我又谈论手续了：唔，如

---

① 俄国于一八六四年实行司法改革，法院脱离行政机关，独立行使审判职能；同时过去隶属于警察局的预审科，也脱离警察局而独立，归属法院。

果我断定,或者不如说我怀疑,在我经办的案子里,某个人,这个或者那个人是罪犯……您是学法律的,罗吉昂·罗曼诺维奇,没错吧?”

“是的,我是学法律的……”

“那么,这可以作为您将来应用的案例——不过请您别以为我在班门弄斧:瞧您发表了多好的关于犯罪的论文啊!不,我不过是把它当做一件事实提供一个案例罢了——比如,如果我认为这个人或者那个人是罪犯,那么请问,即使我掌握了他的罪证,为什么我要过早地去打草惊蛇呢?比方说,有的罪犯我应该立刻逮捕,但是有的罪犯,性质与此不同;为什么不能让他在城里闲逛几天呢?嘿嘿!不,我看您并不完全明白,所以我想把它说得更清楚些:要是我过早地把他关进监狱,那么我也许会因此而给了他所谓精神上的支持,嘿嘿!您在笑吗?(拉斯柯尼科夫根本没有想到笑:他闭紧嘴唇坐在那儿,炽热的目光紧盯着波尔费利·彼特罗维奇的眼睛不动。)然而这是事实,特别对于某些人,因为人是各种各样的,一切只有通过实践才能够知道。现在您要说:拿罪证来;咱们假定,证据是有的,但是,老弟,要知道,罪证大部分介于两可之间。我是预审官,因此我承认我是一个能力不强的人:我希望侦察的结果能像数学般精确。我希望得到像二二得四一样确凿的罪证!必须是一个直截了当的、无可争辩的证据!要是把他关得不是时候,——即使我确信那个罪犯就是他——那么也许我自己剥夺了自己进一步揭露他的手段,为什么呢?因为我把他的地位给确定了,也可以说,我在心理上使他明确了,使他安心了,他于是就离开了我的掌心,缩回到他的壳里去了:他终于明白了,他是囚犯。据说,在塞瓦斯托波尔,当阿尔玛战役刚刚结束,一些聪明人非常害怕敌人马上公开进攻,立即占领塞瓦斯托波尔;但是他们看见敌人宁愿采取正规包围的方法,并且已经开始挖第一道堑壕时,据说那些聪明人高兴极了,放了心:这意味着,事情起码可以拖两个月,因为敌人要用正规包围的办法拿下塞瓦斯托波尔!您又笑啦,您还是不相信吗?当然,您的话也对。也对,也对!我同意您的意见,这都是个别情况;咱们所谈的情况的确是个别的!但是您在此也应该看到,好心肠的罗吉昂·罗曼诺维奇,一般的案例,就是说适用于一切法程和法规,以及这些法程和法规所援引并且写在书里的案例,是根本不存在的,因为每一件案子,比方说每一个犯罪行为,一旦在现实中发生以后,就会马上变成一个完全个别的案例,有时简直与以前的案子毫无相似之处。有时候还会碰到这一类非常可笑的案子。如果我把某位先生撇下不管:我不逮捕他,也不惊动他,但是必须让他时时刻刻都知道,或者至少时时刻刻都在怀疑,我了解他的一切底细,而且在日夜监视他,警惕地看着他,如果他自觉地处在没完没了的疑神疑鬼和恐惧状态中,那么他准会丧魂落魄地前来自首,也许还会干出点什么事情来,如同二二得四似的,像数学那样一清二楚——这倒是非常惬意的事。一个土头土脑的庄稼汉尚且会如此,更不用说像我们这类现代化的聪明人,而且在某一方面还很有修养!亲爱的朋友,因此,了解一个人具有哪方面的修养,这是一件极其重要的事情。还有神经,神经,您忘了神经啦!因为现在这一切都是病态的、不健全的、容易激动的!……所以他们多么容易发脾气啊!我告诉您,这在有时候简直像一座矿场!由他在城里无拘无束地走来走去好了,我有什么可担心的呢!随他去吧,随他暂时满处游逛去好啦;我反正知道他是我的囊中物,决逃不出我的掌心。他又能逃到哪儿去呢,嘿嘿!到外国去吗?一个波兰人可以逃到外国去①,但是他逃不了的,何况我在监视着,并且采取了措施。逃到内地去吗?可是要知道那里尽是农民,真正粗野的俄国农民;一个受过现代教育的人宁愿进监狱,也不愿跟我国农民这样的外国人生活在一起,嘿嘿!不过这一切都是胡扯,都是表面的。逃跑有什么意义呢!这不过是形式罢了。主要的不在于此。他不仅因为无处可逃才逃不出我的掌心:他在心理上逃不了,嘿嘿!这个词用得多妙啊!根据自然法则,即使他有地方可逃,他也逃不出我的掌心。您看见过飞蛾扑火吗?他会像一只飞蛾似的,一遍又一遍地绕着我飞个不停;他已经觉得自由不可爱了。他将开始苦思冥想,庸人自扰,作茧自缚,恐惧得要命!……不但如此:我只要给他一个较长的喘息时间,他就会自己给我送来像二二得四一样数学般精确

---

① 暗示沙皇军队残酷镇压一八六三至一八六四年波兰起义后,大批波兰人逃亡国外。

的证据……他会继续不断地绕着我飞，越飞离我越近，然后扑地一下直接飞进我的嘴里来，我就把他一口吞下，这太痛快了，嘿嘿嘿！您不信吗？”

拉斯柯尼科夫不回答；他脸色苍白，一动也不动地坐在那儿，依旧目不转睛地注视着波尔费利的脸。

“一个很好的教训，”他心想，身上在发冷，“这已经不再像昨天那样，玩猫捉老鼠的游戏了。他绝不是毫无用处地显示自己的力量……他向我暗示：他在这方面要聪明得多……这儿准有别的目的，什么目的呢？喂，老兄，全是胡扯，你在吓唬我，跟我耍滑头！你手里没有证据，昨天我看见的那个人也是不存在的！你不过是想先刺激我，干脆把我弄糊涂，然后再在这样的情况下把我逮住。可是你休想，你办不到，办不到！不过他为什么要给我这么多的暗示呢？……是他指望我的神经有毛病吗？不，老兄，你休想，你办不到，即使你已经替我设下了圈套……咱们就等着瞧你到底给我设了什么圈套吧。”

于是他鼓足勇气，准备好去迎接那场他所不知道的可怕灾难。有时他真想扑到波尔费利身上去，把他当场掐死。从他进来的时候起，他就担心自己会动怒。他感到自己口干舌燥，心在七上八下地跳动，嘴唇上满是干了的白沫。但是他决心一言不发，不到适当的时候一句话也不说。他知道，按他目前的处境，这是最好的策略，因为他不但可以不说漏嘴，而且还可以用沉默激怒敌人，这样，说不定他倒可能向他信口说出不该说的话来。至少这正是他所盼望的。

“不，我看您是不相信我，您老以为我对您开了一个无伤大雅的玩笑，”波尔费利又说了起来，他越说越兴奋，不住得意地吃吃笑着，同时又在屋里转来转去，“当然，您说得也对。上帝把我造成了这样一副体型，只能使人家哑然失笑；一个小丑罢了；不过让我告诉您，我再重复一遍，请您原谅我这个老头，罗吉昂·罗曼诺维奇老弟，您还是个年轻人，可以说青春年少吧，所以您跟别的年轻人一样，把人类的智慧看得高于一切。戏谑的机智和理性的抽象论据诱惑着您，就我对军事所能下的判断来说，比如，这诚如以前奥地利的御前军事会议一样：他们在自己的办公室里纸上谈兵，打败了拿破仑并且把他俘虏了，这都是用最机智的方式估计和规划出来的,可是再一看,马克将军率领全军投降了①,嘿嘿嘿!我看见了,我看见了,罗吉昂·罗曼诺维奇老弟,您在笑我,像我这样一个文官居然老是从军事史上挑选例子!但是有什么办法呢,这是我的弱点,我喜欢军事,非常爱读所有这些作战报告……我把我的正业都给耽误了。真的,我应该去从军。拿破仑我也许当不上,但是我可以成为一名少校,嘿嘿嘿!好吧,亲爱的朋友,现在我就来把这个所谓个别案例的详细案由都告诉您吧:亲爱的先生,事实和一个人的禀性是件很重要的东西,嘿,它们有时候会把最深谋远虑的打算都给打乱。唉,您就听听我这个老头的话吧,我说这话是严肃的,罗吉昂·罗曼诺维奇(说这话的时候,几乎还不满三十五岁的波尔费利·彼特罗维奇好像当真一下子全变老了:连说话的声音都变了,好像整个身子都弯曲起来),——再加上我是个心直口快的人……我算不算心直口快呢?足下高见?好像是可以的吧:我平白无故地把这些事情告诉您,一点报酬也不要,嘿嘿!好,再接着讲下去:我认为,机智是顶好的东西;是天性的光彩和人生的慰藉,它会要弄多么巧妙的把戏啊,所以一个可怜的预审官有时候哪能猜得透呢,再加上他本人也耽于幻想,这是司空见惯的,因为他到底也是人嘛!可是天性这东西挽救了可怜的预审官,倒霉就倒在这儿啦!这是那些沉湎于机智、'跨过一切障碍'(像您那么俏皮和那么聪明地形容他们的那样)的年轻人再也想不到的。假定他撒谎,就是说,一个人,一个个别的案例,一个*隐姓埋名的人*②,他很会撒谎,而且撒得非常巧妙;这一来,似乎旗开得胜了,可以享受一下他机智的果实了,可是他扑通一下!而且是在最有趣、最容易传播丑闻的地方,他忽然晕倒了。假定说这是病,也许屋里有时候很闷,那毕竟说不过去嘛!他毕竟引起了我们的想法!他撒谎撒得再好不过了,可是他对自己的天性估计错了!他的狡诈也就在这儿!又一次,他顽皮的机智又使他着了迷,他愚弄起怀疑他的那个人来了,他脸色苍白,仿佛故意似的,仿佛在演戏,但是他脸色苍白得太自然了,太像真的了,所以又引起了我们

① 一八〇五年七月二十日,由马克将军率领的奥地利军队在乌尔姆向拿破仑投降。

② 原文是拉丁文。

的想法！虽然他的欺骗初次能够得逞，但是被骗的人夜里会明白过来，如果此人精明能干、不易上当的话，他每走一步都是这样！为什么呢：因为他要抢在头里，瞎管闲事，到处乱闯，应该沉默的时候他反而讲个没完，而且讲的尽是明讽暗喻，嘿嘿！他会自己跑来问：干吗这么久还不把我抓起来呢？嘿嘿嘿！要知道，连最机灵的人，心理学家，文学家，也会发生这样的事情的。天性是一面镜子，是洞察一切的镜子！照照镜子，欣赏一下你的尊容吧！……罗吉昂·罗曼诺维奇，为什么您的脸色变得这样苍白？是这间屋里太闷了吗？把窗子打开，好不好？”

“啊，请您别麻烦了，”拉斯柯尼科夫叫道，他忽然哈哈大笑起来，“请您别麻烦了。”

波尔费利在他的对面站住，等了一会儿，倏地，他也哈哈大笑起来。拉斯柯尼科夫从沙发上站起身来，他那完全癫痫性的大笑戛然而止。

“波尔费利·彼特罗维奇，”他又洪亮又清楚地说道，虽然他两腿哆嗦，好容易才站稳了，“我终于看清了，您肯定在疑心我杀死了那个老太婆和她的妹妹丽莎维塔。就我的立场来说，我告诉您吧，这一切早就使我厌烦了。要是您认为您有权对我进行合法起诉，那您就起诉吧；您有权合法地逮捕我，那您就逮捕吧。但是我不许别人当面嘲笑我，折磨我……”

他的嘴唇突然发颤，两眼放着疯狂的光，他一直压抑着的声音也响亮了起来。

“我不许！”他用拳头狠狠地捶了一下桌子，突然嚷道，“您听见这话了没有，波尔费利·彼特罗维奇？我不许！”

“哎呀，主啊，怎么又这样了呢！”波尔费利·彼特罗维奇叫道，看上去他吓坏了，“罗吉昂·罗曼诺维奇老弟！亲爱的！我的祖宗！您怎么啦？”

“我不许！”拉斯柯尼科夫又一次嚷道。

“老弟，轻一点！有人听见，会进来的！那时候我们对他们说什么呢，您想想！”波尔费利·彼特罗维奇把脸凑过来紧挨着拉斯柯尼科夫的脸，恐惧地低声说道。

“我不许！我不许！”拉斯柯尼科夫机械地重复说，但是他也忽地把声音压得很低。

波尔费利迅速转过身子，跑过去开窗户。

“放点空气进来，新鲜空气！您应该喝点水，亲爱的，您的病又发作啦！”他跑到门口去，准备要点水来，恰巧就在那儿的墙角里有一只盛水的长颈玻璃瓶。

“老弟，喝一点吧，”他拿着水瓶跑到拉斯柯尼科夫跟前，低声说，“也许会舒服一些……”波尔费利·彼特罗维奇的惊慌和同情本身，是如此自然，因此拉斯柯尼科夫也就不做声了，他开始以一种异样的好奇心打量着他。然而，他没有喝水。

“罗吉昂·罗曼诺维奇！亲爱的！请您相信我的话，像这样您会发疯的，唉！哎呀！喝一点吧！哪怕稍微喝一点呢！”

他逼着他把盛着水的玻璃杯接了过去。拉斯柯尼科夫机械地把杯子送到唇边，但是他又醒悟过来，厌恶地把它放到桌上。

“是的，您在我们这儿发过一次病！现在您这样，亲爱的，又要旧病复发啦，”波尔费利·彼特罗维奇带着友好的同情说道，舌头发出咯咯声，不过他的神情依旧显得有点张皇失措，“主啊！您怎么这样不保重自己的身体呢？德米特里·普罗柯费奇昨天到我这儿来过——我同意，我同意，我有一种爱挖苦人的坏脾气，可是人们把它当成什么了呢！……主啊！昨天您走以后，他就来了。我跟他一起吃饭，他不停地说呀，说呀，我只有遗憾地摊开两手；我想，哎呀，主啊……他是从您那儿来的吗？请坐，老弟，看在基督面上，请稍坐片刻！”

“不，不是从我那儿来的！不过我知道他到您这儿来，也知道他来干什么。”拉斯柯尼科夫生硬地回答道。

“您知道？”

“知道。那又怎么样呢？”

“就是这样，罗吉昂·罗曼诺维奇老弟，我知道您的丰功伟绩还不仅这些；什么都知道！我还知道晚上，天黑以后您去租房子，您拉了门铃，还问到血迹的事，把工人们跟看门的都弄糊涂了。要知道，您当时的心情我是了解的……但我敢说，像这样下去您会发疯的！您会晕头转向的！您由于自己受到的种种委屈，先是命运多舛，然后又受到警察分局长的无礼对待，您心里沸腾着强烈的愤懑，这是正当的愤懑，所以您到处乱撞，可以说您要强迫所有的人把话说出来，并且使这一切一下子都结束掉，因为您对这一切蠢事和怀疑早就烦透了。是这样吧？我猜到您的心情了吧？……这样下去，您不但会把自己搞昏头，而且也会把拉祖米欣搞昏头的；对于这种事，您自己知道，他太善良了。您有病，他为人好，您就把病传染给他了……老弟，等您平静下来以后，我会讲给您听的……请坐，老弟，看在基督面上！请您休息一会儿吧，您的脸色太难看了；请稍坐片刻吧。”

拉斯柯尼科夫坐下了，他不再打哆嗦，只是觉得全身发热。他十分惊愕地、精神紧张地听着惊慌、友好地照顾着他的波尔费利·彼特罗维奇说话。但是他说的话，拉斯柯尼科夫一句也不信，虽然他觉得自己有一种想相信他的话的奇怪倾向。波尔费利出其不意地谈到租房的事，这使他大吃一惊。“怎么回事呢，看来租房的事情他也知道了，”他突然想道，“他还亲口告诉我！”

“是的，在我们的审理工作中也有过一件近似的案例，一件牵涉到病态心理学的案例，”波尔费利滔滔不绝地说，“也是一个人自己招认杀了人，而他的供词又说得头头是道：他造成了一连串的错觉，提供了事实，陈述了情况，把所有的人都弄糊涂了，为什么呢？因为他完全无意地与一件谋杀案在某种程度上有牵连，但只是在某种程度上，等到他知道他给了杀人凶手们一个推卸罪责的机会以后，他就愁肠百结，犯起糊涂来，他开始胡思乱想，最后完全发了疯，他认定自己就是杀人犯！但是，最高枢密院终于把这个案件审理清楚，那个可怜的家伙也开释了，并且叫人妥加照料。应该感谢最高枢密院！唉呀呀！这样下去，您会怎样啊，老弟？如果您打算这样刺激自己的神经，每夜去拉铃，去问那摊血，这样您非急死不可的！我在工作中研究过全部心理学。就这样，有时候，一个人老想从窗口或者钟楼上跳下去，这种感觉非常具有诱惑力，拉铃的事也一样……这是一种病态，罗吉昂·罗曼诺维奇，这是病态呀！您太不重视您的病了。您应该去找一位有经验的医生看看，那个胖子怎么行呢！……您神志不清！您这一切都是在神志不清的时候所做的！……”

顷刻间,拉斯柯尼科夫觉得一切东西都在他周围旋转起来。

“难道说,难道说,”这个想法在他的脑子里一闪,“他此刻还在说谎吗?不可能,不可能!”他排除了这个想法,他事先就感到这种想法一定会使他勃然大怒,气得发疯的。

“我当时并不是神志不清,这都是我清醒的时候做的!”他叫道,他想竭尽全力看穿波尔费利玩的把戏。“我是清醒的,是清醒的,您听见了吗?”

“是的,我明白了,我听见了。昨天您也说您不是神志不清,您还特别强调了您不是神志不清!您所能够说出来的一切,我都明白!哎呀!……听我说,罗吉昂·罗曼诺维奇,我的好心肠的人,至少这一情况总能说明问题吧。如果您真的犯了罪,或者跟这件该死的案子多少有些牵连,请问,您会坚持说您做这一切的时候并不是神志不清,而是完全清醒的吗?您能够这样特别强调,这样特别坚持吗?——请问,可能吗,这是可能的吗?依我看,这会完全相反。假使您真觉得自己犯了罪,您准会坚持说您当时一定神志不清。您说对不对?是这样吧?”

在这句问话中,含有一种狡猾的口气。当波尔费利在他面前弯下腰去的时候,拉斯柯尼科夫在沙发上一直往后退,直退到靠背上,满腹狐疑地、默默打量着他。

“还有拉祖米欣先生,问题是,昨天是他自动来谈的呢,还是您怂恿他来的?您本来应该说,是他自动来的,而把您怂恿他来这件事隐瞒住。但是您并不隐瞒!您恰恰强调指出,是您怂恿他来的。”

拉斯柯尼科夫从来没有这样强调说过。这时一阵寒颤掠过了他的脊背。

“您一直在撒谎,”他慢慢吞吞地、有气无力地说,把嘴唇歪成一个病态的微笑,“您又想向我表明,您知道我的全部把戏,您事先就知道我会怎么回答,”他说,他自己也几乎感到他没有好好斟酌每句话的分寸,“您想吓唬我……不然,您就是在取笑我……”

说这话的时候,他依旧凝视着波尔费利,他的眼里又忽然闪出无限的怒火。

“您一直在撒谎!”他喊道,“您自己知道得很清楚,一个罪犯最好的狡赖办法,就是尽可能不隐瞒可以不隐瞒的事。我不相信您的话!”

“您真是个狡猾的人!”波尔费利吃吃地笑着说,“简直对付不了您,老弟;您害了一种偏执狂。那么,您不相信我的话吗?可是我要告诉您,您已经相信我了,部分地相信了,我要设法让您完全相信我,因为我真心喜欢您,真心希望您好。”

拉斯柯尼科夫的嘴唇哆嗦起来。

“是的,希望您好,我最后要奉劝足下,”他友好地、轻轻地抓住拉斯柯尼科夫的胳膊,抓住离胳膊肘稍上一点的地方,接着说道,“我最后要奉劝足下:您要注意您的病。此外,现在您的亲属也来看您了,您应该想想她们。您应该关心她们,爱护她们,可是您只是吓唬她们……”

“这跟您有什么关系?您又是怎么知道的?您干吗这样感兴趣?可见您在监视我,而且想让我知道这点吧?”

“老弟!这一切都是您亲口告诉我的!您没有注意到,您在激动的时候,把什么都告诉我了,也告诉了别人。昨天我从拉祖米欣先生那里也听到了许多有趣的细节。不,刚才您打断了我的话,我想告诉您,尽管您非常聪明,但由于您总是疑神疑鬼,甚至丧失了对事物的正确观点。再拿拉铃的事打个比方吧:我已经向您泄露了那样一个有价值的事实,那样一件真情实事(这可是一个完整的事实啊!)。我,一个预审官,居然把它毫无保留地泄露给您了!难道您从中什么也看不出来吗?要是我对您有半点怀疑,我会那样做吗!相反,我应当首先打消您的疑虑,不让您发觉我已经知道了这个事实;把您的注意力转移到相反的方面去,然后冷不防给您当头一下,就像用斧背猛击天灵盖一样(用您的话来说),然后再说:‘先生,请问,晚上十点钟或者将近十一点的时候,您在那个被杀害的老太婆的屋里到底干什么来着?您为什么要拉门铃,为什么要问到那摊血的事?为什么您缠着看门的,把他们弄得莫名其妙,还叫他们跟您一同到警察分局去,去找局里的那个中尉呢?’要是我对您有半点怀疑,我就应该这样做。我应该完全照章办事,录下您的口供,搜查您的家,并且说不定就把您逮捕法办……我既然没有那样做,那就说明我对您并不怀疑!

我再说一遍:您已经丧失了正确的观点,所以您什么也看不出来!”

拉斯柯尼科夫倏地浑身战栗了一下,波尔费利·彼特罗维奇十分清楚地把这看在眼里。

“您一直在撒谎,”他喊道,“我不知道您的用意,反正您一直在撒谎……您不久前说的就跟这不一样,我不会弄错的……您在撒谎!”

“我在撒谎?”波尔费利接着说道,他显然激动起来了,但是他依旧保持着最愉快的嘲弄神情,好像丝毫也不在乎拉斯柯尼科夫对他有什么看法似的,“我在撒谎?……但是我刚才是怎样对待您的呢(我可是一个预审官啊),我亲自提醒您,暗示您为自己辩护的一切办法,亲自向您提供了心理上的一切理由,——我说,‘那是病,神志不清,受了委屈;那都是忧郁症和警察分局长闹的’,以及其他等等,是不是?嘿嘿嘿!当然,所有这些心理上的辩护方法,这些借口和遁词都极其靠不住,可以这样解释,也可以那样解释:‘有病、神志不清、错觉、幻想,以及我不记得了。’这都不错,但是,老弟,为什么在您生病和神志不清的时候,偏偏产生那样一些幻想,而不是别的一些幻想呢?也可能产生别的幻想呀?对不对?嘿嘿嘿!”

拉斯柯尼科夫倨傲而又鄙夷不屑地瞧了他一眼。

“一句话,”他站起身来把波尔费利推开了一点,固执地大声说道,“一句话,我想知道:您承认还是不承认,我没有丝毫可疑之处?您说啊,波尔费利·彼特罗维奇,您爽爽快快地说吧,快点说,马上就说!”

“哎呀,烦死了!您这人真烦死了!”波尔费利喊道,脸上露出十分高兴而又十分狡猾、毫不慌张的神气,“您为什么要知道呢,您为什么要知道得那么多呢,既然人家还没有开始丝毫惊动您!您就像孩子一样嚷嚷:把火,把火给我!您为什么这样惊慌不安呢?您为什么硬要自己撞到我们这儿来呢,出于什么原因呢?嗯?嘿嘿嘿!”

“我再说一遍,”拉斯柯尼科夫狂怒地嚷道,“我不能再忍受了……”

“不能忍受什么呢?蒙在鼓里吗?”波尔费利打断了他的话。

“别挖苦人!我不愿意!……告诉您,我不愿意!……我忍受不了,也不愿忍受!……听见了吗!听见了吗!”他又用拳头捶了一下桌子,嚷道。

“轻一点,轻一点!别人会听见的!我严肃地警告您:请您自重。我不是开玩笑！”波尔费利小声说，不过这一次他脸上已不再有刚才那种娘儿们式的慈祥和惶悚的表情；相反，现在他在发号施令，严肃地，皱着眉头，把神秘莫测和含糊其辞一扫而光；不过这只延续了一刹那工夫。心烦意乱的拉斯柯尼科夫陡然怒不可遏；可是说也奇怪：虽然他勃然大怒，但他还是听从了叫他轻一点的命令。

“我不能听凭别人来折磨我，”跟刚才一样，他突然把声音压低了说，霎时间，他又痛苦又憎恨地意识到他不得不服从这个命令，一想到这，他越发狂怒起来，“逮捕我吧，搜查我吧，但是请您按手续办理，而不要跟我开玩笑！您敢……”

“关于手续，您放心好了，”波尔费利打断了他的话，脸上又露出刚才那种狡猾的笑容，甚至好像很快乐似的欣赏着拉斯柯尼科夫，“老弟，现在我完全是抱着友好的态度，非正式地请您到这儿来。”

“我不需要您的友好，我不在乎您的友好！听见了没有？瞧，我拿起帽子要走了。好，如果你要逮捕我，你还有什么话要说？”

他抓起帽子，朝门口走去。

“您难道不想看一件小小的意料不到的事情吗？”波尔费利笑嘻嘻地说，他又抓住了他的胳膊肘稍上一些的地方，在门口拦住他。他好像更加嬉皮笑脸，更加兴高采烈起来，这使得拉斯柯尼科夫气极了。

“什么小小的意料不到的事情？到底是怎么回事？”他问，突然站住不动，惊慌地望着波尔费利。

“小小的意料不到的事情，就在这里，坐在门背后，嘿嘿嘿（他指指那扇通到他官房去、开在隔墙上的锁着的门）！我把他锁起来了，免得他跑掉。”

“到底是怎么回事？在哪儿？什么事？……”拉斯柯尼科夫走到门口，想把门打开，可是门锁着。

“门锁着哩，钥匙在这儿！”

他真的从衣袋里掏出了一把钥匙，给拉斯柯尼科夫看。

“你老是在撒谎，”拉斯柯尼科夫忍无可忍地咆哮起来，“你在撒谎，你这个该死的小丑！”说着他就向波尔费利扑去，波尔费利退到门口，但一点也不害怕。

“我完全明白了!”他冲到他跟前,“你在撒谎,你在捉弄我,想让我露出马脚……”

“罗吉昂·罗曼诺维奇老弟,您也没有更多的马脚可露了。您简直气疯了。别嚷,不然我要叫人进来了!”

“你撒谎! 什么也没有! 你叫人来吧! 你知道我有病,您想刺激我,把我气疯,好叫我露出马脚来。这就是你的目的! 不行,你拿出事实来! 我什么都明白了! 你没有事实,你只有不管用的、微不足道的猜疑,扎梅托夫式的! ……你知道我的脾气,你想把我气疯,然后再用你的神父们和代表们①来把我吓倒……你在等他们吗? 嗯? 你在等什么? 他们在哪儿? 叫他们出来吧!”

“这里哪有什么代表呀,老弟! 您真想得出来! 照您说的那样办,按手续是不许可的。亲爱的,这事您一点也不懂……手续一定照办,您会亲眼看见的……”波尔费利咕哝说,一面倾听着门外的动静。

真的,这时候,从另一间屋里,就在门附近,好像传来一阵喧哗。

“啊,他们来啦!”拉斯柯尼科夫叫了起来,“你把他们叫来啦! ……你在等他们! 你指望……好,把他们都叫来吧:代表们,证人们,你爱叫谁就叫谁……叫他们来吧! 我准备好了! 准备好了! ……”

但是,就在这当口,发生了一件奇怪的事情,这件事情完全出乎意料之外,在事物的一般进程中,无论拉斯柯尼科夫,或者波尔费利·彼特罗维奇,都想不到他们这一次会面会有这样一个结局。

## 6

过后,每当拉斯柯尼科夫想起这一时刻的时候,他的脑海里便浮现出

① 这里意为见证人(指搜查时在一旁作证的人)。

下面的情景：

门外传来的喧哗声忽然迅速地加大了，门也稍微打开了一点。

“怎么回事？”波尔费利不快地嚷道，“我不是吩咐过嘛……”

一时无人回答，但是分明门外有好几个人，他们似乎在推一个人。

“到底是怎么回事？”波尔费利·彼特罗维奇不安地重复了一句。

“把犯人尼古拉带来了。”有人回答。

“不用！带下去！等一会儿！……他上这儿来干什么！真是乱七八糟！”波尔费利跑到门口喊道。

“可是他……”又是那个人的声音，他刚想说下去，忽然停住了。

真正的冲突至多不过继续了大约两秒钟；然后好像有一个人把另一个人猛地一推，紧接着一个面容非常憔悴的人直接跨进了波尔费利的办公室。

乍一看，这人的样子很古怪。他两眼发直，看着前面，但又好像谁也看不见似的。他的眼里闪出一种横了心的样子，但脸上同时又笼罩着一片死人似的惨白，仿佛他正被人拉去处死似的。他那发白的嘴唇在微微发抖。

这人还很年轻，中等身材，体格瘦弱，衣着像个普通老百姓，头发剪成圆圆的一圈，面目清秀，但是显得很憔悴。被他出其不意推开的那个人，跟在他后面首先冲进了屋里，抓住他的肩膀：那人是押送他的卫兵；不过尼古拉一甩胳膊，又从他手里挣脱了。

几个看热闹的人挤在门口，有人还想挤进来。上述这一切几乎都是在一刹那间发生的。

“带下去，还早！等传他来的时候再来！……干吗把他提前带上来？”波尔费利·彼特罗维奇非常不快地咕哝说，好像被他弄糊涂了。但是尼古拉忽然双膝跪下。

“你这是干什么？”波尔费利·彼特罗维奇吃惊地叫道。

“我犯了罪！我有罪！我是杀人犯。”尼古拉忽然说道，仿佛有点气喘吁吁，但是声音相当大。

沉默了十秒钟左右，大家好像都目瞪口呆了；连那个卫兵也后退了一步，不再挨近尼古拉，他不由自主地退到门口，站在那儿发愣。

“怎么回事？”波尔费利·彼特罗维奇叫道，他已经从一时的发呆状态中清醒过来。

“我是……杀人犯。”尼古拉稍微沉默了一会儿，又重复说道。

“怎么……你……怎么……你杀死谁了？”

波尔费利·彼特罗维奇显然茫然失措了。

尼古拉又沉默了一会儿。

“阿廖娜·伊凡诺夫娜和她的妹妹丽莎维塔·伊凡诺夫娜，是我……用斧子……杀死的。我一时糊涂……”他忽然加了一句，然后又一言不发。他一直跪着。

波尔费利·彼特罗维奇站了一会儿，像在思索什么，但是陡然全身一震，挥手让那些不请自来的旁观者走开。那些人马上不见了，门也关上了。然后他朝拉斯柯尼科夫看了一眼，这时拉斯柯尼科夫正站在一角，惊讶地望着尼古拉。他刚想向拉斯柯尼科夫跟前走去，又忽然停住脚步，看了看他，立刻把视线移到尼古拉身上，然后又移回到拉斯柯尼科夫身上，然后又移到尼古拉身上，最后他好像一时怒起，又倏地朝尼古拉跟前冲去。

“你说什么一时糊涂，你忙什么呀？”他几乎愤愤然地冲他嚷道，“我还没问你呐：你是不是又糊涂了……你说：是你杀死的吗？”

“我是杀人犯……我招供……”尼古拉说。

“哎呀！你用什么杀的？”

“用斧子。预先准备好的。”

“唉，瞎忙！你一个人吗？”

尼古拉没听懂他的话。

“你一个人杀死的吗？”

“一个人。米季卡没有罪，他跟这件事没有一点关系。”

“别忙着讲米季卡！哎呀！……那你怎样……你当时是怎样跑下楼的？看门的不是碰到你们两个人吗？”

“我是为了遮人耳目……所以……我跟米季卡跑出去了。”尼古拉好像事先准备好了似的急忙回答道。

“唔,果然如此!”波尔费利恼怒地嚷道,“他说的不是实话,”他自言自语似的咕哝道,忽然间他又看到了拉斯柯尼科夫。

显然,他的注意力一时完全被尼古拉吸引住了,所以片刻间他甚至把拉斯柯尼科夫忘记了。他现在忽然醒悟过来,甚至显出困窘的样子。

“罗吉昂·罗曼诺维奇老弟,对不起,”他跑到他面前说,“这样不成;请走吧……您在这儿没事了……我自己也……您瞧,多么意外的事!……请吧!……”

说着,他挽住他的胳膊,向他指了指门。

“这件事,您大概没有料到吧?”拉斯柯尼科夫说,当然他还没有完全弄清楚事情的来龙去脉,但他已经大大地壮了胆。

“老弟,您也没有料到啊。瞧,您的手抖得多厉害!嘿嘿!”

“您也在发抖哩,波尔费利·彼特罗维奇!”

“我也在发抖;真没料到!……”

他们两人已经走到门口了。波尔费利迫不及待地在等拉斯柯尼科夫走出去。

“那么您不给我看那个小小的意料不到的事情啦?”拉斯柯尼科夫忽然说。

他一边说话,牙齿还一边在打架哩,“嘿嘿!您这人真爱讽刺!得了,再见吧。”

“我想,我们可以说一声别了!”

“听上帝安排吧,听上帝安排吧!”波尔费利苦笑着喃喃说道。

走过办公室的时候,拉斯柯尼科夫发现很多人都在注视他。在过道里他认出了那幢房子的两个看门人正挤在人群中,就是那天夜里他叫他们到警察分局长那儿去的那两个人。此刻他们俩正站在那儿等待着什么。但是他刚走到楼梯上,就蓦地听见背后又传来了波尔费利·彼特罗维奇的声音。他回过头去,看见波尔费利·彼特罗维奇上气不接下气地从后面赶来。

“还有一句话,罗吉昂·罗曼诺维奇;关于其他一切,就只有听上帝安排了,不过按手续,我还得问您一些问题……所以咱俩还得再见一面,就这样吧。”

波尔费利笑容可掬地在他面前站住。

“就这样吧。”他又补充了一句。

看得出来,他似乎还有什么话要说,可是不知道为什么又说不出口。

“波尔费利·彼特罗维奇,刚才我说过的那些话,务必请您原谅……我太急躁了。”拉斯柯尼科夫开口说,这时他差不多已经完全镇定,因此他情不自禁地想夸耀一番。

“没什么,没什么,”波尔费利几乎快乐地接口说,“我自己也……我承认,我承认,我的脾气坏透啦！不过咱俩还要见面的。如果上帝有意,咱俩还会见很多次面的！……”

“咱们彼此会彻底了解的,对吧?”拉斯柯尼科夫接口道。

“咱们彼此会彻底了解的,”波尔费利表示同意,他眯缝起眼睛,非常严肃地望了拉斯柯尼科夫一眼,“现在您去参加命名日吗?”

“去参加葬礼。”

“哦,对了,参加葬礼！请多多保重身体,多多保重身体……”

“我不知道我应该怎样祝福您才好！”拉斯柯尼科夫接口说,他已经开始下楼梯,又忽然向波尔费利·彼特罗维奇回过头来,“我想祝您一切顺利,可是您瞧,您的职务多么滑稽可笑啊！”

“为什么滑稽可笑呢?”波尔费利·彼特罗维奇已经转身要走,这时又立刻竖起了耳朵。

“可不是吗,您准是用您的那一套办法在心理上一直折磨那个可怜的米柯尔卡,直到他招认为止;您准是日日夜夜地向他证明:‘你是杀人犯,你是杀人犯……’唔,现在他已经招认了,您又要进一步拷问他,您会说:‘你胡扯,你不是杀人犯！你不可能是！你说的是假话！’这么看来,这怎么不是一个滑稽可笑的职务呢?”

“嘿嘿嘿！那么您已经注意到,我刚才对尼古拉说,他‘说的是假话’了?”

“我怎么能不注意呢?”

"嘿嘿！您真机灵，真机灵。您什么都注意到了！您是个真正的幽默家，您总是抓住那根最滑稽可笑的弦……嘿嘿！据说，在作家当中，果戈理在这方面最有才能，对吧？"

"是的，果戈理。"

"是的，果戈理……希望咱们能高高兴兴地再见。"

"高高兴兴地再见……"

拉斯柯尼科夫直接回家去了。他狼狈慌张到了极点，因此到家以后，就跌坐在沙发上，坐了约有一刻钟，只是休息一下，并竭力把自己的思想多少理出个头绪来。他没有去考虑尼古拉的事：他觉得，他大吃一惊；在尼古拉的供词中有些无法解释和叫人奇怪的地方，他现在无论如何也弄不明白。然而尼古拉的招供却是千真万确的真实。他马上就看清了这个事实的后果：谎言不可能不暴露，那时候他们又要来搞他了。不过，至少在那以前他是自由的，他一定得给自己想出个办法来，因为危险是不可避免的。

但是，又危险到什么程度呢？情况已经开始明朗。当他粗略地回想最近他跟波尔费利见面的情景时，他不禁又吓得发起抖来。当然，他还不知道波尔费利的全部目的，也猜不透他刚才的全部打算。但是他的一部分牌已经摊开了，当然，没有人比拉斯柯尼科夫更清楚，波尔费利打的这"手"牌对于他是多么可怕。再过一会儿，他就会把自己彻底暴露，而且是货真价实的暴露。波尔费利知道他的病态性格，而且第一眼就看透了他，虽然未免操之过急，但是几乎是有十分把握的。无可争论，拉斯柯尼科夫早已言行失当，可是终究还没有暴露事实；这毕竟是相对的。但是他现在有没有把这一切了解清楚呢？他没有弄错吗？波尔费利今天想得到什么结果呢？他今天是不是真的给他准备好了什么？这又究竟是什么呢？他是不是真的在等待什么？要不是尼古拉出人意外地演出了这场戏，他们俩又会怎样分手呢？

波尔费利几乎把他的牌统统摊出来了；当然，他冒了一下险，但是他还是摊出来了（拉斯柯尼科夫觉得是这样的），如果波尔费利手里真还有什么王牌，他也会把它摊出来的。那么那件"意料不到的事"究竟是什么呢？是取笑我吗？这有没有什么含义呢？其中会不会隐藏着某种类似事实或者确凿的罪状之类的东西呢？昨天那个人呢？他跑到哪儿去了呢？他今天在哪儿？如果波尔费利真有什么真凭实据，那么肯定跟昨天那个人有关……

他坐在沙发上，耷拉着脑袋，胳膊支在膝盖上，脸埋在手里。他的全身继续在神经质地发抖。最后他站起身来，拿起帽子，想了一会儿，向门口走去。

他不知怎的预感到，至少在今天，他差不多可以肯定自己是安全的。他的心里几乎有一种突如其来的喜悦：他急于要到卡捷琳娜·伊凡诺夫娜那儿去。去参加葬礼，不用说，太迟了，但还赶得上去吃丧餐，在那儿，他可以立刻见到索尼娅。

他站着考虑了一会儿，唇边挤出了一丝病态的微笑。

“今天！今天！”他自言自语地重复道，“是的，就在今天！应当这样……”

他正要去开门的时候，门忽然自己开了。他吓了一跳，向后退了一步。门轻轻地、慢慢地开了，忽地出现了一个人影——昨天从地底下钻出来的那个人的人影。

那人站在门口，一言不发地看看拉斯柯尼科夫，然后向屋里跨进一步。他跟昨天一模一样：同样的身材，同样的打扮，不过面容和眼神起了很大变化：现在他显出有点闷闷不乐的样子，他站了一会儿，深深叹了口气。要是他这时候用一只手托着脸庞，把头歪到一边，那么他的模样就十足像个娘儿们了。

“您有什么事？”拉斯柯尼科夫问，他已经吓得面无人色。

那人沉默了一会儿，忽然深深地弯下腰去，几乎一躬到地，向他鞠了一躬。起码他将右手的手指碰了一下地面。

“您有什么事？”拉斯柯尼科夫叫道。

“我错了。”那人轻轻地说。

“您有什么错？”

“我起了邪念。”

他们俩彼此对视着。

“我很遗憾。您那天去的时候,也许有点醉意,您叫看门的到警察局去,并且问到血迹的事,我觉得很遗憾:我们没有重视,我把您当做醉鬼了。因为太遗憾了,我一夜没有睡着。后来想起了您的住址,我们昨天就到这儿来问了问……”

“谁到这儿来了?”拉斯柯尼科夫打断了他的话,倏地开始回想。

“我,就是说,叫您受委屈了。”

“那么您是从那幢房子来的吗?”

“当时我跟他们一道站在门口,您难道忘了吗?我们在那儿做手艺,已经多年了。我们是制皮革的工匠,是做小手艺的,把活带回家做……我最遗憾的是……”

这时,拉斯柯尼科夫清楚地想起了前天在大门口的全部情景;他想到那天除了看门的以外,那儿还站着几个人,还有几个女人。他想起了一个人说话的声音,那人建议干脆把他送到警察局去。他已经记不清那个说话人的脸,甚至现在也认不出来,但是他记得,他曾经向那个人转过头去,回答过他什么话……

看来,昨天这场恐怖的结局原来就是如此。最可怕的是,他想到由于这个微不足道的情况,他确实差一点毁了,差一点把自己毁了。由此可见,这人除了租房和问血迹的事以外,什么也说不出来。波尔费利也是如此,除了这种神志不清以外,他什么也没有掌握,除了模棱两可的心理状态以外,什么事实也没有,没有任何确凿的罪证。所以,如果没有更多的事实暴露出来(也不可能再暴露,决不可能,决不可能!),那么……那么他们拿他有什么办法呢?即使逮捕了他,他们又怎能把他定罪呢?可见,波尔费利也只是刚才才听说租房子的事,在此以前他并不知道。

“是您今天告诉波尔费利说……我到那儿去过吗?”他喊道,忽然想起了一个念头。

“哪个波尔费利?”

“预审官呀。”

“是我说的。看门的没有到那儿去,是我去的。”

“今天吗?”

“我比您早到一会儿。我全听见了,听见他怎样折磨您,我都听见了。”

“您在哪儿?听见了什么?什么时候?”

“就在那儿,在他的隔壁屋里,我一直坐在那儿。”

“怎么?那么您就是那个意料不到的事了?怎么可能发生这种事呢?怎么可能呢!”

“我一瞧,看门的不听我的,不肯来,”小手艺人开始说道,“他们说,因为时间太晚了,说不定他还会发脾气,说我们没马上去,我气得一夜没睡着觉,于是便开始打听。我昨天把一切打听清楚以后,今天就去了。我第一次去——他不在。过了一个钟头我又去——没接见,我第三次去——才让我进去了。我把事情一五一十照实告诉他,他就在屋里跳来跳去捶着自己的胸脯说:‘你们这些强盗是干什么的?要是我早知道这件事,我不把他押来才怪!’说罢他就跑出去,喊来了一个人,在角落里跟他说起话来,然后他又走到我跟前,一面骂骂咧咧,一面盘问我。他把我狠狠地训了一顿;我把事情一五一十都向他报告,我说,昨天您听了我的话,什么也不敢回答,您没有认出我来。于是他又在屋里跑来跑去,不住地捶打自己的胸脯,他气咻咻地在屋里来回乱跑,等到有人通报您来了,他对我说,到隔壁屋里去,暂时坐一会儿,不管听到什么动静,都别动,他还亲自给我端了一把椅子,把我锁了起来;他说,说不定我会叫你的。尼古拉被带进来以后,您一走,他就立刻把我放了出来,他对我说:我还会叫你来的,还有话要问你……”

“你在那儿的时候,他们问尼古拉没有?”

“他把您放走以后,跟着把我也放了,于是就开始审问尼古拉。”

那个工人把话停住,忽然又一躬到地,把手指触到地板上。

“请您饶恕我对您的诽谤和恶意。”

“上帝会饶恕你的。”拉斯柯尼科夫回答。他说完这句话以后,那个工人又向他一鞠躬,但是并没有一躬到地,而是弯了弯腰,随后他就慢慢地转过身子,走出了屋子。“一切都是吉凶难卜的,现在一切都是吉凶难卜的。”拉斯柯尼科夫反复地想道，他比任何时候都精神抖擞地走出了屋子。

“现在咱们还要再较量一番。”他走下楼梯的时候恶狠狠地笑着说。他恨他自己；他又惭愧又轻蔑地想起了自己的“怯弱”。

# 第 五 部

# 1

跟杜涅奇卡和普莉赫丽娅·亚历山大罗夫娜的那次谈话,对彼特·彼特罗维奇来说是非常不幸的。第二天的早晨在彼特·彼特罗维奇的身上也产生了促使他清醒的作用。尽管这是一件令人极其不愉快的事情,他也不得不逐渐承认,这是一个不能挽回的既成事实;昨天,他还以为这件事几乎是荒唐可笑的,甚至在事情发生以后,他还觉得似乎是不可能的。受了伤害的自尊心像毒蛇似的,一整夜都在咬着他的心。起床以后,彼特·彼特罗维奇立刻照了照镜子。他担心这一夜的工夫,他已经得了黄疸病。然而在这方面,一切暂时还平安无事,因此当彼特·彼特罗维奇望着最近有点发胖的那副高贵白皙的面容时,甚至还感到片刻的快慰,他深信他会在别处找到一位未婚妻,也许还更好些;但是他马上又清醒过来,转过身去用力啐了一口,他这种表情使得跟他住在一起的那位年轻朋友安德列·谢苗诺维奇·列别加尼科夫脸上露出了无声揶揄的笑。彼特·彼特罗维奇注意到了这个笑容,马上又给他的这位年轻朋友记上了一笔账。最近,他对他已经累积了不少宿怨。当他想到他悔不该把昨天的结果告诉安德列·谢苗诺维奇的时候,他心里的怒气就更大了。这是他昨天由于一时冲动和多余的感情流露,一怒之下造成的第二个错误……不仅如此,这天早上,不愉快的事情接二连三地出现,好像故意跟他作对似的。甚至他在枢密院承办的那桩案件也有败诉的可能。特别使他恼火的是那个房东。他因为快要结婚而租了一间屋子,并且自己出钱把它装修了一番。那间屋子的主人是个发了横财的德国工匠,虽然彼特·彼特罗维奇把几乎装修一新的房子退还给他,但是他却死也不肯取消刚刚订立的租约,硬要彼特·彼特罗维奇缴付租约上规定的全部罚金。家具店也同样如此，他们死也不肯退回他为买家具付出的定金，连一个卢布也不给，那些家具他虽然买了，但是还没有搬回住所。“我总不能特地为了家具而结婚吧！”彼特·彼特罗维奇咬牙切齿地想道，同时他的脑子里又闪过了一个大胆的希望，“难道这一切果真不能挽回地落空和结束了吗？不能再碰碰运气吗？”一想到杜涅奇卡，他又感到悠然神往、心如刀割。这时他忍受着极大的苦恼，如果单凭他的诅咒就可以叫拉斯柯尼科夫立刻死去的话，那他会毫不踌躇地把他的诅咒说出来的。

“此外，我完全没有给她们钱，这也是我的一个错误。”当他垂头丧气地回到列别加尼科夫的小屋里的时候，想道，“真见鬼！我干吗这样小气呢？这真是得不偿失！我本来想让她们手头暂时紧一点，让她们把我看作天神，可现在你瞧她们！……呸！……要是最近这一个时期，我在她们身上花去一千五百卢布左右，给她买些妆奁、礼物、各式各样的匣子盒子、化妆用品、珠翠宝石、衣料，以及从克诺普公司①或者英国公司买来的乱七八糟的东西，那么事情就会好得多……牢靠得多！到时候她们再要拒绝我就不那么容易了！她们呀，就是那一号人，要是拒绝了我，就会觉得应该把财礼退回来，可是真要退就拿不出手了，舍不得了！在良心上也觉得不安，她们会说：怎么能把人家赶走呢？人家一直对咱们这么慷慨和彬彬有礼……嗯！失策了！”彼特·彼特罗维奇又咬牙切齿起来，他骂自己是傻瓜——当然是暗地里骂。

得到这样一个结论以后，他回家时比他出去的时候加倍恼怒和烦躁。卡捷琳娜·伊凡诺夫娜家准备办丧餐的事引起了他几分好奇心。他昨天就听说了一些关于丧餐的话；甚至记得好像也邀请了他，但是因为他当时自顾不暇，对这一切与己无关的事也就没有去理会。他急忙去向莉佩韦泽太太打听，由于卡捷琳娜·伊凡诺夫娜不在（到墓地上去了），她正在张罗摆桌子，他听她说，丧餐将办得很隆重，几乎所有的房客都受到邀请，其中甚至还有几位跟死者素不相识的人，甚至也请了安德列·谢苗诺维奇·列别加尼科夫，尽管他以前跟卡捷琳娜·伊凡诺夫娜吵过架，至于他

---

① 克诺普公司是彼得堡涅瓦大街上的一家著名服饰用品公司。

彼特·彼特罗维奇,不但被邀请,而且主人殷切地盼望他能够光临,因为他是所有房客中几乎最重要的来宾。阿玛莉娅·伊凡诺夫娜虽然过去跟主妇有过一些不愉快的事情,但也受到十分尊敬的邀请,所以她现在忙出忙进地张罗着,几乎以此为乐,而且她虽然穿了一身丧服,但那是全新的绸衣服,穿得十分考究,并以此而自豪。所有这些事实和消息,使彼特·彼特罗维奇产生了一个想法,因此他走进自己的屋子,也就是走进安德列·谢苗诺维奇·列别加尼科夫的屋子时,显出一副若有所思的样子。问题在于:他听说,在被邀请的人中也有拉斯柯尼科夫。

不知为什么,安德列·谢苗诺维奇整个早上都待在家里。彼特·彼特罗维奇与这位先生建立了一种奇怪的然而多多少少也是很自然的关系:彼特·彼特罗维奇几乎从到他这儿来的那天起,就瞧不起他,甚至十分憎恨他,同时又好像有点怕他。他一到彼得堡,就到他这里来落脚,不单是为了省几个钱,虽然这几乎是主要的原因,但这儿还有别的原因。还在外省的时候,他就听说安德列·谢苗诺维奇,这个受过他监护的人,是最进步的青年进步党人之一,他在一些他颇感兴趣、近于荒唐的小团体里,起着十分重要的作用。这使得彼特·彼特罗维奇惊诧莫名。这些颇有势力的、无所不知的、瞧不起一切人、揭露一切人的小团体,久已引起他一种特别的,但又说不出所以然的恐惧。当然,他在外省的时候,对于这类小团体的情况,不可能有正确的了解,甚至大概的了解也没有。他也跟所有的人一样听说过,有某些进步党、虚无党、揭露者①,等等,等等,特别是在彼得堡,但同时他也跟许多人一样,把这些名称的含义夸大、歪曲到了荒唐可笑的地步。多年以来,他最害怕的就是被人揭露,这也就是他一想到把自己的活动转移到彼得堡来时,总感到极其不安的一个主要原因。在这方面,可以说他是受了惊的,就如同小孩有时候会受惊一样。若干年前,当他在外省刚开始创业的时候,他就遇到过两件事,这两件事,都是省里相当重要的人物受到无情的揭露,而他们都是他那时一直抓住不放、给

① 指十九世纪六十年代的俄国革命民主主义者。这是当时的俄国反动派、保守派对他们意含讽刺的称呼。

他充当后台的人。一件事情的结局是被揭露者大出其丑，另一件的结局是差点没法收场，惹出了极大的麻烦。这就是为什么彼特·彼特罗维奇一到彼得堡，就决定立刻把情况摸清楚，必要的话就先下手为强，设法博得“我们年轻人”的欢心。在这方面，他指望能得到安德列·谢苗诺维奇的帮助，而在走访譬如拉斯柯尼科夫的时候，他已经鹦鹉学舌似地多少学会了一些新名词……

当然，他很快就看清了安德列·谢苗诺维奇是一个非常庸俗和头脑简单的小人物。然而这丝毫也没有使彼特·彼特罗维奇放心或者壮胆。即使他确信所有的进步党都是这一类蠢货，他的忧虑也不会消除。老实说，安德列·谢苗诺维奇用来向他进攻的这一套学说、思想和体系，都与他毫无关系。他有他自己的目的。他需要立刻弄清的是：这里发生了什么事情和怎样发生的？这些人有势力没有？有没有什么叫他害怕的地方？倘若他有什么打算，他们会不会揭露他？要是他们准备揭露他，那么究竟揭露他什么？现在到处在揭露，又究竟揭露些什么？此外，要是他们真有势力，他能不能设法巴结上这些人，趁此骗他们一下？需要不需要这样做？他能不能够利用他们来飞黄腾达？总而言之，有几百个问题需要解决。

这个安德列·谢苗诺维奇是个贫血而瘦弱的小个子，他在某处供职，长了一头黄得出奇的淡黄色头发，还有他引以自豪的一把肉饼形的络腮胡子。此外，他几乎经常闹眼病。他的心肠相当软，但是说出来的话却非常自信，有时候甚至十分倨傲——这跟他那小个子相形之下，往往显得很可笑。他是阿玛莉娅·伊凡诺夫娜那些颇受尊敬的房客之一，也就是说，他不酗酒，按时缴付房租。尽管有这些良好的品质，然而安德列·谢苗诺维奇毕竟还是个头脑简单的人。他出于一时热情，厕身于进步事业和“我们年轻人”之中。他是那无数形形色色的庸人、半死不活的低能儿、半瓶醋的刚愎自用者中的一个，那些人都迫不及待地抓住当前最时髦的思想，然后立刻把它庸俗化，并且把他们真诚信奉的一切眨眼之间漫画化。

虽然列别加尼科夫心地善良，但他对他的同住者和以前的监护人彼特·彼特罗维奇也多少讨厌起来了。这种情况是双方在无意之中形成的。尽管安德列·谢苗诺维奇头脑简单,他也渐渐看出彼特·彼特罗维奇在欺骗他,暗地里瞧不起他,他也多少看出了“这个人有点精神错乱”。他曾经想向他讲述傅立叶的学说和达尔文的理论,但是彼特·彼特罗维奇听他说话的时候总是抱着冷嘲热讽的态度,特别是最近,而在最近这几天他索性开口骂起人来了。问题在于,他已经本能地开始看透,列别加尼科夫不单是一个庸俗、头脑简单的小人物,同时也许还是个骗子,甚至他在自己的那个小团体里也完全没有什么举足轻重的关系,不过听到一些第三手的资料,拾人牙慧罢了;不仅如此,他多半对于自己所宣传的那一套也知之甚少,因为他自己也经常弄不清楚,这样的一个人,怎么能够去揭露别人呢!我们得顺便指出,在这一个半星期内(特别在一开始的时候),彼特·彼特罗维奇欣然接受了安德列·谢苗诺维奇对他奇怪的赞扬,比方说,安德列·谢苗诺维奇赞扬他准备资助(不久将建)在市民街上某个地方的新型“公社”;再比方说,他赞扬他绝不干涉杜涅奇卡在结婚的头一个月找个情夫;或者赞扬他不给自己未来的儿女施洗礼等等——反正都是这一类的话,而他听到这些话并不提出异议,也不吭一声。彼特·彼特罗维奇听到别人对自己的任何赞扬,都非常高兴,别人把这一类的品德加在他身上的时候,他照例也不反对,而别人对他的溢美之词,他也一概听之任之。

那天早上,彼特·彼特罗维奇为了某种用途,兑换了几张五厘的公债券,正坐在桌旁数一沓沓的钞票和连号的债券。一向几乎一文不名的安德列·谢苗诺维奇在屋里踱来踱去,故意用冷淡甚至鄙视的神气望着这些钞票。彼特·彼特罗维奇决不相信,比方说,安德列·谢苗诺维奇看了这些钱,会真的无动于衷;安德列·谢苗诺维奇也痛苦地想,也许彼特·彼特罗维奇当真对他抱有这种看法,也许还很高兴有这样的机会来揶揄和逗弄一下他的年轻朋友,把一沓沓钞票摆在他的面前,提醒他,他自己是多么的渺小,以及在他们两人之间存在着的巨大差别。

他发现彼特·彼特罗维奇这一次异常烦躁,而且心不在焉,虽然他,安德列·谢苗诺维奇,已经开始就创建专门的新型“公社”这个他所喜爱的话题大发议论。在算盘珠嘀嗒嘀嗒的响声间歇的时候,从彼特·彼特罗维奇嘴里脱口而出的简短反驳和评语,流露出十分明显和有意无礼的嘲笑。但是"心地忠厚"的安德列·谢苗诺维奇却认为彼特·彼特罗维奇的心情不佳是由于昨天他跟杜涅奇卡的关系破裂所致,因此他迫切希望尽快谈谈这个话题:对这个问题,他有一些进步的、有宣传价值的话要说,这多少可以安慰一下他这位可敬的朋友,并且"毫无疑问"这对于他今后的进步会带来好处。

"这个……寡妇家在办什么丧餐?"彼特·彼特罗维奇忽然问道,他在安德列·谢苗诺维奇谈得最有趣的时候把他的话打断了。

"好像您不知道似的;昨天晚上我就跟您谈过这个题目,而且我还对所有这些仪式发表了看法……我听说她也邀请了您。您昨天还亲自跟她谈过……"

"我绝没有想到,那个又穷又傻的娘儿们,会把她从另一个傻瓜……拉斯柯尼科夫那儿弄来的钱,全部花在丧餐上。刚才我走过那里真吃了一惊:准备了那么多东西,还有酒!……还请了几个人帮忙,鬼知道是怎么回事!"彼特·彼特罗维奇接着说,他问长问短,好像抱着某种目的故意岔到这个话题上去似的,"什么?您说也邀请了我?"他抬起头来,忽然加了一句,"这是什么时候?我不记得了。可是我不想去。我到那儿去干什么?昨天我只是顺便跟她谈到,作为一个官吏的贫穷寡妇,她可能领到一年的薪俸,作为补贴。我想她请我,大概是为了这个缘故吧?嘿嘿!"

"我也不想去。"列别加尼科夫说。

"可不是吗!您亲手揍过她,当然不好意思去喽,嘿嘿嘿!"

"谁揍她了?揍谁?"列别加尼科夫忽然惊慌起来,脸都急红了。

"就是您嘛,约莫一个月以前,您揍了卡捷琳娜·伊凡诺夫娜!我昨天听说的……原来您的信念就是这样的呀!……连妇女问题也处理不好。嘿嘿嘿!"

彼特·彼特罗维奇仿佛感到一种快慰,又拨弄起了他的算盘珠。

"这都是胡说和诽谤!"列别加尼科夫忽然发作起来,他一直害怕别人提这件事。“这根本不是那回事！这是另一回事……您听错啦；那是造谣。我当时不过是自卫罢了。她先扑上来用指甲抓我，把我的络腮胡子都拔掉了……我认为，每个人都可以保卫自己的人身自由。同时我也决不允许任何人对我使用暴力……得有个原则。因为那样就等于是专制主义了。我该怎么办呢：就这么站在她面前吗？我不过推了她一下。”

“嘿嘿嘿！”卢仁冷笑个不停。

“您所以没事找碴，因为您自己一肚子火，您有气……不过这都是胡说八道，跟妇女问题一点关系、一点关系也没有！您理解错啦；我甚至这样想过，如果我们承认妇女在所有方面都跟男人平等，连体力上也平等（像人们所断言的那样），那么在这方面也应该平等。当然，后来我认为，实际上，这种问题决不应该存在，因为人和人根本不应该打架，在未来的社会里，打架之类的事是不可想象的……因此在打架中寻求平等，岂非咄咄怪事。我没有这样愚蠢……虽然，话又说回来，打架的事是有的……我是说，以后不会有，可是现在是有的……呸！见鬼！您把人都弄糊涂了！我不去吃那个丧餐，并不是因为有那件不愉快的事。我不去不过是按原则办事，因为我不愿参加办丧餐这种陋习，就是为的这个！其实去去也无妨，不过是为了取笑它……可惜神父们不去。要是神父去的话，我一定去。”

“那就是说，坐下来接受人家的款待，可又对人家的款待嗤之以鼻，甚至对于邀请您的人也同样如此。是不是这样呢？”

“完全不是嗤之以鼻，而是抗议。我是抱着有益的目的去的。我可以间接有助于提高觉悟和进行宣传。提高人们的觉悟和进行宣传——人人有责，甚至越尖锐越好。我可以撒下一粒种子，一种思想……那粒种子就会生根发芽，成为事实。我怎么欺侮他们呢？起初他们也许会生气，但是以后他们自己会看到我是为他们好。您知道，捷列别娃（她现在公社里）曾经受到人们的责备，因为她离家出走……委身他人的时候，她写信对她的父母说，她不愿生活在偏见中，她将与人自由同居，人们认为她对她的父母太狠心，应该可怜可怜他们，把信写得委婉些。我认为这都是胡说八道，根本没有必要写得委婉些，恰恰相反，恰恰相反，应该立刻提出抗议。瓦连茨和她的丈夫一起生活了七年，最后扔下两个孩子，她在一封信里对她的丈夫断然说道：‘我认识到，我跟您在一起是不会幸福的。我永远不能原谅您对我的欺骗，您瞒着不告诉我，存在着另一种借助于公社的社会制度。这一切都是我不久以前从一个好心人那儿听来的，我已经委身于他，跟他共同创造一个公社。我对您直言不讳，因为我认为欺骗您是可耻的。随您怎么办吧。反正别再指望我会回到您的身边去，您已经太晚了。祝您幸福！’这类信就是这样写的！”

“这个捷列别娃，就是您那次说的跟人同居过三次的那个女人吗？”

“说实在的，一共才第二次同居。即便是第四次，即便是第十五次，又怎么样，这都是小事！如果说，我对于自己的父母双亡也曾经觉得惋惜，那么现在，有过好几次，我想，要是他们还活着，我会对他们提出多么严重的抗议啊！我会有意这样做的……我是什么，无非是‘嫁出去的女儿，泼出去的水’罢了，呸！我会让他们瞧瞧！我会让他们大吃一惊的！真可惜我现在一个亲人也没有了！”

“让他们大吃一惊！嘿嘿！好，您乐意怎样做就怎样做吧，”彼特·彼特罗维奇打断了他的话，“不过请您告诉我：您不是认识死者的那个女儿，那个弱不禁风的小东西吗？人们谈论她的话是不是千真万确的呢？”

“那又怎么啦？我个人认为，就是说，根据我个人的信念，这是一个女人极其正常的情况。为什么不是呢？我是说，应该有所区别①。在现在的社会里，这还不是完全正常的，因为是被迫的；在未来的社会里，那就完全正常了，因为那是自由的。即使现在，她也有权这样做：她在受苦受难，这就是她的基金，就是说，这是她的资本，她完全有权支配它。当然，在未来的社会里就不需要基金了；但是在和谐合理的条件下，她的作用就将在另外的意义上表现出来。至于索菲娅·谢苗诺夫娜本人，目前我把她的行动看做是对社会制度有力的活生生的抗议，为此我深深地尊敬她；我看到她都觉得高兴！”

“不过我听说，是您把她从这儿的公寓里给撵出去的！”

---

① 原文是法文。

列别加尼科夫甚至勃然大怒。

“这又是造谣!”他号叫起来,“事情根本,根本就不是这样的!这都是卡捷琳娜·伊凡诺夫娜在胡说,因为她什么也不懂!我压根儿就没有巴结过索菲娅·谢苗诺夫娜!我只是提高她的觉悟,没有任何私心,并且努力激起她的抗议……我需要的只是抗议,此外,索菲娅·谢苗诺夫娜本人也的确不能再在这公寓里待下去了!”

“您曾经叫她参加公社吗?”

“您又来取笑了,不过让我告诉您,您笑得很不恰当。您什么也不懂!公社里是没有这种角色的。办公社就是要消灭这种角色。在公社里,这个角色将会完全改变她现在的本质。在这儿是愚蠢的,到那儿就变成聪明的了,在这里,在当前的环境下,是不自然的,到那儿就变成完全自然的了。一切都取决于人处在怎样的情况下和在怎样的环境中。环境决定一切,而人本身是毫无办法的。到现在我跟索菲娅·谢苗诺夫娜的关系还很好,这足以证明她从来也没有把我当做敌人,也没有把我当做欺负过她的人。是的!我现在正打算把她吸收到公社里来,只不过这公社将建立在截然不同的基础上!您笑什么!我们想在比以前更广泛的基础上,创办一个我们自己的公社,一个特别的公社。我们在自己的信念上又前进了一步。我们否定的东西将更多!如果杜勃罗留波夫从棺材里爬出来,我也会和他争论一番。至于别林斯基,我真想把他送进监狱!目前我仍在继续启发索菲娅·谢苗诺夫娜。她有一个非常好,非常好的天性!”

“那您就乘机利用一下这个非常好的天性,对吗?嘿嘿!”

“不,不!哦,不!正相反!”

“哦,正相反!嘿嘿嘿!说得好听!”

“您得相信我!请问,我凭什么理由要向您隐瞒呢?正相反,连我自己都感觉奇怪:她跟我在一起的时候,总是有点紧张,有点腼腆、羞涩,可望而不可即!”

“而您当然在启发她……嘿嘿!在向她证明,这样的羞涩都是胡扯喽?……”

“完全不是,完全不是!您把启发这个词理解得多么粗俗,多么愚蠢啊(请原谅我这样说)！您什么也不懂！哦,上帝呀……您还多么……不成熟啊！我们正在为妇女争取自由,可是您脑子里只有一个想法……且不谈贞洁和女性的羞涩问题,因为这些事物本身就是毫无用处,甚至带有偏见的,我完全容许她对我保持贞洁的态度,因为她有这样做的权利,有这样做的自由。当然,如果她亲自对我说:'我要你。'那么我就会觉得自己三生有幸,因为我非常喜欢这个姑娘;但是现在,起码是现在吧,不用说,从来没有人比我对她更有礼貌、更彬彬有礼,也没有人比我更尊敬她的品德了……我在等待着,盼望着——如此而已!"

"您还不如送她一点礼物呢。我敢打赌,偏偏这件事您没有想到。"

"我已经对您说过了,您什么也不懂！当然,她的处境不好,不过这是另一个问题！完全是另一个问题！您无非是瞧不起她。您看到一个被您误认为应该鄙视的事情以后,您就不愿对一个人采取人道主义的观点了。您还不知道她是一个什么样的人呢！我感到惋惜的是,最近,她不再读书,也不再向我借书了。以前她常常来借的。同样使我遗憾的是,她在提出抗议时,曾表现出那么旺盛的精力和那么坚强的决心,但她好像还缺乏独立性,也可以说,不能独立自主,否定得太少,以致还不能完全摆脱某些偏见和……糊涂思想。尽管她对某些问题知道得很清楚。比方说,她对吻手的问题就了解得十分清楚,即一个男人吻一个女人的手,就是以不平等来侮辱女人①。这个问题我们辩论过,我马上就把这件事讲给她听了。她也仔细听过我讲法国工会的事。现在我正在向她说明,在未来的社会里,一个人可以随便进入别人房间的问题。"

"这又是怎么回事呢?"

"最近我们辩论过这样一个问题:公社社员有没有权利在任何时候进入别的社员的屋子,不论是男的屋子还是女的屋子……最后我们断定他有这个权利……"

---

① 列别加尼科夫在此套用了车尔尼雪夫斯基《怎么办?》中薇拉·巴甫洛芙娜说的这样一段话:"男子不应该吻女人的手。我亲爱的,这对于女人是一种很大的屈辱;这表示男子不把她们当做同样的人看待,他们以为一个男子决不至于在女人面前降低自己的身价……"(第二章第十八节)

“唔,万一那时候,他,或者她,正忙着解决一种不能不解决的需要①,那怎么办呢?嘿嘿!”

安德列·谢苗诺维奇可真生气了。

“您总是谈这种事,谈这种可恶的‘需要’!”他憎恶地喊道,“呸,我真懊恼,真恨我自己,当我向您解释我们制度的时候,我过早地提到了这种可恶的需要!真见鬼!对于你们这类人来说,这是块绊脚石,最糟糕的是,这些人在还不懂是怎么回事的时候,就把它当成笑柄了。好像就只有他们正确!好像他们有什么值得骄傲的地方似的!呸!我曾一再肯定地说,对一个新手,只有到最后,等他对这个制度已经深信不疑,人已经很成熟,而且沿着正确方向发展的时候才可以对他说明这个问题。请您告诉我,哪怕在污水坑里吧,您到底发现有什么可耻和可鄙的东西呢?我就头一个情愿去清洗任何一种污水坑。这也谈不到什么自我牺牲。这不过是一项工作,一项高尚的、对社会有益的活动,它抵得上任何一种别的活动,而且比什么拉斐尔或普希金的活动要高尚得多,因为它更有益!②”

“而且更高尚,更高尚——嘿嘿嘿!”

“什么叫更高尚?我不明白这样一类用来形容人类活动的说法。‘更高尚’,‘更崇高’——这都是胡说八道和荒谬的,是我所否定的带有偏见的陈词滥调!凡是对人类有益的事情都是高尚的!我只懂得一个词,有益!您爱笑就尽情笑吧,反正这是事实!”

彼特·彼特罗维奇哈哈大笑。他已经把钱数完,并且藏好了。然而不知道为什么,有一部分钱仍留在桌上。“污水坑问题”尽管俗不可耐,但已经有好几次成为彼特·彼特罗维奇跟他的年轻朋友决裂和不和的导火线了。最愚蠢的是,安德列·谢苗诺维奇还真生气了。而卢仁却引以为乐,此刻他特别想气气列别加尼科夫。

“昨天您出师不利,所以您的脾气才那么坏,跟人纠缠不清。”列别加

---

① 指大小便。

② 列别加尼科夫在此夸大了俄国革命民主主义批评家皮萨列夫(1840—1868)的下述主张:任何工作,包括艺术在内,首先应该给人们实际好处。

尼科夫终于脱口而出，一般说来，尽管他“独立自主”，而且有提出“抗议”的精神，但是不知怎的，他还是不敢和彼特·彼特罗维奇闹翻，对他依旧抱有早年习以为常的尊敬态度。

“您最好告诉我，”彼特·彼特罗维奇盛气凌人而又不快地打断了他的话，“您能不能……或者不如说，您跟刚才提到的那位妙龄女郎是不是真要好，是不是好到可以把她现在就请到这间房里来坐一会儿？他们大概都已经从墓地回来了……我听到，有脚步声……我需要见见她，见见那个女郎。”

“您要见她做什么？”列别加尼科夫诧异地问。

“不做什么，有点事。今天或者明天我就要离开这儿了。因此我想告诉她……不过，我们说话时，您不妨留在这儿。这样更好些。要不然，天晓得您会想到哪儿去。”

“我什么也不会想……我不过随便问一下罢了。要是您有话跟她说，把她叫来，没有比这更容易的了。我马上就去。您尽管放心，我不会妨碍你们的。”

果然，过了约莫五分钟，列别加尼科夫跟索涅奇卡一起回来了。她进来时感到十分惊讶，而且跟往常一样怯生生的。在这种情况下，她一向很胆怯，她十分害怕见到生人和跟生人认识，她过去就怕，从小就怕，现在就更怕了……彼特·彼特罗维奇“亲切而有礼貌地”迎接了她，可是带了一点快乐亲昵的神情，照他看来，对待这样一个年轻的，从某方面来说是有趣的人儿，像他这样一个可敬的体面人，采取这种态度是合乎礼节的。他急忙“鼓励”了她一番，叫她坐在自己对面的桌子前。索尼娅坐了下来，向四下里望了望——望望列别加尼科夫，望望放在桌上的钱，然后又忽然望着彼特·彼特罗维奇，从此她的眼睛就再也没有离开过他，好像钉在他身上似的。列别加尼科夫正向门口走去。彼特·彼特罗维奇站起身来，一面做了个手势请索尼娅坐在那儿别动，一面把列别加尼科夫在门口喊住了。

“那个拉斯柯尼科夫在那儿吗？他来了吗？”他低声问他。

“拉斯柯尼科夫？在那儿。有什么事？对，在那儿……我看见他刚进去……怎么啦?”

“好,现在我特别要请您留在这儿,跟我们在一起,别撇下我一个人跟这位……姑娘在一块儿。这是一件无关紧要的小事,可是天知道他们会怎么想。我不乐意让拉斯柯尼科夫在那儿传播什么……您懂得我的意思吗?”

“啊,我懂,我懂!”列别加尼科夫忽然领悟了,“是的,您有权这样做……当然,就我个人来看,您未免过虑了,不过……您还是有权这样做。好吧,我留下来。我站在这窗口,不妨碍你们……我认为您有权这样做……”

彼特·彼特罗维奇回到沙发跟前,在索尼娅的对面坐下,他仔细地瞧了瞧她,脸上突然露出一种异常庄重,甚至严厉的神气,好像在说:“你也别误会了,小姐。”索尼娅心里慌乱极了。

“首先,索菲娅·谢苗诺夫娜,请您在令堂面前替我表示歉意……我想是这样吧?卡捷琳娜·伊凡诺夫娜是您的继母吧?”彼特·彼特罗维奇开始用一种非常庄重,但又相当和蔼的语调说道。可以看出,他的用意十分友好。

“是的,一点不错;是我的继母。”索尼娅匆忙地、怯生生地回答说。

“那么请您替我向她表示歉意,说我由于一种不得已的情况,虽然令堂好意邀请,我也只得爽约,不能去吃煎饼了……也就是说,不能去吃丧餐了。”

“好吧;我告诉她;马上就告诉她。”索尼娅说罢,就从椅子上匆匆地站起身来。

“我还没有说完,”彼特·彼特罗维奇拦住了她,他看到她那种思想简单和不懂规矩的样子,不由得微微一笑,“如果您以为,我为了一件只跟我个人有关的无关紧要的事情,就亲自来麻烦一位像您这样的人,叫您到这儿来,那么,亲爱的索菲娅·谢苗诺夫娜,您对我就了解得太少了。我另有目的。”

索尼娅又匆忙坐下。仍放在桌上的灰色和霓虹色钞票又在她的眼睛里闪了一下,但是她很快掉过脸去,抬头望着彼特·彼特罗维奇:她忽然觉得，看别人的钱是一件非常有失体统的事。特别是她。她呆呆地望着彼特·彼特罗维奇拿在左手里的金色长柄眼镜，望着戴在那只手的中指上的一只镶有宝石、又粗又大、非常漂亮的金戒指——但她忽然又把视线从他身上移开，不知道看哪儿才好，最后又只好直愣愣地瞅着彼特·彼特罗维奇的眼睛。他比刚才更加庄重地沉默了片刻之后，又接着说：

"昨天我偶然跟不幸的卡捷琳娜·伊凡诺夫娜顺便说了两句话。从这两句话里就足以使我断定她有点……不妨说是'反常'吧。"

"是的……反常……"索尼娅匆匆地表示同意。

"或者说得更简单些，更容易理解些——她有病。"

"是的，说得更简单些，更容易理……是的，她有病。"

"对啦。所以，出于人道，也—也—也可以说是出于同情心吧，我预见到她不可避免的不幸命运，就我这方面来说，我很乐意能够对她有所帮助。看来，这个十分贫穷的家庭，如今得依靠您一个人了。"

"请问，"索尼娅忽然站起身来，"昨天您对她说，有可能领到抚恤金，对吗？因为昨天她告诉过我，您正在帮她争取抚恤金。这是真的吗？"

"全无此事，在某种意义上说，这甚至是荒唐的！我只是暗示了一下，只要有人说情，她就可以以一个在职期间去世的官吏的寡妇身份，得到临时津贴……但是看来您去世的父亲不仅工作不够年限，而且最近根本就已经离职了。简而言之，即使还有一点希望的话，这种希望也是十分渺茫的，因为在这种情况下，实际上是没有任何权利要求补助，甚至恰恰相反……而她倒已经在梦想领抚恤金了，嘿嘿嘿！……真是一位敢想敢说的太太！"

"是的，她想领抚恤金……因为她很轻信，而且心地善良，善良得什么都相信，而且……而且她的头脑就是那样的……是的……请原谅。"索尼娅说，她又站起身来要走。

"您还没有听我把话说完呢。"

"是的，我还没有听完。"索尼娅咕哝说。

"那您就坐下来吧。"

索尼娅狼狈极了，第三次坐下。

"看到她这样的处境,又有这么一群不幸的年幼的孩子,我已经说过,凡是我的力量办得到的,我都乐意效劳,就是说,尽力而为吧,最多只能如此。比方说,可以为她募捐,或者搞搞所谓抽彩……或者这一类的事情,遇到这种情形,总有一些亲友或者以助人为乐的局外人,出来办这种事。我打算跟您说的,就是这个。这是办得到的。"

"是的,很好……为这个,上帝会酬报您的。"索尼娅结结巴巴地说,一面目不转睛地望着彼特·彼特罗维奇。

"这是办得到的,不过……以后咱们再谈……就是说,今天就可以开始……晚上我们碰一次头,商量一下,先打下一个,可以说,基础吧。七点钟左右,您到我这儿来一下。我希望,安德列·谢苗诺维奇也跟我们一起来……不过……有一个情况,我应该事先很慎重地提出来。正是为了这个缘故,索菲娅·谢苗诺夫娜,我才敢麻烦您,叫您到这儿来。具体地说,我的意见是:不能把钱交给卡捷琳娜·伊凡诺夫娜,交给她是危险的。今天的丧餐就是一个证明。可以说,她连明天吃的面包皮都没有一片,而且……没有鞋,什么也没有,但她今天却买了牙买加的罗木酒,甚至好像也买了马德拉的白葡萄酒和……和咖啡。我走过去的时候看见了。到明天,一切又都会落到您的肩上,直到最后一块面包,这太荒唐了。所以按照愚见,即使募捐,也不应该让那个不幸的寡妇知道有这笔钱,而只有您,比方说,一个人知道。我说得对不对?"

"我不知道。她只是今天才这样……一辈子就这一次……她很想追悼他,纪念他,对他表示敬意……她是非常通情达理的……不过,悉听尊便,我非常,非常,非常……他们也都……上帝会酬报您的……还有那些孤儿……"

她没有说完,就哭了。

"就这样吧。好,您注意这点就是了!现在为了贵亲属的燃眉之急,请您接受我个人力所能及的一点钱。我非常,非常希望,对此,不要提我的名字。嗯……我也有,可以说吧,自己的用途,所以不能多给……"

彼特·彼特罗维奇说罢,就小心翼翼地打开一张十卢布的钞票,递给了索尼娅。索尼娅把钱接了过去,满脸通红,然后站起身来,嘴里咕哝了两句，就急忙告辞。彼特·彼特罗维奇庄严地把她送到门口。她终于非常激动和疲惫不堪地跑出了他的屋子，异常慌乱地回到卡捷琳娜·伊凡诺夫娜身边。

在这场戏演出的整个时间，安德列·谢苗诺维奇有时站在窗口，有时在屋里踱来踱去，生怕打断他们的谈话；索尼娅走后，他突然走到彼特·彼特罗维奇面前，庄严地向他伸出手来。

"我什么都听见了，什么都看见了，"他说，特别着重地说出"看见"这两个字，"这很高尚，我的意思是说，很人道！您不愿意人家感激您，我都看见了！不瞒您说，虽然，就原则来说，我并不赞许个人的恩赐，因为这样做，不但不能杜绝恶，甚至助长了恶，然而我不能不承认，我看到您的这种举动以后，心里很高兴……是的，是的，对此，我很赞赏。"

"哎呀，这都是小事！"彼特·彼特罗维奇咕哝道，不知道为什么他留神地望着列别加尼科夫，显出有点不安的样子。

"不，这不是小事！一个像您这样的人，由于昨天那件事，受到了侮辱，心里十分懊恼，居然能够同时想到别人的不幸——这样一种人……即使他用自己的行为犯了一个社会性的错误——纵然如此……也还是值得尊敬的！我甚至没有料到您会这样做，彼特·彼特罗维奇，特别是依照您的那些看法，哦！您的那些看法对您是多大的阻碍啊！再比方说，您昨天的失意使您多么痛苦啊！"心地善良的安德列·谢苗诺维奇叫道，他又觉得对彼特·彼特罗维奇有一种强烈的好感，"我最亲爱、最高尚的彼特·彼特罗维奇，您要这个婚姻，这个合法的婚姻干什么呢？为什么您非要墨守这种婚姻的合法性呢？得啦，您要是愿意，揍我一顿也可以，反正我很高兴，我很高兴您这桩婚事没有成功，您没有被婚姻所束缚，对于人类来说，您还没有完全毁掉；我很高兴……您看，我已经把我想说的话都说出来了！"

"因为我不愿按照你们那种自由同居的办法给自己戴上绿帽子，并且去抚养别人的孩子，因此我才需要合法结婚。"卢仁只是为了回答而回答说。他好像有什么特别的心事似的，脸上露出若有所思的样子。

"孩子？您谈到孩子？"安德列·谢苗诺维奇猝然惊起，好像战马听到了军号似的,"孩子是一个社会问题,是一个头等重要的问题,我同意;但是孩子问题可以用别的办法来解决。有些人甚至完全否定孩子,因为孩子是对家庭的暗示。孩子问题咱们以后再谈,现在咱们先谈谈戴绿帽子的问题。不瞒您说,在这个问题上我是门外汉。这是一个下流的、骠骑兵式的、普希金的用语,在将来的辞典里这种语汇甚至是不可想象的。绿帽子是什么意思?真是荒谬之极!什么绿帽子?为什么要戴绿帽子?真是胡说八道!相反,在自由同居中决不会戴绿帽子!戴绿帽子——这无非是一切合法婚姻的自然结果,可以说是对它的纠正,是一种抗议,所以从这个意义上说,戴绿帽子丝毫没有什么侮辱人的意味……要是我有朝一日——说得荒谬一些——按照法定的手续结了婚,我倒的确喜欢戴上您所说的那顶可恶的绿帽子;我那时将对我的妻子说:'我的朋友,以前我只是爱你,现在我尊敬你了,因为你还善于提出抗议!'您在笑我吗?这只是因为您还不能摆脱偏见。真见鬼,我也懂得,为什么合法婚姻一旦受到欺骗,就会使人不愉快:不过,这只是贬低了双方的可耻事实造成的可耻结果。在自由同居的情况下,戴绿帽子是公开的,所以绿帽子也就不存在了,戴绿帽子成了不可思议的事,甚至也就失去了绿帽子这个称呼。相反,当您妻子认为您不可能反对她的幸福①,而且您十分开明,不会为了她的新丈夫而对她采取报复手段,那她就只会向您证明,她是多么地尊敬您。真见鬼,有时候我幻想,要是我嫁了人,呸!我是说,要是我结了婚(自由同居或者合法结婚,反正都一样),我很可能给我的老婆亲自物色一个情夫,如果她很久都没有找到的话。'我的朋友,'我会对她说,'我爱你,但是我更希望你尊敬我。就这样!'我这样说对不对呢,对不对呢?……"

彼特·彼特罗维奇一面听,一面嘻嘻地笑,可是并不感到特别的兴

---

① 列别加尼科夫的这一篇独白,把十九世纪六十年代捍卫感情自由和夫妻双方彼此竭诚相待的那些"新人"的道德庸俗化了。试把这一番话同《怎么办?》中的罗普霍夫在获悉薇拉·巴甫洛芙娜爱上了吉尔沙诺夫之后说的一段话作一比较:"难道你会不再尊敬我?……我的命运一点也不可怜,原因就在你不致为了我而失去幸福。"(第三章第二十五节)

趣。他甚至很少听。他确实正在想别的事情，这一点就连列别加尼科夫也终于发现了。彼特·彼特罗维奇甚至很激动，他在想心事的时候直搓手。这一切都是安德列·谢苗诺维奇以后才明白过来，以后才想起的……

## 2

在卡捷琳娜·伊凡诺夫娜纷乱的头脑里，是什么原因使得她忽然想到要举办那个糊涂透顶的丧餐呢，这一点是很难说得清楚的。拉斯柯尼科夫送给她作为马美拉多夫殡葬费的二十多个卢布中，差不多有十个卢布都花费在办丧餐上面了。也许卡捷琳娜·伊凡诺夫娜觉得她有义务"好好地"对死者哀悼一番，让所有的房客，特别是阿玛莉娅·伊凡诺夫娜知道他"不仅根本不比他们差，也许还比他们好得多"，因此他们中间任何人都没有资格在他面前"翘尾巴"。也许对她影响最大的，是那种特有的**穷人的骄傲**，这种骄傲迫使许多穷人殚思极虑，把他们最后的一点积蓄都花费在生活中人人必须遵守的某些社会礼仪上，只是为了表示一下他们"不比别人差"，不至于被别人"看低了身份"。也很可能是卡捷琳娜·伊凡诺夫娜想要在她似乎被众人抛弃的这一时刻，趁此机会让那些"渺小可恶的房客们"看看，她不但"会生活，会款待客人"，而且她所受的教养也根本不是为了承受这样的命运，她是在"有身份的，甚至可以说是贵族的上校家庭里"长大的，她所学的东西也根本不是为了自己擦地板和每夜为孩子洗破烂。甚至最贫穷、最受压的人，有时候也会产生这种高傲的虚荣心，他们这种心理往往会变成一种焦躁的、不可遏制的需求。何况卡捷琳娜·伊凡诺夫娜并不是一个逆来顺受的人：环境可以把她逼死，但是要在精神上迫使她逆来顺受，就是说，把她吓倒，迫使她的意志服从环境，那是办不到的。再加上，索涅奇卡相当有根据地说她的精神错乱了。诚然，还不能最后确定地说这种话，但是在最近一个时期，在这整整一年中，她可怜的头脑的确被折磨得够苦的了，因此多少有点不正常。据医生说，肺痨的严重恶化也会促成智力紊乱。

酒的数量和品种都不多，也没有马德拉酒：话说得未免夸大了，不过是有酒罢了。有伏特加酒、罗木酒和里斯本酒，质量都非常差，但是数量倒足够了。吃的东西中，除了甜饭以外，还有三四样菜（顺便说说，还有煎饼），都是在阿玛莉娅·伊凡诺夫娜的厨房里做的，此外，还一下子烧开两个茶壶，以备饭后喝茶和喝潘趣酒①用。卡捷琳娜·伊凡诺夫娜在一个房客、一个贫穷波兰人的帮助下，亲自安排采购；这个波兰人不知道为什么住在莉佩韦泽太太的房子里，他立刻被差到卡捷琳娜·伊凡诺夫娜这儿来听候调遣，昨天整整一天和今天整整一上午，他都拼命地、累得上气不接下气地跑来跑去，以示卖力。他每遇一件小事就不停地去找卡捷琳娜·伊凡诺夫娜，甚至还跑到杂货市场去找她，不断地称她是"军官太太"，终于她觉得烦透了，虽然她在一开始的时候说过，要是没有这个"热心快肠"的人，她简直什么也办不成。卡捷琳娜·伊凡诺夫娜的特点之一，就是对她随便遇到的什么人，最初都是尽快用最好、最鲜艳的色彩把他打扮一番，把人家夸得甚至使有的人感到难为情，她并且杜撰出各种根本不曾有过的事情去夸奖他，而她自己又完全真心实意地相信确有其事，后来，忽然间，她的幻想一下子破灭了，哪怕是对于几小时以前还崇拜得五体投地的人，她也能毫不踌躇地跟他决裂，轻蔑而粗鲁地把他撵出去。她的天性是爱说爱笑、活泼、温和的，但是由于不断遭到不幸和挫折，她开始狂热地希望和要求人人都能愉快和睦地过日子，不许他们过别样的生活，生活之中的一点点不和谐与最小的一点挫折，都足以使她立刻暴跳如雷，她方才还怀着种种最光辉的希望和幻想，一眨眼工夫她又开始诅咒起自己的命运来了，撕掉和摔破她手头碰到的一切东西，把头往墙上撞。阿玛莉娅·伊凡诺夫娜在卡捷琳娜·伊凡诺夫娜的眼里不知道为什么倏地取得了特别重要的地位，受到她特殊的尊敬，唯一的原因也许是因

---

① 潘趣酒是一种临时配制的烈性饮料，用罗木酒（或用威士忌、白兰地等）加白糖、开水、果汁或水果制成。

为要办丧餐,而阿玛莉娅·伊凡诺夫娜又全心全意地决定来帮她张罗一切:她负责摆桌子,借桌布,借餐具等等,并且在她自己的厨房里做菜。卡捷琳娜·伊凡诺夫娜把一切事情都交给她去办,自己到墓地去了。果然一切都准备得很好:桌布铺好了,甚至还相当干净,碗碟、刀叉、酒杯、玻璃杯、茶杯等等,这一切当然都是七拼八凑的,式样各别,大小不一,都是从各个房客那里借来的,可是总算都在预定的时候安排妥当了,阿玛莉娅·伊凡诺夫娜打扮得很漂亮,她穿了一件黑色的连衣裙,头上戴一顶扎有新的黑缎带的包发帽,她自己觉得事情办得很漂亮,甚至带着几分自豪感去迎接从墓地回来的人。这种自豪感虽然是合情合理的,但不知道为什么却引起卡捷琳娜·伊凡诺夫娜的不快,她想:"说真格的,好像没有阿玛莉娅·伊凡诺夫娜,餐桌就布置不成似的!"那顶扎了新缎带的包发帽她也看不入眼,"这个愚蠢的德国女人之所以骄傲,恐怕因为她是女房东,是由于慈悲才同意帮助穷房客的吧?出于慈悲!真莫名其妙!卡捷琳娜·伊凡诺夫娜的爸爸当过上校,差点就当上省长了,有时候他家一摆就是四十人的酒席,因此像阿玛莉娅·伊凡诺夫娜,或者不如说是柳德维戈夫娜这样的人,连厨房都不让进去……"然而卡捷琳娜·伊凡诺夫娜决定暂时不表露自己的感情,对阿玛莉娅·伊凡诺夫娜暂时抱一种冷落的态度,她打定主意,非得当天就治治她不可,叫她明白自己的身份,要不,天晓得她会把自己想象成多么了不起的人物。还有另一件不愉快的事,使卡捷琳娜·伊凡诺夫娜很生气:在受邀的房客中,只有一个波兰人好歹去了墓地一下,此外简直没有一个人去参加葬礼;而现在来吃丧餐的,也就是说,来吃点心的都是一些最穷、最不足道的人,其中有许多人甚至喝得醉醺醺,尽是一些下三烂。房客中年纪大些的、比较有身份的人一个也没有来,他们就好像商量好似的,存心不来。比方说,彼特·彼特罗维奇·卢仁,可以说是房客之中最体面的人,他也没有来,可是头天晚上,卡捷琳娜·伊凡诺夫娜就已经告诉了世界上所有的人,也就是说,已经告诉了阿玛莉娅·伊凡诺夫娜、波列契卡、索尼娅和那个波兰人,说他是个最慷慨最高尚的人,交游广阔,家道富裕,是她第一任丈夫过去的朋友,是她爸爸的座上宾,他曾经答应竭尽全力为她争取一笔数目可观的抚恤金。这里应该指出，卡捷琳娜·伊凡诺夫娜夸奖任何人交游广阔和有财产的时候，丝毫不存什么利害考虑和个人打算，完全是无私的，可以说出于满腔热情，把夸奖别人和抬高被夸奖人的身价当做一种乐趣。那个卑鄙的坏蛋列别加尼科夫大概是“仿效卢仁的榜样”，也没有来。“这家伙自以为了不起！请他，是瞧得起他，因为他跟彼特·彼特罗维奇住在一间屋子里，是他的朋友，不好意思不请他。”没有前来的还有一位有大家风度的夫人和她的女儿，一位“芳华虚度的老姑娘”，她们在阿玛莉娅·伊凡诺夫娜的公寓里一共才住了两星期，就已经几次埋怨马美拉多夫屋子里传来的喧闹声和喊叫声，特别在死者喝醉酒回家的时候。阿玛莉娅·伊凡诺夫娜早就把这话传到卡捷琳娜·伊凡诺夫娜的耳里，她跟卡捷琳娜·伊凡诺夫娜大吵了一场，威胁她说，要把她全家都赶出去，并且扯开喉咙嚷嚷，他们打扰了“高贵的房客，而他们还抵不上她们的一只脚”。现在卡捷琳娜·伊凡诺夫娜决定故意邀请“好像连她们的脚都抵不上”的这位夫人和她的女儿，特别是因为在此以前偶然遇见她的时候，她总是傲慢地转过脸去——卡捷琳娜·伊凡诺夫娜想让她知道，住在这儿的人是“不记仇的，思想和感情都比她们高尚，所以才邀请她们来”，也让她们看看，卡捷琳娜·伊凡诺夫娜并不是惯于过这种生活的。她打算在进餐的时候务必向她们说清楚这件事，同时说明她去世的父亲的身份相当于省长，并且间接地指出，她们大可不必一见到她就掉过头去，这样做是非常愚蠢的。那个胖中校（实际上他是个退职的上尉）也没有来，原来他从昨天早上起就“烂醉如泥”了。总而言之，光临的客人只有：波兰人，然后是满脸粉刺、又难看又讨厌的办事员，他穿了一身油渍的燕尾服，身上散发出一股令人恶心的臭味，坐在那儿一句话也不说；还有一个耳聋、双眼又几乎完全瞎了的小老头，他从前在邮政局当差，以及一个不知为什么从很早以前就供养在阿玛莉娅·伊凡诺夫娜家的人。一个醉醺醺的退职中尉也来了，其实他是一个军需官，他笑起来声音很响，非常不礼貌，而且“想想看吧”，他连背心都没穿！有一个人一来就坐到饭桌前，跟卡捷琳娜·伊凡诺夫娜连个招呼也不打。最后，还有一个人因为没有衣服，披了一件睡衣就来了，这简直太不成体统，阿玛莉娅·伊凡诺夫娜和波兰人费了好大劲才把他推出了门。可是波兰人却带来了另外两个波兰人,这两个波兰人从来就没有在阿玛莉娅·伊凡诺夫娜这里住过,而且谁也没有在公寓里见过他们。这一切都使卡捷琳娜·伊凡诺夫娜感到不快和生气。"这样看来,忙了这些天到底为谁呀?"为了给客人腾出座位,甚至没让孩子们坐到几乎占满了整个屋子的桌子跟前,而是让他们在后面墙角的箱子上吃饭,而且让两个小的坐在长凳上,而波列契卡因为是大孩子了,必须照顾他们,喂他们,给他们擦鼻子,就像他们是"贵族子弟"一样。总而言之,卡捷琳娜·伊凡诺夫娜不得不煞有介事地,甚至作出一副倨傲的神气去迎接她的客人。她特别严厉地打量着其中几个人,用一种高高在上的态度请他们入席。不知为什么,她认定,那些不来的客人应由阿玛莉娅·伊凡诺夫娜负责,因此她忽然开始对她非常不客气,阿玛莉娅·伊凡诺夫娜马上注意到这一点,心里感到非常不痛快。这样的开场决非吉兆。大家终于都入席了。

拉斯柯尼科夫差不多是在他们从墓地回来的同时来到的。卡捷琳娜·伊凡诺夫娜看见他来,高兴极了:第一,因为他是所有客人中唯一"有学问的客人",而且"大家都知道,两年以后,他就要在这儿的大学里任教,当教授"了;第二,因为他马上彬彬有礼地为他未能如愿前来参加葬礼表示了歉意。她几乎扑到他的面前,请他在她身边的左首坐下(阿玛莉娅·伊凡诺夫娜坐在她的右首)。尽管她不住地操心和张罗着怕上错菜,又关心着让每个人都能吃到一份,尽管使她痛苦的咳嗽时时刻刻都在打断她的话,使她感到憋气难受(最近两天她好像咳得更厉害了),但她还是不断地跟拉斯柯尼科夫说话,用压低的声音急忙向他倾吐她那郁积在心的感情,和她因为丧餐办得不成功而感到的正当的愤懑;不过愤懑的话语里经常夹杂着不能抑制的极其欢快的笑声,她嘲笑在座的客人们,特别是她的女房东。

"什么事都怪这只布谷鸟!您懂得我指的是谁:就是她,她!"卡捷琳娜·伊凡诺夫娜点头指着女房东,"瞧她:瞪着两眼,她感觉到我们是在谈论她,但又不明白我们在讲什么,只好干瞪着两眼。呸,猫头鹰!哈哈哈!……咳咳咳!她戴上那顶包发帽想炫耀什么?咳咳咳!您注意到了吗，她希望人人都以为她对我大开恩典，她到这儿来是对我的赏光。我把她当成了一个正正派派的女人，请她去邀请一些体面点的客人，也就是我亡夫的朋友和熟人，可是您瞧她领来的都是些什么样的小丑和邋遢鬼啊！瞧这小子的脸多脏：简直就是一条长了两条腿的鼻涕！还有那些波兰人……哈哈哈！咳咳咳！从来没有一个人在这儿见过他们，我也从来没有见过；我问您，他们到这儿来干什么？他们大模大样地并排坐在那儿。喂，先生！"她忽然冲着他们中的一个人叫道，"您吃了煎饼吗？再吃一点！喝啤酒吧，喝啤酒！您想喝点伏特加吗？您瞧：他跳起来了，正在弯腰鞠躬哩，您瞧，您瞧：他们准是饿极了，这些穷鬼！没什么，让他们吃吧！起码不吵吵嚷嚷了，不过……不过，我真为我们房东的银汤匙担心呀！……阿玛莉娅·伊凡诺夫娜！"蓦地，她几乎大声地对她说道，"万一您的汤匙叫人偷了，我可不负责任，我得预先警告您！哈哈哈！"她掉过头去对拉斯柯尼科夫笑了起来，又向他点头指着女房东，讲了一句俏皮话，觉得非常开心，"她不懂，还是不懂！她张着嘴坐在那儿，您瞧：一只猫头鹰，活像一只猫头鹰！一只扎上新缎带的夜猫子，哈哈哈！"

说到这里，她的笑声又变成了一阵难以忍受的咳嗽，连续咳了五分钟。手帕上沾了一些鲜血，脑门上也渗出了汗珠。她默默地把血给拉斯柯尼科夫看，但是她刚一喘过气来，又兴致勃勃地对他低声说起话来，脸上泛出了潮红。

"您瞧，我交给了她一个需要非常精心对待的，可以说，任务吧，我托她去邀请那位太太和她的女儿，您明白我说的是谁吧？这需要态度十分有礼，行动十分周到，可是她把事情全给办糟了：这个外地来的蠢货，这个自命不凡的畜生，这个渺小的外省女人，就因为她是一个什么少校的未亡人，到这儿来办一笔抚恤金，连裙子边都让各个衙门的地板给磨破了，她五十五岁啦，还画眉毛，涂胭脂抹粉的（这谁都知道）……这样一个畜生，不但不肯来，甚至也不派个人来表示一下歉意，即使来不了，在这种情况下最普通的礼貌总还是要的吧！我真不明白，为什么彼特·彼特罗维奇也没来？但是索尼娅在哪儿？她上哪儿去了？啊，她总算来了！怎么，索尼娅，你去哪儿了？奇怪，连你爸爸下葬，你也不按时去。罗吉昂·罗曼诺维奇，腾出点地方来，让她坐在您旁边。你坐在这儿，索涅奇卡……你想吃什么，自己拿吧。吃点肉冻吧，这个好吃。煎饼马上就拿来。给孩子们了吗？波列契卡，你们那儿什么都有了吗？咳咳咳！唔，好。廖尼娅，乖；柯利亚，两只脚别摆来摆去的；安安静静地坐着，像个富贵人家的孩子那样坐着。你说什么，索涅奇卡？”

索尼娅急忙向她转达了彼特·彼特罗维奇的歉意，而且尽量把嗓门提高，让每个人都听得见，她使用的都是一些精心选择的最有礼貌的词句，这些词句都是她模仿彼特·彼特罗维奇的口气特意编造出来又经过她自己一番加工的。她还补充说，彼特·彼特罗维奇特别叫她告诉卡捷琳娜·伊凡诺夫娜，他一俟有空，就立刻前来跟她单独谈几件事情，商量一下可以做什么；以及将来怎么办，等等，等等。

索尼娅知道，这样说，可以使卡捷琳娜·伊凡诺夫娜心平气和，感到快慰，更重要的是，可以使她的自尊心得到满足。她对拉斯柯尼科夫匆匆地鞠了一躬，然后在他身旁坐下，又在仓促之中好奇地盯着他看了一会儿。但是在以后的全部时间里，不知为什么她一直避免看他，也不跟他说话。虽然她为了讨卡捷琳娜·伊凡诺夫娜喜欢，望着她的脸，但又好像心不在焉似的。她和卡捷琳娜·伊凡诺夫娜两个人都没有穿孝，因为没有衣服；索尼娅穿了一身褐色的、颜色较暗的连衣裙，卡捷琳娜·伊凡诺夫娜则穿着她仅有的一件深色的带条纹的印花布衣服。关于彼特·彼特罗维奇的消息谈得很顺利，并没有引起什么不愉快。卡捷琳娜·伊凡诺夫娜俨然听完了索尼娅的话以后，又同样俨乎其然地问道：彼特·彼特罗维奇的健康如何？然后立刻几乎大声地对拉斯柯尼科夫耳语说，像彼特·彼特罗维奇那样可敬的、有身份的人，如果来到这样“一群异乎寻常的人”中间，一定会感到奇怪的，尽管他对她的一家人满腔热忱，跟她爸爸又是老朋友。

“罗吉昂·罗曼诺维奇，甚至在这样的环境下，您也没有嫌弃前来舍下做客，这就是我为什么特别感激您的缘故，”她几乎大声地加了一句，“但是我相信，只因为您与我可怜的亡夫交情特别深，您才不愿爽约。”

然后，她又自豪而尊严地环视了一下她的客人们，忽然带着特别的关切隔着桌子大声问坐在对面的聋老头:“要不要再吃些烤肉? 给你里斯本酒没有?”小老头没有回答,而且好久也没有弄懂人家在问他什么,虽然坐在他旁边的人为了逗乐使劲地推他。他只是大张着嘴,茫然四顾,这就更加惹得大家乐不可支。

“真是个傻子! 您瞧,您瞧! 领他来干吗呢? 至于彼特·彼特罗维奇,我一直是相信他的,”卡捷琳娜·伊凡诺夫娜对拉斯柯尼科夫接着说,“他当然不像……”她脸上摆出一副极其威严的神气,提高嗓门对阿玛莉娅·伊凡诺夫娜厉声说道,这使得她甚至胆怯起来,“不像您那两个打扮得花里胡哨的下贱女人,这些女人就算想到我爸爸家的厨房里去当女厨子,都不会有人要的;至于我的亡夫不嫌弃她们,那当然是赏她们的脸,不过那也仅仅是出于他慈悲为怀。”

“是的,他喜欢喝酒;他就爱喝酒,常常喝酒!”那个退职的军需官忽然大声说,一面喝干了第十二杯伏特加。

“我的亡夫确实有这个弱点,这是大家知道的,”卡捷琳娜·伊凡诺夫娜忽然抓住了他的话柄,“可他是个善良、高尚的人,热爱自己的家庭,尊重自己的家庭;糟糕的是,因为他太忠厚,所以什么乱七八糟、荒淫无耻的人他都相信,天晓得他跟什么人没一起喝过酒,甚至跟那些连他的鞋底也比不上的人也喝过酒! 罗吉昂·罗曼诺维奇,您想想看,他们还在他的衣袋里发现了一个公鸡形的蜜糖饼干呢:他喝得烂醉如泥,可是还记得孩子们!”

“公鸡? 您是说公—鸡吗?”那个军需官先生喊道。

卡捷琳娜·伊凡诺夫娜不屑于回答他。她又想起了什么心事,叹了一口气。

“您一定也跟别人一样,以为我对他太严厉了,”她接着对拉斯柯尼科夫说,“可是实际上并不是这样! 他尊敬我,非常非常尊敬我! 他是个心地善良的人! 有时候我多么心疼他呀! 常常,他坐在一个角落望着我,我就心疼起他来了,真想爱抚爱抚他,但是过后我又想:‘你爱抚他,他又要去酗酒了。’只有对他严厉,才能够约束他一点。”

“是的,常常揪头发,揪过不止一次。”军需官又吼了起来,他又往自己嘴里倒了一杯伏特加。

“对有些混蛋,不但揪他们的头发有好处,甚至用捅烟筒的掸子对付他们也很有好处。我现在说的不是亡夫!”卡捷琳娜·伊凡诺夫娜毫不客气地对军需官说。

她脸上的潮红红得越来越厉害了,胸脯一起一伏的。再过一分钟,她就要闹事了。很多人都嗤嗤地笑着,许多人分明对此十分开心。有人开始轻轻地推那个军需官,向他小声地说什么。显然,想挑逗他们两人吵架。

“请一请问,您这是什么意思,”军需官开口说,“就是说,您刚才说的是谁……谁……不过不说也罢!小事儿!一个守寡的!一个寡妇!我原谅您……我不计较!”于是他又干了一杯伏特加。

拉斯柯尼科夫坐着,厌恶地、一言不发地听着。他只是出于礼貌才吃一点东西,吃一点卡捷琳娜·伊凡诺夫娜不断放到他盘子里的东西,免得她不高兴。他目不转睛地注视着索尼娅。但是索尼娅越来越惊慌不安起来;她也预感到丧餐不会平安无事地收场,因此害怕地注视着卡捷琳娜·伊凡诺夫娜越来越增大的怒火。她知道,那两位新来的女士对卡捷琳娜·伊凡诺夫娜的邀请所以不屑一顾,主要就是因为她索尼娅。阿玛莉娅·伊凡诺夫娜亲自告诉过她,那个做母亲的对于这次邀请甚至很生气,她提了这样一个问题:“她怎么可以让她的女儿坐在这个女的旁边呢?”索尼娅预感到,卡捷琳娜·伊凡诺夫娜已经不知怎的知道了这件事,而对卡捷琳娜·伊凡诺夫娜来说,对索尼娅的侮辱,比侮辱她本人、她的孩子,或者她的爸爸还要难受,总之是一种不共戴天的侮辱,而且索尼娅知道,卡捷琳娜·伊凡诺夫娜现在是不会善罢甘休的,“直到她向那两个下贱女人证明她们俩都是……”等等,等等。有一个人好像故意似的,从桌子的那一头递过来一个盘子,盘子里盛着用黑面包捏成的两颗心,用一支箭穿着。卡捷琳娜·伊凡诺夫娜勃然大怒,马上隔着桌子大声说道,递东西过来的那个家伙,肯定是一头“喝醉了的驴”!阿玛莉娅·伊凡诺夫娜也预感到事情不妙,同时卡捷琳娜·伊凡诺夫娜的那种倨傲态度,也使她心里感到受了侮辱。为了转移大家不愉快的心情,同时也为了抬高自己在大家心目中的地位，她忽然无缘无故地讲起她的一个熟人的故事，那个人名叫卡尔，是“开药铺的”，一天晚上，他搭了一辆马车，“马车夫想把他杀掉，卡尔苦苦地哀求他不要杀他，他哭哭啼啼，拱手作揖，胆战心惊，因为害怕，他的心都吓碎了”。卡捷琳娜·伊凡诺夫娜虽然也微微一笑，但是她又立刻指出，阿玛莉娅·伊凡诺夫娜不应该用俄国话来讲笑话；阿玛莉娅·伊凡诺夫娜一听，更有气了，她反驳说，她那“柏林的父亲是一个非常重要的人物，常常把手伸进衣袋里走路”。容易被逗笑的卡捷琳娜·伊凡诺夫娜实在憋不住了，噗嗤一声，哈哈大笑起来，因而使得阿玛莉娅·伊凡诺夫娜忍无可忍，好容易才克制住自己。

“瞧那个夜猫子！”卡捷琳娜·伊凡诺夫娜马上又低声对拉斯柯尼科夫说，她几乎开心起来了，“她想说：把手插在衣袋里，但是说成了他把手伸进别人的衣袋里，咳咳！罗吉昂·罗曼诺维奇，您注意到了没有？彼得堡所有这些外国人，特别是那些不知道从哪儿到我们这儿的德国人，都比我们蠢！您应该同意，怎么可以讲‘开药铺的卡尔，因为害怕，心都吓碎了’呢，他（这个没出息的人！）不去把马车夫捆起来，反而‘拱手作揖，哭哭啼啼，苦苦哀求’。哎呀，真是蠢货！她还以为这故事十分生动呢，她居然没有想到她有多蠢！依我看呀，这个喝醉了的军需官就比她要聪明得多；至少可以看出他是个醉鬼，把脑子都喝糊涂了，再瞧这些人，都那么规规矩矩，一本正经……您瞧她坐在那儿，瞪着两眼！她在生气哩，她在生气哩！哈哈哈！咳咳咳！”

卡捷琳娜·伊凡诺夫娜高兴起来以后，又立刻津津乐道地谈起各种琐事，她忽然谈到，她领到抚恤金以后，一定要用这笔钱在她故乡T市给贵族千金们办一所寄宿学校。这事，卡捷琳娜·伊凡诺夫娜本人还没有告诉过拉斯柯尼科夫，现在她立刻津津乐道地谈起那些最引人入胜的详情细节。不知怎么一下子，已故的马美拉多夫过去在酒店里对拉斯柯尼科夫讲过的那张“奖状”，出现在卡捷琳娜·伊凡诺夫娜手里了，当时他告诉他，他的夫人，卡捷琳娜·伊凡诺夫娜，在大学毕业的时候，曾经在“省长和别的大人物”面前跳过披巾舞。现在这张奖状很明显是用来证明卡捷琳娜·伊凡诺夫娜有资格亲自开办寄宿学校；但是她把这件东西带在身边的主要目的，是为了等“那两个穿得花里胡哨的下贱女人”万一来吃丧餐时，把她们压倒，并且向她们清清楚楚地证明，卡捷琳娜·伊凡诺夫娜出身于一个极其高贵的，“甚至可以说是一个贵族的家庭，是上校的女儿，这比最近大量出现的那些女冒险家们大概要高明些吧”。奖状立刻在那些醉醺醺的客人们中间传阅起来，卡捷琳娜·伊凡诺夫娜也没加以阻拦，因为奖状上的的确确*充分*①写明了，她是七等文官，勋章获得者的女儿，所以她真的差不多可以称做是上校的女儿了。卡捷琳娜·伊凡诺夫娜情绪大振，她竟立刻长篇大论、有头有尾地讲起她将要在T市过的那种美好宁静的生活来；她还谈起她将要请到寄宿学校去教书的中学教师们，其中有一位可敬的法国老头，名叫曼戈的，以前在贵族女子中学教过卡捷琳娜·伊凡诺夫娜法文，现在还在T市欢度晚年，毫无疑问，只要出最过得去的薪俸，就可以请他到她那里去教书。最后她终于谈到了索尼娅，说“她将跟卡捷琳娜·伊凡诺夫娜一起到T市去，并在各方面协助她”。正说到这里，有人在桌子那一头忽然噗嗤一声笑了出来。卡捷琳娜·伊凡诺夫娜虽然马上拼命装出一副对于来自桌子那头的笑声不屑一顾的样子，但她又立刻故意提高嗓门，兴奋地说起索尼娅毫无疑问有能力做她的助手，说她“娴静，有耐心，有忘我精神，高尚，并且受过良好的教育”。她拍拍索尼娅的脸蛋，热烈地吻了她两遍。索尼娅的脸羞得通红，这时卡捷琳娜·伊凡诺夫娜忽然哇的一声大哭起来，马上说她自己“是个神经衰弱的糊涂虫，心情太恶劣，丧餐该结束了，既然已经用过餐，就该把茶端上来才是”。这时候阿玛莉娅·伊凡诺夫娜因为自己在整个谈话中没有机会插嘴，甚至完全没有人听她的，因而大为不满，于是她忽然冒起险来，做了最后的尝试，她忧心忡忡地向卡捷琳娜·伊凡诺夫娜大胆提出了一个极有道理而又深谋远虑的意见，她说，在将来的寄宿学校里，必须特别注意女孩子们的内衣整洁，同时“一定要有一个能够好好照看内衣的好舍监”，其次，“年轻的女孩子们夜晚不可以偷看任何小说”。卡捷琳娜·伊凡诺夫娜的情绪确实很不好，而且非常疲倦，她对于丧餐已

---

① 原文是法文。

经完全厌烦了，便马上不客气地对阿玛莉娅·伊凡诺夫娜说，她“胡说八道”，什么也不懂；又说关心内衣是老妈子的事，跟贵族寄宿学校的女校长无关；至于看小说的问题，这话说得简直不成体统，请她趁早闭嘴。阿玛莉娅·伊凡诺夫娜一听勃然大怒，涨红了脸说，她是“希望她好”，“真心诚意地希望她好”，还说她“很久没有付房租了”。卡捷琳娜·伊凡诺夫娜马上把她“顶了回去”，说，她口口声声说希望她好，纯粹是撒谎，因为昨天，她的亡夫躺在桌子上的时候，她还为房子的事折磨她哩。对此，阿玛莉娅·伊凡诺夫娜振振有词地说：“她邀请了那两位女士，可是那两位女士没有来，因为那两位女士都是有身份的人，不能到身份低贱的女人家里来。”卡捷琳娜·伊凡诺夫娜立刻向她着重指出：因为她是下三烂，所以她根本没有资格谈论真正有身份的人是什么样的。阿玛莉娅·伊凡诺夫娜这可受不了啦，她立刻声明，她的“柏林父亲是一个非常、非常重要的人物，走起路来两只手伸进衣袋里，总是发出这样的声音‘噗！噗！’”，说到这里，为了更逼真地扮演她的父亲，她从椅子上跳起身来，把两只手插在衣袋里，鼓起腮帮子，在所有房客的哈哈大笑声中，开始用嘴发出含糊不清的类似“噗！噗！”的声音，那些房客连声叫好，以此来怂恿阿玛莉娅·伊凡诺夫娜，希望引起一场争吵。但是卡捷琳娜·伊凡诺夫娜已经再也受不了这个啦，她马上提高了嗓门，一清二楚地说道，阿玛莉娅·伊凡诺夫娜也许从来就不曾有过爸爸，阿玛莉娅·伊凡诺夫娜不过是彼得堡的一个酗酒的芬兰女人，她从前大概在什么地方当过厨娘，也许比这还要低贱。阿玛莉娅·伊凡诺夫娜的脸陡然红得像一只虾米，她尖起嗓子叫道：也许卡捷琳娜·伊凡诺夫娜“压根儿就不曾有过爸爸，可是我却有一个柏林父亲，穿着长长的礼服，总是发出这样的声音：噗，噗，噗！”卡捷琳娜·伊凡诺夫娜轻蔑地指出，她的出身人人知道，在这张奖状上用铅字印得清清楚楚，她爸爸是位上校，而阿玛莉娅·伊凡诺夫娜的爸爸呢（要是她真有个爸爸的话），恐怕是一个在彼得堡卖牛奶的芬兰人吧；而最可能的是，她根本就没有爸爸，因为到现在为止还不能确定，阿玛莉娅·伊凡诺夫娜的父名叫什么：叫伊凡诺夫娜呢，还是叫柳德维戈夫娜？阿玛莉娅·伊凡诺夫娜一听，气得七窍生烟，她用拳头捶着桌子，尖声怪叫，说她是阿玛莉-伊凡，而不是柳德维戈夫娜，她的“爸爸叫约翰，他是市长”，卡捷琳娜·伊凡诺夫娜的爸爸“就从来不曾当过市长”。卡捷琳娜·伊凡诺夫娜从椅子上站起来，用一种严厉而又沉着的声音（虽然她满脸苍白，胸膛在剧烈地起伏），向她指出，如果她胆敢（哪怕再来一次也罢）“把那个下三烂的爸爸跟她的爸爸相提并论，那她卡捷琳娜·伊凡诺夫娜非把她的包发帽从她头上揪下来，用脚踩个稀巴烂”。阿玛莉娅·伊凡诺夫娜听了以后，就立刻开始在屋子里跑来跑去，拼命扯开喉咙嚷嚷，说她是房东，她要卡捷琳娜·伊凡诺夫娜“马上搬家”；然后，不知干什么，她跑到桌子跟前，把银汤匙从桌上统统收起来。这时屋子里响起了一片喧哗和大吵大嚷的声音；孩子们也哭的哭，嚎的嚎。索尼娅急忙跑过去劝阻卡捷琳娜·伊凡诺夫娜；但是当阿玛莉娅·伊凡诺夫娜突然嚷嚷到“黄色执照”什么的时候，卡捷琳娜·伊凡诺夫娜就将索尼娅一下推开，冲到阿玛莉娅·伊凡诺夫娜的面前，要立刻执行她自己提出的关于包发帽的威胁。就在这当口，门开了，彼特·彼特罗维奇·卢仁忽然出现在门口。他站在那儿，用严厉、凝视的目光扫视了一下所有的人。卡捷琳娜·伊凡诺夫娜立刻跑到他跟前去。

## 3

“彼特·彼特罗维奇！”她喊道，“您可得保护我呀！您叫这个愚蠢的畜生知道，不许她这样对待一个遭难的贵族夫人……叫她知道，这种行为是要受到法庭制裁的……我要亲自去找总督……她要承担责任……请您姑念家父的殷勤好客，保护保护我们这些无依无靠的人吧。”

“请原谅，太太……请原谅，请原谅，太太，”彼特·彼特罗维奇挥了挥手，让她离自己远些，“您知道，我根本未曾荣幸地认识令尊……请原谅，太太！（这时有人哈哈大笑起来）我也无意参与您与阿玛莉娅·伊凡诺夫娜没完没了的争吵……我到这儿来，是为了我自己的事情……我想马上跟您的继女索菲娅……伊凡诺夫娜……(我想是这样称呼吧?)谈谈。请您让我过去……”

彼特·彼特罗维奇侧着身子绕过了卡捷琳娜·伊凡诺夫娜,向索尼娅所在的对面墙角走去。

卡捷琳娜·伊凡诺夫娜像给一声霹雳打中了似的,站在原来的地方一动不动。她不明白,彼特·彼特罗维奇怎么会否认享受过她爸爸的殷勤款待。款待云云,虽然是她自己编出来的,可她自己已经信以为真。彼特·彼特罗维奇那种公事公办、冷淡的、甚至带有轻蔑的恫吓意味的腔调,也使她吃了一惊。他一进门,所有的人不知怎的都慢慢地静了下来。不但这个“严肃的办事人”跟这一伙人显著地不协调,而且他来这儿分明有什么重要的事情,一定有什么不平常的原因才促使他来到这样的一伙人中间,可见,马上就要发生什么事情了。站在索尼娅旁边的拉斯柯尼科夫侧身让他走了过去;而彼特·彼特罗维奇好像根本就没有发现他。过了一会儿,列别加尼科夫也在门口出现了;他没有走到屋里来,但他脸上带着一种特别好奇、近乎惊讶的表情站在那里;他注意地听着,但又似乎很久都弄不明白,这到底是怎么回事。

“对不起,我也许打断了你们的谈话,但是事情相当重要,”彼特·彼特罗维奇仿佛对大伙儿,而不是对某一个具体的人说,“我甚至很高兴能当着大家的面谈。阿玛莉娅·伊凡诺夫娜,我极诚恳地请求您,请您作为一个女房东能留心听听我跟索菲娅·伊凡诺夫娜下面谈的话。索菲娅·伊凡诺夫娜,”他接着对索尼娅说,她十分惊讶,早已害怕极了,“您到我那里去以后,在我朋友列别加尼科夫的屋子里,放在我桌子上一张属于我的一百卢布的钞票不翼而飞了。不管您以什么方式知道,并且告诉我们,这张钞票现在在什么地方,我凭人格向您保证,并且请所有在场的人作证,事情就到此为止。否则的话,我不得不采取非常严肃的措施,到时候……就只有怪您自己了。”

屋子里一片沉默。甚至哭哭啼啼的孩子们也一声不响。索尼娅站在那儿望着卢仁,面如土色,一句话也回答不出来。她好像还没有明白过来似的。几秒钟过去了。

“那么，怎么办呢？”卢仁问，他凝神注视着她。

“我不知道……我什么也不知道。”索尼娅终于有气无力地说。

“不知道？您不知道？”卢仁重复了一遍，又沉默了几秒钟，“想一想吧，小姐，”他说话开始严厉起来，可是依旧像在规劝似的，“您好好地想一想，我同意再给您一点考虑的时间，请您注意：凭我的经验，如果我不是深信不疑，不用说，我决不会冒险这样直截了当地指控您的，因为像这样直接地公开指控一个人，倘若我诬告或者哪怕弄错了，就某种意义上说，我自己是要负责任的。这，我是知道的。今天早上，我为了自己的需要，换了几张五厘的票券，票面总额为三千卢布。账目就记在我的皮夹子里。回家以后，我数了数我的钱——列别加尼科夫先生可以证明——数完两千三百卢布后，就把它们放进了皮夹子，而皮夹子则放在常礼服的口袋里。大约有五百卢布的钞票留在桌子上，而其中有三张是每张面额为一百卢布的。就在这时候您来了（是我叫您去的），您在我那儿的时候，一直显出非常慌张的样子，在说话的过程中，您有三次站起来，不知道为什么急着要走，虽然我们的话还没有谈完。这一切，列别加尼科夫先生可以作证。小姐，您自己大概也不会拒绝承认，我托列别加尼科夫先生叫您去，纯粹是为了跟您谈谈您的亲人卡捷琳娜·伊凡诺夫娜孤苦伶仃、无依无靠的情况（我没有能够上她这儿来参加丧餐），商量一下，怎样才能妥善地为她，比如说，募一笔捐款，做一些抽彩之类的事情。您当时对我表示感谢，甚至流下了眼泪（我把一切事情如实地叙述一番，一是提醒您，其次是向您说明，甚至最细微之点我也没有忘记）。后来我从桌上取出一张十卢布的钞票，把它递给了您，以我的名义，作为第一笔救济，交给您的亲属。这一切，列别加尼科夫先生都看见了。然后我把您送到门口——这时您仍然显出很慌张的样子。您走以后，剩下我跟列别加尼科夫先生单独在一起，我和他谈了大约十分钟的话，列别加尼科夫先生就出去了，我在他走后又回到放钱的桌子跟前，想把钱数好以后，另外放起来，这是我本来打算做的。使我大吃一惊的是，其中有一张一百卢布的钞票不翼而飞了。请您想想吧：对列别加尼科夫先生我是绝对不能怀疑的；即使有这种想法，也是可耻的。但我数过的钱不会有错，因为您进门以前一分钟，我刚把钱全部数完，发现总数是正确的。您得承认，想到您当时张皇失措，急于离开，再想到您曾经把手放在桌上一些时候，再考虑到您的社会地位及跟您的社会地位有关的习惯，可以说我在既害怕又违反我意志的情况下，不得不产生一种怀疑——一种当然是残忍的，但却是公正的怀疑！我还要再加上一句，并且重复一遍，尽管我显然有十足的把握，但我明白，我现在提出这样的指控，是冒着某种危险的。不过您知道，我是不会把这种事情轻易放过的；我已经起来揭发了您，我还要告诉您为什么我要这样做：我这样做的唯一原因，姑娘，只因为您恩将仇报！怎么说呢？我请您到我那儿去，是为了您贫苦无告的亲属的利益，我力所能及地拿出十卢布来施舍给您，尽管如此，您却立刻当场用这样的行为来报答我所做的一切！不，这太不像话了！应该给您一个教训。您想想吧；再说，作为您的忠实朋友，我请求您（因为眼下您不会有比我更好的朋友了）悬崖勒马！否则我是铁面无私的！好，您说怎么办吧？”

“我什么也没有，”索尼娅吓得魂不附体地小声说，“您给了我十个卢布，钱在这儿，您拿去吧。”索尼娅从衣袋里掏出一块手帕来，找到结子，解了开来，取出一张十卢布的钞票，伸出手去，递给卢仁。

“那么，其余那一百卢布，您不承认您拿了吗？”他不收下那张钞票，还是毫不放松地、责备地说道。

索尼娅朝四下里望了望。大家都向她投来恐怖的、严厉的、讥讽的和憎恨的眼光。她瞅了瞅拉斯柯尼科夫……他靠墙站着，抱着胳膊，用灼热的眼睛望着她。

“哦，主啊！”索尼娅脱口而出。

“阿玛莉娅·伊凡诺夫娜，必须去报告警察局，现在我极其诚挚地请求您，请您派人把看门的叫来。”卢仁轻轻地，甚至和颜悦色地说道。

“仁慈的上帝呀①！我早就知道她爱偷东西。”阿玛莉娅·伊凡诺夫娜把双手一拍，说道。

“您早知道？”卢仁接口道，“那么，以前您就有某些根据作出这样的

---

① 原文是德文。

结论了。最可敬的阿玛莉娅·伊凡诺夫娜,我请您记住您在许多证人面前说过的这句话。”

四下里忽然议论纷纷。大家都骚动起来。

“什—什么?”卡捷琳娜·伊凡诺夫娜突然清醒过来,喊叫道,她像挣脱了什么似的,直向卢仁扑过去,“什么!您诬赖她偷东西?您这是说索尼娅吗?啊,卑鄙,真卑鄙!”她又跑到索尼娅跟前,伸出她那两只枯瘦的胳臂,好像夹在钳子里似的,紧紧搂住她。

“索尼娅!你怎么敢收下他的十卢布?哦,傻丫头!给我!马上把这十卢布给我——快给呀!”

卡捷琳娜·伊凡诺夫娜从索尼娅手里一把把那张钞票夺了过去,揉成一团,对准卢仁的脸用力扔去。纸团正好打中了他的眼睛,又弹回到地上。阿玛莉娅·伊凡诺夫娜急忙跑去把它捡起来。彼特·彼特罗维奇勃然变色。

“抓住这个疯婆子!”他喊道。

正在这时候,在门口列别加尼科夫的身边又出现了几个人,那两位外地来的女士也挤在他们中间向里张望。

“什么?疯婆子?我是疯婆子?混—蛋!”卡捷琳娜·伊凡诺夫娜尖叫道,“你自己才是混蛋、讼棍、下流无耻的家伙!索尼娅,索尼娅能偷他的钱!索尼娅能是贼吗!她施舍给你还差不多,混蛋!”卡捷琳娜·伊凡诺夫娜歇斯底里地哈哈大笑起来,“你们看见过这样的混蛋吗?”她从屋子这一头跑到那一头,指着卢仁向大家说,“怎么!你也帮腔?”她看见了女房东,“你也学他的样,你这个德国佬,你也说她‘爱偷东西’,你这个穿裙子的普鲁士母鸡腿!啊,你们哪!啊,你们哪!她压根儿没有从这间屋子里出去过,从你,从你这个无赖那儿回来以后,她就一直坐在罗吉昂·罗曼诺维奇的身边!……你搜她的身上啊!既然她压根儿没有出去过,那么钱一定还在她身边!你搜呀,搜呀,搜呀!不过,要是你搜不出来,那可对不起,亲爱的,你得负责任!我要跑到皇帝那儿去,跑到皇帝那儿去,到我们仁慈的沙皇那儿去,我要跪在他脚下,马上就去,今天就去!我是个孤苦伶仃的女人!他们会让我进去的!你以为他们不会让我进去吗？你胡说，我准能进去！我准能进去！你以为她老实，你就想欺侮她，是不是？可是我，哥们，我可不是好欺侮的！你打错了算盘！你搜呀！搜呀，搜呀，嗯，你搜呀！！”

卡捷琳娜·伊凡诺夫娜气疯了，她揪住卢仁，把他拖到索尼娅身边去。

“我是打算搜，我会负责……不过，请您安静下来，太太，请您安静下来！我完全看得出来，您不是好惹的！……这个……这个……这怎么办呢？……”卢仁咕哝着，“这应该当着警察的面……虽然，话又说回来，现在证人也够多的了……我是打算搜……不过男人家到底不方便……因为性别不同……要是有阿玛莉娅·伊凡诺夫娜的协助……虽然，话又说回来，事情这样做是不妥当的……这怎么办呢？”

“您爱找谁就找谁！谁愿意搜就搜！”卡捷琳娜·伊凡诺夫娜嚷道，“索尼娅，把衣袋给他们翻过来！对，对！你瞧，恶棍，衣袋是空的，只有一块手帕，衣袋是空的，你看见了吗！这是她的另一个衣袋，你瞧，你瞧！你看见了吗？你看见了吗？”

卡捷琳娜·伊凡诺夫娜不仅把两个衣袋都翻转来，而且干脆把它们一个个都拽了出来。但是从第二个即右边的衣袋里，忽然飞出了一张纸，在空中划了一道抛物线，落到卢仁的脚边。这大家都看见了；有好几个人惊叫起来。彼特·彼特罗维奇弯下腰去，用两只手指把那张纸从地上捡了起来，举到大家都看得见的地方，当众把它打开。这是叠成八折的一张一百卢布的钞票。彼特·彼特罗维奇举起他的手，绕了一个大圈，把那张钞票拿给大家看。

“贼！从屋子里滚出去！警察，警察！”阿玛莉娅·伊凡诺夫娜吼叫道，“非把她们赶到西伯利亚去不可！滚！”

四面八方一齐嚷起来。拉斯柯尼科夫一言不发，目不转睛地望着索尼娅，只是偶尔朝卢仁身上飞快地扫过一眼。索尼娅丧魂落魄地站在原地：她几乎并不感到什么惊讶。可是忽然间她满脸涨得通红；她惊叫了一声，用两手捂住了脸。

“不，这不是我！我没有拿！我不知道！”她催人心碎地号啕大哭起来，扑到卡捷琳娜·伊凡诺夫娜身边。卡捷琳娜·伊凡诺夫娜把她紧紧地搂在怀里，好像要用胸膛来保护她，不让任何人来欺负她似的。

“索尼娅！索尼娅！我不相信！你看，我不相信！”卡捷琳娜·伊凡诺夫娜叫道（尽管证据确凿），她抱着索尼娅，把她当小孩似的摇着，不住地吻她，又攥住她的手，使劲地亲吻，“说你偷的！这些家伙多蠢啊！哦，上帝，你们真蠢，真蠢！”她冲着屋里所有的人嚷道，“你们还不知道哩，你们不知道她的心肠有多么好，她是多么好的一个姑娘！她能偷人家的钱吗，她！只要你需要，她会脱下自己的最后一件衣服，把它卖掉，她宁可光脚走路，也会把钱给你，她就是这样一个姑娘！她领了黄色执照，那是因为我的孩子在挨饿，她出卖自己是为了我们啊！……啊，死鬼呀，死鬼呀！啊，死鬼呀，死鬼呀！你看见了吗？你看见了吗？这就是替你办的丧餐！主啊！你们保护保护她吧，为什么你们大家都站在那儿不动呢？罗吉昂·罗曼诺维奇！为什么您也不站出来替她说一句话呢？难道您也相信有这回事吗？你们连她的一根小指头也抵不上，你们大家，大家，大家，大家！主啊！你总该保护保护她吧！”

这个可怜的、害肺痨的、孤苦伶仃的卡捷琳娜的痛哭，似乎在大家身上产生了强烈的效果。在这张苦恼不堪、枯瘦的、肺痨病患者的脸上，在这两片枯干、带有血迹的嘴唇上，在这嘶哑的喊叫声中，在这种像孩子啼哭般的号啕大哭中，在这一片充满信任的、幼稚的、毫无希望的祈求保护声中，充满了多少不幸，多少痛苦啊，这使得大家都可怜起这个不幸的女人。至少彼特·彼特罗维奇立刻动了恻隐之心。

“太太！太太！”他用威严的声音叫道，“这件事跟您无关！没有人想要指控您是教唆犯或者同谋犯，更何况是您翻她的衣袋才发现的：可见，您事先毫不知情。我非常、非常乐意可怜她，如果是所谓穷困驱使索菲娅·谢苗诺夫娜这么做的话，可是为什么您不肯承认呢，小姐？怕出丑吗？这是头一回吗？也许您着了慌吧？这是可以理解的；非常可以理解的……但是为什么您要自甘堕落，做出这样的事来呢！诸位！”他对所有在场的人说，“诸位！因为我可怜她，可以说，同情她吧，所以我准备原谅她，甚至现在，尽管我个人受到了侮辱！但愿现在的耻辱，小姐，能作为您未来的教训，”

他对索尼娅说，“我不再进一步追究了，就这样算啦。够了！”

彼特·彼特罗维奇斜瞟了拉斯柯尼科夫一眼。他们两人的目光遇在一起了。拉斯柯尼科夫灼热的目光仿佛要把他烧成灰似的。这时候，卡捷琳娜·伊凡诺夫娜好像再也听不见任何东西：她像疯了一样，搂着索尼娅，一个劲地吻她。孩子们也用他们的小手从四面八方去搂抱索尼娅，波列契卡虽然不完全懂得究竟出了什么事儿，可她也满面泪痕，抽抽噎噎地拼命哭泣，把她那张哭肿了的美丽小脸贴在索尼娅的肩胛上。

“多么卑鄙！”忽然有人从门口大声喊起来。

彼特·彼特罗维奇迅速回过头去看。

“多么下流！”列别加尼科夫又说了一遍，目光炯炯地逼视着他。

彼特·彼特罗维奇仿佛哆嗦了一下。这，所有的人都看到了（后来大家回忆起当时的情况）。列别加尼科夫迈步走进屋内。

“您居然敢叫我做您的证人？”他走到彼特·彼特罗维奇面前说。

“这是什么意思，安德列·谢苗诺维奇？您在说什么呀？”卢仁喃喃地说。

“我的意思是，您……诬赖好人，这就是我的话的意思！”列别加尼科夫激愤地说，他那双高度近视的眼睛严厉地望着他。他气愤极了。拉斯柯尼科夫目不转睛地盯着他，好像在抓每一个字，衡量着每一个字似的。接着又是一阵沉默。彼特·彼特罗维奇居然开始张皇失措了。

“如果您这是对我……”他结结巴巴地说，“您到底怎么啦？您的精神正常吗？”

“我的精神很正常，而您倒是一个……大骗子！啊，这多么卑鄙啊！我什么都听到了，我故意一直等待着，为的是想把一切弄清楚，因为老实说，甚至直到现在，我还认为这不完全符合逻辑……但是您做这一切到底是为了什么呢——我不明白。”

“我究竟做什么啦？您别在那儿胡思乱想，瞎猜疑了！要不，您也许是喝醉了吧？”

“您才喝酒呢，您这个卑鄙的东西，而不是我！我从来滴酒不沾，因为这不符合我的信念！你们要知道，是他，是他亲手把这张一百卢布的钞票给了索菲娅·谢苗诺夫娜的——我看见的,我是见证人,我可以发誓!是他做的,是他!”列别加尼科夫对着屋里的每一个人反复地说。

“您是不是疯了,您这个乳臭未干的小子?”卢仁尖声怪叫起来,“她本人就在您面前——她本人就在这儿,刚才她当着所有人的面亲口说过,我只给了她十卢布,此外,我什么也没有给过她。在这以后,我怎么会又送给她一百卢布呢?”

“我看见了,看见了,”列别加尼科夫叫道,他证实说,“这虽然违反我的信念,可是此刻我情愿到法庭去起誓,要我起什么誓,我就起什么誓,因为我看见您偷偷塞给她的。当时我这个傻瓜,还以为您是出于恩赐才塞给她的。您在门口和她分手的时候,当时她已转过身去,而您用一只手握着她的手的时候,您就用您的另一只手,左手,偷偷地把那张钞票放进她的衣袋。我看见了!看见了!”

卢仁的脸唰的一下变白了。

“您胡说什么呀!”他粗鲁地嚷道,“您站在窗口,怎么能看清钞票呢!您是近视眼……这是您的错觉。您在胡说!”

“不,不是我的错觉。虽然我站得远,但是我什么都看见了。虽然站在窗口的确很难看清钞票(这话您倒说对了),可是由于一个特殊的情况,我确实知道那是一张一百卢布的钞票,因为当您要把十卢布的钞票给索菲娅·谢苗诺夫娜的时候,您从桌子上同时拿了一张一百卢布的钞票(这是我看见的,因为当时我站得很近,而且由于我立刻产生了一个想法,因而我没有忘记您手里捏着一张钞票)。您把那张钞票叠好,一直攥在手里。后来我又差点忘了,可是当您站起身来,把它从您的右手移到左手,差点没掉到了地上;这时候我又想起来了,因为我的脑子里又生出了同样的想法,就是您想接济她,可是又想瞒着我。您可以想象得出,于是我就开始注意您——而且我看见了您怎样如愿以偿地偷偷塞进了她的衣袋。我看见了,看见了,我可以起誓。”

列别加尼科夫差点喘不上气来。从四面八方发出各种各样的感叹声,多半是表示吃惊;但是也可以听到一些气势汹汹的叫喊。大家都向彼特·彼特罗维奇挤过去。卡捷琳娜·伊凡诺夫娜冲到了列别加尼科夫跟前。

“安德列·谢苗诺维奇！我错怪您了！您要保护她呀！只有您一个人替她说话！她是个孤儿，是上帝派您来的！安德列·谢苗诺维奇，亲爱的老弟！”

卡捷琳娜·伊凡诺夫娜简直不知道自己在做什么，竟在他面前跪了下来。

“荒唐！”卢仁暴跳如雷地大叫，“您满口胡言，先生。‘我忘了，我想起来了，我忘了。’——这是怎么回事！那么，是我故意给她栽赃？为了什么？到底抱什么目的？我跟这个女人有什么共同的利害关系……”

“为了什么？这点我自己也不明白，可是我讲的是千真万确的事实，那是确凿无疑的！我之所以没有弄错，您这个卑鄙的歹徒，正是因为我记得很清楚，正当我向您道谢，跟您握手的时候，我的脑海里忽然由此想起了一个问题。您偷偷地塞进她的衣袋里究竟做什么呢？我是说，为什么偏要偷偷地？难道只是因为您要瞒过我，因为您知道我的信念跟你相反，不赞成个人的施舍，认为它不是治本的办法吗？于是我就断定，您的确是不好意思把这么大的一笔款子当着我的面送给人家，此外，我想：也许他想送给她一件意外的礼物，让她在她的衣袋里发现有一百卢布钞票的时候大吃一惊吧（因为有些慈善家很喜欢这样来渲染他们的善行，我知道）。接着我又想，您是想考验她一下，看她发现那张钞票以后会不会来向您道谢！后来我又想，您不愿让人家感谢你，正如俗话所说，不让右手知道……总之，如此等等……唔，我当时心里有过各种各样的想法，最后我决定这一切留待以后再去仔细想，然而我仍旧觉得，在您面前暴露我知道您的秘密，是有失体统的。但是我的脑子里又立刻产生了一个问题：恐怕索菲娅·谢苗诺夫娜在发现那张钞票以前，也许会把钱弄丢了；所以我决定到这儿来，把她从屋里叫出去，告诉她，有人把一百卢布放进了她的衣袋。但是在这以前，我顺便到柯贝利亚特尼科夫太太和柯贝利亚特尼科娃小姐的房间里去了一下，把《实证法概论》①带给她们，并且向她们特

① 《实证法概论》是一本进步的自然科学论文集，一八六六年在彼得堡出版，其中收有德国作家兼医生皮杰利德和德国经济学家瓦格纳的论文。

别推荐了皮杰利德的文章(不过,也推荐了瓦格纳的文章);然后我才到这儿来,可这儿却已经闹得天翻地覆了！要是我确实没有看见您把一百卢布放进她的衣袋,我会有、我会有这些想法和考虑吗?”

列别加尼科夫讲完他的长篇大论,末了又下了一个合乎逻辑的结论,这时他已经疲惫不堪,甚至满脸汗水。唉,他连用俄国话也不善于准确地表达自己的思想(然而他又不懂任何其他语言),所以在他完成了这一番辩护人的丰功伟绩以后,他全身不知怎的一下子精疲力竭了,甚至人也好像变瘦了。但是他的这番话却产生了非常有力的效果。他说得那么激昂,又那么具有说服力,显然大家都相信了他。彼特·彼特罗维奇觉得事情不妙。

“您脑子里产生了那些愚蠢的问题,这跟我有何相干?”他喊道,“这不是证据！这一切也许是您在梦里胡诌出来的吧,一定是这样！我告诉您,先生,您在说谎！您说谎,诬赖我,您是出于一种怨恨,因为我不同意您那些自由思想、无神论的社会主张,您因此怀恨在心,就是因为这个!”

但是这一番奇谈怪论并没有给彼特·彼特罗维奇带来好处, 相反,从四面八方响起了一片不满声。

“哦,你扯到哪里去啦!”列别加尼科夫叫道,“你胡说！你把警察叫来,我要起誓！只有一点我弄不懂:为什么他要冒险做出这种卑鄙的行为。哦,可怜而又可鄙的人啊!”

“我能够解释为什么他要冒险做这种事,如果需要的话,我也可以起誓。”拉斯柯尼科夫终于挺身而出,用斩钉截铁的声音开了口。

他看来既坚决又镇定。只要看一下他的神气,大家不知怎的就都明白,他的确知道这件事情的原委,而且事情就快要收场了。

“现在我已经把一切都弄清楚了,”拉斯柯尼科夫对列别加尼科夫继续说道,“从事情一开始,我就怀疑这里有什么卑鄙的阴谋;引起我怀疑的,是只有我一个人知道的一些特殊情况,我马上就把这些情况告诉大家:全部关键都在这里！至于您,安德列·谢苗诺维奇,您宝贵的证词终于使我彻底弄清楚了一切。我请大家都听我讲:这位先生(他指了指卢仁)最近向一位姑娘求婚;也就是向我的妹妹,阿芙朵佳·罗曼诺夫娜·

拉斯柯尼科娃求过婚。但是,他来到彼得堡以后,就在前天,我俩初次见面的时候,他跟我吵了一架,我把他从我的房间里撵了出去,对此,有两人可以作证。这个人十分狠毒……前天我还不知道他住在这儿的公寓里,就住在您安德列·谢苗诺维奇这里,因此就在我跟他吵架的当天,也就是前天,他亲眼看见我以过世的马美拉多夫先生的朋友的身份给了他的夫人卡捷琳娜·伊凡诺夫娜一点钱,作为她办丧事之用。于是他马上就写了一封短信给我的母亲,告诉她,说我把所有的钱都给了索菲娅·谢苗诺夫娜,而不是给卡捷琳娜·伊凡诺夫娜,而且与此同时他还用最卑鄙的话提到了……索菲娅·谢苗诺夫娜的品德,就是说,他暗示了我跟索菲娅·谢苗诺夫娜关系的性质。这一切,你们不难看出,其目的就是向她们暗示,她们尽其所能寄给我的钱,都被我怀着一种并不高尚的目的浪费掉了,他想用这种手段来挑拨我跟我母亲和妹妹的关系。昨天晚上,当他在场的时候,我当着我母亲和妹妹的面,说明了事实真相,证明我是把钱给了卡捷琳娜·伊凡诺夫娜作丧葬费的,而不是给了索菲娅·谢苗诺夫娜,并且证明,前天我根本就不认识索菲娅·谢苗诺夫娜,甚至连面也没有见过。然后我又加上一句,尽管他彼特·彼特罗维奇·卢仁自命不凡,也比不上索菲娅·谢苗诺夫娜的一个小手指,尽管他说了她那么多的坏话。他问我,我是不是愿意让索菲娅·谢苗诺夫娜坐在我妹妹的身旁?我回答说,那一天我已经这样做了。他看见他纵然极力诽谤,我母亲和妹妹也不愿跟我吵架,因此他就恼羞成怒,渐渐地,他开始对她们说出不容宽恕的无礼话来了。于是便发生了彻底决裂,他被赶了出去。这一切都是昨天晚上发生的事情。现在我请你们特别注意:你们想一想,如果他如愿以偿地证明了索菲娅·谢苗诺夫娜是一个小偷,他就会向我的母亲和妹妹证明,他的怀疑差不多是正确的;他对于我把我妹妹放在跟索菲娅·谢苗诺夫娜同等的地位而感到恼火,也是正当的;而他攻击我是为了保护,因而也是为了保全我妹妹,他的未婚妻的荣誉。总而言之,凭着这些,他也许又可以使我跟我的亲人之间发生争吵,当然,他希望的是能够重新博得她们的好感。我且不说,这样一来,他对我个人也进行了报复,因为他有理由认为索菲娅·谢苗诺夫娜的荣誉和幸福对我来说是十分珍贵的。这就是他的如意算盘！这就是我对这件事情的理解！这就是全部原因所在，不可能有别的原因！”

拉斯柯尼科夫就这样或者差不多是这样，结束了他的话，人们都聚精会神地听着，虽然他的话常常被听众的感叹声所打断。尽管他的话一再被打断，但他说得很尖锐，既沉着又准确，既清楚又坚定。他果断的声音、坚定不移的语气和严肃的面孔，对每个人都产生了异乎寻常的效果。

“不错，不错，正是这样，”列别加尼科夫兴高采烈地证实道，“准是这样，因为索菲娅·谢苗诺夫娜刚一走进我们的屋子，他就问我：‘您是不是在这儿？在卡捷琳娜·伊凡诺夫娜的客人中间，我有没有看见您？’这些话，是他把我叫到窗口，偷偷地问我的。可见，他需要的是您一定得在这儿！正是这样，一点不错！”

卢仁一言不发，鄙夷地微笑着。但是他的脸色却变得十分苍白。他似乎正在盘算他怎么才能脱身。大概他很想甩开一切，一走了之，但是在目前这个时刻，这样做简直是不可能的；这等于直截了当地承认，对他提出的非难是正确的，他的确是在造谣中伤索菲娅·谢苗诺夫娜。此外，那些本来就喝得醉醺醺的客人们，群情哗然。那个军需官虽然还没有听明白全部情况，但他嚷嚷得比谁都凶，并且提出了几个对卢仁不利的办法。但是也有没喝醉的人；所有房间里的房客都聚到这里来了。那三个波兰人特别激动，不住地对他叫喊：“*那个先生是坏蛋！*”①并且用波兰话咕哝着一些恫吓的话。索尼娅注意地听着，但她似乎听不大明白，好像她从昏迷中刚刚苏醒过来似的。她目不转睛地望着拉斯柯尼科夫，她感觉到，只有他才能够来保护她。卡捷琳娜·伊凡诺夫娜费劲地喘着气，发出沙哑的声音，好像已经精疲力竭了。阿玛莉娅·伊凡诺夫娜显得比谁都蠢，她张开嘴站在那儿，似乎弄不清究竟发生了什么事。她只看到彼特·彼特罗维奇不知怎么被人家捉住了。拉斯柯尼科夫还想再说几句，但是人们没让他说下去：大家叫嚷着，把卢仁紧紧地包围起来，威吓和咒骂。但是彼特·彼特罗维奇并没有胆怯。他看到他对索尼娅的陷害落了空，便索

---

① 原文是波兰文。

性采取蛮不讲理的办法：

"让开路，先生们，让开路；别挤，让我过去！"他说着从人丛中挤了过去，"请你们别威胁我；我向你们保证，这是没有用的，你们什么也捞不到，我不是个胆小怕事的人，相反，先生们，是你们用暴力硬把一件刑事案遮盖过去了，你们对此必须承担责任。小偷已经被彻底揭发了，我准备起诉。法院里的人可没瞎眼睛……也没喝醉，他们是不会相信这两个穷凶极恶的无神论者、煽动家和自由思想者的。这两个人诬陷我，是出于个人报复，他们已经愚蠢地不打自招了……喂，让开路！"

"请您立刻从我的屋子里滚出去；请您立刻搬走！咱们之间算完了！简直不可思议，我居然跟他说了整整两个礼拜，说得舌敝唇焦！……"

"要知道，安德列·谢苗诺维奇，前几天我曾经亲口告诉您我要搬家了。可是您硬不让我走；现在我可要再加上一句：您是混蛋。希望您去治治您的脑子和您的近视眼吧！先生们，让我过去！"

他挤了过去，但是那位军需官不肯让他只挨几句骂就这么轻易地逃之夭夭。他从桌子上抓起一只杯子，一挥手就朝彼特·彼特罗维奇身上扔去，可是杯子却直接飞到阿玛莉娅·伊凡诺夫娜的身上去了。她发出一声尖叫，而军需官也因为用力过猛，失去了平衡，扑通一声跌到桌子底下。彼特·彼特罗维奇回到他自己的屋子，半小时以后，他已经离开了这个住所。生性胆怯的索尼娅，从前就知道，害她比害什么人都容易，什么人都可以几乎不受惩罚地欺负她。但是在这以前，她还以为她能够凭着在一切人面前小心、温顺和服从，好歹可以逃避不幸。她灰心失望到了极点。当然，她可以逆来顺受，对任何事情，甚至对目前这种事都可以毫无怨言地忍受过去。但是一开始的时候，她觉得太痛苦了。当她惊魂甫定，弄清楚事情的真相以后，尽管她取得了胜利，她的冤屈得到昭雪，但那种无依无靠、受尽欺凌之感，使她感到揪心般地痛苦。她的歇斯底里发作了。最后，她再也忍不住，从屋里冲了出去，跑回家去了。这是在卢仁走后几乎立刻发生的。当玻璃杯在哄堂大笑声中落到阿玛莉娅·伊凡诺夫娜身上的时候，她也受不了平白无故地吃哑巴亏。她认为卡捷琳娜·伊凡诺夫娜是罪魁祸首，于是一声尖叫，像疯了似的向她身上扑去。

“从我的屋子里滚出去！马上滚！滚！”她一面嚷，一面抓住她可以抓到手的卡捷琳娜·伊凡诺夫娜的一切东西，把它们统统扔到地板上。卡捷琳娜·伊凡诺夫娜本来已经伤心欲绝，差不多快晕过去了，她气喘吁吁，面色苍白，这时却从她的床上一跃而起（她曾在疲惫不堪中倒在床上），直向阿玛莉娅·伊凡诺夫娜的身上扑去。但是要打架，力量可就太悬殊了；女房东像对付一根鸡毛一样，一下就把她甩开了。

“怎么！肆无忌惮地诬陷人还不够——这个畜生还要来欺负我！怎么！在我丈夫下葬的这一天在我家吃饱喝足了，还要把我和一群孤儿们赶到街上去！叫我到哪儿去呀？”可怜的女人一面气喘吁吁，一面号啕大哭地数说着，“主啊！”她忽然眼睛闪着光叫道，“难道就没有公理了吗！你不保护我们这些无依无靠的人，还保护谁呀？好，咱们等着瞧吧！世界上是有法律，有真理的，有的，我一定要去找到它！我马上就去，你等着吧，无法无天的畜生！波列契卡，你留下来，看着孩子们，等我回来。哪怕在大街上等，你们也要等我回来！咱们倒要瞧瞧，世界上有没有真理？”

卡捷琳娜·伊凡诺夫娜把已故的马美拉多夫在他谈话中提到过的那条绿色细呢头巾披在头上，从依旧挤在屋子里的那群乱哄哄、醉醺醺的房客中间挤了过去，痛哭流涕地跑到街上——抱了一个朦胧渺茫的目的，盼望能够立刻在什么地方找到公理，无论如何要找到。波列契卡带着弟弟妹妹缩在墙角的一口箱子上，吓得浑身直打哆嗦，她搂着两个年幼的弟弟妹妹，在等她母亲回来。阿玛莉娅·伊凡诺夫娜在屋里跑来跑去，尖叫着，数落着，往地板上扔随手抓到的一切东西，简直闹个没完。房客们七嘴八舌地吵吵嚷嚷——有的人在尽情畅谈刚才发生的事情；有的人在互相争吵，你骂我，我骂你；有的人干脆唱起歌来了……

“现在我也该走了，”拉斯柯尼科夫想，“好吧，索菲娅·谢苗诺夫娜，看您现在还有什么话要说！”

于是他举步向索尼娅的住处走去。

# 4

拉斯柯尼科夫一直是索尼娅积极有力的辩护人，不让她受到卢仁的侮辱，虽然他心里怀着那么多的恐惧和痛苦。他在这天上午受了那么多的折磨以后，能有机会改变一下他那变得不能忍受的心情，倒似乎感到很高兴似的，至于驱使他挺身出来保护索尼娅的那种强烈的私人感情，那就更不待言了。此外，还有一件事情在他的心目中占重要地位，使他非常惶恐不安，特别是在有的时候，那就是即将与索尼娅的会面：他必须向她宣布，到底是谁杀死了丽莎维塔，他预感到自己会经受可怕的痛苦，他好像在挥手把那个痛苦赶走似的。所以当他离开卡捷琳娜·伊凡诺夫娜的家时，喊道："好吧，索菲娅·谢苗诺夫娜，看您现在还有什么话要说！"他表面上依然很振奋，依然处在刚才挺身而出，因战胜卢仁而感到的亢奋状态。可是，说也奇怪：当他走到卡佩瑙莫夫家的时候，他忽然觉得周身无力，而且害怕起来。他犹疑不决地站在门口，心里出现了一个奇怪的问题："要不要告诉她，到底是谁杀死了丽莎维塔？"这个问题很奇怪，因为同时他又觉得，他不仅不能告诉她，甚至推迟一下这个时刻，哪怕是暂时推迟，也是不可能的。他还不知道为什么不可能；他只感觉到一点，他痛苦地意识到自己在必然面前的无能为力，这种心情几乎压得他透不过气来。为了不再踌躇，也不再苦恼，他迅速地打开门，站在门口望了一眼索尼娅。她正把胳膊支在桌子上，双手捂着脸坐着。她一看见拉斯柯尼科夫进来，就马上站起身，走上前去迎接他，好像早在等候他似的。

"要是没有您，我会怎么样啊！"她随着他走到屋子中间时说道，迅速地说。显然她急于要对他说这句话。她等他就是为了这个。

拉斯柯尼科夫走到桌子跟前，坐在她刚才坐过的那把椅子上。她站在他面前两步远的地方，完全和昨天一样。

"什么呀，索尼娅？"他说，忽然觉察到自己的声音在发抖，"要知道，这一切都是由于你的‘社会地位以及与此有关的习惯’。您刚才明白这话了吗?”

索尼娅的脸上露出痛苦的表情。

“请您别再像昨天那样跟我说话,”她打断了他的话,“请您别说了。痛苦已经够……”

她赶忙露出一副笑容,生怕他听见责备会不高兴。

“我离开了那儿,真糊涂。不知道现在那儿怎么样了? 我本来打算马上回去,可是又老在想,您……您会来找我的。”

他告诉她,阿玛莉娅·伊凡诺夫娜要赶他们搬家,卡捷琳娜·伊凡诺夫娜不知跑到什么地方“寻求真理”去了。

“哎呀,我的上帝!”索尼娅叫道,“咱们快走吧……”

于是她一把抓起她的短斗篷。

“您老是这样!”拉斯柯尼科夫生气地说,“您老想着他们! 跟我在一起待一会儿吧。”

“那……卡捷琳娜·伊凡诺夫娜怎么办呢?”

“卡捷琳娜·伊凡诺夫娜是忘不了您的,她既然从家里跑出去,就一定自己会来找您,”他抱怨地补充道,“要是她找不到您,又要怪您不对了……”

索尼娅痛苦地感到左右为难,便坐了下来。拉斯柯尼科夫默默地看着地板,在沉思着什么。

“假定说,这一次卢仁不打算控告您,”他开口说,并没有抬起头来看索尼娅,“但是,如果他想这样做,如果这样做符合他的如意算盘,那么,要是没有我和列别加尼科夫在场,他准会把您送进监狱里去的! 您说是不是?”

“是的,”她用微弱的声音说,“是的!”她又重复了一遍,显出心不在焉和提心吊胆的样子。

“要知道,我倒确实可能不在场! 而列别加尼科夫的出现也是完全偶然的。”

索尼娅默不作声。

“要是您进了监狱,那怎么办呢?您记得我昨天跟您说的话吗?”

她依旧不回答。他等了一会儿。

“我以为您又要嚷起来了:‘啊,别说了,别说下去了!’”拉斯柯尼科夫笑着说,但不知怎么,笑声有点勉强,“怎么,您又不说话了?”过了一会儿,他又问道,“咱俩总得谈点什么吧,你说是不是?我很想知道,现在有一个‘问题’,正如列别加尼科夫所说,您打算怎样去解决(他说话似乎开始颠三倒四了)。不,我确实是认真地跟您说。您想想看,索尼娅,假如您事先就知道卢仁的一切打算,也知道(就是说确实知道)这些打算会把卡捷琳娜·伊凡诺夫娜和孩子们彻底毁掉;而且也把您一块儿赔上(因为您总认为您自己算不了什么,不过是赔上罢了)。还有波列契卡……因为她也会走同样的路的。好;假定这样:如果这一切忽然要您来决定——让他活在世上,还是让他们活在世上,就是说,让卢仁活下去继续作恶呢,还是让卡捷琳娜·伊凡诺夫娜死掉?那您将怎样决定呢:他们中间谁应该死掉?我问您。”

索尼娅不安地望了望他:她觉得这几句吞吞吐吐的话里有些蹊跷,好像他想用转弯抹角的方式来说明什么问题似的。

“我已经预感到您会问我这一类的问题。”她探究地望着他,说道。

“好吧,就算这样;那么您将怎么决定呢?”

“不可能发生的事情,您问它干什么?”索尼娅厌恶地说。

“那么,还是让卢仁活下去继续作恶的好!就连这样一个问题您也不敢决定吗?”

“因为我不知道上帝的旨意……您为什么要问不能问的事情呢?问这种没意思的问题干什么呢?这怎么可能由我来决定呢?是谁派我做法官,来决定谁死谁活呢?”

“如果这里加进了上帝的旨意,那就毫无办法了。”拉斯柯尼科夫闷闷不乐地埋怨道。

“您要说什么,最好直说吧!”索尼娅痛苦地叫道,“您又把话引到什么事情上去了……难道您到这儿来只是为了折磨我吗?”

她终于忍不住,忽然伤心地痛哭起来。他阴郁、愁苦地望着她。这样过了约莫五分钟。

“你说得对，索尼娅。”他终于轻轻地说道。他忽然变了：他那故作无礼和无能为力的挑衅腔调消失了。连说话的声音也突然变得微弱。“我昨天亲自对你说过，我不是来请求饶恕，可是我几乎刚一开口，就请求你饶恕……我所说的关于卢仁和上帝旨意的那些话，都是为我自己说的……我这是请求你饶恕，索尼娅……”

他想露出一丝微笑，但是在他那苍白的笑容中，流露出来的却是一种无可奈何与欲言又止的神情。他低下头去，用两手捂着脸。

忽然有一阵奇怪的、出乎意料之外的憎恨索尼娅的辛酸感觉，从他的心田里涌出。这种感觉使他自己都感到惊讶和害怕，他忽然抬起头来，凝神看了她一眼；但是他遇到的，是她不安、痛苦地关切的目光；这是爱；他的憎恨像幻影一样消逝了。但是不对；他把一种感情当作另一种感情了。这仅仅意味着，那个时刻来临了。

他又用手捂住脸，低下头去。忽然间他面色苍白，从椅子上站起身，望了望索尼娅，一句话也不说，就机械地坐到她的床上。

他此刻的心情极像他站在那个老太婆身后，已经把斧子从绳套中拿下来，感觉到已经“一刻也不能再错过了”的那一刹那。

“您怎么啦？”索尼娅问，她害怕极了。

他一句话也说不出来。这完全不是，完全不是他原来打算采取的那种宣布的方法，他也不明白他现在到底发生了什么事。她轻轻地走到他跟前，在床上他的身旁坐下，等待着，目不转睛地望着他。她的心怦怦直跳，心又像快要停止跳动了似的。这简直令人不能再忍受了：他把他那张死人似的苍白的脸转过来对着她；他的嘴唇无力地歪到一边，使劲地想说什么。索尼娅的心感到一阵恐惧。

“您怎么啦？”她又说了一遍，从他身边稍微躲开了一点。

“没有什么，索尼娅，别害怕……荒唐！真的，你如果想一想，的确太荒唐了！”他像一个不省人事的人似的咕哝着，“我为什么偏要来折磨你呢？”他望着她，忽然又加了一句，“真的，为什么呢？我不断地向我自己提出这个问题，索尼娅……”

在一刻钟以前，他大概也向他自己提出过这个问题，不过现在他完全无能为力地说出来了，他简直不知道自己在说什么，只觉得他浑身不住地发抖。

“唉，您多么痛苦啊！”她难过地说，一面仔细地端详着他。

“一切都太荒唐啦！……我说，索尼娅（不知为什么，他忽然笑了笑，这种无可奈何的凄凉的微笑，持续了大约两秒钟），你记得昨天我想告诉你什么吗？”

索尼娅不安地等待着。

“我走的时候对你说，也许我要跟你永别了，但是，如果我今天来看你，我就会告诉你……是谁杀死了丽莎维塔。”

她倏地浑身哆嗦起来。

“你瞧，现在我来告诉你了。”

“那么，您昨天说的话当真……”她吃力地低声说，“您怎么知道的？”她急忙问道，像是陡然清醒过来了似的。

索尼娅的脸色越来越苍白，她开始感到呼吸困难。

“我知道。”

她沉默了一会儿。

“那么，那个人已经找到了吗？”她怯生生地问道。

“不，没有找到。”

“那么您怎么知道这件事情的呢？”她沉默了片刻以后，又用几乎听不见的声音问道。

他朝她转过脸来，全神贯注地望了望她。

“你猜。”他说，又露出了从前那种无可奈何的苦笑。

仿佛有一阵痉挛通过了她的全身。

“但是您……把我……您为什么这样……吓唬我呢？”她像个孩子似的微笑着说。

“既然我知道……可见，我准是他的一个好朋友……”拉斯柯尼科夫接着说，他仍然呆呆地望着她的脸，仿佛他已经不能再移开他的视线似的。“他……并不想把这个丽莎维塔杀死……他……杀死她是无意的……他想杀死那个老太婆……趁她一个人在家的时候……他到了那儿……这时正好丽莎维塔进来……他只好……把她也杀了。"

又恐怖地过了一会儿。两个人一直互相对视着。

"难道你猜不出来吗?"他忽然问,他觉得自己好像正从钟楼上纵身往下跳似的。

"猜一不出……"索尼娅几乎听不见地小声说。

"好好儿看看。"

这句话刚一出口,原来那种熟悉的感觉又突然使他的心变得冰冷了:他望着她,忽然间仿佛从她的脸上看见了丽莎维塔的脸。他清楚地记得在他提着斧子走到丽莎维塔跟前去的时候她脸上的表情,她退到墙跟前,伸出一只手,脸上完全是孩子般的恐惧,活像有些小小孩忽然对什么东西感到害怕,呆呆地、不安地望着使他们害怕的那个东西,一面往后退,一面向前伸出小手,准备哭出来似的。现在索尼娅差不多也是如此:她也是那样束手无策,也是那样害怕地望了他一会儿以后,突然伸出左手,把手指轻轻地抵住他的胸脯,然后慢慢地从床上站起来,一步一步地离开他,往后退去,而眼睛依然呆呆地望着他的脸。她的恐怖忽然传给他了:他的脸上也出现了同样恐惧的表情,他也同样看着她,脸上也几乎露出同样孩子般的微笑。

"你猜出来了吗?"他终于悄悄地说。

"主啊!"从她的胸膛里迸发出一声恐怖的哀号。她四肢无力地倒在床上,脸埋在枕头里。但是过了片刻,她又一骨碌从床上爬起来,快步走到他面前,抓住他的双手,用她那纤细的手指紧紧地攥着它们,紧紧地攥着,然后又呆呆地、目不转睛地望着他的脸。在这最后的绝望的一瞥中,她竭力想从他身上看出和捕捉到哪怕最后的一线希望。可是一点希望也没有;一点怀疑也没有了;一切就是这样!以后,当她回想起这个时刻的时候,她也觉得很奇怪,很纳闷:为什么她当时偏偏马上就看出这件事已经毫无疑问了呢?要知道,她当时还不能说,比如,她已经预感到这类事了?可是现在,当他把这件事情告诉了她,她忽然觉得她确实预感到就是这么回事。

“别说了，索尼娅，够啦！别折磨我了。”他痛苦地请求道。

他完全，完全没有想到用这种方式来告诉她，可是结果却是如此。

她迷迷糊糊地从床上跳起来，绞扭着手，走到屋子中央；但是她很快又回来，依旧在他的身旁坐下，几乎把肩膀挨着他的肩膀。忽然她仿佛给人戳了一刀似的，打了个寒噤，大叫一声，扑过去跪在他面前，自己也不知道为了什么。

“您，您究竟对您自己做了些什么啊！”她绝望地说，然后又跳起身来，扑过去搂住他的脖子，用双手紧紧地、紧紧地搂着他。

拉斯柯尼科夫急忙躲开，带了一副凄然的笑容望着她。

“你这人真奇怪，索尼娅，——我告诉了你这件事，你反倒拥抱我，吻我。你简直不知道你自己在做什么。”

“现在全世界没有，没有一个人比你更不幸了！”她没有听见他说什么，发狂似的叫道。忽然，她歇斯底里地放声痛哭起来。

一种生疏已久的感情像潮水般涌上他的心头，使他的心一下子软化了。他没有去抗拒这种感情：两滴眼泪从他的眼里流了出来，挂在睫毛上。

“那么，你不会离开我吗，索尼娅？”他说，几乎是抱着希望似的望着她。

“不，不，永远也不离开你，无论在哪儿，我也不离开你！”索尼娅叫道，“我要跟你去，跟你到天涯海角，啊，主啊！哦，我多么不幸啊！……为什么，为什么我以前不认识你呢！为什么你以前不来呢？哦，主啊！”

“我这不是来了吗。”

“现在！哦，现在怎么办呢！……一块儿去，一块儿去！”她一遍又一遍地重复着，像是失去了知觉似的，然后又拥抱他，“我跟你一起去服苦役！”这句话使他猛地打了一个寒噤，他的嘴唇边又浮现出原来那种含有敌意的、差不多是目空一切的笑容。

“索尼娅，也许我还不愿意去服苦役呢。”他说。

她飞快地向他瞟了一眼。

对这个不幸者最初那种热烈和痛苦的同情过去以后，关于凶杀的可怕观念又使她感到异常惊恐。他说话的腔调一变,她又忽然觉得她在听凶手说话。她愕然地望着他。她还什么都不知道,既不知道他为什么杀人,也不知道他怎样杀人,以及这究竟为了什么。现在这些问题一齐涌进了她的脑海。于是她又不能相信了:“他,他是杀人犯!这怎么可能呢?”

“这是怎么回事!现在我在哪儿?”她困惑地说,好像还没有清醒过来似的,“您,您,像您这样的人怎么能……做出这种事来呢?……这是怎么回事呢?”

“谋财害命嘛。别说了吧,索尼娅。”他有点疲倦地,甚至仿佛不快地答道。

索尼娅好像惊呆了,但是她蓦地叫起来。

“你在挨饿!你……为了养活你母亲?是不是?”

“不,索尼娅,不是的,”他喃喃地说,背过脸去,低下了头,“我并没有太挨饿……我确实想养活我母亲,可是……这也不完全正确……别折磨我了,索尼娅。”

索尼娅把双手紧紧握着。

“难道,难道这一切都是真的吗!主啊,这怎么可能是真的呢?谁能相信呢?……您把您自己最后的一点钱送给了别人,又去谋财害命,这怎么可能,怎么可能呢!啊!……”她忽然叫道,“您给卡捷琳娜·伊凡诺夫娜的那些钱……那些钱……主啊,难道那些钱也是……”

“不,索尼娅,”他急忙打断了她的话,“这些钱不是那里面的,你放心吧!这些钱是我母亲通过一个商人寄给我的,收到的时候我正在生病,当天我就给了你们……拉祖米欣看见的……是他替我收下这笔钱……这些钱是我的,我自己的,真正属于我自己的。”

索尼娅疑惑地听着,竭力想弄明白是怎么回事。

“至于那些钱……话又说回来,究竟那里有没有钱,我都不知道,”他轻轻地补充了一句,好像在思索似的,“当时我从她的脖子上解下了一个钱包,麂皮的……一个塞得满满的钱包……但是我没有看钱包里有什么;可能是没来得及……至于那些东西,尽是些链子、袖扣、领扣什么的——第二天早上,我就把它们跟钱包一起埋在B大街上一家院子里的石头底下了……那些东西现在还在那儿……”

索尼娅聚精会神地听着。

“唔,那么为什么……您怎么说您这样做是谋财害命呢,您不是什么也没拿吗?”她仿佛抓住一根稻草似的急忙问道。

“我不知道……我还没有决定要不要那些钱。”他说,又沉吟起来,然后遽然惊醒,脸上匆匆地掠过一丝短促的苦笑,“唉,我刚才说了一些多么愚蠢的话呀,你说是不是?”

索尼娅忽然想:“他是不是疯了呢?”但她马上又撇开了这个想法:不,这是另一回事。她简直什么也不明白,什么也不明白!

“你知道吗,索尼娅,”他忽然灵机一动,说,“你知道我要告诉你什么吗:如果因为我在挨饿,我才杀了她,”他又接着说,在每一个字上都加重了语气,同时神秘地但又真诚地望着她,“那么我现在……就幸福了。你应该了解这一点!”

“这对你,对你有什么好处呢?”过了一会儿,他甚至流露出绝望的神情叫道,“如果我现在承认我做了坏事,这对你又有什么好处呢?你即使从我这取得了愚蠢的胜利,你又能得到什么呢?啊,索尼娅,难道我今天是为了这个才到你这儿来的吗!”

索尼娅又想说什么,可是没有说出来。

“昨天我叫你跟我一块儿走,因为我只剩下你一个人了。”

“叫我到哪儿去呀?”索尼娅怯生生地问。

“不是去偷,也不是去杀人,你放心,不是去做这个,”他讥讽地冷笑了一下,“咱俩是不一样的……索尼娅,你要知道,只是到了现在,只是到了此时此刻,我才明白:昨天我叫你到哪儿去?昨天,我叫你去的时候,我自己也不知道到哪儿去。我叫你只是为了一件事情,我来也是为了一件事情:请你不要离开我。索尼娅,你不会离开我吧?”

她紧紧地握了握他的手。

“我为什么,为什么要告诉她呢?我为什么要让她知道呢!”过了一会儿,他又绝望地叫道,同时又以无限痛苦的神情望着她。“现在你在等待着我的解释,索尼娅,你坐在这儿等待着,我看出了这一点;但是我能向你说什么呢？这事你什么也不会了解的，只会为了我……而伤心欲绝！瞧，你又哭了，又拥抱我了——为什么你要拥抱我呢？因为我自己受不了，因此就叫别人来分担点：'你也分担一些痛苦吧，那样我会好过些！'你能爱这样卑鄙的小人吗？"

"你难道不是也感到痛苦吗？"索尼娅叫道。

刚才有过的那种感情又像潮水似的涌上他的心头，片刻间又使他的心软化了。

"索尼娅，你要注意，我的心眼不好：这可以说明很多问题。我到这儿来，就是因为我坏。有些人就不会来。而我是一个胆小鬼……一个卑鄙的小人。不过……不要紧！问题不在这儿……现在应该说，但是我不知道从何说起……"

他停下来，又陷入了沉思。

"唉，咱俩是不一样的，"他又叫道，"咱俩不是一对儿。那么为什么，为什么我要来呢！这事我永远也不能宽恕自己！"

"不，不，你来得很好，"索尼娅叫道，"我知道了要好些！要好得多！"

他痛苦地望了望她。

"要是果真这样，那又怎么样呢！"他说，好像拿定了主意，"要知道，事情就是这样的！我想成为拿破仑，所以我才杀人……唔，你现在明白了吗？"

"不—不明白，"索尼娅天真地、胆怯地低声说，"不过……你说吧，你说吧！我会明白的，我心里都会明白的！"她恳求他说。

"你会明白吗？那好，咱们等着看吧！"

他又停下来，沉吟了好一会儿。

"事情是这样的：有一次我向自己提出了这样一个问题：如果，比方说，拿破仑处在我的地位，他会怎么办？如果他没有土伦，没有埃及，也没有穿过勃朗峰口，让他去开创他的事业，而代替这些丰功伟绩的，不过是一个可笑的老太婆，一个十四等文官之妻，而且为了拿走她箱子里的钱，还得把她杀死（为了事业，你明白吗？），好，要是他没有别的出路，他会下决心做这种事吗？他会因为这件事太不伟大了……并且是有罪的，而厌恶这样做吗？唔，不瞒你说，我为这个‘问题’苦恼了很久，直到后来，当我不知怎的忽然领悟到，他不但一点也不会厌恶这样做，甚至想也不会想到这不是一件伟大的事……而且他完全不能理解：为什么要厌恶这样做？当时我真是惭愧极了。只要他没有别的路可走，他就会毫不犹豫地马上把她掐死，甚至不让她叫喊一声！……于是我也……不再踌躇……学习这位权威者的榜样……把她杀死了……事情丝毫不差地就是这样！你觉得可笑吗？是的，索尼娅，最可笑的是，事情也许就是这样……”

索尼娅一点也不觉得可笑。

“您最好开门见山地告诉我……不要举例子。”她比以前更胆怯地用几乎听不见的声音请求道。

他向她转过脸来，悲哀地望了望她，握住了她的双手。

“你又说对啦，索尼娅。这些都是胡说八道，简直是废话！瞧，我母亲几乎一无所有，这你是知道的。我妹妹有幸受了教育，却注定要去做家庭女教师而颠沛流离。她们把全部希望都寄托在我一个人身上。我本来在求学，但是我没有钱在大学里继续读下去，因此不得不暂时辍学。即使能这样拖下去，十年或者十二年以后（如果情况好转的话）我终于能指望当上一名有一千卢布薪俸的教师或者官吏……（他说话像背书一样）可是到那时候，我母亲由于操劳和愁苦已经憔悴不堪了，而我仍旧无法使她得到安慰，而我的妹妹……唉，我妹妹的情况可能更糟糕！……一个人哪能一辈子对一切漠然置之，对一切都掉头不顾，忘记自己的母亲，又恭恭敬敬地听凭自己的妹妹受人侮辱呢，这样活着又有什么意思呢？为了什么呢？为了把她们埋葬以后，再娶妻生子，然后又身无分文、家无余粮地撇下他们不管吗？唔……唔，因此我决定去把老太婆的钱拿过来，把这笔钱作为我头几年的用度，并且不再连累母亲，保证自己读完大学和大学毕业后的初步活动费用——这一切都必须大刀阔斧地干，以便为自己开创一个崭新的事业，走上新的独立的道路……唔……唔，我要说的就是这些……唔，不用说，杀死那个老太婆——这事我做得不对……唉，不说了吧。”

他精疲力竭地勉强把话说完，低下了头。

“啊呀，不是这样的，不是这样的，”索尼娅苦恼地嚷道，“难道可以这样吗……不，这不对，这不对！”

“你自己也看出这不对了。可是我说的都是真情，都是实话！”

“这是什么实话呀！哦，主啊！”

“我不过杀死了一只虱子，索尼娅，一只毫无用处、可恶的、有害的虱子。”

“难道人是虱子！”

“我也知道不是虱子，”他回答说，很古怪地望着她，“我尽胡说八道，索尼娅，”他加了一句，“我已经胡说很久了……事情不是这样的；你说得对！这里面有完全、完全、完全不同的原因！……索尼娅，我很久没有跟任何人说话了……现在我头痛得要命。”

他眼睛里燃烧着热病的火焰。他几乎精神错乱了；他的嘴唇上浮起了不安的笑容。从他精神的亢奋状态，已经可以看出他业已精疲力竭。索尼娅懂得，他很痛苦。她也头晕起来。他的话说得那么奇怪：仿佛也多少可以听懂一些，不过……“但是这怎么可能呢！怎么可能呢！哦，主啊！”她在伤心欲绝中绞扭着手。

“不，索尼娅，这不是这样的，”他忽然抬起头，又开口说道，仿佛思想的突然转折，使他大吃一惊，又使他惊醒过来似的，“这不是这样的！不过你最好……假定（是的，这样的确最好！），假定我是个自命不凡、猜忌心重、存心不良、卑鄙无耻、有仇必报的人，而且……也许还有点疯疯癫癫。（让我一下子把什么话都说出来吧！我发觉，他们以前就说我疯了！）我刚才告诉你，我没有钱在大学里念书。但是你可知道，也许我还是可以念下去的？我母亲会把我需要交纳的学费寄给我，而我自己则挣些钱来买衣服、靴子和面包；想必总可以吧！我可以教书；一小时给半个卢布。拉祖米欣不也在工作吗！可是我一发狠，不愿再干下去了。正是一发狠（这个词儿真好！）。于是我就像个蜘蛛似的躲到自己的角落。你不是到我的小屋里去过，看见过吗……但是你知道吗，索尼娅，低矮的天花板和狭小的屋子，会压迫人的心灵和智慧的！哦，我多么恨那间破屋子啊！可是我还是躲在那间破屋子里不愿意出来！我故意不出来！我一连好几天不出来,我不想工作,甚至也不想吃东西,我老是躺着。娜斯塔霞拿来了,就吃点,不拿来——就不吃,一天就这样过去;为了出气,我故意不向她要!夜里没有灯,我就在黑暗里躺着,也不愿意去挣钱买蜡烛。我应该读书,可是我把书全卖了;而我的桌上,在笔记本和练习本上,现在还积着一指厚的灰尘。我宁愿躺着想心事。我老是想……我老是做这样的梦,奇怪的、形形色色的梦,到底是什么梦,就不说了吧!但是也就在那时候,我开始有一种错觉……不,这不对!我又说错啦!要知道,那时候我老是问自己:别人蠢,为什么我也这么蠢呢?我明知道他们很蠢,那为什么我自己不想变得聪明些呢?索尼娅,后来我知道了,如果等到人人都变得聪明起来,那等的时间就太长了……后来我又知道,这样的事是永远不会有的,人是不会改变的,也没有人能够改变他们,不值得白费力气!是的,就是这样!这是他们的规律……规律,索尼娅!就是这样……我现在知道,索尼娅,谁的头脑和精神坚强,谁就是他们的主宰。谁胆大妄为,谁在他们心目中就是对的。谁藐视的东西越多,谁就是他们的立法者,谁胆大包天,谁就最正确。从来如此,将来也永远如此。只有瞎子才看不清。"

拉斯柯尼科夫说话的时候虽然望着索尼娅,但是他已经不再关心她听懂还是听不懂。热病已经完全支配了他。他处于一种阴郁的兴奋状态(他的确很久没有跟任何人谈过话了!)。索尼娅明白,这种阴森的教义问答已经成了他的信仰和法规。

"那时候我才看穿了,索尼娅,"他兴高采烈地接着说道,"权力只给那种敢于弯下腰去把它拾起来的人。这里只需要一点,就一点:只消有胆量!于是我有生以来头一次在脑子里形成了一种看法,这种看法在我之前还从来没有一个人想到过!没有一个人!忽然间我看得像白昼一样清楚:怎么在此以前就没有一个人敢,现在也没有人敢无视这一切谬论,没有人敢把这一切甩得一干二净!我……我想冒昧一试……于是就杀了人……我只是想冒昧一试,索尼娅!这就是全部原因!"

"哦,别说了,别说了!"索尼娅两手举起一拍,叫了起来,"您离开了上帝,上帝就惩罚了您,把您交给了魔鬼!"

“这么说来，索尼娅，当我在黑暗里躺着，想象着这一切的时候，是魔鬼在诱惑我吗？啊？”

“别说了！您别笑，渎神的人！您什么也不懂，什么也不懂！哦，主啊！他什么，什么也不会懂的！”

“别说了，索尼娅，我根本没有笑。我自己也知道，是魔鬼把我拉下了水。别说了，索尼娅，别说了！”他忧郁地、固执地又说了一遍，“我全知道。当我在黑暗里躺着的时候，我已经翻来覆去地想过，翻来覆去地对自己小声说过……在每一个细节上，我都跟自己辩论过，这我全知道，全知道！我多么讨厌，多么讨厌这些无聊的废话啊！我想忘掉一切，重新开始，索尼娅，不再说废话。你不会以为我像个傻瓜一样，冒冒失失地就这么做吧？不，我是像聪明人那样去做的，正是这个把我给毁了！难道你以为我不知道，比方说，如果我质问我自己：我有没有权利掌握权力？——那我当然没有这种权利。或者，如果我提出一个问题：人是不是虱子？——那，在我看来，人当然不是虱子，然而对于一个从来没有想过这个问题，而且干脆什么问题也不想的人，人就是虱子……如果说我苦恼了这么多天：拿破仑会不会去做这件事？那是因为我清清楚楚地感觉到，我不是拿破仑……我忍受了这一切空谈的全部痛苦，索尼娅，我早想从肩上卸掉这个痛苦的包袱了：我要毫不诡辩地去杀人，为了我自己去杀人，为了我自己一个人！关于这件事，我甚至对自己也不愿撒谎，我杀人，并不是为了要养活母亲——那是瞎话！我杀人，也不是为了取得财富和权力以后成为人类的恩主。那也是瞎话！我只不过是杀人罢了。我杀人，是为了我自己，为了我自己一个人：至于将来我能不能变成别人的恩主，还是一辈子像蜘蛛似的，把所有的人捕捉到网里，从大家身上敲骨吸髓，到那时候，这对我来说反正一样！……索尼娅，我杀人的时候，需要的主要不是钱；我需要的并不是钱，而是别的东西……这一切我现在都清楚了……你要了解我：如果让我重来一次，我决不会再杀人了。我想弄清楚另一件事，另一件事在怂恿我：那时我想弄清楚，快些弄清楚，我跟大家一样是虱子呢，还是人？我能不能跨过障碍？我敢不敢弯下腰去拾取权力，我是个发抖的畜生呢，还是我有权……”

“杀人？您有权杀人？”索尼娅紧扣着双手。

“唉，索尼娅！”他烦躁地叫道，似乎想反驳她，但是又不屑一驳地沉默起来，“索尼娅，不要打断我的话！我想向你证明的只有一点：那时是魔鬼拖我下水的，过后他就向我说明，我没有权利走那条路，因为我跟大家一样不过是一只虱子！他把我尽情地嘲弄一番，所以我现在到你这儿来了！招待你的客人吧！如果我不是虱子，我会到你这儿来吗？听着：当时我到老太婆那儿去，我不过去试验一下罢了……你应该知道！”

“您却把她杀了！杀了！”

“是怎样杀的呢？难道有这样杀人的吗？难道别人是像我这样去杀人的吗？将来我再告诉你，我是怎样去的……难道我杀死了老太婆吗？我杀死的是我自己，而不是老太婆！我一下子就把自己毁了，永远地毁了……杀死老太婆的是魔鬼，而不是我……够了，够了，索尼娅，够了！让我安静一下吧！”忽然，他在一阵痛苦的痉挛中叫道，“让我安静一下吧！”

他把胳膊支在两膝上，用两只手掌像钳子般地使劲抱住了头。

“多么痛苦啊！”索尼娅发出了一声痛苦的哀号。

“好，你说，现在怎么办！”他问，忽然抬起头来，用一张由于绝望而变得非常难看的脸望着她。

“怎么办？”她突然跳起来叫道，她那至今满是泪水的眼睛忽然明亮起来，“站起来！”她抓住他的肩胛；他站了起来，几乎是吃惊地望着她。“马上去，现在就去，站在十字街头，双膝跪下，先吻一吻被你亵渎的大地，然后向大家，向四面八方磕头，大声对所有的人说：‘我杀了人！’那时候，上帝就会重新给你生命。你去吗，你去吗？”她问他，她像发病似的浑身哆嗦，抓住他的两只手，攥在自己手里紧紧握着，用火一般燃烧的眼睛望着他。

他很诧异，她那突如其来的神采飞扬甚至使他吃了一惊。

“你指的是不是去服苦役，索尼娅？应当去自首，是不是？”他忧郁地问。

“去受难，用痛苦来赎罪，应当这样。”

“不！我不到他们那儿去，索尼娅！”

“那你怎么活下去呢？你靠什么活下去呢？”索尼娅嚷道，“这在现在难道可能吗？你怎么去跟你母亲说呢？（啊，她们，她们现在怎么办呢！）我是怎么啦！你已经抛弃了你的母亲和妹妹。你不是已经把她们抛弃了，抛弃了吗。哦，主啊！”她喊道，“这一切，他自己都是知道的！离开了人，怎么能活下去，怎么能活下去呢！你现在可怎么办啊！”

“别孩子气了，索尼娅，”他轻轻地说，“我在他们面前有什么罪？我为什么要到他们那儿去？我对他们说什么呢？这一切不过是幻想罢了……他们自己杀死了千千万万的人，还认为那样做是善行。索尼娅，他们都是骗子和流氓！……我不去！我说什么呢？说我杀了人，但是不敢拿钱，把它藏在一块石头底下了吗？”他带着挖苦的笑容加了一句，“他们会笑我的，他们会说：我不拿钱是傻瓜，是一个胆小鬼和傻瓜！他们什么，什么也不会懂的，索尼娅，他们也不配懂。我去干什么？我不去。别孩子气了，索尼娅……”

“你会非常痛苦的，你会非常痛苦的。”她翻来覆去地说，向他伸出两手，绝望地哀求着他。

“也许我还污蔑了我自己，”他阴郁地说，像在思索什么，“也许我毕竟还是人，而不是虱子，我太急于责备自己了……我还要较量一下。”

他的嘴边浮出一丝傲慢的微微的冷笑。

“受这样的痛苦！而且得受整整一辈子，整整一辈子呀！……”

“我会习惯的……”他忧郁地沉思着说，“你听我说，”过了一会儿，他又开口道，“别哭了，该谈正经事了：我是来告诉你，他们正在搜捕我……”

“啊！”索尼娅恐惧地喊道。

“唔，你嚷什么！你不是希望我去服苦役吗，怎么现在又害怕起来了呢？不过，我要告诉你：我不会束手就擒的。我还要跟他们较量一下，他们将束手无策。他们没有确凿的罪证。昨天我遇到了很大的危险，以为我要完蛋了；可是今天事情又好转起来。他们掌握的一切罪证，都是模棱两可的，就是说，我可以把他们对我的指控变得有利于我，你明白吗？我会这样做的；因为我现在学会了……不过他们一定会把我关进监牢的。

如果不是一件偶然的事,他们也许今天就把我关进去了,这是一定的,也许他们今天还会把我关进去……可是那不要紧,索尼娅,蹲几天,就会放我出来的……因为他们什么真凭实据也没有,而且我可以向你保证,他们永远也不会有。根据他们现有的材料是不能把人定罪的。唔,得啦……我不过是让你知道罢了……我想努力设法使母亲跟妹妹别听信谣言,别吓着了她们……话又说回来,我妹妹现在似乎有了保障了……所以我母亲也就有了保障……唔,要说的话都说了。不过你要小心。我坐牢的时候,你会去探监吗?"

"哦,我一定去,我一定去。"

他们俩忧郁地、悲痛欲绝地并肩坐在那儿,好像暴风雨后被抛到荒凉海岸上的孤孤单单的两个人。他望着索尼娅,感觉到她对他的爱是多么深。说也奇怪,人家这么爱他,他却突然觉得沉重和痛苦起来。是的,这是一种奇怪而又可怕的感觉!他来找索尼娅的时候,就觉得他的一切希望和出路都寄托在她身上;他期望她能多少分担他的一部分痛苦,可是现在,当她把整个心都掏出来给他的时候,他忽然觉得和意识到他比以前更加不幸得多。

"索尼娅,"他说,"我坐牢的时候,你最好还是别来看我。"

索尼娅没有回答,她在哭。几分钟过去了。

"你身上戴十字架了吗?"她突然出乎意外地问道,仿佛忽然想起来了似的。

一开始他不懂她问这句话的意思。

"没有,没有戴,是吧?来,把这个柏木的拿去。我还有一个铜的,是丽莎维塔的。我跟丽莎维塔交换过十字架,她把她的十字架给了我,我把我的小神像给了她。我以后戴丽莎维塔的十字架,这个给你。拿去吧……这是我的!这是我的呀!"她恳求说,"我们将一同去受难,一同背十字架!……"

"给我。"拉斯柯尼科夫说。他不愿叫她伤心。可是他刚把手伸出去接十字架,又马上缩了回来。

"现在不要,索尼娅。最好以后再给我。"他又添了一句,使她安心。

“对，对，最好以后给，最好以后给，”她坚定地接口说，“等你去受难的时候，你就戴上。那时你到我这儿来，我给你戴上，咱们祈祷完了就走。”

这时候外面有人在门上敲了三下。

“索菲娅·谢苗诺夫娜，可以进来吗？”他们听到一个非常熟悉的彬彬有礼的声音。

索尼娅吃惊地跑到门口。列别加尼科夫先生把他那长着一头金黄色头发的脸探进屋里来。

## 5

列别加尼科夫神色惊慌。

“索菲娅·谢苗诺夫娜，我来找您。请您原谅……我想，我会在这儿碰见您。”他忽然对拉斯柯尼科夫说，“就是说，我什么也没想……没有这一类的想法……不过我倒想……卡捷琳娜·伊凡诺夫娜神经失常啦。”他忽然撇下拉斯柯尼科夫，对索尼娅贸然说道。

索尼娅喊了一声。

“也就是说，至少看上去是这样。话又说回来……我们不知道该怎么办，麻烦就在这儿！她回来了——好像是从什么地方被人家撵出来的，也许还挨过打……至少看上去是这样……她跑到谢苗·扎哈雷奇的上司那儿去了，但是他不在家；他正在另一位将军家里吃饭……您想想看，她竟跑到他们吃饭的地方去了……跑到那位将军家里去了，您再想想看——她坚持要把谢苗·扎哈雷奇的上司叫出来，大概还是从餐桌旁叫出来。结果怎样，您就可想而知了。不用说，她被赶了出来；但是她说，她把他骂了一顿，还把什么东西扔到了他身上。这也是可以想象得到的……至于为什么没把她抓起来——我就不明白了！现在她逢人便说，对阿玛莉娅·伊凡诺夫娜也说，不过，很难听清楚她到底说什么，她又叫又撞……哦，对了：她嚷着说，因为现在大家都抛弃了她，那么她只好带着一群孩子，到大街上去摇手风琴，让孩子们去唱歌跳舞，她也跟着唱，跟着跳，沿街卖艺，并且每天到那个将军的窗户底下去……她说：‘让大家都看到，父亲当过官、出身高贵的孩子们在沿街乞讨。’所有的孩子她都打，把他们打得直哭。她教廖尼娅唱《农家曲》，教小男孩跳舞，她对波琳娜·米海洛夫娜也是这样。她把所有的衣服都扯破了；给他们做了一些小帽子，把他们装扮成演员；她自己则想带一只脸盆，叮叮当当地敲，代替音乐……她什么话也不听……您想想看，这是怎么回事啊？这样下去是绝对不行的呀！”

列别加尼科夫还要说下去，但是听得几乎气也喘不上来的索尼娅，忽然抓起斗篷和帽子，就往屋外跑，一面跑一面穿戴。拉斯柯尼科夫跟在她后面，他的后面又跟着列别加尼科夫。

“她准是疯啦！”他们走到大街上的时候，他对拉斯柯尼科夫说，“我只是不愿意把索菲娅·谢苗诺夫娜吓着，所以我说‘看上去是这样’，可是毫无疑问她是疯了。听说，肺病里有一些结核，它们会钻进脑子里去；可惜我不懂医道。不过，我曾经试着劝过她，可是她什么也不听。”

“您对她谈到结核了吗？”

“谈的不完全是结核。反正就是谈到了，她也不懂！我要说的是：要是您从逻辑上去说服一个人，告诉他，他实际上没有什么可哭的事情，他就会停止哭泣。这是一清二楚的。足下是否也认为：他会不哭吗？”

“那生活未免太容易了。”拉斯柯尼科夫回答说。

“对不起，对不起；当然，要叫卡捷琳娜·伊凡诺夫娜明白过来，是相当难的。但是，您可知道，在巴黎，已经有人在认真地试验：纯粹用逻辑说服的方法来治疗疯子。那儿有一位教授，不久前刚去世，他是一位严肃的科学家，他就设想可以这样来治疗。他的基本观点是，疯子的机体并没有什么特殊的失调，疯病，可以说是一种逻辑上的错误，判断上的错误，对事物的看法不正确。他逐步地向疯人指出他的错误，您瞧，听说他居然取得了成果！但是因为他同时又使用了淋浴疗法，因此这种治疗的成效，当然就受到了怀疑……至少看上去是这样……”

拉斯柯尼科夫早已不听他说了。走到他住的那幢房子的门口时,他向列别加尼科夫点了点头,就转身进了门洞。列别加尼科夫明白过来,向四下望了望,又匆匆向前走去。

拉斯柯尼科夫走进他的小屋,站在屋子中央。“他回到这儿来干什么呢?”他打量着这些微黄肮脏的壁纸、满屋的灰尘和他的沙发榻……从院子里传来一阵刺耳的、连续不断的敲击声,好像有人在敲什么东西,大概是钉子什么的……他走到窗口,踮起脚尖站着,聚精会神地向院子里张望了很久。但是院子里阒无一人,看不见谁在敲。在左边厢房里,他看见有几扇敞开的窗户;窗台上有几盆枝干细弱的天竺葵。窗户外面晾着衣服……这一切他都看熟了。他转过身去,坐到沙发上。

他从来,从来也没有感到这样可怕的孤独!

是的,他又一次感到,也许他会真的憎恨索尼娅的,而且正是现在,他使她更加不幸的时候。“为什么他要到她那儿去祈求她的眼泪呢?他有什么必要去侵害她的生活呢?唉,多卑鄙啊!”

“让我一个人待着吧,”他蓦地毅然决然地说,“不要她去探监!”

过了约五分钟,他抬起头来,异样地笑了笑。他又有了一个奇怪的想法:“也许真不如去服苦役好。”

他不记得,他装着一脑子模糊不清的思想在屋里坐了多久。门忽然敞开了,阿芙朵佳·罗曼诺夫娜走了进来。一开始,她站在门口望了望他,正像刚才他望着索尼娅的情形一样;然后她走进来,坐在他对面的一把椅子上,坐在她昨天坐过的那个地方。他默默地、有点茫然地望了望她。

“别生气,哥哥,我只来一会儿。”杜尼娅说。她脸上的表情若有所思,但并不严厉。眼神明亮而温柔。他看出,这一位也是怀着爱来找他的。

“哥哥,现在我一切都知道了,**一切都**知道了。德米特里·普罗柯费奇把一切都告诉了我,向我说清楚了。由于愚蠢而又卑鄙的怀疑,他们在迫害你,折磨你……德米特里·普罗柯费奇对我说,根本就没有危险,你不必为这件事那么胆战心惊。我不这样想,我**完全了解**你有多么愤慨,而这种愤慨会在你身上永远留下痕迹的。我担心的就是这点。至于你抛弃了我们，我不责备你，也不敢责备，请你原谅我先前为这件事情责怪过你。我设身处地地想过，我觉得，如果我有这么大的苦恼，我也会离开一切人的。这件事我决不告诉妈妈，但是我将照旧不断地在她面前谈到你，用你的名义告诉她，说你很快就会回来。你别挂念她，别为她感到痛苦；我会安慰她的；但是你也别使她太痛苦了——哪怕去看她一次也好；要记住，她毕竟是你的母亲！现在我只是来告诉你（杜尼娅从座位上站起来），如果什么时候你需要我，或者需要……我的整个生命，或者任何东西……那只要叫我一声，我就会来的。再见！"

她猛地一转身，朝门口走去。

"杜尼娅！"拉斯柯尼科夫叫住了她，站起来，走到她面前，"这个拉祖米欣，德米特里·普罗柯费奇，是个很好的人。"

杜尼娅的脸微微地红了一下。

"是吗？"她等了一会儿，问道。

"他办事认真，勤劳刻苦，诚实可靠，而且能够热烈地爱……再见，杜尼娅。"

杜尼娅羞得满脸绯红，然后忽然惊慌起来。

"这是怎么啦，哥哥？你给我……说这些遗嘱似的临别赠言，难道我们真的要永别了吗？"

"反正一样……别了。"

他转过身去，离开她，走到窗前。她站了一会儿，不安地望了望他，然后忧心忡忡地走出去。

不，他不是对她冷淡。曾有一刹那（最后那一刹那），他非常想紧紧地拥抱她，向她告别，甚至想告诉她，但是他甚至下不了决心把手伸给她：

"当她以后想起我现在曾经拥抱过她的时候，她说不定会发抖的，她会说，我偷了她的吻！"

"她受得了还是受不了呢？"几分钟后，他又暗自问自己，"不，她会受不了的；像她这样的人是受不了的！这样的人永远受不了……"

于是他想起了索尼娅。

从窗外吹进一阵凉爽的风。外面的天色已经不那么亮了。他忽然拿起帽子,走出门去。

当然,他不能,也不想去关心自己的病情。但是这些接连不断的惊扰和内心的恐怖,不可能对他没有影响。如果说他身患热病但还没有躺倒,也许正是这种无休止的内心的惊恐还在支撑着他,才使他不至于躺倒和不省人事,不过这只是人为的,而且是暂时的。

他漫无目的地信步走去。太阳已经西沉。最近以来,他有一种特别的凄凉之感。这种感觉并不使人特别焦灼难受;但是他却预感到痛苦将要永远继续下去,预感到年复一年的冷漠死寂,预感到他将永远在"一俄尺的弹丸之地"苦度岁月。每到傍晚,这种感觉就常常开始更加厉害地折磨他。

"随着日落而来的这种极其愚蠢的、纯粹肉体上的疾病,一个人患了这种病,难免要做蠢事的!不仅会到索尼娅那儿去,而且也会到杜尼娅那儿去。"他憎恨地咕哝着。

有人喊他。他回头望去;列别加尼科夫向他跑了过来。

"您想想看,我到您家里去找过您啦。您想想看,她已经按她的打算去做了,把孩子也带走了。索菲娅·谢苗诺夫娜跟我两个人好不容易才找到他们。她正在敲一只煎锅,硬要孩子们跳舞。孩子们在哭。他们不断停在十字街头和商店门前。一群傻瓜跟在他们背后跑。咱们快走吧!"

"那么索尼娅呢?……"拉斯柯尼科夫焦急地问,他匆匆地跟在列别加尼科夫后面走去。

"她简直疯了。我的意思是说,不是索菲娅·谢苗诺夫娜疯了,是卡捷琳娜·伊凡诺夫娜疯了;不过话又说回来,索菲娅·谢苗诺夫娜也疯了。而卡捷琳娜·伊凡诺夫娜是完全疯了。告诉您吧,她是彻底疯啦。会把她们抓到警察局去的。这会有什么结果,您可以想见……她们正在B桥附近的运河边上,离索菲娅·谢苗诺夫娜住的地方不很远。很近。"

在离桥不远的运河边上,离索尼娅的住处不到两幢房子的地方,围着一小群人。跑到那儿去的主要是一些小男孩和小女孩。从桥上就可以听见卡捷琳娜·伊凡诺夫娜声嘶力竭的沙哑声。的确,这是一个奇观,颇能吸引街头观众。卡捷琳娜·伊凡诺夫娜穿着她的旧连衣裙,围着细呢披巾,戴着一顶歪在一边、团得不成样子的破草帽,她真的疯了。她已经累了,气喘吁吁。她那张痛苦不堪的肺痨病患者的脸,看上去比任何时候都痛苦(何况在街上,在阳光下,肺痨病患者总是比在家里显得更加有病,更加难看);但是她的亢奋状态并没有减退,她每时每刻变得越来越容易动怒。她冲到孩子们面前,一会儿对他们大声叱骂,一会儿又好言哄劝,当着大家的面教他们怎样跳舞,教他们唱什么歌,还向他们解释为什么要这样做;他们反应慢,转不过弯来,她就伤心地打他们……然后没有把话说完,又冲到观众面前;如果她发现一个穿得稍微像样一点的人站下来观看,她就马上过去对他说明,这些"出身高贵,甚至可以说出身于贵族人家"的孩子,现在落到了什么地步。要是她听到人群中有哄笑的声音或者撩拨她的话,她就马上冲到这些无礼的人面前,跟他们争吵起来。有些人真的在笑,有些人则在摇头;总之,大家都好奇地看这个疯女人和几个吓坏了的孩子。列别加尼科夫提到的那只煎锅倒没有在那儿,至少拉斯柯尼科夫没有看见;卡捷琳娜·伊凡诺夫娜硬逼着波列契卡唱歌和廖尼娅、柯利亚跳舞的时候,她没有敲煎锅,而是拍着她那双骨瘦如柴的手在打拍子;她自己甚至也伴唱,可是由于痛苦的咳嗽,她每唱到第二个音符就唱不下去了,因此她伤心绝望,转而咒骂自己的咳嗽,甚至哭了起来。廖尼娅和柯利亚的哭泣和恐惧使她最为恼火。的确,她曾经想把孩子们打扮得像个街头卖唱的。男孩子缠着由红白两色的不知什么东西做成的头巾,让他扮演土耳其人。廖尼娅没有化装的衣服可穿;她只戴了一顶已故的谢苗·扎哈雷奇的用红毛线织的便帽(或者不如说是一顶睡帽),帽子上则插了一小截白色的鸵鸟毛,这根羽毛原是卡捷琳娜·伊凡诺夫娜的祖母的,一直被当做传家宝放在箱子里,收藏至今。波列契卡穿的是自己的家常衣服。她怯生生、惊恐不安地望着母亲,守在她的身边,暗自掉泪,她多少看出她母亲疯了,她不安地张皇四顾。街道和人群使她感到非常害怕。索尼娅跟在卡捷琳娜·伊凡诺夫娜的后面寸步不离,哭哭啼啼地不断哀求她回家去。但是卡捷琳娜·伊凡诺夫娜说什么也不听。

“别说啦，索尼娅，别说啦！”她嚷着，她说得很快，急急忙忙地，又是喘又是咳嗽，“你自己都不知道你在请求什么，简直像个孩子！我已经对你说过，我决不再回到那个酒鬼德国娘儿们那儿去。让大家，让全彼得堡的人都看看，一个上等人家的遗孤怎样在街头乞讨，虽然他们的爸爸一辈子忠于职守，并且可以说是因公殉职吧（卡捷琳娜·伊凡诺夫娜给自己杜撰了这个异想天开的故事，而且盲目地信以为真）。让那个混账将军看看吧。你真傻，索尼娅：你说，现在吃什么？我们已经把你折磨够了，我不想再拖累你了！啊，罗吉昂·罗曼诺维奇，是您呀！”她看见拉斯柯尼科夫，便嚷了起来，朝他身边跑去，“请您告诉这个傻丫头，我们没有更好的法子可想了！摇手风琴的人都可以混口饭吃，可是，大家马上就知道我们与众不同，我们是沦为乞丐、贫穷的体面人家的孤儿寡妇，那个混账将军会因此丢官的，你们瞧着吧！我们将每天到他的窗户底下去，如果皇上路过，我就跪下去，把这些孩子统统推到前面，指着他们说：‘父亲，保护我们吧！’他是孤儿们的父亲，他仁慈，他会保护我们的，你们等着瞧吧，而那个混账将军……廖尼娅！站直了①！柯利亚，你现在又该跳舞啦。你抽抽搭搭地哭什么？他又哭啦！傻瓜，你怕什么，怕什么呢！主啊！我拿他们怎么办呢，罗吉昂·罗曼诺维奇！您哪知道他们多么不懂事啊！碰到这样的孩子真不知怎么办呢？……”

她对他指着那些哭哭啼啼的孩子，自己几乎也要哭出来了，但是这并没有妨碍她连珠炮似的滔滔不绝地说话。拉斯柯尼科夫想利用她的自尊心，试着劝她回去，说他们像一些卖艺人似的流浪街头，是有失体面的，因为她打算当贵族女子寄宿学校的校长……

“寄宿学校！哈哈哈！画饼充饥！”卡捷琳娜·伊凡诺夫娜喊道，笑声过后又立刻大咳起来，“不，罗吉昂·罗曼诺维奇，幻想已经破灭了！所有的人都抛弃了我们！……而那个混账将军……您知道，罗吉昂·罗曼诺维奇，我把一个墨水瓶扔在他身上了——碰巧在下房的桌子上有一

---

① 原文是法文。

瓶墨水,就在签名用的那张纸的旁边,我也签上了我的名字①,然后把墨水瓶扔在他身上,逃跑了。啊,那些坏蛋,那些坏蛋。我不在乎;现在我要自己来养活这些孩子,我谁也不求了!她为我们已经受够了罪啦!(她指着索尼娅)波列契卡,你要到了多少钱?给我瞧瞧。怎么,一共才两戈比!哦,这些卑鄙的家伙!他们什么也不给,只是上气不接下气地跟在我们后面跑。瞧,那个混蛋笑什么?(她指指人群中的一个人)这都是因为柯尔卡太笨,跟他真烦死了!你要什么,波列契卡?跟我说法语,*用法语告诉我*②。我不是教过你,你不是会说几句吗!……不然的话,怎么能证明你们是上等人家有教养的孩子,跟那些卖艺的人完全不一样呢;我们不是在街上演木偶戏,而是唱高雅的抒情歌……啊,对了!我们唱什么呢?你们老是打断我的话,可我们……要知道,罗吉昂·罗曼诺维奇,我们在这儿停下来就得唱点什么,可以让柯利亚合着节拍跳舞……因为,您可以想象得到,这一切我们都毫无准备;必须先商量好,把一切彩排一遍,然后我们到涅瓦大街去,那儿上等社会的人比这儿多得多,人家马上就会注意到我们:廖尼娅会唱《农家曲》……不过老唱《农家曲》《农家曲》的,大家都会唱了!我们应该唱点更加高雅的东西……唔,波莉娅,你想出什么来了没有?哪怕你能帮助帮助妈妈也好呀!我的记性,我的记性太坏了,不然我会想起来的!我们总不能当真唱《手持马刀的骠骑兵》③吧!啊,让我们用法语唱《*五分钱*》④吧!我不是教你们唱过,教你们唱过吗。主要是因为这个歌是用法国话唱的,那人家马上就会看出,你们是贵族子弟,那就会更感动人了……甚至不妨唱:《*马尔布鲁出发去远征*》⑤,因为那完全是一首儿歌,所有的贵族人家都把它当做儿童催眠曲来唱的:

> *马尔布鲁出发去远征,*

---

① 在俄国的达官显贵之家,每逢节日,常在前厅或下房放一张纸,一些没有资格入内,但又与主人有某种关系的来访者,就在这张纸上签个名,以示来过。

②④ 原文是法文。

③ 根据俄国诗人巴秋什科夫(1787—1855)的诗《离别》谱成的一首歌曲。

⑤ 原文是法文,这是法国的一首流行诙谐歌曲。

何时回来无人知……①”

她开始唱起来……“不，还是唱《五分钱》好！喂，柯利亚，两手叉腰，快点，廖尼娅，你也把身子转到另一边去，我跟波列契卡伴唱，用手打拍子！

五分钱，五分钱，

我们经营全靠五分钱……②

咳咳咳！（她大咳起来）把衣服拉拉好，波列契卡，你肩膀上的背带滑下来啦，”她气喘吁吁地边咳边说道，“现在你们特别要注意，举止要体面，要文雅，让人人都看得出你们是贵族子弟。当时我就说过，胸衣应该裁长一些，而且要用两幅布。索尼娅，这都怪你，你总说‘短点，短点’，听了你的话，你看孩子穿起来多难看……怎么啦，你们又哭起来啦！你们这是干什么，傻孩子！来，柯利亚，快跳，快，快——唉，多讨厌的孩子！……

五分钱，五分钱……

又来了一个大兵！喂，你有什么事？”

果然有一个警察从人群中挤了过来。但是这时还走过来一位身穿文官制服和制服大衣的先生——一位五十来岁仪表堂堂的官吏，脖子上挂着勋章（他的出现使卡捷琳娜·伊凡诺夫娜非常高兴，同时也影响了那个警察），他走过来，一句话也没说，就递给她一张绿色的三卢布钞票。他的脸上表现出真挚的同情。卡捷琳娜·伊凡诺夫娜把钞票接过来，向他客客气气地，甚至彬彬有礼地鞠了一躬。

“谢谢您，先生，”她倨傲地说，“叫我们落到这步田地的原因……波列契卡，把钱拿去。你瞧，还是有一些高尚、慷慨的人，立刻愿意帮助落难的贵族太太。先生，您瞧，他们是贵族人家的遗孤，甚至可以说有最高贵的亲戚关系……而那个混账将军却坐在那儿吃松鸡……因为我打扰了他，他就向我直跺脚……‘大人，’我说，‘您与已故的谢苗·扎哈雷奇挺熟，请您保护这些孤儿吧，因为就在他死去的那天，一个最下流的无赖诽

---

①② 原文是法文。

谤了他的亲生女儿……'这个大兵又来了！保护我们吧！"她向那个官吏喊道，"这个大兵干吗找我的麻烦呢？我们方才刚从市民街上一个大兵手里逃出来……喂，你管得着吗，混蛋！"

"因为沿街卖唱是禁止的。请您别在这儿胡闹。"

"你才胡闹呢。我这跟摇手风琴不是一样吗。你管得着吗？"

"摇手风琴必须有执照，而您却自行用这种方式招来一大群人。您住哪儿？"

"怎么，执照？"卡捷琳娜·伊凡诺夫娜哭嚎起来，"我今天把丈夫安葬了，哪来什么执照！"

"太太，太太，安静点，"那个官吏开口道，"来，我送您回去……在这儿给一大群人围着，有碍观瞻……您身体也不好……"

"先生，先生，您什么也不知道！"卡捷琳娜·伊凡诺夫娜叫道，"我们要到涅瓦大街去——索尼娅，索尼娅！她上哪儿啦？唉，她也在哭！你们大家都怎么啦？柯利亚，廖尼娅，你们到哪儿去？"她忽然惊慌地叫喊起来，"唉，傻孩子！柯利亚，廖尼娅！他们这是上哪儿去了！……"

原来是这样的：柯利亚和廖尼娅本来已经给街上这么一大群人和他们疯妈妈的反常举动吓得魂不附体，这时再看见警察要把他们抓起来，带到什么地方去，忽然不约而同地手拉手撒腿就跑了。可怜的卡捷琳娜·伊凡诺夫娜一面哭一面嚎，跟在他们后面追。她那哭哭啼啼、气喘吁吁、狂奔着追孩子的样子既难看又可怜。索尼娅和波列契卡跟在她背后追。

"把他们追回来，索尼娅，把他们追回来！唉，真是一些不知好歹的傻孩子！……波莉娅！捉住他们……我还不是为了你们才……"

她跑得正快的时候，一跤绊倒在地上。

"她摔伤啦，摔出血来啦！哦，主啊！"索尼娅哭喊着，向她弯下腰去。

大家都跑拢来了，你推我搡地围成了一圈。拉斯柯尼科夫和列别加尼科夫最先跑到；那个官吏也急急忙忙赶来了，在他后面，警察埋怨地嘟囔道："哎呀！"他把手一挥，预感到这下事情麻烦了。

"走开！走开！"他驱散着拥挤在周围的人。

"她要死啦！"有人喊道。

"她疯啦!"另一个人说。

"上帝保佑!"一个女人在胸前画着十字说,"他们捉住那个小女孩和那个小男孩了吗?啊,带来了,是那个大女孩抓住的……瞧,真是些任性的孩子!"

他们把卡捷琳娜·伊凡诺夫娜仔细检查了一遍,才发现她根本不像索尼娅所想的那样是在石头上碰伤的。原来溅在马路上的血,是从她的胸腔中喷出来的。

"这我知道,以前见过,"那个官吏对拉斯柯尼科夫和列别加尼科夫喃喃地说,"这是痨病;这样吐血,会把病人憋死的。不久以前,我的一个亲戚就这样,我亲眼看见……吐了一杯半血……就突然……她马上就会死的,怎么办呢?"

"抬到这儿来,抬到这儿来,抬到我家里来!"索尼娅央求道,"我就住在这儿!……就是这幢房子,过去第二幢……抬到我家里来,快点,快点!……"她从这个人身边跑到那个人身边,"请一位医生来!……哦,主啊!"

多亏那个官吏出力张罗,这件事总算办妥了,连那个警察也帮着抬卡捷琳娜·伊凡诺夫娜。她几乎人事不省地被抬进索尼娅的家,把她放到了床上。咯血还在继续,但是她仿佛已渐渐苏醒过来。一齐走进屋里来的,除了索尼娅以外,还有拉斯柯尼科夫、列别加尼科夫、官吏和警察,警察先把人群驱散,其中有几个人一直送他们到门口。波列契卡也拉着一面发抖一面哭的柯利亚和廖尼娅的手走进屋里来。卡佩瑙莫夫家的人也跑来了:卡佩瑙莫夫本人,一个独眼、瘸腿、胡子和头发硬得像鬃毛一样竖起来的相貌古怪的人;他的老婆,一个永远保持着惊恐表情的女人;还有几个大张着嘴、由于经常感到惊讶而神色呆板的孩子。这时,斯维里加洛夫也忽然出现在所有的人中间。拉斯柯尼科夫惊讶地望了望他,不明白他是从哪儿来的,也不记得在人群中看见过他。

大家纷纷谈论请医生和神父的事。那个官吏虽然低声对拉斯柯尼科夫说,看来,现在请医生已经是多余的了,但他依旧吩咐去请医生。卡佩瑙莫夫亲自跑去了。

这时卡捷琳娜·伊凡诺夫娜回过气来了,血也暂时止住。她用她那病态的,但专注而又锐利的目光望着索尼娅,索尼娅站在一旁面色苍白,浑身发抖,正在用手帕给她擦去额上的汗;最后她请大家把她扶起来一点。于是他们让她坐在床上,从两边扶着她。

"孩子们在哪儿?"她用虚弱的声音问道,"波莉娅,你把他们带来了吗?唉,真是些傻孩子!……你们为什么要跑呢?……哎哟!"

她那发干的嘴唇上又溢出了血。她用眼睛瞥了一下周围:

"索尼娅,原来你是这样生活的!我一次也没有到你这儿来过……真是鬼使神差……"

她痛苦地望了望她。

"我们把你的血吸干啦,索尼娅……波莉娅,廖尼娅,柯利亚,过来……瞧,他们在这儿,索尼娅,统统在这儿,你收下他们吧……我亲手把他们交给你……我已经受够啦!……戏唱完啦!咳!……把我放下吧,让我安安静静地死吧……"

他们又把她放倒在枕头上。

"什么?请神父?不要……你们哪儿有多余的钱呢……我没有罪……没有神父,上帝也会宽恕我的……他知道我是怎样受苦受难的!……要是他不肯宽恕,那就不要他宽恕!……"

她越来越陷入不安的昏迷状态。有时,她打着哆嗦,眼睛扫视着周围,什么人都认得出来,但只有一会儿工夫;过后又立刻神志昏迷了。她嘶哑地、艰难地呼吸着,喉咙里好像有什么东西在咯咯响着。

"我对他说:'大人!……'"她喊道,每说一个字就喘一口气,"那个阿玛莉娅·柳德维戈夫娜……咳!廖尼娅,柯利亚!两手叉腰,快点,快点,滑步,滑步,巴斯克人的舞步!① 跺脚……要做个动作优美的孩子。

你有钻石和珍珠②……

下面该唱什么了?该唱……

---

① 原文是法文。

② 原文是德文,这是一支流行的抒情歌曲,海涅作词,舒伯特作曲。

你有一双最美丽的眼睛，
姑娘，你还要什么？①

对呀，怎么不对！你还要什么——他自己编出来的，傻瓜！……哦，还有：

在炎热的正午，在达吉斯坦的山谷……②

啊，我多喜欢……我非常喜欢这支抒情歌，波列契卡！……你知道，你爸爸还没有跟我结婚的时候就常常唱……啊，多么幸福的日子啊！……我们就应该唱这支歌！怎么唱，怎么唱呢……我忘啦……快提醒我一下，怎么唱？"这时她非常激动，拼命想坐起来。最后，她用一种嘶哑的、可怕的、声嘶力竭的声音喊叫着唱了起来，每唱一个字就喘半天，同时她脸上露出越来越恐惧的神色：

在炎热的正午！……在达吉斯坦的……山谷里！
胸膛里有一颗子弹！……

"大人！"她忽然发出一声令人心碎的号叫，放声痛哭起来，"请您保护这些孤儿吧！故世的谢苗·扎哈雷奇的殷勤好客，您是知道的！……甚至可以说是贵族子弟！……咳！"她猛地打了一个寒噤，忽然清醒过来，用一种惊恐的神情向大家望着，但她立刻认出了索尼娅，"索尼娅，索尼娅！"她仿佛因看见她在自己面前而吃了一惊似的，她温柔地、怜爱似的叫道，"索尼娅，亲爱的，你也在这儿吗？"

他们又把她扶起来。

"受够啦！……时候到了！……永别了，苦命的人！……已经把一匹瘦马活活累死啦！……已经累垮啦！"她绝望和憎恨地喊道，脑袋沉重地倒在枕头上。

她又失去了知觉，但是这最后一次失去知觉并没有持续多久。她苍白、枯黄、瘦削的脸向后面一仰，大张着嘴，双腿抽搐着，一下子伸直了。

---

① 原文是德文，这是一支流行的抒情歌曲，海涅作词，舒伯特作曲。
② 这是根据莱蒙托夫的诗《梦》谱成的一首著名的抒情歌曲。

她深深地长叹一声，死了。

索尼娅扑在她的尸体上，用两只胳膊搂着她，把头紧紧地贴在死人枯瘦的胸脯上，就这样趴在那儿一动不动。波列契卡伏在母亲的腿上，吻着她的腿，放声痛哭。柯利亚和廖尼娅虽然还不懂得究竟发生了什么事，但也预感到这事一定非常可怕，他们互用双手搂住对方的小肩膀，直愣愣地对视着，然后不约而同地一下子张开了嘴，哭喊起来。两个孩子都还穿着表演用的服装：一个孩子缠着头巾，一个孩子戴着插了鸵鸟毛的便帽。

那张"奖状"怎么会突然出现在床上卡捷琳娜·伊凡诺夫娜身旁的呢？它就放在这儿的枕头旁边。拉斯柯尼科夫看见了它。

他走到窗前。列别加尼科夫连忙跑到他跟前去。

"死啦！"列别加尼科夫说。

"罗吉昂·罗曼诺维奇，我要跟您谈两句要紧话。"斯维里加洛夫走了过来。列别加尼科夫立刻让位，彬彬有礼地悄悄走开了。斯维里加洛夫把感到惊讶的拉斯柯尼科夫又拉到更远一些的墙角里。

"我愿意负责料理一切后事，譬如安葬等等。您知道，这需要钱，我对您说过，我有多余的钱。我可以把这两个小的和这个波列契卡送到一家较好的孤儿院去，我给每个孩子一千五百卢布，作为他们成年以前的生活费，这样，索菲娅·谢苗诺夫娜就根本不用操心了。我还要把她从火坑里救出来，因为她是个好姑娘，您说是不是？所以请您告诉阿芙朵佳·罗曼诺夫娜，我就是这样来使用她的一万卢布的。"

"您这样乐善好施，到底有什么目的呢？"拉斯柯尼科夫问道。

"嗐，您真是个多疑的人！"斯维里加洛夫笑了起来，"我对您说过，我那笔钱是多余的。难道您不承认我这样做只是出于一片善心吗？要知道，她并不是一只'虱子'（他指了指死人躺着的那个角落），并不是什么放高利贷的老太婆。您得同意，'到底让卢仁活下去继续作恶呢，还是让她死掉？'要是我不帮助他们，那么，'波列契卡，比方说，也会走上同样的路的……'"

他说这些话的时候眨巴着眼睛，露出一种愉快而狡黠的表情，他目不转睛地盯着拉斯柯尼科夫。拉斯柯尼科夫听到自己对索尼娅所说的那些话的时候，不由得面无人色、浑身发冷。他迅速后退了一步，惊慌地望着斯维里加洛夫。

“您怎么……知道?”他简直喘不过气来，低声说道。

“要知道，我就住在这儿，住在隔壁列斯莉赫太太家里。这儿是卡佩瑙莫夫家，那儿是列斯莉赫太太的家。她是我最忠实的老朋友。我是她的邻居。”

“您?”

“我，”斯维里加洛夫接着说，一面笑得前仰后合，“我可以向您保证，最亲爱的罗吉昂·罗曼诺维奇，您使我非常感兴趣。我不是告诉过您，我们会交上朋友的吗，这话我向您预言过——瞧，这不成了朋友了。您会看到，我是一个多么随和的人。您会看到，跟我是可以相处得很好的……”

# 第　六　部

# 1

对拉斯柯尼科夫来说,一个奇特的时期开始了:仿佛一团迷雾突然降落在他身上,把他笼罩在无法逃避的凄凉孤寂里。很久以后,当他回忆那个时期的时候,他才明白他的意识有时似乎是模模糊糊的,除了中间稍有间歇外,这种状态一直延续到最后灾难的来临。他深信,当时他把很多事情都弄错了,比方说,某些事件的日期以及发生的时间。至少当他以后想起那些事情,并试图向自己解释明白的时候,有很多他自己的事情,他都是依靠从别人那里听来的情况弄清的。例如,他把某一件事情跟另外一件事情混在一起;他又把另一件事情当做只在他的想象中存在过的那件事情的后果。有时他被一种病态的惶惶不安的痛苦所折磨,这种不安甚至会把他吓得胆战心惊。但是他也记得,有些时刻,甚至接连几天,他竟会完全无动于衷,仿佛和先前的恐怖状态恰好相反,很像有些人临死前的那种病态的冷漠。一般说来,在最后这几天,他似乎竭力避免充分和清晰地了解自己的处境;必须立刻弄清楚的某些重大事实,特别使他感到苦恼;他多么乐于摆脱和逃避那些忧虑啊,不过,在他的处境下,如果真要把它们置诸脑后,就会使他面临彻底的、不可避免的毁灭。

斯维里加洛夫特别使他惊慌不安:甚至可以说他一直在想着斯维里加洛夫的事。斯维里加洛夫在卡捷琳娜·伊凡诺夫娜死去的那一刻,在索尼娅家说出了那么咄咄逼人、毫不含糊的话,使得拉斯柯尼科夫的正常思路,好像从那时起就遭到了破坏。虽然这个新的因素使他感到极端不安,但不知怎的,他却并不急于去弄清这件事情。有时候,他在市内一个冷落的僻静地区,一个人坐在一家简陋的小饭馆里沉思默想,几乎不记得自己是怎么到那儿去的,就在这时候,他忽然想起了斯维里加洛夫:他忽然非常明确而又心神不宁地意识到必须尽快与这个人达成谅解,这样也许可以彻底结束那件事。有一天,他信步出城,他甚至想象自己是在那里等候斯维里加洛夫,他俩约定在那里晤面。又有一次,他在黎明前醒来,发现自己躺在地上,躺在灌木丛中,他几乎不明白他怎么会到那儿去的。话又说回来,在卡捷琳娜·伊凡诺夫娜去世后的两三天里,他已经遇到过斯维里加洛夫两次,每次几乎都在索尼娅的屋子里,而他去那儿似乎并没有目的,而且总是几乎只待一小会儿就走。他们俩每次都是简单地寒暄几句,一次也没有涉及重要的话题,好像他们两人有了默契,暂且不提这件事情。卡捷琳娜·伊凡诺夫娜的遗体还躺在棺材里。斯维里加洛夫正忙着办理丧事。索尼娅也很忙。在最近一次见面的时候,斯维里加洛夫告诉拉斯柯尼科夫,他已经把卡捷琳娜·伊凡诺夫娜的孩子安排好了,而且安排得很好;他通过某些关系,已经找到几个人,有了他们的帮助,就可以把三个孤儿立刻送到对他们来说非常不错的孤儿院去;他给他们的钱也起了很大作用,因为安置有钱的孤儿总比安置贫苦的孤儿要容易得多。他也谈到索尼娅,同时答应在一两天之内亲自来看拉斯柯尼科夫,并且提到"他很乐意请他指教;有些事情非常需要跟他谈谈……"这番话是在靠近楼梯口的过道里说的,斯维里加洛夫注视着拉斯柯尼科夫的眼睛,沉吟了一会儿之后,他忽然压低了声音问道:

"您怎么啦,罗吉昂·罗曼诺维奇?您好像心神不宁似的。真的!您好像视而不见,听而不闻。振作起来吧,让咱俩好好谈谈:可惜事情太多,我自己的事和别人的事……啊,罗吉昂·罗曼诺维奇,"他忽然加上一句,"所有的人都需要空气,空气,空气……首先需要空气!①"

他突然闪到一边,让正在走上楼梯的一个神父和一个诵经士走过去。他们是来做安魂祈祷的。遵照斯维里加洛夫的吩咐,他们每天按时来做两次安魂祈祷。斯维里加洛夫有事先走了。拉斯柯尼科夫站在那儿思索了片刻,然后跟着神父走进了索尼娅的房间。

---

① 稍后,波尔费利也曾三次向拉斯柯尼科夫说,他需要空气,空气!意为他应该摆脱窒息他的思想和理论,以及犯罪的重压,顺从命运的安排,去投案自首。斯维里加洛夫在这儿所说的空气,意义相同,但别有所指。

他站在门口。祈祷式静静地、庄严地、悲伤地开始。从他的童年时代起,想到死和感觉到有死的存在,就压抑着他,使他的心中充满了某种神秘的恐怖;再加上他已经很久没听过超度亡魂的祈祷了。而且这里还有一种别的、非常可怕并且使人不安的东西。他望着那些孩子们:他们都跪在棺材旁边。波列契卡在哭。索尼娅在他们后面做着祷告,她轻轻地、仿佛胆怯地哭着。"最近这两天,她一句话也没跟我说过,也没有看过我一眼。"拉斯柯尼科夫忽然想道。阳光把室内照得很亮;香炉里的烟袅袅上升。神父唱着"主啊,让她安息吧"。拉斯柯尼科夫一直待到祈祷式结束。在向大家祝福和告辞的时候,那个神父很奇怪地向四下张望。祈祷完毕后,拉斯柯尼科夫走到索尼娅面前。她忽然握住他的双手,把头靠在他的肩膀上。这种亲密的姿势使拉斯柯尼科夫大惑不解,甚至感到很奇怪:怎么?居然对他没有一点反感,没有一点厌恶,她的手居然一点也不打颤!这是一种无限的自惭形秽。至少他是这样理解的。索尼娅一句话也没有说。拉斯柯尼科夫握了一下她的手,就走出去了。他觉得非常痛苦。如果这时候他能够逃到一个地方去,离群索居,即使在那儿度过一生,他也会认为自己是幸福的。但问题是最近虽然他几乎一直是独来独往,但他无论如何也不能感觉到他是孤孤单单的一个人。有时候他出城,一直往公路上走去,甚至有一次走到一丛小树林里,但是地方越是僻静,他越是强烈地感觉到有什么人就站在近处,使他惶惶不安,这倒不是使他害怕,而是不知怎的使他很烦恼,因此他就赶快回到城里,杂在熙来攘往的人群中,走进小饭馆或小酒店,上旧货市场或干草市场。在那儿他倒觉得自在些,甚至也更孤寂些。一天傍晚,一家小饭馆里有人在唱歌:他坐在那儿,听了整整一个钟头,他记得,他当时甚至觉得很愉快。但是最后他忽然又觉得不安起来;好像良心的谴责又忽然使他痛苦起来。"我坐在这儿听人家唱歌,难道这是我应该做的事吗!"他仿佛这样想。可是他又马上领悟到,那不是引起他不安的唯一原因。有一件需要立刻解决的事,但究竟是什么,他无法理解,也不能用言语来表达。真是一团乱麻。"不,倒不如再斗一斗!倒不如波尔费利……或者斯维里加洛夫再……但愿快点再来一次挑战,再来一次进攻。对!对!"他想。他走出小饭馆,几乎快步奔跑起来。当他想到杜尼娅和母亲的时候,不知为什么忽然心惊肉跳起来。这天夜里,天亮以前,他在克列斯托夫岛的灌木丛中醒来,浑身打战,发起了热病。他走回家去,到家的时候已是清晨。他睡了几个钟头以后,烧退了,但是他醒来的时候已经很晚:已经是下午两点了。

他想起,卡捷琳娜·伊凡诺夫娜定在这天下葬,他很高兴自己没有去参加葬礼。娜斯塔霞给他送来一点吃的东西;他吃得津津有味,几乎是狼吞虎咽。他的头脑较之最近三天清醒了些,心情也平静了些。霎时间,他甚至很奇怪,先前为什么那样胆战心惊。门开了,拉祖米欣走了进来。

"啊!他在吃饭,那么,他没有病。"拉祖米欣说,他拿过一把椅子,坐在拉斯柯尼科夫对面的桌子跟前。他很焦躁,也不极力去掩饰。他说话的口气分明很烦恼,但是他说得不慌不忙,也不特别提高嗓门。看上去他脑子里有一种特别的,甚至与众不同的意图。"听我说,"他断然说道,"你们怎么着都行,我管不着,但是就我现在看到,清清楚楚看到的情形来说,我简直什么也不明白;请你别以为我来审问你。我才不管呢!我什么也不想知道。如果你现在把你们的秘密统统告诉我,说不定我还不想听呢,我会啐一口就走开。我来这儿,只是想亲自弄个明白:首先,你是不是真的疯了?要知道,关于你,存在一种看法(唔,在那儿,不管在哪儿吧),认为你疯了,或者快要疯了。不瞒你说,首先,根据你那些愚蠢的、多少是卑鄙的(而且是莫名其妙的)行为,其次根据你不久前对你母亲和妹妹的所作所为来判断,我自己也非常赞同这种看法。如果不是疯子,那就只有恶棍和坏蛋才会像你这样对待她们;所以你准是疯了……"

"你是在很久以前见到她们的吗?"

"就在刚才。你从那天起就没有看见过她们吗?请你告诉我,你到哪儿瞎逛了,我已经来找过你三次。从昨天起,你母亲就病得很厉害。她要到你这儿来;阿芙朵佳·罗曼诺夫娜极力劝阻她;她就是不听,她说:'要是他病了,要是他神经失常了,除了母亲,谁还会去照顾他呢?'我们一同到这儿来过,因为我们总不能让她一个人来呀。一路上我们一直在劝她放心,一直劝到你门口。我们进来一看,你不在;她就坐在这儿。坐了十分钟,我们一言不发地站在她身旁。后来她站了起来,说:'既然他出门去了，可见他是健康的，他把母亲忘记啦，一个做母亲的站在门口像乞求施舍似的乞求他的爱，是很不体面的，也是丢脸的。'她回到家里，就躺倒了；现在正在发烧。'我看得出，'她说，'他有时间去看自己的女朋友。'她所说的自己的女朋友，指的是索菲娅·谢苗诺夫娜，她是你的未婚妻呢，还是你的情妇，那我就不知道了。于是我就立刻到索菲娅·谢苗诺夫娜那儿去了，因为，老弟，我想把一切弄个明白——到了那儿一看：停着一口棺材，孩子们在哭。索菲娅·谢苗诺夫娜正在给他们试穿孝服。你不在那儿。我看了一会儿，道了一声歉，便出来了，回来把看见的情形告诉了阿芙朵佳·罗曼诺夫娜。可见这一切都是捕风捉影，你并没有什么自己的女朋友，可见十有八九你是疯了。可是现在你却坐在这儿大吃你的炖牛肉，像是三天没吃饭似的。好，假定说疯子也得吃饭，尽管你一句话也没跟我说，但是我可以发誓，你……不是疯子！首先你不是疯子。你们怎么着都行，我管不着，因为这里面一定有什么秘密，有什么隐私；我才不想为了打听你们的秘密来绞尽脑汁呢。所以我来，只是为了骂你几句，"他说完话，就站起身来，"出出气。我知道现在该怎么办了！"

"你现在打算怎么办呢？"

"我现在打算怎么办，跟你有什么关系？"

"小心，你会去拼命喝酒的。"

"你怎么……你怎么知道？"

"唔，当然知道！"

拉祖米欣沉默了一会儿。

"你一向是个很理智的人，你从来也没有，从来也没有疯过。"他忽然热烈地说，"你说的对：我要去喝酒！再见了！"他抬起脚要走。

"大概是前天，我跟妹妹谈起过你，拉祖米欣。"

"谈起过我！但是……前天你能在哪儿看见她呢？"拉祖米欣猛然停住，甚至脸色都有点发白。可以看得出，他的心在胸膛里缓慢而又紧张地跳动起来。

"她到这儿来了，一个人，坐在这里，跟我谈过话。"

"她！"

“是的,她。”

“你对她说了些什么?……我说的是关于我。”

“我告诉她,你是个好人,诚实而又勤劳。我并没有跟她说,你爱她,因为她自己知道。”

“她自己知道?”

“唔,当然知道!今后无论我到哪儿去,无论我发生什么事——你要仍旧做她们心目中的天神。我可以说已经把她们托付给你了,拉祖米欣。我这样说,是因为我深知你多么爱她,而且我相信你的心地是纯洁的。我知道她也会爱你,也许已经爱上你了。现在你自己来决定吧,究竟怎样更好——你要不要去喝酒。”

“罗吉卡……要知道……唔……嗐,见鬼!可是你想上哪儿去呢?你要知道:如果这是秘密,那就算了!不过我……我一定会打听出这个秘密的……我相信这准是什么既荒唐又可怕、不值一提的事,都是你一个人想出来的。不过话又说回来,你是一个非常好的人!一个非常好的人!”

“我正要跟你说,可被你打断了,你刚才说,你决不打听这些秘密和隐私,这是很对的。你就暂时别管了,你别着急。到时候,就是说,到了你应该知道的时候,你什么都会知道的。昨天,有一个人对我说,人需要空气,空气,空气!我想马上到他那儿去,问问他讲这句话是什么意思。”

拉祖米欣若有所思和忐忑不安地站在那儿,在考虑着什么。

“他是个政治阴谋家!一定是这样。他正要采取一个有决定意义的步骤——一定是这样!不可能是别的事情,而且……而且杜尼娅也知道……”他忽然暗自想道。

“那么阿芙朵佳·罗曼诺夫娜常常来看你喽。”他将每个字都咬得很清楚地说,“你呢,打算去看一个曾经讲过要多一些空气、空气的人,并且……可见,这封信……也跟那件事有关。”他像是自言自语地说了最后一句。

“什么信?”

“她今天收到了一封信,这封信使她很不安。非常不安。简直太不安了。我一谈到你——她就请我不要再说下去。然后……然后她说,也许我们很快就要分手了……然后她不知为了什么事情拼命向我道谢；然后她走进自己的屋子，关上了门。”

“她收到了一封信？”拉斯柯尼科夫若有所思地追问。

“是的，一封信；你不知道吗？嗯……”

他们俩沉默了一会儿。

“再见吧，罗吉昂。有一个时期……老弟，我……不过，再见吧，你知道，有一个时期……唔，再见吧！我也该走了。我不会去喝酒的。现在没有必要了……你瞎说！”

他匆匆地走了。但是，当他已经走出去，而且把门带上了一半的时候，他忽然又把门打开，望着一旁说道：

“顺便问问！你记得那件谋杀案吗，就是波尔费利承办的那件案子：一个老太婆？告诉你吧，那个杀人犯已经找到，他亲口招供，把证据都拿出来了。这个人就是那两个工人中的一个，那两个油漆匠，你想想看，你还记得我在这儿替他们辩护过吗？你相信不相信，当看门的跟那两个见证人走上楼去的时候，他和他的伙伴在楼梯上又打又闹，哈哈大笑的那个场面，是他故意安排好了来转移人们注意的。那个狗崽子多么狡猾，多么镇静啊！简直叫人难以相信；但是他自己已经作了解释，什么都供出来了。我上了当！唔，我看呀，这家伙准是个装腔作势和随机应变的天才，逃避法律制裁的天才——所以也没有什么值得大惊小怪的！难道不可能有这种人吗？而他没有坚持到底，终于供认不讳，这倒使我更相信他了。更可信了……可那时我居然上了当！为他们气得发疯！”

“请你告诉我，这一切你是从哪儿听来的，你为什么对这件事这样感兴趣？”拉斯柯尼科夫带着明显的激动问道。

“你又来了！我为什么感兴趣！你问我！……我听波尔费利说的，也听别人说过……不过我从他那里知道了几乎全部情况。”

“从波尔费利那里？”

“从波尔费利那里。”

“他……他说些什么？”拉斯柯尼科夫惊惶失措地问。

“这件事，他对我作了很好的说明。按他自己的方式，作了心理方面的解释。”

“他作了解释吗？他亲自对你作了解释吗？”

“亲自，亲自；再见吧！以后我再把详细情形告诉你，现在我有事儿。有……有一个时期，我想……算了；以后再谈吧！……现在我为什么要去喝酒呢。你已经使我不喝酒就醉啦。我醉啦，罗吉卡！现在我不喝酒就醉啦，好，再见；我一会儿再来看你。”

他出去了。

“他是个政治阴谋家，准是这样，准是这样！”拉祖米欣慢慢地走下楼去，心里下了最后的断语，“而且把妹妹也卷了进去；按阿芙朵佳·罗曼诺夫娜的性格来说，那是非常、非常可能的。他们俩会过面……而且她也对我暗示过……从她说过的许多话……许多只言片语……和做过的许多暗示中听得出来，一切正是这样！要不然的话，这一切乱七八糟的事又该作何解释呢？嗯！我还差一点以为……哦，主啊，我想些什么啊！可不是吗，这简直发昏了，我对不起他！就是那一次，他站在楼道上的灯光下，把我的头搞昏了。呸！我的想法多么下流、多么浅薄而又多么卑鄙啊！尼古拉是个好样的，他坦白了……过去的一切现在多么清楚啊！他当时的病，他的一切奇怪举动，甚至更早一些，他在大学里那种一向闷闷不乐、愁眉苦脸的情况……但是现在那封信又是什么意思呢？大概这里面总有什么名堂吧。这封信是谁写来的呢？我怀疑……唔。不，我一定要把一切探听出来！”

他想起并且考虑了关于杜尼娅的一切，他的心仿佛停止了跳动。他拔起脚来快步走了。

拉祖米欣刚出去，拉斯柯尼科夫就站起身，脸向着窗口，从这一角落踱到那一角落，好像忘记了他屋子的狭小，然后……又在沙发上坐下。他仿佛整个儿变了个人；再跟他们斗一斗——这就是说，找到了出路。

“是的，这就是说，又找到了出路！要不然的话，一切都闷在心里，把人憋得太难受了，一种眩晕时时袭来。从他看见米柯尔卡在波尔费利那里以后，他就开始感到窒息，觉得没有出路和憋得慌。在看见米柯尔卡之后的同一天，又在索尼娅的家演出了那一幕；他当时的举动和他最后说的那些话完全不像他事先所想象的那样……于是他顷刻间就急剧地衰弱下去！一下子垮了！当时他曾经同意索尼娅的意见，他自己同意的，由衷地同意；他不能把这桩事情闷在心里，而孤零零地活下去。那么斯维里加洛夫呢？斯维里加洛夫是个谜……斯维里加洛夫使他心神不宁，这是确实的，但不知为什么并不是在那一方面使他不安。他可能还得跟斯维里加洛夫斗一斗。跟斯维里加洛夫斗，也许也是一条发泄内心苦闷的出路；至于波尔费利，那就是另一回事了。

"这么说，波尔费利还亲口向拉祖米欣作了解释，从心理上作了解释！他又开始拿出他讨厌的心理学来了！是波尔费利吗？但是，在米柯尔卡出现之前，他们两人曾经当面交谈过，对此又只可能找到一个正确的解释，经过了这出戏以后，波尔费利一刻也不可能相信尼古拉是有罪的呢？（在那些日子里，拉斯柯尼科夫心中有好几次闪过并且回想起与波尔费利会见时的片断；要回忆全部情景他是受不了的。）当时，他们俩曾经交谈过那样一些话，有过那样一些动作和姿态，互递过那样一些眼色，说话又是用那样一种腔调，而且谈到那样的地步，因此，在发生这样的事情以后，要想根本动摇他的看法，绝不是米柯尔卡所能做到的（波尔费利从他的第一句话和第一个姿态就已经把他看透了）。

"怎么回事！连拉祖米欣也开始怀疑了！在楼道里灯光下的那一幕在那时候不是没有影响的。他曾经赶到波尔费利那儿去……但是，是什么缘故使得波尔费利那样欺骗他呢？他使拉祖米欣的注意力转到米柯尔卡身上去，抱的是什么目的呢？他心里一定想好了什么主意；这里一定有什么打算，可是究竟是什么打算呢？的确，从那天早晨以来，已经过了很长时间，已经太长、太长了，但是关于波尔费利却杳无音讯。唔，这当然是不祥之兆……"拉斯柯尼科夫拿起帽子，沉吟了一下，便走出门去。长久以来，这是他头一次觉得至少头脑是清醒的。"我一定要把斯维里加洛夫这个问题解决了，"他想，"无论如何也得解决，越快越好：他大概也在等我亲自到他那儿去吧。"在这一刹那间，仇恨忽然涌上了他疲惫的心头，也许他能把他们两人中间的任何一个——波尔费利或者斯维里加洛夫——杀死。至少他觉得，即使不马上下手，他以后也会这样做的。"我们等着瞧吧，等着瞧吧。”他一遍又一遍地暗自想道。

但是他刚一打开通过道的门，就突然碰上了前来找他的波尔费利。拉斯柯尼科夫愣了一下。说也奇怪，他看见波尔费利，并不觉得十分惊奇，而且几乎也不觉得害怕。他只不过吃了一惊，但是他迅速地在一瞬间就做好了准备。“也许该收场了！但是他怎么会像一只猫似的悄悄走进来呢？我居然一点声音也没有听见？莫非他在偷听吗？”

“您没有料到有客人会来吧，罗吉昂·罗曼诺维奇。”波尔费利笑着叫道，“我早想来看您了，我打这儿路过，心想——为什么不进去看看，待它五分钟呢？您打算出去吗？我不会耽搁您很久的。就待一支烟的工夫，如果您允许的话。”

“请坐，波尔费利·彼特罗维奇，请坐。”拉斯柯尼科夫用一种看来非常满意的友好态度请客人坐下，如果他这时能够看一下自己的表情，准会自己都感到惊奇的。反正破罐破摔，豁出去了！有时候一个人遇到暴徒，会忍受半小时濒于死亡的恐惧，但是一旦刀子终于架到他的脖子上的时候，他也就不觉得害怕了。拉斯柯尼科夫面对着波尔费利坐了下来，眼睛一眨也不眨地望着他。波尔费利眯起两眼，点起了一支烟。

“好，说吧，说吧。”这句话仿佛要从拉斯柯尼科夫的心坎里跳出来似的，“唔，为什么，为什么，为什么你不说话呢？”

## 2

“唉，这些香烟啊，”波尔费利·彼特罗维奇点起一支烟，吸了几口以后，终于开口了，“有害，纯粹是有害的，可是我戒不掉！我咳嗽，喉咙发痒，还气喘。您知道，我胆子小，最近我到Б医生那儿去，每个病人，他至少①要检查半小时；他望着我那模样笑了起来；他给我敲了敲，听了听，

① 原文是拉丁文。

说:顺便告诉您,抽烟对您很有害;肺扩大了。但是我怎么戒得掉呢?我用什么东西来代替它呢!我不喝酒,糟就糟在这儿啦,嘿嘿嘿,不喝酒才糟糕呢!什么事都是相对的,罗吉昂·罗曼诺维奇,什么事都是相对的!"

"他这是干什么,大概又在玩他从前那一套把戏了!"拉斯柯尼科夫反感地想。这时他忽然想起不久前他们最后一次见面的全部情景,当时那种感觉又像潮水般涌上他的心头。

"前天晚上,我来找过您;您不知道吗?"波尔费利接着说,一面朝屋里打量着,"我走进了这间屋子,就是这间屋子,也跟今天一样,路过这儿——我想,让我去回访他一下吧。我走上楼来,而您的房门敞开着;我四下望了望,等了一会儿,也没跟您的女佣人说一声,我就走了。您不锁门吗?"

拉斯柯尼科夫的脸色越来越阴沉。波尔费利似乎猜出了他的心思。

"我是来向您解释的,亲爱的罗吉昂·罗曼诺维奇,我是来向您解释的!我应该而且必须向您解释一下。"他笑眯眯地说,甚至用手掌轻轻地拍了拍拉斯柯尼科夫的膝头,但是,差不多就在同一刹那,他脸上忽又露出严肃而又忧虑的表情;使得拉斯柯尼科夫惊愕的是,他脸上甚至仿佛罩上了一层忧伤的神色。他过去从没有看见过,也没有想到他会有这种表情。"罗吉昂·罗曼诺维奇,最近一次咱俩见面的时候,发生了一个奇怪的场面,也许,咱俩第一次见面的时候也发生过这种奇怪的场面;但是当时……唔,现在都凑到一块来了!我要说的是:也许我很对不起您;这点我感觉到了。您还记得上次我们是怎么分手的吗:您的神经很紧张,您的两膝直发抖;我的神经也很紧张,我的两膝也直发抖。而且,您知道,那时我们的态度都不好,缺乏君子之风。然而我们毕竟都是正人君子;就是说,不管怎样,首先我们应该是正人君子;应该明白这一点。您总还记得,事情闹到了什么地步吧……甚至非常有失体统。"

"他说这话是什么意思,他把我当成什么人了?"拉斯柯尼科夫惊诧地问自己,他抬起头来,瞪大两眼望着波尔费利。

"我认为,咱俩现在还是开诚布公的好。"波尔费利接着说下去,他把头微微一仰,垂下了眼睑,好像不愿意用自己的目光使他以前的被害者受窘,又好像很瞧不起自己以前玩的那套方法和诡计似的,“是的,这种怀疑和这种场面,是不能长久继续下去的。米柯尔卡给我们解了围,不然我真不知道咱俩之间会弄到什么地步。那个混账工匠当时就坐在我房间隔壁的屋子里——这点您能想象得到吗?当然,这事您已经知道了;我自己也知道,后来他去找过您;但是当时您所猜想的情况是不存在的。我没有去找任何人,也没有做过任何安排。您会问我为什么不安排,我该跟您怎么说呢:这一切在当时仿佛给了我当头一棒。连看门的我也好不容易才派人去找了来(您出去的时候,大概看见了那两个看门人吧)。当时在我的脑子里像闪电一样掠过一个想法;您知道,罗吉昂·罗曼诺维奇,当时我对这件事深信不疑。好吧,我想,暂时先把这件事情放过去吧,但是另一件我一定要紧紧抓住——至少我不能让我所要的那个人打我身边溜走。罗吉昂·罗曼诺维奇,您生性太激动了;这跟您的性格和心理上的其他素质极不相称,而您的那些素质,我感到自慰的是,我多多少少有些了解了。当然,即使那样,甚至在当时,我也可以想到,希望一个人站起来,把一切真相和盘托出,这样的事情是绝无仅有的。如果你惹得一个人忍无可忍,那么这样的事情有时候也可能发生,不过,不管怎样,这样的情形还是少有的。这点我还能够想到。不,我想,我只要有一点根据就行,哪怕是极小的一点,就一点,但是必须是看得见摸得着,实实在在的,而不单纯是心理上的东西。因为,我想,如果一个人犯了罪,无论如何一定能从他身上得到某种非常重要的东西;甚至可以指望得到极其意外的结果。当时我把希望寄托在您的性格上,罗吉昂·罗曼诺维奇,主要是性格上!当时我对您抱有很大的希望。”

“您……您现在尽讲这些干什么?”拉斯柯尼科夫终于咕哝出了这样一句话,他甚至没有好好理解这句问话的意思,“他在说什么呀?”他心慌意乱地暗自想道,“难道他当真认为我是无罪的吗?”

“尽讲这些干什么?我是来说明误会的,可以说,我认为这是我神圣的义务。我想对您说清楚一切经过,说清楚当时的一切所谓误解是怎样产生的。罗吉昂·罗曼诺维奇,我使您受到了很大痛苦。我不是一个恶棍。我了解，一个心情忧郁，但是骄傲、惯于命令别人、性急，特别是性急的人，受到这种对待时是什么情况！不管怎样，我认为您是一个极其高尚的人，甚至还带有一些豁达大度的气质，虽然我对您的一切信念并不同意；我认为我有义务预先开诚布公、非常诚恳地告诉您这一点，因为首先我不愿意欺骗您。我刚一认识您，就觉得您十分可亲。我这样说，您也许会笑我。您有权利笑我。我知道您一开始就不喜欢我，实际上您也没有理由喜欢我。您乐意怎样认为，就怎样认为吧，但是从我这一方面来说，我现在希望能用一切办法来消除所产生的印象，并且向您证明，我也是一个有感情、有良心的人。我说的是真心话。”

波尔费利·彼特罗维奇庄重地沉默了片刻。又一阵惊恐的情绪涌上了拉斯柯尼科夫的心头。波尔费利居然会认为他无罪，这种想法忽然使他害怕起来。

“这在当时是怎样突然发生的，大概不需要从头讲起了吧。”波尔费利·彼特罗维奇接着说，“我认为这样做甚至是多余的。而且我也未必能够说清楚。因为，这怎么能够说清楚呢？起初有一些谣言。那是什么样的谣言，从什么人那里以及什么时候传出来的……而这些谣言又是怎样把您牵连在内的——我想，说这些也是多余的。我的怀疑是从一件偶然的事情开始的，是从一件完全偶然的事情开始的，那件意外的事情极有可能发生，也极有可能不发生——什么事情呢？嗯，我认为也不必细说了。这一切，这些谣言和这件意外的事情，在我的脑子里就形成了一个想法。我坦白承认——因为如果要坦白，最好把什么事情都坦白说出来——当时我第一个就想到了您。至于那个老太婆在抵押品上做的记号等等——这一切全是扯淡。这种玩意儿算起来可以有上百个。我当时碰巧听到关于在警察分局办公室里发生的那件事的详情细节，也是纯出偶然，但并不是道听途说，而是一个特别的、至关紧要的人告诉我的，他在无意中把那时的情景记得非常清楚。亲爱的罗吉昂·罗曼诺维奇，要知道，事情都凑到一块来了，都凑到一块来了啊！我怎能不想到某一方面去呢？正如一句英国谚语所说，不能把一百只兔子当成一匹马，一百个疑点也不能构成一个证据。不过，这仅仅是理智的说法，可是一旦头脑发热，一旦头脑发热您就无法控制了，因为预审官也是人啊。这时我又想到您在杂志上发表的那篇文章，您还记得，在您第一次来找我的时候，我们曾经详细地谈论过那篇文章吗？我当时嘲笑了那篇文章，那不过是用来套您的话罢了。我再说一遍，罗吉昂·罗曼诺维奇，您性子太急了，又病得很厉害。您大胆、骄傲、认真，而且……而且感受很多，这一切是我早已知道的。我了解您的这种感受，所以我读您的文章的时候，觉得很熟悉。那篇文章是在许许多多不眠之夜，在狂怒的状态下，怀着一颗跳动的心和满腔被压抑的热情构思出来的。年轻人那种高傲的、被压抑的热情是多么危险啊！当时我挖苦过您，可是现在我要告诉您，作为一个爱好者，我非常喜欢这种充满青春热情的心声。这里面烟雾缭绕，琴声在迷雾里回荡。您的文章荒唐、异想天开，但是其中闪耀着真诚、青年人威武不屈的高傲，其中也有绝望中的勇敢；那篇文章是悲观，但写得很好。我读完您那篇文章以后，就把它放到一边……当时，我把它放到一边去的时候，心里想：'唔，这个人不会就此罢休的！'好，现在请您告诉我，有了那个开端以后，我又怎能不为它的下文着迷呢？哦，上帝啊，难道我现在说什么了吗？难道现在我在肯定什么吗？我当时只不过注意到这件事情罢了。我想，这有什么了不起呢？这没有什么了不起，完全没有什么了不起，也许根本不足为奇。而且，一个像我这样的预审官，被这种想法迷住了，也是非常不成体统的：米柯尔卡已经在我的掌握之中，而且有事实为证——不管您怎么想，反正证据确凿！他也提供了自己的心理根据；他的事也得管；因为这是一件生命攸关的大事。现在我为什么向您说明这些呢？目的是希望您了解，希望您的理智和感情，不至于会责备我当时的恶意行为。我向您说真心话，我当时并无恶意，嘿嘿！你以为怎么着：当时我没有到您屋里来搜查吗？来过的，来过的，嘿嘿！我来的时候，您正躺在这儿的床上生病。虽然不是正式前来，也不是以我的本来面目出现，但我是来过的。在一发现有可疑的迹象时，就把您屋里连最后一根头发丝都搜遍了；但是——白费劲儿！① 我想：现在那个人要到我这儿来了，他会自己来的，

① 原文是德文。

很快就要来的；要是他犯了罪，他准会来的。别人也许不会来，但是他会来的。您还记得拉祖米欣先生跟您谈话的时候，是怎样把这个问题向您透露出来的吗？这是我们安排好了的，目的是让您激动起来，所以我们故意散布谣言，让他向您把这些谣言透露出来，而拉祖米欣先生这个人太沉不住气。您的愤怒和您的胆大包天首先被扎梅托夫看见了：唔，怎能突然在小饭馆里贸然说：'我杀的'呢？太大胆，太鲁莽了！我想，要是他犯了罪，这准是一名可怕的敌手！我当时就是那样想的。我等您上门！我耐着性子等您上门，可是那一次您简直把扎梅托夫给压垮了，不过……您知道，问题是，这种该死的心理是可以从两方面去解释的！唔，我继续等您上门，再一瞧，上帝果真把您送来了——您来了！我的心猛地跳了一下。好家伙！那么，当时您为什么要来呢？还有，您的笑声，您进门时的那种笑声，您还记得吗？当时我像透过玻璃似地看透了一切，但是如果我不是那么专诚地等您上门，我就不会从您的笑声里听出什么来了。您看，在那种心情下会出现什么情况啊！至于拉祖米欣先生在那时候——啊！石头，石头，您还记得吗，石头，东西还藏在那块石头底下哩？我好像看见了这块石头，就在菜园里的什么地方——您不是对扎梅托夫说过，在菜园里吗，以后您在我这儿又说了一遍，是不是？我们那时候开始分析您的那篇文章，您也做了说明——但您的每句话都可以被人看做一语双关，好像还有另外一层含义似的！所以，罗吉昂·罗曼诺维奇，我就这样钻进了牛角尖，直到碰得头破血流，我才清醒过来。不，我说，我这是干什么呢！只要您愿意，这一切，我想，直到最小的细节都可以作不同的解释，而且听起来还更自然些。这简直是活受罪！'不，'我想，'我不如抓住一个小小的事实！……'所以当我一听到拉门铃的事情，我简直发呆了，甚至浑身发起抖来。'好，'我想，这正是我所要的小小的事实！正是它！当时我甚至没有考虑，简直不愿意去考虑。那时我情愿自己掏腰包，拿出一千卢布，让我亲眼看看您在那个工匠当面喊了您一声'杀人犯'以后，又和他并排走了一百步路，一路上居然没敢问他一句话！……唔，您脊髓里的那一阵发冷又该作何解释呢？您有病和在半清醒的状态下拉门铃，又该作何解释呢？所以，罗吉昂·罗曼诺维奇，我当时跟您开了这样一些玩笑，您听了上面这些话以后也就不足为怪了！您为什么恰好在那个时候亲自光临呢？真的，好像有什么人驱使您这样做似的！要不是米柯尔卡来给我们解围的话，那可就……您当时还记得米柯尔卡吗？您还清清楚楚地记得他吗？这是一个晴天霹雳！从乌云里打下来的霹雳，是一道闪电！然而我是怎样对待他的呢？我一点也不相信这道闪电，这您亲眼看见了！我哪能相信呢？甚至后来，您走了以后，他对一些问题开始做了非常有条有理的回答，以致使我感到很惊讶，而后来他说的话我就一句也不相信了！这就叫做顽固不化吧。不，我想，*这全是胡说*①！米柯尔卡跟这有什么相干！”

“拉祖米欣刚才对我说，您现在也认为尼古拉有罪了，您还让拉祖米欣相信这一点……”

他说得喘不过气来，没有把话说完。他怀着无法形容的激动心情倾听着这个看透了他的人怎样抛弃他自己的判断。他不敢相信，而且也不相信。他从那些依旧含糊其辞的话里，贪婪地寻找和捕捉比较确切和肯定的东西。

“拉祖米欣先生！”波尔费利·彼特罗维奇喊道，好像他很高兴终于从一直默不作声的拉斯柯尼科夫嘴里引出一句问话，“嘿嘿嘿！不过我不得不把拉祖米欣先生撇开：两人成伴，三人不欢。拉祖米欣先生跟这件事没关系，而且他是个局外人，他满脸苍白地跑到我这儿来……得啦，上帝保佑他吧，何必把他牵连进来呢！再回到米柯尔卡身上去吧，您想知道米柯尔卡是怎样一种人吗？就是说，照我所了解的？首先，他还是个没有成年的孩子，但并不是胆小鬼，倒像是一个艺术家。真的，请您别笑我这样来形容他。他很大真，很容易受影响。富有感情，爱幻想。他会唱歌，会跳舞，会讲故事，据说人们都从别的地方跑来听他讲故事。他也上过学，别人拿手指点点他，他也会笑得前仰后合；有时候他喝酒醉得不省人事，但并不是因为堕落，而是因为有时候人们把他灌醉了，他还像个孩子似的。比如那次他偷了东西，可是他并不知道这是偷，他说：‘从地上捡

① 原文是德文。

的，怎么能叫偷呢？'您知道他是一个分离派信徒吗？他不仅是分离派信徒，而且简直是一个狂热的信徒；他家族有人属于'游方'教派，两年来，他村里的某个长老还是他的精神导师哩！这些情况，我都是从米柯尔卡和他那些扎莱斯克的朋友那儿听来的。您猜他想上哪儿？他一心想去个什么荒僻的小修道院！他十分虔诚，夜里做祷告，读古书，读那些'真正'的书①，而且读得入了迷。彼得堡对他有很大影响，特别是女人和酒。他很容易受影响，他把长老等等一股脑儿都忘光了。我听说，这儿有一个画家很喜欢他，常常去看他，结果出了这件事！这么一来，他害怕起来，他想上吊，又想逃跑！老百姓对于我国法学的概念竟是这样，有什么办法呢！有些人一听说'吃官司'这个词就害怕。这是谁的过错呢！将来的新法庭一定会有办法的。唉，但愿如此吧！就这样，在监狱里，他大概又想起了那位可敬的长老；于是《圣经》又出现了。罗吉昂·罗曼诺维奇，您可知道，对于他们里面有些人说来，'受难'这个词儿意味着什么吗？这不是为了某个人，而纯粹是'一个人必须受难'；也就是说应该心甘情愿地受难，如果在当局手里受难，那就更好了。当年，有一个非常老实的囚犯，坐了一整年牢，每天夜里躺在炕上读《圣经》，后来越读越入迷，您知道，完全读呆了，有一天，他忽然扒下一块砖头，无缘无故地就朝那个根本没有惹他的典狱长扔去。他是怎么个扔法呢：他故意扔到旁边离他一俄尺远的地方，使他不致受到任何伤害。唔，我们知道，一个用武器袭击典狱长的囚犯，会遭到什么样的结果：于是他就'受难'了。所以我现在怀疑米柯尔卡也想'受难'或者诸如此类的事情。这是我深信不疑的，甚至有事实为证。不过，他自己不知道我知道这件事情罢了。怎么，难道您否认，在这一类人里面会有这种异想天开的人吗？多的是！那位长老现在又开始影响他了，特别是从他打算上吊以后。不过他会来的，他自己会把什么都讲给我听的。您以为他会坚持到底吗？您等着吧，他会翻案的！我时刻都在等他前来翻供。我很喜欢这个米柯尔卡，我正在仔细研究他。您觉得怎样呢？嘿嘿！在某些问题上他给了我有条不紊的回答，分明已

① 指《圣徒传》，该书叙述圣徒们怎样为传播基督教教义而受苦受难。

经掌握了必要的情况，很机灵地做好了准备；可是在另外一些问题上他就茫然不知了，简直什么也不知道，他甚至没有想到他不知道！不，罗吉昂·罗曼诺维奇老弟，这件事跟米柯尔卡没有关系！这是一件离奇、暧昧不明的案子，一件现代的案子，一件只有在我们时代才会发生的事情，在我们这个时代里，人心混乱，人们经常引用鲜血能‘振奋人心’这句话；宣传舒适是人生的目的。这里有书本上的幻想，这里有被理论扰乱的人心；在这里，可以看到迈出第一步的决心，不过那是一种特殊的决心——当他决心迈出第一步的时候，就像从山上跌下去，或者像从钟楼上摔下去一样，两条腿不由自主地走上了犯罪的道路。他忘记把门关上，可是他按照他的理论杀了人，杀死了两个人。他杀了人，但是又不会拿钱，他把他来得及拿走的东西都藏在一块石头底下了。当别人想破门而入，门铃在响的时候，他躲在门后受的那份罪，他还嫌不够——不，他在半昏迷的状态中还要到那间空屋去，把拉门铃的滋味再回忆一遍，并且又一次品尝那种冷透脊背的滋味……好，就假定当时他有病吧，但是还有这种事呢：他杀了人，却自以为是正人君子，还瞧不起人，摆出一副无辜受害者的样子——不，亲爱的罗吉昂·罗曼诺维奇，这跟米柯尔卡有什么关系呢，这不是米柯尔卡干的！”

他以前讲的那些话，本来像是已经抛弃了他过去的想法，所以这最后几句话，对拉斯柯尼科夫来说，未免太意外了。拉斯柯尼科夫浑身哆嗦起来，好像给人戳了一刀似的。

“那么……到底是谁……杀死的呢？”他实在憋不住了，终于上气不接下气地问道。波尔费利·彼特罗维奇猛然往椅背上一靠，好像这个出乎意料的问题使他十分诧异似的。

“是谁杀死的？……”波尔费利重复了一遍，好像不相信自己的耳朵似的，“是您杀死的，罗吉昂·罗曼诺维奇！就是您杀死的……”他几乎是耳语一般用十分有把握的声音加上了这一句。

拉斯柯尼科夫从沙发上跳了起来，站了几秒钟，又一言不发地坐下去。他的整个脸部忽然掠过一阵轻微的痉挛。

“您的嘴唇，又像当时那样发抖了。”波尔费利·彼特罗维奇几乎表示同情地咕哝着，“您好像不大明白我的来意，罗吉昂·罗曼诺维奇，”沉默了一会儿之后，他又接着说，“所以您才那么惊讶。我特意来把一切都告诉您，跟您开诚布公地谈一谈。”

“不是我杀的。”拉斯柯尼科夫小声说，像个犯了罪被人当场捉住的受了惊的小孩似的。

“不，是您，罗吉昂·罗曼诺维奇，是您，不会是别人。”波尔费利严厉地、确信不疑地低声说。

他们俩都沉默起来，这次沉默甚至长得奇怪，差不多有十分钟之久。拉斯柯尼科夫把胳膊支在桌上，一言不发地用手指把自己的头发都抓乱了。波尔费利·彼特罗维奇静静地坐在那儿等待着。忽然，拉斯柯尼科夫鄙夷地瞧了瞧波尔费利。

“波尔费利·彼特罗维奇，您又玩起您那套老花招来了！用的还是同样的手法：真的，您怎么不感到厌烦呢？”

“哼，得了吧，我现在要手腕干什么！如果这儿有证人在场，那是另一回事；事实上这儿只有咱们两个人在私下交谈。您自己看得出，我到这儿来的目的，不是为了要像抓兔子似的来追捕您。无论您招认还是不招认——眼下我都不在乎。就是您不招认，我心里也十拿九稳。”

“既然如此，那您来干什么呢？”拉斯柯尼科夫激怒地问道，“现在我要问您一个老问题：如果您认为我有罪，您为什么不把我抓起来，关进监狱呢？”

“啊，这问题提得好！让我来逐一地回答您：首先，直截了当地把您逮捕，对我没有好处。”

“怎么没有好处？如果您十拿九稳，您就应该……”

“哼，即使我十拿九稳，那又怎么样呢？这一切暂时只是我的幻想！而且，为什么我要把您关到那儿去得到安宁呢？您自己很想进去，这您自己是知道的。比方说，如果我叫您跟那个工匠对质，您准会对他说：‘你是不是喝醉了？谁看见你跟我在一起的？我不过把您当作是一个醉鬼罢了，你就是喝醉了嘛。’好，那时我该怎么回答您呢？特别是您的话比他的话更像是真的，因为在他的供词里只有心理分析——这甚至跟他那德行很不相称——而您一下子就击中了要害，因为那个混蛋甚至喝酒都喝出了名。此外，我已经对您坦率地承认过好几次，这种心理分析是可以从两方面解释的，而从另一方面来解释甚至更有力，而且也显得真实得多，除了这个以外，我暂时还没有掌握不利于您的任何证据。虽然我还是要把您关起来，甚至亲自前来（这完全违反了惯例）向您预先宣布这一切，而且我还坦率相告（这也违反了惯例），这对我没有好处。其次，我来找您，是因为……”

“好吧，其次呢？”（拉斯柯尼科夫仍旧呼吸艰难。）

“因为，就像我刚才告诉您的，我认为应该来向您解释一下。我不愿意您把我看作一个恶棍，何况我真心对您抱有好感，信不信由您。因此，第三，我来找您是为了向您提出一个直率、公开的建议——去投案自首。这对您有极大的好处，对我也有利——因为我就可以卸责了。怎么样，我对您够开诚布公了吧？”

拉斯柯尼科夫思索了一会儿。

“请您仔细听好，波尔费利·彼特罗维奇，刚才您亲口说：这不过是心理分析，可是您却转到数学上面来了。倘若您现在弄错了怎么办呢？”

“不，罗吉昂·罗曼诺维奇，我没有弄错。我有证据。我在当时就发现了一个小小的证据；这是上帝给我送来的！”

“什么小小的证据？”

“我不能告诉您什么证据，罗吉昂·罗曼诺维奇。不管怎样，我现在没有权利再拖延下去了，我得把您关起来。所以请您考虑一下：我现在完全无所谓，因此我完全是为您着想。真的，这样要好些，罗吉昂·罗曼诺维奇！”

拉斯柯尼科夫狞笑了一下。

“要知道，这不但可笑，简直是无耻。好吧，即使我犯了罪（我根本不承认我犯了罪），既然您亲口告诉我，在监狱里能得到安宁，我又何必非得向您自首呢？”

“唉，罗吉昂·罗曼诺维奇，您也别太相信我的话，也许待在监狱里根本就不可能得到安宁。那毕竟只是一种理论，而且是我的一种理论，而在您面前，我又算得了什么权威呢？也许到现在为止，我还有些事情瞒着您哩。我总不能把什么事都向您和盘托出吧！嘿嘿！其次，您怎会不知道有什么好处呢？您知道不知道，这样您就会得到减刑？要知道，如果您前去自首，那是在什么时刻啊？您不妨想一想！那是在别人已经认罪，整个案子已经搅乱了的时候。我敢在上帝面前发誓，我将在'那儿'把事情安排妥当，使得您的自首成为一件好像完全出人意外的事情。我们一定要把这一套心理分析扫除净尽，我要把我对您的一切怀疑化为乌有，使得您的罪行看去像是一时糊涂，因为，凭良心说，您确实是一时糊涂。我是一个正直的人，罗吉昂·罗曼诺维奇，我说到做到。"

拉斯柯尼科夫忧郁地默不作声，低下了头；他沉思很久，最后又冷笑了一声，然而这一次的笑容是温顺、凄凉的。

"唉，不必了！"他说，似乎对波尔费利已经完全无需隐瞒了，"不值得！我根本不要您减刑！"

"唔，我担心的正是这个！"波尔费利热烈地、似乎不由自主地叫道，"我担心的正是您不要我们减刑。"

拉斯柯尼科夫悲伤地、意味深长地望了望他。

"唉，您不要自暴自弃！"波尔费利接着说，"来日方长嘛。怎么不要减刑，怎么不要呢！您这人真是一个火暴性子！"

"您说什么方长？"

"来日方长！您算什么先知，您又知道什么？寻找，就寻见。① 也许上帝正是在等您那么做。镣铐是不会永久存在的……"

"会减刑……"拉斯柯尼科夫笑了起来。

"怎么，您是害怕资产阶级的耻辱吗？也许您害怕的正是这个，不过您自己不知道罢了——因为还年轻嘛！可是不管怎样，您不应该害怕，也不应该耻于到那儿去投案自首。"

"嗐，我不在乎！"拉斯柯尼科夫用厌恶和鄙夷的口气小声说，好像不愿意说话似的。他站起身来，仿佛想出去，但又明显失望地坐了下来。

---

① 见《圣经·新约·马太福音》第七章第七节。

"您的确不在乎！您已经失去了信心，您以为我在粗俗地奉承您；可是您一共才活了多少年？您懂得什么？您发明了一种理论，可是您又感到害臊，因为这个理论失败了，而且一点也不新奇！的确，结果很卑鄙，但是您毕竟还不是一个不可救药的无赖。您完全不是那样一个无赖！至少您没有长期欺骗您自己，而是一下子就走到了荒唐可笑的地步。您知道我把您看成什么样的人吗？我把您看做这样一种人：只要您有了信仰，或者找到了上帝，即使别人把您的肚肠挖出来，您也会挺身站在那儿，向折磨您的人微笑。好，您去寻找您的信仰吧，找到了，您就可以活下去。首先，您早需要换换空气了。受难也是一件好事。那么，您就去受难吧。米柯尔卡希望受难也许是对的。我知道您不会相信这些——但是您也不要太自作聪明。毫不犹豫地投身到生活中去吧；您放心，生活会一直把您带到彼岸，让您站住脚的。带到什么彼岸吗？那我怎么知道呢？我只是相信，您来日方长。我知道，您现在把我的话当做老生常谈，不过以后您想起这些话，也许会对您有用的；这就是我说这些话的目的。还好，您只杀死了一个老太婆，要是您想出了另外一种理论，也许您还会做出上亿倍更不像话的事情呢！也许您应该感谢上帝；您怎么知道他不正是为了那个缘故在挽救您呢？您应当有一颗高尚的心，不必那么害怕！您是为了即将到来的重大判决而害怕吗？不，害怕是可耻的。既然您已经干下了这种事，那就应该挺起腰杆来。这是伸张正义的问题。照正义的要求去做吧。我知道您不相信这些，但是真的，生活会把您带到彼岸的。以后您会恢复自尊心的。现在您需要的只是空气，空气，空气！"

拉斯柯尼科夫甚至哆嗦了一下。

"您算老几？"他叫道，"您算什么先知？您是从什么庄严肃穆的高处向我道出这些使人大彻大悟的预言呢？"

"我算老几？我是一个没有前途的人，如此而已。我也许是一个有感情、有同情心的人，也许还有些知识，但是已经完全没有前途了。而您是另外一回事：上帝赐给您的生活在等待着您（不过，谁知道呢，也许您的生活也会像过眼云烟，毫无所得）。要是您变成另外一类人，那又有什么要紧呢？像您这样的性格，您是不会贪图舒适的。也许很久一段时间没有一个人看见过您,那又有什么要紧呢?要紧的不是时间,而是您自己。您成了太阳,大家就都看见您了。太阳的首要职责就是成为一个太阳。为什么您又笑起来了:笑我模仿席勒吗?我敢打赌,您以为我现在打算用奉承话来哄骗您!也许我就是这样做的,那又怎么样呢,嘿嘿嘿!罗吉昂·罗曼诺维奇,那也对,您别相信我嘴上说的,甚至永远也别完全相信。我承认,我生来就是这样一种人;但是我要加上一句:我卑鄙到什么程度,或者我正直到什么程度——好像您自己也应该看得出来!"

"您想在什么时候逮捕我呢?"

"我可以让您再自由行动一两天。您好好想想,亲爱的,向上帝做做祷告。这对您更有好处,真的,会更有好处的。"

"我要是逃跑了,怎么办呢?"拉斯柯尼科夫不知怎的做出一副奇怪的笑容,问道。

"不,您不会逃跑的。一个乡巴佬会逃跑,一个时髦的异端分子会逃跑(他们都是别人思想的奴隶),因为只消给他们看看指尖,就像对海军准尉德尔卡那样①,他们就会一辈子相信您要他们相信的任何东西。而您已经不再相信您的理论了,——您凭什么要逃跑呢?您逃走干什么呢?逃亡的生活既可恶又艰苦,而您首先需要的是生活与明确的地位,一种适当的气氛。但是那种气氛对您适合吗?您如果逃跑,您会自动回来的。离开我们您是活不下去的。如果我把您关进监狱——您在那儿待一个月,或者两个月,或者三个月,然后您会忽然想起我对您讲的话,您会自动前来自首,而且,也许,您自己都会感到意外的。您自己在一个钟头以前还不知道,您会来投案自首。我甚至深信,您会'下决心去受难'的;现在您不相信我的话,但是您自己会得到同样结论的。因为,罗吉昂·罗曼诺维奇,受难是一件伟大的事情;别看我发胖了,那算不了什么,反正我知道;对于这事您别笑,在受难中有理想。米柯尔卡做得对。不,您不会逃跑的,罗吉昂·罗曼诺维奇。"

---

① 陀思妥耶夫斯基在此误把果戈理剧本《结婚》中可笑的海军准尉彼图霍夫称做德尔卡了。

拉斯柯尼科夫站起身，拿起了帽子。波尔费利·彼特罗维奇也站了起来。

“您想出去散散步吗？那会是一个美好的夜晚的，只要不下雷雨就成。不过下了雨，空气更清新，岂不更好……”

他也拿起了帽子。

“波尔费利·彼特罗维奇，请您不要以为我今天已经向您招供了，”拉斯柯尼科夫板起面孔执拗地说道，“您是一个怪人，我是纯粹出于好奇才听您说话的。但是我什么也没有向您招供……请您记住这点！”

“唔，我知道，我会记住的——瞧，他在哆嗦哩。别着急，亲爱的，您乐意怎么办，就怎么办吧。去散一会儿步也好；不过散步的时间别太长了。为了防备万一，我对您还有一个小小的请求，”他把声音放低补充了一句，“这个请求很容易引起误会，但是很重要：如果，我是说，万一（虽然我不信会发生那样的事，而且您也不可能那样做），如果，也就是万一，在这四十小时到五十小时之内，您想用另外一种办法，用一种异想天开的方式来结束这桩案件，也就是说，自杀（这是很荒唐的假设，请您务必原谅），那就请您给我留一个简短但是详尽的便条。写上两行，只消写上短短两行就成，并请您提一下那块石头：那就更光明磊落了。好，再见……希望您好好想一想，来个好的开端吧！”

波尔费利走出去了，他不知怎的弯着腰，仿佛避而不看拉斯柯尼科夫似的。拉斯柯尼科夫走到窗前，焦躁地等待着，直到他估计波尔费利已经走到街上，已经走得比较远了的时候，才匆匆地走出了屋子。

## 3

他急急忙忙去找斯维里加洛夫。他究竟希望从那个人身上得到什么——连他自己也不知道。可是那个人有一种看不见的力量在支配着他。一旦意识到这一点，他心里就再也不能平静，更何况现在时候已经来到了呢。

在路上，有一个问题特别使他烦恼：斯维里加洛夫到波尔费利那儿去过了没有呢？

根据他所能够下的判断，他可以赌咒发誓地说：没有，他没有去过！他想了又想，想起了波尔费利来访时的全部情景，终于想明白了：没有，没有去过，当然没有去过！

不过，如果他还没有去过的话，那么他会不会到波尔费利那儿去呢？

此刻他暂时认为他是不会去的。为什么呢？他也说不出所以然来，如果他说得出道理，他现在也就不会在这件事情上绞尽脑汁了。这一切都使他烦恼，同时不知怎的他又顾不得考虑这件事。说来也怪，也许没有人会相信，他居然对于他此刻即将来到的命运只感到一种微微的、漫不经心的忧虑。折磨着他的是另一件事，另外一件重要得多的事，非常重要的事，这是关于他自己、与别人无关的事情，但这是另一件事，一件主要的事。此外，他还感到精神上疲惫不堪，虽然他的脑子在那天早上比起最近这些天来要好一些。

但是，发生了这一切以后，现在还值得去费大力气克服所有这一切新发生的小小困难吗？比方说，还值得去挖空心思不让斯维里加洛夫到波尔费利那儿去吗；值得去研究，去了解，去把时间浪费在斯维里加洛夫那种人身上吗？

啊，这一切使他多么厌倦啊！

然而他还是急急忙忙地去找斯维里加洛夫。他是不是指望从他那儿得到什么新情况，得到指点或者出路呢？人家不是连一根稻草都抓住不放吗！是不是命运或者一种本能把他们俩连在一起了呢？也许这只是疲倦和绝望的表现；也许他所要找的不是斯维里加洛夫而是另一个人吧，他不过是偶然想到斯维里加洛夫罢了。是索尼娅吗？他现在去找索尼娅干吗呢？再去乞求她的眼泪吗？他一想到索尼娅就害怕。对于他来说，索尼娅好像是一个铁面无私的判决，一个不能更改的决定。现在——不是走她的路，就是走他的路。特别在这个时刻，他不能去看她。不，还不如去探探斯维里加洛夫的口风好；这到底是怎么回事呢？他心中不得不承认,为了某件事,他好像的确早就需要这个人了。

但是,他俩之间又能有什么共同点呢?甚至连他们两个人干的坏事都不可能是一样的。不但如此,那个人是个很不讨人喜欢的人,他显然非常腐化堕落,一定很狡猾和奸诈,也许,还很狠毒。人们谈论过他很多这类事情。不错,他为卡捷琳娜·伊凡诺夫娜的孩子们出过力;但是谁知道他有什么用意,存的是什么心呢?这个人一向居心不良和诡计多端。

这些天来,还有另外一个想法经常萦绕在拉斯柯尼科夫的脑海里,引起他的极大不安。这个想法使他感到痛苦,因此他竭力想把它赶走。有时候他想:斯维里加洛夫老是在他身边转来转去,直到如今还是这样;斯维里加洛夫已经知道了他的秘密;斯维里加洛夫有意坑害杜尼娅。要是他现在还有这个打算,那怎么办呢?几乎可以肯定地说,*他有这个打算*。他由于发现了他的秘密因而取得了支配他的权力,要是他现在把这权力当作对付杜尼娅的武器,那可怎么办呢?

这种思想有时候甚至在梦中也来折磨他,但是现在,当他去找斯维里加洛夫的时候,这种思想这么一清二楚地出现在他的脑海里,还是第一次。一想到这个,他心里就充满了忧郁的愤懑。第一,这会使一切都发生变化,甚至还会改变他自己的处境:他必须马上把他的秘密告诉杜涅奇卡。也许他还必须去自首,以防止杜涅奇卡采取什么轻率的举动。但是那封信呢?今天早上,杜尼娅收到了一封信!在彼得堡,她能收到谁的信呢?(也许是卢仁寄来的吧?)不错,有拉祖米欣在那儿保护她;但是拉祖米欣什么也不知道。也许他应该把一切也向拉祖米欣和盘托出吧?拉斯柯尼科夫一想到这些,就觉得厌恶。

最后他下定决心:无论如何,他非尽快找到斯维里加洛夫不可。谢天谢地,他需要应付的与其说是细节,不如说是事情的实质;但是,只要他办得到,如果斯维里加洛夫要用什么阴谋诡计来摆布杜尼娅的话,那么……

拉斯柯尼科夫已经被整整一个月来的遭遇弄得精疲力竭了,因此目前对于这类问题只能作出一个决定:"那就杀死他。"他怀着心灰意冷的绝望心理想道。一种沉重的心情压在他的心头;他站在街心,四下里望了望:他走的是哪条路?他到了哪儿?他已经走到3大街,离干草市场约有三四十步,刚才他就是从干草市场经过的。左边那座房子的整个二层楼都被一家小饭馆占用了,所有的窗户都敞开着;从窗户前走动的人影来看,小饭馆已经高朋满座。大厅里洋溢着婉转动听的歌声、黑管声、提琴声和土耳其鼓的咚咚声。还可以听到女人的尖叫声。他莫名其妙,他到3大街来干什么。他正要转身回去的时候,忽然发现斯维里加洛夫坐在最远一扇窗口的一张茶桌旁,嘴里叼着一只烟斗。这使他大吃一惊,简直吓坏了。斯维里加洛夫默默地望着他,朝他浑身上下打量着,这也立刻使拉斯柯尼科夫吃了一惊,斯维里加洛夫仿佛要站起身来,趁人家没有发现他的时候悄悄溜走。拉斯柯尼科夫立刻装出一副好像他也没有看见他的样子,若有所思地瞅着别处,一面偷眼继续观察着他的行动。他的心跳得很厉害。果然如此:斯维里加洛夫分明不愿意被人看见。他从嘴里取出烟斗,正想躲开;但是当他站起身来推开椅子的时候,大概他忽然发现拉斯柯尼科夫已经看见他了,并且正在注视他。此刻他们两人之间的情形,就跟那天拉斯柯尼科夫正在睡觉时,他们两人在他屋子里第一次见面的情景一样。斯维里加洛夫脸上露出狡猾的微笑,而且笑容越来越扩大。双方都知道他们彼此看见了对方,而且在互相注视着。最后斯维里加洛夫忽然纵声大笑起来。

"喂,喂!要是您愿意的话,就请进来吧;我在这儿!"他从窗口喊道。

拉斯柯尼科夫上楼走进了小饭馆。

他看见斯维里加洛夫坐在跟大厅连在一起的一间只有一扇窗户的小小里屋里。在那间大厅里,在几名歌手大喊大叫的合唱声中,商人们、官吏们,以及各色人等,分别坐在二十张小桌子前喝茶。不知从什么地方传来打台球的声音。在斯维里加洛夫面前的小桌子上,摆着一瓶打开的香槟酒和半杯伏特加。在小屋里还有一个拿着小型手风琴的少年乐师,一个穿着条纹布褶裙、戴一顶有飘带的蒂罗尔①式帽子的卖唱姑娘,她大约十八岁,面色红润,体格健美。尽管别的屋子里已经有人在合唱,但是她仍然在手摇风琴的伴奏下,用她那相当沙哑的女低音唱着一支下流

① 奥地利的城市。

歌曲……

“别唱啦!”拉斯柯尼科夫一进门,斯维里加洛夫就叫她停止歌唱。

那个姑娘马上不唱了,恭恭敬敬地站在一旁等候。当她唱着那首押韵的下流歌曲时,脸上却露出严肃而尊敬的表情。

“喂,菲利普,来一只杯子!”斯维里加洛夫喊道。

“我不想喝酒。”拉斯柯尼科夫说。

“请便,我不是给您要的。卡佳,喝吧！我今天不要你再唱什么了,你走吧!”他给她斟了满满一杯,又拿出一张黄色钞票①。卡佳跟一般女人喝酒一样,把一杯酒接二连三地喝了二十来口,一口气喝光,然后拿起钞票,吻了吻斯维里加洛夫的手(他非常严肃地把手伸给她吻),便走出了屋子,那个摇手风琴的男孩也跟在她后面出去了。他们两人是从大街上叫来的。斯维里加洛夫在彼得堡住了还不到一礼拜,但是他周围的一切,都已经按照古老的传统作风安排好了。小饭馆的伙计菲利普也已经成了他的“熟人”,对他十分巴结。通往大厅的门是关上的;斯维里加洛夫在这间屋子里,就像在自己家里一样,也许他整天就待在这里。这家小饭馆又脏又糟糕,连中等水平也够不上。

“我正要到您那儿去找您,”拉斯柯尼科夫开口说,“但是我不知道刚才为什么从干草市场拐到3大街来了。我从来没有到这儿来过,也不进这儿的门。我一向是从干草市场往右拐。而且到您那儿去也不走这条路。我只是拐了一个弯,就遇见了您！这真怪!”

“为什么您不直说‘这是一个奇迹’呢?”

“因为这也许只是偶然的巧合罢了。”

“你们这种人都有这个毛病!”斯维里加洛夫哈哈笑着说,“即使心里相信奇迹,但就是不承认！刚才您还说这‘也许’只是偶然的巧合。您简直想象不到,罗吉昂·罗曼诺维奇,这儿的人都多么害怕说出自己的意见啊！我说的不是您。您有您自己的见解,您也不怕有自己的见解。就因为这个,您才引起了我的好奇。”

---

① 即一卢布的钞票。

“没有别的原因了吗?”

“这就足够了。”

斯维里加洛夫显然处于兴奋状态,不过只有一点儿;他总共只喝了半杯酒。

“我觉得,在您知道我抱有您所称的自我见解以前,您就来找我了。”拉斯柯尼科夫说。

“嗯,那是另一回事。每个人都有他自己的打算。谈到奇迹,我应该告诉您,最近两三天,您好像尽顾着睡觉错过了。我亲口告诉过您这家饭馆的名字,所以您一直走到这儿来了,这并不是什么奇迹;我亲口告诉过您,到这儿来应该怎么走,它坐落在什么地方,以及什么时候您可以在这儿找到我。您还记得吗?”

“忘了。”拉斯柯尼科夫惊讶地回答说。

“我相信您的话。我对您说过两遍。地址已经机械地印在您的记忆里了。您也就机械地拐到这儿来,而且毫无差错地按地址走来了,虽然您自己并不知道这点。我当初对您讲的时候,并没有指望您能了解我的意思。罗吉昂·罗曼诺维奇,您太暴露自己了。还有:我深信,在彼得堡,有很多人走路的时候都爱自言自语。这是一座半疯子的城市。如果我们是一个科学发达的国家,那么医生、律师和哲学家们,就可以各自按照他们的专业,对彼得堡进行一次极有价值的调查研究。很少有地方像彼得堡这样对人的灵魂有那么多阴郁、强烈和奇怪的影响!光是气候的影响,就有多大啊!而且这是全俄国的行政中心,它的特征一定会反映到各方面。可是现在问题不在那儿,而在于:我已经从一旁观察过您几次了。您从家里出来的时候——还昂着头。但是走了二十来步,您就把头低下去,两只手抄在背后。您睁着两眼,可是分明视而不见,无论是您前面的东西,或是您两旁的东西,您都看不见。最后您开始翕动嘴唇,自言自语起来。有时,您还抽出了一只手,朗诵起来,最后您就在街心站住,站了很久。这是很不好的。也许除了我以外,还有别人见到了您,这对您没有好处。其实这跟我毫无关系,我也治不好您的病,但是您,当然,是懂得我的意思的。”

“您知道有人在监视我吗?”拉斯柯尼科夫问道,一面探究地注视着他。

“不,我什么也不知道。”斯维里加洛夫似乎诧异地回答道。

“唔,那么您就不用管我了。”拉斯柯尼科夫皱起了眉头咕哝说。

“好,不管您。”

“您最好告诉我,既然您到这儿来喝酒,并且有两次要我到这儿来找您,那么刚才我从大街上望着窗口的时候,为什么您要躲起来,并且打算溜走呢? 这点我看得清清楚楚。”

“嘿嘿! 那天我站在您屋子门口的时候,为什么您闭着眼睛躺在沙发上,假装睡着,而当时您根本就没有睡着呢? 这我也是看得清清楚楚的呀!”

“我可能有……原因……这您自己知道。”

“我也可能有原因,虽然您不知道。”

拉斯柯尼科夫把他的右胳膊肘支在桌子上,用右手的手指托住下巴,凝神注视着斯维里加洛夫。他把斯维里加洛夫的面孔打量了大概一分钟,这张面孔过去也总是使他感到很惊讶。这张面孔很怪,像个假面具似的:白里透红,两片鲜艳的红嘴唇,一排淡黄色的大胡子,还有一头颇浓密的淡黄色头发。他的眼睛不知怎的显得太蓝,而眼神也不知怎的显得太沉闷,太呆滞。在这张漂亮的、就年龄来说还显得非常年轻的面孔上,有一种极不讨人喜欢的东西。斯维里加洛夫衣冠楚楚,穿一身薄料子的夏装,他的衬衫特别讲究。他的手指上戴着一只很大的戒指,戒指上镶着贵重的宝石。

“难道我还得跟您周旋一番吗,”拉斯柯尼科夫显出极不耐烦的样子,忽然单刀直入地说,“如果您想害我,那么您也许是个最危险的人物,可是我不愿再折腾自己了。现在我要让您看看,我并不像您所想象的那样珍惜自己。您要知道,我来找您就是为了直截了当地告诉您,要是您仍旧像以前那样打我妹妹的主意,要是您想利用您最近发现的情况来达到您的目的,那么,我要在您把我送进监狱以前,就把您干掉。我说话是算数的。您知道,我说到就能做到。其次,如果您要跟我说什么,您就快说吧，因为在这段时间里我一直觉得，您好像有什么话要跟我说，因为时间很宝贵，也许过不多久，就已经太晚了。”

“您这么着急，要到哪儿去啊？”斯维里加洛夫好奇地打量着他，问道。

“每个人都有自己的事。”拉斯柯尼科夫阴郁地、不耐烦地说。

“刚才您自己要我开门见山地说话，可是我问您的第一个问题，您就拒绝回答。”斯维里加洛夫笑眯眯地说，“您总觉得我抱有什么目的，所以您就用怀疑的眼光来看我。当然，处在您的地位，这完全可以理解。不过，尽管我很乐意跟您交朋友，但是我决不想费力来劝您相信相反的方面。真的，那是得不偿失的，我也不打算跟您谈任何特别的事情。”

“那么您找我又是为什么呢？您不是一直在缠着我献殷勤吗？”

“我不过把您当做一个有趣的观察对象罢了。我很喜欢您处境的荒唐——我感兴趣的就是这个！此外，您是我非常关心的那个人的哥哥；最后，过去我从那个人的嘴里经常听到很多关于您的话，因此我断定您对她有很大的影响；难道这还不够吗？嘿嘿嘿！可是我承认，对我来说，您的问题太复杂了，使我难以回答。比方说，您现在来找我，不仅是有事，而且是想听到什么新鲜事儿。是不是这样？是不是这样呢？”斯维里加洛夫一个劲地说着，脸上露出狡狯的微笑，“因此，您可以想象得到，我到这儿来的时候，还在火车里就对您存着指望，指望您也会告诉我一点新鲜事儿，指望能够从您身上捞到点油水！您看，咱们俩多富啊！”

“您能捞到什么油水呢？”

“怎么跟您说呢？我又怎么知道能捞到什么油水呢？您瞧，我从早到晚坐在这样的小饭馆里，这对我来说就心满意足了，其实也不是心满意足，而是一个人总得有一个地方坐下吧。好，拿那个可怜的卡佳来说——您看见她了吗？……再比方说，我要是一个贪吃的人，或是一个经常光顾俱乐部的品尝家，那就好了，可是事实上您看我能吃些什么东西呢！（他指了指墙角的一张小桌子，桌上一只白铁盘子里盛着吃剩的几块很不像样的煎牛排和马铃薯。）顺便问问，您用过饭没有？我已经吃了一点东西，不想再吃了。再比方说，我根本就不喝酒。除了香槟酒以外，我什么酒也不喝,就连香槟,一晚上也不过喝一杯,而且这一杯就叫我头痛了。我刚才要了一杯香槟,想提提精神,因为我正要到一个地方去,所以您看见我的心情有点特别。刚才我所以像个孩子似的躲起来,为的是怕您打扰我;但是看来(他掏出了表),我还可以和您在一起待一个钟头;现在是四点半。您相信吗,我真希望我能够有点作为;比方说,当一个地主,或者做一个神父,或者做一个枪骑兵,或者做一个摄影师,或者做一个新闻记者……但我什么也不是,没有任何特长!有时候真无聊啊。真的,我还以为您能告诉我什么新鲜事儿呢。"

"您究竟是什么人?您为什么到这儿来?"

"我是什么人?您知道:我是一个贵族,我在骑兵队里服役两年,然后就在彼得堡闲逛,然后娶了玛尔法·彼特罗夫娜,住在乡下。这就是我的简历!"

"您好像是个赌棍?"

"不,我怎么能算赌棍呢。玩假牌的——不是赌棍。"

"那么您玩过假牌喽?"

"是的,玩过假牌。"

"那么您常常挨揍吗?"

"挨过揍。那又怎么样呢?"

"唔,那么您可以跟他们决斗呀……这样就热闹了。"

"我不想反驳您,何况我也不善于空谈哲理。不瞒您说,我匆匆忙忙地跑到这儿来,主要是为了女人。"

"您刚安葬了玛尔法·彼特罗夫娜,就这样?"

"是的,"斯维里加洛夫用一种推心置腹的坦率态度笑着说,"那又有什么关系呢?我这样谈女人,您觉得有什么不好吗?"

"您是问我,我是不是认为荒淫无度是坏事?"

"荒淫无度!您说到哪儿去了!不过我要逐一来回答您,首先是一般关于女人的问题;您知道我很爱闲聊。请您告诉我,为什么我要克制自己呢?既然我喜欢女人,那么为什么我要抛弃女人呢?起码可以消磨一下时间嘛。"

"那么您在这儿指望的就是荒淫无度!"

"就算为了荒淫无度,那又怎么样呢!他们总忘不了这个词儿。至少我很喜欢开门见山提问题。在这种荒淫无度里面,至少有一种建立在天性上、没有受到幻想影响的经久不变的东西,它存在于人的血液中,像一块永远熊熊燃烧着的炭火,它永远点燃着人的热情,而且经久不灭,也许经过许多年也扑不灭。您会同意的,难道这不是一种消磨时间的办法吗?"

"这有什么值得高兴的呢?这是一种病,而且是一种危险的病。"

"哦,您想到哪儿去了?我同意这是一种病,像一切没有节制的事情一样——干这种事必然会失去节制——不过,第一,一个人会这样,另一个人会那样;其次,当然,干什么都应该有节制,有算计,虽然这是下流的,但是有什么办法呢?要是没有这种事可干,说不定就只好自杀了。我同意,一个正派人应该甘心寂寞,不过……"

"您会自杀?"

"瞧您说的!"斯维里加洛夫厌恶地把话搪塞过去,"劳您驾别说这个了。"他赶忙加上一句,丝毫也没有以前那种自吹自擂的腔调了。连他的面容都好像变了,"我承认我有不可宽恕的弱点,可是我有什么办法呢:我怕死,也不爱听人谈到死。您可知道我有点像神秘主义者吗?"

"啊!玛尔法·彼特罗夫娜的阴魂!怎么,她还来找您吗?"

"去她的,别提了;在彼得堡还没有见过;去她的!"他带一副激怒的神气喊道,"不,咱们倒不如谈谈……是的……不过……嗯!可惜我没有工夫,不能跟您在一起多待一会儿。我本来有许多话要说!"

"您有什么事,女人吗?"

"是的,女人,一件意想不到的事……不,那不是我要说的。"

"那么这整个环境的卑鄙龌龊对您已经不发生影响了吗?您已经无力自拔了吗?"

"您自以为您有这样的力量吗?嘿嘿嘿!罗吉昂·罗曼诺维奇,刚才您使我很惊讶,虽然我事先就知道一定会这样。您对我讲荒淫无度,讲美学!您是席勒!您是幻想家!当然,这一切应该如此,不如此才怪呢,然而在现实中,这毕竟还是奇怪的……可惜时间太少,因为您本人就是一个非常有趣的人啊！顺便问您一句,您喜欢席勒吗？我非常喜欢席勒。”

“您真是个吹牛大王!”拉斯柯尼科夫有点反感地说。

“唔,老实说,我并不是那样的人,”斯维里加洛夫哈哈笑着回答说,“不过我也不想争辩,就算我是个吹牛大王吧;如果对人无害,为什么不可以吹吹牛呢？我跟玛尔法·彼特罗夫娜在乡下度过了七年,所以现在我突然遇到像您这样一个聪明人——既聪明又非常有趣的人——的时候,我当然高兴跟您聊聊,何况我已经喝了半杯酒,已经有点醉意了。主要是,有一件事情使我很不安,但是,那件事情,我……不想说。您上哪儿?”他忽然吃惊地问道。

拉斯柯尼科夫想站起身来。他觉得沉闷和窒息,而且不知怎的感到很别扭,他悔不该到这里来。他亲眼看到,斯维里加洛夫是世界上最浅薄也最为人所不齿的恶棍。

“哎呀！坐一会儿吧,您别走呀!”斯维里加洛夫劝阻说,“叫他们来杯茶吧。再坐一会儿吧,好,我不再胡说八道了,我指的是关于我自己的事。我要告诉您一些事情。唔,您愿意听我告诉您,一个女人怎样,用您的话来说,‘挽救’了我吗？这甚至是对您第一个问题的回答,因为那个女人就是您妹妹。可以讲给您听吗？反正消磨消磨时间嘛。”

“您说吧,但是我希望您……”

“啊,请放心！即使是在我这么一个品格低下、毫不足取的人身上,阿芙朵佳·罗曼诺夫娜也只会激起我对她深深的敬佩。”

## 4

“您大概知道(其实,我亲自对您说过了),”斯维里加洛夫开始说,“我在这儿蹲过债务人监狱,因为欠了一笔巨款,而且展望未来,毫无钱财可以用来还债。现在就不必详述玛尔法·彼特罗夫娜是怎样把我赎出来的了;您知道有时候爱情会把一个女人搞昏到什么程度吗?这是一个诚实的女人,非常聪明(虽然她完全没有受过教育)。您想想看,这个诚实而嫉妒心重的女人,经过许多次的狂怒和责骂之后,竟然迁就我,跟我订了在我俩结婚生活中她永远遵守的某个合同。问题在于,她比我大得多,而且她嘴里总含着什么丁香。因为我的灵魂是如此下流,同时也似乎有一种可以说是诚实的东西,所以我就直截了当地对她宣布,我不能够完全忠实于她。我这种直言不讳,惹得她勃然大怒,不过她从某个角度似乎还挺喜欢我这种粗鲁的坦率。她认为:'既然他事先这样宣布,这就说明他不想欺骗我。'——对于一个嫉妒心重的女人来说,这是最重要的事情。她哭了很久以后,我们俩订了一个口头合同:第一,我永远不离开玛尔法·彼特罗夫娜,永远做她的丈夫;第二,不得她的许可,我什么地方也不许去;第三,我永远不搞固定的情妇;第四,作为交换条件,玛尔法·彼特罗夫娜可以允许我有时跟女佣人勾搭勾搭,不过必须要让她私下知道这件事;第五,绝对不许我爱上我们这一阶层的女人;第六,万一我陷入情网,不能自拔——那是绝对不容许的——我应该向玛尔法·彼特罗夫娜供认不讳。关于最后一项,玛尔法·彼特罗夫娜是相当放心的;她是个聪明的女人,所以她无非把我看成是一个荒淫无度的淫棍,这种人决不可能有真正的爱情。然而聪明的女人和嫉妒心重的女人,是两种不同的人,麻烦也就在这儿。不过,要对某些人给以公平的判断,我们就得抛弃我们某些先入之见和对我们周围一般人和一般事物的陈腐习惯。我有权认为您的看法较之任何人的看法更可信。您大概已经听说过关于玛尔法·彼特罗夫娜许多荒唐可笑的事情了吧。她的确有一些非常可笑的习惯;但是我要直率地告诉您,我对于我给她造成的无数苦恼,深感后悔。好了,我觉得,若由一个最温柔的丈夫给他最温柔的妻子做一篇非常像样的临葬悼辞①,说说上面这一席话,也就够了。我们俩吵架的时候,我多半一声不响,也不发脾气,这种文质彬彬的态度几乎都很见效;这不但影响了她,甚至使她很喜欢;有时候她甚至还拿我引以为自豪。可是她对您妹妹总

① 原文是法文。

是不能容忍。那么她又为什么冒着危险把那么一个美人儿请到自己家里来当家庭教师呢？我认为这是因为玛尔法·彼特罗夫娜是个多情善感的女人，她自己干脆就爱上您妹妹，真的爱上她了。唉，这也难怪，是阿芙朵佳·罗曼诺夫娜嘛！一见之下，我就十分明白情况不妙，您猜怎么着？我下决心连看也不看她一眼。但是阿芙朵佳·罗曼诺夫娜却自己迈出了第一步，——您信不信？因为我总是闭口不谈您妹妹，因为我对于玛尔法·彼特罗夫娜不住口地热情称赞阿芙朵佳·罗曼诺夫娜非常冷淡，起初，她竟对我生起气来，您相信吗？我不知道她究竟想干什么！唔，当然，玛尔法·彼特罗夫娜把我的全部底细都告诉阿芙朵佳·罗曼诺夫娜。她有一个不幸的弱点，就是把我们所有的家庭秘密逢人便讲，而且不断地向所有的人诉苦，说我不好，所以，她怎么会不把这一切秘密告诉这位美丽的新朋友呢？我想，她们所谈论的，除了我以外就没有别的，而且毫无疑问，阿芙朵佳·罗曼诺夫娜已经知道了那些硬编派到我头上来的一切令人极不愉快的神秘谣言……我可以打赌，您也已经听说过这一类事情了吧？”

“听说过，卢仁指责过您，说您甚至害死了一个小孩。这是真的吗？”

“我求您别提这些庸俗的谣言了，”斯维里加洛夫厌恶而且牢骚满腹地搪塞道，“要是您一定想知道所有这些无聊的事情，改天我再特别告诉您，但是现在……”

“我还听说，您在乡下有一个用人，好像有一件事也是您一手造成的。”

“够啦，求您别说了吧。”斯维里加洛夫又打断了他的话，脸上显然露出不耐烦的样子。

“是不是他死后还来给您装烟袋的那个用人……您还亲自告诉过我？”拉斯柯尼科夫越来越激动。

斯维里加洛夫仔细地望了望他，拉斯柯尼科夫觉得，刹那间在那双眼睛里，像闪电一样闪过一丝恶狠狠的嘲笑，但是斯维里加洛夫马上又把自己克制住，彬彬有礼地回答说：

“就是那个人。我看得出，您对这一切也非常感兴趣，因此我觉得有义务，一遇合适的机会，就来逐一满足您的好奇心。活见鬼！我知道，有一些人的心目中，我的确像个小说人物。从那件事情上您就可想而知，我应该多么感谢故去的玛尔法·彼特罗夫娜，因为她把这么多关于我见不得人的有趣事情告诉了您妹妹。我不敢断定这些事情给了她什么印象，不过不管怎样，这对我是有利的。阿芙朵佳·罗曼诺夫娜尽管很自然地非常讨厌我，尽管我常常有这么一副愁眉不展的讨人嫌的外貌，但她终于可怜起我来了，可怜起我这个堕落的人来了。一个姑娘一旦动了恻隐之心，那，不用说，对她是最危险的。这时她一定想'挽救'他，使他觉悟，使他复活，使他有更高尚的目标，并且使他重新做人，开始新的生活和新的事业——好了，尽人皆知，这一类梦想可能发展到什么地步。我马上就看出，小鸟儿自己飞进网里来了，因此我也做好了准备。罗吉昂·罗曼诺维奇，您好像在皱眉头？没有必要，正如您所知道的，这一切都不了了之了。（该死，我喝了多少酒啊！）您知道，从一开始，我就感到很惋惜，您妹妹没有生在公元二世纪或者三世纪，在某地做一位当权大公的公主，或者某一位执政或者小亚细亚某一位总督的千金。毫无疑问，她会成为一个殉难的人，当人们用烧得通红的钳子烙她的胸膛时，她准会露出笑容来。而且她会有意地自己迎上前去。若在四世纪或者五世纪，她就会走到埃及的沙漠里，靠草根、喜悦和幻想过日子，在那里住上三十年。她渴望赶快为了某一个人去受苦受难，要是达不到受难的目的，她很可能从窗户里跳下去。我听说过某一位名叫拉祖米欣先生的事情。据说他是一个通情达理的小伙子（他的姓就含有这个意思①。他大概是个学生）。那就让他照顾您妹妹去吧！总而言之，我觉得我了解她，而且我把这一点引以为荣。但是，在初次结识的时候，您知道，一个人不知怎的总是轻浮和愚蠢的，会看错人，也看不准。真见鬼，她干吗这么漂亮呢？这不是我的错！一句话，我是从最无法抗拒的淫欲冲动开始的。阿芙朵佳·罗曼诺夫娜非常贞洁，贞洁到了闻所未闻、见所未见的程度。（请注意，我告诉您关于您妹妹的这一点，全是事实。尽管她才智过人，她的贞洁也许到了病态的程度，这对她是有害的。）当时我家里有个姑娘，名叫帕拉莎，黑眼睛的帕拉

---

① 拉祖米欣在俄文中有"明智的""明白道理的""通情达理的"等意思。

莎,这姑娘刚从另一个村子送来当女佣人,我还从来没有见过她,——她长得很漂亮,但是蠢得叫人没法相信:她哭哭啼啼,大叫大嚷,惊动了整个院子,演出了一场丑剧。一天下午,阿芙朵佳·罗曼诺夫娜特意在花园里一条林荫小路上单独找到了我,眼睛一闪一闪的,要求我别再去纠缠可怜的帕拉莎。这大概是我们两人之间的初次交谈。不用说,我把能够满足她的愿望引以为荣,竭力装出忸怩不安、惊慌失措的样子,总之这一出戏,我演得很不坏。于是便开始了交往、秘密谈话、劝谕、教导、规劝、恳求,甚至流泪——您相信吗,甚至流了泪!您瞧,宣传的热情,在某些姑娘们身上激起了多大的力量啊!我呢,当然把一切都归之于自己的命运,我竭力装作是一个渴望光明的人,最后我便采用了征服一颗女人心屡试不爽的妙法。这个方法任何时候也不会叫任何人失望,而且毫无例外地对每一个女人都能起作用。这个方法尽人皆知——奉承。在世界上,没有比说老实话再困难的事,也没有比说奉承话再容易的事了。说老实话的时候,只要有百分之一的音符走调,就会立刻产生不谐和,而随之而来的就是出乖露丑。但是,说奉承话的时候,即使从头到尾都是假话,也会叫人高兴,听起来仍旧不无快乐,虽然这种快乐粗鄙,然而毕竟是快乐。奉承话说得再肉麻,至少有一半听上去像是真的。这适用于社会上各种水平的人和各个阶层。甚至一个贞节的少女也会被奉承话所勾引。至于普通人,那就更不必说了。我一想到有一次,我怎样勾引过一个忠于自己丈夫、儿女的守身如玉的太太,就不禁哑然失笑。这件事是多么愉快,又多么不费吹灰之力啊!然而那位太太的确是严守妇道的,至少是按她自己的方式。我的全部策略是时时刻刻甘拜下风,拜倒在她的贞洁面前。我老着脸皮奉承她,当我终于使她跟我握一下手或者瞅我一眼的时候,我就责备自己不该逼着她这样做,并且说她曾经抗拒过,而且是那么坚决地抗拒过,要不是我那么下流,我一定会永远一无所得;我还说,因为她太纯洁了,看不出我的狡猾,因而无意中不知不觉对我让了步,她自己也不知道自己在做什么,等等,等等。总而言之,我完全达到了目的,而我那位太太仍旧深信她是无辜的、贞洁的,她履行着自己的一切责任和义务,而她的失足纯系偶然。最后,当我对她说,我完全相信,她跟我一模一样在寻欢作乐的时候，她对我是多么恼怒啊！可怜的玛尔法·彼特罗夫娜也是经不起奉承的，只要我愿意，不用说，我在她生前就可以把她的全部财产据为己有了。（不过我酒喝得太多了，话也说得太多了。）如果我现在提到，我在阿芙朵佳·罗曼诺夫娜身上也开始收到同样的效果时，希望您千万不要恼怒。都怪我自己太蠢，太没有耐心，把事情全搞糟了。还在以前就有过几次（特别是有一次），阿芙朵佳·罗曼诺夫娜非常不喜欢我眼睛的表情，您相信这个吗？简单讲，就是从我眼里射出的一道欲火，叫她非常害怕，这火烧得越来越炽热，越来越毫无顾忌，终于使她感到十分憎恶。详细情况就不必细说，反正我们已经分道扬镳了。这时，我又干了一件蠢事。我开始用极其粗鄙的方式嘲笑她的一切宣传和劝说；帕拉莎又出场了，而且不止她一个人——总之，开始了荒淫无耻的生活。啊，罗吉昂·罗曼诺维奇，有时候您妹妹的眼睛是如何一闪一闪地发亮啊，您一辈子要是能够看到一次就好了！即使我此刻已经醉了，我已经喝了满满的一杯酒，这一点关系也没有，我说的是实话；告诉您，我做梦都梦见这道目光；最后，就连听到她衣服的窸窣声，我都受不了。真的，我想，大概我要得羊痫风啦。我从来没有想到过，我会达到这样疯狂的程度。总之，必须和解，但是这已经是不可能的了。您猜我那时是怎么做的？疯狂竟能够使人愚蠢到这种程度！罗吉昂·罗曼诺维奇，在发狂的时候，您永远也不要采取任何行动。我考虑到阿芙朵佳·罗曼诺夫娜实际上是个叫花子（啊，对不起，我的意思不是指……不过，既然表达的是同一概念，那怎么说不都一样吗?）。总之，她靠自己的两只手干活糊口，还要养活母亲和您（唉，见鬼，您又皱起眉头来了……），因此，我决心把我所有的钱（那时我就能够拿出近三万卢布）都送给她，让她跟我私奔，哪怕到这儿，到彼得堡来都行。不用说，我会立刻向她发誓，永远爱她，永远使她幸福，等等，等等。您信不信，当时我实在太爱她了，只要她说一声：你把玛尔法·彼特罗夫娜杀死或者毒死，再来跟我结婚——我就会立刻照办！可是结果闯了一场大祸，这您已经知道了，您可以想象，当我听到玛尔法·彼特罗夫娜在那时搞来了这个卑鄙已极的刀笔吏卢仁，而且差点没撮成了这门婚事的时候（实际上这跟我的建议是完全一样的；不是吗？不是吗？难道不是这样吗?),我简直气疯了。我发现,您似乎很注意地听了……真是一个有趣的青年……"

斯维里加洛夫不耐烦地用拳头捶了一下桌子。他的脸已经绯红。拉斯柯尼科夫清楚地看到,斯维里加洛夫喝下去的,不知不觉地喝下去的那一杯或者一杯半香槟酒,已经在他身上产生了病态的变化,因此他决心利用一下这个机会。他觉得斯维里加洛夫很可疑。

"唔,您说了这一番话以后,我完全相信,您到彼得堡来就是为了打我妹妹的主意。"他直言不讳地对斯维里加洛夫说,想惹得他更加生气。

"嗐,得了!"斯维里加洛夫说,好像忽然想起了什么似的,"我不是告诉过您吗……除此以外,您妹妹还非常讨厌我。"

"我相信她的确很讨厌您,但是现在问题不在这儿。"

"您真的相信她很讨厌我吗?(斯维里加洛夫眯着眼睛,嘲讽地微微一笑。)您说的对,她不爱我;可是丈夫和妻子或者情夫和情妇之间的事,您永远也保证不了。这儿总有一个小小的角落,它从来不对外界公开,只有他们俩才知道。您能保证阿芙朵佳·罗曼诺夫娜讨厌我吗?"

"从您在谈话中透露的只言片语里,我注意到,您仍旧在杜尼娅身上打主意,并且打算马上采取行动,当然是卑鄙的行动。"

"怎么!我透露过这样的只言片语吗?"斯维里加洛夫突然非常天真地吃了一惊,丝毫不理会对他即将采取的行动所加的那个形容词。

"就是现在,您也透露了这个意思。比如说,您为什么这样害怕?现在您为什么忽然害怕起来了呢?"

"我害怕?我怕您?您倒应该怕我才是,亲爱的朋友①。真是荒唐之极……不过我是有点醉了,这我知道;我差点又说漏了嘴。酒真不是好东西!喂,端水来!"

他抓起酒瓶,没有礼貌地把它扔出窗外。菲利普端来了水。

"这都是胡说八道!"斯维里加洛夫说,他把毛巾浸湿了,放在头上,"我用一句话就可以把您顶回去,把您的一切怀疑扫除干净。比方说,您

① 原文是法文。

知道吗,我要结婚了?”

“这事您以前就告诉过我。”

“我告诉过您吗?我忘了。不过当时我还不能有把握地说,因为我还没有见过我的未婚妻;我只是打算这样做罢了。可是现在我真的有了未婚妻,而且已经定下来,要不是我有事不能耽搁,我一定立刻带您去看看他们,因为我想征求一下您的意见。唉,见鬼!只剩下十分钟了!您瞧,您看我的表;然而我还是要告诉您,因为我的婚事从某一点看是一桩很有趣的事。您上哪儿?又要走吗?”

“不,我现在不走。”

“绝对不走吗?咱们等着瞧吧!我一定要把您带到那儿去,这是真的,给您看看我的未婚妻,不过不是现在,因为现在您马上就要走了。您向右走,我向左走。您知道那个列斯莉赫太太吗?就是我现在住在她家里的那个列斯莉赫太太,您听见没有?不,您在想些什么,她就是那个人家说的,女儿在冬天投河自杀的那个女人——喂,您听见了没有?所有事情都是她一手替我安排的;她说,您很寂寞,您应该找点事消遣消遣。您知道,我是个忧郁的人,一个老是垂头丧气的人。您以为我是个乐天派吗?不,我很忧郁:我不做坏事,只是坐在一个角落里;有时候一连三天一句话也不说。而那个列斯莉赫是个坏女人,我告诉您她心里在打什么主意:她以为我玩腻了,就会扔下老婆跑掉,这样我老婆就落到了她的手里,她就可以把她转手嫁给别人;就是说,在我们这个阶层里找一位地位更高一些的。她告诉我,那个姑娘的父亲是个年老多病的退休官吏,已经瘫痪两年多了,一直坐在一把圈椅里。她说,她还有个母亲,是个通情达理的太太,就是说她妈。他们有个儿子在外省的什么地方供职,但是不养家。一个女儿已经出嫁了,也不来看他们。他们还把两个小侄儿带在身边(好像自己的儿女还嫌少似的),他们的小女儿中学还没有毕业,就被他们从学校里接回来,再过一个月她才满十六岁,这意味着,再过一个月,就可以给她找婆家了。也就是说,嫁给我。我们到她家去;在他们那儿多么可笑啊;我做了自我介绍:地主,中年丧偶,出身望族,交游广泛,还有财产。虽然我已经五十岁,而她还不满十六岁,那又有什么要紧呢?谁又会计较这个呢？唔，这真叫人销魂，您说是不是？真叫人销魂，哈哈！您要是看见我怎样跟她的爸爸妈妈谈话，那才有趣呢！在那会儿，我那模样真值得一看，花钱都值得。她走进来，行了个屈膝礼，您可以想象得出，她还穿着短裙呢，真是一朵含苞欲放的蓓蕾！她的脸蛋儿羞得像朝霞一样通红（当然已经把这事告诉她了）。我不知道您对于女人的脸蛋儿有何高见，在我看来，这种十六岁的芳龄，这一双还是孩子气的眼睛，这一副羞人答答、泪眼汪汪的神态——在我看来，这胜过美貌；更何况她还出落得像画儿上的美人呢。金黄色的头发梳成一绺绺纤细的小卷儿，饱满的鲜红小嘴唇，一双小脚——太美了！……好，我们俩就算见过面了，我告诉他们，因为急需料理家务，因此第二天，就是前天，我们两人就得到了祝福。此后，每次我到那儿去，我就立刻把她抱在膝上，不让她走开……唔，她的脸红得像朝霞一样，我一刻不停地亲吻她；她妈妈自然一再开导她，说这是你的丈夫，应该这样，一句话，太美啦！目前这个状况，当未婚夫，真的，也许比当丈夫还好。这便是所谓天然和真诚①！哈哈！我跟她谈过两次话——她一点也不愚蠢；有时候她偷觑我一眼——简直使我久久难忘。您知道吗，她那小脸蛋就像拉斐尔笔下的圣母像。要知道，西斯廷圣母②有一张神奇的脸，一张忧伤、虔诚的宗教徒的脸，您没有注意到这点吗？唔，她的脸就是这一类型的。我们俩刚受到祝福，第二天我就买了价值一千五百卢布的礼物送给她：一副钻石首饰、一副珍珠首饰，还有像这么大的一个银质的妇女梳妆盒，里面各种东西应有尽有，因而连她那个，也就是圣母的那个小脸蛋，也高兴得发红了。昨天我抱她坐在我的膝上，也许太放肆了——她的脸羞得通红，闪着泪花，但是她不愿意让人看见，她浑身就像着了火似的。大家都出去了，一时间，屋里只剩下我们两个人，她忽然搂住了我的脖子（她主动这样还是第一次），用她那双小手搂住我，吻我，并且发誓要做我百依百顺、忠实的好妻子，她一定要使我幸福，把她的一生——一生中的每一分钟——都献给我，为我牺牲一切，一切，而为

① 原文是法文。

② 《西斯廷圣母》是文艺复兴时期意大利著名画家拉斐尔的代表作，现存德国德累斯顿美术馆。

此种种，她希望从我这里得到的，唯有我的尊敬，她对我说，此外她‘什么都不要，什么都不要，什么礼物都不要’。您应该同意，两个人单独在一起，从一个十六岁的小天使（她含着少女的娇羞，脸蛋羞得通红，眼眶里含着热情的泪水）那里，听到这样的表白，——您应该同意，这就够叫人销魂的了！这还不够叫人销魂吗？这还不值得吗，您说是不是？唔，够值得的了吧？唔……我说……好，咱们一起去看我的未婚妻……不过不是现在！”

“其实，这不过是你们俩在年龄上和生活经历上的巨大差别，激起了您的淫欲罢了。难道您真的要跟她结婚吗？”

“怎么啦？那是一定的。每个人都为自己设想，最善于欺骗自己的人，生活过得最快乐。哈哈！不过为什么您要一个劲地往德行上钻呢？老弟，饶恕我吧，我是个有罪的人啊！嘿嘿嘿！”

“但是您安置了卡捷琳娜·伊凡诺夫娜的孩子们。不过……不过您这样做有自己的原因……现在我什么都明白了。”

“我一向喜欢孩子，非常喜欢孩子。”斯维里加洛夫哈哈大笑起来，“在这方面，我甚至可以告诉您一个非常有趣的故事，这件事直到现在还没有完结呢。到这儿来的第一天，我就到各种下流场所去，经过了七年之后，我一来，就直奔那些地方。您大概注意到了，我并不着急跟我的那些伙伴们，跟从前那些哥们重新聚首。我想撇开他们，独来独往，时间尽可能长些。您知道吗，我跟玛尔法·彼特罗夫娜住在乡下的时候，时常想到这些神秘的地方和场所，想得要命，凡是知道怎么玩乐的人，都可以在那儿找到不少乐趣。真见鬼！老百姓在酗酒，受过教育的青年人因为无所事事，把青春浪费在不能实现的美梦和幻想里面，他们的脑子都给各种理论弄糊涂了；犹太人不知从哪儿蜂拥而来，把钱藏起来，而所有其余的人则过着荒淫无耻的生活。从我来到的头几个钟头起，这个城市就使我闻到一股熟悉的气味。我偶然参加了一个所谓跳舞晚会——在一个可怕的下流场所（我喜欢的正是这种肮脏的下流场所），那自然是我当年见所未见、闻所未闻的康康舞①。是的，这也是一种进步。蓦地，我看见一个穿

① 法国游艺场中的一种下流舞蹈。

得非常漂亮、约莫十三岁的小姑娘,她正在跟一个很内行的老手跳舞;那个人跟她面对面。她的母亲坐在靠墙的一把椅子上。您简直想象不出康康舞是什么样的啊! 那个女孩子不好意思极了,脸羞得通红,最后她觉得自己受了侮辱,竟哭了起来。那个老手抱住她,使她打起转来,在她面前大显身手;周围所有的人都在哈哈大笑,而且——我很喜欢你们这儿的观众,即使是康康舞的观众——他们一面笑一面嚷:'活该,活该! 不应该把孩子们带来嘛!'用那种办法消遣是不是合理,我管不着,也不干我的事! 我立刻选定了我的位子,坐到她妈妈旁边去,跟她攀谈起来。我对她说,我也是从外地来的,这里的人都太粗野,他们分不清谁是真正有身份的人并对他们表示应有的尊敬;同时我让她知道我有很多钱;我邀请她们坐我的马车,送她们回家去;我把她们送到了家里,就跟她们结识了(她们住在一间向二房东租来的小屋子里,刚从外地来)。她们对我说,她和她的女儿不能不把跟我结识看做是一件荣幸的事;我打听到她们两人一贫如洗,到这儿来,是为了什么事情到衙门去奔走的。我答应替她们出钱出力;我又听说她们去参加那个晚会,是出于一种误会,以为那儿当真是教跳舞的;我又建议帮助那个少女学习法文和舞蹈。她们欢天喜地地接受了,并引以为荣,而且直到现在我还跟她们很熟……您要是乐意的话,我们可以去看她们——不过不是现在。"

"得了吧! 您这个荒淫无耻、卑鄙下流的好色之徒,别再讲您那些卑鄙下流的故事了!"

"简直是个席勒,我们的席勒,简直是个席勒! 何处没有美德呀?①您可知道,我是故意跟您讲这些事情的,为的是要听听您的叫喊。真是一种享受啊!"

"可不是吗,我此刻怎能不觉得自己可笑呢?"拉斯柯尼科夫恶狠狠地咕哝说。

斯维里加洛夫放声大笑起来;最后他把菲利普喊来,付了账,站起身来。

---

① 原文是法文。

“我的确喝醉了，也聊够了！①”他说，“真是一种享受啊！”

“您还能不感到是一种享受吗！”拉斯柯尼科夫嚷道，他也站起身来，“一个堕落已极的色鬼，脑子里打着这类非常可怕的主意，来讲这样的艳遇，对他来说，怎能不是一种享受呢，特别在这样的情况下，而且是对我这样的人讲……欲火就更旺了！”

“得啦，要是这样的话，”斯维里加洛夫回答说，他甚至有点惊讶地打量着拉斯柯尼科夫，“要是这样的话，那您自己就是个地地道道、愤世嫉俗的人。至少您的条件具备。您懂得很多，很多……很多事您也做得出来。唔，可是，够啦。我真心感到惋惜，跟您谈得太少了，然而您是逃不出我的掌心的……您就等着瞧吧。”

斯维里加洛夫走出了饭馆。拉斯柯尼科夫也跟在他后面。但是，斯维里加洛夫并没有喝得很醉，酒只是暂时上了头，酒力正逐渐消退。他忧心忡忡地想着一件非常重要的事情，眉头紧皱着。他分明由于预料到一件什么事而感到激动不安。在最后几分钟，他对拉斯柯尼科夫的态度不知为何突然改变，变得越来越粗鲁，越来越冷嘲热讽。拉斯柯尼科夫已经看出了这点，他也心神不宁起来。他开始感到斯维里加洛夫这个人很可疑，决心跟在他后面。

他们两人走到了人行道上。

“您往右边走，我往左边走，或者相反也可以。再见吧，我亲爱的，②愿我们愉快地再见！”

于是他朝右边干草市场的方向走去了。

## 5

拉斯柯尼科夫尾随着他。

---

①② 原文是法文。

“这是怎么回事?”斯维里加洛夫回过头来嚷道,“我不是说过……”

“这意思就是,我现在不会离开您。”

“什—么?”

两个人都停下脚步,互相对看了一会儿,好像在较量似的。

“从您半醉半醒的话里,”拉斯柯尼科夫用生硬的口气毫不客气地说,“我可以断定,您不但没有放弃在我妹妹身上打您最卑鄙的主意,反而比以前活动得更积极了。我听说,我妹妹今天早上收到了一封信。这些日子,您一直坐立不安……即使您在半路上无意中找到了一个什么老婆;但是这毫无意义。我希望亲自证实一下……”

拉斯柯尼科夫自己也未必能说清他心里到底想干什么,他希望证实的又是什么。

“原来如此!您想让我立刻把警察喊来吗?”

“喊吧!”

两人又面对面站了一会儿。斯维里加洛夫的脸色终于改变了。他看出,拉斯柯尼科夫并不怕威胁,于是又忽然装出一副十分高兴和友好的样子。

“真有您的!虽然我被好奇心驱使得心神不安,但我还是故意没有跟您谈您的那件事。事情是离奇的。我本来打算留到下次再谈,可是,说真的,您的话能把死人都给惹恼了……好,我们走吧,不过我得预先告诉您:我现在要回家去一会儿,拿点钱;然后我就把屋子锁上,租一辆马车,到岛上去消磨一晚上。唔,您还是要跟着我走吗?”

“我要到您的住处去一趟,不是到您家里去,而是去找索菲娅·谢苗诺夫娜,去向她表示歉意,因为我没有去送葬。”

“那就随您的便了,不过索菲娅·谢苗诺夫娜不在家。她把三个孩子送到一位显贵的老夫人那儿去了。那位老夫人我早就认识,是几所孤儿院的主持人。我交了一笔钱给她,托她抚养卡捷琳娜·伊凡诺夫娜的三个孩子,此外我又捐了一点钱给孤儿院,那位夫人简直高兴极了;最后我把索菲娅·谢苗诺夫娜的身世一五一十地都告诉了她,一句话也没有隐瞒。这就在那位夫人身上产生了无法形容的效果。所以那位夫人请索菲娅·谢苗诺夫娜今天到她从别墅回来后暂时居住的一家旅馆去。”

“没有关系,我还是去一趟。”

“随您的便吧,这跟我没有关系,反正我不跟您一块去。现在我们到家了。告诉我,您是不是因为我如此客气,直到现在也不拿问题来打扰您,因而对我发生了怀疑吗?我相信是这样……您懂得我的意思吗?您大概觉得这非同寻常;我敢打赌,准是这样!既然如此,您也得客气一点才是!”

“还躲在门背后偷听!”

“啊,您说这事儿!”斯维里加洛夫笑了起来,“是的,如果在发生了这一切以后,您对这事不闻不问,我倒觉得奇怪哩。哈哈!虽然我多少也明白了一点,您当时……在那儿……怎样瞎胡闹,并且亲口讲给索菲娅·谢苗诺夫娜听,不过,这究竟是怎么回事呢?大概我太落伍了,什么事也不懂。千万请您给我讲一讲,亲爱的!请您把最新的理论指点一二。”

“您什么也不可能听见,您全是胡说!”

“唉,我说的不是那事儿,根本不是那事儿(虽然,话又说回来,我也听见了一点)。不,我讲的是您总那么唉声叹气!您心里的席勒时刻在骚动,现在您又叫我别在门背后偷听。要是这样,您快去报告警察,就说如此这般,您碰到了一件意外的事:在理论上出了一个小小的差错!但是,如果您深信,不应该在门背后偷听,但是却可以随便用什么家伙为所欲为地收拾老太婆,那么您就赶快到美国的什么地方去吧!逃跑吧,年轻人!也许时间还来得及。我是真心诚意地对您这样说。没有钱吗?我给您路费。”

“我压根儿就没想到那回事儿。”拉斯柯尼科夫厌恶地打断了他的话。

“我明白(不过您也不必费心:如果您愿意的话,那就别多说了),我明白您在想什么问题:道德上的问题,是不是?有关公民与人的问题,是不是?您就把这些问题丢开吧;现在它们跟您有什么关系呢?嘿嘿!就因为您还是一个人和公民吗?既然如此,您就别多管闲事;别管得太多了。唔,您还不如自杀呢,难道您还不想自杀?”

"您好像故意气我,好让我现在离开您……"

"真是个怪人!我们已经到了。请上楼吧。您看,那是索菲娅·谢苗诺夫娜家的门,瞧,里面一个人也没有!您不相信吗?您问问卡佩瑙莫夫;她总是把钥匙交给他们的。这是她本人,卡佩瑙莫夫太太,啊?什么?(她有点聋)她出去了吗?上哪儿去了?瞧,您现在听见了吧?她不在家,大概要到深夜才能回来。好吧,到我屋里去吧。您不是也想到我那里去吗?唔,这就是我的房间。列斯莉赫太太不在家。这女人是个大忙人,但她是个很好的女人,请您相信……要是您稍微懂事一点的话,也许她对您会有用处的。现在您瞧:我从写字台里取出这张五厘的公债票(瞧我还有多少!),这张今天就可以兑现。唔,您看见了吧?我决不能再浪费时间了。把写字台锁上,把房间锁上,现在我们又走到楼梯上了。我们雇一辆马车,好不好?我要到岛上去。您愿意坐车去溜达溜达吗?我就雇这辆马车,到叶拉金岛去,什么?您不愿意?您受不了?不要紧,坐车去遛一趟嘛!好像要下雨了,没关系,我们可以把车篷放下来……"

斯维里加洛夫已经坐上了马车。拉斯柯尼科夫想,他的怀疑至少在目前是没有根据的。他一句话没有回答,就掉转身,回头朝干草市场走去。如果他在路上回过头来,他就会看见,斯维里加洛夫乘马车走了不到一百步,就付了钱,把马车打发掉,沿着人行道走了。但是现在他什么也看不见,他已经拐了弯。深深的厌恶使他离开斯维里加洛夫后掉头不顾。"我怎么能把希望寄托在这个粗鄙的恶棍、荒淫无耻的色鬼和坏蛋身上呢,哪怕就一刹那!"他不由得喊了起来。诚然,拉斯柯尼科夫的判断下得过于匆忙,也过于轻率了。在斯维里加洛夫身上,有某种东西使他显得非同寻常,甚至使他显得有些神秘。至于他妹妹,拉斯柯尼科夫仍然深信,斯维里加洛夫决不会让她安静的。但是,连续不断地把每件事情想过来想过去,他觉得实在太痛苦,也太难以忍受了。

跟往常一样,当他独自一人的时候,还没有走上二十步,他就深深地陷入沉思。走到桥上,他停了下来,倚着栏杆,开始眺望河水。而这时阿芙朵佳·罗曼诺夫娜就站在他的身旁。

他是刚走上桥头的时候遇到她的,但是他没有看见她,从她身旁走过去了。以前,杜涅奇卡从来也没有像这样在大街上遇到过他,因此吓了一跳。她站着不动,不知道应该喊他,还是不应该喊他。忽然她看见斯维里加洛夫从干草市场那边匆匆地走来。

但是,他好像神秘地、小心翼翼地走上前来。他没有上桥,而是站在一旁,站在人行道上,尽可能不让拉斯柯尼科夫看见他。他早就看见了杜尼娅,并且向她打着手势。她觉得,他打手势,是劝她不要叫她哥哥,别打搅他,并且叫她到他跟前去。

杜尼娅照办了。她悄悄地绕过她哥哥,来到斯维里加洛夫这边。

“咱们快走,”斯维里加洛夫低声对她说,“我不愿意让罗吉昂·罗曼诺维奇知道我们俩见面。我要先告诉您,我刚才跟他一块儿坐在附近的一家小饭馆里,他就是在那儿找到我的,我好容易才把他甩掉。不知他怎么知道我给您写信的事,因此起了疑心。当然您是不会告诉他的吧?如果您没有告诉他,那么是谁告诉他的呢?”

“好,我们已经拐了弯,”杜尼娅打断了他的话,“我哥哥现在看不见我们了。我向您声明,我不能再跟您往前走了。您要说什么,就在这儿跟我说吧;这些话可以在大街上说的。”

“首先,这话绝对不能在大街上说;其次,您也应该听听索菲娅·谢苗诺夫娜说什么;第三,我想给您看一些物证……最后,要是您不同意到我那儿去,我就不作任何说明,马上离开您。还有,请您不要忘记,您亲爱的哥哥的那件迥非寻常的秘密,完全掌握在我的手中。”

杜尼娅迟疑不决地站住了,用锐利的目光望着斯维里加洛夫。

“您怕什么呀!”他镇静地说,“城里不比乡下。即使在乡下,也多半是您害我,而不是我害您,而这儿……”

“您已经通知索菲娅·谢苗诺夫娜了吗?”

“没有,我一个字也没有对她说过,甚至我也没有把握她现在是不是在家。不过也可能在家。今天她刚把她的继母安葬:这样的日子,她是不会出去串门的。我不愿把这件事情过早地告诉任何人,我甚至多少感到后悔,不该告诉您。在这类事情上,稍不留神就等于告密。我就住在这儿,住在这幢房子里,我们已经到了。那就是我们这幢房子的看门人;看门的跟我很熟；您瞧，他在鞠躬哩；他看见我和一位小姐走在一起，当然，他已经注意到您的脸了，要是您非常害怕，对我怀疑的话，这对您会有用的。对不起，我说得太粗野了。我自己租二房东的屋子住，索菲娅·谢苗诺夫娜住在我的隔壁，她也是租二房东的屋子住。整个一层楼都住满了人。您干吗像小孩那样害怕呢？难道我真的这样可怕吗？”

斯维里加洛夫把脸一歪，露出一副体谅的笑容；但是这会儿他实在没有心思笑。他的心怦怦地跳着，胸口憋得慌。他故意提高嗓门，想把自己越来越厉害的激动心情掩盖住；但是杜尼娅并没有注意到这种特殊的激动；因为他说什么她像小孩那样害怕他，说什么她觉得他很可怕——这些话都深深激怒了她。

“虽然我知道您是个……没有人格的人，可是我一点也不怕您。您在前面走吧。”她说，看来很沉着，但是她的面色很苍白。

斯维里加洛夫在索尼娅的房间门口站住了。

“让我问问她在不在家。不在家。多不凑巧！但是我知道她可能很快就回来。如果她出去，那一定是为了那几个孤儿的事，拜访一位太太去了。他们的妈妈已经死了。我过问了这件事，并且替他们安排了一下。再过十分钟，如果索菲娅·谢苗诺夫娜还不回来，那我就叫她本人来找您，要是您乐意的话，今天也行；这就是我的房间。我有两间屋子。这扇门后面，是我的女房东列斯莉赫太太的屋子。现在您看这儿，我让您看几件我的主要物证：我卧室的这扇门，通往两间完全空着的准备出租的屋子。这就是那两间屋子……对此您应该看得稍微仔细些……”

斯维里加洛夫租了两个相当宽敞、带家具的房间。杜涅奇卡疑虑重重地向四下张望了一番，但是她在房间的布置和陈设方面，并没有看出什么特别之处，虽然还是有值得注意的地方，比方说，斯维里加洛夫的这间屋子，恰好介于两间几乎空着的屋子中间。他的屋子，不是直接从楼道里走进去，而是要经过女房东的两间几乎空着的房间。斯维里加洛夫打开他卧室的一扇锁着的门，把另一间也是空着要出租的屋子指给杜涅奇卡看。杜涅奇卡站在门口，不明白为什么要请她看这间屋子，可是斯维里加洛夫急忙解释道：

“来，瞧这儿，瞧这第二间大屋子。您注意那扇门，那是锁着的。靠门放了一把椅子，这是两间屋子里唯一的一把椅子。这把椅子，是我从我自己的屋子里搬来的，为了听得舒服些。这扇门的那一边，是索菲娅·谢苗诺夫娜的桌子；她就是坐在那张桌子跟前跟罗吉昂·罗曼诺维奇谈话的。而我就坐在这把椅子上，一连偷听了两晚上，每一次都听了两小时——当然，我总能听到一些事情，您认为怎么样？”

“您偷听了？”

“是的，我偷听了；现在回到我的屋子里去吧；这儿连坐的地方都没有。”

他把阿芙朵佳·罗曼诺夫娜领回到他的起居室，请她坐在一把椅子上。他自己坐在桌子的另一头，离她至少有一俄丈远，但是他眼里从前曾经使杜涅奇卡那么害怕的欲火，大概这时又燃烧了起来。她打了一个寒噤，又疑虑重重地四下张望。她这个动作是无意的；她显然不愿意把她的疑虑暴露出来。但是斯维里加洛夫房间的偏僻位置终于使她吃了一惊。她想问问，至少，他的女房东是不是在家，但是由于骄傲，她没有问……此外，她心里还有一种比担心自己要大得多的另一种痛苦。她感到一种难以忍受的苦恼。

“这是您的信，”她说着，把那封信放到桌子上，“您信里写的事情难道是可能的吗？您在信里暗示说，好像我哥哥犯了罪。您的暗示太露骨了，现在您不敢否认吧。您要知道，在您之前，我就听说过这个愚蠢的谣言了，但是我一句也不相信。这种怀疑既可恶又可笑。我知道这件事，而且也知道它是怎么捏造出来的和为什么要捏造。您不可能有任何证据。您答应要证实这点：那您就说吧！可是我得事先告诉您：您的话我不信！我不信！……”

杜涅奇卡急急忙忙把这几句话说完，霎时，脸上泛出了红晕。

“您要是不信，那么您怎么会冒险独自到我屋里来呢？您为什么到这儿来呢？是单纯出于好奇心吗？”

“别折磨我了，说吧，说吧！”

“不用说，您是一位勇敢的姑娘。真的，我还以为您要请拉祖米欣先生护送您到这儿来呢。但是他既没有陪您来,也没有待在附近什么地方,我是看过的:您真有胆量,这说明您要救罗吉昂·罗曼诺维奇。话又说回来,您的一切行动都是神圣的……至于您的哥哥,我该怎么说呢?您刚才亲眼看到他了。他怎么样?”

“难道这就是您唯一的根据吗?”

“不,我不是根据这个,而是根据他亲口说的话。他一连两个晚上到这儿来找索菲娅·谢苗诺夫娜。我已经指给您看他们两人坐在什么地方。他把全部真相都向她和盘托出了。他是杀人犯。他杀死了那个放高利贷的老太婆,一位官吏的遗孀,他自己曾向她抵押过东西;他还杀死了她的妹妹,一个名叫丽莎维塔做小买卖的,在杀她姐姐的时候,她无意中走了进去。他用随身带去的一把斧子把她们两人杀死了。他杀死她们,是为了要抢她们的钱财,他也的确抢了;他拿了钱和一些东西……他把这一切都一五一十地告诉了索菲娅·谢苗诺夫娜,她是唯一知道他秘密的人,但是无论在言语上或者在行动上,她都跟这个谋杀案没有关系,相反,跟您现在一样,这件事把她吓坏了。您放心,她不会出卖他的。”

“这不可能,”杜涅奇卡喃喃地说,她的嘴唇苍白得跟死人一样;她连气也喘不上来了,“不可能!没有任何原因,没有丝毫原因,没有任何理由……这是谎话!谎话!”

“他抢了人家,这就是全部原因。他拿走了钱和东西。不错,据他自己供认,钱和东西他都没有用过,他把它们藏在一块石头底下,而且现在还放在那儿。但这是因为他不敢用!”

“他怎么会去偷,去抢,这难道可能吗?他怎么可能想到做那种事呢?”杜尼娅从椅子上跳起来叫道,“您不是认识他,也看见过他吗?难道他会是强盗吗?”

她好像在哀求斯维里加洛夫;她把她的恐惧已经忘得一干二净了。

“阿芙朵佳·罗曼诺夫娜,这事种类万千,情况各别。一个贼偷东西,但是他心里知道他是个坏蛋;可是我就听说有一个上等人,他却抢了邮件;谁知道他呢,也许他还当真以为他做了一件很规矩的事呢!当然,如果我是从别人那里听来的,那我一定像您一样,也不相信。但是我相信我自己的耳朵。他把全部原因都对索菲娅·谢苗诺夫娜做了说明;她最初也不相信自己的耳朵,可是她终于相信了自己的眼睛。他可是亲口对她说的呀。”

“什么样的……原因呀!”

“说来话长,阿芙朵佳·罗曼诺夫娜。我怎么说才好呢,这仿佛是一种理论,它跟我的看法一模一样,例如,如果主要目的是好的,那么做一两件坏事也是可以容许的。一桩坏事可以换来一百桩好事!对一个有自尊心和自命不凡的青年来说,要是他知道只要有,比方说,区区三千卢布,他生活目的中的整个事业,整个前途,就会迥然不同,而他却没有那三千卢布,这当然是叫人恼火的。再加上,饥饿,住房狭小,衣衫褴褛,并且清清楚楚地意识到自己的社会地位以及母亲和妹妹的处境,这一切都不能不叫他愤愤不平。尤其是虚荣心,骄傲和虚荣心,天晓得,也许他还抱着一些好的志向……我不是在责备他,请您别那样想;而且我也管不着。他还有一种自己的理论(一种平平常常的理论),根据这个理论,您知道,人被分为一般的材料和特殊的人两类,也就是说,有这样一些人,由于他们地位高,法律不是为他们所制订,相反,他们自己为其余的人,也就是为一般的材料即垃圾制订法律。这个理论倒没有什么,普普通通,理论跟任何其他事物一样①。拿破仑对他的吸引力太大了,也就是说,特别吸引他的是,有许多天才人物对于干一两件坏事满不在乎,他们毫不踌躇,一下子就跨了过去。他大概也自命为天才——就是说,有一个时期,他对这一点确信不疑。虽然他能够发明一种理论,可是他却不能毫不踌躇地跨过去,可见他还不能算是一个天才人物,每想到这一点,过去和现在都使他很痛苦。唔,对于一个自命不凡的年轻人,特别是在我们这个时代,这是有损尊严的……”

“那良心的责备呢?那么,您否认他有任何道德感吗?他难道是这样的人吗?”

“唉,阿芙朵佳·罗曼诺夫娜,现在什么事情都乱糟糟的,其实以前

---

① 原文是法文。

也从来没有条理分明过。总的来说,阿芙朵佳·罗曼诺夫娜,俄国人的思想是开阔的,像他们的国土那样开阔,而且特别爱空想,喜欢杂乱无章;可是,如果思想开阔而没有特殊的天才,那就糟了。您还记得吗,对于这一类问题和这同一个题目,过去每逢晚上吃过晚饭以后,我们坐在花园里的露台上,谈过多少次啊。您责备我的正是这种思想开阔。谁知道呢,也许我们谈话的时候,他正躺在这儿考虑他自己的那一套。在我们的知识界里,没有什么特别神圣不可侵犯的传统观念,阿芙朵佳·罗曼诺夫娜:充其量有人设法根据书本为自己编造出一些……或者从编年史中找出一些什么来。但是那些人大部分是学者,而且从某一个角度看,全是些书呆子,所以对于一个上流社会的人来说,这种举动简直不成体统。话又说回来,我的看法您是知道的;我决不责备任何人。我是个游手好闲之徒,而且我要坚持这样做下去。关于这一点,我们也不止谈过一次。我甚至有幸向您陈述过我的见解……您的脸色非常苍白,阿芙朵佳·罗曼诺夫娜!"

"他这个理论我知道。我读过发表在杂志上的那篇文章,谈到有一种人可以为所欲为……是拉祖米欣拿来给我看的……"

"拉祖米欣先生?您读过您哥哥的文章?发表在一本杂志上?有这样一篇文章吗?我都不知道。这一定很有趣。您上哪儿呀,阿芙朵佳·罗曼诺夫娜?"

"我想见一见索菲娅·谢苗诺夫娜,"杜涅奇卡用微弱的声音说,"到她那儿去怎么走?她也许回来了;我非得立刻见到她不可。让她……"

阿芙朵佳·罗曼诺夫娜没能够把话说完;她简直喘不过气来了。

"索菲娅·谢苗诺夫娜不到深夜是不会回家的。我认为是这样。她应该很快就回来,要是没有回来,那就得很晚很晚……"

"啊,您在撒谎!我看得出来……您撒谎……您一直在撒谎……我不相信你!我不相信!我不相信!"杜涅奇卡气得发狂地叫道,她完全气糊涂了。

她几乎晕了过去,倒在斯维里加洛夫急忙递过去的一把椅子上。

"阿芙朵佳·罗曼诺夫娜,您怎么啦,醒醒吧!给您水。您喝一口吧……”

他洒了一点水在她头上。杜涅奇卡打了一个寒噤,清醒过来。

“反应太强烈了!”斯维里加洛夫皱着眉头,自言自语地咕哝着说,“阿芙朵佳·罗曼诺夫娜,您放心!您要知道,他有的是朋友。我们会救他的,会把他救出来的。您愿意我把他带到国外去吗?我有钱;三天之内就可以给他弄到一张船票,至于他杀人的事,他还可以做出许多好事来弥补这一切的;您放心。他还可能成为一个伟大的人物哩。唔,您怎么啦?您觉得不舒服吗?”

“坏蛋!他还在嘲笑。让我走……”

“您上哪儿?您上哪儿去呀?”

“去找他。他在哪儿?您知道吗?这扇门为什么锁上了?刚才我们是从这扇门进来的,而现在锁上了。您什么时候把它锁上的?”

“我们在这里谈的话,总不能嚷嚷得让所有的房间都听见吧。我绝无嘲笑之意;我不过不愿再用这种语气说话罢了。但是您这种样子能上哪儿去呢?莫非您想出卖他?您会逼得他发疯的,这样他自己就把自己出卖了。您要知道,已经有人在监视他,在盯他的梢。您这样做,只会把他暴露出来。等一会儿:我刚才见过他,跟他说过话;他还有救。您等一会儿,先坐下;咱们俩一同好好想一想。我叫您来,就是为了要跟您私下商量一下这件事,好好想一想。您坐下吧!”

“您怎么救他呢?真的有办法救他吗?”

杜尼娅坐了下去。斯维里加洛夫坐在她身旁。

“这就完全取决于您了,取决于您,取决于您一个人。”他眼睛闪闪发光地说,几乎是小声地耳语着,结结巴巴地,激动得连其余的话都说不出来了。

杜尼娅吓得躲开了他,往后退去。他也浑身哆嗦。

“您……只要您说一句话,他就得救了!我……我会救他的。我有钱,有朋友。我可以马上把他送走,我可以弄到一张护照,两张护照,他一张,我一张。我有朋友;都是些能干的人……您乐意吗?我还可以给您弄一张护照……给您的母亲弄一张护照……拉祖米欣对您有什么用处?我也同样爱您呀……我无限地爱您。让我吻一吻您的衣裳边吧，让我吻吻吧！让我吻吻吧！听到您衣裳的窸窣声，我就受不了。您叫我干什么，我就干什么！什么事我都照办。做不到的事，我也能做到。您相信什么，我也相信什么。什么事，什么事我都照办！你别这样看我，别这样看我！您知道吗，您使我痛苦极了……”

他甚至说起胡话来了……好像猝然发生了什么事，使他一下子糊涂起来。杜尼娅一跃而起，向门口跑去。

“开门！开门！”她隔着门向外面叫道，想向门外的人求救，一面用两只手拼命地晃门，“开门！难道外面就没一个人吗？”

斯维里加洛夫站了起来，他清醒了。在他那仍在哆嗦的嘴唇上，慢慢地挤出了一丝讥讽的狞笑。

“外面没一个人在家，”他轻轻地、抑扬顿挫地说，“女房东出去了，这样喊是白费力气，发脾气也枉然。”

“钥匙在哪儿？马上把门打开，马上，下流东西！”

“钥匙，我丢了，找不着了。”

“啊？您想强奸！”杜尼娅叫道，她的脸变得像死人一样苍白，她赶忙跑到屋角，顺手拉过一张小桌子把自己挡住。她不再喊了；只是用眼睛紧盯着这个折磨她的人，警惕地注视着他的每一个举动。斯维里加洛夫面对着她，站在屋子的另一头，也一动不动。他甚至很镇静，至少表面上是如此，可是他的脸色仍旧很苍白。那种讥讽的微笑还没有从他脸上消失。

“阿芙朵佳·罗曼诺夫娜，您刚才说‘强奸’。如果真想强奸的话，您自己可以想一想，我早就采取了措施。索菲娅·谢苗诺夫娜不在家；卡佩瑙莫夫的屋子离得很远，中间隔了五间锁着的屋子。最后，我的力气至少比您大一倍，此外，我也没有什么可害怕的，因为以后您也不可能去控告我：您总不会当真愿意出卖您的哥哥吧？而且也没有人会相信您的话：一个年轻姑娘怎么会独自一人跑到一个单身汉的屋子里去呢？所以说，即使您牺牲了您哥哥，也证明不了任何东西：强奸是很难证明的，阿芙朵佳·罗曼诺夫娜。”

“卑鄙！”杜尼娅愤愤地低声说。

"随您怎么骂好了,但是您要注意,我说的不过是一种假设。按照我个人的观点,您说的完全对:强奸是一种卑劣的行为。我只是告诉您:即使……即使您自愿按照我提出的办法去救您的哥哥,您也丝毫没有什么对不起您的良心。您无非是屈从于环境,或者干脆是屈服于暴力吧,如果非用这个词不可的话。您想想:您哥哥和您母亲的命运都操在您手里。我将做您的奴隶……做一辈子……我就在这儿等着……"

斯维里加洛夫在沙发上坐下,离杜尼娅大约有八步远。现在她对他不可动摇的决心已经没有半点怀疑了。加之,她深知此人……

蓦地,她从她的衣袋里掏出一支左轮手枪,扳起了机头,把拿着手枪的手放在小桌子上。斯维里加洛夫从沙发上跳了起来。

"啊! 原来如此!"他惊诧地叫起来,但是脸上又露出了狞笑,"好,这下把事情的进程完全改变了! 阿芙朵佳·罗曼诺夫娜,你自己使事情大大地简单化了! 不过,这支手枪您是从哪儿弄来的? 不会是拉祖米欣先生给您的吧? 咦! 这支手枪是我的! 我的老朋友! 我还一直在找呢……这样看来,我很荣幸地在乡下教过您射击,总算没白教!"

"这不是您的手枪,而是被你这个凶手害死的玛尔法·彼特罗夫娜的手枪! 在她家里,没有一件东西是你的。我开始怀疑你什么都干得出来的时候,就把这支手枪拿来了。你敢上前一步,我发誓,我就打死你!"

杜尼娅简直气疯了。她的手按在手枪的扳机上。

"好,那么您哥哥怎么办呢? 我出于好奇心随便问问。"斯维里加洛夫说,他依旧站在原来的地方。

"你乐意,就去告他好了! 不许动! 不许过来! 我要开枪了! 你毒死了你的老婆,我知道;你自己就是个杀人犯! ……"

"您有把握,是我把玛尔法·彼特罗夫娜毒死的吗?"

"就是你! 你自己对我暗示过;你对我说过毒药的事情……我知道,你去买过毒药……你做好了准备……这一定是你干的……卑鄙!"

"即使这是真的,也是因为你呀……你毕竟是祸根。"

"胡说! 我一向恨你,一向就恨你……"

"唉,阿芙朵佳·罗曼诺夫娜! 您大概忘记了,您在宣传最热烈的时候怎样动了心,而且懒洋洋的……我从您的眼神里看得出来;你记得那个月夜吗,夜莺还在啼啭?"

"胡说(杜尼娅的眼睛里闪耀着狂怒的光芒)!胡说!你诽谤!"

"我胡说?好,就算我胡说。我胡说八道。对女人提这类事情是不应该的(他冷笑了一下)。我知道你会开枪的,你这个漂亮的小野兽。好,你就开枪吧!"

杜尼娅举起了手枪,她的脸色一片死灰,发白的下嘴唇在哆嗦,一双冒出火来的乌黑大眼睛望着他,她下定了决心,估量着距离,等待着他的第一个动作。他还从来没有见过她这样美丽。在她举起手枪来的那一刹那,她眼睛里闪出的火光,仿佛把他烧伤了似的,使他心里产生了一阵痛苦。他向前移动一步,于是一声枪响。子弹从他的头发上擦过,飞到他背后的墙上去了。他站住,轻轻地笑了起来:

"马蜂叮了我一口!她是瞄准我的头开枪的……这是什么?血!"一条细细的血流从他右边的太阳穴上淌下来,他掏出手帕,把血擦掉;子弹大概刚好擦破了他的头皮。杜尼娅放下手枪,倒不是因为害怕,而是非常惊讶地望着斯维里加洛夫。好像她自己都不明白她到底做了什么,发生了什么事情!

"嗐,您没有打中!再打一枪吧,我等着。"斯维里加洛夫轻轻地说,依旧在冷笑,不过显得有点阴惨惨的,"像这样,在您扳起机头以前,我就可以把您抓住。"

杜涅奇卡打了一个寒噤,迅速扳起机头,又举起了手枪。

"走开!"她绝望地说,"我发誓,我还要开枪。我……我打死你!……"

"行啊……就三步远,您不会打不死我的。不过万一您打不死……那可就……"他的眼睛熠熠发光,又向前跨了两步。

杜涅奇卡开了枪,但没有打响!

"您没有把子弹上好。没关系!您的枪里还有一根雷管。快弄好,我等着。"

他站在离她只有两步远的地方,阴沉的眼神里燃烧着炽烈的欲火,他抱着一不做二不休的决心望着她,等待着。杜尼娅知道他宁死也不会放她走。"而且……而且现在只有两步路,当然,她一定能把他打死!……"

蓦地,她扔掉了手枪。

"扔了!"斯维里加洛夫诧异地说,他深深地喘了一口气。好像有什么东西一下子从他心上挪开了,也许这不单是怕死的重压;而且在这个时刻,他也未必怕死。他只是从另一种更伤心、更阴沉的感情中解脱了出来,到底是什么,他自己也说不清。

他走到杜尼娅跟前,用胳膊轻轻地搂住她的腰。她没有抗拒,只是像一片树叶似的浑身颤抖,用哀求的目光望着他。他似乎想说什么,但是他的嘴唇只扭曲了一下,说不出话来。

"你放我走吧。"杜尼娅哀求说。

斯维里加洛夫哆嗦了一下:她这个"你"字说得跟刚才好像不同。

"那么你不爱我吗?"他轻轻地问。

杜尼娅否定地摇了摇头。

"而且……你不可能……永远也不爱我吗?"他绝望地小声说。

"永远也不爱!"杜尼娅低声说。

在斯维里加洛夫的心里,刹那间进行着一场可怕无声的斗争。他用一种难以形容的表情望着她。忽然他松开了胳膊,掉转身去,快步走到窗口,站在窗前。

又过了片刻。

"钥匙在这儿!(他从大衣的左边口袋里掏出钥匙,放在他背后的桌子上,没有向杜尼娅回过头来。)拿去;快走!……"

他直愣愣地望着窗外。

杜尼娅走到桌前拿钥匙。

"快!快!"斯维里加洛夫反复地说,仍旧不回头,也不动弹。但是这个"快"字听来带有一种可怕的声调。

杜尼娅懂得这个声调的意思,她一把抓起钥匙,冲到门口,迅速地打开门,从屋子里飞跑出去。不多一会儿,她像发了疯似的跑到运河边,朝

B桥的方向跑去。

斯维里加洛夫在窗前继续站了大约三分钟；最后他慢慢地转过身来，扫视了一下周围，用手掌轻轻地摸了摸前额。他的脸上浮出一丝奇怪的笑容，这是一副可怜、凄惨、无力以及绝望的笑容。血已经快干了，弄脏了他的手心；他恶狠狠地望了望血迹，然后浸湿了一条毛巾，擦去了太阳穴上的血。杜尼娅扔掉的那支手枪飞落在门旁，现在忽然映入了他的眼帘。他拾起手枪，检查了一遍。这是一支旧式的三发袖珍小手枪，里面还有两颗子弹和一根雷管，还可以再放一枪。他想了一下，把手枪塞进衣袋，拿起帽子，走了出去。

## 6

整整这个晚上，斯维里加洛夫走遍了各种低级娱乐场所和小饭馆，从这里出来，又走进那里，直逛到十点钟。他不知在什么地方找到了卡佳，她又在唱另一支下流的小曲，那支小曲唱的是，一个“恶棍和暴君”怎样

开始吻卡佳。

斯维里加洛夫请卡佳喝酒，请摇手风琴的喝酒，请几个卖唱的喝酒，请仆役们喝酒，又请两个不知名的小职员喝酒。他所以跟那两个小职员结交，就因为他们都长着一个歪鼻子：一个人的鼻子向右歪，另一个人的鼻子向左歪。斯维里加洛夫觉得非常奇怪。最后，他们把他带到一个露天乐园去，他替他们付钱并买了门票。在这个乐园里有一棵细高细高的三年小枫树和三丛小灌木。此外，还盖了一座“游乐厅”，实际上那是一座兼卖茶的酒吧间，周围有几张绿色的小桌子和几把椅子。给大家助兴的，有几个很蹩脚的唱小曲的，还有一个醉醺醺、红鼻子、不知为什么非常沮丧的、从慕尼黑来的德国人，像个小丑。两个小职员和另外几个小职员吵起嘴来，差一点动手。他们公推斯维里加洛夫给他们评理。他听他们讲了一刻钟工夫，但是他们吵吵嚷嚷，简直一句也听不清。确有把握的

是，其中有一个人偷了什么东西，甚至就地把它卖给了一个偶然遇到的犹太人；可是他卖了钱，却不愿跟他的伙伴们分赃。最后查出了，卖掉的那件东西原来是游乐厅里的一把茶匙。倘若游乐厅发现茶匙不见了，查找起来，事情就麻烦了。斯维里加洛夫替他们赔了茶匙，站起身来，从游艺场走了出去。这时将近十点钟。在这段时间里，他自己始终一滴酒也没喝，在游乐厅里一共只叫了一杯茶，而且这也多半是为了应应景。这时，天气又阴又闷。到了十点钟左右，阴云四合，怪可怕的；接着雷声隆隆，下起了倾盆大雨。雨不是一滴一滴地下，而是如注地倾泻到地面上来。闪电交加，每一次闪电的延续时间都可以数到五。斯维里加洛夫到家时浑身湿透，他锁上了门，打开了自己的写字台，把钱统统取了出来，又撕掉了两三张字据。然后他把钱放进衣袋，他本来想换一套衣服，但望望窗外，听听雷声和雨声，挥一下手，拿起帽子，门也不锁就走了。他一直朝索尼娅的房间走去。她在家里。

她不是一个人在家；卡佩瑙莫夫家的四个孩子围着她。索菲娅·谢苗诺夫娜正斟茶给他们喝。她看见斯维里加洛夫后，默默无言，但是客客气气地接待了他。她惊讶地打量着他的湿衣服，但是一句话也没说。几个孩子马上十分惊恐地跑开了。

斯维里加洛夫在桌子跟前坐下，并且请索尼娅坐在他旁边。她怯生生地准备好听他说什么。

"索菲娅·谢苗诺夫娜，我可能要到美国去，"斯维里加洛夫说，"这也许是最后一次见到您了，所以我来做一些安排。唔，您今天见到那位女士了吗？我知道她对您说了些什么，您不必再说一遍了（索尼娅身子动弹一下，脸红了）。那种人老是这种脾气。至于您的弟妹们，他们确实都有了安排，指定给他们的钱，我已经逐一交给了可靠的人去保管，取来了收据。不过，您最好把这些收据收下，以防万一。喏，您拿着！唔，现在这件事算完了。这是三张五厘的公债，总数是三千卢布。您也拿着，这是给您本人的，这只有我们两人知道，不管您将来听到什么消息，也别让任何人知道这件事情。这笔钱对您会有用处的，索菲娅·谢苗诺夫娜，因为照老样子活下去是丑恶的，而且您今后也没有这个必要了。"

“您对我，对孩子们，对我死去的继母真是太好了，”索尼娅急忙说道，“如果说，到现在为止，我很少对您表示感谢，那么……请您不要以为……”

“嗐，得了，得了。”

“至于这笔钱，阿尔卡季·伊凡诺维奇，我非常感激您，可是我现在不需要。我一个人任何时候也能养活自己，请您别以为我不识抬举：既然您的心这么好，那么这笔钱……”

“这是给您的，给您的，索菲娅·谢苗诺夫娜，请您别再多说了，因为我也没有工夫。您会需要这笔钱的。罗吉昂·罗曼诺维奇只有两条路：要么当头一枪，要么去西伯利亚（索尼娅吃惊地望了他一眼，哆嗦起来）。您别担心，我什么都知道，是他亲口对我说的，况且我也不是一个会出去随便瞎说的人；我不会告诉任何人的。您当时叫他去投案自首，您做得很对。这对他要有利得多。唔，如果他要到西伯利亚去——他去，您也会跟他去吧？对吗？对吗？好，要是这样，这就需要钱了。为了他，您是需要钱的，您明白吗？我给了您，就等于给了他。此外，您还答应过要还阿玛莉娅·伊凡诺夫娜的债；我听见您说过的。索菲娅·谢苗诺夫娜；您怎么可以这样不假思索地把那些债务揽下来呢？这是卡捷琳娜·伊凡诺夫娜欠那个德国女人的债，不是您欠的呀！您别去理睬那个德国娘儿们。像这样，在世界上就没法活下去了！好，要是有人向您问起我或者有关我的什么事情（明天或者后天，会有人问您的），您千万别说我现在来找过您，也千万别给别人看这些钱，也别说我给过您钱，对任何人也别说。好，现在再见（他从椅子上站起身来）。替我向罗吉昂·罗曼诺维奇问好。顺便说一句：您暂时把钱放在拉祖米欣先生那里也行。您认识拉祖米欣先生吗？您当然认得他。这小伙子还不错。明天或者……到必要的时候就拿去给他。在这以前，您把钱好好藏起来。”

索尼娅也从椅子上跳起来，吃惊地望着斯维里加洛夫。她非常想说什么，想问他几句话，可是她还不敢，也不知道从哪里说起。

“您怎么可以……您怎么可以冒这么大的雨出去呢？”

“怎么，要动身到美国去，还怕下雨吗？嘿嘿！再见吧，索菲娅·谢苗诺夫娜,亲爱的!祝您长命百岁,您对别人会有用处的。对了……请您告诉拉祖米欣先生,说我问他好。您就说:阿尔卡季·伊凡诺维奇·斯维里加洛夫问他好。一定要告诉他。”

他出去了,把索菲娅留在一种又惊讶又恐惧的状态中,她心里充满了一种茫然而痛苦的疑虑。

后来发现,就在当夜十一点多钟的时候,他又极其离奇地、出人意外地去访问了一户人家。那时雨还在下。十一点二十分,他全身湿漉漉地走到瓦西利耶夫岛上马雷路三号街他未婚妻父母住的那座窄小的住宅前。他敲了好久才把门叫开,起初他的访问引起很大的惊慌;但是阿尔卡季·伊凡诺维奇是这样一个人,只要他愿意,他就可以做出一副非常迷人的模样。他未婚妻的父母都很精明,起初他们猜测(不过猜得倒也很有道理)阿尔卡季·伊凡诺维奇大概在什么地方喝醉了,醉得都不知道自己在做什么。然而一看到他那迷人的模样,这种猜测立刻烟消云散。那个富于怜悯心的懂事的母亲把她病弱不堪的丈夫安置在扶手椅上,推出来接见阿尔卡季·伊凡诺维奇,然后跟往常一样问了他许多不得要领的问题。(这个女人从来不直截了当地提问题,她一上来总是满脸堆笑地搓着手,到了非得问明一件事情不可的时候,比方说,问问阿尔卡季·伊凡诺维奇打算什么时候结婚,那她首先非常好奇甚至急不可耐地打听巴黎和那儿的宫廷生活情况,然后才转弯抹角地慢慢把话题引到瓦西里耶夫岛第三街上来。)在别的时候,这一切自然是令人肃然起敬的,可是这一次,阿尔卡季·伊凡诺维奇却显得特别不耐烦,非要看到他的未婚妻不可,虽然他一进来,他们就告诉他,她已经上床睡觉了。当然,未婚妻终于出来了。阿尔卡季·伊凡诺维奇就直截了当地告诉她,他为了一些非常重要的事情必须暂时离开彼得堡,所以给她送来了各种票据共一万五千银卢布,请她权当礼物收下他的这笔钱,因为他早已想在结婚以前送给她这份微薄的礼物。当然,关于礼物与关于马上要离开,以及为了这么一件事非得冒着倾盆大雨深更半夜前来,不管他怎么解释,也丝毫看不出其中有特别的逻辑关系,不过事情倒很顺利。甚至那不可避免的啊呀和哎哟,询问和惊讶,都不知怎的变得异乎寻常地有节制;但是却表达出最热烈的感激,甚至那位最懂事的母亲还流出了眼泪,更显得这种感激的深切。阿尔卡季·伊凡诺维奇站起身来,笑着吻了吻他的未婚妻,摸了摸她的小脸蛋,答应他很快就会回来,他从她的眼里虽然看到那孩子气的好奇,但同时也看出某种很严肃的、无声的问题,他沉吟片刻,又吻了吻她,这时他感到由衷的懊恼:他想到那份礼物马上就要被那个最懂事的母亲锁起来归她保管了。他向大家告辞后走了出去,让那一家人继续处在那种异乎寻常的兴奋状态中。但是那位心肠仁慈的妈妈却用压低了的声音迅速说出了几句话,把他们最主要的几个疑问解答了。她断定阿尔卡季·伊凡诺维奇是个大人物,是个做大事有钱有势的人——天晓得他心里想些什么,他心血来潮,想走,就走了,想送人钱,就送人钱了,因此,没有什么值得大惊小怪的。当然,他浑身湿透这件事还是奇怪的,但是比方说英国人,甚至比那还要古怪呢,而且这些上流社会的人,都不在乎别人议论他们什么,也不拘什么礼节。也可能他到这儿来故意做出那副模样,让人们看看,他谁也不怕。而主要的是,这件事对谁都不能说,因为天晓得将来会出什么事,而那笔钱一定要赶快锁起来,不用说,幸亏费多霞一直待在厨房里,最要紧的是绝对,绝对,绝对不能在那个诡计多端的列斯莉赫面前漏出一个字来,以及诸如此类,等等。他们坐在那儿唧唧咕咕地一直谈到大约两点钟。但那位未婚妻已早就上床睡觉了,她既感到惊讶,又有一点悲伤。

这时正是半夜,斯维里加洛夫过了 T 桥,朝彼得堡岛走去。雨停了,但是风仍在怒吼。他打起哆嗦来,片刻间,他特别好奇地,甚至带着疑问望了望小涅瓦河黑魆魆的河水。但是马上他就想到站在水边很冷;于是转身朝 Б 大街走去。他顺着那条没有尽头的 Б 大街已经走了很久,差不多有半个钟头,在黑暗里不止一次绊倒在木板铺的人行道上,但他还是好奇地在大街右侧寻找着什么。不久以前在经过这条街的时候,他曾经注意到在街的尽头有一家旅馆,房子是木头造的,但是相当宽敞,他还记得旅馆的名字叫做“阿德连诺波尔”之类。他并没有记错:在这么僻静的地方,这家旅馆非常显眼,甚至在黑暗里也不会找不到它。这是一幢已经变得黝黑的长长的木头房子,尽管这时夜已经深了,但是房子里还有灯光,还看得出有人在走动。于是他走了进去,向一个他在走廊上遇见的衣衫褴褛的伙计要了一个房间。这伙计把斯维里加洛夫浑身上下打量了一番,定了定神,立刻把他领到远远的一个房间里去,这是在楼梯底下走廊尽头一个角落里的一间不透风的小屋子。但是别的房间没有了,全有人住了。那个穿得破破烂烂的伙计用询问的神气望着他。

"有茶吗?"斯维里加洛夫问。

"有,先生。"

"还有什么?"

"小牛肉,伏特加,冷盘。"

"拿茶和小牛肉来。"

"别的什么也不要了吗?"那伙计甚至有点迟疑地问道。

"什么也不要了,什么也不要了!"

那个穿得破破烂烂的伙计非常失望地走了。

"这地方可能不错,"斯维里加洛夫想道,"我以前怎么不知道这地方呢? 我想,恐怕我的样子也像从一家夜酒店回来,半路上出了什么事的人吧。不过我倒很想知道,什么人在这儿下榻和过夜?"

他点起蜡烛,更仔细地把屋子打量了一番。这屋子矮小极了,小得斯维里加洛夫几乎连身子都站不直,只有一扇窗子;床铺很脏,一张油漆过的简陋桌子和一把椅子几乎把整个空间都占满了。墙壁像是用几块木板钉成的,破旧的壁纸破得拖一片挂一片的,布满了灰尘,虽然原来的黄颜色还可以辨认出来,但是纸上的图案已经完全看不清了。一部分墙壁连同天花板向下倾斜,使得这间屋子像一间阁楼似的,但是这上面是楼梯。斯维里加洛夫放下蜡烛,坐在床上沉思起来。过了一会儿,一件事情吸引了他的注意力,那是从隔壁小屋里传过来的一种奇怪的连续不断的低语声,从他走进来的时候,这声音就没有中断过,有时候低语几乎变成了高声的喊叫。他侧耳听了听:有人在骂,差不多是在哭哭啼啼地责备另一个人,但是他只听到一个人说话的声音。斯维里加洛夫站起来,用一只手遮住了蜡烛光,墙上立刻有一条缝隙在发亮;他走上前去,张望起来。那间屋子比他这间大一些,里面有两个人。一个人头发十分鬈曲,脸涨得通红，神态激昂，摆出一副演说家的姿态站在那儿，那人没有穿常礼服，为了保持身体的平衡，他把两条腿叉开，用手捶着自己的胸脯，气势汹汹地责骂那一个人是叫花子，甚至没有一官半职，是他把他从泥坑里救出来的，他什么时候乐意，什么时候就可以把他赶出去，而这一切都是上帝的旨意。挨骂的那个朋友坐在一把椅子上，看神气好像非常想打喷嚏，但是又怎么也打不出来似的。有时候他用一种绵羊般的迷惘眼光望着那个讲话的人，但是显然他一点也不懂到底他在讲什么，甚至也未必听见那人说了些什么。桌上的一根蜡烛已经快要点光了，桌上还放着一只剩下一点底儿的伏特加酒瓶、酒杯、面包、玻璃杯、黄瓜，以及剩了点残渣的茶具。斯维里加洛夫仔细打量这情景之后，便无动于衷地把头从墙缝上移开，又在床上坐了下来。

穿得破破烂烂的伙计把茶和小牛肉端来以后，忍不住又问了一声："还要什么不要？"但他听到的又是否定的回答，便走了，再也没有回来。斯维里加洛夫赶紧喝了一杯茶暖了暖身子，但是一口东西也吃不下，他完全没有食欲。他开始觉得发起烧来，于是把大衣和上衣都脱去，用被子裹住身子，在床上躺下。他心里很烦恼："这一回身体不病就好啦，"他想道，苦笑了一声。屋里很闷，蜡烛光朦朦胧胧，外面的风还在呼啸，有一只老鼠在墙角的什么地方又抓又挠，整个屋子散发出一种老鼠和皮革的气味。他躺在那儿，仿佛在做梦，思绪起伏。他似乎很想把思想集中在某一件事情上。"窗外大概是一座花园，"他想，"树叶在飒飒地响。在狂风暴雨之夜，在黑暗中，我多么讨厌树叶的飒飒声啊，听了真叫人恶心！"于是他想起，刚才他经过彼特罗夫公园的时候，甚至想到这种声音就觉得反感。这时他又联想起 T 桥和小涅瓦河，仿佛身上又觉得冷起来，就像刚才站在河边的时候那样。"我这辈子从来不喜欢水，甚至风景画中的水也不喜欢。"他想，他忽然又对一个奇怪的念头哑然失笑，"可不是吗，目前这一切美学问题和舒适问题应该都是无所谓的，可是我这时候却偏偏变得爱挑剔了，就好像一头野兽在类似的情况下一定要给自己挑选一个合适的地方似的……刚才真应该回到彼特罗夫公园去！大概觉得天太黑了，太冷了吧，嘿嘿！好像我需要一种舒适感似的！……对了，我为什么不把蜡烛吹灭呢？（他把蜡烛吹灭了）隔壁那两个人已经上床睡觉了，”他看见，刚才那个墙缝里已经没有了亮光，心想，“好，玛尔法·彼特罗夫娜，现在您应该光临了；天这么黑，地方那么妥当，时间也很别致。可是偏偏现在您又不来……”

不知为什么，他忽然想起，不久前，在他实行对杜涅奇卡的计谋前一小时，他曾经向拉斯柯尼科夫推荐，把她托付给拉祖米欣保护。“正如拉斯柯尼科夫所猜想的，我那时这样说，主要是跟自己过不去。但是这个拉斯柯尼科夫的确是个骗子！他经历了不少事情。一旦他那套谬论付诸实行，他将来也许会变成一个大骗子，可是现在他太想活下去了！就这一点来说，这号人是卑鄙的。随他去吧，他爱干什么就干什么，跟我没关系。”

他怎么也睡不着。杜涅奇卡刚才的模样渐渐地出现在他面前，一阵战栗忽然传遍他全身。“不，我现在不能想这个，”他醒悟过来，想道，“我应该想点别的事情。真是又奇怪，又可笑：我从来也没有对任何人有过深仇大恨，甚至从来也不曾有过非报复不可的念头，这不是一个吉兆，不是吉兆！我也不喜欢争吵，也不急躁——这也不是一个吉兆。而且，刚才我向她许了多少愿啊，唉，真见鬼！也许她能用什么办法把我变成一个新人吧……”他咬紧牙关又不响了：这时杜涅奇卡的模样又出现在他面前，就像她刚放完第一枪时一模一样，那时她害怕极了，放下手枪，面如土色，呆呆地望着他，在那种情况下，他要把她捉住两次都可以，要是他自己不去提醒她，她连举起手来保护自己都不会想到。他想起，在那一刹那，他似乎可怜起她来了，心里好像很难过……“唉！见鬼！又想起这些事情，应该把这一切统统抛开！一定得抛开！”

他迷迷糊糊地快要睡着了，发寒热时的战栗也渐渐停了下来；忽然间，仿佛被窝里有什么东西在他的胳膊和腿上跑了过去。他吃了一惊：“唉，见鬼，大概是老鼠！”他想，“我把小牛肉留在桌上了……”他很不愿意掀开被子起来挨冻，但是忽然间又有什么讨厌的东西刷的一声从他的腿上跑过去；他撩开被子，点起蜡烛。他打着寒颤弯下腰去，把床铺检查了一遍——什么东西也没有；他拿起被子来抖了抖，忽然一只老鼠跳到床单上。他扑过去想捉住它；可是那只老鼠不从床上跳下来，却穿梭似的在床上跑来跑去，从他的手指下面溜走，又从他的手上跑过，最后忽然钻到枕头底下去了；他把枕头扔到一边，但是霎时间他觉得，有什么东西跳到他的怀里，钻到衬衫里面，刷的一下跑过他的身体，又跑到他的脊梁上。他神经质地打了一个寒噤，就醒了。屋子里黑乎乎的，他跟刚才一样，裹着被子躺在床上。窗外的风在呼啸。“真可恶！”他懊丧地想道。

他从床上爬起来，又背向窗户坐在床沿上。“还不如干脆别睡了。”他下了决心。窗口又冷又潮；他没有站起来，他把被子拉过来裹在自己身上。他没有点蜡烛。他什么也不想，也不愿意去想；但是各种幻想和一些支离破碎的想法，却在他的脑海里一个接一个地掠过。仿佛他又陷入了昏昏欲睡的状态。也许是寒冷，也许是黑暗，也许是潮湿，也许是在窗外呼啸着、晃动着树枝的风引起了他对幻想的强烈的癖好和渴望——但是在他的眼前却不断呈现出鲜花。在他的想象中出现了一片美丽的景色；一个晴朗、温暖，甚至几乎是炎热的日子，一个节日——圣灵降临节。一座带有英国风味的华美的乡村别墅，花坛处处，到处生长着芬芳的花卉，花畦四绕，把整个宅子都给包围了；台阶上爬满了藤萝，摆满了一排排玫瑰花；敞亮的、凉爽的楼梯上铺着华丽的地毯，两旁摆满了栽在中国花盆里的稀有花卉。他特别注意到，养在窗台上水仙花盆里的一束束娇嫩的、芳香扑鼻的白色水仙花，在又粗又长的绿得发亮的花茎上低垂着。他舍不得离开这些水仙花，但他还是拾级而上，上了楼，走进一间高大的客厅，这里也到处是花，窗前摆着花，通往露台的敞开的门两侧摆着花，露台上也摆着花。地板上撒着新割的芬芳的青草，窗子是敞开的，一阵阵清新凉爽的微风飘进屋里来，鸟儿在窗下啁啾，在屋子中央，在铺了一块白缎子的桌了上放着一口棺材。棺材外面包着白绸子，镶着密密的白绉边，棺材的四面八方都放着花圈。在花的中央躺着一个穿白纱衣服的少女，她的两只手好像用大理石雕刻的一样，交叉着放在胸前。但是她松散的金黄色头发湿漉漉的；头上戴了一个玫瑰花环。她脸上那端庄的、已经僵硬的轮廓，看上去也像用大理石雕刻似的，但是挂在她苍白的嘴唇上的笑容，却充满了不是儿童所应有的无限的悲伤和巨大的哀怨。斯维里加洛夫认识这个少女，棺材旁边没有神像，没有蜡烛，也听不到祈祷的声音。这个少女是投河自尽的。她只有十四岁，但这已是一颗破碎了的心，这颗被侮辱的心毁灭了自己，她受到的凌辱震骇了她那年轻幼稚的心灵，用不应受到的羞辱玷污了她那像天使般纯洁的灵魂，迫使她发出了最后绝望的呼叫，但是这呼叫没有人听见，这是一声被无耻凌辱的绝叫，在潮湿寒冷的黑夜里，当积雪已经融化，而外面的风还在嚎叫的时候……

斯维里加洛夫醒了过来，从床上站起，走到窗前。他伸手摸到插销，打开了窗户。风疯狂地吹进了他那窄小的屋子，仿佛用寒冷砭骨的霜花沾满了他的脸和他那只穿着一件衬衣的胸膛。窗外大概真的是一个类似花园的地方，而且看来也是一处什么乐园；白天这里可能也有卖唱的在唱歌，也有卖茶的茶座。可是现在从树上和灌木上吹落的雨点，不断地飞进窗户里来。天黑得像在地窖里一样，因此只能朦胧地看出一些黑影。斯维里加洛夫弯着腰把胳膊支在窗台上，目不转睛地朝黑暗里凝视了足有五分钟。这时，忽然从黝暗的夜色里，传来一声炮响，接着又是一声。

"啊，这是号炮！河水上涨了，"他想，"到早晨，水就要漫到街上低洼的地方来，把地下室和地窖淹没，地下室里的老鼠将要泅到水面上来。人们将在风雨交加中，浑身上下湿淋淋的，骂骂咧咧地把他们的破烂搬到楼上的高层去……可是现在几点钟了？"他刚这样想时，附近什么地方的壁钟正急匆匆地嘀嗒作响，敲了三下。"啊！再过一个钟头，天就要亮了！还等什么呢？我应该马上出去，一直走到彼特罗夫公园：在那儿挑选一棵给雨遍体淋湿的高大灌木，我只要用肩膀轻轻一碰，就会有千万颗水滴落到我头上来……"他离开窗口，关上窗户，点起蜡烛，穿上上衣和大衣，戴上帽子，拿着蜡烛走到走廊，他想去找那个穿得破破烂烂的伙计（那人睡在一间小破屋子里的一堆蜡烛头和各种垃圾中间），把房钱付给他，然后离开旅馆。"这时候最好了。没法找到更好的了！"

他穿过一条狭长的走廊，走了半天，一个人也找不到，他正想大声喊叫的时候，忽然一眼看见在一个阴暗的角落里，在一只旧柜子和门中间，有一件奇怪的东西，好像是一个活的什么东西。他弯下身去，用蜡烛照了照，看见一个小孩——一个顶多只有五岁的小女孩，那孩子一面哆嗦一面哭，衣服湿得像一块浸透水的擦地板的抹布。她见了斯维里加洛夫，好像并不害怕，只是带着茫然与惊讶的神情，用她那双乌黑的大眼睛望着他，她有时抽噎几下，就像那种哭了很久，已经不哭了，甚至已经得到了宽慰，可是有时候又不免要抽搭几下的孩子一样。那小女孩的脸很苍白，看上去疲惫不堪；她冻僵了，但是“她怎么到这儿来的呢？她准是躲在这儿，一整夜没睡”。他开始询问她。小女孩忽然活跃起来，她用孩子的语言口齿不清地飞快说起话来。她提到妈妈，说妈妈要打她，说她打碎了一只碗。小女孩没完没了地讲；从她的话里，他多少可以猜出，她是一个没人疼的孩子，她母亲大概是个永远喝得醉醺醺的厨娘，大概她就在这个旅馆里做工，她打了这个孩子，并且吓唬她；这小女孩打碎了妈妈的碗，吓坏了，所以昨天晚上就逃出来；大概淋着雨在外面什么地方躲了很久，最后才偷偷跑到这里来，藏在柜子后面，在这儿的角落里坐了一整夜，因为潮湿、黑暗，又害怕因为这一切遭到妈妈的毒打，因此打着哆嗦，哭着。他把她抱起来，回到自己的房间里，让她坐在床上，开始给她脱衣服。她赤着脚穿的那双破鞋完全湿透了，像在水坑里泡了一整夜似的。他给她脱完衣服，就把她放在床上，用被子把她全身裹住，连头都蒙了起来。她马上就睡着了。做完这一切以后，他又闷闷不乐地沉思起来。

“我怎么还割不断瓜葛呢！”他忽然痛苦地、恶狠狠地想道，“真荒唐！”他苦恼地拿起了蜡烛，心想无论如何也得找到那个穿得破破烂烂的伙计，快些离开这里，“唉，小女孩！”他想道，咒骂了一声，但是已经打开门，可是他又回去看了看那个女孩是不是睡着了，睡得怎样。他小心翼翼地掀开被子。女孩子睡得很香，很甜。她在被窝里已经暖和过来，苍白的小脸蛋已经有了血色。不过，很奇怪：她脸上的血色仿佛比一般孩子们脸上的红晕更鲜艳，更浓郁。“这是发烧的红晕。”斯维里加洛夫想，这就像酒后的红晕，好像有人让她喝了满满一杯酒似的。她那鲜红的嘴唇像在燃烧，喷着火焰，这是怎么回事？他忽然觉得她那黑黑的长睫毛在颤动，一眨一眨的，仿佛就要抬起来了，而在睫毛下面窥视着的是一双狡猾、尖利、没有一点孩子气的撩人秋波，仿佛那女孩并没有睡着，只是假装睡着罢了。是的，的确是这样：她的嘴唇微笑着咧了开来；她的嘴角在颤动，仿佛还在强忍着。可是现在她已经再也忍不住了。她在笑，分明在笑。在那张完全不像孩子的脸上，露出了一副厚颜无耻的挑逗人的表情；这是淫荡，这是风流女子的脸，是法国出卖肉体的交际花恬不知耻的脸。瞧，现在她已经一点也不掩饰了，索性把两只眼睛睁开：对他投过一个没羞没臊的火一样炽热的秋波，笑着在引诱他……在那个笑声里，在那一双眼睛里，在这个孩子脸上的一切下流表情里，有一种极其丑恶、侮辱人的东西。“怎么！五岁就这样了！”斯维里加洛夫不禁吓呆了，低声说，“这……算什么呢？”可是现在她把妖冶的小脸蛋整个向他转过来，伸出了胳膊……“唉，该死的！”斯维里加洛夫恐惧地叫了起来，他举起手来要打她……可是就在这时候他醒了。

他还睡在原来的床铺上，依旧裹着被子；蜡烛没有点，窗外已经是明亮的白天。

“做了一夜噩梦！”他愤恨地从床上抬起身子，感到浑身无力；骨头都在疼。外面一片浓雾，什么也看不清。现在将近五点钟；他睡过头了！他起了床，穿上还是湿的上衣和大衣。他摸到衣袋里的手枪，掏出来，摆正了雷管；然后坐下去，从衣袋里拿出一个笔记本，在首页最引人注目的地方用大字写了几行。他重读了一遍，把胳膊支在桌子上沉思起来。手枪和笔记本都放在他的胳膊肘旁边。几只睡醒了的苍蝇飞来落在放在桌上没有吃过的小牛肉上面。他朝它们看了很久，最后，他开始用那只闲着的右手去捉一只苍蝇。他捉了很久，弄得精疲力竭，可是怎么也捉不住它。他终于发现自己在干这种有趣的事情，清醒了过来，打了个寒噤，于是他站起身来，毅然决然地走出屋子。过了一会儿，他已经在大街上了。

乳白色的浓雾笼罩着全城。斯维里加洛夫沿着肮脏的木块铺的滑溜溜的马路朝小涅瓦河方向走去。他仿佛看到了小涅瓦河一夜之间上涨了的河水，彼特罗夫岛，湿漉漉的小道，湿漉漉的青草，湿漉漉的树木，最后是那一棵灌木……他懊丧地打量着一幢幢房子，打算想些别的事情。大街上遇不到一辆马车，也没有一个行人。那些黄澄澄的小木头房子的百叶窗紧闭着，看上去既肮脏，又凄凉。寒冷与湿气攫住他的全身，他感到一阵发冷。他偶尔遇见一些小铺和菜摊的招牌，便把每一块都仔细读一遍。木块铺就的马路已经到头了。他已经走到一幢大石头房子跟前。一条肮脏的、冷得瑟瑟发抖的小狗夹着尾巴在他前面跑过。一个身穿大衣、烂醉如泥的人,脸朝下横躺在人行道上。他朝那人望了望,又继续往前走去。忽然他看见左首有一座很高的消防队瞭望塔。“啊!”他想,“这儿正是地方。何必到彼特罗夫岛去呢?至少有一个官方的见证人……”这个新主意几乎使他露出了笑容,于是他折进了C街。那幢有瞭望塔的大房子就在这条街上。在紧闭着的大门旁,有一个小矮个儿把肩膀靠在门上站在那儿。他裹在一件灰色军大衣里面,头上戴一顶阿喀琉斯①式的铜盔。他用睡眼惺忪的目光冷冷地斜瞅了一眼走上前去的斯维里加洛夫。他的脸上笼罩着那种永远一肚子怨气的悲哀神情。在每个犹太人的脸上,毫无例外地都留有这种不满的痕迹。他们两个人,斯维里加洛夫和阿喀琉斯,默默地互相打量了一些时候。最后,阿喀琉斯觉得,一个人没有喝醉酒,却站在离他三步远的地方,一言不发地紧盯着他,这是不正常的。

“啊,您在这儿想干什么?”他说,仍旧没有动弹,也没有改变他的姿势。

“没有什么,老弟,你好。”斯维里加洛夫回答。

“这儿不许停留。”

“老弟,我要到外国去。”

“到外国去?”

“到美国去。”

“美国?”

斯维里加洛夫掏出手枪,扳起机头。阿喀琉斯扬起了眉毛。

“啊,干什么,这儿不许开这种玩笑!”

“为什么不许呢?”

“不许就是不许。”

“唔,老弟,反正都一样。这是个好地方;要是有人问你,你就回答:他说的,他到美国去了。”

他把手枪对准自己右侧的太阳穴。

---

① 荷马史诗《伊里亚特》中的英雄。

“这儿不行,不许在这儿!”阿喀琉斯大惊失色,他的瞳孔越来越扩大。

斯维里加洛夫开枪了。

## 7

就在当天,但已经是晚上六点多钟的时候,拉斯柯尼科夫向他母亲和妹妹的住处走去——就是拉祖米欣给她们在巴卡列夫公寓里找的那个屋子。楼梯的入口就冲着大街。拉斯柯尼科夫拖着缓慢的步伐,好像在犹疑:进去还是不进去?但是他已经下了决心;不管怎样,他也不回去了。“况且没有关系,反正她们还什么都不知道,”他想,“她们已经习惯把我当做一个怪物……”他身上的衣服简直太不像样了:在雨里淋了一夜,弄得又脏又破。由于疲劳不堪、风吹雨打、体力消耗和差不多一昼夜的内心冲突,他的脸几乎已经变了样。谁也不知道他一个人在什么地方度过了一整夜。但是他至少已经拿定了主意。

他敲了敲门;母亲给他开了门。杜涅奇卡不在家。甚至女佣人当时也不在。普莉赫丽娅·亚历山大罗夫娜先是又惊又喜,连话也说不出来;继而又拉着他的手,把他拽进屋里。

“哦,你总算来了!”她高兴得结结巴巴地说,“罗佳,我这样愚蠢地迎接你,眼泪汪汪的,你别生我的气:我是在笑,不是在哭啊。你以为我在哭吗?不,我是高兴,我就有这样一个傻毛病:爱流泪。自从你爸爸去世以后,我动不动就掉泪。坐下吧,亲爱的,我瞧你准是累了。哎呀,你身上弄得多脏呀!”

“妈妈,昨天我淋了雨……”拉斯柯尼科夫说。

“啊,不,不!”普莉赫丽娅·亚历山大罗夫娜赶紧打断了他的话,“你以为我还是以前那个婆婆妈妈的老毛病,马上又要开始盘问你了吗,你放心。我懂,我什么都懂。我现在已经学会了这儿的规矩,真的,我也明白这样的规矩较好,我已经想明白了:我怎么能了解你的想法,并且要求你向我报告呢?也许只有上帝才知道你心里有什么事情和计划,或者又产生了什么想法;我怎么能总是打扰你,问你在想什么呢。你看我……哦,上帝!我干吗像个疯子似的跑来跑去呢?……罗佳,你在杂志上发表的那篇文章,我正在读第三遍,是德米特里·普罗柯费奇拿来给我的。我一看到那篇文章,就'啊呀'一声叫了起来;我想,我真是个傻瓜,原来他在忙这种事呢,这就是事情的谜底!当时他脑子里可能有新思想;他正在思考,可是我却去麻烦他,打扰他。我读了那篇文章,我的孩子,当然,有很多地方我不懂;不过这是理所当然的:我怎么能懂呢?"

"给我看看,妈妈。"

拉斯柯尼科夫拿过杂志,匆匆地看了一眼自己那篇文章。不管这跟他的处境与心情有多么不协调,但他还是感到一种奇怪的又苦又甜的滋味,就像每一个作者初次看见自己的作品被发表的时候那样,更何况他只有二十三岁啊。这种感觉只延续了一刹那。他读完几行以后,皱了皱眉头,一种可怕的苦恼紧压在他的心头。过去几个月来,他全部的内心冲突一下子都涌上了心头。他又是恼恨、又是厌恶地把文章扔到桌子上。

"但是,罗佳,不管我有多笨,我还是能够看得出来,你很快即使不能成为我国学术界首屈一指的人物,也将是最优秀的人物之一。他们竟敢以为你疯了。哈哈哈!你不知道——他们的确是那样想的!啊,这些卑鄙的小人,他们怎么能够懂得什么是具有远见卓识的人呢!可是杜涅奇卡也差一点相信他们的话了——真糟糕!你已故的父亲向杂志投过两次稿,先是一首诗(手稿我还保存着呢,以后我给你看),后来是整整一部中篇小说(我自己请求让我替他抄写的),我们两人拼命祷告,希望能够采用——可是没有被采用!罗佳,六七天以前,我看见你的衣服、你的生活,看见你吃什么、穿什么,心里真是难受极了。但是现在我知道,我这人还是太笨,因为凭你的聪明才智,你想要什么就可以得到什么。看来目前你并不稀罕这些,因为你正在从事重要得多的事情……"

"杜尼娅不在家吗,妈妈?"

"不在家,罗佳。家里常常看不见她,她把我一个人撇在家里。多亏德米特里·普罗柯费奇,常常来陪我坐坐,而且老是谈到你。他很爱你,尊重你,我的孩子。我倒不是说你妹妹不孝顺我。我对她很满意。她有她的性格,我有我的性格;她好像有了自己的什么秘密,但是我对你们没有任何秘密。当然,我深信杜尼娅非常聪明,而且她爱我,也爱你……但是我不知道这一切会有什么结果。罗佳,你来看我,使我感到很幸福,可是她却出去玩去了,错过了跟你见面的机会;等她回来,我要告诉她:你不在家的时候,你哥哥来过,你上哪儿玩去了?罗佳,你也别太惦着我:你能来就来,不能来也没关系,我等着就是了。不管怎样,只要我知道你爱我,我也就心满意足了。我要读你写的那篇文章,听所有的人谈论你,偶尔你来看看我,还有比这更幸福的吗?瞧,现在你不是来安慰你的母亲了吗,我知道……"

说到这里,普莉赫丽娅·亚历山大罗夫娜忽然哭起来了。

"我又哭了!你别管我,我太蠢了!啊,主啊,我怎么老是坐着呢,"她忽然跳起身来叫道,"有咖啡,可我怎么没给你喝呢!你瞧瞧这种老太婆的自私。我马上,马上就拿来!"

"好妈妈,不用了,我马上就走。我不是来喝咖啡的。请您听我说几句话吧。"

普莉赫丽娅·亚历山大罗夫娜胆怯地走到他面前。

"好妈妈,不管发生什么事情,不管您听到关于我的什么消息,不管有人告诉您我怎么样了,您会一直像现在这样爱我吗?"他忽然满腔热忱地问道,他对自己所说的话好像既没有思索,也没有掂掂分量似的。

"罗佳,罗佳,你怎么啦?你怎么可以问我这样的话?谁会来对我谈论你呢?再说,不管谁来跟我说什么,谁的话我也不信,我干脆把他撵出去。"

"我来向您保证,我一直是爱您的,现在我甚至很高兴,只有我们两个人,而且杜涅奇卡也不在家,"他仍旧那样感情冲动地接着说,"我来是为了坦率地告诉您,虽然您将面临不幸,但是您应该相信,现在您的儿子爱您胜过爱他自己,您曾经以为我冷酷无情,不爱您,那都是不对的。我永远不会不爱您……好,就说到这儿吧;我觉得我应该这样做,应该这样开始……”

普莉赫丽娅·亚历山大罗夫娜默默地搂着他,把他紧紧地抱在自己胸前,轻轻地哭着。

“你究竟怎么了,罗佳,我不知道,”她终于说道,“在这段时间里,我一直在想,一定是我们叫你厌烦了,而现在我才看出,你在准备应付一场大祸,所以你才这样忧愁。罗佳,这我早就料到了。我提起这事,希望你能原谅我;我一直在想这件事,夜夜睡不着。昨天夜里,你妹妹睡在床上说了一夜梦话,老是提到你。我听清楚了几句,可是我一句也听不懂。整个早上我都觉得好像在临刑前那样,等待着什么,预感到将要发生什么事情,现在终于等到了！罗佳,罗佳,你要上哪儿去？你要离开这里,到什么地方去吗?”

“是的!”

“我早料到了！要知道,如果你需要的话,我也可以跟你一块儿去。杜尼娅也可以跟你一块儿去;她爱你,她非常爱你,如果需要的话,让索菲娅·谢苗诺夫娜也跟我们一块儿去吧;你知道,我甚至乐意把她当做我的女儿呢……德米特里·普罗柯费奇会帮助我们一起准备行装的……可是……你……要到哪儿去呢?”

“别了,好妈妈。”

“怎么！今天就走!”她叫了起来,好像将永远失去他似的。

“我不能再耽搁了,我该走了,我非走不可了……”

“我不能跟你一块儿去吗?”

“不行,请您跪下替我祷告祷告上帝吧。也许上帝会听您的祷告的。”

“让我给你画个十字,替你祝福吧！对,对,这就对了。啊,上帝,我们在干什么啊?”

是的,他很高兴,他非常高兴,因为没有别人在场,只有他和他母亲两个人。过了这可怕的一段时间以后,他的一颗心仿佛一下子软下来。他在她面前跪下,吻着她的脚,两人搂在一起大哭。这一次,她一点也不觉得奇怪,也不盘问他。她早已明白,她儿子正面对一件非常可怕的事,现在对他来说,一个十分可怕的时刻来临了。

“罗佳,我亲爱的,我的长子,”她痛哭着说,“现在你又跟小时候一样了,你也像这样跑到我身边来,拥抱我,吻我;你爸爸活着的时候,我们很困难,但是只要有你跟我们在一起,我们就得到了安慰,当我把你爸爸安葬以后,有多少次,我们在他的坟前,像现在这样搂在一起痛哭啊!这一次,我早就在哭,是因为为娘的心已经预感到将有一场灾祸。你记得吗,我们刚到这儿的那天晚上,我头一次看见你的时候,我就从你的眼神里猜出了一切。我的心当时就凉了半截,今天,我开门一看见你,就想到大概那个不幸的时刻已经来临了。罗佳,罗佳,你不会马上离开这里吧?”

“不会的。”

“你还来吗?”

“是的……我一定来。”

“罗佳,你别生气,我不敢多问你。我知道我不敢,不过,我只要你对我说两个字:你要去的地方离这儿很远吗?”

“很远。”

“你到那儿去干什么,有什么公务还是职业?”

“听凭上帝安排吧……不过您要替我祷告啊……”

拉斯柯尼科夫向门口走去,但是她拉住了他,用绝望的目光盯着他的眼睛。她的脸吓得变了样。

“可以啦,好妈妈。”拉斯柯尼科夫说,他深深后悔,他不该来。

“不会是永远吧?还不至于永远见不到你吧?你不是还要来吗,你明天来不来?”

“我会来的,我会来的,再见。”

他终于挣脱了。

傍晚是温暖、清新、明朗的;从早晨起,天就放晴了。拉斯柯尼科夫匆匆向他的住所走去;他很着急。他想在日落以前把一切事情办完。在这以前,他不愿遇见任何人。他上楼到自己屋里去的时候,看到娜斯塔霞撂下茶壶,注视着他,一路目送他上楼。“难道有人在我的房间里吗?”他心里想。他仿佛厌恶地看到了波尔费利。但是他走到自己的屋子,把门打开以后，却看见了杜涅奇卡。她独自一人坐在那儿沉思，好像已经等了他很久。他在门口站住了。她惊骇地从沙发上站起来，挺直了身子站在他面前。她的眼睛一眨也不眨地望着他，表现出恐惧和无限悲伤的神情。单是从她这个神态里，他就马上明白，她什么都知道了。

“我进来好呢，还是走开好？”他狐疑不决地问道。

“我在索菲娅·谢苗诺夫娜那里坐了一整天；我们俩都在等你。我们以为你一定会到那儿去的。”

拉斯柯尼科夫走进屋里，精疲力竭地坐到椅子上。

“我不知怎的衰弱极了，杜尼娅，我太累了；可是我真希望在这个时刻能够完全控制住自己。”

他怀疑地向她瞟了一眼。

“一整夜，你到哪儿去了？”

“我记不清了；你知道吗，妹妹，我想拿定最后主意，我在涅瓦河边来回走了很多次；这我记得。我曾想在那儿自杀，但是……我下不了这决心……”他小声说，怀疑地望着杜尼娅。

“谢天谢地！那正是我们两个人——索菲娅·谢苗诺夫娜和我——担心的事情！可见，你还是相信生活的：谢天谢地！谢天谢地！”

拉斯柯尼科夫苦笑了一下。

“我并不相信生活，但是我刚才和母亲拥抱在一起痛哭；我不信上帝，但是我刚才请她为我祷告。天知道这是怎么回事，杜涅奇卡，我一点也不懂。”

“你到妈妈那儿去啦？你告诉她了？”杜尼娅大惊失色地叫道，“你真的下决心告诉她了吗？”

“不，我没有……用言语告诉她；可是她已经明白了不少事情。夜里，她听见了你说的梦话。我相信她已经明白了一半。也许我做错了，我不应该去看她。我真不知道我为什么要去。我真是一个小人，杜尼娅！”

“小人，可是你情愿去受难！你不是要去吗？”

“是的。我马上就去。为了避免受到这种耻辱，我曾经想投河自尽，杜尼娅，但是当我已经站在河边的时候，我想，既然我过去一向以为自己很坚强，那么现在就不应该害怕耻辱，”他急急忙忙地抢先说，“这是高傲吗，杜尼娅？”

“是高傲，罗佳。”

从他那双黯然无光的眼睛里，好像闪出了一道光；他对于自己依然高傲似乎感到高兴。

“妹妹，你不会以为我不过是害怕投河自尽吧？”他问，带着怪难看的冷笑望着她的脸。

“啊，罗佳，别说了！”杜尼娅痛苦地叫道。

沉默持续了约莫两分钟。他低着头坐在那里，望着地板；杜涅奇卡坐在桌子另一头，痛苦地望着他。忽然他站起身来。

“不早了，我该走了！我现在去投案自首。但是我不知道我为什么要去自首。”

大颗的泪珠顺着她的两颊流下来。

“你在哭，妹妹，你能把手伸给我吗？”

“这你也怀疑吗？”

她紧紧地拥抱他。

“你愿意去受难，难道不是已经把你的罪行洗清了一半吗？”她叫道，紧紧地拥抱着他，吻他。

“罪行？什么罪行？”他忽然狂怒地喊道，“我杀死了一只可恶的、有害的、对谁也没有用处的虱子，一个放高利贷的老太婆，她吸穷人的血，杀了她，就是有四十桩罪孽也应该被赦免，这是犯罪吗？我想的不是它，也根本没有想去洗刷它。为什么大家从四面八方指着我的脊梁，说什么‘罪，罪！’现在，当我已经决定去承受这种不必要的耻辱的时候，我才清楚地看出我的胆怯完全是荒唐的！我所以做出这个决定，只因为我的卑下和无能，还因为这样做也许对我有好处，就像这个……波尔费利……所建议的那样！……”

“哥哥，哥哥，你这是在说什么呀！你不是杀了人吗！”杜尼娅绝望地喊道。

“大家都杀人，”他几乎发狂一般接口说，“在世界上，现在杀人，过去也杀人，血像瀑布一样地流，像香槟酒一样地流，为了这，有人在神殿里被戴上桂冠，以后又被称做人类的恩主。你只消仔细瞧瞧，你就会看清楚！我也想为人们造福，我本来可以做出成百成千件好事来弥补那一件蠢事，其实这连蠢事也够不上，只不过是做得不恰当罢了，因为我的整个想法决不像现在失败以后看来那样愚蠢……（一切事情，一旦失败，就显得很愚蠢！）我做这件蠢事，本来是想使自己能够自立，迈出头一步，弄到经费，事后一切都可以用相比之下大得无可限量的利益来补偿……但是我……我连头一步也没有迈出去，因为我是个卑鄙的小人。全部问题就在这里！但我还是不想用你们的观点来看问题：要是我成功了，人们会给我戴上桂冠，现在却束手就擒！"

"但这是不对的，完全不对的！哥哥，你这是说什么呀！"

"啊！这个方式不对，从美学的观点来说，这不是一种好方式！可我完全不明白：为什么用炸弹炸死人，用正规的包围杀害大批的人就是一种比较可敬的方式呢？害怕美学是软弱无能的第一个征兆！对于这一点，我从来没有比现在认识得更清楚；而现在，我比以往任何时候都更不明白，为什么我的所作所为是犯罪！我也从来不曾比现在更坚强，更深信不疑！……"

他苍白的、疲惫不堪的脸甚至涨得通红。但是当他说最后一句话的时候，他的视线无意中与杜尼娅的眼睛相遇，他从杜尼娅的目光里看出她为了他而感受到的深刻痛苦，于是不由得冷静了下来。他觉得，不管怎样，他已经使得这两位可怜的女人很不幸。而他毕竟是造成她们不幸的根由……

"杜尼娅，亲爱的！要是我有罪的话，请你宽恕我吧（虽然我是无法宽恕的，如果我真的有罪的话）。再见吧！咱们不必再争论了！现在我该走了，真该走了。不要跟着我，我求你，我还要到别的地方去一下……你应该马上到妈妈那里去，陪着她。我求你答应我这样做！这是我对你最后的，也是最大的请求。任何时候也不要离开她；我把她一个人提心吊胆地留下，她会受不了的：她不死，也会发疯的。你陪陪她吧！拉祖米欣会来跟你们做伴的；我跟他说过了……不要为我哭：虽然我是个杀人犯，但我要一辈子做个勇敢和诚实的人。也许有一天你将会听到我的名声。我不会丢你们的脸的，你会看到的；我还要给人们瞧瞧……现在暂时再见吧。”他匆匆地结束道，他又发现杜尼娅听了他最后几句话和他所许的诺言时流露出来的奇怪眼神，“你哭什么呀？别哭了，别哭了；我们又不是永别！……哦，对了！等一会儿，我忘啦！……”

他走到桌前，拿起一本厚厚的落满灰尘的书，把它打开，从书页间抽出一幅画在象牙上面、小小的水彩肖像。这是他过去的未婚妻，他的女房东患热病死去的女儿的画像，就是那个曾经想出家去当修女的古怪姑娘。他朝那副娇弱动人的脸凝视了一会儿，吻了吻画像，然后交给杜涅奇卡。

“关于这个想法，我曾经跟她，跟她一个人谈过很多，”他若有所思地说，“后来丑恶地实现了的许多事情，我都向她倾吐过。你放心，”他对杜尼娅说，“跟你一样，她也不同意，我庆幸的是，她现在已经不在人世了。重要的，重要的是，现在一切都要重新开始，都要劈成两半，”他忽然喊起来，又恢复到原来那种沮丧的神态，“一切，一切，但是我对这事有准备吗？我自己希望这样吗？据说，我需要经受这种考验！可是这些无聊的考验有什么，有什么用呢？它们有什么用呢，难道服满二十年苦役以后，当我已经被苦难所压倒，变成了白痴和衰老不堪的时候，我会比现在认识得更清楚吗？那时，我活着还有什么意义呢？我现在为什么又甘心去过这种生活呢？哦，今天黎明时分，我站在涅瓦河边的时候，我才知道我是个卑鄙的小人！”

最后他们两人都从屋里走了出来。杜尼娅觉得很难受，但是她是爱他的。她已经动身走了，可是走了五十步光景，她又回过头来对他望了一眼。还看得见他。但是走到街角的时候，他也回过头来；两人的视线最后一次相遇了，但是，他看见她在望着他，便不耐烦地，甚至恼怒地向她挥了一下手，叫她走开，而他自己则飞快地转过街角。

“我太凶了，这我知道，”他暗自想道，过了一会儿，他因为刚才自己对杜尼娅那样恼怒地挥手而感到惭愧起来，“不过，既然我不配被人爱，为什么她们还要这样爱我呢！哦，如果我孤身一人，谁也不爱我，我自己也从来没有爱过任何人，那该多好啊！那么这一切就都不会发生了！我倒很想知道，难道在未来的十五年或者二十年之内，我的心会变得那么谦卑，我居然会在人们面前变得诚惶诚恐，感激涕零，每说一句话都把自己叫做强盗吗？是的，正是这样，正是这样！这就是他们现在要把我送到那儿去的目的，这正是他们所需要的……你瞧，他们一个个招摇过市，其实他们每个人就其本性来说都是坏蛋和强盗；甚至更糟——是白痴！如果使我免于流放，他们就会一个个义愤填膺，气极欲狂！啊，我多么恨他们大家啊！”

他深思起来：“到底通过什么过程能够使他对他们大家诚惶诚恐、心悦诚服呢！为什么不会这样呢？当然，本来就应该这样。难道二十年不断的压制还不能把他彻底压垮吗？水滴石穿嘛。可是在那以后，还活着干什么，干什么呢？既然我知道，这一切将会完全像书上所写的那样发展，那我现在干吗还要去自首呢？”

从昨天晚上起，他已经有一百遍向自己提出这个问题，但是他还是去了。

## 8

他走进索尼娅家里的时候，天已经黑下来了。索尼娅心慌意乱地等了他一整天。她跟杜尼娅一同等着他。因为想起斯维里加洛夫说过“这件事索尼娅知道”，所以杜尼娅一清早就来找她了。关于两个女人谈话、流泪，以及她们怎样情投意合的情况，我们就不细说了。这一次会面至少使杜尼娅得到了一种安慰，她知道她哥哥将不是孤身一人：他最先是到索尼娅那儿去忏悔的；当他需要一个人帮助他的时候，他就到她身上去寻找友情；不管命运把他送到什么地方，她都会跟他一同去。杜尼娅并没有问她，但是她知道一定会这样。她对索尼娅甚至抱着某种敬仰的心情，她对她的这种敬仰感一开始几乎使索尼娅感到很窘。索尼娅甚至感动得差点哭出来：相反，她觉得她自己连瞅杜尼娅一眼都不配。她们两人在拉斯柯尼科夫的屋里初次见面的时候，杜尼娅那么关切、那么尊重地向她行礼告辞，从那以后，她那优美的仪态，已经成为她一生中最美好、可望而不可及的幻想，永远留在她的心里了。

最后杜涅奇卡等得不耐烦，便离开了索尼娅，到她哥哥屋里去等他；她老觉得，他会先到那儿去的。只剩下她一个人的时候，索尼娅越想越怕，她怕他也许真的会去自杀。杜尼娅也害怕这件事。但是她们俩整天都在争先恐后地互相劝慰，提出各种各样的论据，说这是不可能的，她们在一起的时候，心中还稍安。可是现在刚一离开，她们两人就尽想着这件事情。索尼娅想起昨天斯维里加洛夫对她说过，拉斯柯尼科夫只有两条路：要么去西伯利亚，要么……此外，她了解他的虚荣心，他的高傲，他的自命不凡和不信上帝。"难道说，只有胆小和怕死才能迫使他活下去吗?"最后她绝望地想道。这时太阳开始西下。她忧愁地站在窗口，目不转睛地望着窗外——但是窗外所能看到的，只有邻宅的一堵没有粉刷的大墙。最后，当她完全相信那个不幸的人已经死去的时候——他走进了她的房间。

一声欢呼冲出了她的胸膛，可是等到她仔细看了看他的脸以后，她倏地黯然失色了。

"可不是吗！"拉斯柯尼科夫苦笑着说，"我是来拿你的十字架的，索尼娅。是你让我到十字街头去的；现在到了真要这么做的时候，你怎么又害怕起来了呢?"

索尼娅诧异地望着他。她觉得他说话的声调很奇怪；她全身打了一个寒战，但是过了一会儿她就猜到，他的声调和这些话都是他假装出来的。甚至跟她说话的时候，不知怎的，他的眼睛也望着墙角，好像避免直接看到她的脸似的。

"你知道，索尼娅，我已经决定了，我认为这样也许有利一些。这儿有一个情况……唔，不过说来话长，而且也没有必要谈它。你知道叫我生气的是什么吗？我觉得懊丧的是，那些愚蠢的、凶残的脸马上就会把我包围起来，他们将会瞪着眼睛望着我，向我提出许多愚蠢的、必须回答的问题，——用指头指指点点……呸！你知道吗，我不想到波尔费利那儿去；

我讨厌他。我宁可到我的朋友'炸药'那儿去;我会使他多么吃惊,就某一点来说,我会引起多大的轰动啊!但是我应该冷静些;近来我变得太暴躁了。你信不信:我刚才差点没举起拳头来威胁我妹妹,只因为她转过身来最后一次看了我一眼。这种心情多么可恨啊!唉,我竟会变到这种地步!唔,十字架在哪儿?"

他好像激动得不能自制了。他坐立不安,甚至不能在一个地方站定一会儿,也不能把注意力集中在任何一件东西上;他百感交集,说话颠三倒四;手也在微微发抖。

索尼娅默默地从抽屉里取出两个十字架,一个是柏木的,一个是铜的,她在自己身上画了个十字,又在他身上画了个十字,然后把那个柏木十字架挂在他的胸前。

"这是个象征,意味着我要背起十字架。嘿嘿!好像到现在为止,我的罪受得还不够似的!柏木十字架,这是平民百姓戴的;铜十字架是丽莎维塔的,你给自己留下——给我看看,行吗?当时……她就戴着它吗?这样的十字架我记得有两个,一个是银十字架,一个是小神像。当时我把它们扔在那个老太婆的胸脯上了。其实我现在戴上那两个才合适哩……我尽胡扯,正事儿都要忘了;我有点心不在焉!……你知道,索尼娅,我来,是为了预先通知你,让你知道……好了,就是这个事儿……我就是为了这件事才来的(嗯,话又说回来,我还以为我会多说几句呢)。是你自己要我去的,好,现在我就要去坐牢了,你的愿望将要实现了;那你还哭什么呢?你也这样?别哭了,够了;唉,这一切叫我多么痛苦啊!"

但是在他的心里唤起了一种感情;他望着她,感到心头一阵痛楚。"她干吗这么伤心呢?"他暗自想,"我是她的什么人?她为什么哭?为什么她要跟妈妈和杜尼娅一样照料我?她要做我的保姆啊!"

"画一个十字吧,哪怕做一次祷告也好。"索尼娅用胆怯的、颤抖的声音请求道。

"哦,好吧,随你的便,多少次都行!而且是虔诚地,索尼娅,虔诚地……"

其实他想说的完全是别的话。

他在身上画了好几个十字。索尼娅拿起自己的头巾把它披在头上。这是一块绿色的细呢头巾，或许就是马美拉多夫那时提到过的那块“祖传的”头巾。这个想法在拉斯柯尼科夫的脑子里一闪，但是他没有问。确实，他自己已经开始感觉到他非常心不在焉，而且心慌意乱得不像话。他怕的就是这个。他忽然看到索尼娅想跟他一起去，不觉大吃一惊。

“你怎么啦！你上哪儿去？你留下吧，你留下吧！我一个人去，”他畏缩而懊恼地叫道，几乎是满怀怨恨地向门口走去，“要一大批随从干什么！”他咕哝着走出门去。

索尼娅留在屋子中间。他甚至没有向她告别，他已经把她忘了；只有一阵令人心碎、反抗的疑问在他的心头翻腾着。

“我做得对吗？这一切做得对吗？”他走下楼梯的时候，又在想，“难道不能就此止步，改弦易辙……干脆不去吗？”

但他还是去了。他忽然打心眼里觉得，大可不必反躬自问。当他走到大街上的时候，他想起了，他还没有向索尼娅告别，她戴着绿头巾还留在屋子中间，被他的一声断喝吓得动也不敢动了，想到这里，他又停下来。就在这一刹那间，忽然有一个想法使他豁然开朗——这个想法好像在等待时机，使他大惊失色似的。

“刚才我为什么到她那儿去，我去干什么呢？我告诉她有事；有什么事呢？什么事也没有！是为了告诉她我要去了吗；那又怎么样呢？毫无必要！我爱她吗？难道我不爱她吗？刚才我像撵一条狗似的把她撵走了。难道说我真的需要她的十字架吗？唉，我多么堕落啊！不，我需要的是她的眼泪，我需要看见她怎样害怕，看看她心里多么痛苦，多么难过！我想抓住一件什么事，拖延一下，看看她！而且我竟这样自负，对自己这样异想天开，我是一个浅薄、渺小的人，我多么卑鄙，多么卑鄙啊！”

他顺着运河的堤岸走去，他不需要再走很远。可是他走到桥边，又站住了，然后忽然拐上桥，朝干草市场走去。

他贪婪地左顾右盼，凝神注视着每一件东西，可是又不能把注意力集中在任何一件上头；一切都从他眼前一晃而过。“再过一个礼拜，再过一个月，我就要被装在囚车里，从这座桥上驶过，被带到某一个地方去，那时我将会怎样来看这条河呢——把这记住，好吗？”这个想法在他脑子里闪过，“瞧这块招牌，那时我将怎样读这几行字母呢？这上面写着‘贸易公司’，唔，记住那个a，字母a，过一个月再来看它，看这个a，那时候我会怎样来看它呢？那时我会有什么感觉，什么想法呢？……上帝啊，我现在的这些……忧虑，实在是多么微不足道啊！当然，这一切准是很有趣的……从某一点来说……（哈哈哈！我在想什么呀！）我像个小孩似的自吹自擂；我有什么可惭愧的呢？嗬，多挤呀！这个胖子——大概是个德国人——刚才他推了我一下：他知道他推的是谁吗？抱着孩子的那个乡下女人在要饭。她要是以为我比她幸福，那才有趣呢。为了好玩，我不妨给她一点什么。哈，兜里还有一个五戈比的钱币，这钱是哪儿来的？来，来……拿着吧，伯母！”

“上帝保佑您。”那个乞丐哭声哭调地说。

他走进干草市场。他非常不喜欢在人群中挤来挤去，但是他却正朝人最多的地方走去。此刻他宁可把世界上的一切都给众人，只要能够让他一个人独自待一会儿；但是他自己又感觉到，他一个人连一分钟也待不下去。人群中有一个醉汉在胡闹：他一个劲儿想跳舞，但是他老是歪着身子向一边倒下去。人们围住他看热闹。拉斯柯尼科夫挤到人群中去，朝那个醉汉看了几分钟，忽然哈哈大笑起来，笑声短促而又断断续续。不一会儿，他已经把那个人忘了，虽然他的眼睛还望着他，但是他已经看不见他了。最后他离开了那里，他甚至不记得自己当时在什么地方。但是当他走到广场中心的时候，他突然产生了一种内心活动，一阵冲动立刻控制了他，攫住了他的全部身心。

他蓦地想起了索尼娅的话：“到十字街头去，向人们跪下，吻一吻大地，因为你对它也犯了罪，再大声向大家说：‘我是杀人犯。’”他想起这话后，浑身发起抖来。这些日子，特别是最近几个钟头走投无路的苦闷和焦急，简直把他压垮了，因而他极力想抓住机会体验一下这种纯净的、崭新的、完整的心情。这种心情就像疾病发作一样突然降临在他身上：像一个火花似的在他心里燃烧起来，突然像一场大火烧遍了他的全身。他心里的一切立刻软化了，他泪如雨下。他就这么扑倒在地上……

他跪在广场中心，趴在地上，怀着快乐和幸福吻了吻这片肮脏的土地。他站起身来，然后又跪下去磕头。

“瞧他喝醉了！”站在他旁边的一个小伙子说。

发出了一阵笑声。

“哥们，他这是要到耶路撒冷去，现在向他的孩子们，向他的祖国告别呢。他向大伙儿磕头致敬，吻着京城圣彼得堡和它的土地。”一个喝醉了的小市民加了一句。

“这小伙子还挺年轻呢。”第三个人插嘴说。

“还是个上等人呢。”一个人用庄重的声音说道。

“眼下谁分得清，哪个是上等人，哪个不是。”

这些反应和冷言冷语制止了拉斯柯尼科夫的行动，他正要脱口说出“我杀了人”这句话，可是话到嘴边，又咽了回去。然而，他心平气和地忍受了这些喊声，头也不回地一直穿过小巷，向警察局的方向走去。在半道上，有一个人影在他面前一晃，但是他并没有感到惊讶；他已经预感到一定会这样的。当他在干草市场上第二次跪在地上磕头的时候，他向左边侧过头去，在离他五十来步远的地方，他看见了索尼娅。她不让他看见，躲在市场上一个木头棚子后面，可见，她一直陪伴着他在悲哀中行进！这时，拉斯柯尼科夫感觉到，而且明白了，现在索尼娅将永远和他在一起，即使命运把他发配到天涯海角，她也会跟他一同去的。他的整个心都翻腾起来……但是——他已经走到那个致命的地方了。

他相当精神地走进院子。需要走上三楼。“我还得上去。”他想。他总觉得，离那个致命的时刻还很遥远，还有很多时间，还可以考虑很多事。

螺旋式楼梯上，还是那些垃圾，还是那些果壳，还是那些敞开的门，还是那些厨房和从厨房里冒出来的油烟和臭气。自从那天以后，拉斯柯尼科夫再没有到这里来过。他的两条腿发麻，发软，但他还是向上走去。他站定了一会儿，稍事休息，定一定神，以便像个人似的走进去。“但是为什么要那样呢？这又是为什么呢？”当他意识到自己的行动时，他忽然想道,“既然我必须把这杯苦酒喝下去,反正不是一样吗？越是令人厌恶越好。”在这刹那间,“炸药”伊利亚·彼特罗维奇的身影在他脑子里闪过。“难道真的到他那儿去吗？难道不能去找别人吗？找尼柯吉姆·弗米契不行吗？马上回去,到警察分局长的家里去？起码,这样可以随便一点……不,不！还是去找‘炸药’,还是去找‘炸药’！既然我非得喝这杯苦酒不可,那么就一口喝干吧……”

他觉得浑身发冷,几乎迷迷糊糊地打开了警察局的门。这一次警察局里人很少,只有一个看门的和一个老百姓站在那里。警卫甚至没有从隔墙后面向外张望一下。拉斯柯尼科夫走进了隔壁的屋子。“也许还可以不讲。”这个想法在他的脑子里一闪。这儿有一个穿着私人便服的职员,正坐在办公桌前,准备写什么。还有一个职员则坐在墙角里。扎梅托夫不在。当然,尼柯吉姆·弗米契也不在。

“都不在吗?”拉斯柯尼科夫问那个坐在办公桌前的人。

“您找谁?”

“啊—啊—啊！真是闻所未闻,见所未见,可是俄罗斯的精灵……在童话里是怎么说的?① ……忘啦！您—好!”忽然有一个熟悉的声音叫了起来。

拉斯柯尼科夫发抖了。“炸药”站在他的面前;他倏地从第三间屋子里走了出来。“这是命中注定的啊!”拉斯柯尼科夫想,“他为什么在这儿呢?”

“您找我们吗？有什么事儿?”伊利亚·彼特罗维奇大声说道(看来他的心情极好,甚至有一点兴奋),“您要是来办事儿,未免来得太早了。我自己也是碰巧在这儿……不过我将尽力效劳。不瞒您说……您贵姓?贵姓？请原谅……”

“拉斯柯尼科夫。”

“不错:拉斯柯尼科夫。难道您以为我忘了！请您别以为我是那样

---

① 语出普希金《鲁斯兰与柳德米拉》中的序诗:“那儿有俄罗斯的精灵,那儿散发着俄国的气息!”

的人……罗吉昂·罗……罗……罗吉昂内奇,好像是这样称呼吧,是不是?”

“罗吉昂·罗曼内奇。”

“对,对,对！罗吉昂·罗曼内奇,罗吉昂·罗曼内奇！我差一点就想起来了！甚至还向别人打听过多次。不瞒您说,自从我跟您打过那次交道以后,我心里非常难过……后来有人告诉我,我听说,您是一位青年作家,甚至是一位学者……可以说锋芒初露……哦,上帝！作家和学者,谁最初没有标新立异呢！我和我的妻子都很重视文学,我的妻子简直是文学迷！……文学和艺术！只要人是高尚的,其余的一切都可以凭才能、知识、智力、天才来获得。比方说,帽子——帽子又算得了什么呢？帽子只不过跟煎饼一样,我可以到齐默曼公司去买;但是,帽子下面的东西,帽子盖着的东西,我就买不到了！……不瞒您说,我甚至想去拜访您,向您解释一下,但是我想您也许……不过,我忘了问您,也许您真的要办什么事吧？听说,您的亲人来了？”

“是的,母亲和妹妹。”

“我已经很荣幸地见过令妹了——一位很有教养、非常漂亮的姑娘。不瞒您说,我很后悔,那一次我对您太急躁了。真是事出意外！由于您昏厥过去,我当时对您有点疑心——那件事后来已经完全弄清楚了！多么野蛮和狂热！我懂得您为什么那么愤慨。您大概是因为家里人来了要搬家吧?”

“不—不,我只是随便……我来问问……我原以为我能在这儿找到扎梅托夫呢。”

“哦,对了！你们俩交上朋友啦;我听说了。唔,扎梅托夫不在我们这儿了——您来迟了一步。是的,亚历山大·格里戈列维奇离开我们了,他从昨天起就不在这儿了;他调走了……离开之前,他甚至跟所有的人都吵了一架……简直没有礼貌……他是个浮躁的小伙子,如此而已;他本来是很有前途的;可是,去他们的吧,这些风华正茂的青年！他本想参加什么考试,但是他在我们这儿,所谓考试也不过是说说空话、吹吹牛皮罢了。当然,这跟譬如您或您的朋友拉祖米欣先生的情况就截然不同！你们的事业是学术,失败也不会使你们气馁!对于您来说,生活中一切美好的东西可以说都是微不足道的①,您是个苦行僧,修道士,隐士!……对于您来说,一本书,夹在耳朵上的一支笔,学术研究——这才是您精神翱翔的地方!我自己也多少……您读过利文斯顿的札记②吗?"

"没有。"

"可我读过。不过,近年来有很多虚无主义者;这也是可以理解的;现在是什么时代嘛,请问?不过,我跟您……您当然不是一个虚无主义者喽!请您坦率地回答,坦率地!"

"不—不是……"

"不,要知道,您可以坦率地对我说,您别不好意思,就像您私下跟自己说话一样!公事是另一回事,是另一回事……您以为我要说交情吗?不,您猜错啦!不是交情③,而是一个公民和人的感情,是人道精神和对上帝的爱。我也许是个秉公办事的官吏,但是我必须永远觉得我是一个人,是一个公民,得心里有数……您刚才谈到扎梅托夫。扎梅托夫会在一个下流场所喝一杯香槟酒或者顿河酒,闹出一场法国式丢人现眼的事,——您的扎梅托夫就是这样的人!而我也许可以说出于忠诚和崇高的感情,再加上我的地位、官衔和身份,都替他羞死了!我已经结婚,有了孩子。我履行着作为一个人和一个公民的义务,但是,请问,他是什么人呢?我把您看做一个有学问的高尚的人……再说,目前还突然冒出这么多产婆。"

拉斯柯尼科夫疑惑地扬起了眉毛。伊利亚·彼特罗维奇刚吃完饭,拉斯柯尼科夫觉得他的那些话大部分是一连串空洞的声音。不过其中有些话他还是好歹听明白了。他狐疑地望着他,不知道这一切将怎样收场。

"我说的是那些剪短头发的女娃娃,"爱说话的伊利亚·彼特罗维奇

① 原文是拉丁文。

② 利文斯顿(1813—1873),杰出的英国旅行家和非洲考察家,这儿显然是指他的《赞比西河游记》一书。

③ 俄国有句成语:"公事归公事,交情归交情。"(意即"公事公办")所以伊利亚·彼特罗维奇才有此说。

接着说，“我替她们起了个外号，管她们叫产婆，我认为这个外号十分合适，嘿嘿！她们进医学院，学解剖学；您说，要是我生了病，我能请一位年轻的女士来给我看病吗？嘿嘿！”

伊利亚·彼特罗维奇哈哈大笑，他对自己的俏皮话感到十分得意。

“可以说，这是过度渴望受教育；但是一旦受到了教育，也就够了。干吗要滥用它呢？干吗要侮辱那些高尚的人，像那个坏蛋扎梅托夫那样呢？请问，他为什么要侮辱我？您再看看自杀的人有多少吧——您简直无法想象。无非是花掉最后一文钱，然后自杀。有少年男女，也有老人……今天早上，我们还接到报告，说有一位不久前刚来到这里的先生，尼尔·帕夫雷奇，尼尔·帕夫雷奇！这位先生姓什么来着，就是刚才报告在彼得堡岛开枪自杀的那位？”

“斯维里加洛夫。”有一个人从隔壁房间里嘶哑而冷淡地回答说。

拉斯柯尼科夫吃了一惊。

“斯维里加洛夫！斯维里加洛夫自杀了！”他叫了起来。

“怎么！您认识斯维里加洛夫？”

“是的……认识……他不久前，刚到这儿来……”

“是的，他刚来不久。他的老婆死了，他是个行为放荡的人，他忽然开枪自杀，真是丢人现眼，简直不可思议……他在他的笔记本里留下了几句话，说他死前脑子完全清醒，他的死跟任何人没有关系。据说，他很有钱。您怎么会认识他的？”

“我……认识他……我妹妹在他们家当过家庭教师……”

“哦哦哦……那么您一定可以告诉我们一点关于他的事情喽。您没有怀疑过他会自杀吗？”

“昨天我还见过他……他在……喝酒……我什么也不知道。”

拉斯柯尼科夫觉得好像有什么东西压到他身上，把他压住了似的。

“您的脸色好像又发白了。我们这儿的空气太闷了……”

“是的，我得走啦，”拉斯柯尼科夫咕哝说，“请原谅，打扰您了……”

“哦，哪儿的话，您什么时候来都可以！看到您，我很愉快，而且我很高兴这样说……”

伊利亚·彼特罗维奇甚至伸出了手。

“我只想……我是来找扎梅托夫的……”

“我明白,我明白,看到您我很愉快。”

“我……很高兴……再见……”拉斯柯尼科夫微笑道。

他走出门去,摇摇晃晃,头昏眼花,两条腿都麻木了。下楼的时候,他用右手扶着墙。他恍惚觉得有一个看门的拿了一个户口本迎面走来撞了他一下,便上楼到警察局;他又恍惚觉得有一条小狗在楼下什么地方不住地狂吠,一个女人喊着,把一根擀面杖向它扔去。他走到楼下,进了院子。索尼娅就站在这儿的院子里,离出口处不远,她脸色苍白,面无人色,惊慌失措地望着他。他在她面前站住了。她脸上流露出痛苦、悲伤和绝望的表情。她举起手来拍了一下。他的嘴边挤出了一丝难看的、不知所措的微笑。他站了一会儿,苦笑一下,又转身上楼,往警察局走去。

这时伊利亚·彼特罗维奇已经坐下,正在翻阅文件。刚才上楼时撞了拉斯柯尼科夫一下的那个汉子站在他面前。

“啊—啊—啊? 您又来啦! 您忘了什么东西吗? ……不过,您怎么啦?”

拉斯柯尼科夫的嘴唇煞白,目光呆滞,慢慢向他走去,走到桌子跟前,把手扶在桌子上,想说什么,但是说不出来;只听到一些不连贯的声音。

“您不舒服了,椅子! 坐这儿,坐在椅子上,请坐! 拿水来!”

拉斯柯尼科夫坐到椅子上,但是目不转睛地盯着伊利亚·彼特罗维奇惊讶而又令人非常不愉快的脸。两个人面面相觑地等待着。水端来了。

“是我……”拉斯柯尼科夫开口说。

“喝点水吧。”

拉斯柯尼科夫把水推开,慢慢地、抑扬顿挫地,但又非常清楚地说:

“**是我在那时用斧子杀死了那个老太婆和她的妹妹丽莎维塔,抢走了她们的东西。**”

伊利亚·彼特罗维奇张大了嘴。人们从四面八方跑过来。

拉斯柯尼科夫又把他的口供重复了一遍……

# 尾　声

# 1

西伯利亚。在一条荒凉大河的河岸上,屹立着一座城市,那是俄国的行政中心之一。城里有一座要塞,要塞里有一所监狱。二等流放苦役犯拉斯柯尼科夫已经在这所监狱里关了九个月。从他犯罪以来,已经过了差不多一年半了。

对他的案件的审讯没有遇到多大困难。犯人的口供始终如一,坚定、准确而且清楚,他没有歪曲事实,没有故弄玄虚,没有推卸罪责,也没有略去最微小的细节。他详尽地叙述了谋杀的全过程,说明了在被杀害的老太婆手里发现的那件抵押品的秘密(一块绑着扁金属的小木片);他详细地讲了他怎样把死者的钥匙弄到手,这些钥匙是什么样的,箱子是什么样的,箱子里装着什么东西;他甚至还列举了箱子里的个别东西;他解开了杀害丽莎维塔之谜;他谈到柯赫怎样来敲门,以后又来了个大学生,他把他们两人之间的谈话全部复述了一遍;他也讲了后来他这个罪犯怎样跑下楼去,听见米柯尔卡和米季卡尖声嚷嚷;他怎样躲进一间空屋里,然后走回家去,最后,他指出了沃兹涅先斯克大街上一个院子大门口的那块石头,而且果然在那块石头下面找到了东西和钱袋。总之,一切都清清楚楚的。但是,预审官和法官们对于他把钱袋和东西藏在石头底下没有动用一事都感到很惊奇,尤其使他们惊讶的是,他不但不记得他亲自抢来的这些东西究竟是什么,甚至连这些东西共有几件也记不清了。他说他一次也没有打开过那个钱袋,甚至不知道里面到底有多少钱,这种情况简直令人难以置信。(事后发现,钱袋里一共有三百十七个银卢布和三个二十戈比的钱币;因为放在石头底下太久,最上面一层面额最大的钞票已经霉烂了。)法官们花了很长时间想弄清楚,为什么被告在别的一切事情上都供认不讳，偏偏在这件事情上要撒谎呢？最后，有些法官（特别是擅长心理学的法官）甚至认为那也是可能的：他确实没有往钱袋里看过，因此并不知道里面有什么东西，后来就这样把它藏到石头底下去了，但是他们从这一点马上得出结论说，这件罪行，除非是由于某种一时的精神错乱，由于一种病态的想杀人抢劫的偏执狂，既没有进一步目的，也不是为了贪图钱财，否则是不可能发生的。这个结论，恰好符合近来最时髦的那种关于一时精神错乱的理论。在我们这个时代，人们常常设法将这种理论应用在某些罪犯身上。此外，许多证人，包括佐西莫夫医生、拉斯柯尼科夫从前的同学、他的女房东和用人，都确凿无误地证明拉斯柯尼科夫早就患有多疑症。这一切都有力地促使人们得出一个结论：拉斯柯尼科夫并不完全像一般的杀人犯、强盗和抢劫犯，这里一定另有原因。使那些抱有这种看法的人十分遗憾的是，犯人根本不想为自己辩护；对于究竟是什么动机驱使他去杀人和抢劫这个决定性的问题，他回答得非常清楚，直言不讳，他说，这一切的原因是他恶劣的境遇，他的贫穷和走投无路，他指望从死者身上至少弄到三千卢布，再靠这笔钱为他一生的事业打下基础。他所以起意杀人，那是由于他轻率和懦弱的性格，贫穷和失意使这种性格更加突出。对于究竟是什么原因促使他前来投案自首这个问题，他干脆回答说，是真诚的忏悔。这一切几乎都是无可讳言的……

然而，就所犯的罪行来说，判决却是出乎意外的宽大，这可能是因为犯人不仅并不想替自己辩护，甚至还似乎企图把自己的罪行说得更重一点。一切奇怪的、特殊的情况都被考虑到了。犯人在犯罪以前一直处于一种病态和困苦的状态，这是毫无疑问的。至于他为什么没有使用他抢来的东西，人们认为，这一部分是由于他事后悔恨交加，一部分是由于他犯罪时的精神状态并非完全正常。无意中杀害丽莎维塔这事就是一例，它更加证实了后一种假设：一个人犯了两件凶杀案，居然会忘记门是开着的！最后，他出面自首的时候，这个案子恰好正被那个垂头丧气的狂人（尼古拉）的假口供搅成了一团乱麻，而且，当时对于真正的罪犯，不仅提不出明显的罪证，大家甚至不曾有过怀疑（波尔费利·彼特罗维奇丝毫没有食言）——这一切都大有助于对被告从轻量刑。

此外,还完全出人意外地发现了另一些对被告十分有利的情况。过去曾是大学生的拉祖米欣不知打哪儿调查出了一个情况,而且提出了证据:犯人拉斯柯尼科夫在大学读书的时候,曾经用他自己最后的一点钱,帮助过一位害痨病的穷同学,维持他的生活几乎达半年之久。那位同学死后,他又去照料这位亡友(他从十三岁起就用自己的劳动来养活他的父亲)仍旧活着的年老多病的父亲,最后又把这位老人送进医院,等老人也死了之后,又把他安葬了。所有这些情况,对于决定拉斯柯尼科夫的命运一事都产生了某些有利的影响。拉斯柯尼科夫从前的女房东,就是他那位已故的未婚妻的母亲,寡妇扎尔尼岑娜也出庭作证,说当他们住在五角地一带的另一栋房子时,一天夜里失火,拉斯柯尼科夫曾经从一家已经着了火的房间里救出两个小小孩,他自己还因此被烧伤。经过仔细的调查之后,许多证人都充分证明了这件事。总之,考虑到犯人主动投案自首和其他一些足以减轻罪行的情况,最后给他判了刑期只有八年的二等苦役。

拉斯柯尼科夫的母亲在审讯一开始的时候就病倒了。杜尼娅和拉祖米欣认为,在整个开庭期间让她离开彼得堡要好些。拉祖米欣选定了离彼得堡很近的一座位于铁路线上的城市,以便密切注视审讯过程中的一切情况,同时又可以经常与阿芙朵佳·罗曼诺夫娜会面。普莉赫丽娅·亚历山大罗夫娜患的是一种奇怪的神经性疾病,同时还伴随着某种类似精神错乱的症状,如果不能说是完全精神错乱的话,起码也有一部分是精神错乱。杜尼娅最后一次看望她哥哥回来的时候,发现她母亲已经病得很重,在发烧,发呓语,当天晚上,她就和拉祖米欣商量好,今后用什么话来回答她母亲提出的关于她哥哥的问题,为了她母亲的健康,他们俩甚至编造了一个有头有尾的故事,说拉斯柯尼科夫为了办一件私人委托的事情,到俄国边界上一个遥远的地方去了,这件事情若办好,将来他会名利双收。可是使他们惊讶的是,关于这件事情,普莉赫丽娅·亚历山大罗夫娜无论在当时或者以后都从未打听过。相反,她自己倒把她儿子突然离她而去的情形原原本本地讲了一遍。她泪流满面地告诉他们,他怎样前来向她告别;并暗示他们,只有她一个人知道许多非常重要、非常秘密的事情，并且说罗佳有许多非常强大的敌人，所以他甚至必须躲起来。至于他未来的前程，她认为等某些敌情消失以后，他的前途无疑会是光辉灿烂的；她向拉祖米欣断言，早晚有一天，她的儿子将要成为一名国家要人，他的文章和他那杰出的文学才能都证明了这一点。她不断地读那篇文章，有时候甚至高声朗诵，就差睡觉的时候没有手不释卷，可是罗佳究竟在哪儿，她几乎问也不问，尽管别人很明显地避免跟她谈到这个问题，——其实光是这一点也足以引起她的怀疑。最后，他们对于普莉赫丽娅·亚历山大罗夫娜对某些事情采取的这种奇怪的沉默不禁害怕起来。比方说，以前她们住在小城市的时候，支持她活下去的唯一希望和唯一期待，就是尽快收到她宝贝儿子罗佳的信，可是现在她接不到他的来信却毫无怨言。这种无法解释的情况使杜尼娅十分担心；她想到，也许母亲对儿子的命运有一种可怕的预感，因此不敢打听，生怕听到更可怕的消息。总之，杜尼娅看得很清楚，普莉赫丽娅·亚历山大罗夫娜已经精神反常了。

但也有过一两次，普莉赫丽娅·亚历山大罗夫娜把话题一转，使对方倘要回答她的问题就不能不提起罗佳现在何处；当回答不免使她很不满意或者觉得可疑的时候，她就忽然变得愁容满面，闷闷不乐，一言不发，这种情绪要延续很久。最后，杜尼娅看出，要瞎编一套来骗她是很不容易的，于是她断然得出结论，对有些事情还不如完全保持沉默的好；但是变得越来越明显的是，可怜的妈妈显然已经猜疑到什么可怕的事情了。杜尼娅无意中想起，哥哥告诉过她，在她跟斯维里加洛夫会面以后，在最后他去自首的那不幸的一天前夕，妈妈听见了她的梦话：那时她是不是听出什么来了？有时候，在一连几天，甚至一连几个星期，她愁眉不展，一言不发，默默无语地流泪之后，不知怎的，她又歇斯底里地活跃起来，她开始滔滔不绝地大声谈她的儿子、她的希望和未来……她的幻想有时很奇怪。他们只好安慰她，随声附和她（也许她自己心里也明白，他们只不过是为了安慰她才随声附和而已），但是她仍旧说个不停……

罪犯自首后过了五个月，才宣布对他的判决。拉祖米欣一有机会就到监狱去探望他。索尼娅也是如此。最后，分手的时刻来临了；杜尼娅向她的哥哥发誓说，他们的离别不会是永久的；拉祖米欣也这样说。拉祖米欣在他那颗年轻火热的心里牢牢地确定了一个计划，决心在未来的三四年间，尽可能打下未来财产的基础，攒下一点钱，然后迁到西伯利亚去，因为那儿有丰富的自然资源，可是居民稀少，劳动力和资本都很缺乏；他们准备在罗佳流放的那座城市定居下来，然后……大家一起开始新的生活。分别的时候大家都哭了。在最后几天，拉斯柯尼科夫心事重重，不断打听母亲的情况，经常惦记着她。他对母亲的痛苦怀念，使杜尼娅深为不安。听到母亲多么伤心的详细情形后，他变得很阴郁。不知为什么，他对索尼娅始终沉默寡言。索尼娅利用斯维里加洛夫留给她的那笔钱，早就收拾好行装，准备跟随包括拉斯柯尼科夫在内的那一批犯人到西伯利亚去。关于这件事，她和拉斯柯尼科夫之间连片言只语也不曾提及；但是两个人都知道将会如此。在最后分手的时候，他妹妹和拉祖米欣满腔热情地向他保证说，等他服完苦役后，他们一定会有幸福的未来；听了这种话，他只是古怪地笑笑，而且预言母亲的病很快就会恶化。最后，他跟索尼娅两人便动身走了。

两个月以后，杜涅奇卡嫁给了拉祖米欣。婚礼举办得凄凉而冷清。波尔费利·彼特罗维奇和佐西莫夫都在受邀之列。最近一个时期，拉祖米欣显出充满坚定决心的神采。杜尼娅心中默默相信他一定能够实现他的一切计划，而且也不能不相信：在这个人身上可以看到钢铁般的意志。此外，他又回大学听课，以便完成他的学业。他们两人不断制定未来的计划，他们俩指望在五年以后一定迁居到西伯利亚去。在那以前，就只能指靠索尼娅了……

普莉赫丽娅·亚历山大罗夫娜愉快地祝福了女儿跟拉祖米欣的婚事；但是在他们结婚以后，她好像变得越发悲伤和忧愁了。为了使她得到片刻的欢娱，拉祖米欣顺便把那个大学生和他衰老父亲的事告诉了她，还告诉她去年拉斯柯尼科夫为了从火里救出两个小孩，自己被火烧伤，甚至还病了一场。这两个故事使得普莉赫丽娅·亚历山大罗夫娜本来就不大正常的脑子简直兴奋欲狂。她不住地谈这些事情，在大街上也逢人便讲（虽然杜尼娅总是陪着她）。在公共马车上，在商店里，只要能抓住一个听她说话的人，她就谈起她的儿子，他的文章，他怎样帮助一个大学生，怎样在救火时被火烧伤等等。杜涅奇卡简直不知道怎样去阻止她。除了这种兴奋的病态情绪所包含的危险之外，还有一件事也叫人提心吊胆：也许有什么人会从过去那次审讯想起拉斯柯尼科夫的名字并且谈起这件事来。普莉赫丽娅·亚历山大罗夫娜甚至打听到从火里被救出来的那两个小孩的母亲的住址，一定要去看望她。最后，她的焦虑达到顶点。有时她忽然啼哭起来，常常生病，发高烧，说疯话。有一天清早，她直截了当地说，按她的计算，罗佳快要回来了，说她记得，他向她告别的时候曾亲口告诉她，他九个月以后一定回来。于是她开始收拾屋子，准备迎接他，把屋子（她自己住的）给他腾出来，装饰一新，洗刷家具，擦地板，挂上新窗帘，等等。杜尼娅虽然心里很着急，但她什么也不说，甚至还帮助她布置屋子，准备迎候哥哥回来。她在连续不断的幻想、快乐的梦境和眼泪中过了忐忑不安的一天以后，夜里就病倒了，第二天早上，又发高烧，说疯话。热病发作了。过了两个星期，她就死了。从她说疯话时冒出来的只言片语可以断定，她对儿子可怕命运的疑虑，甚至远比他们所想象的要严重得多。

过了很久，拉斯柯尼科夫还不知道他母亲去世的消息，虽然他被安置到西伯利亚以后，立刻就跟彼得堡建立了通信联系。通信是通过索尼娅进行的，她每月按时写一封信寄往彼得堡给拉祖米欣，又每月按时收到彼得堡的回信。起初，杜尼娅和拉祖米欣觉得索尼娅的来信有些枯燥，不能令人满意；但是最后，他们俩都认为，她的信不能写得更好了，毕竟从这些信里他们得到了关于拉斯柯尼科夫最完整、最精确的讯息。索尼娅的信里写了很多最平凡的日常琐事，充满对拉斯柯尼科夫苦役生活全部情况所做的最普通、最清晰的描写。信里没有一句话谈到她自己的希望，她既没有猜测未来，也没有描写她自己的感受。她从来不企图说明他的心理状态和内心生活，只谈事实，只谈他本人说了什么话，她详细报道他的健康状况，还写到他们会面的时候他希望什么，他请求她做什么，托她办什么事，等等。她细致入微地报道了这一切情况。他们不幸的哥哥的形象终于非常清楚而又精确地呈现出来了；这不会有差错的，因为信里写的全是千真万确的事实。

但是杜尼娅和她的丈夫并未从这些消息得到多少安慰，特别是在最初。索尼娅在信里老是说他经常愁眉不展，沉默寡言，对于她每次根据他们的来信告诉他的种种消息，几乎一点也不感兴趣；有时他问到他母亲，当索尼娅看出他已经猜到事情真相，而终于把她去世的消息告诉他的时候，使她惊讶的是，这个噩耗似乎并没有给他很大的震动，起码从表面上看来是这样。她还顺便告诉他们，虽然他这样耽于冥想，与世隔绝，但他对于自己的新生活却抱着一种十分直率而简单的态度；他清楚地了解自己的处境，并不期待马上会有所改善，也不抱任何不切实际的幻想（处在他这种地位的人通常都难免会有这种幻想），对于跟他以前的处境完全不同的新环境，他几乎丝毫也不感到惊奇。她说，他的身体还好。他每天去干活，既不偷懒，也不多干。他对于吃什么东西，几乎毫不在乎，但是除了节日或者礼拜天以外，食物都很糟，因此他终于愿意接受索尼娅给他的一点钱，以便每天给自己弄点茶喝；但他请求她不要为任何别的事情操心，他说对他的一切关心，只能叫他苦恼。索尼娅在信里还说，他在监狱里跟别的囚犯住在一间屋子里，他们牢房里的情况，她没有进去看过，但是可以断定，那里一定很挤，很脏，很不卫生；她说他睡在一张木板床上，下面铺了一条毛毡，而且任何别的东西他都不想要。他的生活过得那么简陋，那么贫穷，并不是根据什么预定的计划或意图，而只是因为对自己的命运漠不关心和外表上的冷淡罢了。索尼娅在信里坦白地告诉他们，特别是在开始的时候，他不但不乐意她去探望他，而且一见她就心烦，不愿跟她说话，甚至对她态度粗暴。但是到最后，这种探望已经成了他的习惯，甚至几乎成为必不可少的事情了，所以当她有一次生了几天病，不能去看他的时候，他就感到非常想念。每逢节日，她就去看他，会面的地方是在监狱门口或者在守卫室里，看守把他叫出来跟她见几分钟的面；平常日子，她就到他干活的地方去看他，在作坊里，砖窑里，或者额尔齐斯河畔的板棚里。关于她自己，索尼娅写道，她在城里甚至有了几个熟人和保护人；她在当裁缝，因为城里几乎没有一个做女式时装的裁缝，所以她在许多人家甚至成为不可缺少的人了；但是她没有提到，由于她的关系，拉斯柯尼科夫也受到了长官的照顾，减轻了工作，等等。最后传来一个消息

（杜尼娅在她最近的几封来信里甚至注意到一种特别的激动和担心），说拉斯柯尼科夫避免和一切人来往，因此在监狱里苦役犯都不喜欢他；他整天一句话也不说，脸色变得非常苍白。忽然，索尼娅在最近一封信里写道，他患了重病，住进了医院的犯人病房……

## 2

他已经病了很久。但是把他拖垮的，不是可怕的苦役生活，不是干活，不是饮食，不是剃光的头，也不是用碎布缝制的囚衣：哦！这些艰难困苦对他来说又算得了什么！相反，他甚至还喜欢干活哩：干活干到精疲力竭之后，他至少可以得到几小时的安眠。漂着蟑螂的素白菜汤对他来说，又算得了什么？过去当大学生的时候，他往往连这种菜汤也没有。他的囚衣很暖和，适于他目前的生活方式。他甚至感觉不出自己戴着脚镣。他对自己的光头和两色囚衣①感到羞耻吗？在谁的面前感到羞耻呢？在索尼娅的面前吗？索尼娅怕他，他会在她面前感到羞耻吗？

那么是怎么回事呢？他甚至在索尼娅面前都感到羞耻，因此他才用侮慢粗鲁的态度折磨她。但他引以为耻的并不是他那剃光了的头和他的脚镣：他的自尊心深深地受了伤害；是他受了伤害的自尊心使他生了病。要是他能够认罪服罪，他该多幸福啊！在那种情形下，他就会忍受一切，甚至忍辱含垢。但是，虽然他对自己做了严格的审判，他那变得冷酷的良心并没有从他以往的所作所为中找到特别可怕的罪恶，除了那个任何人都会碰到的简单的失策以外。他感到羞惭，是因为他拉斯柯尼科夫，由于某种盲目的命运的判决，才如此无望无声无息而又愚蠢地毁灭了，如果他想使自己的良心多少得到一点平静，那就只有俯首帖耳地向这个判决的“荒谬”屈服。

---

① 二等苦役犯的囚衣为灰、黑两色，背上还缝了一块黄色方布。

目前他感到的是一种空洞、毫无目的的焦虑，将来肯定会是一无所得的、永无休止的牺牲，——这便是人世间摆在他面前的一切。八年刑满以后，他才只有三十二岁，依旧可以开始新的生活，但这又有什么意义呢！他为什么必须活下去？他又打算干什么？他将为什么而奋斗？只是为了生存而活下去吗？但是他以前曾有无数次准备为一个理想、一个希望，甚至为一个幻想而献出自己的生命。对于他来说，仅仅活下去永远是不够的；他总希望有更大的生活目的。也许正是由于这种愿望而产生的力量，才使他认为他与别人不同，他应该享有更多的权利。

要是命运能让他忏悔那多好啊，那种使他肝肠寸断、彻夜不眠的炽热的忏悔，那种使人想要上吊或者跳进深渊的痛不欲生的忏悔！啊，那样的忏悔会使他多么高兴啊！痛苦和眼泪——毕竟也是生活啊！但是他对自己的罪行毫无悔改之意。

至少他可以迁怒于自己的愚蠢吧，就像他以前迁怒于使他终于身陷囹圄的那些荒唐而又愚蠢至极的行动一样。但是现在，在监狱里，在空闲的时候，他又把自己从前的一切行为认真探讨和考虑了一遍，他完全不认为那些行为像他以前在那个不祥的时刻所感到的那样愚蠢和荒唐了。

“自从开天辟地以来，”他想道，“世界上就涌现出各式各样互相冲突的思想和理论，而我的思想在哪一方面比别的思想和理论更愚蠢呢？人们只要用完全独立的、开阔的眼界去看待事情，不为庸俗的影响所左右，那么我的思想当然也就根本不会显得那么……奇怪了。唉，否定者和不值钱的哲人们，你们为什么要半途而废呢！”

“为什么他们觉得我是胡作非为呢？”他问自己，“因为它是暴行吗？‘暴行’这词是什么意思呢？我问心无愧。当然，犯了刑事罪；当然，犯了法，杀了人，那你们就依法砍掉我的脑袋……不就得了！当然，在这种情况下，甚至许多不是继承政权而是自己夺取政权的人类的恩主们，在他们事业的开端就应该被处死了。但是那些人成功了，因此他们是对的；而我呢，失败了，所以我没有权利迈出这一步。”

只有在这一点上，他才承认他有罪：他失败了，并且去自首了。

使他痛苦的还有一个想法：他为什么当时不自杀呢？他当时为什么

站在河边，而选择了自首的道路呢？想活下去的愿望，真的这么强烈，这么难以克服吗？斯维里加洛夫尽管那么怕死，他不是把它克服了吗？

他苦恼不堪地不断问自己这个问题，他无法理解，也许就在那时候，当他站在河边的时候，他就已经预感到，在他自己的心灵里，在他的信仰里，具有很深的虚假。他不懂得，这种预感可能正是他一生中未来的转折、未来的复活，以及他将来对人生新的看法的先兆。

他宁愿认为，这不过是本能的沉重束缚罢了，由于自己的弱点和渺小，他既不能摆脱，也不能打破这种束缚。他观察他的那些难友，他惊异地看到，他们也是多么热爱生活并珍惜生活啊！在他看来，他们在监狱中要比在监狱外面更加热爱，更加珍惜，也更加重视生活。他们中间有一些人，例如流浪汉，忍受过多少可怕的痛苦和折磨啊！难道说，一线阳光，一座茂密的森林，在无人知晓的密林深处的一股清凉泉水，对于这些流浪汉来说居然有如此重大的意义？一个流浪汉在两三年前见到了这股泉水，至今还像渴望见到情人似地渴望重新见到它，并在梦中梦见它的周围绿草如茵，还有一只小鸟在灌木丛中歌唱。他对监狱的生活继续观察下去，他就看到了一些更加难以解释的事例。

当然，在监狱里，在他周围的环境里，有很多事他看不见，也不想完全看见。他好像低垂着眼睛在过日子：他看到它们，就感到无比厌恶和难以忍受。可是末了有许多事情开始使他感到惊讶，因此他开始有点不由自主地注意起很多他以前连想都不曾想过的事情来了。一般说来，最使他惊讶的，是他与其他犯人之间那道可怕的不可逾越的鸿沟。他跟他们仿佛属于不同的民族。他与他们互不信任，互相敌视。他知道，也了解造成这种隔阂的一般原因；但是以前他从来也不曾想到这些原因实际上有如此深刻，如此强烈。在监狱中，也有一些流放的波兰人，他们都是政治犯。他们高高在上，瞧不起所有这些犯人，把他们当成愚昧无知的粗人；但是拉斯柯尼科夫却不那样看他们：他清楚地看到，这些愚昧无知的人在许多方面都比这些波兰人聪明得多。也有几个俄国人，一个过去的军官和两个学生，他们也非常瞧不起这些人；拉斯柯尼科夫同样清楚地看出了他们的谬误。

他自己呢，人人都不喜欢他，躲避他。最后，甚至开始恨他——为什么呢？他不知道。比他的罪行大得多的人也瞧不起他，嘲笑他，讥笑他的罪行。

“你是老爷！”他们向他说，“你怎么能用斧子杀人呢；这根本不是老爷干的事嘛。”

在四旬斋的第二个礼拜，轮到他跟同牢房的犯人一起做斋戒祈祷。他和别人一起到教堂去做礼拜。有一天，连他自己也不知道为什么发生了争吵。大家狂怒地对他群起而攻之。

“你是一个不信神的人！你不信上帝！”他们对他嚷道，“应该揍死你！”

他从来没有在他们面前谈到过上帝和信仰，但是他们却想把他当做一个不信神的人打死他；他默不作声，也不反驳他们。有一个苦役犯简直狂怒地向他冲来，拉斯柯尼科夫沉着地、一言不发地等着他。他的眉毛一动不动，脸上的肌肉也没有动弹一下。幸而警卫及时赶来拦阻——不然准会发生流血事件。

还有一个他不能解答的问题：为什么他们都那么喜欢索尼娅？她没有讨好过他们；他们也很少见到她，有时仅在干活的时候，在她来看他的那一会儿工夫能见到她。但是他们都已经认识她，知道她是跟着他来的，知道她怎样生活，住在哪儿。她没有给过他们钱，也没有替他们专门办过什么事。只有一次在过圣诞节的时候，她给全狱的犯人送来了布施：一些馅饼和白面包。但是慢慢地，他们就跟索尼娅之间建立起某种较为密切的关系：她替他们给他们的亲人写信，替他们邮寄。犯人的亲属到城里来，他们就叫他们的亲属把带给他们的东西，甚至钱交给索尼娅。他们的妻子和情人都认识她，常常去找她。当她到他们干活的地方去看拉斯柯尼科夫的时候，或者在一群犯人前去干活的路上遇到他们的时候，他们总是脱下帽子向她鞠躬：“妈妈，索菲娅·谢苗诺夫娜，你是我们温柔可爱的妈妈！”那些粗野的、脸上打了烙印的苦役犯，总是这样向那个瘦弱的小人儿说道。她听了微笑着向他们回礼；他们都很喜欢她向他们微笑。他们连她走路的姿态也喜欢，常常转过身来望着她的背影，夸奖她；他们甚至喜欢她那么矮小，甚至都不知道夸奖她什么才好。甚至生了病，他们也到她那儿去就医。

在斋期的末尾和复活节，他一直躺在医院里。逐渐复元的时候，他才想起他发烧和昏迷不醒时做的那些梦。他在病中梦见，全世界都注定了要遭到从亚洲腹地蔓延到欧洲的一种闻所未闻、见所未见的可怕瘟疫。除了极少数幸存以外，所有的人都将死亡。出现了一些侵入人体的新的旋毛虫、微生物。然而这些微生物都具有智慧和意志的精神。被它们侵入体内的人会立刻发疯，失去理智。但是人们还从来不曾像那些被传染上的人那样，认为自己那么聪明和坚持真理。也从来没有人像他们那样，认为自己的判断、自己的科学结论、自己的道德信念和信仰是那样不可动摇。所有的村镇，所有的城市和民族都染上这病而且疯狂了。他们惊恐万状，但是彼此都不了解，每个人都认为只有他自己拥有真理，在看别人的时候总感到非常苦恼，捶着自己的胸膛，哭泣，伤心欲绝。他们不知道应该评价什么人和怎样评价，对于什么是善，什么是恶，也得不到一致的看法。他们不知道应该判谁有罪，判谁无罪。人们出于毫无意义的仇恨，互相残杀。他们集成大军，互相攻打，但是军队还在行军途中就突然自相残杀起来，队伍溃散，军人们互相火并，互相砍杀，你咬我，我咬你，你吃我，我吃你。城里整天敲着警钟：把大家召集在一起，但是谁召集他们和为什么要召集他们，谁也不知道，每个人心里都充满了惊恐。最普通的行业也被置之不顾，因为人人都提出自己的主张，自己的修改方案，众说纷纭，莫衷一是；农业停顿了。有些地方，人们成群地聚在一起，商量采取共同的行动，发誓永不分离，——但是，马上又做出跟他们刚才打算做的截然不同的事来，他们开始互相指责、殴打和厮杀。火灾发生了，饥荒发生了。一切人和一切东西都在毁灭①。瘟疫传染开来，蔓延得越来越广。

① 拉斯柯尼科夫的梦是根据《新约·马太福音》第二十四章的天启：耶稣坐在橄榄山上，众门徒前来问他，旧世界的末日、新世界的到来以及“你的降临”，有什么预兆？耶稣答曰，你们将“……听到战火连天的消息，但不用惊慌；因为这是必然发生的，但世界末日还没有到。国与国为敌，民与民为仇；整个世界都有饥荒，地震。但这些也不过是灾难的开始……许多人会因此放弃信仰，互相出卖，彼此仇恨。假先知也跟着出现，迷惑众人。那时世上罪恶滔天，人欲横流，很多人的爱心都冷淡了”。

全世界只有少数人得救，这些人是纯粹的特殊人物，他们的使命是创立新的人种，开始新的生活，使大地净化和焕然一新，但是没有人在任何地方看见过这些人，也没有人听过他们说话和他们的声音。

使拉斯柯尼科夫苦恼的是，这种毫无意义的梦魇，竟那么凄恻、那么痛苦地萦回在他的记忆里，发烧时的幻想所留下的印象久久不能消失。在复活节以后的第二周，温暖晴朗的春天来到了；在犯人的病房里，装有铁栏的窗户也打开了，哨兵在窗外踱来踱去。他生病期间，索尼娅只到病房里去看过他两次；每一次都必须请求许可，而要得到许可是很难的。但她经常到医院的院子里去，站在窗下。特别是傍晚的时候，有时候她去，只是想在院子里站一会儿，从远处望一眼病房的窗户。有一天在将近黄昏的时候，差不多已完全复元的拉斯柯尼科夫睡着了；他醒来后信步走到窗口，忽然看见索尼娅远远地站在医院大门口。她站在那儿，仿佛在等待什么似的。这时候，好像有什么东西刺进他的心；他哆嗦了一下，赶快离开了窗口。第二天，索尼娅没有来；第三天，也没有来；他发现他不安地等着她。最后，他出院了。回到牢房，他从别的犯人那里听说，索尼娅·谢苗诺夫娜病了，躺在家里不能出门。

他担心极了，派人去打听她的病情。他很快就知道她的病并不危险。索尼娅听说他十分惦记她、关心她，便叫人送来一张用铅笔写的便条，告诉他，她只是得了一点轻感冒，现在已经好多了，她很快就会到他干活的地方去看他。当他读这张便条的时候，他的心剧烈地、痛苦地跳动着。

又是一个温暖晴朗的日子。清晨六点钟左右，他到河边去干活，在那儿的棚子里，有一座烧石膏的窑，他们在那儿砸石膏。总共只派去三个人干活。一个犯人跟着警卫一同到要塞拿工具去了；另一个犯人在劈木柴，把它们放进窑里去。拉斯柯尼科夫从棚子里出来，走到河边，坐在棚子旁边一堆木头上，望着荒凉的大河。从高岸上望去，四周一览无遗。从遥远的对岸隐隐约约地飘来了歌声。一望无际的草原上洒满了阳光，牧人的帐篷看上去像是一个依稀可辨的小黑点。那是自由的地方，住在那儿的人跟这儿的人完全不一样，在那里，时间仿佛停止了，好像亚伯拉罕及其部族①的时代还没有过去。拉斯柯尼科夫坐在那儿，目不转睛地凝视着远方；他的思想化为梦境，变成冥想；他什么也没有去想，但是内心的抑郁折磨着他，使他烦恼。

忽然间，索尼娅出现在他身边。她悄悄地走了过来，坐在他的身旁。时间还很早，清晨的寒气依然袭人。她穿着破旧的大衣，包着一块绿色的头巾。她的脸上还有病容，略显消瘦和苍白。她亲切而愉快地向他笑了笑，但是跟往常一样怯生生地向他伸出手去。

她向他伸出手去的时候总是怯生生的，有时甚至根本不敢伸出手去，好像害怕他会推开它似的。他跟她握手的时候，似乎总是感到厌恶，总是好像一见到她就心烦，有时候在她前来探监时，他一直执拗地一言不发。有时候，她在他面前战战兢兢，痛苦万分地离去。可是这一次，他们两人的手紧紧地握在一起了；他向她迅速地瞟了一眼，什么也没有说，又把眼睛低下去望着地上。就他们两个人，谁也没有看见他们。这时候卫兵也把脸转过去了。

这是怎么发生的，连他自己也不知道，但是蓦地，好像有什么东西把他托起，把他抛到了她的脚下。他抱住她的膝头哭了起来。一开始，她吓得面无人色。她跳了起来，哆哆嗦嗦地望着他。但是就在这一刹那间，她立刻全明白了。她的眼睛里闪耀出无限幸福的光芒；她明白了，对她来说已经毫无疑问，他爱她，无限地爱她，这个时刻终于来临了……

他们想谈谈，但是一句话也说不出来。他们的眼里满是泪水，他们俩都面色苍白，形容憔悴；但是在他们带有病容的苍白面孔上，已经闪现出焕然一新的未来曙光，重新开始一种崭新的生活的曙光。爱，使他们复活了，彼此的心，都为对方蕴藏了滋润心田且取之不尽的生命源泉。

他们决定等待和忍耐。他们还得等待七年；在这以前，将要受到多少难以忍受的苦难，享受多少无限的幸福啊！但是他已经复活了，他也知道这一点，那整个已经复活的身心完全感觉到了这一点，而她——她是仅仅

① 亚伯拉罕是犹太教、基督教圣经故事中犹太人的始祖。《圣经·创世记》称，犹太民族的形成，始于亚伯拉罕带领其部族自迦勒底的乌尔迁居迦南。

依靠他的生命才活着的啊！

当天晚上，牢房已经上锁，拉斯柯尼科夫躺在木板床上，想念着她。这天，他甚至觉得以前敌视他的所有苦役犯都对他另眼相看了。他甚至首先开口跟他们攀谈起来，他们也和蔼地回答他。他现在回想起来，认为这是理所当然的：难道现在一切不都应该改变吗？

他想念着她。他想起他曾经经常折磨她，使她的心感到痛苦；他想起她那苍白瘦削的小脸，但是这些回忆，现在几乎不再使他苦恼：他知道，今后他将以何等深挚的爱情去偿还她所受的一切痛苦。

过去的这一切、一切苦难又算得了什么呢！他觉得，这一切，甚至他的罪行，甚至判决和流放，如今在他第一次感情冲动的时候，似乎都是一种身外的、奇怪的，甚至好像不是他亲身经历过的事情。但是那天晚上，他无法长久不断地思索任何一件事情，也无法把他的注意力集中在任何一个思想上；如今他似乎也不能自觉地解决任何问题；他只能感受罢了。生活代替了推理，他的头脑里应该产生一种截然不同的东西。

他的枕头底下有一本福音书。他机械地把它拿了出来。这本书是索尼娅的，她曾把书中拉撒路复活的故事读给他听。开始服苦役的时候，他以为她会用宗教来折磨他，跟他谈福音书，并逼他看这本书。然而，使他非常惊讶的是，她一次也没有跟他谈起这些事，甚至一次也没有劝他读福音书。在他生病前不久，是他自己向她要这本书的，她默默地把书给他拿来了。到现在为止，他还没有把这本书打开过。

甚至现在他也没有把它打开，但是有一个念头从他的脑海里掠过："难道她的信仰，现在不应当成为我的信仰吗？至少她的感情，她的追求……"

那天一整天，她也很激动，甚至夜里又生起病来。但是她是那么幸福，以至于她对自己的幸福几乎害怕起来。七年，不过七年罢了！在他们幸福的开头，在某些时刻，他们两人都几乎把七年的光阴看成只有七天似的。他甚至不知道，新生活并不是轻易能够取得的，他还必须为它付出高昂的代价，将来他也得付出巨大的努力来换取这种新的生活……

但这已是一个新的故事的开端，这故事说的是一个人如何逐渐获得新生，他逐渐蜕变，逐渐从一个世界进入另一个世界，逐渐认识到迄今为止他完全不了解的现实。这可以成为一篇新小说的主题——但是我们现在的这篇小说就到此为止了。

## “插图本名著名译丛书”书目

（按著者生年排序）

### 第一辑

| 书名 | 著者 | 译者 |
| --- | --- | --- |
| 荷马史诗·伊利亚特 | [古希腊]荷马 | 罗念生 王焕生 |
| 荷马史诗·奥德赛 | [古希腊]荷马 | 王焕生 |
| 一千零一夜 | | 纳　训 |
| 神曲(地狱篇、炼狱篇、天国篇) | [意大利]但丁 | 田德望 |
| 十日谈 | [意大利]薄伽丘 | 王永年 |
| 堂吉诃德(上下) | [西班牙]塞万提斯 | 杨　绛 |
| 培根随笔集 | [英]培根 | 曹明伦 |
| 罗密欧与朱丽叶——莎士比亚悲剧选 | [英]威廉·莎士比亚 | 朱生豪 |
| 威尼斯商人——莎士比亚喜剧选 | [英]威廉·莎士比亚 | 朱生豪 |
| 鲁滨孙飘流记 | [英]丹尼尔·笛福 | 徐霞村 |
| 格列佛游记 | [英]斯威夫特 | 张　健 |
| 忏悔录(上下) | [法]卢梭 | 范希衡 等 |
| 少年维特的烦恼 | [德]歌德 | 杨武能 |
| 浮士德 | [德]歌德 | 绿　原 |
| 傲慢与偏见 | [英]简·奥斯丁 | 张　玲 张　扬 |
| 红与黑 | [法]司汤达 | 张冠尧 |

| 书名 | 作者 | 译者 |
|---|---|---|
| 希腊神话和传说(上下) | [德]古斯塔夫·施瓦布 | 楚图南 |
| 高老头　欧也妮·葛朗台 | [法]巴尔扎克 | 傅　雷 |
| 普希金诗选 | [俄]普希金 | 高　莽 等 |
| 巴黎圣母院 | [法]雨果 | 陈敬容 |
| 悲惨世界(一二三四五) | [法]雨果 | 李　丹 方　于 |
| 基督山伯爵(一二三四) | [法]大仲马 | 李玉民 |
| 三个火枪手(上下) | [法]大仲马 | 李玉民 |
| 安徒生童话故事集 | [丹麦]安徒生 | 叶君健 |
| 死魂灵 | [俄]果戈理 | 满　涛 许庆道 |
| 汤姆叔叔的小屋 | [美]斯陀夫人 | 王家湘 |
| 雾都孤儿 | [英]查尔斯·狄更斯 | 黄雨石 |
| 双城记 | [英]查尔斯·狄更斯 | 石永礼 赵文娟 |
| 简·爱 | [英]夏洛蒂·勃朗特 | 吴钧燮 |
| 呼啸山庄 | [英]爱米丽·勃朗特 | 张　玲 张　扬 |
| 猎人笔记 | [俄]屠格涅夫 | 丰子恺 |
| 罪与罚 | [俄]陀思妥耶夫斯基 | 朱海观 王　汶 |
| 包法利夫人 | [法]福楼拜 | 李健吾 |
| 海底两万里 | [法]儒勒·凡尔纳 | 赵克非 |
| 八十天环游地球 | [法]儒勒·凡尔纳 | 赵克非 |
| 复活 | [俄]列夫·托尔斯泰 | 汝　龙 |
| 战争与和平(一二三四) | [俄]列夫·托尔斯泰 | 刘辽逸 |
| 安娜·卡列宁娜(上下) | [俄]列夫·托尔斯泰 | 周　扬 谢素台 |
| 小妇人 | [美]路易莎·梅·奥尔科特 | 贾辉丰 |
| 百万英镑——马克·吐温中短篇小说选 | [美]马克·吐温 | 叶冬心 |
| 汤姆·索亚历险记 | [美]马克·吐温 | 成　时 |
| 最后一课——都德中短篇小说选 | [法]都德 | 刘　方 陆秉慧 |
| 羊脂球——莫泊桑短篇小说选 | [法]莫泊桑 | 张英伦 |
| 一生 | [法]莫泊桑 | 盛澄华 |
| 变色龙——契诃夫短篇小说选 | [俄]契诃夫 | 汝　龙 |

| | | |
|---|---|---|
| 泰戈尔诗选 | [印度]泰戈尔 | 冰　心 等 |
| 麦琪的礼物——欧·亨利短篇小说选 | [美]欧·亨利 | 王永年 |
| 名人传 | [法]罗曼·罗兰 | 傅　雷 |
| 约翰-克利斯朵夫(一二三四) | [法]罗曼·罗兰 | 傅　雷 |
| 童年 | [苏联]高尔基 | 刘辽逸 |
| 在人间 | [苏联]高尔基 | 楼适夷 |
| 我的大学 | [苏联]高尔基 | 陆　风 |
| 绿山墙的安妮 | [加拿大]露西·蒙哥马利 | 马爱农 |
| 热爱生命——杰克·伦敦小说选 | [美]杰克·伦敦 | 万　紫 等 |
| 一个陌生女人的来信<br>——斯·茨威格中短篇小说选 | [奥地利]斯·茨威格 | 张玉书 |
| 变形记——卡夫卡中短篇小说全集 | [奥地利]卡夫卡 | 叶廷芳 等 |
| 了不起的盖茨比 | [美]菲茨杰拉德 | 姚乃强 |
| 老人与海 | [美]欧内斯特·海明威 | 陈良廷 等 |
| 钢铁是怎样炼成的 | [苏联]尼·奥斯特洛夫斯基 | 梅　益 |
| 静静的顿河(一二三四) | [苏联]米·肖洛霍夫 | 金　人 |